湖北省学术著作 出版专项资金
Hubei Special Funds for
Academic Publications

中国学术档案大系

主编　陈文新

本书为教育部人文社会科学重点研究基地重大项目"明代诗史流变研究"（15JJDZONGHE017）阶段性成果，得到"万人计划"青年拔尖人才项目、武汉大学青年学术团队发展计划支持

明诗学术档案

主编　余来明　陶明玉

WUHAN UNIVERSITY PRESS
武汉大学出版社

图书在版编目(CIP)数据

明诗学术档案/余来明,陶明玉主编.—武汉:武汉大学出版社,
2019.9

中国学术档案大系/陈文新主编

湖北省学术著作出版专项资金资助项目

ISBN 978-7-307-21050-9

Ⅰ.明⋯ Ⅱ.①余⋯ ②陶⋯ Ⅲ.古典诗歌—诗歌研究—中国
—明代 Ⅳ.I207.227.48

中国版本图书馆 CIP 数据核字(2019)第 146392 号

责任编辑:宋丽娜　　　责任校对:李孟潇　　　版式设计:马　佳

出版发行:**武汉大学出版社** 　(430072　武昌　珞珈山)

(电子邮箱:cbs22@whu.edu.cn 网址:www.wdp.com.cn)

印刷:武汉中远印务有限公司

开本:720×1000　1/16　印张:30.75　字数:456 千字　插页:1

版次:2019 年 9 月第 1 版　　2019 年 9 月第 1 次印刷

ISBN 978-7-307-21050-9　　定价:88.00 元

目　　录

百年明诗研究概览

　　明代诗歌作为继唐、宋、元之后中国诗歌发展的一个阶段，由于彼时诗坛崇尚复古的风气盛行，模拟之弊丛生，因而在后世多受到负面评价，在学术转型之初未引起研究者足够的重视。在现代学术体系建立过程中，逐渐确立了以艺术审美标准作为衡量"文学"作品价值的准绳，就诗歌领域来说，明诗的成就远不能与唐诗、宋诗相比，因而也就少有专门的成果问世。经过长时间的沉寂，明诗研究才开始逐渐进入研究者视野。到了新时期，随着学术研究的进一步深入，同时伴随学位教育的普及，明诗研究逐渐成为明代文学研究的大宗。近20年来，明诗研究成果数量急剧增加，对拓宽研究范围、开阔研究视野、细化研究内容、深化诗史认识等方面起到了积极的作用，却也不可避免地产生了诸多问题。在研究成果已如斯丰富的背景下，对20世纪以降明诗研究的状况略作梳理，既是对已有成绩的一种回顾，也可以从中发现问题，为今后的研究提供借鉴和参考。

　　20世纪以来的明诗研究，根据其研究方法、思路、关注点的变化，可大体分为两个阶段，前后大约以80年代末作为分界线。

　　20世纪初，明诗之所以引起研究界的关注，与"五四"新文化学人，尤其是周作人、林语堂等人的提倡有关。1925年，周作人为俞平伯先生重刊的《陶庵梦忆》作序，将现代散文的源头追溯到晚明小品：

　　　　我常这样想，现代的散文在新文学中受外国的影响最少，这与其说是文学革命的还不如说是文艺复兴的产物，虽然在文学发达的程途上复兴与革命是同一样的进展。在理学与古文没有全盛的时候，抒情的散文也已得到相当的长发，不过在学士大夫眼中自然也不很看得起。我们读明清有些名士派的文章，觉得与现代文的情趣几乎一致，思想上固然难免有若干距离，但如明人所表示的对于礼法的反动则又很有现代的气息了。①

晚明文人精神上的反叛性，文学思想上的反复古特征，引起了"五四"文人的强烈共鸣。同时出于对所谓"旧文学"的批判及提倡"文学改良"、"文学革命"的需要，他们遂将晚明文人引为自己的同道，并选择与复古异调的公安派和竟陵派作为自己的精神"先祖"。虽然最初关注的文体主要是小品文，但因对小品文的作者带有好感，连带也对他们的诗歌作品多予留意。周作人在《中国文学的变迁》一文中，明确将"五四"新文学运动与晚明公安派、竟陵派的反复古运动看作相隔300余年的两次文学革命，以此发掘两派文学理论当中的"现代性"和"革命性"：

> 对于这复古的风气，揭了反叛的旗帜的，是公安派和竟陵派。公安派的主要人物是三袁，即袁宗道、袁宏道、袁中道三人，他们是万历朝的人物，约当西历十六世纪之末至十七世纪之初。因为他们是湖北公安县人，所以有了公安派的名称。他们的主张很简单，可以说和胡适之先生的主张差不多。所不同的，那时是十六世纪，利玛窦还没有来中国，所以缺乏西洋思想。假如从现代胡适之先生的主张里面减去他所受到的西洋的影响，科学、哲学、文学以及思想各方面的，那便是公安派的思想和主张了。……那一次的文学运动，和民国以来的这次文学革命运动，很有些相像的地方。两次的主张和趋势，几乎都很相同。更奇怪的是，有许多作品也都很相似。胡适之、冰心和徐志摩的作品，很像公安派的，清新透明而味道不甚深厚。好像一个水晶球样，虽是晶莹好看，但仔细地看许多时就觉得没有多少意思了。和竟陵派相似的是俞平伯和废名两人，他们的作品有时很难懂，而这

---

① 周作人著，钟叔河编订：《知堂序跋》，中国人民大学出版社 2004 年版，第 278 页。原载《语丝》1926 年第 110 期。

难懂却正是他们的好处。同样用白话写文章，他们所写出来的，却另是一样，不像透明的水晶球，要看懂必须费些功夫才行。然而更奇怪的是俞平伯和废名并不读竟陵派的书籍，他们的相似完全是无意中的巧合。从此，也更可见出明末和现今两次文学运动的趋向是相同的了。①

周作人将胡适的文学主张与晚明公安派的文学主张等而视之，得到了林语堂的认同。林语堂在《论文》中说："性灵派之排斥学古，正也如西方浪漫文学之反对新古典主义……其中如三袁弟兄之排斥仿古文辞，与胡适之文学革命所言，正如出一辙。"②公安派、"五四"新文学运动二者在具体文学创作方面进行的变革存在极大差异，袁宏道等人所作的是诗文内部的革新，以一种风格取代另一种风格，一种主张打倒另一种主张；而胡适所倡导的文学革命，不仅是风格上的革新，同时还是文学体裁上的革命，语言上的革命，随之兴旺的主要是小说创作，一种更便于运用白话的文学体裁。然而就内在精神来说，二者所体现的反叛性却是一致的。周作人、林语堂二人的论述，正是就公安派、"五四"新文学运动二者精神上的反叛性而言的。

周作人对晚明文学所作的评论，得到当时不少作家、学者的认同，由此引起了学界对晚明进行研究的兴趣。嵇文甫就是其中之一。他在开明书店1934年出版的《左派王学》一书中，发表了自己对明代文学的初步见解，并大胆预测：晚明文学研究将成为研究明代文学史的一个新方向。

从前讲明代文学史的，只注意一堆假古董。谁宗唐宋，谁宗秦汉，王、李归唐，纷闹不休；好像明代文人就没有一点性灵天才，就不会创造一点新东西。近来经周启明、俞平伯等提倡晚明文学，特别表章公安、竟陵诸子，于是我们才恍然见到明中叶以

———————

① 周作人：《中国新文学的源流》，北平人文书店1932年版，第43、52~53页。

② 林语堂：《林语堂文集》第十卷，作家出版社1998年版，第201页。

后的文学界自有一种新潮流，其自由解放反抗传统思想的精神，直使现代新文学运动家倾慕赞叹，拉为同调，这要算研究明代文学史的一个新方向。……道学界的王学左派，和文学界的公安派、竟陵派，是同一时代精神的表现。①

嵇文甫由周作人等人对晚明文学的重视，而产生研究晚明思想的兴趣。上百年来，无论是思想、政治、历史，还是文学，晚明都成了明代研究中最热门的话题。此种明代研究中的"晚明现象"，既与晚明多彩的历史、文化、文学图像直接相关，又与民国初年社会思想文化转型过程中重塑传统的需要息息相关。②

就文学研究来说，较早引起研究界兴趣的是公安派最重要的代表作家袁宏道。1934 年，林语堂倡议重印袁宏道所撰《袁中郎全集》，由刘大杰担任编订工作，揭开了明代诗文别集整理的序幕。集前有郁达夫、刘大杰、周作人、阿英等人所作书序，是早期袁宏道研究的重要成果。在刘大杰所作题为《袁中郎的诗文观》的书序中，其中有一段话谈到今人研究袁宏道作品和文学理论的意义：

> 不用说，把中郎的作品与文学理论，搬到现在的中国来，自然是旧货了。货色虽是旧，但是他那种文学革命的精神，还是新的。他这种精神，埋没了两百多年，多多少少作中国文学史的人，都忽略了这个运动。我们觉得在这个把中国古代文学重行估价的今日，应该使他的精神复活，应该使他在文学史上，得一个应得的地位。因此，我们决然地重印这部袁中郎全集了。③

现代文学在精神上与晚明文学的"耦合"，使周作人、林语堂等大力提倡研究晚明文学。这一时期发掘的一大批小品文作家，在此后的研究中成为学界关注的重点，并由研究其人、其文而研究其诗。就诗歌

---

① 嵇文甫：《左派王学》，开明书店 1934 年版，第 2 页。
② 秦燕春：《清末民初的晚明想象》，北京大学出版社 2008 年版。
③ 袁宏道：《袁中郎全集》卷首，国学整理社（上海）1935 年版，第 2 页。

研究领域而言，对公安派、竟陵派的研究，在此后很长一段时间内占据了明诗研究的很大部分，其中关于公安派的论著，据笔者所知，就已 10 部之多。一面是大量没有人研究的"不知名诗人"（有的在当时也曾产生很大影响），一面是被人反复论列的晚明"进步诗人"，其间的不平衡状况并不利于整体明诗研究的进一步深入。

在 20 世纪 30 年代前后兴起的研究晚明诗文的浪潮中，有两位学者分别撰写了两部明代文学史著作。他们是钱基博和宋佩韦。他们所谓的"明代文学"，实际上即明代诗文。宋佩韦在《明文学史》一书的引言部分，将明代的"正统文学"（即诗文）分五个时期进行了简单论述，最后总结说：

> 我们拿全部中国文学史来观察明朝一代的正统文学，谁也不能无寂寞之感。①

他所谓的"寂寞之感"，是与汉、唐、宋、元文学比较而言的。在他看来，明代诗文创作的成就，无法与唐、宋相媲。在宋氏看来，明代文学中值得肯定的，是传奇和小说。而他自己之所以没有在《明文学史》一书中论及，是因为郑振铎先生已有论传奇、小说的著作问世。宋佩韦关于明代诗文的基本意见，在很长一段时间内都是明代文学研究界的主流看法。在此背景下，明诗研究长期处于无人问津的状况也就不足为奇了。从研究者的角度来说，是不会有多少人愿意选择"没有学术价值"的作家作品的。

与宋佩韦虽然论述了明代诗文的历史却多予贬评不同，钱基博对明代诗文评价甚高，将其看作中国的"文艺复兴"：

> 自我观之：中国文学之有明，其如欧洲中世纪之有文艺复兴乎？明太祖开基江淮，以逐胡元，还我河山，用夏变夷，右文稽古，士大夫争自濯磨。而文则奥博排奡，力追秦汉，以矫欧、

---

① 宋佩韦：《明文学史》，见柳存仁等著：《中国大文学史·明代文学》，上海书店 2001 年版，第 670 页。

苏、曾、王之平熟；而宋濂、刘基骈骦开道，以著何、李、王、李之先鞭。诗则雄迈高亮，出入汉魏盛唐，以救宋诗之粗硬，革元风之纤浓；而高启、李东阳后先继轨，以为何、李、王、李开山……然则明文学者，实宋元文学之极王而厌，而汉魏盛唐之拔戟复振，弹古调以洗俗响，厌庸肤而求奥衍，体制尽别，归趣无殊。①

钱氏对明代诗文的看法，尽管多少有点儿民族主义情结，但如果撇开他对明代诗文所作的定位，在看待宋、元、明文学发展变迁的历史轨迹方面，仍不乏灼见，而不致只是重复清代以后许多文学批评的陈调。

然而，20 世纪明代文学研究的重镇是小说和戏曲。近代以来对于小说、戏曲研究的重视，王国维、胡适、鲁迅等人在小说和戏曲研究领域所取得的成就，使明代文学研究的大部分成果都集中在小说和戏曲方面，诸如《三国演义》、《西游记》、《水浒传》、《金瓶梅》等，汤显祖、李开先、徐渭、屠隆等，几乎占据了明代文学研究的全壁江山。20 世纪 80 年代以前，明诗研究尽管"不绝如线"，却少有令人瞩目的成就。

与明诗研究不彰、明诗评价不高相比，20 世纪早期的学者对明代诗学批评的成绩有较高的评价。现代中国文学批评史研究的奠基学者，如郭绍虞、朱东润等人，都有专文讨论明代的诗学批评（本书选取了二人具有代表性的论文），对其理论水平予以高度评价。这样的认识，也直接影响了现代学术有关明代诗学批评的基本评价。

进入 20 世纪 80 年代，明诗研究开始引起学界的兴趣，逐渐有学者撰文谈到明代诗文研究。从总体上来看，这一时期尽管小说、戏曲仍是明代文学研究的主体，但此前一直较受冷落的明诗，开始进入少数学者的研究视野。1984 年第 3 期《文史知识》发表了邓绍基先生《略谈明代文学》一文。关于明代诗文研究，邓先生以"前后七子"为例，从方法论的角度作了简单论述。他说：

---

① 钱基博：《明代文学》，商务印书馆 1933 年版，第 1 页。

我觉得，对明代文学的各个方面，目前综合研究似乎不够。即以前后七子问题来说，综合研究的不够带来不深入的缺陷，我认为至少有两个问题值得注意。一、前后七子的文学主张和他们的创作实践是否有不一致或者在客观上表现了不一致之处。这样就可避免论说作品只是为了验证主张之弊。二、前后七子主张有差异，有的人（如王世贞）前后有变化。这种差异和变化是否都未能跳出"拟古"大框框，还是有的实际上已不能用"拟古"来解释。这两个问题又涉及研究方法上经常碰到的"一刀切"的形而上学方法。①

在明代诗文研究初兴阶段，邓先生提出的两个问题，对学界不无警示意义。然而，面对明代诗文浩繁的文献资料，研究者多从间接地评论入手，很少对研究对象的具体主张作深入分析。主观评论在已有研究中，占据了不小的部分。缺乏邓先生所说的"综合研究"，明诗研究在很长一段时间内无法深入。简单的作家作品介绍、文献资料的排比、作家生平的考定，诸如此类，是开展明诗研究最基本的步骤，但绝不是明诗研究的全部。而这一点，正是明诗研究尚难与唐、宋诗研究比肩的重要原因之一。况且，由于明代文献浩繁，直到目前，仍缺少较为系统、具有较大规模的文献整理成果，作家别集、文学总集的整理也尚有很大的拓展空间。

20 世纪 80 年代以后，明诗研究尽管日渐兴盛，但对明诗的评价仍然贬多褒少，这在一定程度上影响了学界对明诗研究的兴趣。在此背景下，羊春秋先生提出对明代诗歌价值进行重估：

综观有明来三百年的诗史，诗杰迭出，流派踵兴，各有其面貌，各有其精神，各有其艺术上的戛戛独造。特别是它那探索诗美的执着精神，贴近生活的现实题材，开拓有清一代诗风的光辉业绩，足以陵宋跞元而驾清，绝不是"复古""模拟"一类的贬语

---

① 邓绍基：《略谈明代文学》，载《文史知识》1984 年第 3 期。

所能抹煞得了的。明诗声誉的江河日下，并非历代的论者万喙一声，同然一辞；主要是贵耳贱目，贵远贱近的世俗偏见所造成的。①

羊先生试图通过提高明诗的地位以促进明诗研究的兴旺，意图自然很好。但他对明诗"足以陵宋跞元而驾清"的定位，却很难令人信服。羊先生为明诗争取诗史地位的做法，非但对明诗研究的发展无所助益，反而可能会给明诗研究带来困境：今人研究明诗，如果其目的是证明明代诗歌创作取得了如唐诗一样的成就，恐很难得到学界的认同，明诗研究也可能因为过于追求论证明诗创作成就足以媲美唐诗的努力而误入歧途。我们研究明诗，必须正视明诗在创作成就上不如唐宋诗歌的事实。肯定明诗创作的成就，不是要将其置于超出唐宋诗歌的地位。明诗研究的重点，应该在立足诗史角度对明诗创作、理论演变的理解和研究，而不是斤斤于与唐宋诗歌较胜。研究如果只是为研究对象争得历史地位，不免有抬高自己研究重要性的嫌疑，研究的深度和可信度也难免受到质疑。明诗创作成就不如唐宋诗歌，并不意味着研究明诗所取得的成就也不如研究唐诗，二者就如文学创作与文学批评，并非一一对应的关系。

　　明代诗歌本身的价值也许不能和唐诗，甚至宋诗相媲，但明代诗学成就却要远超唐宋。较早提出要重视明代诗学研究的是朱东润。朱先生在《何景明批评论述评》一文中，提出将明代的文学与批评区别对待：

　　　　文学与文学批评，截然两事，其成就之先后，各有历史。在文学批评，当然不能脱离文学而独立，然两者之盛衰，初无连带之关系。中国批评时期，在梁代极盛，其时文学上之兴趣虽浓，而文学上之成绩，较之前代，未见超绝。初唐、盛唐在唐代文学史上放一特采，而文学批评之成熟，反迟至中晚以后。两宋批评意趣更觉浓厚，除文学批评之外，更及其他艺术，如书法、画法

――――――――――

① 羊春秋：《重估明代诗歌的价值》，载《中国韵文学刊》1994 年第 2 期。

等，在宋人题跋中，皆章章可考。而大胆的批评精神，直至明代始见卓越，在号称为复古的四子中尤甚。常人持论，对于明代每加菲薄，倘就文学批评之观点论之，不能不为之惊异也。①

朱东润对明代诗文批评成就的肯定，在当时并没有引起学界足够的重视。相关的研究成果虽然也时有发表，出版的各种中国文学批评史著作也对明代诗文批评有所涉及，但总体来说都缺乏令学界公认的学术分量。直到20世纪90年代，明代诗学研究才取得了重大突破。1991年，上海古籍出版社出版了袁震宇、刘明今两位先生合著的《明代文学批评史》，其中部分章节对明代重要诗文批评家的主要文学观点做了详细的介绍。2000年，湖南人民出版社出版了陈文新老师的《明代诗学》，标志着明代诗学研究开始走向成熟。21世纪以后，明代诗学理论研究成为中国古代文学理论研究的重要一支，其中尤以诗歌辨体理论的研究值得关注。

诗歌研究与诗学研究相结合，对明代诗文作整体综合研究，也是20世纪后期明诗研究的一个重要特点，取得了不少有影响的成果。廖可斌《明代文学复古运动研究》（上海古籍出版社1994年版）、陈书录《明代诗文的演变》（江苏教育出版社1996年版）、郑利华《明代中期文学演进与城市形态》（复旦大学出版社1995年版）、简锦松《明代文学批评研究——成化、嘉靖中期篇》（台湾学生书局1989年版）等，是这方面具有代表性的著作。这些学者，在此后也陆续有新成果发表，成为明代诗文研究领域最重要的学术力量之一。

20世纪80年代以后，明诗研究的另一个重要变化就是研究对象范围的拓展以及研究者更加理性、客观。明代复古运动及其代表人物，成为晚明诗歌之外明诗研究的一个重要话题。廖可斌《明代文学复古运动研究》（上海古籍出版社1994年版）、陈书录《明代前后七子研究》（江西人民出版社1994年版）、章伟《明七子文学思想论稿》（复旦大学1990年博士学位论文）、史小军《明代七子派及其文学复古运动研究》（陕西师范大学1996年博士学位论文）、孙学堂《王世贞与十

---

① 朱东润：《中国文学批评论集》，开明书店1947年版，第65页。

六世纪文学复古思想》(南开大学 2000 年博士学位论文)、郦波《王世贞文学研究》(南京师范大学 2003 年博士学位论文)、许建昆《李攀龙研究》(台湾文史哲出版社 1987 年版)、郑利华《前后七子研究》(上海古籍出版社 2015 年版)等，即以此为专门研究对象，相关学术论文也较此前有大幅度增加。

进入 21 世纪以后，随着博士教育规模的不断扩大，选择以明代诗歌作为研究对象的博士论文迅速增加，一些此前从事明代诗文研究的前辈学者，培养了一大批以明诗作为研究对象的青年学者，编者即为其中一员。在此背景下，许多此前甚少留意的诗人、作品也开始受到研究者关注，逐渐走出了"养在深闺人未识"的境地。新时期最值得注意的明诗研究成果是由左东岭等人撰写的《中国诗歌通史·明代卷》。作为整个中国诗歌历史的一部分，该书对明代近 300 年的诗歌作了概览式的描述。以往在文学通史著作或是断代文学史著作中，虽然也有关于明代诗歌的总体描述，但以专书讨论明代诗歌的历史，是此前从未有的。而专史的出现，也从一个侧面反映了明代诗歌研究进入繁盛期。

总体来看，明诗研究作为 20 世纪 80 年代以后新兴的研究领域，成果累累，几乎每年都有相关的学术著作问世，研究文章也呈上升趋势，研究开始由冷落寂寞逐渐走向繁荣。然而在数量膨胀的背后，也存在质量不高、突破不大的问题。明代诗文材料十分丰富，其中多数又都未经开掘，研究者带着一种"垦荒"的心态进入明诗研究领域，对材料缺乏系统的爬梳，对具体问题的分析也多浅尝辄止。以明代中期诗歌研究为例。目前的研究主要集中在茶陵派、吴中文学、复古派等诗人群体；对该群体之外的诗人，仅对杨慎、高叔嗣、薛蕙等少数几人有所研究；唐宋派主要被作为一个散文流派，唐顺之、王慎中等人的诗歌较少有研究者涉及。宏观研究注重清理明代诗歌的发展线索，微观研究侧重单个作家、作品的分析。① 前者看似对明诗发展整体状况有明确描述，实则忽略了明诗发展进程中的许多细节。例如，

---

① 参见邓绍基、史铁良主编：《明代文学研究》第二章《明代诗文研究》，北京出版社 2001 年版，第 33~62 页。

在研究当中，不少学者将嘉靖前期的薛蕙、杨慎等人作为"前七子"复古运动的后劲，而将"前七子"向"后七子"的过渡看成是王世贞、李攀龙等人与唐宋派争夺文学话语权。这样的思路，对描述明代中期复古运动的整体走势自有其合理性，但在此意下，文学史的细节与文学史事实之间难免存在一定偏差。微观研究中，作家生平考证、作品鉴赏分析、具体文学理论、文学流派的描述占较大比重。开创性、填补空白的研究成果不少，但要由此成为学术研究经典，似乎仍有不少路要走，尚待时间和历史的检验。

关于 20 世纪明诗研究的总体状况，杜贵晨《明诗论略》一文作过简单概括。其说虽然提出是在 21 世纪初年，经过了 10 多年的发展，明诗研究时常出现的"填补空白"局面已有很大改善，第一部明代诗歌断代史也已出版问世；然而，无论是深入、细致的程度，还是学术成果的影响力和经典性，明诗研究还有很长的路要走。他是这样说的：

> 中国历代诗歌研究中，明诗向来是最薄弱的环节之一。虽然近世各种文学史著作一般都以极少的篇幅包括有这一部分内容又评价甚低，但是，像陆侃如、冯沅君先生那样影响颇大的《中国诗史》根本不提唐以后的诗，共和国成立以后长时期中几乎不见明诗的选本，更说不上有研究著作问世，就可知其到了何等被冷落甚至被遗忘的地步。近二十年来情况略有好转，《全明诗》在编纂中，除陆续有几种明诗选本出版以外，明人别集的整理以及明诗个案研究的著作也有数种，由张松如先生主编的《中国诗歌史论丛书》中也有了《明清诗歌史论》一种，代表了对明诗研究的空前的关怀。但是，这些仅有的成绩，不仅与唐、宋诗研究不能相比，即与清诗的研究相比也还相差很远。①

在文章中，杜氏将明诗的成就和特点概括为 5 个方面：一、对"真

---

① 杜贵晨：《明诗论略》，见复旦大学中国古代文学研究中心编：《中国文学研究》第三辑，江西教育出版社 2000 年版，第 189 页。

诗"的追求；二、"明人诗主真"的历史走向是高扬个性解放的精神；三、明代诗歌内容上最突出的特色就是关切现实和张扬个性；四、"明人诗主真"加速了中国古代诗歌近代化进程；五、"明人诗主真"也给诗的艺术形式带来深刻变化。由这五点来看，杜先生对明诗成就和特点的概括，仍然立足于晚明文学思潮，与 20 世纪 20 年代周作人的看法接近。目的是尽可能地提高明诗在诗史上的地位，从而为明诗研究在中国古代文学研究领域争一席之地。这一点可以说是 20 世纪明诗研究的基本特点。晚明诗歌在明代诗史甚至中国古代诗史中地位的提高，则是 20 世纪明诗研究最突出的贡献。同时随着研究的不断深入，对明代诗歌的整体成就、价值也有了更为客观的评价。文学史的研究，既要有必要的审美判断，同时也应有明确的历史意识。在明代诗歌演进的历史中理解明代诗歌创作、理论建构，才能将明诗研究推向深入。我们有理由相信，再经过数十年的发展，明诗研究的园地里定能开出更多的灿烂繁花。

明诗研究经典论著选介

明诗再降与复古声中各派之起伏

李 维

【作者简介】李维，生平不详。曾在北京大学学习，师从刘毓盘。刘毓盘曾为北京大学教授，著有《词史》，晚年欲著诗史，却力不从心，遂鼓励学生李维撰写中国诗史。1926年冬，李维避乱还乡，以3个月时间写成260页的《中国诗史》。

明诗扰攘于门户之争，复古一派，凌驾中朝，求其所谓大家者，仅国初高启一人而已。启与杨基、张羽、徐贲，称吴中四杰，与王行、徐贲、高逊志、唐肃、宋克、余尧臣、张羽、吕敏、陈则，称北郭十友，而何大复于当时独盛称袁凯，盖诸子多承铁崖余绪，以才情声气为先，至其才气，则均非启之匹也，永乐(成祖)以降，迄于成化(宪宗)，八十年间，(历仁、宣、英、景四朝)号称极盛，其间执文柄者，首数三杨(杨士奇、杨荣、杨溥)，三杨代掌国政，故所为诗，以雍容闲雅为主，世称之曰台阁体。此外尚有所谓正统(英宗)十才子，景泰(景帝)十才子者，大抵不出台阁一派，无足论也。适至弘、正(弘治、正德，孝宗、武宗年号)，国事日促，台阁一派，遂渐为世人所厌弃，东阳(李东阳)掉尾，始矫庸音，何、李(何景明、李梦阳)乘风，更倡复古，文必秦、汉，诗必盛唐，俨然成一大宗派。为东阳羽翼者，有杨一清。为何、李羽翼者，有边贡、徐祯卿、康海、王九思、王庭相，即所谓前七子者是也。七子倡霸，海内文人，至不敢移宫换羽，惟杨慎、薛蕙诸人能独树一帜，王慎中、唐顺之辈，敢倡法初唐，何、李派之反动，止此而已。至嘉靖七子，复衍何、李之绪，势乃愈盛，七子者，李攀龙、王世贞、谢榛、宗臣、梁有誉、徐中行、吴国伦，世又称后七子。前后七子，以复古凌驾一代，势力之大，莫与之京，徐渭变之，未能也，汤显祖变之，亦未能也，万历(神宗)朝，公安、竟陵两派代兴，而复古一派，遂稍稍杀其势矣。天启(熹宗)、崇祯(壮烈帝)，当国未运，以论夫诗，则钱谦益、吴伟业，均称大家，兹附于清，以两公仕清故也。刘基、宋濂为有明开国词臣，宋以文名，则诗人当首论刘基。

刘基字伯温，青田人，与宋濂齐名，工文能诗，其诗豪迈，喜为沈著之音，与元人之纯尚纤靡者，又自不同。有《诚意伯集》。

> 天弧不解射封狼，战骨纵横满路旁。古戍有狐鸣夜月，高冈无凤集朝阳。珊戈画戟空文物，废井颓垣自雪霜。漫说汉庭思李牧，未闻郎署遣冯唐。(刘基《感兴》)

高启字季迪，长洲人，元末，避张士诚乱，遁居松江之青丘，自号青丘子。洪武初，召修《元史》，以《题宫女画犬诗》刺帝招忌，旋坐撰魏观《上梁文》，被诛，时年仅三十九。季迪以诗名，王子充称其诗"隽而清丽，如秋空飞隼，盘旋百折，招之不肯下。又如碧水芙蓉，不假雕饰。翛然尘外"。清《四库提要》曰："启天才高逸，实据明一代诗人之上，其于诗拟汉魏似汉魏，拟六朝似六朝，拟唐似唐，拟宋似宋，凡古人之所长，无不兼之，振元末纤秾之习，而反之于古，启实有力焉……"是启又复古派之先导也。所著有《吹台》、《凤台》、《击鸣》、《青丘》诸集，景泰初，徐庸合编为《大全集》。

> 大江来从万山中，山势尽与江流东。钟山如龙独西上，欲破巨浪乘长风。江山相雄不相让，形胜争夸天下壮。秦皇空此瘗黄金，佳气葱葱至今王。我怀郁塞何由开，酒酣走上城南台。坐觉苍茫万古意，远自荒烟落日之中来。石头城下涛声怒，武骑千群谁敢渡。黄旗入洛竟何祥，铁锁横江未为固。前三国，后六朝，草生官阙何萧萧。英雄时来务割据，几度战血流寒潮。我今幸逢圣人起南国，祸乱初平事休息。从今四海永为家，不用长江限南北。(高启《登金陵雨花台望大江》)

重臣分省去台端，宾从威仪尽汉官。四塞河山归版籍，百年父老见衣冠。函关月落听鸡度，华岳云开立马看。知尔西行定回首，如今江左是长安。（高启《送沈左司从汪参政分省陕西汪由御史中丞书》）

杨基字孟载，嘉州人，家于吴，少从铁崖游，故其诗不少元习，至其清秀俊爽，自是一时之选。《春草诗》最传。有《眉庵集》。

嫩绿柔香远更浓，春来无处不茸茸。六朝旧恨斜阳里，南浦新愁细雨中。近水欲迷歌扇绿，隔花偏衬舞裙红。平川十里人归晚，无数牛羊一笛风。（杨基《春草》）

张羽字来仪，本浔阳人，后居吴兴，官至太常寺丞，坐事窜岭南，未半道，召还，自知不免，投龙江死。程孟阳称其"五言古诗，学杜学韦，各有神理。七言律诗，全是唐音，乐府歌行，不袭宋、元旧格，颉颃高、杨，未易前后"。有《静居集》。

高斋每到思无穷，门巷玲珑野望通。片雨隔村犹夕照，疏林映水已秋风。药囊诗卷闲行后，香篆灯光静坐中。为问只今江海上，如君无事几人同。（张羽《唐叔良溪居》）

徐贲字幼文，本蜀人，居吴，与高启、杨基、张羽号吴中四杰。其诗体明密，颇近皮、陆。溺海死。有《北郭集》。

粼粼水溶春，澹澹烟销午。不见歌唱人，空来荷叶浦。无处寄相思，停舟采芳杜。（徐贲《过荷叶》）

袁凯字景文，华亭人，自号海叟，洪武中为御史，以疾归。凯工诗，有盛名，何大复举以为国初诗人之冠。程孟阳曰："海叟诗气骨高妙，天容道貌，即之冷然，《古意》二十首，高骨激越，雄视一代，七言古诗，笔力豪岩，鲜不如意，七言律诗，自宋、元来学杜，鲜有如叟之自然者……"尝倒骑黑驴，游行九峰间，于铁崖座上所赋《白燕诗》最传，故又号袁白燕。有《在野集》。

　　故国飘零事已非，旧时王谢见应稀。月明汉水初无影，雪满梁园尚未归。柳絮池塘香入梦，梨花院落冷侵衣。赵家姊妹多相忌，莫向昭阳殿里飞。（袁凯《白燕诗》）

林鸿字子羽，福清人，洪武初，以人才荐，性脱落不喜仕，年未四十，自免归，与郑定，王褒、唐泰、高棅、王恭、陈亮、王偁、周元、黄元称闽中十才子。其诗尊唐，闽中言诗者，率宗法之。有《鸣盛集》。

　　儒生好奇古，出口谈唐虞。倘生羲皇前，所谈乃何如。古人既已死，古道存遗书。一语不能践，万卷徒空虚。我愿但饮酒，不复知其余。君看醉乡人，乃在天地初。（林鸿《饮酒》）

孙蕡字仲衍，广东顺德人，洪武三年，始行科举，蕡与选，尝为蓝玉题画，玉诛，坐党论死。有《西庵集》。

　　湖州汉水穿城郭，傍水人家起楼阁。春风垂柳绿轩窗，细雨飞花湿帘幕。四月五月南风来，当门处处芰荷开。吴姬画舫小于斛，荡桨出城沿月回。菰蒲浪深迷白纻，有时隔花闻语笑。鲤鱼风起燕飞斜，采菱歌入鸳鸯渚。（孙蕡《湖州乐》）

刘崧字子高，泰和人，元末举于乡，洪武三年入朝，授兵部职。善为诗，其佳者，似大历十才子，豫章人宗之为西江派。有《槎翁集》。

　　姑苏城头乌夜啼，姑苏台上风凄凄。芙蓉露冷秋香死，美人夜啼双蛾低。铜龙咽寒更漏促，手拨繁弦转红玉。鸳鸯飞去犀廊空，犹唱吴宫旧时曲。（刘崧《姑苏曲》）

明初诗派有五，越派昉于刘基，吴派昉于高启，闽派昉于林鸿，岭南派昉于孙蕡，江右派昉于刘崧。而吴派为最大。

永乐成化间，三杨代执文柄，以雍容闲雅为一世倡，故其体世称台阁。其敝也，肤廓冗长，千篇一律。弘正七子，起而矫之，文必秦、汉，诗必盛唐。诗风为之一变。在当时树异帜者，有杨慎、薛蕙诸人，杨、薛固尝与何、李游，而竟非议之，亦复古派之一反动也。

杨士奇名寓，太和人，建文初，以史才召入翰林，永乐初，入内阁，执政四十余年，与杨荣、杨溥号称三杨，三杨值明隆盛，故其诗崇尚典雅，每作颂扬语，晚进宗之，称曰台阁派。士奇享名最盛。有《东里集》。

忆昔六龙升御日，最先承诏上峦坡。论思虚薄年华速，霄汉飞腾宠命多。空有赤心常捧日，不禁清泪欲成河。文孙继统今明圣，供奉无能奈老何。（杨士奇《谒长陵》）

李东阳字宾之，号西涯，茶陵人，居京师，天顺（英宗）八年进士，工篆隶，善诗文，明兴以来，宰臣以文领袖缙绅者，杨士奇后，东阳一人而已。东阳诗宗老杜，一矫台阁之习，为弘正七子之先导。而弘正七子，反力诋之。王世贞曰："东阳之于何、李，犹陈涉之启汉高。"立朝五十年，清节不渝，罢政后，以诗文书篆资朝夕，一日夫人方进纸墨，东阳有倦意，夫人笑曰："今日设客，可使案无鱼菜耶。"乃欣然命笔，其风操有如是者，有《怀麓堂集》。

秋风江口听鸣榔，远客归心正渺茫。万古乾坤此江水，百年风日几重阳。烟中树色浮瓜步，城上山形绕建康。直过真州更东下，夜深灯火宿维扬。（李东阳《九日渡江》）

李梦阳字献吉，号空同子，庆阳人，弘治（孝宗）进士，工诗文，以李东阳为萎弱，卓然以复古自命，文必秦、汉，诗必盛唐。专尚摹拟，文运为之一变。与何景明、徐祯卿、边贡、康海、王九思、王庭相号七才子，卑视一世，而梦阳为尤甚。清《四库提要》曰："梦阳倡言复古，使天下勿读唐以后书，持论甚高，足以悚当代之耳目，故学者翕然宗之，文体一变。厥后摹拟剽窃，日就窠穴，论者追原本始，归狱梦阳，其受诟厉亦最深。"华州王维桢谓七言律诗自杜甫以后，善用顿挫倾插之法者，惟梦阳一人。有《李空同集》。

黄河水绕汉边墙，河上秋风雁几行。客子过濠追野马，将军骏箭射天狼。黄尘古渡迷飞挽，白月横空冷战场。闻道朔方多勇略，只今谁见郭汾阳。(李梦阳《秋望》)

何景明字仲默，信阳人，弘治进士，与李梦阳倡诗古文，梦阳最雄骏，景明稍后出，相与颉颃，世称何、李。惟梦阳主摹拟，景明主创造，各树坚垒，互相诋诽。论者谓景明之才，本逊梦阳，而其诗体秀逸，视梦阳之专事剽窃，似又过之。卒年三十九。有《何大复集》。

烟渺渺，碧波远。白露晞，翠莎晚。泛绿漪，蒹葭浅。浦风吹帽寒发短。美人立，江中流。暮雨帆樯江上舟，夕阳帘栊江上楼。舟中采莲红藕香，楼前踏翠芳草愁。芳草愁，西风起。芙蓉花，落秋水。江白如练月如洗，醉下烟波千万里。(何景明《秋江词》)

徐祯卿字昌谷，吴县人，弘治进士。为诗初喜白居易、刘禹锡，与何、李游，始改趋汉、魏、盛唐，为吴中诗人之冠。与何、李、边贡，又号弘正四杰，盖七子中之特出者也。有《迪功集》。

渺渺春江空落晖，行人相顾欲沾衣。楚王宫外千条柳，不遣飞花送客归。(徐祯卿《春思》)

月宫秋桂冷团团，岁岁花开只自攀。共在人间说天上，不知天上忆人间。(边贡《嫦娥》)

杨慎字用修，新都人，正德(武宗)六年殿试第一，诗才华丽，于何、李倡霸声中，独立门户。记诵之博，著作之富，在有明推为第一，卒年七十二。有《杨升庵集》。

> 剑江春水绿沄沄，五丈原头日又曛。旧业未能归后主，大星先已落前军。南阳祠宇空秋草，西蜀关山隔暮云。正统不惭传万古，莫将成败论三分。（杨慎《题武侯庙》）

徐祯卿初与文徵明、唐寅、祝允明号吴中四子，诗效白居易、刘禹锡，后与何、李游，乃改向汉、魏、盛唐。文、唐辈才情极富，以纵情诗酒，为人所短，然在有明诗人中，尚能不为门户所限，惟格不甚高耳。文有《甫田集》，唐有《唐伯虎集》，祝有《祝枝山集》。

何、李倡霸，海内宗之，惟王慎中、唐顺之辈，卓然不为所动，文宗欧、曾，诗法初唐，以与之抗，其盛也，何、李之集，几遏而不行。迨嘉靖七子出，复衍何、李之绪，文必秦、汉，诗必盛唐，复古派之光焰，遂又照耀于世。

王慎中字道思，晋江人，嘉靖进士。文宗欧、曾，诗效初唐，与唐顺之、陈东、李开先、熊过、任瀚、赵时春、吕高号八才子，王、唐享名最盛，又号王唐，卒年十一。有《遵严集》。顺之字应德，毗陵人，嘉靖进士。有《荆川集》。

> 云出本无心，择楼多奇嶙。縻予慕真胜，涉趣不知远。初缘碧涧行，几傍丹崖转。林迫去虎踪，蹬蹑飞猿践。泉流递浅深，岩谷变阴显。喷瀑偶留憩，石床时仰偃。桂芳洞里秋，霞映山中晚。探异寻前期，入幽忘后返。神游力不捐，理惬情惧遣。天路如可梯，欲以微官免。（王慎中《游麻姑山》）

李攀龙字于鳞，历城人，嘉靖进士，与王世贞、谢榛、宗臣、梁有誉、徐中行、吴国伦倡诗社，号七才子，文宗秦、汉，诗法盛唐，而攀龙为之冠。尝谓文西京，诗天宝，以下俱无足观，本朝独推李梦阳。所为诗高华矜贵，绝去凡庸。隆庆（穆宗）四年卒，年五十七。有《沧溟集》。

缥缈真探白帝宫，三峰此日为谁雄。苍龙半挂秦川雨，石马长嘶汉苑风。地㪍中原秋色尽，天开万里夕阳空。平生突兀看人意，容尔深知造化工。（李攀龙《秋登太华绝顶》）

王世贞字元美，号凤洲，太仓人，嘉靖进士，与李攀龙狎主文柄，攀龙殁，独操其柄二十年，声华意气，笼盖海内。诗效盛唐，而藻饰过甚，朱彝尊至谓其千篇一律，晚年渐就平淡。病亟时，刘凤往视，见其手《苏子瞻集》，讽玩不置。卒于万历（神宗）十八年，年六十五。有《弇州山人集》。

与尔同兹难，重逢恐未真。一身初属我，万事欲输人。天意宁群盗，时艰更老亲，不堪追往昔，醉语亦伤神。（王世贞《乱后初入吴与舍弟小酌》）

谢榛字茂秦，临清人，嘉靖间，挟诗卷游长安，时李、王正结社燕市，茂秦乃以布衣入执牛耳，主选十四家诗，七子论诗之旨，由是大定。攀龙赠诗曰："谢榛吾党彦，咄嗟名士籍。遂令清庙音，乃在褐衣客。"既而恶其名高，遗书与之绝。元美别定五子，遽削其名，布衣见弃，殊可慨也。其诗词气高逸，在七子中，阶称独步。有《四溟山人集》。

生涯怜汝自樵苏，时序惊心尚道涂。别后几年儿女大，望中千里弟兄孤。秋天落木愁多少，夜雨残灯梦有无。遥想故园挥涕泪，况闻寒雁下江湖。（谢榛《秋日怀弟》）

梁有誉字公实，顺德人，有《兰亭存稿》。宗臣字子相，兴化人，有《方城集》。徐中行字子与，长兴人，有《青萝馆集》。吴国伦字明卿，兴国州人，有《甀甀洞集》。四子虽远不如前三子享名之盛，而所为诗，亦时有高致，但不能外摹拟剽窃耳。

王、李之极，公安袁氏兄弟起而矫之，于唐宗白乐天，于宋宗苏轼，务以清新俊快，于是学者多舍王、李而趋就之，号曰公安体。竟陵钟惺，又诋以为浅率，易之以幽深孤峭，与同里谭元春评选唐人诗，为《唐诗归》，钟、谭之名满天下，号曰竟陵体。朱彝尊曰："万历中，公安矫历下娄东之弊，倡浅率之调，以为浮响，造不根之句，以为奇突，用助语之词，以为流转，著一字务求之幽晦，构一题必期于不通，《诗归》出，而一时纸贵，闽人蔡复一等，既降志以相从，吴人张泽、华叔等，复闻声而遥应，无不奉一言为准的，入二竖于膏肓，取名一时，流毒天下，诗亡而国亦随之矣。"

袁宏道字无学，公安人，万历进士，与其兄宗道、弟中道，并以诗鸣海内，时号三袁。主性灵，尚妙悟，以清新轻快之诗，矫王、李摹拟之病，王、李之风，为之不振。尝谓唐自有古诗，不必选体，中、晚皆有诗，不必初、盛，欧、苏、陈、黄各有诗，不必唐人。唐诗色泽鲜妍，如旦晚脱笔砚者，今诗才脱笔砚，已是陈言，岂非流自性灵，与出自剽拟，所从来异乎。有《瓶花斋诗集》。

> 横塘渡，郎西来，妾东去，感郎千金顾。妾家住西桥，朱门十字路，认取辛夷花，莫过杨柳树。（袁宏道《杂诗》）

钟惺字伯敬，竟陵人，万历进士，与同里谭元春以诗名，世号钟谭。时公安体盛行，钟、谭独诋以为浅率，倡为幽深孤峭，惟两人学不甚富，其识解多僻，大为通人所讥。诗亦晦涩。赵瓯北曰："钟、谭辈，从一字一句，标举冷僻，以为得味外味，则幽独君之鬼语矣。"有《隐秀轩集》。谭，字友夏，天启举人，名辈后于惺。有《岳归堂集》。

> 舟栖频易处，水宿偶依岑。岸暝江逾远，天寒谷自深。隔墟烟似晓，近峡气先阴，初月难离雾，疏灯稍著林。渔樵昏后语，山水静中音。莫数归鸦翼，徒惊倦客心。（钟惺《舟晚》）

明诗扰攘于门户之争，以摹拟为能事，各奉其师规，以相诋毁，当时作家固甚众，然无一人能脱卸唐人之羁绊者，诗之流弊，至此可谓极矣。赵瓯北曰："高青丘后，有明一代，竟无诗人，李西涯虽雅驯清澈，而才力尚小，前后七子，风行海内，迄今优孟衣冠，笑齿已冷。降及末造，而精华始发越，钱、吴二老，为海内所推。"钱、吴诚为明末大家，但均仕清，兹不论。此外尚有所谓复社、幾社、豫章社者，复社尊王、李，张溥、张采等主之。幾社亦尊王、李，陈子龙、夏彝仲等主之。豫章社反抗王、李，艾南英等主之。旗帜鲜明，门户森立，亦有明文学之余光也。

——据石棱精舍 1928 年版《中国诗史》

【评　介】

李维生平事迹已难详考，其为人所知仅限所著《中国诗史》一书。通过该书的《自序》可知，李维为北京大学中文系学生，师从词史专家刘毓盘。刘毓盘在 20 世纪 20 年代曾撰《词史》，系其讲授词学之讲稿。刘氏曾计划撰写一部诗史，却力不从心，遂于 1926 年秋建议学生李维撰写。当年冬，李维"避难归乡"，以 3 个月时间写成 11 万字的《中国诗史》，次年返回北京大学，以书稿呈递刘毓盘。刘毓盘欲为之作序，却不幸于 1928 年 7 月去世，李维遂自为序，并于当年 10 月付梓。

《中国诗史》于 1928 年由北京石棱精舍出版，1996 年东方出版中心《民国学术经典文库》收入此书，作者自序被删除。江苏文艺出版社、吉林人民出版社分别于 2008 年、2014 年予以再版。本书所选《明诗再降与复古声中各派之起伏》①系从《中国诗史》论明代诗歌部分节选而出，因篇幅较短，故单列为一篇。

20 世纪初，随着现代大学教育的兴盛，中国出现了大量文学通史、断代文学史和分体文学史。李维的《中国诗史》是现代学术意义上论述中国诗歌历史流变较早的一部专著。《中国诗史》分上、中、下三卷，共 45 章。上卷论前唐，共 15 章；中卷论唐、五代，共 13 章；下卷论宋、元、明、清，共 17 章。他将唐代诗歌看作中国诗歌

---

①　《中国诗史》一书论明诗的部分共 4 章，皆题为"明诗再降与复古声中各派之起伏"，分上、中一、中二、下四章论之。

史的鼎盛时期，认为至晚唐则诗势已尽，至宋、金、元则又降，明再降，清极衰。他在论述完唐代以后总括说：

> 诗至晚唐，其势已尽。此后承袭诗统者，在词而不在诗，词再传为曲。故五代两宋之词，金元之曲，在其当时之风尚，一如有唐之诗，灿然为一代之花，至同时之所谓诗者，竟莫与焉。此后之诗，均属唐人之旁枝别派，纯由作者之天才与好尚，得其大者为大家，得其小者为小家，即其高者，亦不过摹仿汉魏六朝，故历宋金元明清，未有能出汉魏六朝唐人之外者。诗学之高下，全恃作者技术之优劣，非有所谓自然之势也。其弊也，分门立户，各有师法，日以模拟古人为能事，而诗学遂不可复问矣。①

由这段话我们可以看出，在李维的认识中，唐后诗学衰敝的原因有二：第一，唐后承袭诗统者在词、曲；第二，唐后诗的自然之势已尽，后之作者皆由各自天才好尚为诗。由文学史的认识来看，"诗降而为词，词降为曲"的说法，是明清以降文学批评的普遍看法，今人的研究虽然对这一说法并无直接承续，但从审美评价来说，又从总体上予以呼应。李氏所谓"自然之势"的说法，一定程度上反映了他对中国诗史发展的独特见解。在他看来，唐代以后作诗"恃作者技术之优劣"的做法，因有悖"自然之势"，因而在成就上只能居于下流，难复唐诗之盛。

李维对中国诗史的认识代表了当时的普遍看法。鲁迅就曾说："我以为一切好诗，到唐已被做完。"②闻一多也认为："我们只觉得明清两代关于诗的那许多运动和争论，都是无味的挣扎。每一度挣扎的失败，无非重新证实一遍那挣扎的徒劳无益而已。本来从西周唱到

---

① 李维：《中国诗史》，江苏文艺出版社 2008 年版，第 155 页。
② 鲁迅：《致杨霁云》，见《鲁迅全集》第 12 册，人民文学出版社 1998 年版，第 612 页。

北宋，足足二千年的工夫也够长的了，可能的调子都已唱完了。"①鲁迅和闻一多的见解代表当时的主流意见，同时也影响着当时和后来的文学史撰述。比李维稍早，陈钟凡《中国韵文通论》(上海中华书局1927年版)述诗、赋、词、曲四类，严格来说不具有诗史的性质。比李维稍后，陆侃如、冯沅君合撰《中国诗史》(商务印书馆1931年版)，吴烈著《中国韵文演变史》(世界书局1940年版)，时间上都只写到宋代，均未及明代。龙榆生《中国韵文史》(商务印书馆1934年版)所述为诗、词、曲三类，是当时韵文史的代表作，然而对明诗一笔带过，且评价很低："明诗专尚模拟，鲜能自立。一代文人之才力，趋新者争向散曲方面发展；守旧者则互相标榜，高谈复古以自鸣高；转致汩没性灵，束缚才思；末流竞相剽窃，丧其自我。明诗喜言盛唐，乃不免化神奇为臭腐；又多立门户，以相攻击；作者虽多，要为诗歌史上之一大厄运已！"②

李维大体也接受了这种诗史观。他在《中国诗史》中对明代诗运的基本评价，认为明诗的走向是步步下降的，"明诗再降"的提法反映了明代诗歌发展的基本运势。在他看来，明诗唯复古是崇，由此出现"分门立户，各有师法，日以模拟古人为能事，而诗学遂不可复问矣"③的情形，对诗史发展来说都只是穷途末路，垂死挣扎。鉴于此，他在论述完明代部分后总括说：

> 明诗扰攘于门户之争，以摹拟为能事，各奉其师规，以相诋毁，当时作家固甚众，然无一人能脱卸唐人之羁绊者，诗之流弊，至此可谓极矣。④

---

① 闻一多：《文学的历史动向》，见《闻一多全集》，上海开明书店1948年版，第203页。

② 龙榆生：《中国韵文史》，见《龙榆生全集》第一卷，上海古籍出版社2015年版，第75页。

③ 李维：《中国诗史》，江苏文艺出版社2008年版，第155页。

④ 李维：《中国诗史》，江苏文艺出版社2008年版，第214页。

实际上，类似“诗之流弊，至此可谓极矣”的评价，与明末清初以来的主流看法一脉相承，并不是什么新奇之见。这样的判断，虽然也看到了明代诗歌发展中存在的问题，却又不免显得意气用事，并非经过透彻了解后的公允评价。明代诗歌取得的成绩和存在的问题，并不是一句“诗之流弊，至此可谓极矣”所能概括。

虽然在见解和体式上还存在诸多不足，但李维的《中国诗史》作为20世纪早期关于中国诗歌历史的整体论述，其书写轨范和著述体例仍值得肯定。董乃斌等人主编的《中国文学史学史》评价说：

> 作为现代学术背景下的第一部中国诗歌通史，《诗史》一书以其宏通的诗史观和粗具现代形态的编撰体例为诗学界提供了一个成功的范本。但既为草创之作，其不足之处也显而易见。通观此书，作者在新的诗史观和诗史序列的建构上是基本成功的，但对于诗风流变及具体作家创作得失的判断则大多摭拾前人的陈说而缺乏创见；论述作家尤多老生常谈，且仅仅简单罗列其人其诗，略加评点，连缀成章，颇似诗话之体。①

这一看法，既认识到该书的学术史意义，也指出其中存在的不足之处。即以李维笔下的明代诗史部分来看，只是按时间和流派罗列了一些明代具有代表性的诗人略加述评，还缺乏明确的文学史意识，对明代诗坛流变的论述也只有寥寥几段文字，其中很多观点多承自清代钱谦益、赵翼、《四库提要》和《明史》，较少自己的见解。这一点，从李维只花费很短的时间就完成对整个诗史的考察也可以想见。然而，李维能用一种文学发展和流变的观点来撰写一部中国诗史，并将明代诗史纳入中国诗史的一个阶段，却也十分难得。尤其是还只处在中国学术转型的20世纪早期。他所撰写的诗史，对此后近百年中国诗史的撰写具有开创之功。而其中的《明诗再降与复古声中各派之起伏》

---

① 董乃斌、陈伯海、刘扬忠主编：《中国文学史学史》第三卷，河北人民出版社2003年版，第31页。

一节,虽然甚为简略,但也可以算是对明代诗歌历史流变的简单认识。不过也许连李维也没有料到,第一部明代诗歌通史专著的出现,竟要等到 21 世纪以后。而其中经历的婉曲与挫折,又不能不令人感叹。

中国文学的变迁

周作人

【作者简介】周作人(1885—1967),原名櫆寿(后改为奎绶),字星杓,又名启明、启孟、起孟,号知堂、药堂等,笔名遐寿、仲密、岂明等,浙江绍兴人。著名作家、学者,中国民俗学奠基人之一。历任北京大学、燕京大学教授。著有《中国新文学的源流》、《欧洲文学史》、《近代欧洲文学史》、《儿童文学小论》等。

两种潮流的起伏,

历代文学的变迁,

明末的新文学运动,

公安派及其文学主张,

竟陵派之继起,

公安竟陵两派的结合,

上次讲到文学最先是混在宗教之内的,后来因为性质不同分化了出来。分出之后,在文学的领域内马上又有了两种不同的潮流:

(甲)诗言志——言志派

(乙)文以载道——载道派

言志之外所以又生出载道派的原因,是因为文学刚从宗教脱出之后,原来的势力尚有一部分保存在文学之内,有些人以为单是言志未免太无聊,于是便主张以文学为工具,再借这工具将另外的更重要的东西——"道",表现出来。

这两种潮流的起伏,便造成了中国的文学史。我们以这样的观点去看中国的新文学运动,自然也比较容易看得清楚。

中国的文学,在过去所走的并不是一条直路,而是像一道弯曲的河流，从甲处流到乙处，又从乙处流到甲处，遇到一次抵抗，其方向即起一次转变。略如下图：

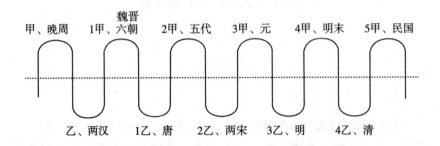

甲、晚周　1甲、六朝（魏晋）　2甲、五代　3甲、元　4甲、明末　5甲、民国

乙、两汉　1乙、唐　2乙、两宋　3乙、明　4乙、清

　　图中的虚线是表示文学上的一直的方向的，但这只是可以空想得出来，而实际上并没有的。

　　民国以后的新文学运动，有人以为是一件破天荒的事情，胡适之先生在他所著的《白话文学史》中，就以为白话文学是中国文学唯一的目的地，以前的文学也是朝着这个方向走，只因为障碍物太多，直到现在才得走入正轨，而从今以后一定就要这样走下去。这意见我是不大赞同的。照我看来，中国文学始终是两种互相反对的力量起伏着，过去如此，将来也总如此。

　　要说明这次的新文学运动，必须先看看以前的文学是什么样，现在我想从明末的新文学运动说起，看看那时候是什么情形，中间怎样经过了清代的反动，又怎样对这反动起了反动而产生了最近这次的文学革命运动。更前的在这里只能略一提及。希望大家自己去研究，得以引申或订正我的粗浅的概说。

　　晚周，由春秋以至战国时代，正是大纷乱的时候，国家不统一，没有强有力的政府，社会上更无道德标准之可言，到处只是乱闹乱杀，因此，文学上也没有统制的力量去拘束它，人人都得自由讲自己愿讲的话，各派思想都能自由发展。这样便造成算是最先的一次诗言志的潮流。

　　文学方面的兴衰，总和政治情形的好坏相反背着的。西汉时候的政治，在中国历史上总算是比较好些的，然而自董仲舒而后，思想定于一尊，儒家的思想统治了整个的思想界，于是文学也走入了载道的路子。这时候所产生出来的作品，很少作得好的，除了司马迁等少数人外，几乎所有的文章全不及晚周，也不及这时期以后的魏、晋。

魏时三国鼎立，晋代也只有很少年岁的统一局面，因而这时候的文学，又重新得到解放，所出的书籍都比较有趣一些。而在汉朝已起头的骈体文，到这时期也更加发达起来。更有趣的是这时候尚清谈的特别风气。后来有很多人以为清谈是晋朝的亡国之因。近来胡适之，顾颉刚诸先生已不以为然，我们也觉得政局的糟糕绝不能归咎于这样的事情。他们在当时清谈些什么，我们虽不能知道，但想来是一定很有趣味的事。《世说新语》是可以代表这时候的时代精神的一部书。另外还有很多的好文章，如六朝时的《洛阳伽蓝记》、《水经注》、《颜氏家训》等书内都有。《颜氏家训》本不是文学书，其中的文章却写得很好，尤其是颜之推的思想，其明达不但为两汉人所不及，即使他生在现代，也绝不算落伍的人物，对各方面他都具有很真切的了解，没一点固执之处。《水经注》是讲地理的书，而里边的文章也特别好。其他如《六朝文絜》内所有的文章，平心静气地讲，的确都是很好的，即使叫现代的文人写，怕也很难写得那样好。

唐朝，和两汉一样，社会上较统一，文学随又走上载道的路子，因而便没有多少好的作品。这时代的文人，我们可以很武断地拿韩愈作代表。虽然韩愈号称文起八代之衰，六朝的骈文体也的确被他打倒了，但他的文章，即使是最有名的《盘谷序》，据我们看来，实在作得不好。仅有的几篇好些的，是在他忘记了载道的时候偶尔写出的，当然不是他的代表作品。

自从韩愈好在文章里面讲道统而后，讲道统的风气遂成为载道派永远去不掉的老毛病。文以载道的口号，虽则是到宋人才提出来的，但那只是承接着韩愈的系统而已。

诗是唐朝新起的东西，诗的体裁也在唐时加多起来，如七言诗、绝句、律诗等都是。但这只是由于当时考诗的缘故。因考诗所以作诗的加多，作品多了自然就有很多的好诗。然而这情形终于和六朝时候的创作情形是不相同的。

唐以后，五代至宋初，通是走着诗言志的道路。词，虽是和乐府的关系很大，但总是这时期新兴的一种东西。在宋初好像还很大胆地走着这条言志的路，到了政局稳定之后，大的潮流便又转入于载道方面。陆放翁、黄山谷、苏东坡诸人对这潮流也不能抵抗，他们所写下的，凡是我们所认为有文学价值的，通是他们暗地里随便一写认为好玩的东西。苏东坡总算是宋朝的大作家，胡适之先生很称许他，明末的公安派对他也捧得特别厉害。但我觉得他绝不是文学运动方面的人物，他的有名，在当时只是因为他反对王安石，因为他在政治方面的反动。（我们看来，王安石的文章和政见，是比较好的，反王派的政治思想实在无可取）他的作品中的一大部分，都是摹拟古人的。如《三苏策论》里面的文章，大抵都是学韩愈，学古文的。只因他聪明过人，所以学得来还好。另外的一小部分，不是正经文章，只是他随便一写的东西，如书信题跋之类，在他本认为不甚重要，不是想要传留给后人的，因而写的时候，态度便很自然，而他所有的好文章，就全在这一部分里面。从这里可以见出他仍是属于韩愈的系统之下，是载道派的人物。

清末有一位汪璪批评扬雄，他说扬雄的文章专门摹仿古人，写得都不好。好的，只有《酒箴》一篇。那是因为他写的时候随随便便，没想让它传后之故。这话的确不错。写文章时不摆架子，当可写得十分自然。好像一般官僚，在外边总是摆着官僚架子，在家里则有时讲讲笑话，自然也就显得很真诚了。所以，宋朝也有好文章，却都是在作者忘记摆架子的时候所写的。

元朝有新兴的曲，文学又从旧圈套里解脱了出米。到明朝的前后七子，认为元代以至明初时候的文学没有价值，于是要来复古：不读唐代以后的书籍，不学杜甫以后的诗，作文更必须学周、秦诸子。他们的时代是十六世纪的前半：前七子是在弘治年间，为李梦阳、何景明等人；后七子在嘉靖年间，为李攀龙、王世贞等人。他们所生时代虽有先后，其主张复古却是完全一样的。

对于这复古的风气，揭了反叛的旗帜的，是公安派和竟陵派。公安派的主要人物是三袁，即袁宏道、袁宗道、袁中道三人，他们是万历朝的人物，约当西历十六世纪之末至十七世纪之初。因为他们是湖北公安县人，所以有了公安派的名称。他们的主张很简单，可以说和胡适之先生的主张差不多。所不同的，那时是十六世纪，利玛窦还没有来中国，所以缺乏西洋思想。例如从现代胡适之先生的主张里面减去他所受到的西洋的影响，科学、哲学、文学以及思想各方面的，那便是公安派的思想和主张了。而他们对于中国文学变迁的看法，较诸现代谈文学的人或者还更要清楚一点。理论和文章都很对很好，可是他们的运气不好，到清朝他们的著作便都成为禁书了，他们的运动也给乾、嘉学者所打倒了。

"独抒性灵，不拘格套"，这是公安派的主张。在袁中郎（宏道）《叙小修诗》内，他说道：

> ……其间有佳处，亦有疵处。佳处自不必言，即疵亦多本色独造语。然予则极喜其疵处，而所谓佳者，尚不能不以粉饰蹈袭为恨，以为未能尽脱近代文人习气故也。
>
> 盖诗文至近代而卑极矣。文则必欲准于秦、汉，诗则必欲准于盛唐。剿袭模拟，影响步趋。见人有一语不相肖者，则共指以为野狐外道。曾不知文准秦汉矣，秦汉人曷尝字字准六经欤。诗准盛唐矣，盛唐人曷尝字字学汉、魏欤。秦、汉而学六经，岂复有秦汉之文？盛唐而学汉、魏，岂复有盛唐之诗？惟夫代有升降而法不相沿，各极其变，各穷其趣，所以可贵，原不可以优劣论也。
>
> 且夫天下之物，孤行则必不可无，必不可无虽欲废焉而不能。雷同则可以不有，可以不有则虽欲存焉而不能。……

这些话，说得都很得要领，也很像近代人所讲的话。
在中郎为江进之的《雪涛阁集》所作序文内，说明了他对于文学变迁的见解：

> ……夫古有古之时，今有今之时，袭古人语言之迹而冒以为古，是处严冬而袭夏之葛者也。骚之不袭雅也，雅之体穷于怨，不骚不足以寄也。后人有拟而为之者，终不肖也，何也？彼直求骚于骚之中也。至苏李述别，十九等篇，骚之音节体制皆变矣，

然不谓之真骚不可也。……

后面，他讲到文章的"法"——现在之所谓"主义"或"体裁"：

> 夫法因于敝而成于过者也：矫六朝骈丽钉饾之习者以流丽
> 胜，钉饾者固流丽之因也，然共过在于轻纤，盛唐诸人以阔大矫
> 之；已阔矣又因阔而生莽，是故续盛唐者，以情实矫之；已实
> 矣，又因实而生俚，是故续中唐者以奇僻矫之。然奇则其境必
> 狭，而僻则其务为不以根相胜。故诗之道至晚唐而益小。有宋
> 欧、苏辈出，大变晚习，于物无所不收，于法无所不有，于情无
> 所不畅，于境无所不取。滔滔莽莽，有若江河。今之人徒见宋之
> 不法唐，而不知宋因唐而有法者也。

对于文学史这样看法，较诸说"中国文学在过去所走的全非正
路，只有现在所走的道路才对"要高明得多。

批评江进之的诗，他用了"信腕信口，皆成律度"八个字。这八
个字可说是诗言志派一向的主张，直到现在，还没有比这八个字说得
更中肯的，就连胡适之先生的"八不主义"也不及这八个字说的更得
要领。

因为他们是反对前后七子的复古运动的，所以他们极力地反对摹
仿。在刚才所引中郎的《雪涛阁集序》内，有着这样的话：

> 至以剿袭为复古，句比字拟，务为牵合，弃目前之景，撦腐
> 滥之辞，有才者绌于法而不敢自伸其才，无才者拾一二浮泛之
> 语，帮凑成诗。智者牵于习而愚者乐其易。一倡亿和，优人驺
> 从，共谈雅道。吁，诗至此亦可羞哉！

我们不能拿现在的眼光，批评他的"优人驺从，共谈雅道"为有
封建意味，那是时代使然的。他的反对摹仿古人的见解实在很正确。
摹仿可不用思想，因而他所说的这种流弊乃是当然的。近来各学校考
试，每每以"董仲舒的思想"或"扬雄的思想"等作为国文题目，这也

容易发生如袁中郎所说的这种毛病，使得能作文章的作来不得要领，不能作的更感到无处下笔。外国大学的入学试题，多半是"旅行的快乐"一类，而不是关丁莎士比亚的戏曲一类的，中国，也应改变一下，照我想，如能以太阳或杨柳等作为作文题目，当比较合适一些，因为文学的造诣较深的人，可能作得出好文章来。

伯修(宗道)的见解较中郎稍差一些。在他的《白苏斋集》内的《论文》里边，他也提出了反对学古人的意见：

　　……今之圆领方袍，所以学古人之缀叶蔽皮也。今之五味煎熬，所以学古人之茹毛饮血也。何也？古人之意期于饱口腹蔽形体，今人之意亦期于饱口腹蔽形体，未尝异也。彼摘古人字句入己著作者，是无异缀皮叶于衣袂之中，投毛血于殽核之内也。大抵古人之文专期于达，而今人之文专期于不达。以不达学达，是可谓学古者乎？(《论文》上)
　　……有一派学问则酿出一种意见，有一种意见，则创出一般言语。言语无意见则虚浮，虚浮则雷同矣。故大喜者必绝倒，大哀者必号痛，大怒者必叫吼动地，发上指冠。惟戏场中人，心中本无可喜而欲强笑，亦无可哀而欲强哭，其势不得不假借模拟耳。今之文士，浮浮泛泛，原不曾的然做一项学问，叩其胸中亦茫然不曾具一丝意见，徒见古人有立言不朽之说，有能诗能文之名，亦欲搦管伸纸，入此行市，连篇累牍，图人称扬。夫以茫昧之胸而妄意鸿巨之裁，自非行乞左、马之侧，募缘残溺，盗窃遗矢，安能写满卷帙乎？试将诸公一编，抹去古语陈句，几不免曳白矣。
　　……然其病源则不在模拟，而在无识。若使胸中的有所见，苞塞于中，将墨不暇研，笔不暇挥，兔起鹘落，犹恐或逸，况有闲力暇晷引用古人词句耶？故学者诚能从学生理，从理生文，虽驱之使模不可得矣。(《论文》下)

这虽然一半讲笑话，一半挖苦人，其意见却很可取。

从这些文章里面，公安派对文学的主张，已可概见。对他们自己所作的文章，我们也可作一句总括的批评，便是："清新流丽"。他们的诗也都巧妙而易懂。他们不在文章里面摆架子，不讲治国平天下的大道理，只要看过前后七子的假古董，就可很容易看出他们的好处来。

不过，公安派后来的流弊也就因此而生，所作的文章都过于空疏浮滑，清楚而不深厚。好像一个水池，污浊了当然不行，但如清得一眼能看到池底，水草和鱼类一齐可以看清，也觉得没有意思。而公安派后来的毛病即在此。于是竟陵派又起而加以补救。竟陵派的主要人物是钟惺和谭元春，他们的文章很怪，里边有很多奇僻的词句，但其奇僻绝不是在摹仿左、马，而只是任着他们自己的意思乱作的，其中有许多很好玩，有些则很难看得懂。另外的人物是倪元璐、刘侗诸人，倪的文章现在较不易看到，刘侗和于奕正合作的《帝京景物略》在现在可算是竟陵派唯一的代表作品，从中可看出竟陵派文学的特别处。

后来公安、竟陵两派文学融合起来，产生了清初张岱（宗子）诸人的作品，其中如《琅嬛文集》等，都非常奇妙。《琅嬛文集》现在不易买到，可买到的有《西湖梦寻》和《陶庵梦忆》两书，里边通有些很好的文章。这也可以说是两派结合后的大成绩。

那一次的文学运动，和民国以来的这次文学革命运动，很有些相像的地方。两次的主张和趋势，几乎都很相同。更奇怪的是，有许多作品也很相似。胡适之、冰心和徐志摩的作品，很像公安派的，清新透明而味道不甚深厚。好像一个水晶球样，虽是晶莹好看，但仔细地看许多时就觉得没有多少意思了。和竟陵派相似的是俞平伯和废名两人，他们的作品有时很难懂，而这难懂却正是他们的好处。同样用白话写文章，他们所写出来的，却另是一样，不像透明的水晶球，要看懂必须费些功夫才行。然而更奇怪的是俞平伯和废名并不读竟陵派的书籍，他们的相似完全是无意中的巧合。从此，也更可见出明末和现今两次文学运动的趋向是怎样的相同了。

——据北平人文书店 1932 年版《中国新文学的源流》

【评 介】

本文为《中国新文学的源流》第二讲。该书原为周作人 1932 年应沈兼士之邀在辅仁大学演讲的讲稿，讲题为"中国的新文学运动"。同年，讲稿由上海书店出版，改题《中国新文学的源流》。全书共 5 讲，分别为《关于文学之诸问题》、《中国文学的变迁》、《清代文学的反动(上)——八股文》、《清代文学的反动(下)——桐城派古文》、《文学革命运动》。

周作人在这本小册子中先讨论了文学的定义、范围和起源等问题，并认为中国文学的变迁乃是载道派和言志派两种文学潮流相互作用的结果，两种潮流的起伏造就了中国的文学史。基于这一认识，他把民国的新文学运动也纳入言志派文学潮流，视其为其中一个阶段，并认为此新文学运动与明末之公安、竟陵派的新文学运动尤为近似。后来的学者又将这种说法敷演为复古与创新两大潮流。

然而仔细推敲周作人的说法，也能发现其中似有不妥："诗言志"说的是诗，"文以载道"主要是指文，至于词、曲、小说等则另当别论，周作人并没有认识到古人在文学辨体上所作的努力，同时也忽视了古代雅俗文学的分流与交融，只是简单将中国文学的变迁总结为载道派和言志派两种文学潮流的相互作用，不免与文学史事实有悖。他对前后七子的认识和评价也较为肤浅，如说"到明朝的前后七子，认为元代以至明初时候的文学没有价值，于是要来复古：不读唐代以后的书籍，不学杜甫以后的诗，作文更必须学周秦诸子。他们的时代是十六世纪的前半。前七子是在弘治年间，为李梦阳和何景明等人，后七子在嘉靖年间，为李攀龙、王世贞等人。他们所生时代虽有先后，其主张复古却是完全一样的。"①他对前、后七子的文学复古运动的认识只是停留在表面的断想上，"不读唐代以后的书籍，不学杜甫以后的诗，作文更必须学周秦诸子"的总结也只是袭用清人言论，没有看到复古运动内部复杂的面相。

然而他对公安派、竟陵派文学的肯定与褒扬，其成效显而易见。

---

① 周作人：《中国新文学的源流》，华东师范大学出版社 1995 年版，第 22 页。

周作人一反胡适等人的观点，如认为"民国以后的新文学运动""是一件破天荒的事情……白话文学是中国文学唯一的目的地，以前的文学也是朝着这个方向走，只因为障碍物太多，直到现在才得走入正轨，而从今以后一定就要这样走下去"，指出"中国文学始终是两种互相反对的力量起伏着，过去如此，将来也总如此"①，而民国的新文学运动则是言志派的文学潮流占上风的结果。在他看来，民国以后的新文学运动有根可寻，其渊源可以追溯至明末的新文学运动。

周作人无意对明末公安派、竟陵派作专门研究，其出发点是为当时的新文学运动寻找历史渊源。至于其结果，则或多或少将当时明代诗文研究的视野引到公安派、竟陵派身上。加上当时周作人、林语堂、任访秋等人推崇晚明公安派等人的小品文，更使公安派、竟陵派文学成为研究热潮。在林语堂、阿英等人的建议下，袁宏道的文集也被刘大杰点校出版。刘大杰在自序中写道：

> 不用说，把中郎的作品与文学理论，搬到现在的中国来，自然是旧货了。货色虽是旧，但是他那种文学革命的精神，还是新的。他这种精神，埋没了两百多年，多多少少作中国文学史的人，都忽略了这个运动。我们觉得在这个把中国古代文学重新估价的今日，应该使他的精神复活，应该使他在文学史上，得一个他应得的地位。因此，我们决然地重印这部袁中郎全集了。②

由刘大杰的自序可以看出，点校出版袁宏道的文集，实际上更多是出于鼓舞文学革命精神的考虑。这一点也是 20 世纪二三十年代关注公安派的基本态度。受此影响，出现了不少介绍、研究公安派、竟陵派的文章。如任维焜(访秋)《袁中郎评传》(《师大国学学刊》1933 年第 1 卷第 3 期)、刘大杰《袁中郎的诗文观》(《人间世》1934 年第 13 期)、

---

① 周作人：《中国新文学的源流》，华东师范大学出版社 1995 年版，第 18 页。

② 袁宏道著，刘大杰点校：《袁中郎全集》自序，时代图书公司 1933 年版，第 2 页。

怀琛《公安竟陵的疙瘩》(《读书顾问》1934 年第 1 卷第 2 期)、陈子展
《什么叫"公安派"和"竟陵派",他们的作风和影响怎样》(《文学百
题》,生活书店 1935 年版)、周木斋《袁伯修和公安文学》(《申报》
1936 年 7 月 16 日)、府丙麟《公安竟陵派之文学》(《约翰声》1935 年
第 46 卷)、周作人《陶筠庵论竟陵派》(《宇宙风》1936 年 4 月第 46
期)、郭绍虞《竟陵派诗论》(《学林》1941 年 3 月第 5 辑)等。

在众多因素的影响下,从 20 世纪二三十年代开始,公安派等晚
明诗人一直都是学者较为关注的热点。① 而晚明文学研究,也成为
20 世纪明代文学研究的重心。②

---

① 当然,这只是相对明代诗文的其他领域来说的,与明代小说、戏曲研
究相比,明代诗文研究仍显寂寞得多。

② 进入 20 世纪 40 年代以后,随着抗日战争的到来和民族矛盾的激化,当
时的文人作家又标举晚明爱国英雄夏完淳、陈子龙等人作为民众精神的鼓舞,
学界对云间派文人和复社等晚明文社的关注也渐渐多了起来。于是,晚明公安
派、竟陵派与明末的云间派等两大派系的文学研究构成了晚明文学研究的两大
中心,这种学术倾向一直延续到 21 世纪。相关研究状况可参看邓绍基、史铁良
主编:《明代文学研究》,北京出版社 2001 年版。

明代文学（节选）

钱基博

【作者简介】钱基博(1887—1957)，字子泉，号潜庐，江苏无锡人。一生治学范围甚广，博通四部之学，尤以集部之学见称于世，有"集部之学，海内罕对"之美誉。曾任教于清华大学、南京中央大学、浙江大学、湖南蓝田国立师范学院、武汉华中大学等校。著有《韩愈志》、《韩愈文读》、《中国文学史》、《明代文学》、《现代中国文学史》、《文史通义解题及其读法》、《经学通志》、《老子解题及其读法》、《骈文通义》、《近百年湖南学风》等。

自 序

自来论文章者，多侈谭汉魏唐宋，而罕及明代！独会稽李慈铭极言明人诗文，超绝宋、元恒蹊，而未有勘发。自我观之：中国文学之有明，其如欧洲中世纪之有文艺复兴乎？明太祖开基江淮，以逐胡元，还我河山，用夏变夷，右文稽古，士大夫争自濯磨。而文则奥博排奡，力追秦、汉，以矫欧、苏、曾、王之平熟；而宋濂、刘基骈骝开道，以著何、李、王、李之先鞭。诗则雄迈高亮，出入汉、魏、盛唐，以救宋诗之粗硬，革元风之纤浓；而高启、李东阳后先继轨，以为何、李、王、李开山。曲则明太祖导扬高则诚《琵琶》一记，尽洗胡元古鲁兀剌之风，而易之以南词之缠绵顿挫。至八股文，则利禄之途，俗称时文者也。然唐顺之、归有光纵横轶荡，则以古文为时文，力求返虚入浑，积健为雄；虽与诗古文体气不同，而反本修古一也！然则明文学者，实宋元文学之极王而厌，而汉、魏、盛唐之拔戟复振，弹古调以洗俗响，厌庸肤而求奥衍，体制尽别，归趣无殊。此则仆师心自得，而《明史》序《文苑传》者之所未及知也！顾论文者，则狃桐城家言之绪论，而亟称归氏，妄庸七子。不知明有何、李之复古，以矫唐宋八家之平熟，犹唐有韩、柳之复古，以救汉、魏、六朝之缛靡；有往必复，亦气运之自然！明有唐顺之、归有光辈，振八家之坠绪，以与七子相撑拄；不过如唐之有裴度、段文昌等，与韩柳为异，以扬六朝之颓波耳！而一代文章之正宗，固别有在也！又论者以钱谦益文为秽为杂，此亦拾桐城家之唾余，而不免求全之毁！钱氏以明代文章巨公，而冠逊清贰臣传之首，人品自是可议！至于极推欧阳修，以为真得太史公血脉，而下开归氏；又翘归氏以追配唐、宋大家，因校刻《震川集》而序之以发其指。然后知桐城家言之治古文，由归氏以踵欧阳而窥太史公；姚鼐遂以归氏上继唐、宋八家，而为《古文辞类纂》一书，胥出钱氏之绪论，有以启其涂辙也！特其为文章，盛气缛语，错综奇偶，七子之习，澌洗不尽；自与桐城之清真雅澹，而得归氏之洁适者异趣！然以视湘乡曾国藩之为文，从姚鼐入手，而益探源扬马，复字单谊，杂厕其间，务为厚集其气，使声采炳焕，而戛焉有声者，何必不与钱氏后先同符！钱氏从王、李入，而不从王、李出；湘乡从姚氏入，而不从姚氏出；自出变化，以不姝姝于一先生之言，亦何必此之为是，而彼之为非！然世论不敢薄湘乡，而务集谤于钱氏，多见其不知类也！此与以耳食者何以异！至于谭诗者，则多为朱彝尊《明诗综》所囿，而以钱氏《列朝诗集》为口实。不知朱氏以《明诗综》而诋《列朝诗集》，譬如蠹生于木，还食其木！何者？《列朝诗集》，《明诗综》之底本也；何焯尝恶而揭发之！不过文人矜诞，好谤前辈耳！诗至晚明，钟谭异军别张，钱氏、朱氏皆所不喜，竟陵遂为谤府。而夷考其实，钟、谭之诗，蹊径别开，蕲以幽冷救七子之绚烂，而为秀峭以矫公安之容易，诗道穷而必变，亦如肥鱼大肉，餍饫之过，而不得不思菜羹也！其诗出入中晚唐郊岛皮陆之间，么弦侧调，亦有渊源，避熟就生，人自少见多怪耳！要之盛唐李、杜，摹拟势尽，厌故喜新，人情皆然！王士祯《唐贤三昧集》不取李、杜一首，何尝不与钟谭所选《唐诗归》同指！而士祯诗为秀丽疏朗，钟、谭出以幽深孤峭，皆欲以偏师制胜；或诋钟、谭格局未完，雕镌愈工，不知真气弥伤；然士祯缥缈取神，风华富有，亦病性情不真；而一尸亡国之大诉，一为盛世之元音，岂非所遭之时有幸不幸耶！仆怀此久，未有以发，商务印书馆主人属为撰论，用布所蓄，以俟论定。而读《四库提要》著录明人诗文集，观记所及，每有寻声逐响之谭，并为随事举正以著于篇。中华民国二十二年六月三日，无锡钱基博。

诗·总论

自来文人好标榜，诗人为多；而明之诗人尤甚！以诗也者，易能难精；而门径多歧，又不能别黑白而定一尊；于是不求其实，相竞于名，树职志，立门户。明太祖时，吴则有北郭十子，为高启、杨基、张羽、徐贲、余尧臣、王行、宋克、吕敏、陈则、释道衍。越则有会稽二肃，谓唐肃、谢肃。粤则有南园五子，为孙蕡、黄哲、王佐、李德、赵介。闽则有十子，为林鸿、王恭、王偁、高廷礼、陈亮、郑定、王褒、唐泰、周玄、黄玄。景帝时，有景泰十才子，为刘溥、汤胤绩、苏平、苏正、沈愚、晏铎、王淮、邹亮、蒋主忠、王贞庆。孝宗时，有前七子，为李梦阳、何景明、徐祯卿、边贡、王廷相、康海、王九思；七子中，去王廷相，加朱应登、顾璘、陈沂、郑善夫，号十子。世宗时，有嘉靖八才子，为李开先、王慎中、唐顺之、陈束、赵时春、任瀚、熊过、吕高。有后七子，为李攀龙、王世贞、谢榛、梁有誉、宗臣、徐中行、吴国伦。后五子，为张九一、张嘉胤、江道昆、余曰德、魏裳；广五子，为卢柟、欧大任、俞允文、李先芳、吴维岳；续五子，为黎民表、王道行、石星、赵用贤、朱多煁；末五子，为屠隆、胡应麟、李维桢、吴旦、李时行。而梁有誉、欧大任、黎民表、吴旦、李时行，又为南园后五先生。神宗时，有嘉定四先生，为程嘉燧、李流芳、娄坚、唐时升。又有公安派，则袁宗道、袁宏道、袁中道；竟陵派，为钟惺、谭元春。然此百十人中，没世有称者，不过三四十人。而极其流变，则在振唐格以革元风，矫纤浓而为雄遒。元末明初，杨维桢最为巨擘；然险怪仿昌古，妖丽出温李，以之自成一家则可，究非康庄大道。刘基独标骨干，时能规抚杜韩。而高启则才气超迈，音节响亮，出入于汉魏六朝唐宋诸家，而自出新意；振元末纤秾缛丽之习，而开何、李复古之风；博大昌明，泱泱乎开国之气象也！要之明初诗人，以二公为冠；袁凯、杨基次之，张以宁、徐贲、张羽又次之；其以高杨张徐为明初四家，固不若是班也！永乐以还，崇尚台阁体。李东阳力挽颓波。何李七子，起而振之，诗遂复归于正。而李梦阳雄浑悲壮，鼓荡飞扬；何景明秀朗俊逸，回翔驰骤；同一宪章少陵，而所造各异；骎骎乎一代之盛，有非徐祯卿、边贡、王廷相、王九思、康海所可及者！而其时杨慎负高明伉爽之才，空所倚傍，拔戟于李何之外而自成一队。薛蕙、高叔嗣并以冲淡为宗；华察希韦柳之风；皇甫冲得晋宋之意；亦正嘉时之尔雅者也！后七子，王世贞乐府古体，卓尔名家；李攀龙七言近体，高华矜贵；未尝不各有所长；但其他锻炼未纯，摹古太甚；而谢榛、吴国伦、徐中行、宗臣、梁有誉等辅之，沿袭雷同，致来攻击之口。于是一变为公安之轻隽，再变为竟陵之僻涩，三变为陈继儒、程嘉燧之纤佻，而每况愈下矣！议者或极推嘉燧，刻论李何，究不过为门户之见耳！万历以来，高攀龙雅淡清真，得陶公意趣；陈子龙垦辟榛芜，上窥正始，斯为不染时趋者矣！明诗源流，大抵如此。今博考诸家之集，参以众论，录其著者。

——据商务印书馆 1934 年版《明代文学》

【评 介】

　　《明代文学》于 1934 年由商务印书馆出版，是第一部系统论述明代文学的著作，亦可谓第一部明代文学史。全书以文体为纲，共分 4 章，第一章"文"，第二章"（附词）"，第三章"曲"，第四章"八股文"，而不及明代小说、传奇等。每章开头为总论，概述其流变、大略，次以文学家为纲，论述明代主要文学家的生平事略、创作情况、艺术特点、文体得失，进而勾勒出明代文学发展之脉络。

　　钱基博在该书自序中概括了明代文学的基本历程和主要特征，其中间杂了清人的观点和钱基博自己的态度。虽多引前人话语，亦不乏作者自己的创见。如第二章"总论"部分，将明代诗坛的特点概括为好标榜、好竞名、好立门户等。故其述明诗源流，先则以流派门户为纲，录有明一代诗人百十家，复于此百十人中，录其没世有称者三四十人，略述其流变和文体风格之面貌、得失。

"五四"新文化运动标举革新，对中国明代的文学，几乎一致推崇公安派的文学，而批判公安派所反对的前后七子。其时与新文化运动相抗衡的学衡派也对明前后七子持批判态度，其中颇具代表性的，如夏崇璞《明代复古派与唐宋文派之潮流》，认为七子"但知摹仿，不知创造"，"真可谓文章一厄"。① 相比之下，钱基博的观点在当时已颇为难得。他对明代文学在中国文学史的地位评价极高，认为"中国文学之有明，其如欧洲中世纪之有文艺复兴"，一反当时论者承桐城家余绪，即所谓"亟称归氏，妄庸七子"之说，认为"明有何李之复古，以矫唐宋八家之平熟，犹唐有韩柳之复古，以救汉魏六朝之缛靡"②，对前七子的文学复古运动给予很高评价。

《明代文学》以文言文写成，精简雅正，用粗线条勾勒出明代诗文发展的历程，在观点上博采众人之说，又能自出己见，纠正清人之失，不为当时文化潮流所左右，开明代文学研究之良好风气，成为明代文学史的奠基之作。直至今天，《明代文学》亦不失为研治明代文学的重要参考著作。

---

① 夏崇璞：《明代复古派与唐宋文派之潮流》，载《学衡》1922 年第 9 期。
② 钱基博：《明代文学》，岳麓书社 2011 年版，第 2 页。

明文学史(节选)(存目)

宋佩韦

【作者简介】宋佩韦(1897—1979)，本名宋云彬，笔名宋佩韦，浙江海宁人。著名文史学者、杂文家，民主人士。民国时期，历任武汉《民国日报》编辑、开明书店编辑，主持编辑校订大型辞书《辞通》。中华人民共和国建立后，历任浙江省文联主席、浙江省文史馆馆长、中华书局编辑，参与点校《二十四史》。学术著作有《王守仁与阳明理学》、《中国近百年史》、《中国文学史简编》、《明文学史》等。

【评　介】

宋佩韦《明文学史》一书紧随钱基博《明代文学》之后，1934年由商务印书馆出版，上海书店出版社于2001年将其书与柳存仁等所著文学史著作合编为《中国大文学史》(上、下册)出版，改题《明代文学》。

《明文学史》共分6章，前五章分别论明初、永乐以后、弘治正德间、嘉靖万历间和明末文学，每章之中，先论散文，再论韵文，每一期选择代表作家，简要介绍人物的基本信息，对其文学主张和文学风格进行论述，然后引入一二首作品。此外专辟一章(第六章)，论述明代的八股文。

宋氏《明文学史》和钱氏《明代文学》出版时间接近，而写法殊不相同。钱氏分文体论述，而宋氏则按时期论述。在材料选取上亦有所不同。简锦松对二书做过简单比较：

> 《明文学史》以钱谦益《列朝诗集》、朱彝尊《明诗综》、《明诗别裁》为主要出处，故全书所引例证多为诗，而少见文章；其

　　人物评论多采《明史》、《清史稿》及钱、朱两选之小传为根据，而参以《四库总目提要》。《明文学史》始注意文人之别集，书中每论一人，常举其集之名称。①

两部著作相同之处在于，二者皆不述及小说与传奇。钱基博不论小说、传奇，是以正统文学为纲，宋佩韦不论及小说与传奇，则是因为郑振铎已有专门论述，避免重复。不同之处在于，钱基博除使用宋佩韦所参考之钱谦益、朱彝尊等前代的文学批评材料外，还更多地从明人别集中攫取思想资源，因而其书在观点表述及学术价值上，都要比宋著更胜一筹。

　　不过，宋佩韦《明文学史》至少有 3 个方面值得我们注意。第一是明代文学的分期。宋佩韦将明代传统文学分为 5 个时期：一、明开国至永乐初；二、永乐初到成化、弘治间；三、弘治、正德之际；四、嘉靖、万历之际；五、从天启初以迄明、清之交。这种文学分期的文学史叙述模式，也影响到后来学者的明代文学史书写。第二是前后七子的文学复古运动。文学复古运动是宋著叙述明代诗文史的重点，尽管他对明代文学复古运动基本持否定态度。在他看来，明代文学复古运动是对雍容平易的台阁体和格律谨严的茶陵派诗文的反动，而根本上则是对八股文的反动。这一看法，从某种程度上触及了明代前七子复古派的实质。第三是明代文学的文学史地位。宋佩韦说："我们拿全部中国文学史来观察明朝一代的正统文学，谁也不能无寂寞之感……至于韵文方面，只有一高启可当一代大作家，其他也不过就一章一体以论其短长而已。"②这一论述，反映了他对明代诗文的基本认识。至于具体的原因，则主要是他接受了黄宗羲的意见，将其归结为科举制度对士人文学创作造成的伤害："三百年人士之精神专注于场屋之业，割其余以为古文，其不能尽如前代之盛者，无足怪

---

　　① 简锦松：《明代文学批评研究——成化、嘉靖中期篇》，台湾学生书局 1989 年版，第 6 页。

　　② 宋佩韦：《明文学史》，见柳存仁等著：《中国大文学史·明代文学》，上海书店 2001 年版，第 670 页。

也。"因此，他在《明代文学》末尾单列一章专论明代的八股文。

宋佩韦的《明文学史》虽然与钱基博的《明代文学》出版时间相近，但是其反响却不如钱基博的《明代文学》。宋著虽然对明代诗文的一般状况作了梳理，却没有多少"史"的意识，他在书中以"点将录"的方式展开文学史叙述，未能很好地揭示明代诗文史发展的内在轨迹，对主要文学现象的描述也显得十分薄弱。然而从此后很长一段时间关于明代诗文的研究来看，研究者的基本看法和论述思路又往往与宋著相近。这也是明代诗文研究在较长一段时间里未能取得重要进展的原因之一。

谈艺录(二九)(存目)

钱锺书

【作者简介】钱锺书(1910—1998),江苏无锡人,原名仰先,字哲良,后改名锺书,字默存,号槐聚,曾用笔名中书君等。曾任上海光华大学(现华东师范大学)、震旦女子文理学校、上海暨南大学外文系、清华大学外文系教授,中国社会科学院副院长等。学术著作有《谈艺录》、《管锥编》、《宋诗选注》等,著有长篇小说《围城》,散文集《写在人生边上》、《人·兽·鬼》等。

【评 介】

《谈艺录》第一版出版于 1948 年,由上海开明书店出版,第二年再版而止,时隔 30 余年由中华书局再版,并增加了很多补订、补遗内容。2007 年三联书店重版的《谈艺录》,将补遗、补订和增订的段落一一纳入原文,并订正了一些讹误,调整了顺序,比较方便阅读。其第二九则专论竟陵派,有不少看法与明清文学批评及现代研究观念不同的见解,颇值得研究者注意。

钱锺书为钱基博之子,有深厚的家学渊源。钱基博曾自称父子二人的集部之学"海内罕对"。观钱锺书论竟陵派的这篇文章,隐约可以窥见其受父亲钱基博的影响。

钱谦益极尽诋毁钟惺、谭元春,乃人所共知之事,其中不免有失公允之论。后人虽然也有辨析,但竟陵派在明末清初诗坛遭受排击,已是当时不可驳回的潮流。而整个清代诗坛对明代诗人多持批评态度,唱"亡国之音"的钟、谭自更不在话下。至新文化运动时期,周作人、林语堂等人重将公安、竟陵派拉回时人视野,然而竟陵派并未像公安派那样引人关注。1941 年郭绍虞发表于《学林》第 5 辑的《竟陵派诗论》，是现代学者首次从文学理论与批评范畴对竟陵派作出的较为深入而客观的阐释。而钱锺书《谈艺录》中的这篇小文章，虽然未对竟陵派进行系统论述，但也澄清了不少与竟陵派有关的问题，不乏独到的见解。

文章开头，钱锺书提出了自己对竟陵派的基本认识："以作诗论，竟陵不如公安；公安取法乎中，尚得其下，竟陵取法乎上，并下不得，失之毫厘，而谬以千里。然以说诗论，则钟谭识趣幽微，非若中郎之叫嚣浅卤。盖钟谭于诗，乃所谓有志未遂，并非望道未见，故未可一概抹杀言之。"一方面认为竟陵派的诗歌价值不高，趋于下流，连公安派也比不上，但是钟惺、谭元春的诗学却颇有可取之处，不可一概抹杀。发现和肯定竟陵派诗论的价值，是钱锺书文章的重要贡献之一。但是，对竟陵派在当时文坛地位和影响的重新发掘，钱锺书通过大量材料论证晚明竟陵体势力其实在公安派之上，并与七子派相抗衡，为当时最有影响之流派。

复旦大学陈广宏教授曾评述钱锺书的看法说："他一是补充列举了自己所经见的清代以来，尤其是近代一些论者于钟、谭诗文的评价，品评其得失，并提示这些近代文献之于今之倡言公安、竟陵者的意义；一是进而深入钟、谭论诗方面，在整个文学批评史上探寻主'灵'说的渊源继承关系，在严羽、刘辰翁、钟惺、王士禛之间找出一种内质上的联系。"①除此之外，钱著对《诗归》以禅说诗、并以读诗为参禅的阐发，对客观认识竟陵派的诗论亦不无帮助。

文章结尾，钱氏还提出"吾国诗画标准相反；画推摩诘，而诗尊子美"，认为竟陵诗却像极淡极远之画。循此思路，对竟陵派诗歌的认识和解读或能别有一种途径。

钱锺书推崇宋诗，研究明诗的文章不多，在《谈艺录》一书中也仅有几篇，但其中不乏独到见解，此文即为一例。惜数量、篇幅颇为有限。

---

① 陈广宏：《竟陵派研究·绪论》，复旦大学出版社2006年版，第7页。

李梦阳的一个侧面——
古文辞的平民性(存目)

[日]吉川幸次郎著　章培恒译

【作者简介】吉川幸次郎(1904—1980)，日本神户人，字善之，号宛亭，日本著名汉学家。曾任国立京都大学名誉教授，东方学会会长，"京都学派"代表人物之一。主要研究领域为中国古典文学、中国诗学、元杂剧等，代表作有《元明诗概说》、《中国文学史》、《中国诗史》、《元杂剧研究》等。

【评　介】

吉川幸次郎是日本著名汉学家、中国文学史家，一生勤勉好学，著作等身，学术影响巨大。1923 年考入京都帝国大学，主修中国哲学文学专业，师从著名汉学家、"京都学派"创始人狩野直喜教授。1928—1931 年，吉川幸次郎留学北京大学，广泛结交中国学者。1947 年，他凭借论文《元杂剧研究》获京都帝国大学中国文学哲学博士。吉川幸次郎具有深厚的汉学功底，尤好汉唐文化与乾嘉学术，精通中国传统学术思想与方法，与中国和中国文化有着深厚的情谊，曾声称"中国天生就是我的恋人"，并公开表明"我是儒学家"。

《李梦阳的一个侧面——古文辞的平民性》日文原文最早发表在1960 年出版的《立命馆文学·桥本博士古稀纪念东洋学论丛》，收入吉川幸次郎著、高桥和巳编、筑摩书房 1967 年出版的《中国诗史》，后由复旦大学章培恒教授据《中国诗史》翻译成中文。

在这篇文章中，吉川幸次郎首先对李梦阳的复古主义及其文学创作作了简要述评，指出其乖谬之处，而对茅盾关于七子派文学复古变革性质的正面评价表示认同。在此基础上，吉川氏提出自己关于明代复古运动的独到见解，认为复古派"由那样的改革热情所产生的他们的文学，乃是作为明代之特征的平民精神的表现之一"①。文中，他论述了李梦阳对"风"与民歌关联的认识，重点考察李梦阳家族的族谱，尤其关注梦阳父辈、祖辈的低微出身、商贾身份和平民生活，以及李梦阳的教育环境和成长环境，从思想、家族、身份、环境等多个方面来证明他的平民性。并据此认为："他是该地的平民之子。丝毫都不是所谓'诗书世家'的子弟，完全没有堆积在家庭里的传统的束缚。果敢的革新之说就这样自由地涌现出来。"由此出发，他对李梦阳等文学复古运动失败的原因作出解释，认为是平民的简易化要求和愚直本性，而他们在学习上主张"文必秦汉，诗必汉魏盛唐"，"在诗歌方面，不但用语，甚至题材和感情也严格地限于古代的东西，这不是机巧的人所设想的事"。由此生发，他进而由李梦阳的个案展开联想，认为前后七子主要成员可能普遍存在这种平民性。

吉川幸次郎对李梦阳古文辞运动的特征作出不同于前人的解释，即所谓他们的古文辞，尤其是他们的文学思想体现了具有明代特征的平民精神，这种平民精神与平民背景的家族环境、成长环境和文化氛围之间具有密切关系，因而其文学作品也深深沾染了这种平民性质。他们所倡导的复古主义，并不是单纯地拟古，而是要恢复古代的淳朴。同时他又认为，正是平民性的限制导致了文学复古的最终失败。

由李梦阳等人文集中所写篇目来看，他们身边聚集了一些商人朋友，"这些商贾来游，相对增加了李梦阳等人文学交游圈社会身份构成的多样性，尤其是他们身上特有的商者世俗气质，也给交游圈注入了某种新的文化活力"②。李梦阳身上所反映的平民性在明代文人中已非个案。从更广阔的历史背景来看，明代以后，贵族阶层早已不复昔时，科举考试成为读书人进阶仕途的唯一途径。与此同时，市民阶层的兴起和工商业的发展深刻影响着明代社会，大量出身底层社会的

① 吉川幸次郎：《李梦阳的一个侧面——古文辞的平民性》，章培恒译，载《文艺理论研究》1982年第2期。

② 郑利华：《前后七子研究》，上海古籍出版社2015年版，第88页。

文人自然难免受此影响，又在他们从事文学活动的时候自然而然地显现出来。吉川幸次郎提出的古文辞的平民性，与明代中后期市民社会的发达具有内在一致性。

就对前七子复古运动的多面性理解来说，吉川氏的解读无疑独具慧眼。他能够在材料的选择上注意到李梦阳家族的族谱，从家世背景和成长环境挖掘复古派文人李梦阳的平民性，为我们提供了观察文学复古运动的新视角。尽管如此，平民性作为李梦阳文化人格的一个侧面，究竟在多大程度上影响了文学复古运动？因为吉川氏的立论全基于此，故而对此方面的评估，关系我们对整个前七子复古运动的总体评价。同时，还要看到吉川氏在论证平民性对文学复古主张的影响的时候，多少还表现出简单化处理的弊端，如总结七子派的师古主张时，认为"所谓'文必秦汉，诗必汉魏盛唐'的主张，实际上是只要读《史记》和《战国策》以及汉魏诗的一部分和盛唐（包括初唐）诗就够了的主张"，并且将文学复古的失败归结为"平民的愚直"等，这样的认识，与李梦阳等人的实际情况恐有出入。平民出身与文学思想、创作的平民性并不完全相等。当然，这些认识的不足并不能掩盖吉川氏发现李梦阳复古文学平民性的重要学术史意义。后来的中国学者都不同程度地接受了他的观点，或是将其纳入考虑范围。

吉川幸次郎主要从事中国古代文学与文化研究，尤以杜甫研究、元杂剧研究著称于世，他对明诗的关注相对较少，就所见只有寥寥数篇论文，除了本书所选的《李梦阳的一个侧面——古文辞的平民性》外，尚有《作为文学批评家的钱谦益》（《中国文学报》1980年第31期）、《关于高启》（高桥和已编，章培恒等译：《中国诗史》，安徽文艺出版社1986年版），是研究元末明初和明末清初文学的重要作品。

日本学者对明代文学复古运动一直保持较为浓厚的兴趣，相关重要论文还有前野直彬的《明代古文辞派的文学论》（《日本中国学会报》1964年第16期），横田辉俊的《何景明的文学》（《广岛大学文学部纪要》1965年第25卷第1期），福田雅一的《从李东阳到李梦阳》（《帝冢山学院短期大学研究年报》1967年第16期），桥本尧的《倒立的构图——李梦阳与古文辞的原点》（《岛根大学法文学部纪要》1975年第

3 号），松村昂的《李梦阳诗论》(京都大学《中国文学报》1997 年第 51 期），西村秀人的《李梦阳复古理论的根据》(《笠征教授华甲纪念论文集》，台湾学生书局 2001 年版)等。

李梦阳与晚明文学新思潮

章培恒

【作者简介】章培恒(1934—2011)，浙江绍兴人。曾任复旦大学教授、中国古代文学研究中心主任兼古籍整理研究所所长，兼任教育部社会科学委员会副主任、全国高等院校古籍整理研究工作委员会副主任委员。主持参与了《辞海》、《全明诗》、《新编明人年谱丛刊》等大型丛书的编纂，代表作有《中国文学史》(主编)、《中国文学史新著》(主编)、《洪昇年谱》、《献疑集》、《不京不海集》等。

中国的明王朝自万历年(1573—1619)起就进入了晚期，在晚明时期，有一种新的文学思潮令人注目。它的主要内容，是主张文学勇敢地，不受束缚地抒写个人的思想感情。那是跟以李贽(1527—1602)为代表的肯定人的欲望，要求个性自由的观点联系着的，说得更确切些，晚明文学的新思潮实以上述观点为基础。所以，推进这种新思潮的最优秀的选手如汤显祖(1550—1616)，袁宏道(1568—1610)等，都对李贽十分钦佩，甚或尊之为师。不过，这种新思潮并不是在晚明突然产生的，它至迟萌芽于明代正德年间(1506—1521)。作为此一萌芽的代表的，乃是前七子之首的李梦阳(1473—1530)。但在国内的研究著作中，往往仅把李梦阳视为晚明文学新思潮所反对、否定的对象，而忽略了二者之间的继承关系。拙作的目的，则在对这种继承关系加以探讨和阐明。

一

钱谦益说："万历中年，王、李之学盛行，黄茅白苇，弥望皆是。文长（徐渭）、义仍（汤显祖），崭然有异，沉痼滋蔓，未克芟薙。中郎（袁宏道）……乃昌言击排，大放厥辞。""中郎之论出，王、李之云雾一扫，天下之文人才士始知疏瀹心灵，搜剔慧性，以荡涤摹拟涂泽之病，其功伟矣。"（《列朝诗集》丁集中《袁稽勋宏道》）他在这里显然把袁宏道与王、李——后七子中的王世贞、李攀龙——完全对立起来的。他在下文中又说："譬之有病于此，邪气结辖，不得不用大承汤下之。……北地、济南，结辖之邪气也；公安泻下之，劫药也；……"（同上）"北地、济南"，指李梦阳、李攀龙。可见他又是把李梦阳与李攀龙等人等量齐观的。在他的心目中，他们都是被作为"劫药"的袁宏道所"泻下"的"邪气"。也许可以说，这是一种把李梦阳与晚明文学新思潮完全对立起来的很有代表性的观点，后来的研究著作中的许多类似的看法，常是受它的影响。

不过，袁宏道自己对李梦阳的态度却与对王世贞、李攀龙的不同，对王世贞的与对李攀龙的又有区别。

袁中道《吏部验封司郎中中郎先生行状》说："先生既见龙湖，始知一向掇拾陈言，株守俗见，死于古人语下，一段精光不得披露。至是浩浩焉如鸿毛之遇顺风，巨鱼之纵大壑，能为心师，不师于心；能转古人，不为古转。发为语言，一一从胸襟流出，盖天盖地，如象截急流，雷开蛰户，浸浸乎其未有涯也。"（《珂雪斋文集》卷九）这清楚地说明：袁宏道是在其老师龙湖（即李贽）的指点下，形成其反对模拟、要求出自性灵的文学观的。毫无疑问，这种文学观与李贽在《童心说》（《焚书》卷三）中所提出的主张是一致的。但是，李贽却对李梦阳十分推崇。

> 如空同先生，与阳明先生同世同生，一为道德，一为文章，千万世后，两先生精光具在。……人之敬服空同先生者，岂减于阳明先生哉？（明顾大韶编《李温陵集》卷六《与管登之书》）

此文虽不见于现存明刻本《焚书》，但现存《焚书》已非李贽生前所刊的原木，未必原本也无此文。换言之，不能因此而把它作为后人伪作。又，明万历间周晖所撰《金陵琐事》卷一《五大部文章》说：

太守李载贽，字宏甫，号卓吾，闽人。……常云："宇宙有五大部文章：汉有司马子长《史记》，唐有杜子美集，宋有苏子瞻集，元有施耐庵《水浒传》，明有李献吉集。"余谓："《弇州山人四部稿》更较弘博。"卓吾曰："不如献吉之古。"

李载贽即李贽，因李贽与周晖曾就此问题有所讨论，周晖在此条中所记李贽之语，显然并非从别人处间接听到的。所以，纵使《与管登之书》系后人伪作，但李贽对李梦阳极为推崇则是无疑的。由此可见，李贽的文学思想与李梦阳在文学方面的表现至少应基本合拍。那么，在李贽的指点下形成与李贽一致的文学观的袁宏道，实在也不会对李梦阳全盘否定，深恶痛绝。当然，肯定的程度有所不同，那是完全正常的。

袁宏道对李梦阳的评价，集中体现在以下的诗句中。

草昧推何李，闻知与见知。机轴虽不异，尔雅良足师。后来富文藻，诎理竟修辞。挥斥薄大匠，裹足戒旁歧。模拟成俭狭，莽荡取世讥。直欲凌苏柳，斯言无乃欺。当代无文字，闾巷有真诗。却沽一壶酒，携君听《竹枝》。（钱伯城氏笺校《袁宏道集笺校》卷二《答李子髯》其二）

"草昧"乃创始之意。《周易·屯》的象辞说："天造草昧。"王弼注："造物之始，始于冥昧，故曰草昧也。"孔颖达疏："草谓草创，昧谓冥昧。"所以，此诗一开始就肯定了李梦阳及其同志何景明（1483—1521）在诗坛上的开创之功，把他们推崇为破明代诗歌创作之冥昧状态的最早的勇士。这跟认为属于前、后七子系统的胡应麟在其所著《诗薮续编》卷一《国朝》（上）中的如下论述相近。

观察开创草昧，舍人继之，……一时云合景从，名家不下数十。故明诗首称弘、正。

"观察"、"舍人"，分别指李梦阳、何景明。所以，袁宏道用以赞美李梦阳之词与胡应麟是一致的。同时，袁诗中的"尔雅"一词也应该注意。《汉书·儒林传·序》："文章尔雅"。颜师古注："尔雅，近正也。"袁宏道是把李、何开创的道路视为近于正道的。正是在这一点上，他认为李梦阳、何景明实在值得师法。

当然，袁宏道在这首诗中没有对李、何全盘肯定。他不仅不像胡应麟那样地把弘治（1488—1505）、正德时期看成明诗的黄金时代，而且明确地指出了李、何的弱点："机轴不异。""机轴"一词在袁宏道诗文中数见不鲜，例如：

> 吴川自出机轴，气隽语快……（《袁宏道集笺校》卷三十五《叙呙氏家绳集》）
> 手眼各出，机抽亦异……（同书卷四《诸大家时文序》）

故其所谓"机轴不异"，实际就是缺乏独创性。他在别的诗文中所表现的对李、何的不满，也都着眼于此。试举二例：

> 宏于近代得一诗人，曰徐渭。其诗尽翻窠臼，自出手眼。……无论七子，即李、何当在下风。（《袁宏道集笺校》卷二十二《冯侍郎座主》）
> 今代知诗者，徐渭稍不愧古人，空同才虽高，然未免为工部奴仆。北地而后，皆重台也。公然侈为大言，一唱百和，恬不知丑。（同书卷二十一《答梅客生开府》。按，"奴仆"下句号系我所改，原书为逗号。）

李梦阳之所以被他认为不如徐渭，"未免为工部奴仆"，显然就是因其不能如徐渭那样地"尽翻窠臼，自出手眼"，也即缺乏独创性。不过，从这类引文中也可看出：李梦阳跟后七子的王世贞、李攀龙等人虽都缺乏独创性，袁宏道对他们的态度却并不相同。所谓"无论七子，即李、何当在下风"，显然含有"李、何远胜七子（这里的七子当主要指王、李等人）"这样的潜台词。他在指出李梦阳"未免为工部奴仆"的同时，仍把他作为才高的"今代知诗者"，而对于李梦阳之后的王、李等人，却毫不容情地斥为"侈为大言"、"恬不知丑"的"重台"
了。顺便提一下：他对李攀龙更为厌恶。如《叙姜陆二公同适稿》
(《袁宏道集笺校》卷十八)说："然二公(指徐祯卿、王世贞——引
者)才亦高，学亦博，使昌谷不中道夭，元美不中于麟之毒，所就当
不止此。"

总之，在《答李子髯》其二中，袁宏道充分肯定了李梦阳在明代
诗坛上的开创作用，他虽然也指出了李梦阳在创作中缺乏独创性的弱
点，但却在整体上给与了"尔雅良足师"这样高度的评价。当然，他
对于明代诗坛的模拟风气是不满的，但他把这种风气的形成归咎于后
来那些自命为何、李继承者的人，诗中"后来富文藻"诸句对此说得
很清楚。在对李梦阳的看法上，他跟李贽虽有差异，但并无根本
分歧。

需要补充说明的是：《答李子髯》作于万历二十二年(1594)，而
在其上一年，袁宏道业已师事李贽，从而形成了与李贽一致的文学观
(参见袁中道为宏道所作《行状》及钱伯城氏于该诗及同卷《别龙湖师》
后所附之笺。)所以，这已经是作为晚明文学新思潮在诗文领域的最
突出的代表的袁宏道对李梦阳的评价了。

那么，袁宏道为什么要这样评价李梦阳呢？钱伯城氏于该诗后所
附之笺，谓诗中"当代无文字，闾巷有真诗"两句，"为后来情真说、
性灵说之滥觞"。我想这是很对的。不过，李梦阳的某些文章中间早
已表达过这种思想。所以，实在也不妨说李梦阳的那些主张"为后来
情真说、性灵说之滥觞"。袁宏道之提出"草昧推何李"、"尔雅良足
师"，其原因恐怕就在于此罢。

二

《明史·文苑·李梦阳传》说梦阳"卓然以复古自命"，"倡言文必
秦汉，诗必盛唐，非是者弗道"。这种说法对后世产生很大影响，至
今仍为许多人所沿袭，但实际上是不确切的。首先，李梦阳于文学，
力主抒写真情。但他认为诗文全都给宋儒搞糟了，所以鄙弃宋以来的
文学而尊崇其以前的文学。如把这称为"复古"，那么，"复古"也只

是手段，要求文学抒写真情才是目的。《明史》把李梦阳的文学思想概括为"以复古自命"，是丢掉了最主要的东西。第二，李梦阳并未"倡言文必秦汉，诗必盛唐，非是者弗道"。今根据李梦阳的文集，参以与梦阳时代相近的人的记载，概述其文学思想如下。

李梦阳的主张抒写真情的理论，主要见于《诗集自序》等文。他在《诗集自序》(《空同集》卷五十)中说：

> 李子云：曹县盖有王叔武云，其言曰：夫诗者，天地自然之音也。今途咢而巷讴；劳呻而康吟，一唱而群和者，其真也，斯之谓风也。孔子曰："礼失而求之野。"今真诗乃在民间。而文人学子顾往往为韵言，谓之诗。……出于情寡而工于词多也。

王叔武的意见很清楚：因为诗是"天地自然之音"，而虚假的、矫揉造作的东西当然是不自然的，所以诗必须是真情实感的自然流露。当时的文人学子之诗，由于缺乏真情(即所谓"出于情寡")，实在不能称为诗，不过是"韵言"而已。只有当时民间的谣讴歌曲，才是表达真情实感的真诗。

在听了王叔武的意见以后，李梦阳大为赞同。"李子闻之，矍然而兴曰：大哉！汉以来不复闻此矣。""李子于是忼然失，已洒然醒也。"(同上)因此，王叔武的意见也就成了李梦阳的主张。

那么，为什么当时"文人学子"的诗歌缺乏真情实感呢？李梦阳认为：其咎在于宋人。

> 夫诗，比兴错杂，假物以神变者也。……宋人主理，作理语，于是薄风云月露，一切铲去不为，又作诗话教人，人不复知诗矣。……今人有作性气诗辄自贤于"穿花蛱蝶"、"点水蜻蜓"等句，此何异痴人前说梦也？……孔子曰："礼失而求之野。"予观江海山泽之民，顾往往知诗，不作秀才语。……(《空同集》卷五十一《缶音序》)

《诗集自序》曾经引述王叔武提出、李梦阳赞同的见解：夫文人学子比兴寡而直率多，何也？出于情寡而工于词多也。夫途巷蠢蠢之夫，固无文也。乃其讴也，骂也，呻也，吟也，行咕而坐歌，食咄而寤嗟，此唱而彼和，无不有比焉兴焉，无非其情也，斯足以观义矣。"在他看来，"比兴"基于真情，缺乏真情也就必然缺乏"比兴"。所以，他要求诗歌必须"比兴错杂"，也就是要求诗歌必须出自真情。但是，由于宋人的"主理"、"作理语"，而且把这一套写成诗话去教人，就弄得"人不复知诗"，诗歌已不再是"比兴错杂，假物以神变"的东西了，仅仅在民间还存在着这样的作品。所以，《缶音序》的这段话跟《诗集自序》的基本内容是一样的，但进一步显示了其理论的矛头所向。

值得注意的是：他在论述"宋人主理"给诗歌创作造成的危害时，特地举出"今人"的"性气诗"为例。所谓"性气诗"，也即讲理学的诗。程颢说："性即气，气即性，生之谓也。"(《河南程氏遗书》卷一)性气之说为程朱理学的重要内容之一。从这里也就可以看出，他的不满诗歌创作中的"主理"倾向，实含有在文学领域中排斥程、朱理学之意。关于这一点，还可以从他的《论学》上篇(《空同集》卷六十一)得到印证。

> 宋儒兴而古之文废矣。非宋儒废之也，文者自废之也。古之文，文其人如其人便了，如画焉，似而已矣。是故贤者不讳过，愚者不窃美。而今之文，文其人无美恶皆欲合道，传志其甚矣，是故考实则无人，抽华则无文。故曰宋儒兴而古之文废。或问：何谓？空同子曰：嗟！宋人言理，不烂然钦？童稚能谈焉。渠尚知性行有不必合邪？

从表面上看，他在这里的论点和论据之间存在矛盾。他所要论证的是"古之文废"，系就文的整体而言；但他所提出来的具体论据，乃是古、今在"文其人"方面的差异，仅是文的一部分。实际却并不如此。因为"文其人无美恶皆欲合道"的现象的形成，乃是由于宋人不知人的思想行为跟宋儒所谓性理是并不一致(即"性行有不必合")的，硬是要前者符合后者，结果就使人在写传记时不得不说假话，把人物身上的不"合道"的东西掩盖起来，甚或捏造出许多"合道"的东西来夸奖一通。所以，我们只要进一步想一想就可明白：既然在写别人传记时都不敢真实地加以描述，在抒写自己的思想感情时又怎敢真实地加以表达而使之不"合道"呢？因此，无论写人或自述，必然是"考实则无人"；由于内容的虚假，在艺术性上也就"抽华则无文"。"今之文"是整个堕落了。

这样，我们也就可以理解：李梦阳于诗要求真情，于文要求真人——其实也还是真实的思想感情；而在他看来，宋人的理学乃是使诗文衰落的罪魁祸首。由此，他就进而提倡在创作中以情来战胜理。这在《结肠操谱序》（《空同集》卷五十）中表现得相当明显。李梦阳妻子死后，在烹煮准备用于祭奠的猪时，猪肠忽然自动结成球状，他以为是妻子阴灵悲痛所致，遂写《结肠篇》三首以寄哀伤，但写了以后，他"恒虑今之君子谓予好怪"。他的朋友陈鳌说：

> 天下有殊理之事，无非情之音。何也？理之言常也。或激之乖，则幻化勿测。《易》曰"游魂为变"是也。乃其为音也，则发之情而生之心者也。……感于肠而起音，罔变是恤，固情之真也。

"罔变是恤"的"变"，即上文"游魂为变"的"变"，也即乖于理者。所以，末数句意为：受到感动以后，不恤乖理而发为声诗，乃是真情。李梦阳虽然没有对此直接加以赞美，但从全文语气来看，显然是同意这种观点的。这实际上是宣扬情和理的矛盾，并主张情可以和应该突破理的束缚。既然情已从根本上凌驾于理，则宋儒所鼓吹的"理"自然不能反而凌驾于情之上了。同时，传统的所谓"礼义"原都属于理的范畴，不承认理对于情的统辖，也就是背离了要求"发乎情，止乎礼义"的传统文学观。

这种把情置于理之上的思想，显然跟汤显祖在《牡丹亭》中的《题词》以及《寄达观》中的如下说法相通。

> 如丽娘者，乃可谓之有情人耳。情不知所起，一往而深，生

者可以死，死可以生。……嗟夫！人世之事，非人世所可尽。自
非道人，恒以理相格耳。第云理之所必无，安知情之所必有耶！
（《牡丹亭题词》）

　　"情有者理必无，理有者情必无"。真是一刀两断语。（徐朔
方氏笺校《汤显祖诗文集》卷四十五《尺牍》二）

　　假如说，作为晚明文学新思潮的一个重要组成部分，汤显祖这种
把情和理对立起来，推崇真情而反对"以理相格"的观点具有某种反
封建礼教的意义，从而指导他写下了《牡丹亭》这样的杰作，那么，
李梦阳敢于对《牡丹亭》的前驱、中国戏剧文学史上的另一部杰作《西
厢记》作出很高的评价，当也跟其尊情抑理的思想有关。

　　空同子称董子崔、张剧当直继《离骚》，然则艳者固不妨于
《骚》也。噫，此岂能人人尽道之哉？（徐渭《徐文长三集》卷十九
《曲序》）

按，徐渭（1521—1593）的《题评阅北西厢》说："世谓崔、张剧是王实
甫撰，《辍耕录》乃曰董解元。陶宗仪元人也，宜信之。"（《徐文长佚
草》卷二）故《曲序》所云"董子崔、张剧"实指《西厢记》杂剧。李梦阳
竟然把《西厢记》与《离骚》相提并论，这在中国历史上真是破天荒的
事，为后来李贽以《西厢》、《水浒》为"古今至文"（《童心说》）的先
声。但若没有尊情抑理——也即不承认封建礼教的绝对权威——的思
想为武器，恐怕是难以办到的罢。这也就难怪徐渭对李梦阳的这一见
解要赞叹为"此岂能人人尽道之哉"了。
　　其实，李梦阳之提倡"真诗乃在民间"，也是跟尊情抑理联系在
一起的。在这方面，李开先（1502—1568）《词谑》的一条记载很值得
重视。

　　有学诗文于李崆峒者，自旁郡而之汴省。崆峒教以："若似
得传唱《锁南枝》，则诗文无以加矣。"请问其详。崆峒告以："不
能悉记也。只在街市上闲行，必有唱之者。"越数日，果闻之，

喜跃如获重宝。即至崆峒处谢曰："诚如尊何大复继至教。"汴省，亦酷爱之，曰："时词中状元也。如十五《国风》出诸里巷妇女之口者，情词婉曲，有非后世诗人墨客操觚染翰、刻骨流血所能从者，以其真也。"……若以李、何所取时词为鄙俚淫亵，不知作词之法，诗文之妙者也。词录于后，以俟识者鉴裁。"傻酸角，我的哥，和块黄泥儿捏咱两个。捏一个儿你，捏一个儿我，捏得来一似活托，捏的来同床上歇卧。将泥人摔碎，着水儿重和过。再捏一个你，再捏一个我。哥哥身上也有妹妹，妹妹身上也有哥哥。"(《中国古典戏曲论著集成》本《词谑》一《词谑》二七)

李梦阳死时，李开先已经二十八岁。此条实可视为以当时人记当时事，自属可信。这条记载表明：第一，李梦阳的所谓民间真诗，本包括《锁南枝》这样的民间歌曲在内；第二，这类歌曲显然跟程朱理学、传统的封建道德之间存在着矛盾，所以，李梦阳的提倡"真诗乃在民间"，在某种程度上含有引导文学摆脱程朱理学及传统道德的束缚的意义，与其推崇《西厢记》属于同一倾向；第三，李梦阳要诗文都向《锁南枝》学习，可见他认为文也应以真情为主，而且也应像《锁南枝》那样地清新生动；第四，何景明也以"以其真也"为理由，酷爱《锁南枝》这样的民间歌曲，足见其在力主真情这一点上也与李梦阳相同，他们在文学思想方面的基本共同点当在于此；第五，李、何生前已对民间歌曲作了如此高的评价，作为晚明文学新思潮的组成部分之一的，以冯梦龙为代表的提高民间歌曲地位的理论，实是李、何的观点的继续与发展。

总之，李梦阳于诗文要求真情、真人，这跟李贽"天下之至文，未有不出于童心焉者也"(《童心说》)的看法相近，因为李贽是把童心跟真情、真人联系起来的，所谓"若失却童心，便失却真心，失却真心，便失却真人"(同上)。同时，在李梦阳看来，当时的文人学子之诗乃是缺乏真情的"韵言"，"今之文"也是"考实则无人，抽华则无文"的没有生命力的东西，只有民间才有真诗。这又跟袁宏道《答李子髯》其二所说的"当代无文字，闾巷有真诗"，《叙小修诗》(《袁宏道集笺校》卷四)所说的"故吾谓今之诗文不传矣。其万一传者，或今闾阎妇人所唱《擘破玉》、《打草竿》之类，就是无闻无识真人所作，故多真声"，可以互参。加以其尊情抑理与汤显祖之说相通，其对戏曲、民间歌曲的态度为李贽、冯梦龙等人的先驱，故其与晚明文学新思潮之间的密切联系，实在十分明显。

三

当然，李梦阳的文学思想与晚明文学新思潮之间的差别也是明显的。这主要在于李梦阳在强调真情的同时，又主张学习古人的写作之法，而且把柔澹、沉著、含蓄、典厚作为创作的最高标准，这就使作家在写诗作文时，在形式和风格上加上了桎梏。

据李梦阳自述，其文学创作上的理想是"以我之情，述今之事，尺寸古法，罔袭其辞"（《空同集》卷六十二《驳何氏论文书》）。在这里成问题的是"尺寸古法"一句。他说："古人之作，其法虽多端，大抵前疏者后必密，半阔者半必细，一实者必一虚，叠景者意必二。"（同书同卷《再与何氏书》）又说：由于不"法式古人"，诗歌"如抟沙弄螭，涣无纪律，古之所云开阖照应、倒插顿挫者，一切废之矣"（同书同卷，《答周子书》）。可见其所谓"法"，实是作品结构方面的法则。他认为这类法则乃是文学本身的客观规律，是人人必须遵守的，只是在古人作品中得到充分体现，所以在这方面只要效法古人就够了，这也就是所谓"文必有法式，……古人用之，非自作之，实天生之也。今人法式古人，非法式古人也，实物之自则也"（同上）。

李梦阳的这种认为情、事、辞不应拟古而结构必须法古的观点，实有削足适履之弊。文学作品结构必须与内容相应，既然作品的情、事、辞都与古代作品不同，结构又何能法古？如在结构上确有客观规律，那也只能随着文学的发展而逐渐被认识，而不能将古人作品中体现出来的某些准则作万应的灵丹。袁宏道于创作强调"不拘格套"（《叙小修诗》），可说是对李梦阳的这种主张的否定。

另一方面，李梦阳虽要求诗歌抒发真情，反对宋人的"主理"，但又以为这种出自真情的作品必须是"其气柔厚，其声悠扬，其言切而不迫，故歌之必畅，而闻之者动也"（《缶音序》)的。从而提倡"柔澹沉著含蓄典厚"，"贬清俊响亮"（参见《何大复先生全集》卷三十二《与李空同论诗书》)。这就给感情的表现形式加上了限制，也是晚明文学新思潮所无法接受的。例如，袁宏道就说："夫诗之气，一代减一代，故古也厚，今也薄。诗之奇之妙之工之无所不极，一代盛一代，故古有不尽之情，今无不写之景。然则古何必高，今何必卑哉?"（《袁宏道集笺校》卷六《尺牍·丘长孺》)这也就意味着气之厚薄之类不能作为评价作品的标准。

李梦阳文学思想与晚明文学新思潮的这两点相异之处，乃是李梦阳的历史局限。人不能脱离他所处的时代，不能不受其前人的影响，而当他要反对某些现存的事物时，也往往不能不从已有的思想库中寻找一些东西作为武器。在李梦阳的青年时期，李东阳（1447—1516）是文坛领袖。李东阳说："章之为用，……操纵开阖，惟所欲为，而必有一定之准。"（《怀麓堂集》文后卷三《春雨堂稿序》)这也就是以为文学作品在结构上（即所谓"操纵开阖"）有自己的规律。至于写诗应学古人，在结构上也应向古人学习之类的意见，在李东阳的著作中也数见不鲜。例如：

> 方石自视才不过人，在翰林学诗时，自立程课，限一月为一体。如此月读古诗，则凡官课及应答诸作，皆古诗也。故其所就，沉著坚定，非口耳所到。（《历代诗话续编》本《麓堂诗话》)
>
> 予少时尝曰："幽人不到处，茅屋自成村。"又曰："欲往愁无路，山高溪水深。虽极力摹拟，恨不能万一耳。"（同上）
>
> 京师人造酒，类用灰，触鼻蜇舌……张汝弼谓之"燕京琥珀"。惟内法酒脱去此味，风致自别。……予尝譬今之为诗者，一等俗句俗字，类有"燕京琥珀"之味，而不能自脱，安得盛唐内法手为之点化哉?（同上）
>
> 长篇中须有节奏，有操，有纵，有正，有变。若平铺稳布，虽多无益。唐诗类有委曲可喜之处，惟杜子美顿挫起伏，变化不测，可骇可愕，盖其音响与格律正相称。回视诸作，皆在下风。然学者不先得唐调，未可遽为杜学也。（同上）

上引的末一条，实在是引导人去学杜甫的"顿挫起伏"，不过认为在学习之前应"先得唐调"而已。所以，李梦阳之主张在结构上学习古人作品所体现的法则，可说是受到以文坛领袖李东阳的观点为代表的当时流行理论的影响。李梦阳的主张诗歌应"其气柔厚，其声悠扬"，必须"柔澹沈著含蓄典厚"，也与李东阳辈的理论有关。李东阳说：诗歌是"取其声之和者，以陶写情性"（同上）。"声之和者"，自必悠扬而不迫切，其气也必然柔厚。李东阳又说："苏子瞻才甚高……独其诗伤于快直，少委曲沈著之意，以此有不逮古人之诮。"（同上）"委曲沈著"而不"快直"，自必"柔澹沉著含蓄典厚"。

另一方面，李梦阳由于反对"宋人主理"而批判宋诗。在当时已有的思想材料中，批判宋诗最有力的是严羽《沧浪诗话》，李梦阳显然受到此书很深的影响。如其《论学》下篇说："古诗妙在形容之耳，所谓水月镜花，所谓人外之人，言外之言。宋以后，则直陈之矣，于是求工于字句，所谓心劳日拙者也。"（《空同集》卷六十一）显然来自严羽。而严羽也主张"以汉魏晋盛唐为师"；又说，诗之"大概有二：曰优游不迫，曰沈着痛快"（《沧浪诗话·诗辨》）；甚至说："诗之是非不必争，试以己诗置之古人诗中，与识者观之而不能辨，则真古人矣。"（《沧浪诗话·诗法》）李梦阳在接受严羽的影响时，也很难完全摆脱这种见解的羁绊的罢。

因此，李梦阳的上述局限，其实只是说明他不能超越他的时代。他的文学思想中虽然出现了许多新的、跟晚明文学新思潮相通的东西，但仍然存在着不少前人和当时的风气在他的文学思想中所留下的痕迹。应该说，这是正常的现象。如果我们承认万事万物的发展都有一定的过程，在突变之前也必须经过长时期的渐变，那么，从台阁体和李东阳的理论是不能直接演变为晚明文学新思潮的，必须有李梦阳式的过渡阶段。

然而，在现有的研究著作中，李梦阳的这一局限似乎被过度地渲染了。这主要表现为以下两点。

第一，李梦阳的提倡在结构上法古的观点，主要见于《驳何氏论文书》、《再与何氏论文书》、《再与何氏书》、《答周子书》等文。这些文章中的有些话容易引起误解。如他反对"文章家必自开一户牖自筑一堂室"之说(《答周子书》),提出"今人模临古帖,即太似不嫌,反曰能书。何独至于文,而欲自立一门户邪"的质问(《再与何氏书》),就常被解释为李梦阳主张写作只要亦步亦趋地模拟古人就够了,用不到也不应该有任何创造性。由此,就把李梦阳的整个文学思想概括为模拟复古而加以否定。不过,把这几篇文章联系起米考察,就可理解:李梦阳这些话是在要求"以我之情,述今之事,尺寸古法,罔袭其辞"的前提下说的,其所谓"法",又只是"前疏后密"之类的结构之法,所以,他其实只是在结构上要人们效法古人的这些准则,反对"自立一门户",并不是要人们在情、事、辞上也模拟古人。而且,他认为在掌握了这一套古人的结构立法以后,在风格上仍是各有特色的。"获所必同,寂可也,幽可也,侈以丽可也,峭可也,巨可也。"(《驳何氏论文书》)换言之,他在风格上也不主张模拟古人。因此,把李梦阳的文学思想仅仅归结为模拟复古,是不妥当的。至于作文临帖之喻,也必须参看下文才能明白。

> "故予尝曰:作文如作字。欧、虞、颜、柳,字不同而同笔。笔不同,非字矣。不问者何也?肥也,瘦也,长也,短也,疏也,密也。故六者势也,字之体也,非笔之精也。精者何也?应诸心而本诸法者也。不窥其精,不足以为字,而矧文之能为?"(《驳何氏论文书》)

他认为临帖也不是临"字之体",而是学"笔之精",而"笔之精"也不仅是"法"的问题,还有"心"的问题,即字必须与人的思想感情相应。用现在的话来说,就是必须有写字者的个性。他本来就并不以为写字只要写得像古人就够了。

第二,在对《驳何氏论文书》等文作了上述的误解以后,有些研究著作意识到他们所谓的李梦阳的模拟复古的文学思想与李梦阳《诗集自序》中的"真诗乃在民间"等提法不能相容,于是就说《诗集自序》的观点是李梦阳的晚年才形成的。这也就意味着:李梦阳模拟复古了一辈子,到晚年才觉悟过来。我想,这也并非事实。从《诗集自序》

来看，李梦阳在接受了王叔武"真诗乃在民间"等观点以后，"李子于
是怃然失，已洒然醒也。于是废唐近诸篇，而为李、杜歌行。王子
曰：'斯驰骋之技也。'李子于是为六朝诗。王子曰：'斯绮丽之余
也。'于是诗为晋、魏。曰：'比辞而属义，斯谓有意。'于是为赋、
骚。曰：'异其意而袭其言，斯谓有蹊。'于是为琴操、古歌诗。曰：
'似矣，然糟粕也。'于是为四言，入风出雅。曰：'近之矣，然无所
用之矣，子其休矣。'李子闻之，暗然无以难也。自录其诗，藏箧笥
中，今二十年矣，乃有刻而布者……然又弘治、正德间诗耳，故自题
曰《弘德集》"。《弘德集》所收仅弘治、正德间诗，其编刻当在嘉靖
（1522—1566）初，此序当亦嘉靖初所作。序中说他在听了王叔武的
议论后，"自录其诗，藏箧笥中，今二十年矣"，则其听到王叔武的
议论至迟在弘治十五年（1502）左右。又，《空同集》卷十五古《述愤一
十七首》题下原注："弘治乙丑年四月作，是时坐劾寿宁侯逮诏狱。"
此《述愤》即属于"诗为晋、魏"者。可见李梦阳至迟在弘治十八年乙
丑（1505）已听到王叔武对其所作六朝体诗的批评而写了晋体的古诗
了。因此，其听到并接受"真诗乃在民间"等观点至迟在弘治十五年，
其时李梦阳为二十九岁。岂能说这是李梦阳晚年形成的观点？

　　顺便在这里说一下，从上引《诗集自序》的自述来看，李梦阳于
诗歌绝非只宗盛唐；其《论学》上篇也只说文自宋代起就不行了，对
唐文并未否定。（王世贞《艺苑卮言》曾说："李献吉劝人勿读唐以后
文，吾始甚狭之，今乃信其然耳。……自今而后，拟以纯灰三斛细涤
其肠，日取《六经》、《周礼》、《孟子》、《老》、《庄》、《列》、《荀》、
《国语》、《左传》、《战国策》、《韩非子》、《离骚》、《吕氏春秋》、
《淮南子》、《史记》、班氏《汉书》，西京以还至六朝及韩、柳便须铨
择佳者，熟读涵咏之，令其渐渍汪洋。"此段文字之第一句常被征引，
而在今天，"勿读唐以后文"之语很容易被误解为对唐代之文也一并
否定。但在实际上，当时人所谓"唐以后文"并不包括唐代之文，如
同今日所说"六十分以下为不及格"中的"六十分以下"并不包括六十
分一样。正因如此，王世贞才在对于"勿读唐以后文"的主张表示赞
同——"今乃信其然"——之后，又决心把韩、柳文之"佳者"与先秦、
西汉的文章一起作为学习对象，"熟读涵咏之，令其渐渍汪洋"；否

则，绝不会自相矛盾如此。所以，这跟《论学》上篇所说并无二致。至于王世贞在这里似乎认为东汉至唐代之文不如先秦、西汉之文，那是他自己的看法，并非李梦阳所提出。) 在李梦阳的文集中，又找不到"文必秦汉，诗必盛唐"的原话。《明史·文苑·李梦阳传》说他"倡言文必秦汉，诗必盛唐，非是者弗道"，实是想当然之词。

综上所述，我认为李梦阳的文学思想与晚明文学新思潮是有密切联系的，李贽对他的推崇，袁宏道的"草昧推何李"、"尔雅良足师"等评语绝非偶然。当然，李梦阳作品的艺术成就不高，所以遭到袁宏道等人的批评，但从作品的内容说，却也有不少与李贽思想相通之处，值得引起注意。

附记：本文原载于日本古田敬一教授退官记念事业会编印、东方书店发行的《古田教授退官记念中国文学语学论集》，在国内没有发表过。现应《安徽师范大学学报》编辑部之约，略加增订，以就正于国内的同行。

——据《安徽师范大学学报(哲学社会科学版)》1986 年第 3 期

【评 介】

章培恒先生早年的学术兴趣在中国现代文学，后转向古代文学研究。正是这种由现代至古代的学术道路，使他在研治明清文学时，多了一些关于古代文学近代转向的思考。他在一次访谈中就表示："我觉得研究明清文学作品还必须与研究现代文学联系起来，要考虑它们在为现代文学开辟道路、创造条件方面做了什么。"① 由他提出的"中国文学古今演变"的研究路径，在学术界产生了较大影响。章培恒的学术渊源承自陈寅恪和蒋天枢一脉，在复旦大学求学期间受到朱东润、蒋天枢的深刻影响。章培恒通晓日语，曾赴日本神户大学任教一年，主持翻译日本汉学家吉川幸次郎的《中国诗史》(1986)，在他主编的《中国文学史新著》中，引用了诸多日本汉学家的研究成果，可

---

① 章培恒、马世年：《中国文学的古今演变——章培恒先生学术访谈录》，载《甘肃社会科学》2007 年第 1 期。

以见出其学术视野和思想观念与日本学界之间的渊源。①

缘于此，章培恒的《李梦阳与晚明文学思潮》一文，在一定程度上受到吉川幸次郎《李梦阳的一个侧面》的启发。吉川幸次郎提出的"古文辞的平民性"为他论证李梦阳与晚明文学思潮之间的联系提供了一个逻辑支点。

章培恒在文章开头就开门见山地提出："这种新思潮并不是在晚明突然产生的，它至迟萌芽于明代正德年间（1506—1521）。作为此一萌芽的代表的，乃是前七子之首的李梦阳（1473—1530）。"文章进而指出："但在国内的研究著作中，往往仅把李梦阳视为晚明文学新思潮所反对、否定的对象，而忽略了二者之间的继承关系。拙作的目的，则在对这种继承关系加以探讨和阐明。"②他从考证李贽、袁宏道对李梦阳的评价入手，发现李贽与袁宏道对李梦阳的态度并非否定，在一定程度上还有积极的认可。于是他以此为基点，分析晚明文学思潮与李梦阳文学思想的承继关系。文章从对民歌的提倡和重情的文学观来分析二者的承继性，着重分析他们文学思想中对真情的重视，对理学的抑制，由此从根本上把握二者文学思想属性的趋同。在作者看来，尊情抑理是沟通李梦阳与晚明文学思潮的桥梁所在。

当然，承认晚明文学思潮与李梦阳的承继关系，并不意味着李梦阳的文学思想就是新的文学思潮。章培恒还在文章中分析了李梦阳文学思想与晚明文学思潮的不同之处："李梦阳在强调真情的同时，又主张学习古人的写作之法，而且把柔澹、沉著、含蓄、典厚作为创作的最高标准，这就使作家在写诗作文时，在形式和风格上加上了桎梏。"③从本质上说，李梦阳的文学思想与晚明提倡个性解放，写作时主张不拘格套、追求感情自由流露的文学思潮有着明显差异。至于出现这种差异的原因，章培恒在文中将其归结为李梦阳的历史局限性。

① 关于章培恒学术因缘可参考邵毅平《章培恒先生学术因缘述略》一文，见邵毅平：《中国古典文学论集》，上海古籍出版社 2012 年版。

② 章培恒：《李梦阳与晚明文学新思潮》，载《安徽师范大学学报（哲学社会科学版）》1986 年第 3 期。

③ 章培恒：《李梦阳与晚明文学新思潮》，载《安徽师范大学学报（哲学社会科学版）》1986 年第 3 期。

文章还指出以往学者对李梦阳的误读，如把李梦阳的文学思想仅仅归结为模拟复古或者过度渲染，又如李梦阳晚年思想发生转变等，这些误区也是当时研究者普遍认为晚明文学新思潮与李梦阳等人提倡的复古运动相对立的原因之一。只有廓清这些问题，才能正确看待李梦阳与晚明文学思潮的联系。

章培恒的文章在一定程度上打破了以往普遍认为晚明革新思潮和李梦阳为代表的复古派相对立的看法，主张用发展和联系的观点看待明代文学思潮，认为晚明文学新思潮并非兀然出现，而是有迹可循，在某些方面继承了李梦阳的文学思想。尽管文章写于 30 年前，却为明代诗文研究打开了一条新的思路，对今天的研究者仍有启示意义。

章培恒治中国文学史在学界独树一帜，其中尤以他和骆玉明教授共同主编的《中国文学史》(复旦大学出版社 1996 年版)为人所称。作为一本文学史教材，该书观点表述上的最大特色，是将人性发展与文学演进的关系引入文学史叙述。这在学术思想仍不是十分开放的 20 世纪 90 年代中期，对以往据以建构中国文学史的基本观念是极大的突破，因此引起学界的强烈反响，受到极大关注。后来，章、骆等人又在《中国文学史》的基础上修改而成《中国文学史新著》。①《中国文学史新著》吸收了 1996 年版《中国文学史》的优点，又有所突破，被认为是一部里程碑式的文学史著作。

章培恒还主持翻译过很多日本汉学家的学术著作，最具代表性的是将著名汉学家吉川幸次郎的《宋元明诗概说》和《中国诗史》(安徽文艺出版社 1986 年版)译介给中国学术界。此外，他还主持编纂《全明诗》(上海古籍出版社 1994 年版)、《全明文》等大型文献整理工程。除此之外，他还发表了不少与明诗研究相关的论文，如《对明代文学研究的一点看法》(《全国高等学校文科学报文摘》1985 年第 1 期)、《明代的文学与哲学》(《复旦学报》1989 年第 1 期)、《〈全明诗〉前言》(《复旦学报》1990 年第 5 期)、《论五四新文学与古代文学的关

---

① 上、中卷 1998 年由上海文艺出版社出版，因章培恒先生患病而搁置，后来才完成下卷，并对上、中卷进行了增订修改，全书由复旦大学出版社和上海文艺出版社共同出版。

系》(与谈蓓芳合撰,《复旦学报》1996 年第 4 期)、《试论吴伟业的创作——以其与晚明文学思潮的关系为中心》(《高等学校文科学术文摘》2004 年第 5 期)等。

《陈子龙柳如是诗词情缘》前言

[美]孙康宜著　李奭学译

【作者简介】孙康宜(1944—　　),祖籍天津,曾就读台湾东海大学、美国普林斯顿大学。历任美国普林斯顿大学葛思德东方图书馆馆长、耶鲁大学东亚语言文学系教授。研究范围跨越中国古典文学、传统女性文学、比较诗学、文学批评、性别研究、释经学、文化美学等多个领域。著有《六朝诗研究》、《晚唐迄北宋词体演进与词人风格》、《古典与现代的女性阐释》、《耶鲁:性别与文化》、《剑桥中国文学史》下卷(主编)、《陈子龙柳如是诗词情缘》(又名《情与忠:陈子龙、柳如是诗词因缘》)、《词与文类研究》等。

在陈子龙(字卧子,西元 1608—1647 年)的诗词中,"情"为何物?"忠"又代表什么?这些问题多年来在我心中萦绕不去,也构成了本书的题旨。我原先只想为 17 世纪的中国诗词撰一通说,但再三尝试各种诠解的方法之后,我发觉我对此刻诗词与文化潮流的兴趣逐渐集中到陈子龙身上。陈氏生当动乱频仍之际,对时代变革也有过人的反应。他的作品乃以想象在记录日常经验,同时也是 17 世纪中国文化史的重要见证。此外,同代诗人几乎唯他马首是瞻,许为最佳的诗人词客。

常人多以为陈子龙乃明末志士,为国捐躯,九死无悔。陈氏在历史上据有一席之地,无疑这是主因。但是,这一点也有负面影响,因为学者仅仅知道他是爱国诗人,不及其他。所以,我坚信迄今为止,罕有人对陈氏的贡献下过公允的判决,视其整体成就为"文学"者更是少之又少。其人诗词乃重要瑰宝,惜乎学者读者多充耳不闻。"艳情"又为其词作重点,所写尤其关乎诗人歌伎柳如是。他们之间过从甚密，史有信征。然而，传统传记家或为护持陈氏"儒门英烈"的名望，大多搁笔不谈他和柳如是之间的情缘。以明、清学者常常征引的《牧斋遗事》为例，对此便多所扭曲(《别传》，上册：88~89)。不过，陈寅恪的《别传》一出，我们对陈氏的感情生活顿然有较深入的认识。

明人相信，一往情深是生命意义之所在，也是生命瑕疵的救赎梁柱。这种看法便是晚明艳情的中心要旨。此一情观重如磐石，特殊脱俗，也是内心忠贞的反映。"忠"乃古德，有史以来就是君臣大义，不过本书对此自有新意发微。看在陈子龙及其交游眼里，晚明蝉娟大可谓"情"与"忠"的中介：心中佳人乃艳情的激励，也是爱国的凭藉。胸中无畏，"露才扬己"，又是晚明人士理想的女性形象，也深合时代氛围。晚明诸子绝少以为情忠不两立：此事说来话长，但原因全如上述。时势既而两趋，从明到清的文学当然结合两者所长。然而朝代兴革所形成的社会动乱，自然会把两种理想推向崖际。此事尤可想见。

上述课题，陈子龙的诗词多所关注。首先，他和柳如是的情缘革新了情词的方向，是"词"在晚明雄风再现的主因。其次，陈子龙晚期的作品——尤其是他的爱国诗——掀露了中国人的悲剧观：天地不全，人必需沉着面对命运悲歌，义无反顾。在"爱情"与"忠国"之间，诗人尤其要能够掌握分寸。这种辩证性的"最后抉择"往往摧心沥血。第三，陈子龙早年的情词不但不是绊脚石，反而在晚年为他激发过力撼山河的忧国词作，十分有趣。我尤其想指出陈词以隐喻和象征来表现君国之思的倾向与方法，说明他早期情词如何转化为晚期忧谗之作的词学，最后还要澄清艳词何以是爱国心绪的最佳媒体。在此同时，我也要向读者解明陈氏的秋水伊人柳如是何以变成故国的象征，词人又是如何推衍人类情感，使之成为精雕细琢感天动地的表记，从而强化了忠君爱国的修辞力量。

陈子龙的诗词意义纷陈，包罗万象。我难免特别注意晚明妇女的形象，尤其是她们在当代社会、艺术与文学上所具有的地位。本书目录已经明陈，就算要详说细解陈子龙的诗词，我也有必要让读者熟稔柳如是的生平与文艺造诣。从各方面来看，柳如是都是其时才伎的典范(paradigm)，所代表的正是无数艺伎的关怀与才能。在撰写本书的研究过程里，我特别注意柳如是的诗词，尤其着迷于她和陈子龙唱和的"词"。对柳氏或对陈氏而言，生命意义和经验的流通，有赖永无止境的追寻，而诗词正是这种追寻最活跃的一部分。最重要的是，柳如是的诗词透露了一些女性问题，为她们重新定位。因此，只要时机得宜，我绝不讳言柳如是的生活与诗词，甚至进而强调她与陈子龙的关系。当然，她博学多闻，想象力与创造力俱属一流。这点更不会逃过我的注意。

拙作还有一个千丝万缕总是不离的强调：诗体的问题。文人对过往体式文类汲汲看重，必然会倾力注意诗体之别，而这几乎便是诗人传达个人声音最有力的策略。体式的问题一旦求得解答，我们即可据以了解诗人对传统的反应为何，甚至也可以认识他个人美学观的倾向。本书目的之一，就是要说明陈子龙所写的诗、词皆有其个人情爱与家国之思的双重强调：在他笔下，诗、词恰可传递"情"与"忠"的"不同"层面。我兴致特别盎然的地方，在陈氏所欲表达的意义往往随着诗体的变动而变。这也就是说：陈词常常思索得失的问题，但陈诗往往超越了这些问题。我相信类此的文类研究（genre study）是认识陈氏文学贡献的枢纽。就中国诗词的内容而言，这种研究也有更开阔的意义。

迄今为止，还没有人用英文撰写陈氏诗词的研究。以中文所作的努力，也是寥若晨星。中国人总以唐诗宋词元曲与明清通俗小说来为时代与文学定位。这种说法甚嚣尘上，却非正确的文类演变辙迹。多少因此，明清诗词的研究欲振乏力，现代学者多半视若无睹。这种情形也大大扭曲了传统文类发展的本然。事实上，诗、词一旦生发，就不可能会在历史上消失，吟咏填制者反而代有其人。职是之故，本书自感责无旁贷的一点，也就是要填补中国诗词研究上的这个大鳞隙。除此之外，从17世纪以迄20世纪初，中国文学史更经历了一场古典诗词的文艺复兴。我敢说词体重振，陈子龙居功至伟。他筹组云间词派，免得明词堕落不振。较诸"词"在南唐（西元937—975年）所处的黄金盛世，陈子龙确实认为明词堕落颓唐。

历来的中国人多认为，从明转清的朝代更替，代表着某种世界的结束。想想西方长者记忆中的1914年，我们就不难明白中国人这种感觉。明清鼎革是孔尚任《桃花扇》里的一幕，陈子龙的生涯又是此刻历史的另一转折。如同史景迁（Jonathan Spence）和魏尔士（John Wills）所说的："清军横扫中国与明人的抗敌运动，为道德典范树立起前所未见的悲剧视境。晚明志士但求为国捐躯，不事二主。在中国的某些通都大邑，时代菁英纷纷投入徒劳无功的战役之中，即使可以伺机再起也不愿后撤。他们拒绝为二臣效力，更不愿变成清廷鹰犬，昂然就义。"①本书尝试描绘的，就是这么一位为国族押上性命的忠烈英哲。

陈子龙乃不世之才，也是时代的代表。我想呈现在读者眼前的就是这么一个人。陈子龙的诗词大业是否成功，这得由读者揣想评定。但是不容否认，他把"情"与"忠"这两个不同的主题交织成为一体，也把前人传下的风格与体式融通重铸，以便涵容新的内蕴。至于他的诗体革新的成效，仍然有赖读者把脉评估。

——据陕西师范大学出版社 1998 年版《陈子龙柳如是诗词情缘》

【评　介】

孙康宜教授毕业于台湾东海大学外文系，后入美国普林斯顿大学学习，获中国古典文学博士学位。孙教授长期在耶鲁大学任教，始终处于海外中国古典文学研究的前沿，著述颇丰。她在学术著作之外，还出版了散文集、自传等多部文学作品，对美国文化、女性主义、电影也多有关注。

《陈子龙柳如是诗词情缘》英文版于 1991 年由耶鲁大学出版社出版。② 该书出版后，由芝加哥大学的李奭学（现任职台湾"中央研究院"中国文哲研究所）译成中文，1992 年由台湾允晨文化公司出版。1998 年，中文简体修订版由陕西师范大学出版社出版。2012 年，中文简体增订版《情与忠：陈子龙、柳如是诗词因缘》由北京大学出版

① Jonathan Spence, John Wills: From Ming to Ch'ing , New Haven: Yale Univ. Press, 1979: xvii-xviii.

② 书名为 *The Late Ming Poet Ch'en Tzu-Lung: Crises of Love and Loyalism.*

社出版。

《陈子龙柳如是诗词情缘》一书共3编，7章：第一编"忠君意识与艳情观念"，包括前三章，讨论情与忠的主题；第二编"绮罗红袖情"，包括第四、第五章，讨论情的主题在诗体与词体中的表现；第三编"精忠报国心"，为第六、第七章，论述忠的主题在诗体与词体中的体现。本书选录的是该书的前言部分。在前言中，孙康宜教授对全书主旨做了简要介绍。

孙康宜教授在书中紧紧围绕"忠君意识"和"艳情观念"两大文学传统，对陈子龙、柳如是诗词作了深入、细致的研究。该书英文版出版后，美国著名汉学家史景迁（Jonathan Spence）称赞该书具有"开创性"，著名汉学家牟复礼（F. W. Mote）誉之为"第一流的撰述"。

在孙康宜教授之前，陈寅恪的《柳如是别传》对陈、柳二人之关系已有论及，该书中册第三章"河东君与'吴江故相'及'云间孝廉'之关系"有较多篇幅从陈、柳诗词入手考证二人之因缘，对陈、柳二人的交往亦有较多发现。不同的是，陈寅恪先生的《柳如是别传》偏向于文史考证，颇具"诗史互证"的特色，孙康宜的《陈子龙柳如是诗词情缘》一书更多由陈、柳二人的诗词因缘阐释晚明的文学潮流和审美风尚。

正是由于孙康宜著作与陈寅恪著作之间讨论内容的相似性，使学界对该书有着不同的评价。谢正光认为，孙康宜的著作之于陈寅恪的《柳如是别传》，可以说是"亦步亦趋"，他举出很多例证来说明孙康宜对陈寅恪的袭用，认为"世无无根之学，采纳别人的研究成果，亦学术界所常有常见之事。凡此皆不争之论。但像孙著那样，自主题、素材、方法，以至观点，处处依墙傍壁；进退之际，又无不以他人之持论为依归。古今著述之中，这样的先例应该不多吧？""孙著只是透过《别传》来描绘陈子龙和柳如是，作者终究不能算作陈、柳的知音"①。对孙康宜著作的原创性提出质疑。谢正光的评论主要是基于

---

① 谢正光：《评孙著〈陈子龙、柳如是诗词情缘〉》，见《清初诗文与士人交游考》附录，南京大学出版社2001年版，第549、560页。按：谢正光此文写于1995年，其书评所据当为1992年台湾版。

文献学的角度，对孙康宜著作在文学阐发方面的优点和创见多有忽视。

与谢正光的看法不同，北京大学张健教授为孙康宜的著作撰写书评，则认为其书在学术视野上能够由个人而及整个时代："本书一方面体现出著者作为女性学者所特有的细腻，但又格局甚大，视野广阔。本书具体讨论的是陈子龙以及柳如是的诗词，但却展现了17世纪诗词从思想到艺术的整体风貌。而在具体的论述中，其触角伸展得更远，涉及整个诗词的思想艺术传统。"①其认识颇具历史的全局意识。张健在文中并未言及谢正光对孙康宜此著的看法。

孙康宜的《陈子龙柳如是诗词情缘》虽然在一定程度上对陈寅恪的《柳如是别传》有所借鉴，但是孙康宜的著作在内容上与陈寅恪的著作各有侧重，其独特价值体现在她对明末的两大文学主题"情"与"忠"作了深入而细腻的阐发，并将其置于陈、柳二人的因缘中进行探究。文章对"情"与"忠"在明末特定历史文化条件下的起源与融合，以及陈子龙诗体革新观念的独到论述，体现了她在陈、柳问题上的创见。虽然讨论的是一个陈年旧题，然而孙康宜的著作却能以她细腻的笔触作出深入的分析，成为借鉴西方文学批评观念分析中国古典诗词的成功典范。

孙康宜还与汉学家魏爱莲(Ellen Widmer)合作主编《明清女作家》(*Writing Women in Late Imperial China*, Stanford, 1997)，与苏源熙(Haun Saussy)合作主编《历代女作家选集：诗歌与评论》(*Women Writers of Traditional China：An Anthology of Poetry and Criticism*, Stanford, 1999)。近些年，她所做的一项重要学术工作是与哈佛大学的宇文所安(Stephen Owen)教授共同主编《剑桥中国文学史》(剑桥大学出版社2010年版，中译版三联书店2013年版)，并撰写了明代文学部分。在她看来，"在目前已有的文学史书写中，明代前中期往往是被忽略的。这种失衡的文学史叙述通常强调1550年之后的晚明文学多么重要，而在此前的近二百年似乎都无足称道。实际上，很多晚

---

① 张健：《情与忠：诗体与词体中的变奏——读孙康宜教授的〈陈子龙、柳如是诗词情缘〉》，载《北京大学学报(哲学社会科学版)》2005年第4期。

明的重要思潮都渊源有自。"①这一理念始终贯穿明代文学史的写作。同时，该书对明代文学开端的重新定位也包含她对明代文学的独特认识。

孙康宜教授的其他相关论文还有《柳如是和徐灿：阴性风格或女性意识?》(《中外文学》1993 年第 6 期，又见乐黛云、陈珏主编：《北美中国古典文学研究名家十年文选》，江苏人民出版社 1995 年版)、《明清女诗人选集及其采辑策略》(马耀明译，《中外文学》1994 年第 2 期)等。她对明清时期女诗人、词人的关注，对推进世界范围内的中国古典女性作家研究起到了积极的引导作用。

---

① 孙康宜主编：《剑桥中国文学史》下卷(1375—1949)，三联书店 2013 年版，第 22 页。

重估明代诗歌的价值(存目)

羊春秋

【作者简介】羊春秋(1922—2000),湖南邵东县人,笔名公羊,韵文学专家。历任湖南师范学院中文系讲师、古典文学教研室主任,湘潭大学副教授、教授、中文系主任等。

【评 介】

明诗成就与文学史地位,历来都是学者争论的焦点之一。而认为明诗价值不高,则是长时间以来学界的主流观点。羊春秋教授的《重估明代诗歌的价值》一文,则试图改变这一取向。

羊春秋教授在文中开门见山地表达了他对明代诗歌的态度,即"有明来三百年的诗史,诗杰迭出,流派踵兴,各有其面貌,各有其精神,各有其艺术上的戛戛独造"。并从明代的诗学精神、诗歌的内容体裁和对后世的影响三个方面来论证他的判断,即他所说的"它那探索诗美的执着精神,贴近生活的现实题材,开拓有清一代诗风的光辉业绩"。

羊春秋教授在文章中论述的第一个方面为"探索诗美的执着精神",是文章着墨最多的部分。明代文学思想的发达,已经是学界公认的事实,羊先生重申此论,可谓抓住了重点。他的论据主要有三个:一是明人在诗歌上的"群体探索和尝试的精神,足以陵宋砾元而驾清";二是"各流派主盟诗坛之际,往往有一支反对派的力量,与之争鸣,与之争雄,与之展开和平竞赛,使明代的诗歌在批评中不断完善,在竞赛中不断发展";三是"各流派不仅提出了自己的诗歌主张,而且在挖掘诗歌创作的规律方面,作出了不可磨灭的贡献"。第二个方面是从明诗的内容和体裁来说,他认为明诗中贴近生活的现实题材，只有三唐的诗歌可与之媲美，而为宋、元、清所不及。在此，他似乎忽略了一点，即题材的选择并不能决定艺术成就的高下。第三个方面是从明诗的影响来说，羊春秋认为，以顾炎武为代表的明代遗民实为清代诗风的开创者。左东岭在总结20世纪的明诗研究时，曾指出羊氏之说的不足："除了流派蹦兴是明人的独特之处外，其他评语都只具备热爱明诗的情感倾向，恐怕很难一一落到实处。就其所提出的三条根据看，也都还一定程度地存在模糊疑问之处。"①由于缺少足够的学理支撑，其说并不能为明诗研究的兴起提供足够的动力。

明代诗歌成就不及唐宋诗歌，乃是文学史的常识。就是明人自己，也处处以唐诗作为学习、效仿的对象。虽然明人经常会说本朝诗足以媲美甚至超过唐诗的话。但是作为一名研究者，即使对明诗偏爱有加，恐也很难回避明诗在艺术成就上不及唐诗的事实。羊文的观点尽管仍有许多值得商榷之处，然而在明诗普遍不受重视的20世纪80年代末起到了呼唤学者重新审视明代诗歌价值的作用。

羊春秋教授撰写的相关论文还有《〈姜斋诗话〉初探》（《湖南文学》1962年第12期）、《论船山绝句》（《船山学报》1985年第1期）、《论〈诗归〉的美学价值》（《中国韵文学刊》1987年创刊号）、《论公安、竟陵绝句八首并序》（《船山学刊》1987年第2期）等。他还选评了《明诗三百首》（岳麓书社1994年版）、《明诗精华二百首》（陕西师范大学出版社1998年版）等，确实为发现明诗价值付出了努力。

<hr>

① 左东岭：《20世纪明代诗歌研究综论》，载《华中师范大学学报》2013年第1期。

《明代文学复古运动研究》引言

廖可斌

【作者简介】廖可斌(1961—　)，湖南安乡人，长期任教于浙江大学人文学院，现为教育部长江学者、北京大学中文系教授。研究领域主要为明代文学与文化、中国俗文学史，著有《明代文学复古运动研究》、《复古派与明代文学思潮》、《诗稗鳞爪》、《明代文学思潮史》、《理学与文学论集》等。

中国的先贤们常将"事功"与"文章"进行比较，认为前者转瞬即逝，后者则千古不朽。曹丕在《典论·论文》中所说的"盖文章经国之大业，不朽之盛事"云云，便不断地为世人所引述。许多仁人志士投身艰苦的文学艺术事业，都把这一信念当作自己的精神支柱。然而事实证明，文学家及其作品，并没有获得历史淘汰的豁免权。只有那些恰应文学艺术发展的辉煌时代的召唤而生，或致力于某些具有灿烂前景的文学艺术样式，并取得了相应成就的骄子们，才能在人类文学艺术史上占有一席之地。而那些正逢整个文学艺术的发展处于停滞、衰落、倒退或过渡期登上文坛，或将毕生精力倾注于某些已成黄昏夕阳的文学艺术样式的人们，尽管往往进行过异常艰难的探索，付出了同样甚至更多的劳动，其建树却既比不上前人，也逊色于来者。虽然他们在短时期内也可能享有赫赫声誉，但不久就会被无情的历史浪潮淹没。本书所要重点讨论的明代复古派，就属于后一种情况。

在中国文学发展史上，明确以复古为口号的文学思潮有四次，即唐初陈子昂倡导的诗文复古运动，中唐韩愈、柳宗元倡导的古文运动，北宋梅尧臣、欧阳修等倡导的诗文复古运动及明代的复古运动。前三者都得到了后人的充分研究和高度评价，唯独明代复古运动一直遭到冷落，或者说声誉不佳，这是许多古典文学研究者都曾注意到的一个现象。

明代复古运动，从正式兴起的弘治年间算起，到余音袅袅的明末清初，绵延了约一个半世纪。它前潮未平，后波又起，高峰期几乎席卷了整个文坛。与前几次复古运动相比，其历时之久与规模之大，都有过之而无不及。尤其值得注意的是，明代复古运动曾引起过非常激烈的文学论战。复古派对中唐以下特别是宋、元至明前期的诗文给予了尖锐批评，反复古派又对复古派的理论和创作进行了猛烈攻击，复古派内部也产生过种种矛盾，爆发过多次争论。复古派的领袖们自命宣尼不死，其追随者们亦誉之为李、杜再生，而反对者则讥之为"庸妄巨子"、"佣乞小儿"。揎拳捋袖，言人人殊。复古派得势时，人人都依之成名，成为一种时髦；它失势时，则群起攻之，把它骂得体无完肤，一文不值，又成为一种风尚。风卷云飞，变幻莫测，明代中晚期的文坛于是搅得天翻地覆，构成了整个中国古代文学史上最热闹的一幕。

错综复杂的历史现象，展示出富有诱惑力的研究前景。隐藏在明代中晚期文坛这种表面现象背后并导致这种状况的根本原因是什么？就复古派本身而言，一种文学主张能令一代又一代众多才识卓绝的文学家深信不疑，并前仆后继为之贡献毕生精力，其中就没有任何合理因素或历史必然性吗？如果有，那么它们与复古主张的谬误性又是怎样纽结在一起的呢？而这种现象在整个中国古典文学的发展演变过程中又具有怎样的逻辑意义呢？这些都应是饶有兴味的研究课题。遗憾的是，迄今为止，明代复古运动作为一种研究对象的丰富含蕴，似乎还没有被人们充分认识到。当它本身烟消云散之后，其影响乃是异常的寂寞。起初还有个别人跳出来叫骂一通，偶尔也有几个人出来说几句公道话。不久人们连这点兴趣也失去了。提起复古派的人越来越少，辗转相传的只是几则有关复古派的最简略的口号和遗闻轶事，而它们也根据人们的兴趣和想象逐渐变形，距事实的本来面目越来越远。这是有清一代的大致情况。二十世纪前半叶，传统文化受到严厉批判，以"复古"为宗旨的明代复古派理所当然地再一次被唾弃。由攻击复古派而登上文坛的公安派受到人们的青睐，它对复古派的种种嘲笑和指责，遂被奉为不刊之论。近几十年来，人们更是无暇去翻阅复古派作家们留下的卷帙浩繁的著作，只能沿袭成说，并根据新的理论模式，想当然地给它加上"形式主义"、"复古倒退"等名号。总之，随着岁月的流逝，堆在复古派上面的历史积垢是越来越厚重了。虽然也有一些学者力图刮垢磨光，对复古派作过中肯的评价，但总的来看，这些意见尚未引起人们的充分注意。

笔者无意为明代复古派作简单的翻案。不可否认，与古代文学艺术中仍然焕发着盎然生机的其他部分相比，复古派确实早就基本上生命枯竭了。现在研究它，不啻重新挖掘出一块年代久远斑驳陆离的化石或失去光彩的出土文物。但就在那些完全僵死的古化石和古文物中，考古学家们不是还仿佛能听到远古时代的山崩地裂、海水沸涌之声仍在其中回荡，还仿佛能看到千百年前金戈铁马奔腾驰逐的雄伟场面仍在其上映现吗？只要我们抛弃就事论事的简单思维方法，抱有充分的耐心去探索，就会发现明代复古派这块文学化石中，也跃动着时代的脉搏，蕴含着一群活生生的灵魂，记录着中华民族特别是中国知识分子一段复杂曲折的心路历程。它给我们的启示，也是同样的丰富。

在本书中，我们首先也将像考古学家一样，对复古派作一些清理复原工作，对它的真实面目作出比较全面、准确的描述。然后，我们将力求站在宏观的高度，将明代复古运动放到明代文学思潮以至整个中国古代文学思潮发展史的广阔背景中进行考察。同时，通过对它的解剖，把握明代文学思潮的脉络，并为观照整个中国古代文学思潮发展史提供一个有益的视角。也就是说，以历史复原为起点，以逻辑建构为目的；在宏观中审视微观，从微观中透视宏观。当然，这些只是笔者的主观愿望，很可能难以实现，或者充其量只能算是一个初步尝试。

——据上海古籍出版社 1994 年版《明代文学复古运动研究》

【评　介】

廖可斌教授早年就读于杭州大学(浙江大学前身)，受教于明代文学研究大家徐朔方，毕业后留校任教，主要从事明代文学与文化研究，后于 2009 年调入北京大学中文系。《明代文学复古运动研究》一书为其所撰博士论文，经删定，1994 年由上海古籍出版社和台湾文津出版社分别出版，2008 年商务印书馆再次出版，在明代文学研究界影响颇大。

该书将明代文学复古运动分为三次高潮来叙述，即前七子、后七子和明末陈子龙的三次复古运动。他在书中将复古运动置于明代文学思潮以至整个中国文学思潮发展史的广阔背景中进行考察，认为明代复古运动的宗旨在于恢复主体与客观社会现实、情与理、意与象、诗与乐的完美统一的古典审美理想及古典诗歌的审美特征。在作者看来，前后七子文学复古运动打破了明前期整个思想文学领域程朱理学一统天下的沉寂局面，开启了明后期浪漫主义思潮和进步思想思潮的先河，是由前者演进为后者的必要过渡。明末，基于民族救亡的紧迫任务，晚明浪漫主义思潮及整个社会进步思潮趋于低落，复古主义再次回归，转而更关注社会现实，明末清初实学思想由此形成。廖著对明代文学复古运动的来龙去脉、思想内涵、群体关系、文学成就及功过影响都作了深入解析，确为研究明代文学复古的一部力作。

在廖可斌教授看来，"复古运动并不仅仅是一场文学运动，而且是一种对正统思想的统治无益有害的危险的思潮。"①作者据此认为，明代复古运动具有"代表新的历史要求反对程朱理学"的性质。他在文中进而指出，明代文学复古运动批评的对象是理学家文学观及诗歌的理化俗化倾向，而要求恢复已经衰落的缘情的有格调的古典审美理想。这一点，也是作者在书中所极力阐发的明代文学复古运动的精神内涵。由此可以看到，全书的重点虽说是研究明代复古派和文学复古运动，但实际上涉及的内容并不局限于此，而是将其与明代其他次要的文学思潮相结合，如元末明初的文学思潮的变迁、台阁体、茶陵派、唐宋派、公安派、竟陵派以及晚明的浪漫主义文学思潮，它们的理论、创作和影响，都在本书的探讨范围之内。在对具体作家的论述上，他又不仅限于前后七子、云间三子等主要作家，对复古派其他主

---

① 廖可斌：《明代文学复古运动研究》，商务印书馆 2008 年版，第 73 页。

要作家及其作品也作了细致的分析和述评。

廖著对许多批判前后七子和世人争论不休的问题进行了辨析，提出了不少富于创见的看法。如他论述前七子学古并非泥古，实际上是在学古中求变化创造；王世贞晚年"定论说"并不符合历史真相；明代复古运动总体上虽然归于失败，但是仍然产生了许多优秀的作品，其价值不容忽视；明末陈子龙等人的文学运动本质上继承和发展前后七子的复古思想，是明代文学复古运动的终结；等等。廓清这些问题，对全面、客观、深入认识明代文学复古运动大有裨益。在研究思路和方法上，廖著也较前人有所更新，如研究元末明初文学思潮的变迁则着眼于地域文人集团的兴替，而非仅仅关注政治因素。又如对晚明浪漫主义文学思潮兴起的考察，也没有亦步亦趋马克思主义分析模式，从商品经济的发展到人性解放的思路，而着眼于晚明政治的腐坏和哲学新思潮的兴起对它产生的影响。

廖著并非只是简单地为前后七子翻案，而是用一种历史还原的眼光重新审视这一场文学复古运动。他在书中并不讳言复古运动在创作中表现出的种种弊端，以及最终失败的结果，而是由具体材料出发对这些问题进行深入剖析，认为复古派醉心于古典审美理想，没有意识到古典诗歌已不可能重现昔日盛况。在他看来，不能辩证地评价古典文学领域发生的种种变化，这是复古派最大的失误，也是复古派的理论和创作产生种种弊端的根本所在。他在研究中指出，"只要我们抛弃就事论事的简单思维方法，抱有充分的耐心去探索，就会发现在明代复古派这块文学化石中，也跃动着时代的脉搏，蕴含着一群活生生的灵魂，记录着中华民族特别是中国知识分子一段复杂曲折的心路历程。它给我们的启示，也是同样丰富。"①在前后七子兴起的历史语境中对其理论主张和创作实践作具体分析，而不只是进行简单的价值判断，是作为研究者所应当具备的态度，也是正确认识和理解明代复古运动成绩和不足的关键。

廖可斌教授关于明诗研究的其他相关专著还有《复古派与明代文学思潮》(台湾文津出版社 1994 年版)、《诗稗鳞爪》(浙江大学出版社

① 廖可斌:《明代文学复古运动研究》，商务印书馆 2008 年版，第 3 页。

1999 年版），主编会议论文集《2006 明代文学论集》（浙江大学出版社 2007 年版），以及新作《明代文学思潮史》（人民文学出版社 2016 年版）等。《明代文学思潮史》的前身是《复古派与明代文学思潮》，后经作者修订而成，与《复古派与明代文学思潮》相比，删去了分析复古派文学创作的内容，而增加了讨论明代文学思潮史上复古派以外的其他环节和文学流派，如元末明初文学思潮的变迁、江西派与台阁体、茶陵派、唐宋派、浪漫主义文学思潮的兴起，余论部分还对明代文学与清代文学的关系进行了阐述，同时吸收了近年来一些学者的相关研究成果。

廖可斌教授近年来一直活跃在明代文学研究界，先后发表的相关论文有《茶陵派与复古派》（《求索》1991 年第 2 期）、《关于李梦阳"晚年自悔"问题》（《文艺理论研究》1991 年第 2 期）、《论明代景泰至弘治中期的文学思潮》（《杭州大学学报》1991 年第 3 期）、《论元末明初的吴中派》（《苏州大学学报》1991 年第 4 期）、《李何之争：学古主张的二律背反》（《中国文学研究》1992 年第 1 期）、《论浙东派》（《浙江学刊》1992 年第 2 期）、《地域文人集团的兴替与元末明初文学思潮的变迁》（《社会科学战线》1993 年第 4 期）、《论宋濂前后期思想的变化及其他》（《中国文学研究》1995 年第 3 期）、《唐宋派与阳明心学》（《文学遗产》1996 年第 3 期）、《晚明浪漫文学思潮美学理想的三个层次》（《浙江社会科学》1999 年第 2 期）、《古代文学研究的国际化》（《文学遗产》2011 年第 6 期）、《万历为文学盛世说》（《文学评论》2013 年第 5 期）、《关于中国古代文学中的非古典传统——读〈中国诗歌通史·明代卷〉》（《首都师范大学学报（社会科学版）》2014 年第 1 期）、《文学史研究新维度：徽商与明清文学》（《中华读书报》2015 年 7 月 1 日）、《关于明代文学与清代文学的关系——以诗学为中心的考察》（《文学评论》2016 年第 5 期）等。

《明代诗文的演变》绪论

陈书录

【作者简介】陈书录(1950—　　)，又名书禄，江苏高淳人。现任南京师范大学中国古代文学研究中心主任、文学院教授，研究领域为元明清文学及中国文学与文化。著有《明代前后七子研究》、《明代文学的演变》(又称《明代诗文创作与理论批评的演变》)、《明清雅俗文学创作与理论批评》、《儒商及文化与文学》等。

　　从洪武元年(1368)朱元璋欣逢雪后初霁在南京奉天殿上登基，到崇祯十七年(1644)朱由检惊遇烽火烛天而在北京煤山的老槐树上自缢，朱明王朝在中华历史上留下了二百七十六年的一长串脚印。然而，明朝末代皇帝朱由检的自缢，并没有给明代文学画上句号，还有明代遗民历时数十年的文学活动为明代文学作了一个光辉的结束。在这近三百年的文学史中，虽然以辉煌的小说和戏曲的成就为人所称道，但一向被视为正宗的诗文仍然是不应忽视的，其创作与批评都是最为盛行的。清末陈田《明诗纪事》录诗四千多家，但还只是明诗的一部分。据《全明诗》编纂委员会最近透露，明诗起码"超过唐诗十余倍"(据新华社上海 1990 年 12 月 26 日电)。明代散文也卷帙浩繁，清初黄宗羲编纂《明文海》六百卷，也远非明代散文的全貌。至于诗、文评之类的著作，也大大超过魏晋南北朝和唐、宋时代。可见，这是一笔相当丰富的文学遗产。

　　当然，数量多并不等于质量高。围绕着明代诗文价值的问题，人们有过不少争论。例如，在二十世纪三十年代曾经有一个声音回荡在学术界：

我们只觉得明清两代关于诗的那许多运动和争论，都是无味的挣扎。每一度挣扎的失败，无非重新证实一遍那挣扎的徒劳无益而已。本来从西周唱到北宋，足足二千年的工夫也够长的了，可能的调子都已唱完了。到此，中国文学史可能不必再写，假如不是两种外来的文艺形式——小说与戏剧，早在旁边静候着，准备届时上前来"接力"。是的，中国文学史的路线南宋起便转向了，从此以后是小说、戏剧的时代。①

随着几十年来人们在明清诗文研究中越来越多地发掘其价值，这种沿袭焦循《易余籥录》等将一部文学发展史简单化地理解为文体变迁史的"一代有一代之所胜"②的说法，似乎愈来愈经不起推敲，因而这个来自闻一多先生的论调在今天学术界中的反响也就越来越小了。对于明清诗文史及批评史来说，现在主要的分歧不是要不要再写，而是如何再写的问题。在此，我们尝试着将自己的有关思考付诸明代诗文创作与理论批评研究的实践之中，在理论思考与研究实践的结合上加以探索。

一、突破的关键——开拓诗文创作与理论批评交叉思考的新路

相对于唐宋诗词、明清小说等研究来说，明代诗文创作与理论批评的研究在近数十年中乃是一个"冷门"。而且目前在明代诗文创作与理论批评研究中一个突出的倾向或弱点是将二者强行割裂。考察明代文学的实际，可知那时诗文创作与理论批评的关系特别密切，二者处于水乳交融的状态中而又波浪式地不断向前发展。如果

---

① 闻一多《文学的历史动向》，《闻一多全集》第 1 册，三联书店 1982 年版，第 204 页。
② 焦循《易余籥录》卷一五中有云："夫一代有一代之所胜，舍其所胜以就其所不胜，皆寄人篱下者耳。余尝自楚骚以下至明八股撰为一集，汉则专取其赋，魏晋六朝至隋则专取其五言诗，唐则专录其律诗，宋专录其词，元专录其曲，明专录其八股，一代还其一代之所胜。"

不正视这一实际情况，就很难迫近明代诗文创作与理论批评交叉演进的历史真实与逻辑发展的规律，难以得出科学的结论。因此，我们试图对明代诗文创作与理论批评进行交叉研究，从而探索一条新的路子。

历来有关明代诗文创作或理论批评演变期及轨迹的诸家之说，大致勾勒出明代诗文创作与理论批评中主要流派的演进史：明初诸派—台阁体—茶陵派—前七子—唐宋派—后七子—公安派—竟陵派—明末诸家及遗民诗文。在这些流派与流派之间，由创作与批评交织而成的文学思潮或并行不悖，互见短长，如明初诸派；或淘汰诸家，独尊一体，如台阁体之于明初诸派①；或异中有同，难脱窠臼，如茶陵派之于台阁体；或舍同求异，矫枉过正，如七子派之于茶陵派；或互相矛盾，但对立中也有互补，如公安派之于七子派；或相承之中又有变异，如竟陵派之于公安派……这就是说，以主要诗文流派为代表的明代正宗文学的思潮形成了连环式的演进轨迹，所以我们不妨称之为"连锁演进"。不过，明代正宗文学连锁演进中各个环节之间的钩连，并非仅仅是诗文创作中的前一个环节紧紧地套住后一个环节，也并非仅仅是理论批评中的前一个环节紧紧地套住后一个环节，而往往有诗文创作与理论批评之间的"交叉套环"。当然，由创作与批评交汇而成的文学思潮的演变，是特定时期来自不同方面的各种因素"合力"推动的结果。但在作用于某种文学思潮的"合力"中势必有一种（或多种）最直接的动力。这种最直接的动力，有时通过前一个流派（或作家）诗文创作上的环节，传递给后一个流派（或批评家）理论批评上的环节；有时又通过前一个流派（或批评家）理论批评上的环节，传递给后一个流派（或作家）诗文创作上的环节。事实上，这种最直接的动力有前后交叉传承的，也有同时交叉影响的。我们仅仅从明代正宗文学流派演变的角度来说，诗文创作与理论批评之间交叉传递、交叉受力的态势是多种多样的：

———————

① 钱谦益《列朝诗集小传》甲集《刘司业崧》评明初江西诗派与台阁体的关系时说："江西之派，中降而归东里（杨士奇有《东里集》），步趋台阁，其流也卑冗而不振。"

（1）交叉传感　　这可以台阁体与茶陵派为例。雍容典雅、高简流利的台阁体，是明王朝鼎盛期即所谓"盛明"时代的特定产物。台阁体作家以纯熟的技巧来抒写高层次士大夫生活的感受并刻画其心态，在诗文创作中形成了"尚法"的倾向："杨（士奇）尚法，源出于欧阳氏，以简淡和易为主，而乏充拓之功，至今贵之曰'台阁体'。"①杨士奇等台阁体诗人"尚法"的诗歌创作，以"交叉传感"的方式影响着茶陵派中的李东阳"论诗主于法度音调"②："宋诗深，却去唐远；元诗浅，去唐却近。顾元不可为法，所谓取法乎中，仅得其下耳"；"诗必有具眼，亦必有具耳。眼主格，耳主声。"③这其中固然有对严羽有关诗法、诗格观点的继承④，也有"元诗浅"等前代诗歌创作中负面的刺激作用，但其中还有杨士奇等"尚法"诗歌创作的"交叉传感"。

（2）交叉刺激　　如果说"交叉传感"的作用是相辅相成，"交叉刺激"的作用则偏向于相反相成。后者可以茶陵派与前七子为例来说明。王夫之在《明诗评选》卷七中说前七子的李梦阳力倡复古是"为长沙（李东阳，茶陵人。因茶陵属湖广长沙府，故人称李东阳为李长沙）所激"。何谓"所激"呢？《明史》卷二八六《文苑二·李梦阳传》对此揭示得较为清楚："弘治时，宰相李东阳主文柄，天下翕然宗之，梦阳独讥其萎弱。倡言文必秦、汉，诗必盛唐，非是者弗道。"原来，是李东阳等人"萎弱"的诗文创作，从反面刺激着李梦阳等前七子将文学主张推向"文必秦汉，诗必盛唐"的复古高潮。虽然李梦阳等"文必秦汉，诗必盛唐"说的出现有多方面的动因，但被李东阳等诗文创作中"萎弱"风气之"所激"，是最为直接的动因之一⑤。正是在"为长

---

①　王世贞《艺苑卮言》卷五。

②　《四库全书总目》卷一九六《怀麓堂诗话》提要。

③　李东阳《怀麓堂诗话》。

④　严羽《沧浪诗话·诗辨》："诗之法有五：曰体制，曰格力，曰气象，曰兴趣，曰音节。"

⑤　当然，在矫正台阁体肤浅平庸之风方面，李东阳对前七子也有正面引导的作用。王世贞认为，在这方面李东阳是李梦阳、何景明等人的开路先锋："长沙（李东阳）之于何、李也，其陈涉之启汉高（祖）乎？"语见《艺苑卮言》卷六。

沙所激"等情况下，李梦阳等人才得以矫正萎靡纤弱的文风而转为雄浑遒丽，扭转了茶陵派"如衰周弱鲁，力不足以御强横"①的局势。至于"文必秦汉，诗必盛唐"说对时代体制限定得过分苛刻，严重地束缚创作个性，引出了专事模拟古人的副作用，则是李梦阳等人在"为长沙所激"之中酿成的偏激理论在创作中所结成的苦果。

（3）交叉碰撞　据《明史》卷二八七《文苑三·王慎中传》说："慎中为文，初主秦、汉，谓东京下无可取。已悟欧、曾作文之法，乃尽焚旧作，一意师仿，尤得力于曾巩。顺之初不服，久亦变而从之。壮年废弃，益肆力古文，演迤详赡，卓然成家，与顺之齐名，天下称之曰王、唐，又曰晋江、毗陵。"可见，王慎中、唐顺之早年认同于前七子的"文必秦汉"说，但后来则率先在古文创作上与前七子分道扬镳。也就是说，唐宋派中的王慎中、唐顺之先是以古文创作来对抗前七子"文必秦汉"等文学主张的。唐宋派中的归有光更是先以古文创作与七子派"文必秦汉"说作交叉碰撞的典型例子。黄宗羲在《明文案序》中指出："议者以震川（归有光）为明文第一，似矣。"为他赢得如此声誉的古文如《项脊轩志》②、《先妣事略》③等，都是他三十岁前的作品。《寒花葬志》④也是他三十二岁时所写。而他最为重要的文论如《项思尧文集序》⑤，则写于李攀龙、王世贞主盟文坛之后，此时归有光已四十多岁。这篇序文，一方面，最猛烈地抨击在嘉靖中叶重新倡导"文必秦汉，诗必盛唐"而主盟文坛的李攀龙、王世贞等人，指责他们为"妄庸巨子"；另一方面，高扬与李、王相对立的文学主张："文章至于宋、元诸名家，其力足以追数千载之上，而与之颉颃；而世直以蚍蜉撼之，可悲也。"可见，归有光是先以古文创作的实绩来与七子派"文必秦汉"等文学主张交叉碰撞，而后继之以理论上的辩难来与七子派的"文必秦汉"说直接碰撞。如果我们

---

①　《四库全书总目》卷一七〇《怀麓堂集》提要。

②　《震川先生集》卷一七。

③　《震川先生集》卷二五。

④　《震川先生集》卷二二。

⑤　《震川先生集》卷二。

考察一下他们之间这两种碰撞的结果，便可看到他们之间在创作与批评上交叉碰撞的作用远远超过理论上直接碰撞的作用。正是由于归有光首先并且不断在古文创作上显示出令人刮目相看的实绩，才使原来与他在理论上有过激烈辩论的王世贞等人在晚年"心折有光"①。这可以用王世贞《归太仆赞有序》②加以印证，其中有云：

> 先生于古文词，虽出之自《史》、《汉》，而大较折衷于昌黎、庐陵。当其所得，意沛如也。不事雕饰，而自有风味，超然当名家矣。其晚达而终不得意，尤为识者所惜云。
>
> 赞曰：风行水上，涣为文章。当其风止，与水相忘。剪缀帖括，藻粉铺张。江左以还，极于陈、梁。千载有公，继韩、欧阳。余岂异趋？久而始伤。

显然，王世贞所心折的是归有光在古文创作上"继韩、欧阳"、"自有风味"的成就。正是归有光这种创作实绩，使王世贞发出了"余岂异趋？久而始伤"的感叹，从而动摇了他早年极力推崇的"文必秦汉"等文学主张。这可以视为唐宋派的古文创作与七子派的古文理论交叉碰撞后的"交叉效应"——由归有光等的古文创作成就推动王世贞等对偏激的复古理论加以反省。

（4）交叉补救　　这可举晚明的公安派与竟陵派为例。公安派主张"独抒性灵，不拘格套"③，在诗文理论上掀起了晚明解放思想的高潮。钱谦益对此评论说："中郎（袁宏道，字中郎）之论出，王、李之云雾一扫，天下之文人才士始知疏瀹心灵，搜剔慧性，以荡涤摹拟涂泽之病，其功伟矣。"④然而，公安派的诗文理论"矫枉过正"⑤，尤其是付诸诗文创作实践，又过于向另一面倾斜。这就是说，一方面公

---

① 《明史》卷二八七《归有光传》。
② 《弇州山人续稿》卷一五〇。
③ 袁宏道《叙小修诗》，《袁宏道集笺校》卷四。
④ 钱谦益《列朝诗集小传》丁集中《袁稽勋宏道》。
⑤ 钱谦益《列朝诗集小传》丁集中《袁稽勋宏道》。

安派将市民意识等俗文化思潮注入诗文创作之中，显得新颖活泼，文笔秀逸，新天下之耳目；另一方面，是有的诗文过分偏向个人情趣，内容较为贫乏，甚至显得空虚、粗率、俚僻，造成了很大的流弊。所以钱谦益说：公安派的末流"狂瞽交扇，鄙俚公行，雅故灭裂，风华扫地"①。公安派末流既然将俗美学糟踏得不成样子，于是"竟陵代起，以凄清幽独矫之，而海内之风气复大变"②。而钟惺、谭元春等人"矫"公安末流诗文创作之"狂"最重要的措施，是他们共同评选出一部被当时士子"家置一编，奉之如尼丘之删定"③的《诗归》。他们评选《诗归》的宗旨(或曰文学批评的宗旨)是"求古人之真诗"，"察其幽情单绪"④。这一方面继承并张扬了公安派"独抒性灵"的文学理论，所谓"钟、谭一出，海内始知'性灵'二字"⑤；另一方面又折中于师古与师心、格调与性灵、古雅与新俗之间，力图以俗美学"复雅"的主张，对公安末流在创作上所造成的"极肤、极狭、极熟"⑥的弊病加以补救。当然，竟陵派在对公安派末流的补救中，往往是得失互见。

以上略述明代诗文创作与理论批评交叉演进史中所呈现的色彩缤纷的风貌。从这个角度来说，一部明代正宗文学的历史，乃是诗文创作与理论批评交叉演进的历史。如果我们忽视这个历史的真实与逻辑的联系，将明代诗文创作与理论批评强行割裂，那只会是"剪不断，理还乱"——既有可能弄乱研究者的辩证思维，也有可能忽略明代诗文嬗变的客观规律。

对明代诗文创作与理论批评作交叉思考、交叉研究，不仅有利于我们找准逼近明代正宗文学发展客观规律的突破口，而且有助于我们在这个"突破口"上的开拓与深化。对于后者，由于我们刚刚起步，还难以描绘出一幅完整的前景图，只是举例试加说明。

从迄今为止有关研究者的判断来看，明代诗文理论很少有超越前

---

① 钱谦益《列朝诗集小传》丁集中《袁稽勋宏道》。
② 钱谦益《列朝诗集小传》丁集中《袁稽勋宏道》。
③ 钱谦益《列朝诗集小传》丁集中《钟提学惺》。
④ 钟惺《诗归序》。
⑤ 钱谦益《列朝诗集小传》丁集中《谭解元元春》引语。
⑥ 钟惺《诗归序》。

人的成果。但是，以往有关明代诗文理论的研究大多是"一条腿走路"，即从理论到理论的研究。早在1981年，程千帆师曾经针对包括明代在内的古代文学理论研究中的这种偏向，提出古代文论研究要用"两条腿走路"的主张："从理论角度去研究古代文学，应当用两条腿走路。一是研究'古代的文学理论'，二是研究'古代文学的理论'。前者是今人所着重从事的，其研究对象主要是古代理论家的研究成果；后者则是古人所着重从事的，主要是研究作品，从作品中抽象出文学规律和艺术方法来。"①显然，我们今天研究明代诗文理论也应该用"两条腿走路"：一方面是"明代的诗文理论"研究有待于深入；另一方面，更要从"明代诗文的理论"研究中开采出新矿藏，从明代诗文作品中抽象出尚未发掘且有审美价值的理论。例如，不少研究者认为明代的审美意象论在七子派中的王廷相那里(主要是他的《与郭价夫学士论诗书》②)形成了一个高峰，明代的审美境界说在竟陵派钟惺、谭元春的《诗归》评点中形成了一个"热点"，至于公安"三袁"的诗文理论主要偏重"独抒性灵"、"以趣为主"③，而少有审美意象(意境)论。其实，只要我们将眼光转向三袁的诗文作品，便可以从中抽象出审美意象(意境)论来。简而言之，袁宗道在诗文作品中偏于以静(静态之景)寓情，袁宏道在诗文作品中偏于以动(动态之景)传神，袁中道则在诗文作品中折中于二家之间而意象一新。例如袁中道于万历二十六年(1608)写的《初至甘露夜坐》诗云：

> 夜深绝顶也须攀，水月相遭第一关。带雪寒流争赴海，横江薄雾不遮山。空门风物何辞澹，病后心情且是闲。颠史已归香国去，海天墨戏在人间。④

①　程千帆《古典诗歌描写与结构中的一与多》，《古诗考索》上辑，上海古籍出版社1984年版，第25页。
②　《王氏家藏》卷二八。
③　袁宏道《两京稿序》，《袁宏道集笺校》卷五一。
④　《珂雪斋集》卷六。甘露，指甘露寺，在镇江市东北滨江北固山前峰，唐李德裕所建。颠史，指北宋著名书画家米芾。米芾性情古怪，人称为米颠。又因他在宋徽宗时曾被召为书画博士，故称颠史。

从这首诗中抽象出来的理论，远远大于作品本身的意义：它不仅将自然景物、画中山水、佛门思想和作家情趣等融合为审美意象，而且在情感的流程中化颠狂为闲淡，进而在情景的交流中深秀与清空兼备，劲健与阴柔互补，将一张一弛、一刚一柔、一动一静、一显一隐等辩证因素渗透到审美意象之中。又如袁中道的《爽籁亭记》①，其中有云：

> 玉泉初如溅珠，注为修渠，至此忽有大石横峙，去地丈余，邮泉而下，忽落地作大声，闻数里。予来山中，常爱听之。泉畔有石，可敷蒲，至则趺坐终日。其初至也，气浮意嚣，耳与泉不深入，风柯谷鸟，犹得而乱之。及暝而息焉，收吾视，返吾听，万缘俱却，嗒焉丧偶，而后泉之变态百出。初如哀松碎玉，已如鹍弦铁拨，已如疾雷震霆，摇荡川岳。故予神愈静，则泉愈喧也。泉之喧者入吾耳而注吾心，萧然冷然，浣濯肺腑，疏瀹尘垢，洒洒乎忘身世而一死生。故泉愈喧，则吾神愈静也……今而后始知八音外，别有泉音一部，世之王公大人不能听，亦不暇听。而专以供高人逸士陶写性灵之用……予何幸而得有之，岂非天所以赉予者欤？

在物与我、形与神、动与静的相反相成之中创造意境，在“大石横峙”的视觉、“萧然冷然”的触觉、飞瀑轰鸣的听觉和“洒洒乎忘身世而一死生”的意觉上彼此交错，相互贯通，这有些接近西方美学中所讲的“通感”（Synaesthesia）或“感觉移借”的境界。但却有鲜明的中国特色，也就是说袁中道的这种“通感”境界，借用了儒（如《礼记·乐记》）、道（如道家《列子》）、佛（如《华严经》与禅宗）有关视觉、听觉、味觉、嗅觉、触觉和意觉互相作用的境界说。《礼记·乐记》、《列子》和禅宗语录有关这方面的例证，钱锺书先生在

①《珂雪斋集》卷一五。

《通感》一文中已论及①。我们在此只引述《华严金师子章》中的一段话:"师子是总相(相,事物的相状),五根(指眼、耳、鼻、舌、身)差别是别相;共从一缘起是同相,眼、耳等不相滥是异相;诸根合会有师子是成相……"②所谓"诸根合会",就是眼之视觉、耳之听觉、鼻之嗅觉、舌之味觉、身之触觉和意觉等彼此交错、相互会通。虽然这种"通感"境界早就见之于古代哲人的著作之中,但将儒家音乐、道家哲学中"通感"境界说的雏形和佛禅等宗教意义上的"通感"境界,移之于诗文作品中的审美境界,则是袁中道的审美升华。而且他这种升华了的"通感"境界,又展示出一个孕育、发展的过程:"气浮意嚣,耳与泉不深入"—"瞑而息焉"、"万缘俱却"—"神愈净,则泉愈喧"—"泉愈喧,则吾神愈静"。如此讲审美的"通感"境界孕育、发展的过程,显然融注着《庄子》的"天籁"③与"心斋"④、禅悟和"遂简尘劳,归心净土"⑤的净土宗的思想,更是深深嵌刻着公安派"陶写性灵"、天籁爽神⑥的印记。从文学史上来看,虽然在唐宋诗词如白居易的《琵琶行》、韩愈的《听颖师弹琴》、林逋《山园小梅》和宋祁的《玉楼春》等中也可以抽象出"通感"的理论⑦,但像袁中道这样融合儒、道(家)、佛,又紧紧扣合着晚明"陶写性灵"、天籁爽神的自由解放的思想来展示"通感"意境的,不仅在公安派的理论批评中少见,

---

① 《通感》一文,载《文学评论》1962 年第 1 期。其中引《礼记·乐记》说明听觉与视觉合拍:"故歌者,上如抗,下如队,止如槁木,倨中矩,句中钩,累累乎端如贯珠。"引《列子》云:"眼如耳,耳如鼻,鼻如口,无不同也,心凝形释";"老聃之弟子有亢仓子者,得聃之道,能耳视而目听。"引释晓莹《罗湖野录》卷一载语:"耳中见色,眼里闻声。"

② 《华严金师子章·括六相第八》,《华严金师子章》,唐法藏著,这里据方立天《华严金师子校释》,中华书局 1983 年版,第 114 页。

③ 《庄子·齐物论》。

④ 《庄子·人间世》。

⑤ 袁宏道《西方合论·引》,《袁宏道集笺校》附录一。又《西方合论》卷首载甘翼尔语:"袁氏一门,向心净土。"

⑥ 本篇题为《爽籁亭记》,其中"天籁爽神"之意可见。

⑦ 参见钱锺书《通感》一文及周振甫《诗词例话·通感》(中国青年出版社1962 年版,第 248~252 页)。

而且在明代乃至整个古代诗文批评中也不多见。仅从袁中道这一二篇诗文中抽象出来的理论来看，我们就有必要重新考虑一下对公安派有关审美意境（意象）论的评价问题。

正是如此不断地在对明代诗文创作与理论批评的交叉思考中，我们逐渐地经历了一个"青山缭绕疑无路，忽见千帆隐映来"①的体验过程：原来在对明代诗文创作与理论批评作单项研究时自己不曾注意过的研究课题、资料矿藏、审美价值等，而等到进入对明代诗文创作与理论批评的交叉思考之中，则纷至沓来，由"隐"而"显"，似乎在这个古典文学研究领域中由"山重水复疑无路"转到"柳暗花明又一村"②。而这种交叉思考中体验的积累，又不断强化着自己的愿望——热切地希望自己和大家一道在更广的历史背景上迫近真实，在更高的审美境界上发掘价值，进而在多层次的开拓中把握明代诗文创作与理论批评交叉演进的规律。

二、探究的核心——把握文化心态与
审美心态演变的内在规律

本课题研究的出发点，是既要描述处于感性层次上的诸种审美形态，又要探究处在理性层次上的若干审美规律。也就是说，我们一方面要研究不同的诗文作家在特定的时代文化背景下"生活体验—审美体验—审美意象（意境）"的过程，另一方面又要研究诗文批评家在不同文化心态的支配下将创作经验上升为审美理论，又以审美理论指导创作实践的过程，更要研究二者在交叉中呈现出的相因相生、相互印证、互为因果、相互渗透、相互制约、对立互补、深化与异化、分流与整合、辐射与聚焦、同步与异步等诸种形态及其规律。而探究的核心，则是通过文化心态、审美心态这"主渠道"演变的轨迹，来把握明代诗文创作与理论批评交叉演进的内在规律。

这就要求我们敢于破除几千年来陈陈相因的一种思维习惯："中

---

① 王安石《江上》，《王临川集》卷三〇。
② 陆游《游山西村》，《剑南诗稿校注》卷一。

国之君子,明乎礼义而陋于知人心。"①而要善于借鉴某些外来的文学史观,如"文学史,就其最深刻的意义来说,是一种心理学,研究人的灵魂,是灵魂的历史"②。这种说法就很值得重视,而结合袁宏道"余自是始知时艺之趋,非独文家心变,乃鉴文之目则亦未始不变也"③的见解来看,则更有启发。所谓"鉴文之目",乃是鉴别文章的眼光,它反映了袁宏道重视从"文家心变"和审美心理之变的角度看"时艺之趋"。当然,我们不妨将他局部(时艺)观照的范围再扩大一些,在继承与借鉴中作新的思考:由明代诗文创作与理论批评交叉而成的历史,是以折射文化心态为其核心,以展示审美心态为其主要特征的演变史。基于这样的认识,我们在对明代诗文创作与理论批评作交叉研究时,理应将主攻方向放在探究明代诗文作家与理论批评家文化心态演变的轨迹上,进而放在探究他们审美心态演变的规律上。

明代诗文作家与批评家文化心态、审美心态的孕育、发展和变化,当然离不开明代文化的大背景。正是在明代文化的大背景下,呈现出多层次的群体文化,如庙堂文化、士大夫文化、市民文化、宗教文化,还有介入本土文化中的西方文化等。无疑,统治阶级的思想在每一个时代都是占统治地位的思想。从这个角度来说,在明代诸多文化的群体中,占统治地位的文化显然是庙堂文化。据我们初步分析,明代庙堂文化有五个主要方面的特征:

一是"诏复唐制",严夷夏之防。朱元璋以消灭蒙古贵族建立的元朝而建国。开国之初,为了一洗所谓的"胡元"旧习,曾特别重视"夷夏之辨"。《明太祖实录》卷三〇载洪武元年(1368):"诏复衣冠如唐制。初,元世祖起自朔漠以有天下,悉以胡俗变易中国之制,士庶……甚者易其姓氏为胡名,习胡语,俗化既久,恬不知怪。上(朱元璋)久厌之,至是悉命复衣冠如唐制……胡服、胡语、胡姓一切禁

---

① 《庄子·田子方》引温伯雪子语。成玄英疏:"中国,鲁国也。"

② 勃兰兑斯《十九世纪文学主流·引言》,人民文学出版社1980年版,第2页。

③ 袁宏道《时文叙》,《袁宏道集笺校》卷一八。

止……于是百有余年胡俗悉复中国之旧矣。"显然是从服饰文化的表层到民俗的文化深层都严夷夏之防，恢复汉唐之旧①。朱明一代，虽然在对外贸易和西方传教士的政策上时有宽严，但在"夷夏之防"方面却始终比较注意。诸如明初清除"胡俗"，明中叶的反击倭寇，明末的抵抗清兵，这些事实都在不同程度上激发了明代诗文创作与理论批评中对民族大义的提倡和复古思潮的迭起。

二是"自操威柄"，严君臣之防。《明史》卷七二《职官志》指出："殿阁大学士只备顾问，帝(明高祖朱元璋)方自操威柄，学士鲜所参决。""自操威柄"，严君臣之防，是明代庙堂文化的又一特点。不仅以"雄猜"②著称的朱元璋废置丞相，大权独揽，"诛戮勋臣，波及文士"③，而且连万历年间久不视朝的明神宗朱翊钧也说："朕为人君，耻为臣下挟制！"④至于兴兵夺位后更为专恣独断的明成祖朱棣，刚愎自用、"锐意求治"⑤的明孝宗朱祐樘，"沉机独断"、"优勤惕励，殚心治理"⑥的明思宗朱由检等，都有一种"自操威柄"的专恣心理。正是在这种极端专恣的心理支配下，明代皇帝在严君臣之防上有一系列的"发明创造"，如废丞相，设内阁、廷杖大臣，建立锦衣卫、东厂与西厂等特务机构，将这些作为"自操威柄"的手段与工具。至于"党案"株连和文字狱等，又在承继前代中发展到极端残酷的地步。当然，他们这种"自操威柄"的心态在一定时期也会异化，比如宦官中的"立皇帝"刘瑾⑦和"九千九百岁"⑧魏忠贤等的出现，正是因为明

① 《明史》卷七二《职官志》一："明官制，沿汉、唐之旧而损益之。"可见，明代不仅"诏复唐制"，也沿袭汉代之旧。当然，对于这种文化政策，帝王的号召与实际推行之间还有一定的距离，并非能完全落到实处。
② 陈田《明诗纪事》乙签《序》。
③ 陈田《明诗纪事》乙签《序》。
④ 《明神宗实录》卷二五七。
⑤ 《明史》卷七一《选举志》三。
⑥ 《明史》卷二四《庄烈帝本纪》。
⑦ 《明史》卷三〇四《刘瑾传》云刘瑾代明武宗"批答章奏"，"权擅天下"，俨然如立皇帝。
⑧ 谈迁《国榷》卷八八"熹宗天启七年"。

代皇帝大多"自操威柄"或由宦官等(也有内阁首辅如万历前十年的张居正)"代操威柄",便造成了一种君尊臣卑、敬畏、恐惧的庙堂群体心态。影响所及便是文坛上的思想禁锢,导致了一部分文人揣摩君心,"谲而不正"①,靡弱之风泛滥;一部分文人借当时替圣人(孔孟及朱熹等)立言之说,将"代古人语气为之"②的八股文风气引入诗文创作之中,摹拟之风盛行。就是连大力鼓吹晚明解放思潮的袁宏道等人也难以在心理上摆脱庙堂文化中"自操威柄"的阴影。所以有的作家慨叹说:"遭横口横事者甚多,安知独不到我等也?"③

三是从"理学开国"到理学治国,严理欲之防。朱元璋在开国之初就多次诏示:"一宗朱氏之学,令学者非五经、孔、孟之书不读,非濂、洛、关、闽之学不讲。"④明成祖朱棣挂衔主编了《四书大全》、《性理大全》、《五经大全》,并在《大全》卷首明确宣告"行之于家,用之于国","使家不异政,国不殊俗"。因而,明代理学家冯从吾指出"国朝以理学开国也"⑤。其实,明代不仅以"理学开国",而且也以理学治国。虽然明中叶王守仁"心学"一度兴盛,但程朱理学一直作为明代庙堂文化组成部分的官方哲学的基础。例如,在"嘉(靖)、隆(庆)而后,笃信程、朱,不迁异说者,无复几人"⑥的情况下,明世宗朱厚熜还指斥王守仁的"心学"是"用诈任情,坏人心术"⑦。应该说,作为明代庙堂文化哲学基础的程朱理学,其价值有正面的,也有负面的。问题是明代在"理学开国"或理学治国中过分强调了"灭私欲则天理明"⑧的负作用,将严理欲之防推向极端。例如,对于主张

---

① 廖道南《殿阁词林记》卷一用《论语》成句评杨荣(台阁体代表作家之一)语。

② 《明史》卷七〇《选举志》二。

③ 袁宏道《答黄无净祠部》,《袁宏道集笺校》卷二二。

④ 陈鼎《东林列传》卷二(四库全书本)。

⑤ 黄宗羲《明儒学案》卷四一《甘泉学案五·恭定冯少墟先生从吾》。

⑥ 《明史》卷二八二《儒林传》。

⑦ 孙承泽《春明梦余录》卷二一。

⑧ 《河南程氏遗书》卷二四。

"去浮理，揣人情"①的晚明启蒙思想家李贽，朝廷以为"妖人"②，逮捕入狱，迫害致死。这一方面遏制了正当的人欲，影响所及是导致了文学(尤其正宗文学)中情感的枯竭；另一方面又在文人中造成了一种逆反心理：理性的衰减与感情的偏激，主张"理欲同行而异情"③的李梦阳等人如此，力倡"独抒性灵"的袁宏道等人更是如此。

四是"忧危积心"，在衰危中抗拒和挣扎。在我国已延续了几千年的封建社会中的庙堂文化，进入到明代，如同垂暮的老人一样，"元气虚弱，年力衰惫，一有病患，补东则耗西，实上则虚下，虽有扁卢，无可奈何。"④正是在这种"国势弱则动罔不害"⑤的无可奈何之中，一方面有如明武宗朱厚照、明神宗朱翊钧那样沉湎酒色、荒淫误国的，另一方面也有如明太祖朱元璋、明孝宗朱祐樘那样"忧危积心，日勤不怠"⑥、"锐意求治"⑦的。前者是衰危中的沉沦，后者是衰危中的抗拒与挣扎。这种衰危中的沉沦与挣扎，形成了明代庙堂文化中群体心态的两个对立的主要特征。而在这种庙堂文化心态阴影笼罩下的文人心态中，虽然不断地萌发出振兴诗文的愿望。但以沉暮、衰危的庙堂文化占据统治地位的时代文化决定了他们缺乏自我造血以促进整体代谢的功能，难以在明代文化及文学的本土中培育出新苗、壮苗，更难以开花、结果。因而，明代诗文作家与批评家往往远取先秦、汉魏、唐宋文学中的"营养土"来争取改善环境，因而宗汉崇唐或师法唐宋等复古思潮往往成为明代正宗文坛上的主流。从这个意义上来说，清代沈德潜对明诗一言以蔽之，曰"明诗其复古也"⑧，倒是不错的。由于先天不足、后天也不足的文化心态与文化环境，使得

---

① 袁中道《李温陵传》，《珂雪斋集》卷一七。
② 袁中道《李温陵传》，《珂雪斋集》卷一七。
③ 李梦阳《论学》，《空同集》卷六六。
④ 张居正《杂著》，《张太岳集》卷一八。
⑤ 张居正《杂著》，《张太岳集》卷一八。
⑥ 《明史》卷三《太祖本纪》三。
⑦ 《明史》卷七一《选举志》三。
⑧ 沈德潜《明诗别裁集序》。

明代正宗文学在整体上始终难以超越唐宋。

五是"简严质朴"的表达方式与思维方式。明代万历前十年任内阁首辅的张居正有云"国家之治,简严质朴"①,这既概括了明代帝王与阁臣们所向往的主要的行为方式,也标明了他们主要的思维方式。但是,明代的帝王以及执掌朝政者,往往将之异化为专断独行,尤其是他们中间的开国之君(朱元璋)、"中兴"之主(如明孝宗朱祐樘等)以及锐意改革者(如张居正等)、恣意专权者(如宦官刘瑾、内阁首辅严嵩等),往往是断之以独,施之以猛,使得"法令太急,刑网大密,人心汹汹,各怀疑惧"②。值得注意的是明代文人中不仅是贴近庙堂文化者往往沿袭"简严质朴"和将此异化"独断"的思维方式,如李东阳等茶陵派诗人被胡应麟在《诗薮》中说成是"覃研不足"③,而且游离庙堂文化、有志于诗文革新者也有不少落入了"简严质朴"和将此异化为"独断"的思维方式的窠臼,例如"文必秦汉,诗必盛唐",七子派的"独断"和对茶陵派"萎弱"文风所下的"猛药"偏于复古;"独抒性灵,不拘格套",公安派的"独断"和对七子派摹拟之风所下的"猛药"偏于个体的"性灵"。或许说"独断"者所下的"猛药"往往能短期见效:登高一呼,文风大变。但往往也会很快失效:欠少深思熟虑而使理论缺乏深度,创作不够精当,少有突破,难见高峰,长期地在较低的层次上徘徊。至于"复古"或"性灵"等旗帜一经亮出,文人们在"简严质朴"的思维方式上加以认同,云合响应,握笔景从,"万喙一音,形模徒具"④,更是造成了极大的流弊:在重复古人或重复今人乃至重复自己中消耗智慧,浪费人才。可见,明代诗文创作与理论批评相对于魏晋南北朝和唐宋来说的沉降,不仅有文字狱、八股取士等在显型层次上所造成的恶果,而且还有庙堂文化中直截、简易的思维方式在隐型层次上所造成的暗伤。

我们强调明代占统治地位的庙堂文化对诗文作家与批评家文化

① 张居正《杂著》,《张太岳集》卷一八。
② 谈迁《国榷》卷三七"宪宗成化十三年"引大学士商辂等上言。
③ 《诗薮》续编卷一。
④ 《四库全书总目》卷一九〇《明诗综》提要。

心态的制约作用，并非忽视明代其他阶层的文化——士大夫文化、市民文化、宗教文化、外来的西方文化等对诗文作家与批评家文化心态的介入。事实上，正是上述各个阶层的文化在不同时期、不同情况下介入到文人心态之中，才使得明代诗文作家、批评家的文化心态及审美心态在与庙堂文化的应乖离合中，呈现出多变性的、流动型的轨迹：

"草昧之际崇儒绅"①，朱元璋在开国之初就为明代庙堂文化奠定了恢复汉唐、崇儒复雅的基调。这在不同地域、不同文化传统和对灭元兴明不同态度的文士中引起了不同的反响：吴派、越派、闽派、岭南派、江右派等中的诗文作家、批评家②，对庙堂文化有的大致应合，有的比较疏离，有的合中有离或离中有合，在文化心态上呈现出各自分流的态势。当然，文化心态对审美心态有某种制约作用，但二者并非等同。简而言之，文化心态是审美心态孕育、发展和变化的基础，审美心态则是文化心态的升华。明初文人与庙堂文化有离有合的心态作用于审美心态，不仅在与庙堂文化疏离者中呈现出自我发展、独具风貌的多元化态势，就是在与庙堂文化大致应合的文人中也有分化：一是如醉心于理学的宋濂及方孝孺等人，在"文者，道之所寓"③等思想的支配下淡化着审美意识，将崇儒复雅偏向于文以载道的雍容醇雅；二是如神往《风》、《雅》的刘基等人，则在实用明道、"美刺风戒"④上强化审美意识，将《诗经》中"变风"、"变雅"式的情思与浑雅的格调融为一体。又因为明初各派基本上没有"相矜相轧"⑤的习气，所以他们不必用偏激的理论批评或矫揉造作的诗文创作来相互对撞，因而分别看他们中各家各派的诗文创作与理论批评是

---

① 李梦阳《徐子将适湖湘余实恋恋难别走笔长句述一代文人之盛并寓祝望焉耳》，《空同集》卷二〇。
② 胡应麟《诗薮》续编卷一将明初诗人以地域分为吴派、越派、闽派、岭南派、江右派等五派。
③ 宋濂《徐教授文集序》，《文宪集》卷七。
④ 刘基《照玄上人诗集序》，《诚意伯文集》卷五。
⑤ 陈田《明诗纪事》甲签《序》："明初诗家，各抒心得，隽旨名篇，自在流出，无前后七子相矜相轧之习，温柔敦厚，诗教固是也。"

大致同步的，从全局上看明初文(诗)坛则是"各抒心得"、"自在流出"①的多元化态势。不过，这"各抒心得"的各家各派都在不同程度上受到了庙堂文化中恢复汉唐、崇儒复雅基调的影响，从而将各自的努力汇合成"振元末纤秾缛丽之习而返于古"②的主流，其文坛上的高手是刘基，诗坛上的健将则是高启。

随着朱元璋及朱棣等大兴党案，株连文士，废丞相，设厂卫，更加严君臣之防；颁行《性理大全》等，更加严理欲之防，庙堂文化也逐渐取得了独尊的地位。而随着庙堂文化的独尊，也在永乐至天顺年间的诗坛上引出了台阁体的独尊，明初文坛上那种"各抒心得"的局面逐渐消失了。台阁体的代表作家杨士奇、杨荣、杨溥及其羽翼，又被所谓的宣德"治平之象"③等"盛世"的幻影所笼罩，加之他们有的圆通得体、"谦恭小心"④等文化个性的因素，便在特定的文化氛围中形成了趋附君权、自安自得的心态。虽然他们在诗文创作中努力表现尚雅、尚法、尚平易、尚流利乃至尚"浑沦"⑤的审美倾向，但由于他们中的主要代表作家大多几十年"不出内阁一步"⑥，限制了生活视野与审美视野，其审美心态往往呈现出太平阁臣的闲雅风度。换而言之，过分贴近庙堂文化，不仅使台阁体诗人降低了闲雅的品位，也使他们在理论批评上怯于声张，比较沉默，缺乏审美追求的上进性；而他们侧重于朝贺、宸游、巡狩、征伐及官场迎送等题材方面的诗歌创作，大多停留在"春容和雅"⑦的水准上，缺乏向审美境界升

---

① 陈田《明诗纪事》甲签《序》。

② 《四库全书总目》卷一六九《大全集》(高启著)。

③ 《明史》卷九《宣宗本纪》。

④ 《明英宗实录》卷一四三："(杨)溥尤谦恭小心、趋朝循墙而走，儒之淳谨者也！"

⑤ 李梦阳《徐子将适湖湘余实恋恋难别走笔长句长述一代文人之盛并寓祝望焉耳》诗云："宣德文体多浑沦，伟哉东里(杨士奇)廊庙珍。"

⑥ 赵翼《廿二史札记》卷三三"明大臣久任者"条中云："杨士奇在内阁四十三年，虽其始不过学士，然已预机务，后加至公、孤，始终在枢地，不出内阁一步，古来所未有也。同时直内阁者，金幼孜三十年，杨荣三十七年，杨溥二十二年。"

⑦ 《四库全书总目》卷一九〇《明诗综》。

华的朝气，不时地滑向肤浅平庸的境地。

随着台阁体"冗沓肤廓，万喙一音，形模徒具，兴象不存"①的流弊越来越严重，在庙堂文化禁锢的台阁铁笼中出现了"老鹤一鸣"②，这就是敢于与台阁体争鸣的李东阳及其所代表的茶陵派。由于宦官中先是汪直专权，继之以刘瑾等"八虎"③的凶横，还有他们教唆出武宗的荒淫，台阁体盛行时庙堂文化中的"盛世"幻影消失了，官吏中的儒家正统派群起而要求打击宦官，革除弊政，一股强有力的政治声浪冲击着庙堂文化。正是在这种情况下，原来台阁重臣中那种三杨式的依附君权、自安自得的心态，转而为李东阳式的心存疑虑、依违两可，从而使李东阳等人形成了入世与避世、"委曲匡持"、"因循隐忍"④的特定的文化心态。正因为如此，李东阳等人的文化心态向审美心态的演变中出现了复杂性与曲折性。他们强调"《诗》在《六经》中别是一教"⑤，以《诗经》之宗旨与盛唐之格调融合成"浑雅正大"⑥的审美思想，在理论批评上首先举旗纠偏，企图在"三杨"台阁体之外另辟蹊径，开创新的局面。而当他们将"浑雅正大"的美学理论付诸创作实践之中时，由于被庙堂文化所钳制，却出现了理论与创作相辅相成或相互背反等复杂现象：如李东阳一方面有的作品关注国计民生，颇有真情实感，"出入宋元，溯流唐代"⑦，风格苍健，"蔚为雅宗……三杨台阁之末流，为之一振"⑧；另一方面，由于他"历官馆阁，四十年不出国门"⑨，限制了生活视野与审美视野，因而在

---

① 《四库全书总目》卷一九〇《明诗综》。

② 沈德潜《明诗别裁集》卷三："永乐以后诗，茶陵起而振之，如老鹤一鸣，喧啾俱废。"

③ 《明史》卷三〇四《刘瑾传》。

④ 《明史》卷一八一《李东阳传》。

⑤ 李东阳《怀麓堂诗话》。

⑥ 李东阳《怀麓堂诗话》。

⑦ 《明史》卷二八五《文苑传》："李东阳出入宋、元，溯流唐代，擅声馆阁。"

⑧ 陈田《明诗纪事》丙签《序》。

⑨ 钱谦益《列朝诗集小传》丙集《李少师东阳》。

创作上难以跳出雍容华贵的窠臼，结果与他倡导"浑雅正大"美学理论的初衷相违背。换而言之，李东阳在理论批评上力求开辟"浑雅正大"回升的格局，但在诗文创作上尚欠力度，难以摆脱台阁体萎弱文风的阴影。与他形成鲜明对比的，是另一位台阁重臣杨一清较多地受到庙堂文化中积极因素的影响，尊崇气节，致力于儒雅文学的复壮，显示出由茶陵派向李梦阳等前七子过渡的征兆；还有祝允明、唐寅等吴中诗派远离台阁，疏离庙堂文化，将视线投向山林及市井，缘情尚趣，追求自适与狂放，呈现出相对独立的美学风貌。

　　弘治、正德年间崛起的前七子，在与庙堂文化的正面冲突中呈现出转折的态势。应该说，李梦阳、何景明等前七子的这种转折，政治上的直接诱因是朝廷专制政治及庙堂文化中滋长出巨大的毒瘤——宦官刘瑾等"八虎"专横跋扈于朝廷。文学上的直接诱因是茶陵派"萎弱"①的诗风和"陈(献章)庄(昶)体"中的"性气诗"②。正是这些政治上、文学上最直接的诱因，刺激着前七子"宗汉崇唐"③文化心态的急剧膨胀。因而，他们大多以新科进士、郎署少壮派和政治上、文学上革新者的锐气，与庙堂文化中的宦官政治、程朱理学④正面碰撞，并且将文坛上的帅旗由"台阁坛坫移于郎署"⑤，极力拉开与庙堂文化的距离。虽然他们不满于茶陵派在诗歌创作上萎弱的风气，但却沿着李东阳在理论批评上举旗纠偏的路子继续对台阁体大加挞伐。他们

---

　　① 《明史》卷二八六《文苑二·李梦阳传》："弘治时，宰相李东阳主文柄，天下翕然宗之，梦阳独讥其萎弱，倡言文必秦汉，诗必盛唐，非是者弗道。""文必秦汉，诗必盛唐"，足以反映前七子的复古心态，我们简称之"宗汉崇唐"。

　　② 杜荫堂辑录《明人诗品》："成化间，陈白沙(献章)与庄定山(昶)齐称，号'陈庄体'。"又，李梦阳在《缶音序》(《空同集》卷五二)中抨击"陈庄体"中的"性气诗"时说："今人有作性气诗，辄自贤于'穿花蛱蝶、点水蜻蜓'等句，此何异于痴人前说梦也。"

　　③ 《明史》卷二八六《文苑二·李梦阳传》："弘治时，宰相李东阳主文柄，天下翕然宗之，梦阳独讥其萎弱，倡言文必秦汉，诗必盛唐，非是者弗道。""文必秦汉，诗必盛唐"，足以反映前七子的复古心态，我们简称之"宗汉崇唐"。

　　④ 李梦阳等人对于"王学"的先驱者陈献章的理学缺乏分析，将陈献章等人的"性气诗"当作程朱理学的一种表现加以排斥。

　　⑤ 陈田《明诗纪事》丁签卷一《李梦阳》按语。

中或徘徊于"力持气格"①的复古意识与"情之自鸣"②的市民意识之间(如李梦阳),或在"领会神情"③中汲取佛禅中"舍筏登岸"④的思辨智慧(如何景明),或将吴地开放的风俗与王守仁的"心学"相融合(如徐祯卿),或率先将明中叶"以经国济世为务"⑤的实学思潮引入审美意象论(如王廷相),以不同的方式在"格"与"情"之间进行着艰难的审美探究。以"追盛唐之雅丽"⑥的审美心态"力挽颓风,复臻古雅"⑦。然而,极盛难继,李梦阳等首创在格调上以复古为革新的努力并不能全然扭转久已形成的局势,前七子在"宗汉崇唐"、"复臻古雅"的审美探究中却留下了曲曲折折的脚印:有时在理论批评上"无心插柳"却在创作实绩上"杨柳成阴",有时在理论探讨中有所突破却在创作实践中意外失误,有时在创作中闯入误区却因吃一堑、长一智而从理论上走出迷雾,有时在创作实践中开花进而在理论批评上结成美学思想的果实;有时已步入高格朗调、浑雅正大、意象冲融、神韵飘逸的审美境界,有时却跌入模拟古人、刻意深奥、佶屈聱牙、缺少美感的泥坑之中。

开始被带入前七子的泥坑而又能自拔,进而在古文创作与批评上独树一帜的,是嘉靖年间兴起的唐宋派。唐宋派与前七子的对立,不仅在于他们在古文创作上师法的对象不同,而且还在于他们的文化心态及审美心态上的差异。如果说在与庙堂文化的正面冲突中七子派偏于政治上、文学上的愤激,而唐宋派则偏于理性上的"反覆沉思"⑧。

---

① 朱彝尊《明待综》卷二九引徐伯臣语。
② 李梦阳《鸣春集序》,《空同集》卷五一。
③ 何景明《与李空同论诗书》,《大复集》卷三二。
④ 何景明《与李空同论诗书》,《大复集》卷三二。
⑤ 王廷相《督学四川条约》,《王廷相集》第四册《浚川公移集》卷之三。关于实学思潮,参见陈鼓应、辛冠洁、葛荣晋主编《明清实学思潮史》,齐鲁出版社 1989 年版。
⑥ 何景明《重刊黄杨集序》,《何文肃公文集》卷九(明代论著丛刊本)。
⑦ 顾起纶《国雅品》,《历代诗话续编》(下),中华书局 1983 年版,第 1099 页。
⑧ 李贽《续藏书》卷二六《参政王公(王慎中)》云:"其为文也。恒以构意为难,每一篇,必先反覆沉思,意定而辞立就。"

激进的七子派往往求功心切，企图在政治上、思想上、文学上一刀斩断与庙堂文化的联系，结果反而在思维方式上不知不觉地陷入到庙堂文化中"简严质朴"乃至"独断"的窠臼之中。因此，他们在塑造审美心态时，往往绕开程朱理学及其变异派王守仁的"心学"，侧重从先秦、汉魏和盛唐等的高格朗调上直接汲取力量。"沉思"的唐宋派，尤其是他们之中较早活动的王慎中、唐顺之等人，注重区分理学中的正统派(程朱理学)与变异派(王守仁"心学")①，从而在塑造与庙堂文化相疏离的审美心态中找到新的思想武器，这就是王守仁"天理在人心"、"天理即是良知"②的"心"与"理"合一说。并且将王守仁哲学意义上的"理"演变为文学意义上的"言适与道称"③，将王守仁哲学意义上的"心"演变为文学意义上的"直据胸臆"④，而合"言适与道称"和"直据胸臆"而为一，正是唐宋派审美心态的主要特征。他们在将"言适与道称"和"直据胸臆"为一的主张付诸古文创作实践的过程中，所师法的对象主要是唐宋古文名家。创作实践是检验理论主张的客观标准，唐宋派在创作中所显示出来的理性化与生活化、有法与无法、雅与俗相结合等审美特征，以及其末流不善学者所暴露出来的浮言心性、流于庸肤等弱点，从不同的侧面映照出他们那附丽于王守仁"心学"的文学理论的长处与短处。

唐宋派在文坛上以他们的古文理论和古文创作独领风骚，主要是在前七子后、后七子前的一段空隙之中。嘉靖、隆庆年间，以李攀龙、王世贞为首的后七子复起，他们在与唐宋派的对抗中逐渐占了上风，继前七子后再次主盟文坛。在后七子结社联盟的初期，他们在政

---

① 李开先《遵岩王参政传》云："(王慎中)升任户部主事，再升礼部员外，俱留都闲简之区，益得肆力问学，与龙溪王畿讲王阳明遗说，参以己见，于圣贤奥旨微言，多所契合。"(见《李开先集·闲居集》卷一〇)《明史·唐顺之传》："又闻'良知说'于王畿，闭户兀坐，匝月忘寝，多所自得。"黄宗羲《明儒学案》则将唐顺之列于"南中王门"。

② 《传习录下》，《王阳明全集》卷三。王守仁将"天理"纳入"人心"，归之于"致良知"，显然与明代庙堂文化中"严理欲之防"有对立的一面。

③ 归有光《雍里先生文集序》，《震川先生集》卷二。

④ 唐顺之《答茅鹿门知县》，《荆川先生文集》卷七。

治上与庙堂文化的对抗主要表现为与严嵩等权奸的斗争上，在文学上与唐宋派的对立主要是反对王慎中、唐顺之等人"理胜相掩"①的创作倾向，侧重拓展祖格本法、宗汉崇唐的文化心态。这往往会重蹈前七子的覆辙，造成"惮于穷理，词胜相掩"②的偏差。比如将反对唐宋派"理胜相掩"的斗争推向极端的李攀龙，不仅在批评上出现了"视古修辞，宁失诸理"③的盲点，而且也在创作中闯入了赝古和雷同等误区。然而，"今天下之不为诗禅者鲜矣!"④"禅悟"等时代风气的熏染，还有市民意识的进一步复苏，资本主义萌芽的不断涌现，往往使后七子在拟古的失误中自省乃至自赎，从而在雅文化与俗文化、雅美学与俗美学之间进行艰难的审美探究。进而由谢榛、王世贞、吴国伦等将前后七子在各自散点上的变异性，聚焦于"闳襟宇而发其才情"⑤，并将此辐射到审美情感、审美意象(意境)、审美解悟等各个层面上，甚至还在雅文化的夹缝中为正宗文学培育出俗美学的新苗⑥。然而，作为复古派的后七子，虽然有反省与变异，但他们在反省中有迷茫，在变异中有回潮，很难以自身的努力从根本上扭转复古大潮。不仅如此，他们在理论批评与诗文创作中所形成的负面，大多扩散到后七子的末流如后五子、广五子、续五子、末五子以及琅玡四十子等之中。其中虽然也有继续沿着自省与变异的道路前进的(如屠隆等人)，但大多数是对复古模拟思潮推波助澜，以至"剽窃成风，万口一响"⑦。物极必反，这样文坛上一股反对复古模拟的新思潮就

---

① 李攀龙《送王元美序》，《沧溟先生集》卷一六。
② 李维桢《梦古斋稿略序》(《大泌山房集》卷一二)："于鳞之言有云:'惮于修词，理胜相掩'，元美《卮言》以为然。不肖曩与吴明卿面谭，下一转语云:'惮于修词，理胜相掩，固失矣，而惮于穷理，词胜相掩者亦岂为得乎?'"
③ 李攀龙《送王元美序》，《沧溟先生集》卷一六。
④ 王世贞《苍雪先生诗禅序》，《弇州山人续稿》卷四〇。
⑤ 吴国伦《李尚书集序》，《甔甀洞稿》卷三九。
⑥ 如吴国伦有《次嘉兴即事》(《甔甀洞稿》卷二〇)、《八月十八日浙江楼观潮》(《甔甀洞稿》卷二〇)、《阊门九歌》(《甔甀洞稿》卷三三)等诗，在江南风俗画中有明中叶后商品经济热期和资本主义萌芽的投影。详见本文"轨迹篇"第五章第四节。
⑦ 袁宏道《叙姜陆二公同适稿》，《袁宏道集校笺》卷一八。

在相反相成等演变规律的作用下孕育着、发展着。

  万历、天启年间，涌现出一股从庙堂文化中解放出来的新思潮——晚明文学解放思潮。其主要的特征之一，就是摆脱庙堂文化中久已形成的复古思潮的束缚，高扬个性自由。这是因为明神宗朱翊钧"酒、色、财、气"①四病俱全，朝政废弛，奸邪逞凶；明熹宗朱由校年少"庸懦"②，又被宦官魏忠贤等玩弄于股掌之中，以致党争纷起，政治黑暗酿成了"忠良惨祸，亿兆离心"③的危局。因而，使官吏与文士中一直企盼的振兴朱明王朝、恢复汉唐盛世的愿望彻底地破产了。当复古思潮在正宗文学家、批评家的心中丧失地盘的时候，"宁今宁俗"④、"独抒性灵"⑤的解放思潮便乘虚而入，填补着文士心灵中空缺的地盘。应该说，这种新兴文学解放思潮，既是庙堂文化及受其影响而演变成的复古思潮的对立面，又是晚明诸种异质文化（相对于庙堂文化）的大汇合：其中有经商致富的市民意识⑥，有以"机户出资，机工出力"⑦为主要标志的资本主义萌芽，有"非名教之所能羁络"⑧的王学左派思潮，还有禅宗、净土宗等较为通俗化的宗教思想，以及西方传教士带来的西方文化等。至于"雅不与时调合"⑨的徐渭尚今、尚俗、尚奇警的文艺思想，"发于性情，由乎自

---

  ① 万历十七年（1589），雒于仁针对朱翊钧的弊病，上"酒色财气"四箴。见《明神宗实录》卷二一八。

  ② 《明史》卷二〇《熹宗本纪》。

  ③ 《明史》卷二〇《熹宗本纪》。

  ④ 袁宏道《冯琢菴师（二）》，《袁宏道集笺校》卷二二《瓶花斋集之十——尺牍》。

  ⑤ 袁宏道《叙小修诗》，《袁宏道集笺校》卷四。

  ⑥ 李贽《明灯道古录》卷上（《李氏文集》卷一八）："天与以致富之才，又借以致富之势，畀以强忍之力，赋以趋时之识，如陶朱、猗顿辈，程郑、卓王孙辈，亦天与之以富厚之资也。是亦天也，非人也。若非天之所与，则一邑之内，谁是不欲求富贵者，而独此一两人也邪？"

  ⑦ 《明神宗实录》卷三六一引曹时聘上疏中语。

  ⑧ 黄宗羲《明儒学案》卷三二《泰州学案·序》。

  ⑨ 袁宏道《徐文长传》，《袁宏道集笺校》卷一九。

然"①的李贽的"童心说"②，"性气乖时，游宦不达"③的汤显祖的"至情论"④，都是晚明文学解放思潮的先驱。尤其是这些先驱者将当时小说、戏曲创作与批评中的俗美学传送到正宗文学(诗文)的领域中，使公安派、竟陵派借此东风将晚明正宗文学中的解放思潮推向高峰，一度在俗文学(小说、戏曲等)与雅文学(诗文等)领域中出现了共同崇尚俗美学的局面。但是，明中叶后小说、戏曲中俗美学形成与发展的轨迹侧重于"文化思潮—创作—批评"，而晚明诗文中俗美学形成与发展的轨迹比较偏重于"文化思潮—理论批评—创作"，后者相对于前者来说显得根底不足——缺乏俗与美相融合的诗文创作繁荣的基础。由于这一方面的因素与其他诸种因素合力的作用，晚明诗文中解放思潮的高峰没有支撑多久。即使在公安派、竟陵派时期也分为两个阶段：一是公安派的走向开放，二是竟陵派的有所收敛。

公安派的主要功绩在于他们将晚明解放的文化思潮引入诗文领域。其成果主要是"宁今宁俗"、"独抒性灵"的美学理论。应该说，这种诗文理论，既是对七子派复古理论的反拨，又是对七子派"今真诗乃在民间"⑤和"阆襟宇而发其才情"⑥等变异理论的深化，将七子派在性情自由上的若干量变转化为质变，从而机锋侧出，产生了"提人新情，换人新眼"⑦的审美效应，唤醒群体的力量将晚明正宗文学中的解放思潮推向高峰。不过，在公安三袁中，袁宗道偏于自守，袁宏道前期狂放而后期有所收敛，袁中道则介于放与守之间。也就是

---

① 李贽《读律肤说》，《焚书》卷三。
② 李贽《童心说》，《焚书》卷三。
③ 汤显祖《上马映台先生》，《汤显祖诗文集》卷四七。
④ 汤显祖《牡丹亭记题词》(《汤显祖诗文集》卷三三)："如丽娘者，乃可谓之有情人耳。情不知所起，一往而深，生者可以死，死可以生。生而不可与死，死而不可复生者，皆非情之至也。"
⑤ 李梦阳《诗集自序》，《空同子集》卷首。
⑥ 吴国伦《李尚书集序》，《甀甄洞稿》卷三九。
⑦ 姚士麟《白苏斋类集序》，《白苏斋类集》卷首。

说，晚明正宗文学解放思想的高潮较为集中地体现在袁宏道的前期。
而且，公安派主要是在文化心态向审美心态延伸的过程中强化了解放
思想的作用，而在理论批评作用于诗文创作实践的过程中，又显得力
不从心：一方面，他们在诗文创作中打破陈规，自树异帜，以眼前之
景、身边之事来抒写性灵，清新秀丽富有生气，使相对于"唐诗为
雅"的"明诗为俗"①的审美特征在这时真正地显示出来了；另一方
面，他们的诗文创作显得有些草率、浮浅、刻露、油滑，缺乏含蓄的
情致、深刻的意蕴，从而暴露出公安派专注个体"性灵"的局限性。
因而，诗文创作中的部分失误也殃及到理论批评，损害了"宁今宁
俗"、"独抒性灵"等解放思想在创作实践中的审美价值，也减弱了解
放思潮在正宗文学领域的号召力。

　　相对于公安派的开放高潮，竟陵派则有所收敛。这是因为当时党
争更为激烈，钳制舆论的罗网收得更紧，使钟惺、谭元春等文士在
"片字犯鳞甲，万里御魑魅"②的特定环境中形成了"目前祸堪怵，身
后名难计"③的恐惧心态；这又是因为当时公安派的末流造成的流弊，
使文坛上在复古思潮消沉之后又出现了"狂瞽交扇，鄙俚公行，雅故
灭裂，风华扫地"④等不良倾向。所以，竟陵派从政治上考虑不得不
收敛一些解放思想的锋芒，从文学上考虑则对公安派的"宁今宁俗"、
"独抒性灵"等加以补救："求古人真诗"，抒写"幽情单绪"⑤。这既
是对七子派复古复雅和公安派"宁今宁俗"的嫁接，又是对公安派"独
抒性灵"的深化与异化。所谓深化，乃是"钟、谭一出，海内始知'性
灵'二字"⑥；所谓异化，乃是"别出手眼，另立深幽孤峭之宗"⑦。
显然，竟陵派的审美心态折衷并徘徊于复古复雅与尚今尚俗之间，

---

① 吴乔《围炉诗话》卷一。
② 钟惺《邸报》，《隐秀轩集》卷二。
③ 钟惺《邸报》，《隐秀轩集》卷二。
④ 钱谦益《列朝诗集小传》丁集中《袁稽勋宏道》。
⑤ 钟惺《诗归序》，《隐秀轩集》卷一六。
⑥ 钱谦益《列朝诗集小传》丁集中《谭解元元春》。
⑦ 钱谦益《列朝诗集小传》丁集中《钟提学惺》。

企图以古雅之旧瓶装今俗之新酒。正是在这审美心态支配下，他们往往以批评与创作大致同步的姿态在诗文领域画出时正时偏的轨迹：时而以阴壑寒泉、幽林古渡、枯松残梅、孤鹤坠蝉等象征内修清节、不阿于世的人格，以幽峭孤深、新奇隽永的小品文来折射"幽情单绪"的心态，给人以高洁凄清的美感；时或贴近现实，锲入社会，以平易坦挚的语言显示清新俊快的审美特征。但有时因过于局限在幽独的感遇、僻涩的意境之中，"舍崇旷而入莽榛，薄亮音而矜细响"①，不免"纤僻流为鬼趣"②，从而弱化了晚明诗文领域中的解放思潮。

崇祯及其后的南明年代，是明王朝崩溃与遗民活动的时期。处在分崩离析、血火交迸的年代，民族矛盾相对地上升了，阶级矛盾相对地下降了。这样，主要以市民阶层为社会基础的文艺解放思潮萎缩了，而明初"诏复唐制"的音调又重新奏响了，并融合着民族存亡的忧患意识回归到文士的心态之中。这个时期，无论是复古派还是性灵派都出现了新变的趋势，比如以陈子龙为代表的师古复雅的思潮与以张岱为代表的师心尚俗的思潮，都交汇于"忧时托志"③，各自在对立转化中呈现出新的美学风貌。与陈子龙等一脉相承而又向理性思考上不断深化的，是明清之际的顾炎武、黄宗羲、王夫之等人，他们分别以《日知录》、《明儒学案》、《明文海》、《明诗评选》等整合并扬弃着朱明一代的文化思潮与文学思潮，并在各自的文化心态中体现着"天下兴亡，匹夫有责"④的社会责任感和经世致用的实学思想，在审美心态中突出"文须有益于天下"⑤和"景以情合，情以景生"⑥相结合的美学原则。虽然他们的诗文创作与这些美学原则相比是略输一

① 陈田《明诗纪事》庚签卷五《钟惺诗》按语。
② 陈田《明诗纪事》庚签《序》。
③ 陈子龙《六子诗序》，《陈忠裕公全集》卷七。
④ 参见顾炎武《日知录》卷一三"正始"条，后世学者将其中有关思想归纳为"天下兴亡，匹夫有责"。
⑤ 顾炎武《日知录》第十九卷第一条。
⑥ 王夫之《夕堂永日绪论·内编》，《薑斋诗话》卷二。

筹，但顾、黄、王等人将尚实尚用、复归雅正的古典现实主义与亡国之哀、启蒙思潮①等有机地结合在一起，为明代诗文的嬗变作了一个光辉的结束。

以上我们粗略地勾勒出明代诗文作家、批评家文化心态与审美心态演变的轨迹，粗略地勾勒出明代诗文创作与理论批评交叉影响、连锁演进的轨迹。对此，我们还要在本书的《轨迹篇》中具体地展开。对于明代诗文作家、批评家的文化心态向审美心态升华过程中所呈现的主要特征，我们将在本书的《特征篇》中加以考察。对于明代诗文创作与理论批评交叉演进中审美心态等形成的动因，我们将在本书的《动因篇》中加以探究。至于明代诗文创作与理论批评交叉影响、连锁演进的规律及其意义，我们将在本书的结论中试加归纳。

明代诗文创作与理论批评所涉及的面广量大。本书所研究的主要范围是诗文创作与理论批评交叉影响的方面。而在这方面所关注的对象是主要流派和重要作家、批评家，以及在流派与流派之间、诗文创作与理论批评之间起中介作用的作家、批评家。

对于明代诗文创作与理论批评作交叉研究，不仅要注重内容上的开拓，而且也要注重方法上的突破。因此，我们尝试着在这几个方面对方法论加以探究，并努力付诸本课题研究的实践之中：文学史与文化史并举；理论与创作交叉；考据与批评互补；微观与宏观结合；审美体验与审美思辨同步。尤其是以文化观照来拓宽视野，以审美观照来升华境界，以诗文创作与理论批评的交叉思考来探究正宗文学发展的内在规律，力求提供一部既迫近历史又视角新颖的明代诗文创作与理论批评的交叉演进史，从成功与失误等方面为今天文学创作与理论批评的交叉发展提供历史的镜子。

这是一项颇有意义的研究，也是一个相当艰难的探究。

---

① 参见侯外庐《中国思想通史》(第五卷)第一编《十七世纪的启蒙思想》，人民出版社1956年版。该编将王夫之、黄宗羲、顾炎武等视为中国十七世纪的启蒙思想家。

"'高山仰止，景行行止。'虽不能至。然心向往之。"①

——据江苏教育出版社1996年版《明代诗文的演变》

【评　介】

陈书录教授一直致力于元明清文学、中国文化研究，在元明清文学创作与理论批评、中国文学与文化交叉研究方面取得了显著成绩。《明代诗文的演变》一书是其在博士学位论文基础上修订而成的，于1996年由江苏教育出版社出版。后来又多次修订再版，是明代诗文研究的经典之作。全书共分16章：前八章为"轨迹篇"，旨在勾勒明代诗文创作与理论发展交叉演进之轨迹；第九章至第十二章为"特征篇"，总结明代诗文创作和理论批评的根本特征；第十三章至第十六章为"动因篇"，从民族文化心态、哲学实践意识、朝廷的政策导向、文人的价值取向以及区域文化和诗文主流的嬗变等方面来探讨明代诗文创作与理论演变的深层动因。

在当年明代诗文研究仍处于起步阶段时，陈书录教授以数十万字专论明代诗文创作和理论批评的演变，也受到了老一辈学者较高的评价。章培恒在他的博士论文答辩会上这样评价他的论文："陈书录对明代诗文创作与理论的交叉研究，选题有填补学术空白的价值。在具体的论述中，作者力图弥补过去研究中将明代文学史与文学理论割裂的缺憾，通过对'轨迹'、'特征'、'动因'三大主干结构的全面细致地探讨，把握整体演进规律，对明代文学研究是一大推进。文章采用多角度的方法，对茶陵派、唐宋派、公安派、竟陵派和'前后七子'的研究，材料丰富，论证精密，卓著新意。是一篇有开创性、有说服力的优秀博士论文。"徐宗文撰写的书评也有类似评价："《演变》(即《明代诗文的演变》，下同)既不以主观理念先行，也不照搬西方理论模式，而是在尊重历史、贴近历史真实的基础上，对明代诗文创作与理论批评作辩证的思考，从而更新视角，力破陈说，以有创见、有说服力的成果引人注目。尤其是对明代诗文创作与理论批评交叉演进中

---

① 《史记》卷四七《孔子世家》太史公赞语。

逻辑线索的把握，使《演变》对明代诗文的研究有了整体性的突破。"①可以看出学界对其著作的肯定态度。

《明代诗文的演变》一书不仅在内容上有所开拓，更重要的是在方法上也有所更新。全书以"轨迹篇"、"特征篇"、"动因篇"为三大主干结构，在"轨迹篇"中叙述明代诗文创作与理论批评交叉影响、连锁演进的轨迹，在"特征篇"中考察明代诗文作家、批评家的文化心态向审美心态升华过程中所呈现的主要特征，在"动因篇"中探究明代诗文创作与理论批评交叉演进中审美心态等形成的动因，多角度对明代诗文创作与理论批评进行交叉研究，贴近历史真实，更新研究视角，以理性思辨见长，又融文献考据与美学批评于一体，把握明代诗文作者的文化心态与审美心态演变的特征与规律，力求深化研究思路，一定程度上开拓了明代诗文研究的新格局。

陈书录教授的相关专著还有《明代前后七子研究》(江西人民出版社 1994 年版)、《明清雅俗文学创作与理论批评》(人民出版社 2013 年版)、《明代诗文创作与理论批评的演变》(凤凰出版社 2013 年版)，后两本书都是从《明代诗文的演变》修订而来，是其研究的延续和深化。此外他还主编有《王世贞文选》(与郦波、刘勇刚合作，苏州大学出版社 2001 年版)、《明代民歌集》(与周玉波合编，南京师范大学出版社 2009 年版)等。近年来他主要从事历代民歌的整理与研究工作。

陈书录教授长期从事明代诗文研究，发表了数量丰富的学术论文，较为重要的有《明代前后七子的审美情感论——从"因情立格"到"发抒性灵"的流动性结构》(《学术月刊》1988 年第 3 期)、《明代前后七子的审美解悟说》(《南京师大学报》1990 年第 3 期)、《明代诗文创作与理论批评的交叉演进》(《文学遗产》1994 年第 3 期)、《明代前七子"崇汉宗唐"心态膨胀的诱因》(《南京师大学报》1994 年第 4 期)、《杨维桢——明代诗文逻辑发展的起点》(《南京师大学报》1995 年第 3 期)、《"德、才、色"主体意识的复苏与女性群体文学的兴盛——明代吴江叶氏家族女性文学研究》(《南京师大学报》2001 年第 5 期)、

---

① 徐宗文：《深化研究思路　开拓新的格局——评陈书录著〈明代诗文的演变〉》，载《社会科学战线》1997 年第 6 期。

《俚俗与性灵：王世贞的文学创作在士商契合中的转向》(《江海学刊》2003 年第 6 期)、《"随其所宜而适"——徐渭雅俗文学理论的哲学基础》(《文艺研究》2006 年第 5 期)、《士商契合与古代文学思潮的演变》(《文学评论》2007 年第 4 期)、《王廷相诗歌意象理论与气学思想的交融及其意义》(《文艺研究》2009 年第 9 期)、《王廷相诗歌意象论与嘉靖前期诗学演变》(《文学遗产》2009 年第 5 期)、《唐顺之与明代"毗陵诗派"考论》(《文学遗产》2011 年第 4 期)、《茶陵派与"前七子"关系考论》(《文艺研究》2012 年第 9 期)等。

略论明末至清代对于竟陵派的评价

陈广宏

【作者简介】陈广宏(1962—　　　)，浙江鄞县人，现为复旦大学古籍所教授、所长。主要从事中国近世文学与文化研究，著有《钟惺年谱》、《侠的人格与世界》、《竟陵派研究》、《文学史的文化叙事：中国文学演变论集》、《中国文学史之成立》等，出版的文献整理成果有《稀见明代诗话十六种》、《明代诗话要籍汇编》等。

明末清初以至整个清代，评论界的主流于竟陵派皆极尽攻伐之能事，始作俑者，不能不推钟惺的同年进士钱谦益。在其《初学集》中，于钟、谭之指摘已颇详尽，虽然尚未直接点名：

　　尝取近代之诗而观之，以清深奥僻为致者，如鸣蚓窍，如入鼠穴，凄声寒魄，此鬼趣也。以尖新割剥为能者，如戴假面，如作胡语，噍音促节，此兵象也。鬼气幽，兵气杀。著见于文章，而气运从之。①
　　万历之季，称诗者以凄清幽渺为能，于古人之铺陈终始，排比声律者，皆訾謷抹煞，以为陈言腐词。海内靡然从之，迄今三十余年。甚矣，诗学之舛也。②
　　古人之诗，了不察其精神脉理，第抉摘一字一句，曰此为新奇，此为幽异而已。于古人之高文大篇，所谓铺陈终始，排比声韵者，一切抹杀，曰此陈言腐词而已。斯人也，其梦想入于鼠

---

① 《徐司寇画溪诗集序》，《牧斋初学集》卷三十。
② 《刘司空诗集序》，《牧斋初学集》卷三十一。

穴，其声音发于蚓窍，殚竭其聪明，不足以窥郊、岛之一知半解，而况于杜乎？……若今之所谓新奇、幽异者，则木客之清吟也，幽冥之隐壁也。纵其凄清感怆，岂光天化日之下所宜有乎？①

稍后于《列朝诗集》中之所论更为人所熟知。问题是，他的这种抨击究竟出于何种背景与动机？不少论者鉴于钱氏与钟惺的特殊关系及其各自文坛地位的显晦升沉，认为他对钟、谭的攻击，纯属气量褊狭之私心在作怪，如楚人熊士鹏即提出责问，钱氏原与钟惺交善，"每闻舟车到江南，遂弥月望江干，俟退谷至，始携手去。及退谷殁而虞山乃大肆排诋，则何心也？"②袁枚在分析牧斋之所以排击七子以来"立门户"者时或许说得更明白些："惟其有意于摩垒夺帜，乃不暇平心而许，此亦门户之见也。"③言下之意，钱氏对竟陵派毫不留情地进行攻讦，亦非其无佳诗，而实在忌其盛名。全祖望则有诗曰："门户纷纶祸未休，可怜文字亦戈矛。"专记所闻谭元春侄谭篆请杜濬为竟陵报与牧斋不共戴天之仇事④。诚然，从牧斋所说的"世之论者曰，钟、谭一出，海内始知性灵二字，然则钟、谭未出，海内之文人才士皆石人木偶乎？"⑤我们多少可以看出其囿于个人意气的一面，前举牧斋为王象春、文翔凤等鸣不平，似亦可作如是观，故而他又会将钟、谭之崛起，比作"春秋之世，天下无主，桓文不作，宋襄、徐偃德凉力薄，起而执会盟之柄"⑥。然而，时值明末国家衰亡之际，眼看着钟、

---

① 《曾仲房诗序》，《牧斋初学集》卷三十二。

② 《书退谷先生诗集后》，转引自李先耕《评钱谦益对钟惺的批评》，载竟陵派文学研究会编《竟陵派文学论丛》第一辑，湖北京山印刷厂1985年印刷。熊士鹏，字两溟，天门人。嘉庆乙丑年（1805）进士，官武昌府教授。著有《鹄山小隐文集》。尝搜辑乡邦文献，编刊《竟陵诗选》十三集。尤嗜钟、谭诗，又尝选元春诗并序之。由其《谭鹄湾先生诗选序》观之，则文风亦酷肖钟、谭。

③ 《答沈大宗伯论诗书》，《小仓山房集》卷十七。

④ 参见钱锺书《谈艺录》"补遗"所引，中华书局1984年版，第403页。

⑤ 《列朝诗集小传》丁集中《谭解元元春》。

⑥ 《列朝诗集小传》丁集中《钟提学惺》。

谭那种王夫之以为为"普天率土干死时文之经生、拾渖行乞之游客"①所奉持，沉溺于吟咏一己之"孤衷峭性"，多少有些消极、颓废的文学趣尚日趋成为文坛的话语权力，且步趋竟陵者又愈加将其推向极端，这是钱谦益所在的力图经国济世的正统士大夫阶级所痛心疾首的。从这个意义上说，钱氏的指摘又绝对不限于因个人在文坛上的显晦升沉而带来的成见，而明显具有所在社会、阶级的背景。鼎革之后，当士大夫们从政治腐败与道德沦丧等诸多方面反思明亡之原因，而欲全面重建儒家传统价值体系的时候，作为意识形态一种突出表征的文学风气，是他们尤为关注的。正因为如此，竟陵诗风及其文学主张一直成为明清之际特殊时代背景下人们议论的焦点，可以说，恰恰在这个时代具有巨大影响的竟陵派文学，成为蕴涵解读明清之际文学乃至思想文化嬗变信息的富矿。

从明末的情形来看，正当谭元春领导的竟陵派进入发展后期而蔚为文坛宗尚之际，与谭元春有着某种关系的应社、复社中人，已经欲通过所谓"正谭子之学"纠救竟陵末流追随其诗歌趣尚所导致的偏失，如张泽序刊于崇祯六年(1633)的《谭友夏合集》，于元春《高霞楼诗引》"举秀逊之才而小用之"句下，周立勋、张泽评曰：

> 畅快言之，而谭子之学始正告于天下。天下之学谭子者，能猛然一破其膏肓否?②

于元春《奏记蔡清宪公》批评钟惺创作上的缺点，杨廷枢、张泽评曰：

> 今世学两家者，请从其所得，究心一过，则无效颦之丑，而不为两家所摒绝矣。③

在元春《蔡敬夫先生赋寒河二诗见寄奉答二首又和其来韵二首用呈怀

---

① 《明诗评选》卷四。
② 《谭有夏合集》卷十。
③ 《谭有夏合集》卷六。

抱》诗下，徐汧、张泽评曰：

> 近来步趋钟、谭者，类知其清灵，不知其苍浑，故求之愈亲，而去之弥远也。请从此等诗想其开阖排宕之势，则得其神理所在矣。①

他们在这里所提出的，无非是将对钟、谭创作境界的理解、阐释，由清灵尖新引向苍浑阔大，由柴门花鸟引向骚雅诗教，无论应社、复社的领袖们是否真的参与了评骘，这样的要求多少还是显示了新一轮复古运动在文学上重振风雅的某种价值标准的影响，透露出时代风气转换的某种消息。

如果说，他们的做法尚是欲通过正其视听从正面加以引导、改造，那么，如几社中人则对竟陵诗风持明确的批判态度。其代表人物陈子龙如下一段有关竟陵派的议论常常为人所引用：

> 至万历之季，士大夫偷安逸乐，百事堕坏。而文人墨客所为诗歌，非祖述长庆，以绳枢瓮牖之谈为清真，则学步《香奁》，以残膏剩粉之资为芳泽。是举天下之人，非迂朴若老儒，则柔媚若妇人也。是以士气日靡，士志日陋，而文、武之业不显。贵乡钟、谭两君者，少知扫除，极意空淡，似乎前二者之失可少去矣。然举古人所为温厚之旨，高亮之格，虚响沉实之工，珠联璧合之体，感时托讽之心，援古证今之法，皆弃不道，而又高自标置，以致海内不学之小生，游光之缁素，侈然皆自以为能诗。何则？彼所为诗，意既无本，辞又鲜据，可不学而然也。夫居荐绅之位而为乡鄙之音，立昌明之朝而作衰飒之语，此《洪范》所为言之不从，而可为世运大忧者也。②

这里陈子龙回顾了万历后期以来诗道堕坏的种种现象与风气，"祖述

---

① 《谭有夏合集》卷一。
② 《答胡学博》，《安雅堂稿》卷十四。

长庆",当然指公安诗风;"学步《香奁》",则指王彦泓为代表的艳体诗,彦泓尝以岁贡为华亭训导,"以《香奁》艳体盛传吴下"①。他认为钟惺、谭元春的崛起,在荡涤这样两种俗靡诗风上还是有作用的;但是,竟陵之"极意空淡",相对于经国之大业而言仍非正途,既不根柢经史而以"温柔敦厚"为教,又无格调可言,况令"海内不学之小生,游光之缁素"趋而附之,这意味着弃置士大夫在文学上应有的职责与风范,而成为在野山林诗人无病呻吟的代言,是可忍孰不可忍?所谓"居荐绅之位而为乡鄙之音,立昌明之朝而作衰飒之语",是其一篇要旨所在,其论诗主要取儒家政治伦理的内涵及由此延伸的审美标准,而直接将诗道与"世运"联系起来,为倡导重归雅正之复古张本,显然也是站在了正统士大夫阶级的立场。叶矫然《龙性堂诗话初集》因此揭示其用意说:"观其《答胡学博》书,盖卧子当启、祯之时,诗道陵夷已极,故推明正始,特表何、李、王、李诸君为昭代眉目。"并特别标举子龙振兴古学的典范意义:"论明人诗,正大和平,折衷风雅,无如陈卧子先生。"②又如李雯,在为他与陈子龙、宋征舆共同编纂的《皇明诗选》所撰序中,也在梳理、反省整个明代诗歌演变过程的同时,以审变求正、"绍兴绝业"为己任,否定前此五六十年文坛的诗歌业绩:

> 自是而后(案:指李攀龙、王世贞为代表的后七子),雅音渐远,曼声并作。本宁、元瑞之俦,既夷其樊圃;而公安、竟陵诸家,又实之以萧艾蓬蒿焉。神、熹之际,天下无诗者盖五六十年矣。③

竟陵派显然被视作时代最近的一个主要对立面。由此观钱谦益所说的"吴中少俊多訾警钟、谭"④,亦不可谓无据,尽管他常有有意曲述

---

① 参见陈维崧编、冒褒注《妇人集》。
② 《清诗话续编》一,上海古籍出版社 1983 年版,第 951 页。
③ 《皇明诗选》卷首。
④ 《列朝诗集小传》丁集中《谭解元元春》。

人意处。在这种情形下，云间一派遂被奉为明末诗坛力矫钟、谭之失最具代表性的一支劲旅，如侯方域在顺治间所说的："夫诗坏于钟、谭，今十人中亦有四五粗知者，不必更论。救钟、谭之失者，云间也。……后惟陈黄门、李舍人力自矫克，归于大雅。"①当然，他对云间之失亦已有自己清醒的认识。顾景星也曾总结说："当启、祯间，诗教楚人为政，学者争效之，于是黝色织响，横被宇内。云间诸子晚出，掉臂其间，以大樽为眉目，追沧溟之揭调，振竟陵之衰音。"②赋予了他们在救弊振衰中重开一代风气的文学史地位。

从第一章有关万历中期以后政治与学术的论述中，我们已经了解明末正统士大夫阶级在思想、学术观点上所发生的转变，这种转变表现于这个时代的文学，则突出地呈现出向儒家诗教传统回归的倾向。钱谦益也好，陈子龙也好，虽说他们的取径各不相同，陈氏在折中风雅、一返正始的旗号之下，被黄宗羲一针见血地指为"嘘北地、历下之寒火"，叶矫然为此还有点愤愤不平，斥黄氏"其实不知诗而强言诗，故人言两失"③，殊不知这恰恰是来自钱谦益的看法④；而钱氏则被认为文承唐宋派一脉，所谓"好精实而尚条达"⑤，诗则"以杜、韩为宗，而出入于香山、樊川、松陵，以迨东坡、放翁、遗山诸家"⑥，但他们主张的底里却是相通的。钱谦益曾经表示，欲通过"精求古人之血脉，以追溯《国风》、《小雅》之指要"，实现"诗道之中兴"⑦，这无疑是他们都用以自命的抱负。所谓"《国风》、《小雅》之指要"，除了儒家诗教传统的"美"、"刺"功能及"性情之正"，别

---

① 《与陈定生论诗书》，《壮悔堂文集》卷三。

② 《周宿来诗集序》，《白茅堂集》卷三十四。

③ 《龙性堂诗话初集》，《清诗话续编》二，上海古籍出版社 1983 年版，第796 页。

④ 钱谦益《赖古堂文选序》即尝曰："云间之才士，起而嘘李、王之焰。"（《牧斋有学集》卷十七）

⑤ 参见朱东润《中国文学批评史大纲》，上海古籍出版社 1933 年版，第233 页。

⑥ 瞿式耜《牧斋先生初学集目录后序》，《牧斋初学集》卷首。

⑦ 《季沧苇诗序》，《牧斋有学集》卷十七。

无他义，是为"真诗"，这也就是明清之际人们最喜欢讨论的"诗之本"的问题。钱谦益论曰：

> 古之为诗者有本焉。《国风》之好色，《小雅》之怨诽，《离骚》之疾痛叫呼，结辖于君臣夫妇朋友之间，而发作于身世偪侧、时命连蹇之会，梦而嚚，病而吟，春歌而溺笑，皆是物也，故曰有本。①

认为诗人当以表现其社会责任为职志，所抒发的性情应该关乎君臣夫妇朋友之道，一己之所感应该反映时代命运。陈子龙亦以"忧时托志"为"诗之本"，并谓"苟比兴道备，而褒刺义合，虽涂歌巷语，亦有取焉"②。他如王夫之不也说过："诗虽一技，然必须大有原本。"③黄宗羲则于"性情之正"上说得更为明确：

> 吾人诵法孔子，苟其言诗，亦必当以孔子之性情为性情，如徒逐逐于怨女逐臣，逮其天机之自露，则一偏一曲，其为性情亦末矣。④

所谓"孔子之性情"，不外乎"兴"、"观"、"群"、"怨"而一归于"思无邪"，这在一个充满忧患丧乱的动荡社会中是尤其被呼唤的精神传统。以之衡量竟陵派之诗歌创作及其产生的效应，则很自然会被斥作"无本"。

其实，钟、谭亦是强调文学表现"性情"的，前面我们已经作了分析，且认为其所表现的内涵，已经显示了万历中期以后一般文人士夫在学术与文学思想上从个性解放的革新思潮走向保守、倒退的一种趋向。并且，正如不少学者已经指出，像钟惺、谭元春的作品中实际

---

① 《周元亮赖古堂合刻序》，《牧斋有学集》卷十七。
② 《六子诗序》，《陈忠裕公全集》卷二十五。
③ 《明诗评选》卷一。
④ 《马雪航诗序》，《南雷文定》四集卷一。

上也不乏关心社会现实的内容。但是，他们的实际创作在表现"幽情单绪"、"孤怀孤诣"之趣尚的导引下，距离正统士大夫对诗歌的功用要求还相差太远，他们所走的毕竟是个人全身而退的"隐逸诗人"那一条道路，更多地是自我内心深处隐微的"虚怀""幽愿"之呈露，体现的是衰飒、凉薄的生命精神征象，对于这样一种"性情"表现，那些主张诗歌须忧时托志、助宣政化的士人必然会提出质问，吴应箕便辩驳说：

> 夫竟陵之诗果可法哉，其言以有性情浮出纸上者为真，呜呼，果若此，是《三百篇》之后惟竟陵独矣。乃今承袭其风者，以空疏为清，以枯涩为厚，以率尔不成语者为有性情，而诗人沉着含蓄、直朴淡老之致以亡。予尝谓：学王、李者不过窃诗之皮毛也，学竟陵则并性情而乱之。①

他实际上正是以"正"的标尺来要求"真"的，而如竟陵诗所谓的求"真"，恐怕还不是黄宗羲所说的"其为性情亦末矣"，在吴应箕看来，反而是"乱"其"性情"者，故与竟陵派那种玄虚幽独的"求古人精神所在"截然不同，他所看重的古人之精神，在"汉之气节，宋之理学"②，所谓"留东汉之天下者，气节也；留南宋之人心者，理学也"③，赋予了"性情之正"相当坐实的解读标准。

从《毛诗序》以来，文章关乎世运一直是儒家着力提倡文学政教功能的一个基本观点，这种主张在力图以道德救治危乱社会与人心的末世无疑更会得到加强。我们从前举钱谦益《徐司寇画溪诗集序》、陈子龙《答胡学博》，可以看到他们已经将竟陵文学与世运盛衰自然而然地联系在一起，将钟、谭基于被认为是"无本"之性情所体现的僻细、幽渺之审美风致描述成"鬼趣"、"兵象"、"衰飒之语"，因而

---

① 《曾学博诗序》，《楼山堂诗集》卷十六。
② 《答陈定生书》，《楼山堂诗集》卷十五。
③ 《复顾子方书》，《楼山堂诗集》卷十五。

要求溯洄风雅，推明正始，救治"元音之寂寥"①的积弊。这一种"元音"，也就是钱谦益在《徐司寇画溪诗集序》中所说的"天地元声"，是"大雅"所要求的一种鸣盛的审美风致，它成为衡定钟、谭文学创作在形式风格层面亦丧失时代精神的一种鲜明的价值参照②。而一旦国家破亡，人们很容易从明末堕坏的士风、文风上追讨原因，这可以说是那个时代的一种精神症结，于是，钱、陈为竟陵派所定下的基调，普遍地为清初遗民乃至整个清代所承袭，衰世之音论进而演为亡国之音论，在顺、康之际构成反思"诗坏于钟、谭"的一种主旋律。如邵长蘅《明四家诗钞序》：

> 大抵羽翼四家（李何王李）者，病在雷同沿袭，而自得之趣趣；击排四家者，病在尖新僻涩，而膏肓之锢深。故万历、启、祯六七十年间，天下无诗。非无诗也，其所为诗者非也。诗亡而国运从之。呜呼，重矣哉！③

作为思想家的顾炎武则更将之提升至"道"的角度进行反省，将钟惺置于王阳明、李贽这样变异一代思想学术风气的关键人物之列加以声讨，认为"其罪虽不及李贽，然亦败坏天下之一人"，这三人"皆一代之大变，不在王莽、安禄山、刘豫之下……呜呼！'四维不张，国乃灭亡。'管子已先言之矣"④。在我们今天看来，就思想价值来说，与王阳明、李贽鼎足而三的"殊荣"或许应归之袁宏道而非钟惺，然因竟陵在当时的实际影响远甚于公安，且它所代表的那一种趣尚有着更为浓重的末世文学色彩，故从思想变异的脉络和在当时社会的实际效应而言，顾说不谓无见。又如王夫之，排诋钟、谭亦可谓不遗余力，其谓竟陵"以酸寒嚣竞之心说孔孟行藏，言之无怍，且矜快笔，世教

---

① 陈子龙《皇明诗选序》，《陈忠裕公全集》卷二十五。
② 方以智亦曾指出："治世之音阔以厚，其辞雅，其指远，竟陵反之。"（《缦轩诗序》，《稽古堂文集》卷下）
③ 《青门簏稿》卷七。
④ 《日知录》卷十八。

焉得而不陵夷哉?"①又说"而竟陵唱之,文士之无行者相与敫之,诬上行私,以成亡国之音,而国遂亡矣"②,同样于世道人心着眼,而令其罪责难逃。至于朱彝尊批判竟陵派"取名一时,流毒天下,诗亡而国亦随之矣"③,"正声微茫,蚓窍蝇鸣,镂肝鉥肾,几欲走入醋瓮,遁入藕丝"④,说起来是承其曾祖朱国祚之说,却显然再一次强化传播了钱氏的声音。钱、陈各自基于国家政治命运的演变态势以及由此出发的思想道德要求所构建的明代文学史叙述,虽然在对先后崛起弘、正、嘉、隆间的前后七子的评价上颇有分歧,并亦因此影响到之后的明诗史观,然至少在万历以降的分析、论述上却达成了某种共识,试观钱谦益论隆庆、万历以后文坛,经沿袭王、李一家诗、公安起而荡涤模拟涂泽之病及竟陵以凄清幽独矫之,"诗道三变,而归于凌夷熸熄"⑤,与前举李雯对明诗的反省何其相似,皆认为自此诗道愈趋愈下,以至于灭亡,而处于末世的竟陵一派无疑扮演了诗文之极衰的角色。这样一种文学史叙述,于是乎在整个清代成为相当通行的一种定论,如乾隆初沈德潜《明诗别裁序》在论述前后七子的复古成就后说:

> 自是而后,正声渐远,繁响竞作。公安袁氏、竟陵钟氏谭氏,比之自郐无讥,盖诗教衰而国祚亦为之移矣。⑥

后来陈田在《明诗纪事序》中亦总结说:

> 凡论明诗者,莫不谓盛于弘、正,极于嘉、隆,衰于公安、竟陵。⑦

---

① 《夕堂永日绪论》外编二七。
② 《古诗评选》卷三。
③ 《静志居诗话》卷十七《钟惺》。
④ 《明诗综》卷十八《谭元春》。
⑤ 参见《列朝诗集小传》丁集中《袁稽勋宏道》。
⑥ 《明诗别裁集》卷首。
⑦ 《明诗纪事》卷首。

当初王夫之的《明诗评选》，以七子、公安、竟陵为"三变"，三家中对公安尚有好评，以为"中郎诗以己才学白苏，非从白苏入也"，不像七子、竟陵"无自位"，批评"无目者犹以公安、竟陵相承而言"，这与钱谦益的立场相对比较接近，他最终还是判定，"故三变之中，钟、谭为尤劣"①。而如叶燮，在对七子一派的看法上亦不同于云间一派，是承钱氏的诗学主张而来，其于七子的评价同样也还是在竟陵之上：

> 即如明三百年间，王世贞、李攀龙辈盛鸣于嘉、隆时，终不如明初之高、杨、张、徐，犹得无毁于今日人之口也。钟惺、谭元春之矫异于末季，又不如王、李之犹可及于再世之余也。是皆其力所至远近之分量也。②

总之，曾经盛极一时的竟陵派，经明末清初，终于被论定为整个明代文学史上最衰朽、最应该批判的对象，这样的命运一定是钟、谭本人根本无法想象得到的，然征诸其被视作明代诗文之极衰的种种缘由，却又似乎合情合理，一个时代文学批评的价值标准毕竟涵摄了那个时代迫切需要解决的问题，或许这就是历史。

当然，自清初以来，对攻讦竟陵之风盛行表示自己一种客观、审慎看法的亦不乏其人，如吴伟业指出："吾只患今之学盛唐者，粗疏卤莽，不能标古人之赤帜，特排突竟陵以为名高，以彼虚憍之气，浮游之响，不二十年嗒然其消歇，必反为竟陵之所乘。"③黄宗羲质问说："攻北地、太仓者，亦曾有北地、太仓之学问乎？攻竟陵、公安者，亦曾有竟陵、公安之才情乎？"④他如余怀以为："学钟、谭有习

---

① 以上见《明诗评选》卷六。
② 《原诗》卷二，《清诗话》下册，上海古籍出版社 1978 年版，第 583 页。
③ 《与宋尚木论诗书》，《吴梅村全集》卷四十五。
④ 《范道原诗序》，《南雷文定》三集卷一。

气，骂钟、谭也有习气。"①常州董以宁则曰："是学竟陵而诗亡，攻竟陵而诗愈亡。"②凡此种种，皆显示了论者的清醒与远见，但那也不过是表现对矫枉有矫枉之流弊、特别是为矫枉而矫枉反成盲目趋响的一种警惕，至多会在诗艺层面上指引人们在七子与竟陵之间采取某种趋利避害的折中态度，对于竟陵派在文学史上的定位并没有改变，这一点我们不能不注意到。

鉴于竟陵派的诗学主张主要恃钟、谭《诗归》一书而传播，它在当时所产生的广泛、深入、持久的影响，使得这一部古、唐诗歌选本很自然成为清代诗学批评的标的。我们检阅有清一代比较重要的诗话，几乎没有不涉及对于《诗归》的批评的，有关竟陵派的诸多问题亦往往都集中地反映在对此书的指谬上，这构成了这一时期对竟陵派认识、评价的又一大特点。

大凡批判《诗归》者，都在钟、谭之识见问题上大做文章，吴应箕指斥他们"最能埋没古人精神"③，固然太过绝对而笼统，但与钱谦益抨击钟、谭"惟其僻见之是师"④，定下的是同一个调子。对《诗归》展开比较系统而具体的批评，首先当推毛先舒的《竟陵诗解驳议》，这位陈子龙之门下于该文中共列举《诗归》"立说善者"三十八条，"立说缪者"三十三条，看上去有否定也有肯定，谓钟、谭"惜乎驰骋小慧，河伯自欣。然彼所见，如窦中窥日，明虽不多，景非假借，故《诗归》诠谛，亦有可算"，还能够承认他们有自己的见地，在一定程度上起到发覆指迷的作用，所谓"小言足以破道，技巧足以中人"，似乎显得颇为公允；然而，其基本结论仍重在批评其偏至而不中道，以至落于僻见，而归因于识器之褊小。他归纳《诗归》一书有"六便"：一、指义浅率，展卷即通；二、持论傀俛，启人狙智，造次捷给，易绌准绳之谈；三、矜巧片字，不贵阔整，龟肠蝉腹，得就操觚；四、但趣新隽，不原风格；五、前代矩矱，屏同椎轮，便辟淋

---

① 见《藏弄集》卷六。
② 见《藏弄集》卷六。
③ 《答陈定生》，《楼山堂集》卷十五。
④ 《列朝诗集小传》丁集中《钟提学惺》。

漓，一往欲尽，当巧之际，无复逡巡；六、高谈性灵，嗤鄙追琢，各用我法，遑知古人？则但吐由言，便称高唱，辄复曹、刘为拙，沈约如奴。总而言之，就是浅率、邪僻、巧慧、尖新、好尽、废法，故"钟谭持论，虽颇有可喜，不欲深道之"①。他的这一番析论，当然可以说是在前人如钟惺友人曹学佺、高出等人批评《诗归》"欠雅厚"及"好尽"基础上，进一步推原、条理所做的总结，不过其批评的立场已经具有鲜明的时代特征，要在挽正声之衰而斥庸音之放，故而明加驳正。这样的看法，在当时确实具有相当的代表性，我们看早先方以智《诗说》谓：

> 竟陵《诗归》，非不冷峭，然是快己之见，急翻七子之案，亦未尽古人之长处，亦未必古人之本指也。区区字句焉，摘而刺之，至于通章之含蓄、顿挫、声容、节拍、体致全昧。②

贺裳在《载酒园诗话》中说：

> 钟氏《诗归》失不掩得，得亦不掩失。得者如五丁开蜀道，失者则钟鼓之享鹡鸰。大率以深心而成僻见，僻见而涉支离，误认浅陋为高深，读之使人怏怏耳。③

宋荦在《漫堂说诗》中更为激烈地批评说：

> 钟、谭《诗归》，尖新诡僻，又似鬼窟中作活计，皆无足取。盖诗道本广大，而彼故狭小之；诗道本灵通变化，而彼故拘泥而穿凿之也。④

---

① 以上引文均见《诗辩坻》卷四，《清诗话续编》一，上海古籍出版社 1983 年版，第 79~80 页、第 87 页。

② 《通雅》卷首三。

③ 《清诗话续编》一，上海古籍出版社 1983 年版，第 270 页。

④ 《清诗话》上册，上海古籍出版社 1978 年版，第 417 页。

凡所指摘，实大抵不出毛氏所论之范围。即如为竟陵作了相当维护的贺贻孙，在不满"今人贬剥《诗归》，寻毛煅骨，不遗余力"之同时，一方面指出："以余平心而论之，诸家评诗，皆取声响；惟钟、谭所选，特标性灵。其眼光所射，能令不学诗者诵之勃然乌可已；又能令老作诗者诵之爽然自失。扫荡腐秽，其功自不可诬。"敢于表彰其标持性灵的一面；而在另一方面，也还是指出，"但未免专任己见，强以木樨子换人眼睛，增长狂慧，流入空疏，是其疵病"①。

这里的僻见浅陋也好，格调体制全昧也好，尖新诡僻也好，狂慧空疏也好，除了如冯班毫不客气地指出钟、谭"天资太俗"②，实际上都还指向钱谦益以来不少人所指责的"不学"，要知道所谓的"学"恰恰是明清之际风会转移的一个显著标志。毛先舒所说的"假令钟、谭能涤荡尘滓，斟酌古原，因其羽毛，树之骨鲠，则上可崇汉、唐之绝轨，次亦得轨嘉、隆之弊法"③，无非是批评钟、谭终未能去其俗怀而真正从古学入；贺裳于《诗归》之诗评也多有指缪，或谓钟、谭"渠自读古人草草"，或谓其因《诗纪》之笔误，"偶见其新，遂称为妙。好奇之僻，其蔽为愚，真可一笑"，虽属细枝末节，那又何尝不是一种"不学"，故黄生（号白山）评曰："按全书赏误字者非止一字，总之一言以蔽之，曰不学不思耳。"④

综观清初以来对于《诗归》的批评，凡所采用的价值标准，与对于竟陵诗风的批评亦无二致，那种基于这个时代群体之文化信念与审美理想的"雅正"仍是第一位的，这既关涉性情，又关涉诗的格调。就性情而言，无论是刚大之气还是温厚之旨，皆须根柢经史加以培植，仍需要"学问"相支撑，否则便是寡陋无稽，便是僻昧支离；就格调而言，则仍需要古典传统的"法"来维系。不管诸家批评是否自觉地建构这样的价值标准，反正到了代表官方声音的四库馆臣手中，

---

① 《诗筏》，《清诗话续编》一，上海古籍出版社 1983 年版，第 197 页。

② 《钝吟杂录》卷三。

③ 《诗辩坻》卷四，《清诗话续编》一，上海古籍出版社 1983 年版，第 79 页。

④ 以上引文均见《载酒园诗话》卷一，《清诗话续编》一，上海古籍出版社 1983 年版，第 274 页。

这样的标准是极为明晰而又被竭力强调的，他们据此论定《诗归》：

> 大旨以纤诡幽渺为宗，点逗一二新隽字句，矜为元妙。又力
> 排选诗惜群之说，于连篇之诗，随意割裂，古来诗法，于是
> 尽亡。①

有意思的是，这样的说法全承钱谦益之论。对于持这种标准的批判者来说，像《诗归》这样一部旨在"开后人之法程"的诗歌选本，不仅已"埋没古人精神"，而且更会贻误后学，故是一个需要彻底肃清其流毒的标本。

在众口一词的批评中，当然也有不同的声音，前举名列复社的贺贻孙便是一例，以为《诗归》"特标性灵"、"殊有胆识"②。傅山亦曾说："毕竟刘须溪、杨用修、钟伯敬们好些，他原慧。"③至如雷士俊《与孙豹人》，则从肯定其"深心"的角度，指出："大抵钟、谭论说古人，情理入骨，亦是千年仅见。"④这和施闰章与陈允衡论钟惺集所说的"可谓之偏枯，不能目以肤浅"⑤，是出于同样的辩护。值得注意的是，这些赞扬钟、谭论诗有慧识深心的议论，实际上主要是从个体审美经验的立场出发的，所强调的是自出手眼，平气静心，在读者与作者之间寻求一种真正的精神感通，如贺贻孙谓"诗文有神，方可行远"，"神者，灵变惝恍，妙万物而为言。读破万卷而胸无一字，则神来矣，一落滓秽，神已索然"⑥，显然在承认诗文作品存在着一种形上之"神"的前提下，提示读者亦应该通过一己"厚其养而潜其深"的审美经验领会作者的这种神意，这也正是他为什么会说"严沧浪《诗话》，大旨不出'悟'字；钟、谭《诗归》，大旨不出'厚'字，二书皆足长人慧根"（出处同上），至少意味着他承续"性灵"一脉对钟、谭

---

① 《四库全书总目》卷一九三"总集类存目三""诗归"条。
② 《诗筏》，《清诗话续编》一，上海古籍出版社1983年版，第197页。
③ 《杜遇余论》，《霜红龛集》卷三十。
④ 见周亮工《尺牍新钞》二集卷九。
⑤ 《与陈伯玑论竟陵》，周亮工《尺牍新钞》二集卷三。
⑥ 《诗筏》，《清诗话续编》一，上海古籍出版社1983年版，第136页。

诗歌批评方法论的肯定。施闰章论诗虽主性情与格调的融合，但他毕竟还是赞同许天玉所说的，"夫善学古者，在得古人之法神而明之，出以己意，不在乎肤立而毛附"①，将一种自主的审美要求置于学古之上。傅山则从应如何正确对待像钟、谭《诗归》这样极有争议的选本着眼，标举自信于心、超然独立的立场，他说：

> 《诗归》再钞，便非于唐诗起见，似于选《诗归》者起见矣。不必诙，不必梗，商量发挥出手眼上之手眼，乃不冏此一番心力。若尔公之辨，单是寻著与人作驳耳。若不自己从他论注上开生面，又何必钞。但此书行之既久，海内耳食众矣，妄有讥评，为钟、谭不得，为不钟、谭不得，慎之哉！真正个中人，慧眼平心，可与何、李、王、李、钟、谭共坐一堂之上，公公当当，做一树义调御师，令各家伎俩一齐放下乃得。不然，任他辨才，总是偏见，作者有心，看者有心，作者有时，看者有时，变何易尽！论何胜腾！②

这样的言论原来张岱即曾有过，在当时算是十分难得的公允态度，重要的是其背后所支撑的不蹈袭前人、无所依傍、自得天机甚至是自命异端的文学思想与主张，这倒是代表了清代知识阶层论诗的另一种倾向，尤应引起我们足够的重视。

乾隆后期，《诗归》及钟、谭诗文集终于先后成为禁书，尽管禁毁出于十分具体的政治原因，诸如钟集中多处涉及"辽事"、"建虏"，有所"悖犯"，谭集中有《吊利西泰墓》之诗，亦属"违碍"，但正如《军机处奏准全毁书目》查禁《隐秀轩集》所云，"惺诗文纤佻诡僻，破坏风气，本无足取"，故正式代表统治阶级的立场予以取缔，这似乎成为那场批判运动的必然结局。于是，原本因一时趋响而成为众矢之的竟陵派终于受到冷遇而逐渐淡出人们的视野，正如钱锺书先生所说

---

① 《梁园诗集序》，《施愚山文集》卷五。
② 《与戴枫仲》，《霜红龛集》卷二十四。

的，"顺、康以后，于启、祯家数无复见知闻知者"①。相比较顺治三年（1646）尚有如夏官、郑星所辑《钟谭诗选》刊行，至清代后期，要寻觅钟、谭已行诗文别集亦属相当困难之事，会稽施山即尝记曰：

> 予家藏钟伯敬集，为姚云坡携去，毁于兵燹。初以钟、谭夙负盛名，当非难得之物，数年来楚中搜访，竟不可得。庚午在天门，即明之竟陵也，遍索之，仅得谭友夏自选《岳归堂集》钞本。已而江决钟祥，城不没者三板。近体一册又已失去。今所在者，惟古体一本。晨星硕果，惧其复失，爰择其不甚晦涩者，别录数章，与朋辈共尝异味焉。②

又李慈铭也是仅见谭集而未见钟集，甚至更早的时候，如丹徒王文治晚年于嘉庆元年（1796）春仲读记之《钟惺文钞》，恐怕也是出于这样的原因而由其他文献抄撮而成③。这不能不让人有今昔寥落之叹，而对于竟陵派诗文的探讨，自然也就成为人们不再愿意涉足的领域。

一直到了清末民初，重又有不少对于钟、谭诗文议论的出现，如钱锺书先生在《谈艺录》二九"补订二"中所例举的李慈铭、曾习经、林纾、陈衍、冒广生诸家之题识评注，这种不约而同的关注，皆具有重新发现竟陵派文学的意味。晚清社会经历前所未有的世变，无论在政治领域还是文学领域，都产生了十分复杂而深刻的影响，即便是延续传统的旧文学，也会在悄然嬗变中滋长某种趋向前近代特征的新的成分。因此，他们对于竟陵派文学的品鉴、阐发，就往往不再是基于那种正统审美价值观念的"雅正"之标准，而纯粹是表现个人在诗艺方面的精湛修养与独具只眼，并且是明确将之作为一种品尝"异味"的鉴赏活动。在这样一种趣尚的指引下，他们不仅在总体上肯定"竟

---

① 《谈艺录》"补遗"，中华书局1998年版，第422页。
② 《姜露庵杂记》。
③ 此清钞本《钟惺文集（不分卷）》，为上海图书馆所藏，收入《四库禁毁书丛刊》集部第160册，其中除《浣花溪记》、《先师雷何思太史集序》两篇外，余如《纪盛诗序》、《学政条约序》并《节录款则七段》、《江阴示诸生》、《萧氏族谱序》等，皆不见于已行《隐秀轩集》、《钟伯敬先生遗稿》等集中。

陵以真诗救假"①，肯定"清苍幽峭"一派的诗歌风格②，或肯定"唐诗选又以《诗归》为善，先隔断尘俗"③，而且将关注的目光拓展到了钟、谭的小品文字，如曾习经就以为元春"小品文字间亦冷隽可观"④，这实在是值得注意的一个新动向。尽管施闰章早就指出过像钟惺是"其文良胜诗。宁不厚不浑，不光焰，不周详，而必不肯俗"，但他对于钟文的推举首先是史笔，"史论诸篇别有见解，笔力从《左》、《国》、秦汉中来。次则题跋铭赞，蓄意矜慎。其序赠之作，稍涉泛滥，毕竟为应酬所累"⑤。王士禛亦与施氏一样，宁愿竭力盛赞钟惺的史评，谓"钟退谷《史怀》多独得之见。其评《左氏》，亦多可喜"⑥，这种看法的背后，实仍隐藏着某种正统性的文学趣味标准，倒不如纪昀在评论《帝京景物略》时还毕竟说过几句有慧识的话，谓此作"胚胎《世说新语》、《水经注》，其门径则出入竟陵、公安，其序致冷隽，亦时复可观。盖竟陵、公安之文虽无当于古之作者，而小品点缀，则其所宜，寸有所长，不容没也"⑦。故李慈铭表彰谭元春诗文，亦专就"情性所婳，时有名理；山水所发，亦见情思"著论，欣赏其游记"得山水之趣"⑧，显示了价值取向转移的某种征兆，而这与五四以后现代作家大力提倡公安、竟陵的小品文字不能说毫无关联吧，钱锺书也正是在这个意义上提示说："此等近代文献，亦今日沾沾焉自命为钟谭拨雾见日者，所宜知也。"⑨为此，我们应当充分重视钱先生的这一提示，对于前近代作家中已经开始对钟、谭在一定程度

---

① 参见冒广生《读公安竟陵诗》，《小三吾亭诗录》"七古"。

② 参见陈衍《石遗室诗话》卷三。

③ 王闿运《湘绮楼日记》光绪四年六月十一日记邓保之论诗法，转引自钱锺书《谈艺录》"补遗"，中华书局 1998 年版，第 425 页。

④ 见曾习经《题友夏集》"次山有文碎可惋，东野佳处时一遭"句下自注，《蛰庵遗诗·读书题词》之十五。

⑤ 《与陈伯玑论竟陵》，周亮工《尺牍新钞》二集卷三。

⑥ 《古夫于亭杂录》卷五。

⑦ 《删正〈帝京景物略〉序》，《纪晓岚文集》第一册卷八。

⑧ 《越缦堂读书记》"集部·别集类""谭友夏合集"条。

⑨ 《谈艺录》二九"补订二"，中华书局 1998 年版，第 103 页。

上予以重新评价这一事实应予以相当的关注，因为他们所表现出来的发生某种变异的审美趣尚与价值观念，无论对于"五四"以来的现代作家标举个人的性灵文学，还是对于我们今天研究竟陵派文学来说，都是一个值得追溯的端点。

——据复旦大学出版社 2006 年版《竟陵派研究》

【评 介】

陈广宏教授对竟陵派的关注，始于 20 世纪 80 年代在复旦大学攻读硕士阶段，他的硕士毕业论文即为《钟惺年谱》，该论文后来收入章培恒主编的《新编明人年谱丛刊》（复旦大学出版社 1993 年版）。后来他又编写了《谭元春年谱》，发表在 2005 年 5 月的《中国文学研究》第 7 辑（复旦大学中国古代文学研究中心编），同时还发表了大量关于竟陵派的论文。出版于 2006 年的《竟陵派研究》，是陈广宏教授近 20 年对该课题展开研究的积累与沉淀。其研究兴趣还包括明代诗学、明代文化等多个领域，都取得了丰硕的成果。

《竟陵派研究》全书共 8 章：第一章介绍万历中期的晚明党争和王学；第二章阐述嘉、隆以来文学复古风气之嬗变和"楚风"的崛起；第三章至第六章分发轫期、成立期、发展前期、发展后期四个阶段介绍竟陵派的发展历程，以结社、交游、文学活动等为考察的基点；第七章着重介绍竟陵派的文学思想，包括钟惺、谭元春的诗学观念和诗评学；第八章介绍竟陵派的文学创作，主要着眼于钟惺、谭元春诗歌艺术"虚怀静衷"的主体心性、"凄清荒寒"的情韵风调和"噍音促节"的语言形式等。结语"略论明末至清代对于竟陵派的评价"实际上是一篇明清文人竟陵派批评简史。附录有《钟惺、谭元春文学活动系年》、《竟陵派研究有关著述目录汇编》。全书以曾在晚明至清初文坛产生重大影响的竟陵派为研究对象，在发掘整理大量第一手材料的基础上，对其生长环境与形成、发展及实际发生影响的过程进行分析，并力图就其文学观念与主张、批评与创作实践等各个方面作整合、贯通研究。

在研究中，陈广宏教授对晚明的历史和思想环境进行了细致考察，发现并强调了公安、竟陵派的"楚风"特质，并从明中后期的政治、经济巨变和左派王学的传播等因素详细论述其崛起之必然，进而阐发其与前后七子所欲建立的明代诗文正统相抗衡之意义。在书中，他并没有采用单纯的一般背景介绍的模式，而是注重有选择性地切入研究对象的现实境遇，探究它们与对象发生的实际联系。在对竟陵派发展历程、文学思想和创作进行探究时，他的考察方式不是局限于对表面现象的描述，而是一方面对钟惺、谭元春刊刻《诗归》及其文集予以详细的论述，对钟惺、谭元春文学风格的嬗变进行历时性描述，对其在京师、南都、吴越、湖广、福建等地的结社交游、文学活动进行细致探究等，同时还进行立体的观照，深入晚明文学场域的多重联系，将公安派、后七子以及阳明后学等同时期的影响纳入研究视野，此外还考虑钟惺、谭元春对中晚唐诗风以及晋、宋审美的接受，在多结构的文化场域中展开交叉式、多元式、多角度的考察。

基于以上视野，陈广宏教授在书中提出了很多独创性的观点，如对竟陵派"楚风"特性的发掘和描述，并联系其背后的地域文化和晚明思潮的历史条件进行深入阐发；又如对竟陵派文学创作进行论述时，发现钟惺、谭元春受晋、宋审美情趣的影响甚深，由此揭示钟惺、谭元春文学"求古人之精神"的生命精神征象等。至于对竟陵派诗学、创作及文学史的评价，陈教授能超越正统的雅正审美价值观念，以历史同情的目光，纯粹从文学思潮的演变和诗艺的追寻中发现竟陵派的价值，使其研究更符合文学本位的立场。郑利华教授在《陈广宏〈竟陵派研究〉刍议》一文中曾评述说："在总体考察以钟、谭为代表的竟陵派的过程中，《研究》(即《竟陵派研究》，后同)首先基于一种历史同情的目光，去审视对象本身，它主要表现在，结合对明代中晚期文学思潮发展演化这一特定语境的辨析，体察竟陵派文学活动的动机、性质及其相应的历史意义。""另一方面，《研究》并未因此而消解客观公允的评判原则。这一点，特别体现于作者在体察竟陵派处身晚明性灵文学思潮中而表现出来的积极性或先锋性之际，也格外注意到该流派本身的思想主张与创作所暴露的消极一面，包括它在其时整个文学思潮发展演化过程中造成的负面影响。"①对其两方面的论述都有所关注。

陈广宏的《竟陵派研究》是第一部以竟陵派为专题展开全面、深入、系统探讨的论著，全书内容丰富，文献充实，剖析细密，有理有据，是迄今为止研究竟陵派最重要的成果。

陈广宏教授的相关专著还有《钟惺年谱》（复旦大学出版社1993年版）、《文本、史案与实证——明代文学文献考论》（台湾学生书局2013年版）等。他还点校出版了《钟惺集》和《谭元春集》（海南国际新闻出版中心1995年版）。目前正在主持国家社会科学基金重大项目《全明诗话新编》②。

他的相关论文主要有《"道南理窟"重围中的一次文化更新——试论郑善夫在明代中期福建文学中的地位和影响》（《福建论坛（文史哲版）》1991年第5期）、《钟惺万历己未在吴越交游考述》（《复旦学报》1995年第1期）、《论"钟伯敬体"的形成》（《中国文学研究》1999年第4期）、《论竟陵派形成、发展的四个阶段》（复旦大学中国古代文学研究中心编《中国文学研究》，2000年第1期）、《竟陵派诗歌评点之学中的传释论》（《中国学研究》第5辑，济南出版社2002年版）、《中晚明女性诗歌总集编刊宗旨及选录标准的文化解读》（《中国典籍与文化》2007年第1期）、《明初闽诗派与台阁文学》（《文学遗产》2007年第5期）、《许筠与朝、明文学交流之再检讨》（载《韩国研究论丛》第19辑，世界知识出版社2008年版）、《元明之际唐诗系谱建构的观念及背景》（《中华文史论丛》2010年第4辑）、《明代文学东传与江户汉诗的唐宋之争》（《上海师范大学学报（哲学社会科学版）》2010年第6期）、《"古文辞"沿革的文化形态考察——以明嘉靖前唐宋文传统的建构及解构为中心》（《文学遗产》2012年第4期）、《关于明诗话整理的若干问题》（《复旦学报》2013年第1期）、《从〈诗法要标〉看晚明诗法著作的生产与传播》（《文学遗产》2016年第4期）等。

---

① 郑利华：《陈广宏〈竟陵派研究〉刍议》，载《文学评论》2007年第1期。
② 吴文治先生的十册本《明诗话全编》（1997）和周维德先生集校的六册本《全明诗话》（2005），已通行多年，然而二者都存在较多缺陷和不足。

明代诗歌的总体格局与审美风格的演变

左东岭

【作者简介】左东岭(1958—   ),河南许昌人,教育部长江学者、首都师范大学文学院教授。主要研究领域为中国文学思想史、中国文学批评史、中国古代诗歌史与中国古代小说史,尤其在明代文学思想与心学的关系研究、明代诗歌史研究方面取得了较大成就。代表作有《李贽与晚明文学思想》、《王学与中晚明士人心态》、《明代心学与诗学》、《中国诗歌通史·明代卷》、《明代文学思想研究》等。

一 明代诗歌的三大特征

明代诗歌是中国古代诗歌史的一个发展阶段,尽管它上承元诗而下启清诗,同时又始终与汉魏盛唐的古代诗歌传统有着千丝万缕的历史关联,从而使之带有浓厚的中国古代诗学色彩,但就其自身来看,却又拥有其他朝代难以替代的独自特征。就总的情况看,明诗具有以下三方面的独特性。

首先是明诗的基本发展线索由复合诗学思想与性灵诗学思想构成。复合诗学思想主要指坚持格调说的复古诗歌流派的理论与创作。明代是代元蒙政权而建立的王朝,因此从推翻元蒙政权时的"驱逐鞑虏,恢复中华"的政治口号,到复"汉官威仪"的文化全面复古,再到诗歌的以汉魏盛唐为理想目标,都是此种复古心态的顽强表现。当然,每一时期、每一流派的复古目的并不完全相同,比如明初的倡言复古在纠元诗之纤弱,茶陵派之复古在于强调诗歌之声韵等艺术特征,前七子之复古则针对宋诗议论说理之弊端而突出诗歌抒情的本质,后七子之复古则更深入到汉魏盛唐诗歌的各种技巧及其审美风格层面的探索，而以陈子龙为首的云间派则与亡国之痛及抗清事业紧密结合，从而更注重沉郁顿挫风格的追求等。但有一点是相同的，即复古派的诗歌创作一般均有模仿的对象，其差别仅仅在于是模仿一家还是模仿多家，是亦步亦趋的模仿还是不露痕迹的模仿。由此出发，研究与欣赏明代复古派的诗歌作品时，就需要对其所模仿的对象有一定的认识，这包括诗体、用典与风格的把握等。此外，复古观念所导致的另一特点是，明代人写诗特别重视"诗体"，这不仅可以从胡应麟的《诗薮》、许学夷的《诗源辩体》等以"辨体"为核心的理论探索方面清晰地显示出来，还可以从明人别集的编撰体例大都是以文体为分类依据而凸现出来，更重要的是在创作中尤其强调各体诗的齐全以及体与体之间的区别。后人在评论明人诗歌创作成就时，也往往看重其在诗体上的优势，诸如高启的七古、李东阳的乐府、李梦阳的五古、李攀龙的七律等。如果没有一定的辨体功夫，研究明诗便会存在一定的困难。

性灵诗学思想又包括性理诗与性灵诗两个方面。性理诗主要是受宋明理学思想的影响，诗中多议论、多说理、多教训，缺乏形象与意境，从而显得抽象枯燥而少审美的趣味，极端者往往成为押韵之语录。在明代前期诗坛上，理学诗曾一度较为流行。性灵诗从哲学背景上说乃是受明代心学的影响，具体说也就是受陈献章与王阳明思想的影响。性灵诗尽管有时也会流于说教与议论，因而传统诗评家一向不将其视为诗家之正途，但它又与理学诗有明显的不同。好的性灵诗重视诗人的自我个性，注重突出个体的才气与灵感，强调表达流畅自然而反对因袭模拟与法度限制，从而形成其个性鲜明与风趣幽默的诗学特征，像陈献章、王阳明、李贽、公安派的诗歌创作均属于此派。明代诗歌的发展从总体趋势上讲，就是性灵诗派与复古诗派相互对立消长的过程。

其次是明诗的发展往往具有流派论争、理论批评与创作实践密切结合的特征。前人论明诗往往将门户之争视为一大弊端，其实很难说这些全都是缺陷。明诗的流派之争有时的确存在党同伐异的风气，如果说李梦阳与何景明的争论还主要体现为创作主张与文学风格的差异的话，那么李攀龙、王世贞之将谢榛驱除出后七子之列就纯属个人的地位、意气之争了。同时流派的盛行还往往造成风气流行、一呼百应的局面，使许多人陷入追随时髦、缺乏独立个性的境地。但从正面讲，流派论争也对打破官方独霸诗坛权力，促进文坛活跃，从而使文学逐步走向独立发挥了巨大的作用。明代诗歌创作从前期台阁体的一统局面到后期风格各异的多元化格局，乃是伴随着流派的崛起而推进的。从台阁体到前七子，既是文柄从朝廷权力核心的台阁向中层官员的廊庙转移的过程，也是从文学与政治合为一体向文学审美化的独立转变的过程。从前七子到公安派、竟陵派的转变，不仅体现了文学从朝廷到民间的权力下移(如竟陵派首领谭元春即终生没有进入官场)，更从人生价值观上实现了从重群体到重个体、从追求格调到追求情趣的转变。之所以能够具有上述这些发展，与文人流派所发挥的作用密不可分。因为文人们越是在政治地位上低微而又要在文坛上造成显赫的主流影响，就越需要结成流派以增加声势。前七子之所以有别于它之前的台阁体与茶陵派，就在于前二者均是依靠政治地位以领袖文坛，前七子欲取而代之，不可能从个人政治地位入手，而必须结成志趣相同的流派以相互支持呼应，才能最终左右文坛。此外，有流派就必然具有明确的理论主张与批评原则，然后才能使追随者有所依从而迅速扩大其影响。于是便有了前后七子"文必秦汉，诗必盛唐"，有了唐宋派的"信手写出，如写家书"，有了公安派的"独抒性灵，不拘格套"等。在此过程中，文人间的相互标榜与自我夸饰即在所难免。这既可被视为是文人的不良习气，也可以说是流派论争的必然产物。这就要求在研究明代诗歌时，既要关注其创作，又要密切注意其理论批评，将这些结合起来加以综合考虑，才能有一个较为完整的理解。

其三是明诗发展中呈现出明显的地域特征与相互之间的诗风互动。明代诗歌的地域差别比较明显，如吴中、浙东、江右、闽中、岭南、中原、金陵、关中等。他们之间各具特色并相互影响，从而形成了明代诗坛的复杂纷纭局面。造成明诗地域特征的原因比较复杂，其中有经济方面的因素，比如吴中诗派的追求闲适、崇尚才华及展现狂傲个性等，便与该地区发达的城市经济与讲究享乐的风俗极有关系；当然也有传统影响的因素，比如以刘基为首的浙东诗派入世的倾向比较明显，诗作中表现出关心民生疾苦与针砭现实弊端的鲜明特征，就与该派的主要成员大多接受过金华学派浓厚理学传统的影响难以分开；当然其中最重要的还是政治因素，比如明代许多文学派别均以两京尤其是北京为活动中心，像台阁体、茶陵派、前后七子等，某些流派甚至在主要成员离开京城之后即迅速趋于衰落，可见京城的影响往往大于其他地域。京城的另一重要作用是能够使地域风格纳入主流思潮并相互间产生影响，如徐祯卿本是吴中四才子之一，与唐寅、文徵明等人多有交往，诗作具有华美流丽的吴中风貌，而中进士入京后即追随李梦阳的复古主张，诗风亦为之一变。但无论如何变化却又与李梦阳的诗风不同，常常被李梦阳讥讽为犹有吴中旧习。其实徐祯卿将吴中地域诗风带入前七子中，从而丰富了该流派的理论与风格，并使该流派在文坛上造成了更大的声势与影响。后七子的情形也是如此，如果没有王世贞作为重要首领之一，单凭李攀龙的刻意古范，该流派就不会有全国性的影响，尤其是不会在江南产生重大影响。

无论是研究明诗还是欣赏明诗，我以为上述三种主要特征都应在考虑范围之内，因为只有深入了解这些特征，才会对明诗发展的大格局有一个整体的把握，同时对深入体认各家风格也有很大帮助。当然，明诗的实际发展状况是非常复杂丰富的，远非以上三点所能完全概括，因而下面将对明诗的具体发展过程进行论述，其核心在于审美风格的演变。

二 元末明初诗坛与明诗发展之关系

元明之际的诗坛主要是江南地区占据主导地位，胡应麟曾如此概括明初诗坛："国初吴诗派昉高季迪，越诗派昉刘伯温，闽诗派昉林子羽，岭南诗派昉于孙蕡仲衍，江右诗派昉于刘崧子高。五家才力，咸足雄踞一方，先驱当代，第格不甚高，体不甚大耳。"①在此，"昉"为创始之意，也可视为代表人物。这种分法不一定完全准确，而且其评价也带有复古派以格调论诗的主观倾向，但大致说明了当时

---

① 胡应麟：《诗薮续编》卷一，见吴文治：《明诗话全编》，江苏古籍出版社 1997 年版，第 5723 页。

诗分五派的诗坛格局。此时的诗派不同于明中后期的诗派，其主要差别是明初诗派的流派特征还不是很典型，流派内较少有共同的创作理论与较一致的创作风格，但他们却在创作上取得了较大的成就，并对明代诗歌的发展产生了深远的影响。从理论上看，这些诗派均有复古的主张，但所效法的对象还不是那么固定与单一；从创作风格上看，正如胡应麟所言有许多人尚未完全摆脱元代纤弱诗风的影响，但已经写出了一批或刚健有力或清新自然的作品；从审美倾向上看，此时的代表作家都追求一种气盛志壮、高雅自然的诗风。可以说重气是此时的共同倾向。

吴中诗派所重在"逸气"。所谓逸气就是超越世俗的审美情趣，就像高启在《青丘子歌》里所表示的，是"妙意俄同鬼神会，佳景每与江山争"的纯艺术创造，所以高启在《独庵集序》中把他的创作主张概括为格、意、趣三项，其中趣的核心就是"超俗"。高启、杨基、张羽、徐贲等吴中四杰在创作成就上有高低之分，但在追求隐逸自适，以创造审美之诗上则是一致的，这既和元代宽松的政治环境有关，也和吴中优越的经济地位有关，但却不符合明代初期朱元璋整顿士风的要求，所以该派诗人的结局都很悲惨，进入明代之后他们在整体创作风格上也都以凄凉哀婉为主调。但这是一个真正具备了诗美的诗歌流派，顾起伦《国雅品》说高启之诗"发端沉郁，入趣幽远"①，正是指的这种特征，所以后人对高启的成就历来评价很高，甚至认为是明诗之冠。其实高启的意义还不仅在于他自身所取得的成就，而且他所提出的审美主张几乎可以包容后来明代诗歌的全部主要审美形态。他说："诗之要：有曰格，曰意，曰趣而已。格以辨其体，意以达其情，趣以臻其妙也。体不辨，则入于邪陋，而师古之意乖；情不达，则堕于浮虚，而感人之实浅；妙不臻，则流于凡近，而超俗之风微。"②前后七子以格调论诗，尤其强调体与格的关联，可以说是继承了高启重"格"的主张；而唐顺之、徐渭、李贽等人的本色论、童心

---

① 丁福保：《历代诗话续编》，中华书局1997年版，第1090页。
② 高启：《独庵集序》，见《高青丘集》，上海古籍出版社1985年版，第885页。

说则都强调真情实感的表现，可以说是对高启重意的发挥；而公安派等人对趣与韵的突出，就是追求一种超越世俗的审美理想，显然与高启"趣"的主张基本一致。从高启的创作成就看，他各体兼工，极重视体格的雅正；又能充分展现自我的情感与个性；而他对隐逸生活的向往与对诗歌艺术的迷恋，体现出鲜明的诗人气质，创作出了许多纯美的诗篇，因此清人赵翼称赞他说："惟高青丘才气超逸，音节响亮，宗派唐人，而自出新意，一涉笔即有博大昌明气象，亦关有明一代文运，论者推为开国诗人第一，信不虚也。"①正是从其自身创作成就与对明代诗歌的影响这两方面而立论的。

以刘基为代表的越派诗崇尚的是忧愤悲怨之气，其风格则偏于沉郁豪壮。这些诗人本来都有入世的倾向，但元末政治的混乱与黑暗使他们难有作为，只好退隐山中以待时机，故其作品往往能够关心民生疾苦，揭露现实黑暗，讽刺官吏昏庸，渴望建功立业。等到他们跟随朱元璋之后，以为是千古难逢的君臣遇合，并看到了天下统一的希望，于是诗中充满了乘时建功的壮志与天下太平后的喜悦，也理所当然地有对新王朝与新天子的歌颂。这时他们追求的是一种正大高昂的诗风，并于明代初年的一段短暂时间在创作实践中有所体现。但是由于朱元璋严酷的文化政策以及对文人的猜忌心理，使当时文人多不得善终，甚至连朝廷重臣宋濂与刘基均郁郁而死，就更不要说其他文人的不幸程度了。不过在洪武末年与建文时期，明代诗坛又曾稍显活跃，明初所倡导的正大高昂的诗风在方孝孺等人那里有了较充分的体现。但随着燕王朱棣的登基与方孝孺的被灭族，这种诗风也荡然无存，随后便是雍容平和的台阁体的流行。由于越派诗作者拥有强烈的政治参与意识和浓厚的理学观念，从而使其诗作带有鲜明的伦理政治色彩，但由于其对气的强调，其诗风又是充分个体化、独立化、情感化因而也就是审美化了的，那里边有他们的个性与理想、想象与灵感、境界与力度，因此读起来能够给人以感染与鼓舞。

在明初诗坛上，以吴派与越派的成就为最大，所以王世贞在《艺

---

① 赵翼：《瓯北诗话》，人民文学出版社 1998 年版，第 124 页。

苑卮言》中论元末明初诗坛说："胜国之季，业诗者，道园以典丽为贵，廉夫以奇崛见推。迫于明兴，虞氏多助，大约立赤帜者二家而已。才情之美，无过季迪；生气之雄，次及伯温。"①其他三派的成就要稍差一些。闽中诗派继承南宋严羽论诗追求盛唐格调的传统，往往以复古相号召，其核心人物为林鸿与高棅。高棅的《唐诗品汇》将唐诗分为初、盛、中、晚四期，对各时期的风格体认也多有心得，并选诗以为模仿的对象，因此该书对明代诗坛具有深远的影响，《明史·文苑传》称："终明之世，馆阁宗之。"②但该派的创作成就却比较有限，其歌颂常常流于浮泛，情感上也缺乏深沉的力度，尤其是摹拟痕迹太重，在审美上较少新鲜感与个性特征。李东阳《怀麓堂诗话》说林鸿的《鸣盛集》极力摹仿盛唐，"不但字面句法，并其题目亦效之，开卷骤视，宛若旧本。然细味之，求其流出肺腑，卓尔有立者，指不能一再屈也。"③可谓一语中的，评价公允。其实，闽中诗派从地域流派角度看，其特色在于隐逸情调的表达与山水审美的把握，在这方面他们创作过不少优美的诗篇。岭南诗派以孙蕡等南园五先生为核心，明清诗论家喜欢拿他们五人去与吴中四杰相比，如果从对个性放任、审美情趣的追求上看，二者的确有相似之处，但在其他方面却差异明显。岭南在元末基本上是一个没有受到战乱波及的安静之区，因而这些诗人能够从容地结社吟诗，诗中较少生民涂炭、忧愁困苦的沉重感。他们诗中所写大多是像孙蕡《广州行》那样对城市的歌咏，以及对景色与风物的描写，往往色彩明丽，格调轻松，但在厚重感与丰富性上往往赶不上吴中四杰尤其是高启。江右诗派在元末曾与朝廷有较多的联系，尤其是危素更成为元末有代表性的台阁文人，而刘崧、陈谟、梁兰等人则构成了当时江西作家的核心骨干。江西在宋代时曾产生过影响巨大的黄庭坚江西诗派，但在元明之际似乎已不再受黄庭坚的影响，而论诗多推崇元诗四大家的虞集和范梈，就其创作风格来

---

① 王世贞：《艺苑卮言》卷五，见丁福保：《历代诗话续编》，中华书局 1997 年版，第 1023 页。

② 张廷玉：《明史》卷二八六《高棅传》，中华书局 1984 年版，第 7336 页。

③ 丁福保：《历代诗话续编》，中华书局 1997 年版，第 1374 页。

看，则又不同于虞、范二人。江西地区当时曾经是朱元璋与陈友谅两大军事集团的反复争夺之地，受战火摧残最重，因此该派诗人也往往以关注民生，反映现实为其主要创作特色，像刘崧的《筑城叹》、《采野菜》、《壬辰纪事》等作品都是写战乱的残酷与百姓的苦难的。这些诗在艺术上的特点是长于叙事，平易流畅，但缺点是较少波澜与变化，从而形成平正典实的风格。这种风格影响到同为江西人的杨士奇，并最终形成了明前期最有影响的台阁体。总的来说，元明之际的诗坛比较活跃，创作成就较大，好的诗歌一般都能做到内容充实，风力遒劲，并具有突出的个性与灵气。

以杨士奇、杨荣、杨溥等三杨为代表的台阁体，流行于明前期的永乐、洪熙、宣德、正统、景泰年间，该派诗歌的特征用钱谦益《列朝诗集小传》概括杨士奇的话，叫做"词气安闲，首尾停稳"，后来《四库全书总目提要》将其概括为"雍容典雅"，现代学者大多批评它内容空洞而缺乏生气。造成此种结果的原因很多，比如诗的作者生活阅历单调、文学修养不够，加之文化政策保守等因素，但最重要的却是因过于追求伦理教化的政治效果而使作者们以理性的态度写诗，从而丢失了情感、灵气、想象、个性等诗歌审美所必备的要素。须注意的是，明前期的台阁体也有一个发展演变的过程。从早期作家陶安、刘基等人追求盛大的诗风，再到吴伯宗、方孝孺的重道尚气，乃至永乐前期解缙、王偁的狂傲不羁，均显示出与后来三杨不同的诗风。台阁体直到三杨手中，才真正形成其典型的体貌。不过从总体上看，台阁体还是一种最缺乏审美情趣的诗文流派。

三 复古诗歌流派的审美属性

明代诗歌创作在沉寂了近百年之后，于弘治年间又重新趋于活跃，而首先体现这种活跃特性的是以李东阳为代表的茶陵诗派。一般学者都把茶陵诗派看成从台阁体到前七子的过渡流派，理由是李东阳等人还没有摆脱台阁体作家狭隘的生活环境。的确，从人格类型上讲，李东阳平和而李梦阳等人愤激，因而也就有了气之强弱的区别。

但是从诗学的角度看，茶陵派的崛起就是对诗歌审美特征自觉追求的兴起。这主要体现在理论与创作两个方面。在《沧州诗集序》中，李东阳首先将诗歌与散文在体式上明确区分开来，并将诗歌的发生定位在"畅达情思，感发志气"①，也就是抒情性上，所以才会在《怀麓堂诗话》中一再强调诗歌重音律、重节奏、重比兴的文体特征，并形成了他以声调为核心的诗歌理论。正是有了对诗歌文体的这些认识，所以他的诗歌创作已经具有了咏史诗中的真见解与赠答诗中的真感受，并形成了他声律谐畅、典雅明丽的形式美。

真正将诗歌的审美追求推向高潮的是前七子复古派。前人论前七子时无不将"文必秦汉，诗必盛唐"作为其论诗核心，并将摹拟定为其创作原则，从而总是对他们持一种批判的态度。其实前七子是一个南北诗风交融的流派，其中既有北方李梦阳的雄健，也有南方徐祯卿的婉丽。在理论主张上既有李梦阳"尺尺寸寸"的模仿论，也有何景明"舍筏登岸"的模仿论。但在以下两点上他们又都是相同的：一是都强调要真实地抒发情感，都主张从民歌中吸取营养；二是都反对宋诗的议论与说理，而主张情景的融合与比兴手法的使用。他们的矛盾之处实际上是追求汉魏盛唐格调与抒发真情的难以调和，这也在一定程度上影响了他们的创作成就。但在创作上他们显示了两种重要的转变：一是从歌颂到批判的转变。从中显示了充沛的气势与鲜明的个性；二是从对伦理教化的强调到对声律、结构、对仗、比兴等形式美的讲求。后七子继承了前七子以格调论诗的传统，同时在气节劲直与富于才情两方面保持了气盛的一贯特点，其不同之处在于后七子对形式技巧的讲究更为细致具体，对于诗歌审美特征的探讨更为深入。像谢榛《四溟诗话》对情景范畴的探讨，已经达到了很高的水平。王世贞的《艺苑卮言》更是明代后期研究诗法的集大成之作。而谢榛的五律、李攀龙的七律、王世贞的七古都已达到很高的艺术造诣。王世贞是个值得重视的人物，这不仅表现在他长期领袖文坛的地位，同时也取决于他在理论与创作上的一些新特征。他不仅在《艺苑卮言》中引用了前七子成员徐祯卿的重情主张："因情以发气，因气以成声，因

①　文渊阁四库全书本《怀麓堂集》卷二五。

声而绘词，因词而定韵，此诗之源也。"①将诗歌发生的第一要素明确地定位为情感。更重要的是在格调与才情的关系中，他已经二者并重："才生思，思生调，调生格。思即才之用，调即思之境，格即调之界。"②在前七子那里，格调其实指的就是汉魏的理想风格，即所谓格高调古，所以往往与才情的抒发形成矛盾。王世贞则要将才情与格调统一起来，并将"才"放在第一位，所以他的诗作往往超出其理想格调之外："夫仆之病在好尽意而工引事，尽意而工事则不能无入出于格。以故诗有堕元白或晚季近代者，文有堕六朝或唐宋者。"③唐宋界限的打破其实意味着格调说的趋于解体。尽管王世贞在理论上还不愿承认这一点，但他晚年从审美情趣上偏爱苏轼，在创作上认可陈献章，在诗歌功能上倾向于"自愉"，都说明这位吴中文人受时代和地域的双重影响，已经使自我审美旨趣从单一转向了多元。其晚年的《偶称自戏》："愚公自笑昔日愚，日对黄卷声伊吾。那知愚公今更愚，问著胸中一字无。贫子自笑昔日贫，但有载籍无金银。那知贫子今更贫，一丝不挂悲田身。贫子之贫犹未误，更有愚公堪笑处。蹒跚两足钝于鸭，便欲高飞向天去。"④没有典故的使用，没有章法的安排，更不讲究格调的高古，在自戏自嘲中显示出幽默与趣味，这不仅已接近于宋调，甚至与稍后的袁宏道有些相像了。

前后七子经过晚明公安派的冲击，势力尽管大为减弱，但却并没有在诗坛上完全消失，钱谦益所谓的"中郎之论出，王、李之云雾一扫"，实在是文学性的夸张之言，万历之后复古派不仅依然存在，而且还出现了著名代表人物云间派领袖陈子龙。陈子龙的创作具有鲜明的时代特征，这除了指他早年醉心于七子派的复古主张外，也包括受到晚明士大夫风流潇洒习气的影响，在创作上具有浮艳藻丽的倾向。但在明清易代之际，却显示出慷慨悲凉的格调。他此时的诗作，内容

---

① 王世贞：《艺苑卮言》卷一，见丁福保：《历代诗话续编》，中华书局1997年版，第956页。

② 王世贞：《艺苑卮言》卷一，见丁福保：《历代诗话续编》，中华书局1997年版，第964页。

③ 四库全书存目丛书本《弇州山人续稿》卷二〇〇《屠长卿》。

④ 四库全书存目丛书本《弇州山人续稿》卷一〇。

充实，风力遒劲，已超越七子的模拟与公安派的浅近。这是因为他此时已将沉郁悲愤的情感抒发与工于用典对仗的诗歌技巧完美地结合，真正达到了格高调雄的审美境界。在明清之际，不仅陈子龙具备了此种沉郁悲凉的风格，如夏完淳、张煌言、顾炎武、吴伟业等人，也无不拥有如此格调，可以说这批诗人为明代诗歌史画上了一个圆满的句号。

在讲究格调的复古派之外，在明代诗歌史上还存在着一个重情韵的诗人群体。当今的文学批评史一般都将薛蕙、高叔嗣一概视为格调说的"同调"、"羽翼"，其实他们艺术追求的核心不是声宏调鬯，而是意象情韵之美。嘉靖时期，还有蜀中的杨慎，长洲的"皇甫四杰"，华亭的徐献忠，无锡华察，昆山周复俊，宝应朱曰藩，德清蔡汝楠，山阴陈鹤等，都表现出重情韵的文学倾向。到晚明时代，出现了邓云霄、谢肇淛、陆时雍等重情韵的重要批评家。从这些人到明清之际的王夫之，再到清初的王士禛，审美观点虽互有异同，但大体可以看成一条线索，最终走向"神韵说"。重情韵的诗人追求的审美范型是色调明朗、辞采秀丽、情意婉雅，与雄壮粗犷、慷慨激昂的"风骨"美不同。情韵美更重视诗歌含蓄蕴藉的余味，强调诗人与社会的和谐关系，以保持情感的平和舒缓。尽管此一线索中的诗人影响不及复古派与性灵派那般显赫，但是数量还是相当大的。

四　性灵诗歌流派的审美品格

与复古派几乎同时崛起的是性灵诗派。该流派的发端人物是成化年间的陈献章，他本是一位热衷于讲学的思想家，但却喜爱用诗的形式来表达自我的人生见解，因而有不少人又称他的诗为性理诗。但从诗学的角度看，性理诗是不能准确概括其诗歌特征的。就像他在哲学上对心更加重视从而具有向内转的倾向一样，在诗歌创作上他也显示了由外向内的转变，这主要指他在创作目的上大多是为了自我愉悦，在创作倾向上重视审美情趣的抒发，在创作方法上流于自由随意。可以说他的富于诗意不表现在外在形式技巧上，而是表现在审美情趣里，或者说他的人生就是一种高度艺术化了的审美人生，因而也就成就了其诗歌的审美品位。从此一角度讲，陈献章是明代性灵派诗歌的真正开创者，他不仅是明代思想史的转折点，同时也是诗歌史的转折点，而后一点是前人很少注意到的。

明代中期的吴中诗派从性质上很难将其归入性灵诗派，但却在某些方面具有不少共同的特征。受吴中发达的地域经济影响，吴中文人一般都比较重视自我的享乐与个性的表达，除了吴中四才子的唐寅、祝允明、徐祯卿、文徵明外，还有沈周、黄云、蔡羽、王宠、徐霖等一大批诗人。他们大多以名士自居，讲究诗酒风流，往往诗画兼擅，并曾留下了许多为后人所津津乐道的韵事佳话。他们也讲复古，但重视的是文化底蕴与古人才情，而不是某代某家的理想格调，他们当然也喜爱盛唐诗的高昂阔大，但更重视六朝初唐诗的富于才情与华丽鲜艳。尤其是在追求人生享乐与看重个体生命价值方面，吴中诗人已开晚明公安派的先河。复古派诗人是瞧不起吴中诗人的不格不调的，所以王世贞讽刺唐寅的诗是"乞儿唱《莲花乐》"①，但复古派诗人却大都没有唐寅诗歌中那流畅的节奏、充满生机的人生情趣，以及超然洒脱的自由心境，而这些才真正是诗歌的灵魂。

真正为明代性灵诗派奠定思想基础的是弘治、正德时期的大儒王阳明。王阳明曾与李梦阳等前七子诗文往还，而且与前七子相比，他具有更为丰富饱满的情感，对自然山水的特殊爱好，以及瞬间感受美和将其表现出来的能力，从而使他具备了高雅的审美情趣。他的诗写得清新自然，秀逸有致，尽管无意于工拙，"然其俊爽之气，往往涌出于字行墨之间。"②可谓在复古派之外另立一格。更重要的是，王阳明致良知的心学强调心外无物的主观性与良知灵明的自发性，所以在心与物的关系中更突出心的原发作用，这不仅决定了其本人的诗作重主观、重心灵、重自我的鲜明特征，更形成了明代性灵说的哲学基础，即将心性作为诗歌的第一发生要素，从而完成了中国文学发生论

---

① 王世贞：《艺苑卮言》卷一，见丁福保：《历代诗话续编》，中华书局1997年版，第1034页。

② 钱谦益：《列朝诗集小传》，丙集"王新建守仁"，上海古籍出版社1959年版，第269页。

从感物说到性灵说的转变。这预示着明代诗歌史上一种新的诗学思潮的形成。

明代性灵诗学思想在从中期的王阳明到晚期的公安派的转变过程中，有三位人物应该得到重视，他们是徐渭、李贽和汤显祖。徐渭曾师事季本，是王阳明的再传弟子，同时又是著名的诗人与画家，具有过人的才气。这两个方面构成了他本色说的内涵，即"师心横从，不傍门户"①的主观独创性与"天机自动，触物发声"②的自然性。徐渭的诗作既不像前七子如鸟学人言那样追求模仿与格调，也不像唐顺之等人那样强调道德的高尚与成贤成圣的目的，而是自由挥洒，不拘一格，既有李贺的怪异凄清，又有苏轼的幽默诙谐。如果说徐渭的打破格调束缚还是不自觉的自我宣泄的话，李贽就有了更明确的理论自觉。从创作上看，李贽的诗作完全是情之所至而随意挥洒，或抒情，或议论，或纪事，或写景，没有任何刻意的安排与格调的限制，正如其《石潭纪事》一诗所言："若为追欢悦世人，空劳皮骨损精神。年来寂寞从人谩，只有疏狂一老身。"③这是其人生态度，也是其文学思想，他有充分的自信，读书写作都是为了自我的生命愉悦，不管他人如何评价，都要坚持自我的个性，用他自己的话说，他的创作往往是夺他人之酒杯，浇自我之垒块，具有强烈的主观色彩。正是有了如此的人生态度与创作实践，使得他在理论上完全打破了格调说的戒律："故性格清澈者音调自然宣畅，性格舒徐者音调自然疏缓，旷达者自然浩荡，雄迈者自然激烈，沉郁者自然悲酸，古怪者自然奇绝。有是格，便有是调，皆性情自然之谓也。"④李贽的格其实就是作者的个性，他的调也就是个体的风格，有什么样的性情就会有什么样的声调，则所谓汉唐的格调也就失去了典范的意义。因此，无论是在哲学思想上还是在诗学理论上，李贽都是晚明文学尤其是晚明性灵诗派的

---

① 徐渭：《书田生诗文后》，见《徐渭集》，中华书局 1983 年版，第 976 页。

② 徐渭：《奉师季先生书》，见《徐渭集》，中华书局 1983 年版，第 458 页。

③ 李贽：《续焚书》，中华书局 1959 年版，第 117 页。

④ 李贽：《焚书》，见《读律肤说》，中华书局 1961 年版，第 133 页。

直接奠基者。汤显祖是性灵诗派的又一重要作家，其诗学观的核心是情，但他所说的情已与复古派的泛泛而论有了很大的区别，概括言之它有两个主要特征。一是受有阳明后学泰州学派生生之仁观念的影响，认为情既包括男女之情，也包括朋友之情与政治热情，诗歌是情的集中体现，所以说"世总为情，情生诗歌，而行于神"，好的诗歌乃是"神情合至"的结果。① 二是强调诗是作家灵心与才气的体现，所谓"自然灵气，恍惚而来，不思而至"（《合奇序》），就是文学想象的突出特点。而自然灵气产生的前提当然是拥有才情的奇异之士，只有奇士才能有飞动的灵心，只有有了灵心，才会写出神情合至的诗歌。因此在汤显祖的诗中，呈现的乃是一腔不平之气，丰富饱满之情，想象奇特之境，文采斑斓之辞。晚明评论家王思任的《天隐子遗稿序》说，自从后七子复古派兴盛以来，海内才子都向王世贞、李攀龙纳礼伏首，"而所不能致者，会稽徐文长，临川汤若士。"②这主要是指诗歌创作领域，如果再加上理论上明确抛弃格调说的李贽，那么性灵诗派显然已颇具规模了。

当然，真正能够充分体现性灵诗派创作成就与鲜明特征者，还要算万历时期以三袁为代表的公安派，这无论从对复古诗派的尖锐批评，还是"独抒性灵，不拘格套"创作主张的提出，以及求真自适的文学功能观的强调，均可看出他们所受李贽、徐渭诸前辈的深刻影响。但最值得注意的是公安派"趣"的审美观的提出，其实汤显祖就已用"意趣神色"作为评价诗文的标准，只是所言较为笼统而已。公安派所言之趣则有着明确的理论内涵：首先，趣是超越世俗功利的纯审美意识，这被袁宏道称之为摆脱了物欲与功名心的"无心"状态，它与童子及醉人的天真接近，与满心功名利禄的官僚贵族无缘；其次，趣是作家灵心慧性所表现出来的机智与幽默感，能够充分展现作者的才气、智慧与蓬勃旺盛的生命力；再次，是自然流畅的表达与意

---

① 徐朔方笺校：《汤显祖诗文集》，上海古籍出版社 1982 年版，第 1050 页。

② 王思任：《王季重十种·杂序·天隐子遗稿序》，见毛效同编：《汤显祖研究资料汇编》，上海古籍出版社 1986 年版，第 352 页。

态天然的艺术风貌，表现在创作方法上就是冲口信手和不假雕饰。此种审美形态与前后七子所追求的格调大不相同，欣赏性灵诗派的作品，你不能看它是否具有情景交融的深远意境，不能看它是否对仗工整，不能看它是否比兴婉转，而是要看它是否真率自然，是否个性突出，是否灵心飞动，是否趣味盎然，是否诙谐幽默。最能表现这些特征的诗作是袁宏道《解脱集》中的民歌体作品，比如作者在《别石篑》中写道："不即凡，不求圣。相依何，觅性命。三人湖，两易令。无少长，知姓名。湖上花，作明证。别时衰，来时盛。后来期，不敢问。我好色，公多病。"将自己爱性命之学，喜美景之心，甚至好女色之习，全都淋漓尽致和盘托出，既幽默有趣，又真率自然，从而显得生动可爱，自由洒脱，而这样的诗作，在复古派作家的集子中无论如何是寻找不到的。

但是，公安派快乐幽默的趣味追求只维持了很短一段时间，随着万历后期政治局面的恶化尤其是党争的加剧，诗人们就再也难以保持这份轻松快乐的心境了，代之而起的乃是以孤傲冷峻为主要人格特征的竟陵诗派。该派诗歌的主要风格与审美倾向是所谓的"幽深孤峭"，其主要特征是善于表现刚介冷峻的人格，喜欢描写僻静孤独的意象，精心锤炼有违常规的诗句，有时还故意使用生僻的字词，目的则是营造一种富于独创的生新诗境。此种风格的形成原因有很多，诸如追求艺术的创新，纠正公安派末流的浅俗，受传统诗歌审美风格的影响等，但最重要的还是由黑暗的政治环境所造成的，在一种不愿同流合污而又无所作为的境遇里，像钟惺、谭元春那样一肚皮不合时宜的正直文人，除了用冷僻孤傲来保持自我的那一份清白外，似乎也想不出更好的出路。儒家传统诗论说亡国之音哀以思，但不是像钱谦益、朱彝尊所言的那样是因哀思而亡国，而是由于国欲亡而哀思也。

明代的诗歌成就当然赶不上唐宋，但却又是中国诗歌史上一个特色鲜明的时期。就其思想的活跃，流派的众多，探索精神的执着这些方面看，还没有任何其他朝代能够与之相比。复古派在创作上的成就也许有限，但通过他们的探索，中国古典诗学的特征、内涵、范畴、方法都鲜明地呈现出来，今天文学史家所常谈的唐诗之初盛中晚，诗歌意境之情景交融，以及对各种诗体特征的概括，都是明人探索的结果。性灵诗派往往被清代的诗论家斥责为浅俗失体与走火入魔，其实他们才真正代表了诗歌发展的方向，为诗歌的再生提供了新的出路，因为诗歌不管如何变化，总要以贴近人生、创造美感作为其核心，仅就此一点而言，在形式上并不完美的性灵诗派比讲究格律声调的复古诗派要更具有生命的活力，从而与现代诗歌有着更为密切的关系。

——据人民文学出版社 2012 年版《中国诗歌通史·明代卷》

【评　介】

《中国诗歌通史》是首都师范大学中国诗歌研究中心赵敏俐、吴思敬先生主编的一套大型诗歌通史，为国家社会科学基金重点项目，历时 8 年完成。全书分先秦卷、两汉卷、魏晋南北朝卷、唐五代卷、宋代卷、辽金元卷、明代卷、清代卷、现代卷、当代卷和少数民族卷，共 11 卷 11 大册。其中《中国诗歌通史·明代卷》由左东岭教授担任分卷主编，左东岭、孙学堂、雍繁星三人合作撰写，于 2012 年由人民文学出版社出版。孙学堂（1970—　），山东邹平县人，现为山东大学教授，主要研究领域为中国诗歌史和中国文学思想史，著有《王世贞与十六世纪文学思想》、《中国文学精神·唐代卷》等。雍繁星（1973—　），陕西西安人，现为首都师范大学教授，主要研究领域为明清文学。

《中国诗歌通史·明代卷》以复古诗歌理想与性灵诗歌思想作为明代诗歌发展的两大基本线索，以诗派、地域、诗体作为基本单元，以代表性作家作为叙述重点，既叙述明代诗歌创作，也探讨明代诗学理论，同时将明代的词、散曲和民歌也纳入明代诗歌史之体系进行论述。全书 90 余万字，共 14 章，依次为："高启与吴中派"、"刘基与浙东诗派"、"闽中诗派与岭南诗派"、"江右诗派与台阁体"、"茶陵派与杨慎"、"前七子复古派"、"明中期的吴中诗派"、"明中期的性灵诗派"、"后七子的复古主张与诗艺追求"、"明代后期性灵派的诗歌"、"明末各文人会社的诗歌创作"、"明代的词"、"明代的散曲"、"明代民歌"。本书选录的是《中国诗歌通史·明代卷》绪论《明代诗歌的总体格局与审美风格的演变》的部分内容。绪论主要对明代诗歌总体格局与审美风格的演变进行了概括，并介绍该书的框架设计与撰写体例等。

左东岭教授长期从事明代文学思想史的研究，成绩斐然，这使得他对明代诗歌史发展脉络的把握更加深入，更得要领。而孙学堂教授和雍繁星教授所承担的撰写内容，也都是他们擅长的领域。虽然为三人合著，然而因为同出一门，全书在语言、结构和思想上能够做到高度统一，犹出一人之手。

相比以往明代文学史论著以文学分期为框架、以现象描述为内容的叙述模式，《中国诗歌通史·明代卷》似乎更偏好于揭示明代诗史的内在脉络与发展进程，表现在叙述方式上则是放弃那种文学分期、现象描述的简单化处理方式，而特别注意明代诗歌的地域性与流派性，理论批评与诗歌创作，复古和反复古与重性情两条主线并行等特征，"构筑了时间与空间结合、理论与创作两个层面互动、两条主线并行交织这样一个立体、动态的明代诗歌发展史叙述框架，完整、深刻地展现了明代诗歌发展的历史进程和时代特征"①。廖可斌认为该书"在继续注意考察复古与反复古这一主线时，揭示明代诗歌还存在另一重要源流，即追求表达个人性灵情韵的潮流"②。这一潮流将陈献章、沈周、唐寅、高叔嗣、薛蕙、王守仁、王伯谷、陈继儒等人串联起来，贯穿整部明代诗歌史的写作。廖可斌教授在评论中认为，中国古代文学中存在着一个非古典的传统，这个非古典的传统在向近代社会转型期的明代表现得更加显著，而《中国诗歌通史·明代卷》正好为我们提供了这样一个思考的契机。此义之下，《中国诗歌通史·明代卷》也就更加具有重要的理论价值。

该书还针对前人未曾深入辨析的问题作了细致剖析，如对陈献章在明代文学史与思想史的地位与意义的发现，认为"陈献章是明代性

---

① 廖可斌：《关于中国古代文学中的非古典传统——读〈中国诗歌通史·明代卷〉》，载《首都师范大学学报(社会科学版)》2014年第1期。
② 廖可斌：《关于中国古代文学中的非古典传统——读〈中国诗歌通史·明代卷〉》，载《首都师范大学学报(社会科学版)》2014年第1期。

灵派诗歌的真正开创者，他不仅是明代思想史的转折点，同时也是诗歌史的转折点，而后一点是前人很少注意到的"①。这些问题和观点的提出，一定程度改变了明诗研究的格局。此外，该书还有一个非常显著的特征，就是对诗人的作品予以充分解读，而非仅限于内容风格的总结，或者像早期明代文学史著作那样挪用清人的评语。这种文本细读的功夫，是建立在大量利用明人别集的基础之上的。

《中国诗歌通史·明代卷》是第一部完整、系统展示明代诗歌发展历史的著作，不仅在内容上挖掘出了很多过去被忽略的诗人和诗歌现象，对其进行深入考察，还在方法上形成了一种时间与空间交替，理论与创作并行，多角度、立体化的诗歌史叙事模式。该书还充分吸收了近几十年明诗研究的成果，是明代诗歌研究的一大总结。

左东岭教授另有专著《李贽与晚明文学思想》(天津人民出版社1997年版)、《王学与中晚明士人心态》(人民文学出版社2004年版)、《明代心学与文学》(学苑出版社2002年版)、《明代文学思想研究》(商务印书馆2013年版)等。相关论文主要有《从良知到性灵——明代性灵文学思想的演变》(《南开学报》1999年第6期)、《从本色论到童心说——明代性灵文学思想的流变》(《社会科学战线》2000年第6期)、《论台阁体与仁、宣士风之关系》(《湖南社会科学》2002年第2期)、《二十世纪以来心学与明代文学思想关系研究述评》(《文学评论》2003年第3期)、《高启之死与元明之际文学思潮的转折》(《文学评论》2006年第3期)、《论宋濂的诗学思想》(《首都师范大学学报(社会科学版)》2009年第4期)、《良知说与王阳明的诗学观念》(《文学遗产》2010年第4期)、《明代诗歌研究的几个问题》(《文学遗产》2011年第3期)、《龙场悟道与王阳明诗歌体貌的转变》(《文学评论》2013年第2期)等。

孙学堂教授研究明代诗文的相关著作有《崇古理念的淡退——王世贞与十六世纪文学思想》(天津古籍出版社2004年版)、《明代诗学与唐诗》(齐鲁书社2012年版)等，他的相关论文有《论谢榛诗学》

① 左东岭等：《中国诗歌通史·明代卷》，人民文学出版社2012年版，第11页。

(《华侨大学学报》2000 年第 3 期)、《明弘治、正德时期吴中文学思想的新变》(《华侨大学学报》2001 年第 4 期)、《论明七子的文化人格》(《兰州大学学报》2003 年第 1 期)、《李攀龙与初盛唐诗》(《中国诗歌研究》(第五辑),中华书局 2008 年版)、《唐寅诗歌与唐宋诗传统》(《西北大学学报(哲学社会科学版)》2013 年第 2 期)等。雍繁星教授的相关论文有《晚明性灵文学的世俗化倾向——以袁宏道为中心》(《天津师范大学学报》2002 年第 2 期)、《一个诗人的"位置"——陈献章研究的回顾与反思》(《中国诗歌研究》(第十一辑),中华书局 2015 年版)等。

《前后七子研究》余论

郑利华

【作者简介】郑利华(1962—)，浙江宁波人，复旦大学古籍所教授，主要研究领域为明代文学与文化。著有《王世贞年谱》、《王世贞研究》、《明代中期文学演进与城市形态》、《前后七子研究》等。

　　自弘治至万历年间，前后七子相继崛兴并主导文坛，倡扬诗文复古活动，在明代文学史上烙下了极为显目的印记。综观这一场前后相关联的文学活动，它之所以引发人们的广泛关注并在文坛掀起层层波澜，不仅在于其秉持归向古典的基本立场，而且在于其相对注重从本体艺术的层面探讨和实践诗文领域的变革。横亘弘、万之间文坛的这一复古举措，它所产生的实际影响，远未随着前后七子文学活动的先后落幕而休止，围绕于此，认肯与推扬、质疑与訾诋，成为交织在明清文人圈之中而显得十分复杂的一种文学认知。透过这些，同时可以看到前后七子复古之举引起的不同反响以及明清文坛的变化态势。

　　至晚明时期，随着文坛反拟古声音的增强，前后七子及其追从者更多成为被重点检视和攻讦的目标，他们的诗文之作，也更多被当作剿袭为古的代名词。身为公安派代表人物的袁宏道曾指出，"夫古有古之时，今有今之时，袭古人语言之迹，而冒以为古，是处严冬而袭夏之葛者也"，俨然划出古今相异的界限，并就此指摘"近代文人，始为复古之说以胜之。夫复古是已，然至以剿袭为复古，句比字拟，务为牵合，弃目前之景，摭腐滥之辞，有才者诎于法，而不敢自伸其才；无之者，拾一二浮泛之语，帮凑成诗"①。尽管袁宏道未完全排斥复古，但出于古今相异的基本态度，求取于古显然不是他的优先选项，更何况在其看来，"近代文人"所为，已将复古引入"句比字拟"的机械摹仿的境地。从另一面来说，这同时也提出了一个如何学古的问题。对此，公安三袁之一的袁宗道论及为文之道，强调学古贵"学达"，以为"今人读古书，不即通晓，辄谓古文奇奥，今人下笔不宜平易。夫时有古今，语言亦有古今。今人所诧谓奇字奥句，安知非古之街谈巷语耶"？其论实与袁宏道古今相异说同出一辙，只是袁宗道在此基础上进而申明，"古文贵达，学达即所谓学古也，学其意必泥其字句也"。他因此喻示，"今之圆领方袍，所以学古人之缀叶蔽皮也；今之五味煎熬，所以学古人之茹毛饮血也"，"彼摘古字句入己著作者，是无异缀皮叶于衣袂之中，投毛血于骰核之内也"②。应该说，在倾向"独抒性灵，不拘格套"的公安派作家眼中，超离古今界限、拘于语言形迹的拟古方式，无疑对"任性而发"③这种无所拘缚的抒写风格构成严重羁绊，古人"语言"与今人"性灵"之间，难以达到兼容合一，当作家主观精神的发抒和格度规范的设置被视为不可调和的一对矛盾并且极力倾重前者之际，袁宏道等人对于前后七子倡起的拟古风气的疑虑和排击，不能不说是一种必然的结果。而这一切，自是与晚明时期形成的激进的文学革新氛围相融合。

在晚明文坛反拟古者当中，以钟惺、谭元春为代表的竟陵派同样扮演了重要的角色。与袁宏道等人主张古今相异、不以学古为优先选项的观念有所不同，钟、谭反对拟古，乃恰是从求取"古人之精神"入手的。钟惺在为人熟知的《诗归序》中提出："今非无学古者，大要

① 《雪涛阁集序》，钱伯城《袁宏道集笺校》卷十八，中册，上海古籍出版社1981年版，第709~710页。
② 《论文上》，钱伯城标点《白苏斋类集》卷二十，上海古籍出版社1989年版，第283~284页。
③ 袁宏道《叙小修诗》，《袁宏道集笺校》卷四，上册，上海古籍出版社1981年版，第187~188页。

取古人之极肤、极狭、极熟，便于口手者，以为古人在是。使捷者矫之，必于古人外自为一人之诗以为异；要其异，又皆同乎古人之险且僻者，不则其俚者也；则何以服学古者之心?"①此番言论，常被人作为钟惺除了不满公安派立异矫革所为又攻讦前后七子以来形成的拟古气习的重要例证。以后者而言，李、王诸子似乎更是他排击的重点对象，如云："常愤嘉、隆间名人，自谓学古，徒取古人极肤、极狭、极套者，利其便于手口，遂以为得古人之精神，且前无古人矣。"②其自述与谭元春"深览古人，得其精神"③，乃选定《古诗归》和《唐诗归》，所做的这一切，即究求于古，旨在"拈出古人精神"，"使其耳目志气归于此耳"④。为了脱却前后七子"因袭之流弊"，又为了消除公安派"矫枉之流弊"⑤，标示特立独异之势，钟、谭对待学古，更像是在采取某种折衷的策略，用钟惺在《隐秀轩集自序》中的话来说，"凡以诗文者，内自信于心，而上求信于古人，在我而已"，即在所谓"信于心"和"信于古"⑥之间取得平衡。这也意味着，须辟出一条"我"与"古"相为接通的途径。以"我"而言，按谭元春的说法，就需"专其力，壹其思，以达于古人"⑦；或如钟惺对自己万历庚戌（1610）以后诗文作出的总结，乃所谓"平气精心，虚怀独往"，这也

---

① 李先耕、崔重庆标校《隐秀轩集》卷十六，上海古籍出版社 1992 年版，第 236 页。

② 钟惺《再报蔡敬夫》，见李先耕、崔重庆标校《隐秀轩集》卷二十八，上海古籍出版社 1992 年版，第 470 页。

③ 钟惺《与蔡敬夫》，见李先耕、崔重庆标校《隐秀轩集》卷二十八，上海古籍出版社 1992 年版，第 468 页。

④ 钟惺《再报蔡敬夫》，见李先耕、崔重庆标校《隐秀轩集》卷二十八，上海古籍出版社 1992 年版，第 470 页。

⑤ 钟惺《与王稺恭兄弟》，见李先耕、崔重庆标校《隐秀轩集》卷二十八，上海古籍出版社 1992 年版，第 463 页。

⑥ 李先耕、崔重庆标校《隐秀轩集》卷十七，上海古籍出版社 1992 年版，第 159~260 页。

⑦ 钟惺《诗归序》，陈杏珍标校《谭元春集》卷二十二，下册，上海古籍出版社 1998 年版，第 594 页。

是他比较自己庚戌以前之作"大要取古人近似者，时一肖之"①而获得的感悟。它的基本取向，无非是通过冥心孤往那样一种理性化的自我修省，达到与古人精神的深刻契合，集中归向于钟、谭为之倾心的所谓"幽情单绪"②，以阻断在他们看来为"肤"、"狭"、"熟"的学古歧路。可以说，钟、谭以古人精神为归止而富有理性色彩的在学古方向上所作的调整，不仅削弱了公安派力主直抒一己"性灵"的率真与激厉的文学个性，从一个侧面，折射出此际文人转向孤澹内敛的精神状态以及晚明激进文学思潮的回落趋势，同时也是对前后七子重诗文本体艺术复古方向的重大修正。

明末以来，与此前文坛情势不同的是，前后七子诗文复古之举则受到尤其以云间陈子龙、李雯、宋征舆等为代表的部分文士的推扬，"于是北地、信阳、济南、娄东之言，复为天下所信从"③。这其中不仅源于他们各自的审美趣味，更和当时政治格局的变动及士人风气的替移相绾结。陈子龙《答胡学博》一书的如下所述，格外引人留意：

> 孝宗圣德俪美唐、虞，则有献吉、仲默诸子，以尔雅雄峻之姿，振拔景运；世宗恢弘大略过于周宣、汉武，则有于鳞、元美之流，高文壮采，鼓吹休明。当此之时，国灵赫濯，而士亦多以功名自见。至万历之季，士大夫偷安逸乐，百事堕坏，而文人墨客所为诗歌，非祖述长庆，以绳枢瓮牖之谈为清真，则学步香奁，以残膏剩粉之资为芳泽。是举天下之人，非迂朴若老儒，则柔媚若妇人也。是以士气日靡，士志日陋，而文武之业不显。④

---

① 《隐秀轩集自序》，见李先耕、崔重庆标校《隐秀轩集》卷十七，上海古籍出版社 1992 年版，第 259 页。

② 钟惺《诗归序》，见李先耕、崔重庆标校《隐秀轩集》卷十六，上海古籍出版社 1992 年版，第 236 页。

③ 宋琬《周釜山诗序》，马祖熙标校《安雅堂全集》卷八，上海古籍出版社 2007 年版，第 374 页。

④ 《安雅堂稿》卷十八。

作者显然基于弘治、嘉靖及万历不同阶段世运士风变易的背景，比较前后七子与万历以来士人文学气习的差异，其在表彰李、何及李、王诸子的同时，难掩对之后文学风向变化的深切忧虑和愤懑。在如何看待前后七子复古举措的问题上，尽管陈子龙、宋征舆等人出于对复古不等于拟古这一容易获得广泛共识的命题的认知，或直言诸子"摹拟之功多，而天然之资少"①，甚至指责如李攀龙所作"割裂字义，剿袭句法"②，但对前后七子诉之于古的宗尚取向给予大力肯定，无论如陈子龙认为，"既生于古人之后，其体格之雅、音调之美，此前哲之所已备，无可独造者也"，"北地、信阳力返风雅，历下、琅琊复长坛坫，其功不可掩，其宗尚不可非也"③，还是如宋征舆指出，"如李梦阳、何景明、徐祯卿、李攀龙诸君子，独能因体属辞，各臻其境，于汉魏、六季、初盛，皆能斟酌其本，相与依仿而驰骋焉"④，都表明了这一基本态度。只不过在明末政俗更变、世运陵替的背景下，前后七子提出的复古口号，被陈子龙等人赋予了特定的时代意义和价值内涵。

察其所论可以发现，他们多予鄙薄的，乃是倾向偏至清枯或粗率浮薄一路的诗风或文风。如陈子龙论律诗，以为"夫词莫工于初唐而气极完，法莫备于盛唐而情始畅，近体之作于焉观止。自此以后，非偏枯粗涩则漓薄轻佻，不足法矣"⑤。又评时下诗风，指斥"今之为诗者，类多俚浅仄谲，求其涉笔于初盛者已不可得，何况窥魏晋之藩哉"⑥！就此，意在另辟蹊径而于时形成流行之势的竟陵派诗风，则更多受到他们的质疑，宋征舆即云："近世言诗者，多归竟陵，岂非重其清颖之气、善为溪壑耶？然而后来作者起，以为钟、谭有扩清之功，而多崖穴之苦，知浮艳之可除，而不知黭曲之为累。"⑦这无非是

----

① 陈子龙《仿佛楼诗稿序》，《陈忠裕全集》卷二十五。
② 宋征舆《陈百史先生文集序》，《林屋文稿》卷三。
③ 陈子龙《仿佛楼诗稿序》，《陈忠裕全集》卷二十五。
④ 《李舒章诗稿序》，《林屋文稿》卷二。
⑤ 《熊伯甘初盛唐律诗选序》，《安雅堂稿》卷二。
⑥ 《宣城蔡大美古诗序》，《安雅堂稿》卷二。
⑦ 《文北瞻诗序》，《林屋文稿》卷二。

说，钟、谭诗风在"扩清"之际，滑向了枯淡而幽黯的僻境，实不足为法。陈子龙言及钟、谭所作，认为它们较之"祖述长庆"和"学步香奁"者虽然"少知扫除，极意空淡"，"然举古人所为温厚之旨、高亮之格、虚响沉实之工、珠联璧合之体、感时托讽之心、援古证今之法，皆弃不道"①，则重以古人之作的旨趣与体格相铨衡，指证钟、谭诗风在"扫除"俗习之余显出的缺失。基于政俗变易、明帝国陷入危亡之际而激发起来的拯救意识，陈子龙等人在诗文作风的取向上，更推尚深厚而非浅浮、高壮而非枯淡、和平而非偏曲的风调。如陈子龙《宣城蔡大美古诗序》称蔡氏古诗"深而不芜，和而能壮，遒声练色，触手呈露"②，《方密之留寓草序》谓方氏所作"于忧愁感慨之中深厚壮拔"，"其情怨而不怒，其辞整浑而达，其气激壮而沉实"③。由此，前后七子所力主的雄厉浑厚与深沉蕴藉一路的审美取向更易获得陈子龙等人的认同，并在世运陵替之际成为其更多注入了振衰起微之时代意蕴的一种文学话语。也因此，较之前后七子，他们在诗文价值的认知上则多强调应合时代之需的经世实用功能。如陈子龙本于"诗者，非仅以适己，将以施诸远也"之见，推崇《诗》三百篇"虽愁喜之言不一，而大约必极于治乱盛衰之际。远则怨，怨则爱；近则颂，颂则规"④；在秉持"诗之本"，"盖忧时托志者之所作也"的基本原则下，明确主张"夫作诗而不足以导扬盛美，刺讥当涂，托物连类而见其志"，"虽工而予不好也"⑤。这也显示，陈子龙等人于扬厉前后七子复古大业的同时，又在重新演绎这一场文学活动的精神所向，其基于特殊的时代背景而着意诗文的经世实用功能，客观上形成对诸子关注诗文本体艺术这一审美取向的某种改易，为前后七子所指示的复古目标裹上了浓烈的时代色彩。

　　另一方面必须看到，明末清初之际，质疑乃至挞伐前后七子的声

---

① 《答胡学博》，《安雅堂稿》卷十八。
② 《安雅堂稿》卷二。
③ 《安雅堂稿》卷三。
④ 《白云草自序》，《安雅堂稿》卷三。
⑤ 《六子诗稿序》，《安雅堂稿》卷三。

音在文坛又是不绝于耳。由显性的角度观之，批评刻意摹仿、求取形似的拟古之法，依然是当时一些文士排击前后七子一个显著的着眼点，无论是出于批评的策略，还是出于真正意义上的拒斥态度，他们似乎善于抓住诸子暴露在复古实践中或多或少拘守古作规度的弱点，提出各自的异议。

如吴乔曾言："明初之诗，娟秀平浅而已。李献吉岸然以盛唐自命，韩山童之称宋裔也。无目者骇而宗之，以为李、杜复生，高、岑再起，有词无意之习已成，性情吟咏之道化为异物。何仲默、李于鳞、王元美承献吉之泄气者也，牛喘驴鸣，其声震耳，宜为人所骇闻。"①直斥诸子及追从者诗歌"有词无意"之习。而他于前后七子中尤"极轻二李"，以为李梦阳虽"立朝大节，一代伟人，而诗才之雄壮，明代亦推为第一"，然而"惟其粗心骄气，不肯深究诗理，只托少陵气岸以压人，遂开弘、嘉恶习"，至于李攀龙其才"远下献古，踵而和之，浅夫又极推重，遂使二李并称，瞎盛唐之流毒深入人心。不求诗意，惟求好句，不学二李，无非二李"②。又指出："献吉高声大气，于鳞绚烂铿锵，遇凑手题，则能作壳硬浮华之语，以震眩无识；题不凑手，便如优人扮生旦，而身披绮纱袍子，口唱《大江东去》，为牧斋所鄙笑。由其但学盛唐皮毛，全不知诗故也。"③在谈及自己诗舍盛唐而为晚唐的原因时，吴乔表示二十岁以前，"鼻息拂云，何屑作'中'、'晚'耶"？二十岁以后，"稍知唐、明之真伪，见'盛唐体'被明人弄坏，二李已不堪，学二李以为盛唐者，更自畏人"。在他看来，"唐、明之辨，深求于命意布局寄托，则知有金矢之别；若唯论声色，则必为所惑"，这是因为"明人以声音笑貌学唐人"。具体到"二李"，"至于空同，唯以高声大气为少陵；于鳞，唯以皮毛鲜润为盛唐"。他认为，在盛唐诗与明人拟盛唐诗之间必须辨

---

① 《围炉诗话》卷一，《清诗话续编》，第一册，上海古籍出版社 1983 年版，第 473~474 页。

② 《围炉诗话》卷六，《清诗话续编》，第一册，上海古籍出版社 1983 年版，第 663 页。

③ 《围炉诗话》卷六，《清诗话续编》，第一册，上海古籍出版社 1983 年版，第 665 页。

清"真伪"之别，道理在于，后者所学唯重声貌，从表面看易和前者混为一体，以至"盛唐与明人难辨"①，但究其内质则迥然相异，"二李"所作，堪为典型。比较起来，当时的冯班尤为不满的是李攀龙和王世贞。对于李、王力主汉魏盛唐的诗歌宗尚方向，冯氏并未提出什么异议，如谓："古诗法汉魏，近体学开元、天宝，譬如儒者愿学周、孔，有志者谅当如此矣。近之恶王、李者，并此言而排之，则过矣，顾学之何如耳。"②他的最大疑问，乃聚焦在李、王拟学汉魏盛唐诗歌的方法上："图骥䰚之形，极其神骏，若求伏辕，不免驾款段之驷；写西施之貌，极其美丽，若须荐枕，不如求里门之姝。万历时王、李盛学汉魏盛唐之诗，只求之声貌之间，所谓图骥䰚、写西施者也。"③又认为，若追究"酷拟"之弊，李攀龙作为开风气者，更是难辞其咎，他在《论乐府与钱颐仲》中即云："酷拟之风，起于近代，李于鳞取魏晋乐府古异难通者，句摘而字效之，学者始以艰涩遒壮者为乐府，而以平典者为诗，吠声哗然，殆不可止。"④

当然，如此针对诸子拟古所为而认定其不过是拘于声貌之似的基本判断，绝对算不上为新鲜的结论，因为自前后七子倡起复古，这已成了众多訾议者最为集中的批评话语。但无论如何，它确实反映了明末清初之际文坛反思前后七子诗文复古态度之一端。

进一步究察之，这一时期，反思前后七子诗文复古的不同声音中同时也蕴含着批评者某些深层次的动机。作为其时极力排击前后七子者之一，黄宗羲在《明文案序》中于审观有明一代文章流变趋势之际，为诸子其文其说作了如下定位：

> 自空同出，突如以起衰救弊为己任，汝南何大复友而应之，其说大行。夫唐承徐、庾之汩没，故昌黎以六经之文变之。宋承

① 《答万季埜诗问》，《清诗话》，上册，上海古籍出版社 1963 年版，第 25、27、34 页。
② 《正俗》，《钝吟杂录》卷三。
③ 《读古浅说》，《钝吟杂录》卷四。
④ 《钝吟老人文稿》。

西昆之陷溺，故庐陵以昌黎之文变之。当空同之时，韩、欧之道
如日中天，人方企仰之不暇，而空同矫为秦汉之说，凭陵韩、
欧，是以旁出唐子，窜居正统，适以衰之弊之也。其后王、李嗣
兴，持论益甚，招徕天下，靡然而为黄茅白苇之习，曰古文之法
亡于韩，又曰不读唐以后书。则古今之书去其三之二矣。又曰视
古修辞，宁失诸理？六经所言唯理，抑亦可以尽去乎？

作者以为，李、何推尚秦汉而取代韩、欧之文，无异于在改变文章之
正统，其虽以"起衰救弊"自命，然所作所为不仅未能达到目标，而
且起着"衰之弊之"的反作用，至于李、王继后而起，转相因仍，终
至靡然成风。在前后七子议题上，其决然否定的态度是十分明确的，
作者甚至对比"唐宋之文自晦而明"提出"明代之文自明而晦"，"明因
何、李而坏"①，视李、何为明文转向衰弊的始作俑者。在黄宗羲看
来，文之优劣并非取决于"词"之沿革，如他在《南雷庚戌集自序》中
指出，唐之前后古文字句"画然若界限"，"然而文之美恶不与焉"，
故以振起文章衰弊而言，问题还不在于"沿其词与不沿其词"，由是
认为，"乃北地欲以一二奇崛之语自任起衰，仍不能脱肤浅之习，吾
不知所起何衰也"。这是说，如李梦阳这样仅"以修词为起衰"，实未
找准文章变革的路数，在根本上陷入了学古的误区。而据黄宗羲之
见，学古为文，关键是要求得古文之"原本"，那些"末学无智之徒"，
"不求古文原本之所在"，最终只是"相与为肤浅之归而已"②。至于
何者方为求得文章"原本"之正路，黄宗羲则指出："读书当从《六
经》，而后《史》、《汉》，而后韩、欧诸大家。浸灌之久，由是而发为
诗文，始为正路，舍是则旁蹊曲径矣。"③概言之，即要"本之经以穷
其原，参之史以究其委"④。这其中最重要的还在于以经为本，正如
其《高元发三稿类存序》称许甬上诸士，"皆原本经术，出为文章，彬

① 《明文案序下》，《南雷文案》卷一。
② 《南雷文案》卷一。
③ 《高旦中墓志铭》，《南雷文案》卷七。
④ 《沈昭子耿岩草序》，《南雷文定后集》卷一。

彬然有作者之风"①。《郑禹梅刻稿序》论及当时习学被他视作"当王、李之波决澜倒，为中流之一壶"的归有光文章之情势，赞赏其友郑梁为文除"取材于诸子百家仁义之言"，更能"深于经术"，遂与归文不期而合；指摘雅慕归有光的艾南英于"经术甚疏"，取归文"而规之而矩之"，然不过是"以昔之摹仿于王、李者摹仿于震川"②。

应该说，黄宗羲论文淡化"修词"，力主"原本"，重以儒学经典为依归，无非在于辨识和确认文章的内蕴或根柢，不使流于"肤浅"。这一点，也和他的诗学主张包括评骘前后七子诗歌的态度有着共通性。其《姜山启彭山诗稿序》论及：

> 明初以来，九灵、铁崖、缶鸣、眉庵之余论未泯，北地起而尽行抹摋，以少陵为独得，拨置神理，袭其语言事料而像之，少陵之所谓诗律细者，一变为粗材。历下、太仓相继而起，遂使天下之为诗者，名为宗唐，实祢何而郊李，祖李而宗王。然学问稍有原本者，亦莫不厌之。③

这里，前后七子宗唐的学古所向，尤其如李梦阳学杜所得，被黄宗羲视为更多是因袭其貌而忽视"神理"的结果，以至为持守"原本"者所不屑。换成他的另一番话来说，所谓"有北地、历下之唐，以声调为鼓吹"④，而于诗假如"徒以声调之似而优之而劣之，杨子云所言伏其几、袭其裳而称仲尼者也"，至如李梦阳学杜，乃"摹拟少陵之铺写纵放"⑤。黄宗羲以为，若只是注重"声调"，则势必影响"性情"的发抒，如言："夫诗以道性情，自高廷礼以来主张声调，而人之性情亡矣。"⑥毋庸说，此处"性情"作为诗之根柢的重要性已被凸显出来，犹如其在《寒邨诗稿序》中所言："诗之为道，从性情而出，性情之中

---

① 《南雷文案》卷一。
② 《黄梨洲先生南雷文约》卷四。
③ 《南雷文定后集》卷一。
④ 《靳熊封诗序》，《南雷文定后集》卷一。
⑤ 《张心友诗序》，《撰杖集》。
⑥ 《景州诗集序》，《南雷文案》卷一。

海涵地负，古人不能尽其变化，学者无从窥其隅辙，此处受病，则注目抽心，无非绝港。而徒声响字脚之假借，曰此为风雅正宗，曰此为一支半解，非愚则妄矣。"①尽管黄宗羲同时在宣示情由己出这样一个毋容争议的诗学原则："夫以己之性情，顾使之耳目口鼻，皆非我有，徒为殉物之具，宁复有诗乎？"②然他真正提倡的并不是"一人偶露之性情"，或谓之"一时之性情"，如此在他眼里不过是"徒逐逐于怨女逐臣，逮其天机之自露，则一偏一曲，其为性情亦末矣"，而认为诗道性情的前提是要"知性"，知乎人之性为"不忍"，即"满腔子皆恻隐之心"，"感之而为四端"，这样才能合乎孔子所说的"兴观群怨、思无邪"之旨，才能体现所谓"万古之性情"，以故言诗"必当以孔子之性情为性情"③。处于明清易代的"天崩地解"之际，文人学士精神震荡之余蕴蓄的关怀意识，不仅表现在对政治格局变动的深切忧虞和反思，也表现在对与此相关联的文化价值体系的重新审视和体认。黄宗羲如上排斥前后七子，主张以究极儒学经典或儒学意旨为诗文的终极取向，不能不说，从一侧面反映出值遇政治变易之际文人学士检视文学乃至文化价值体系的精神动态，其显然通过"原本经术"和"知性"的为文作诗之道，意在强化诗文的道德内涵和实用功能，克服流于"肤浅"和专于"声调"之弊，标立指向儒学传统、避免道德沦替的价值规范。

与黄宗羲相比，作为明清之际文坛重要人物的钱谦益，其对前后七子的排击可谓有过之而无不及。钱氏自述"少壮"之时曾企慕诸子，"熟烂空同、弇山之书"，"中年"以后"始知改辕易向"④。这一转向，意味着他开始反思前后七子复古之举，訾诋之声也由此而起："自弘治至于万历，百有余岁，空同雾于前，元美雾于后。学者冥行倒植，

---

① 《南雷文定后集》卷一。
② 《金介山诗序》，《黄梨洲先生南雷文约》卷四。
③ 《马雪航诗序》，《黄梨洲先生南雷文约》卷四。
④ 《复遵王书》，钱仲联标校《牧斋有学集》卷三十九，下册，上海古籍出版社 1996 年版，第 1359 页。

不见日月。甚矣两家之雾之深且久也！"①钱谦益于前后七子由企慕转向排斥，并不是因为对复古这一文学目标本身持有疑问，而是认为他们名曰复古，实与古学相悖，乃至于沦为"俗学"，如他表示，"弘治中学者，以司马、杜氏为宗，以不读唐以后书相夸诩为能事"，"彼之所谓复古者，盖亦与俗学相下上而已"②。尤其是针对李梦阳"倡为汉文杜诗"之举，以为"其所谓汉文者，献吉之所谓汉，而非迁、固之汉也；其所谓杜诗者，献吉之所谓杜，而非少陵之杜也"，由是"矫俗学之弊，而不自知其流入于缪，斯所谓同浴而讥裸裎者也"。至嘉靖之季李攀龙、王世贞等人继起，更是"决献吉之末流而飏其波，其势益昌，其缪滋甚"③。钱谦益之所以对前后七子采取如此诋排的态度，在他的心目中，诸子的问题症结，还不在于宗尚目标的抉择，更不在于归向复古的立场，而在于未认准古学之根本，从事的不过为赝古之学，其结果终是"务华绝根，数典而忘其祖"④，终是"如伪玉赝鼎，非博古识真者，未有不袭而宝之者也"⑤。说到底，这实际上就是"认俗学为古学"⑥，而"俗学谬种，不过一赝"⑦。

与此同时，钱谦益提出了他对自己心目中真正古学的理解：

---

① 《黄子羽诗序》，《牧斋初学集》卷三十二，中册，上海古籍出版社 1985 年版，第 925 页。

② 《赠别方子玄进士序》，《牧斋初学集》卷三十五，中册，上海古籍出版社 1985 年版，第 993 页。

③ 《答唐训导论文书》，《牧斋初学集》卷七十九，下册，上海古籍出版社 1985 年版，第 1701 页。

④ 《赠别方子玄进士序》，《牧斋初学集》卷三十五，中册，上海古籍出版社 1985 年版，第 993 页。

⑤ 《答唐训导论文书》，《牧斋初学集》卷七十九，下册，上海古籍出版社 1985 年版，第 1702 页。

⑥ 《陈百史集序》，钱仲联标校《牧斋杂著·牧斋外集》卷六，下册，上海古籍出版社 2007 年版，第 677 页。

⑦ 《答王于一秀才论文书》，钱仲联标校《牧斋有学集》卷三十八，下册，上海古籍出版社 1996 年版，第 1327 页。

古人之学，自弱冠至于有室，六经三史，已熟烂于胸中，作
为文章，如大匠之架屋，楹桷榱题，指挥如意。①

古之学者，六经为经，三史六子为纬，包孕陶铸，精气结
辖。发为诗文，譬之道家圣胎已就，飞升出神，无所不可。②

据此，古人诗文撰作的诀窍，主要乃在于其植根经史，陶铸而成，这
正是古学的根本所在。事实上钱谦益也以此作为铨衡的重要标准，如
他览观有明三百年来"文体"发展变化的情势，认为"国初之文，自金
华、乌伤迨东里、茶陵，衔华佩实，根本六经三史，号为正脉"，
"嘉靖之初，晋江、毗陵，袯除俗学，归原经术。南沙、浚谷，侠毂
扶轮，为一时之盛"③，盖出于他所认定的古学基准而言之。为此，
钱谦益又基于古学的根本阐述问学为文的对策，以挽回所谓"蔽于俗
学"和"误于自是"的末学风飞，其《答徐巨源书》云：

吾之于经学，果能穷理析义，疏通证明如郑、孔否？吾之于
史学，果能发凡起例，文直事核如迁、固否？吾之为文，果能文
从字顺，规摹韩、柳，不倛规矩，不流剽贼否？吾之为诗，果能
缘情绮靡、轩轾风雅、不沿浮声、不堕鬼窟否？虚中以茹之，克
己以厉之，精心以择之，静气以养之。如所谓俗学之传染，与自
是之症结，如镜净而像现，如波澄而水清。于是乎函道德、通文
章，天晶日明，地负海涵，彼欲以萤火烧山，蚍蜉撼树，其如斯
世何？其如千古何？④

① 《再答苍略书》，钱仲联标校《牧斋有学集》卷三十八，下册，上海古籍
出版社1996年版，第1309页。
② 《陈百史集序》，钱仲联标校《牧斋杂著·牧斋外集》卷六，下册，上海
古籍出版社2007年版，第676~677页。
③ 《读岂凡先生息斋集质言》，钱仲联标校《牧斋杂著·牧斋外集》卷二，
下册，上海古籍出版社2007年版，第600页。
④ 钱仲联标校《牧斋有学集》卷三十八，下册，上海古籍出版社1996年
版，第1314页。

据上所述，其基本不出如黄宗羲主张的"本之经以穷其原，参之史以究其委"这种追求古文"原本"所在的总体理路，即以经史为经纬、力主涵泳融会的修养究习之道。而且在经史之间，钱谦益强调"六经，史之宗统也。六经之中皆有史，不独《春秋》三传也"①，实际上同样突出了偏向儒学经典的问学为文的基本取向，正如他自己所言，"建立通经汲古之说，以排击俗学"②，在其构建有针对性地抗拒如前后七子等"俗学"的古学系统中奠定经学的基础。

伴随易代之际的世变事迁，比较起来，在钱谦益身上能够感觉到一股更为强烈的反思意识和危机意识，就他对前后七子的态度来说，其中无疑折射出这一意识，无论是斥责"务华绝根"，还是讥刺"禅贩剽贼"③，似乎都在批评诸子所为缺乏缘于学养、本于根柢的特质。与之相对，他同时提出纠弊归正之道，如以诗而言，主张"学殖以深其根，养气以充其志，发皇乎忠孝恻怛之心，陶冶乎温柔敦厚之教。其征兆在性情，在学问，而其根柢则在乎天地运世，阴阳剥复之几微"④。将道德的养分和干预时世的意志充分植入诗人的精神世界，端正其心志而一发之于诗，不使徒斤斤于声律字句之间。这也就是如他所说的，"夫诗本以正纲常、扶世运，岂区区雕绘声律、剽剥字句云尔乎"？诗道之大，"非端人正士不能为，非有关于忠孝节义纲常名教之大者，亦不必为"⑤。而他《读宋玉叔文集题辞》中的一席话则更值得注意："献吉之戒不读唐以后书，仲默之谓文法亡于韩愈也，于鳞之谓唐无五言古诗也，灭裂经术，俪背古学，而横骛其才力，以

①　《再答苍略书》，钱仲联标校《牧斋有学集》卷三十八，下册，上海古籍出版社 1996 年版，第 1310 页。

②　《答山阴徐伯调书》，钱仲联标校《牧斋有学集》卷三十九，下册，上海古籍出版社 1996 年版，第 1347 页。

③　《淮上诗选序》，钱仲联标校《牧斋杂著·牧斋外集》卷四，下册，上海古籍出版社 2007 年版，第 659 页。

④　《胡致果诗序》，钱仲联标校《牧斋有学集》卷十八，中册，上海古籍出版社 1996 年版，第 801 页。

⑤　《十峰诗序》，钱仲联标校《牧斋有学集》卷十九，中册，上海古籍出版社 1996 年版，第 831 页。

为前无古人。此如病狂之人，强阳偾骄，心易而狂走耳。"①将李梦阳、何景明、李攀龙等人的复古主张冠以"灭裂经术，偭背古学"的判语，这未尝不可视作是钱谦益对于在他本人看来诸子最为严重和根本误失的总结，也未尝不可视作是他提倡"通经汲古"以纠正包括前后七子在内的所谓"俗学"弊害的主要依据之一。从某种意义上看，假如说，同处明清易代之际，钱谦益比较上述黄宗羲在文化立场上有着一定相似性的话，那么，这显然体现在他同样本着维系儒学传统的意愿，去检省其面向的文学乃至文化价值体系。而有所不同的是，他比起黄宗羲来则怀有更为明显的警戒心理和更为强烈的危机意识，其在作于崇祯十二年（1639）《新刻十三经注疏序》中曾言："经学之熄也，降而为经义；道学之偷也，流而为俗学。胥天下不知穷经学古，而冥行擿埴，以狂瞽相师。驯至于今，轻材小儒，敢于嗤点六经，訾毁三传，非圣无法，先王所必诛不以听者，而流俗以为固然。生心而害政，作政而害事，学术蛊坏，世道偏颇，而夷狄寇盗之祸，亦相挺而起。"显然在钱谦益眼里，近世以来学风乃至世风的衰变已成事实，究其根源，实在于天下之人不能"穷经学古"，尤其是经学的危机岌岌相迫，无法回避，故要整肃学风乃至世风"必自正经学始"②。由此看来，钱谦益不遗余力排击前后七子，特别是斥之为"灭裂经术，偭背古学"，在根本上，实和他基于儒学传统这一文化根性的强烈反思意识和危机意识密切相关联。

进入清代初中期以来，当文人学士在检讨或评估前代文学现象之时，前后七子及其诗文复古活动以流播广泛和深入，也成为他们品论的重要对象之一，相比于明清易代之际一些文士缘自精神震荡而产生的反思和危机意识，包括在前后七子议题上表现出来的多少流于偏激的姿态，此时他们各自涉及诸子所展开的检讨或评估，从总体上来看趋于相对理性，无论是出于批评还是推尚的立场。

① 钱仲联标校《牧斋有学集》卷四十九，下册，上海古籍出版社 1996 年版，第 1589 页。

② 《牧斋初学集》卷二十八，中册，上海古籍出版社 1985 年版，第 851 页。

在当时批评前后七子文士中，叶燮显然是对诸子质疑颇多的一位，比如，针对诸子的诗歌宗尚所向他就曾经提出：

> 有明之初，高启为冠，兼唐、宋、元之长，初不于唐、宋、元人之诗有所为轩轾也。自不读唐以后书之论出，于是称诗者必曰唐诗，苟称其人之诗为宋诗，无异于唾骂；谓唐无古诗，并谓唐'中''晚'且无诗也。噫，亦可怪矣！今之人岂无有能知其非者？然建安、盛唐之说，锢习沁人于中心，而时发于口吻，弊流而不可挽，则其说之为害烈也。①

叶氏论诗，主张"诗之为道，未有一日不相续相禅而或息者也"，"但就一时而论，有盛必有衰；综千古而论，则盛而必至于衰，又必自衰而复盛"②，认为自古至今诗歌的发展演变是一个盛衰递互的循环过程，"其间节节相生，如环之不断，如四时之序，衰旺相循而生物而成物，息息不停，无可或间也"③。如此说来，"非在前者之必居于盛，后者之必居于衰也"。由是，执持诗重建安、盛唐之说，无异于落入前盛后衰的看法。这里，叶燮的质疑目标重点指向了前后七子，是以他又明确提示："乃近代论诗者，则曰：《三百篇》尚矣，五言必建安、黄初，其余诸体，必唐之'初''盛'而后可。非是者必斥焉。如明李梦阳不读唐以后书，李攀龙谓唐无古诗，又谓陈子昂以其古诗为古诗，弗取也。"虽然叶燮将诗歌发展之道视为如同四时往复、盛衰交替过程的观点，未必完全符合诗歌实际的历史进程，其意无非是在辨识"诗之源流、本末、正变、盛衰互为循环"④的原理，但它至

---

① 《原诗》卷一《内篇上》，《清诗话》，下册，上海古籍出版社1963年版，第567页。

② 《原诗》卷一《内篇上》，《清诗话》，下册，上海古籍出版社1963年版，第565页。

③ 《原诗》卷二《内篇下》，《清诗话》，下册，上海古籍出版社1963年版，第587~588页。

④ 《原诗》卷一《内篇上》，《清诗话》，下册，上海古籍出版社1963年版，第565页。

少超越了执着一端而忽视其他的宗尚视界。犹如他反驳严羽所主张的学诗者"以汉、魏、晋、盛唐为师，不作开元、天宝以下人物。若自退屈，即有下劣诗魔入其肺腑之间"之论，指出"夫羽言学诗须识是矣，既有识，则当以汉魏、六朝、全唐及宋之诗，悉陈于前，彼必自能知所决择，知所依归，所谓信手拈来，无不是道。若云汉魏盛唐，则五尺童子三家村塾师之学诗者，亦熟于听闻得于授受久矣"，并且以为，"若无识，则一一步趋汉魏盛唐，而无处不是诗魔；苟有识，即不步趋汉魏盛唐，而诗魔悉是智慧，仍不害于汉魏盛唐也"①。这也指涉前后七子一味注重汉魏盛唐诗风而多少显得狭仄的取法上的偏失。

　　另一方面，叶燮针对前后七子的批评，同时指向他们过分受制于法度规则以至流于摹拟和拘狭的弱点及其带来的后果。如他指责李攀龙"袭汉魏古诗乐府，易一二字便居为己作"，又谈到作诗如何循法的问题，以为"若有法，如教条政令而遵之，必如李攀龙之拟古乐府然后可，诗末技耳。必言前人所未言，发前人所未发，而后为我之诗。若徒以效颦效步为能事，曰此法也，不但诗亡，而法亦且亡矣"②。这是说，诗之有法，不必束之如"教条政令"，像李攀龙拟古乐府之所以只是一种"末技"，就是因为过分拘束于法，不能"为我之诗"。不啻如此，叶燮在述及"群宗"七子的风气时也指出：

　　　　五十年前，诗家群宗嘉、隆七子之学，其学五古必汉魏，七古及诸体必盛唐。于是以体裁、声调、气象、格力诸法，著为定则，作诗者动以数者律之，勿许稍越乎此。又凡使事、用句、用字，亦皆有一成之规，不可以或出入。其所以绳诗者，可谓严矣。惟立说之严，则其途必归于一，其取资之数，皆如有分量以

　　①《原诗》卷三《外篇上》，《清诗话》，下册，上海古籍出版社1963年版，第599~600页。
　　②《原诗》卷一《内篇上》，《清诗话》，下册，上海古籍出版社1963年版，第571、578页。

限之，而不得不隘。①

这除了批评诸诗家推尊七子之学的盲目性和机械性，又是在抨击七子给诗坛带来的不良影响，叶燮以为，这种不良影响主要体现在对作诗诸法的过度专注，过度依赖，"严"而终流于"隘"。可以这么说，叶燮对前后七子的攻讦，不管是嫌其宗尚范围的狭仄还是嫌其束于成法的板滞，实非个人发明之见，或谓之显于批评前后七子声音中的老生常谈也未尝不可，然也正是如此，它抓住了诸子诗学中最为薄弱和最容易招致争议的环节作出相关的评判，攻其所失，揭其所短，从这一意义上来看，也说明叶燮在对待前后七子问题上所表现出的相对理性或平允的态度。

不啻是叶燮，对于前后七子，此时如朱彝尊亦多论及之，且不乏訾诋之言。其《报李天生书》云："仆少时为文好规仿古人字句，颇类于麟之体。既而大悔，以为文章之作，期尽我所欲言而已。我言之不工，必取古人之字句始可无憾，则字句工拙，古人任之，我何预焉？"②所言除了说明自己为文取向的前后变化，又可看作是对如李攀龙规仿古作做法的质疑。同时，其论诗又多有指斥诸子之说，如评郑善夫："继之在弘、正间，不袭李、何馀论，别开生面，好盘硬语，往往气过其辞。"③评邵经邦："先生诗少敦琢，第七子盛行之日，不沿其流派，正见骨鲠处。"④评邓黻："当嘉靖中，伯安、道思、应德既往，于鳞、元美、明卿、伯玉、本宁之派盛行，诗古文交失其真。文度之论，其力挽元气者与？诗亦崛奇，不沿七子之习。"⑤又提出：

---

① 《原诗》卷三《外篇上》，《清诗话》，下册，上海古籍出版社 1963 年版，第 590 页。

② 《曝书亭集》卷三十一。

③ 《静志居诗话》卷十《郑善夫》，上册，人民文学出版社 2006 年版，第 272 页。

④ 《静志居诗话》卷十《邵经邦》，上册，人民文学出版社 2006 年版，第 300 页。

⑤ 《静志居诗话》卷十一《邓黻》，上册，人民文学出版社 2006 年版，第 302 页。

"诗莫盛于正德，文莫纯于嘉靖之初，自后七子派行，而真诗亡，古文亦亡矣。"①诸如此类，从总体上贬抑前后七子诗习的倾向显而易见，表明朱彝尊论评诸子的基本态度。尽管如此，涉及具体人物及所作，他则多少又区别加以对待。如于王世贞，虽谓其"病在爱博"，"究之千篇一律"，但又指出其诸诗体中，"乐府变，奇奇正正，易陈为新，远非于鳞生吞活剥者比。七律高华，七绝典丽，亦未遽出于鳞下"②，不掩王诗以上诸体之所长。即使连他多加诟病的李攀龙诗，也并非一概斥之，如在批评李乐府之作"止规字句，而遗其神明"的同时，又认为其"相和短章，稍有足录者"；五言古诗"学步苏、李、曹、刘"，虽"新警者寡矣"，然也或有"差具神理"③之作。且不说这些论评是否完全切当，有一点可以看出，尽管朱彝尊对前后七子诗风总体上不予认可，但时或也能以平心静气的态度，不忘揭示其中在他看来的某些优长。

与上述叶、朱等人抨击之意居多的评判立场相比，清代初中期以来，正面评价前后七子的声音也同时在增强，其中不能不提到王士禛在这方面的论评。首先值得注意的是，王士禛在评判前后七子问题上和钱谦益之间发生的明显分歧，这在其著述中一再显示：

> 钱牧翁撰《列朝诗》，大旨在尊李西涯，贬李空同、李沧溟。又因空同而及大复，因沧溟而及弇州。索垢指瘢，不遗余力。夫其驳沧溟拟古乐府、拟古诗是也，并空同《东山草堂歌》而亦疵之，则妄矣。所录《空同集》诗亦多泯其杰作。黄省曾，吴人，以其北学于空同则摈之。于朱凌溪应登、顾东桥璘辈亦然。予窃

---

① 《静志居诗话》卷十二《吕高》，下册，人民文学出版社 2006 年版，第333页。

② 《静志居诗话》卷十三《王世贞》，下册，人民文学出版社 2006 年版，第382页。

③ 《静志居诗话》卷十三《李攀龙》，下册，人民文学出版社 2006 年版，第381页。

非之，偶著其略于此。①

牧斋訾謷李、何，则并李、何之友如王襄敏、孟大理辈而俱
贬之。推戴李宾之，则并宾之门生如顾文僖辈而俱褒之。他姑勿
论。《东江集》予所熟观，诗不过景泰、成化间沓拖冗长之习，
由来谈艺家何尝推引，而遽欲扬之王子衡、孟望之之上，岂以天
下后世人尽聋瞀哉！②

牧斋力攻空同，其稍能与空同异者，则亟进之。至云空同就
医京口，吴中人士皆弗与通。又言高邮王磐口占咏老人灯诗，面
讥空同，尤非事实。当时空同文章气节震动天下，王磐何人，敢
尔无礼。且空同劾寿宁侯，劾刘瑾，名榜朝堂，号为党魁。即不
以诗名，世已仰之如泰山北斗，乃绝弗与通，如避豺虎蝮蛇然，
何为者耶？牧翁尊一学张禹、孔光之西涯，强拟东坡，贬一能为
汲黯之空同，曲加文致。以此修史，其颠倒是非必矣。③

王士禛和钱谦益之间的关系虽说不上十分密切，但彼此有过交往，王
自述顺治十八年（1661）年二十八时曾以诗贽于钱氏，钱"欣然为序
之"，又赋五言古诗相赠，以至王后来"回思往事"，慨叹"真平生第
一知己也"④。由此来看，王士禛指责钱谦益于前后七子"索垢指瘢，
不遗余力"，决非出于一时意气或私怨，而是因为觉得钱氏针对诸子
的贬斥大为不公。实际上在王士禛眼里，钱氏关于有明一代诗歌的评

① 《居易集》卷十，《王士禛全集》，第五册，齐鲁书社2007年版，第3872
页。
② 《居易集》卷十，《王士禛全集》，第五册，齐鲁书社2007年版，第3873
页。
③ 《居易集》卷二十一，《王士禛全集》，第五册，齐鲁书社2007年版，第
4086页。
④ 赵伯陶点校《古夫于亭杂录》卷三"平生知己"则，中华书局1988年版，
第66页。关于王士禛与钱谦益交往情况，蒋寅《王渔洋与康熙诗坛》述之较详，
参见中国社会科学出版社2001年版，第1~9页。钱氏《古诗赠新城王贻上》，见
《牧斋有学集》卷十一，中册，上海古籍出版社1996年版，第543~544页；《王
贻上诗集序》，见《牧斋有学集》卷十七，中册，上海古籍出版社1996年版，第
765~766页。

骘多有成见，如以为："钱宗伯牧斋作《列朝诗传》，本仿《中州集》，欲以庀史，固称淹雅；然持论多私，殊乖公议。"①只不过围绕前后七子的批评尤显突出。也可以看出，在关乎诸子评价的问题上，王士禛显然抱有力纠偏颇或极端之见的意图，如于李、何诸子，其《徐高二家诗选序》云："明兴至弘治百有余年，朝宁明良，海内凫藻，重熙累洽，名世辈出。于是李、何崛起中州，吴有昌榖徐氏为之羽翼。相与力追古作，一变宣、正以来流易之习，明音之盛，遂与开元、大历同风。"②《华泉先生诗选序》又云，"明诗莫盛于弘、正，弘、正之诗莫盛于四杰。四杰者，北地空同李氏，汝南大复何氏，吴郡昌国徐氏，其一则吾郡华泉边公云"，"四杰之在弘、正，其建安之陈思、元嘉之康乐与"③? 如是，对于李、何诸子及其复古之举，更像是在作出振明音而使昌盛的基本的历史定位，与钱谦益大异其调。这同时涉及一些具体的案例，如钱氏自言《列朝诗集》于李梦阳诗"录得五十二首，其有大篇长律，举世诵习，而余所汰去者，为存其百一，略疏其瑕颣，以申明去取之义，庶几学北地之学者，或有省焉"④，而王士禛则以为如此"多泯其杰作"。再如钱氏评李攀龙《选唐诗序》提出的"唐无五言古诗，而有其古诗"之论，表示"彼以昭明所撰为古诗，而唐无古诗也，则胡不曰魏有其古诗，而无汉古诗，晋有其古诗，而无汉魏之古诗乎"⑤? 而王士禛则以为："沧溟先生论五言，谓：'唐无五言古诗，而有其古诗。'此定论也。常熟钱氏但截取上一句，以为沧溟罪案，沧溟不受也。要之，唐五言古固多妙绪，较诸《十九

---

① 靳斯仁点校《池北偶谈》卷七"牧斋诗传"则，上册，中华书局 1982 年版，第 164 页。

② 《蚕尾续文集》卷一，《王士禛全集》，第三册，齐鲁书社 2007 年版，第 1983 页。

③ 《蚕尾续文集》卷一，《王士禛全集》，第三册，齐鲁书社 2007 年版，第 1984 页。

④ 《列朝诗集小传》丙集《李副使梦阳》，上册，上海古籍出版社 1959 年版，第 312 页。

⑤ 《列朝诗集小传》丁集上《李按察攀龙》，下册，上海古籍出版社 1959 年版，第 429 页。

首》、陈思、陶、谢，自然区别。"①从这些意见来看，其辩驳的针对性显然更强。

但在另一面，王士禛也并没有为了达到纠偏的目的，于诸子所论所作之失一味苟合或刻意掩饰，如他指出："明诗本有古澹一派，如徐昌国、高苏门、杨梦山、华鸿山辈。自王、李专言格调，清音中绝。"②以为王世贞、李攀龙等人专意于"格调"，乃至冲击了徐祯卿等人倾向"古澹"一路的诗风，这是他无法认可的。又关于"作律诗忌用唐以后事"的问题，王士禛表示："自何、李、李、王以来，不肯用唐以后事。似不必拘泥。然六朝以前事，用之即多古雅。唐宋以下，便不尽尔。此理亦不可解。总之，唐宋以后事，须择其尤雅者用之。如刘后村七律，专好用本朝事，直是恶道。"③虽然认为六朝以前事比起唐宋以下者用之多"古雅"，但还是觉得诸子忌用唐以后事过于"拘泥"，故提出于唐宋以下事可择而用之，较之诸子，已是有所变通。再如其评李攀龙等人乐府、古诗，以为"乐府、古诗不必轻拟，沧溟诸贤，病正坐此"④；又谓"李沧溟诗名冠代，只以乐府摹拟割裂，遂生后人诋毁。则乐府宁为其变，而不可以字句比拟也亦明矣"⑤。在如何学古的问题上，王士禛强调："善学古人者，学其神理；不善学者，学其衣冠语言涕唾而已。"⑥所以，李攀龙等人乐府、古诗流于字句摹仿的做法，在他看来无疑是不善于学古的表现。总之，在前后七子的评价问题上，王士禛基于个人的审美立场，既指明诸子

---

① 《师友诗传录》，《清诗话》，上册，上海古籍出版社 1963 年版，第 129~130 页。

② 《池北偶谈》卷十二"王奉常论诗语"则，上册，中华书局 1982 年版，第 273 页。

③ 《师友诗传续录》，《清诗话》，上册，上海古籍出版社 1963 年版，第 154 页。

④ 《池北偶谈》卷十七"拟古"则，下册，中华书局 1982 年版，第 415 页。

⑤ 《师友诗传录》，《清诗话》，上册，上海古籍出版社 1963 年版，第 128 页。

⑥ 《蚕尾文集》卷一，《王士禛全集》，第三册，齐鲁书社 2007 年版，第 1789 页。

在学古环节表现出的不足，又主要面向訾讦诸子的论调，特别是钱谦益相关的贬抑之见，针锋相对地加以驳正，力图消除加诸前后七子的各种成见，颇有纠偏正名的意味，在这一意义上，也可以将此视作尤其是针对钱谦益论评立场而展开的对于诸子复古举措的重新审视。

如果说王士禛向以钱谦益为代表的反七子派之士的发难，传达出有清以来从正面的角度为前后七子正名定分的声音，那么继后而起的沈德潜的相关指述，则可谓强化了这种声音。从沈氏对待前后七子的基本原则来看，大约可以用他评李攀龙诗时所下的断语来概括，这就是所谓"过于回护与过于掊击。皆偏私之见耳"①。正是本着克服"偏私之见"的原则，沈德潜不忘检讨在他眼中前后七子的复古缺失。如他《古诗源序》评析诸子推崇唐诗的宗尚倾向，提出："有明之初，承宋元遗习，自李献吉以唐诗振天下，靡然从风，前后七子互相羽翼，彬彬称盛。然其敝也，株守太过，冠裳土偶，学者咎之。由守乎唐而不能上穷其源，故分门立户者，得从而为之辞。则唐诗者，宋元之上流，而古诗，又唐人之初祖也。"②而在《说诗晬语》中他也表示："学者但知尊唐而不上穷其源，犹望海者指鱼背为海岸，而不自悟其见之小也。"③客观而论，沈德潜以为前后七子"守乎唐而不能上穷其源"的说法并不确切，因为综观诸子诗学的宗尚系统，除了确立《诗经》宗主地位，用以"博其源"④，古体尊汉魏，近体尊盛唐，各为树立取法的目标。沈氏之所以认为前后七子于唐"株守太过"，实乃由其究求诗教、强化唐诗与古诗源流关系之考量所致。如他所言，"诗之为道，可以理性情，善伦物，感鬼神，设教邦国，应对诸侯，用如此其重也。秦汉以来，乐府代兴；六代继之，流衍靡曼。至有唐而声律日工，托兴渐失，徒视为嘲风雪，弄花草，游历燕衎之具，而诗教远矣"。因此在沈德潜看来，由唐而上穷其源就显得十分必要，所谓

①　《说诗晬语》卷下，《清诗话》，下册，上海古籍出版社 1963 年版，第548 页。

②　《归愚全集》卷十一。

③　《说诗晬语》卷上，《清诗话》，下册，上海古籍出版社 1963 年版，第523 页。

④　徐祯卿《谈艺录》，《迪功集》附。

"必优柔渐渍，仰溯《风》、《雅》，诗道始尊"①。他在论及编选《古诗源》的大旨时也说："既以编诗，亦以论世，使览者穷本知变，以渐窥《风》、《雅》之遗意，犹观海者由逆河上之，以溯昆仑之源，于诗教未必无少助也夫！"②正基于这一考量，他感觉到了前后七子宗唐和自己由唐穷源理念之间的落差。假若沈德潜指责诸子"守乎唐而不能上穷其源"，与他注重诗教，着意《风》、《雅》的诗学立场关系密切，然未必中其肯綮，那么他对诸子及其追从者讲究摹拟而流于泥古的批评，虽较之前人的相关评骘未显得有多少新意，但不能不说点到了问题的要害。无论是他责斥"王、李既兴，辅翼之者，病在沿袭雷同"③，还是直言李攀龙拟古乐府"句摹字仿，并其不可句读者追从之，那得不受人讥弹"④？拟古诗"临摹已甚，尺寸不离，固足招诋諆之口"，又不满谢榛古体"局于规格，绝少生气"⑤，大多指涉暴露在诸子诗作中的学古之失，不仅显明他不"过于回护"其短的评判原则，也同时申述他所主张的"诗不学古，谓之野体。然泥古而不能通变，犹学书者但讲临摹，分寸不失，而己之神理不存也"⑥这种既重"学古"又忌"泥古"的诗学涵义。

尽管如此，在沈德潜心目中，相比起来前后七子倡扬复古之举还是功大于过，其别于"过于掊击"而予以总体认同的态度是明确的，最为突出的，莫过于他在《明诗别裁集》序文中所作的一番陈述：

---

① 《说诗晬语》卷上，《清诗话》，下册，上海古籍出版社 1963 年版，第523 页。

② 《古诗源序》，《归愚全集》卷十一。

③ 《说诗晬语》卷下，《清诗话》，下册，上海古籍出版社 1963 年版，第548 页。

④ 《说诗晬语》卷上，《清诗话》，下册，上海古籍出版社 1963 年版，第530 页。

⑤ 《说诗晬语》卷下，《清诗话》，下册，上海古籍出版社 1963 年版，第548 页。

⑥ 《说诗晬语》卷上，《清诗话》，下册，上海古籍出版社 1963 年版，第525 页。

　　宋诗近腐，元诗近纤，明诗其复古也。而二百七十余年中，又有升降盛衰之别。尝取有明一代诗论之：洪武之初，刘伯温之高格，并以高季迪、袁景文诸人，各逞才情，连镳并轸，然犹存元纪之余风，未极隆时之正轨。永乐以还，体崇台阁，骰骸不振。弘、正之间，献吉、仲默，力追雅音，庭实、昌穀，左右骖靳，古风未坠。余如杨用修之才华，薛君采之雅正，高子业之冲淡，俱称斐然。于鳞、元美，益以茂秦，接踵曩哲。虽其间规格有余，未能变化，识者咎其鲜自得之趣焉，然取其菁英，彬彬乎大雅之章也。自是而后，正声渐远，繁响竞作，公安袁氏，竟陵钟氏、谭氏，比之自郐无讥，盖诗教衰而国祚亦为之移矣。此升降盛衰之大略也。

由以上对有明一代诗歌"升降盛衰"演变脉络的大致梳理，可以看出沈德潜于明代不同时期诗歌审美价值所划分的轩轾之别，而他以明诗之"复古"对比其与宋元诗歌的差异，或如他交代《明诗别裁集》的编选之旨，所谓"有明之诗，诚见其陵宋跻元而上追前古也"①，已明示其对有明诗歌的取舍倾向。也鉴乎此，在明代诗歌变化轨迹的勾画中，前后七子被沈氏置于十分突出的地位，各以其追踪前古的诗学取向，被赋予振衰趋盛的重要角色，多受表彰；比照前后阶段，前后七子活动时期则成为区隔明代诗坛"升降盛衰"格局的主要分界线。当然，如此定位也大有纠正针对前后七子"过于掊击"之论的意味，如沈氏评李、何学杜诗，认为："李献吉雄浑悲壮，鼓荡飞扬；何仲默秀朗俊逸，回翔驰骤。同是宪章少陵，而所造各异，骎骎乎一代之盛矣。钱牧斋信口掎摭，谓其摹拟剽贼，同于婴儿学语。至谓读书种子，从此断绝。此为门户起见，后人勿矮人看场可也。两人学少陵，实有过于求肖处。录其所长，指其所短，庶足服北地、信阳之心。"②又论钱谦益《列朝诗集》选诗之失，指其"于青丘、茶陵外，若北地、

---

① 《明诗别裁集》，上海古籍出版社 1979 年版，第 1~2 页。
② 《说诗晬语》卷下，《清诗话》，下册，上海古籍出版社 1963 年版，第547 页。

信阳、济南、娄东，概为指斥；且藏其所长，录其所短，以资排击"①。在他看来，如钱谦益这样贬斥李、何、李、王等人，已失公允之心，实属门户之见，自然不足为信。这也成为他拔前后七子于"过于掊击"之中而正其位置的某种助力。

综上，自清代初中期以来，前后七子及其复古活动作为前代影响广远的文学人物和文学事件，仍然是此际文坛关注的一个重要目标。尽管论评者基于各自不同的审美立场，对待前后七子议题的态度褒贬不一，各有取舍，但从总体上来看，随着时代环境的变迁，特别是经历了明末清初政治格局的更易，士人的文化心态和审美趣味难免发生不同程度的变化，明清易代之际激发出来的特定的时代关怀意识，乃至受这种意识的驱使，在检视前后七子及其诗文复古活动过程中所作出的多少带有审美偏向性和极端性的评判，逐渐为归向相对平和、理性的一系列认知所代替，这一变化特点，无论在对前后七子正面还是反面的品论中都有所显现。虽然有关问题的是非曲直之辨尚在延续，但显然在一定意义上已超越了门户或偏私之见，这也可以说是进入有清初中期以来围绕前后七子议题所出现的一种新趋向，也成为我们梳理前后七子在明清时期文学反响而可以先后比照的一条分界线。

——据上海古籍出版社 2015 年版《前后七子研究》

【评　介】

郑利华教授长期研究明代文学，尤其是前后七子，早年撰写过《王世贞年谱》，后来又出版了《王世贞研究》(2002)，在前后七子研究领域卓有成绩。《前后七子研究》是在前期研究基础上的进一步深化和拓展。

《前后七子研究》一书于 2015 年由上海古籍出版社出版。全书共10 章，绪论部分先介绍了 20 世纪以来前后七子研究的状况，10 章依次为"成、弘之际学术与文学风尚及其变异"、"前七子文学集团的组

① 《明诗别裁集序》，《明诗别裁集》，上海古籍出版社 1979 年版，第 1页。

成及其活动"、"前七子的个性与心态"、"前七子的文学思想"、"前
七子的文学创作"、"正、嘉之际文坛格局的延续与衍变"、"后七子
文学集团的组成及其活动"、"后七子的个性与心态"、"后七子的文
学思想"、"后七子的文学创作"。"余论"对明末清初至清代中期文人
批评前后七子的历程作了梳理。附录有《前后七子文学年表》,起于
成化四年戊子(1468)王九思生,止于万历二十一年癸巳(1593)吴国
伦卒。

前后七子主导的明代文学复古潮流,跨越弘治至万历年间,尽管
期间曾经历起伏与挫折,而其影响却更加源远流长。对前后七子的研
究,几乎涉及整个明代文坛。这也使得这部著作从一开始就不只是限
于对某个文学集团的研究,其意义所在,涉及明代诗文研究的主脉和
各个方面。正如作者在绪论中所说:"对前后七子展开系统、深入的
研究,其学术意义不仅在于全方位考察这两大文学流派崛起、发展的
过程及其所倡导的诗文复古活动的特征与内蕴,而且有助于我们通过
对前后七子的全面考察,加深对整个明代文学史和明代文学批评史的
系统认知,推进这一领域研究的纵深开展。"①同时又因为复古派成员
的流动性及其对文坛的辐射性,其研究实际上涉及明代文学发展的大
部分时期。

通读《前后七子研究》一书,至少有4个方面值得留意。其一,
前后七子虽然在总体上趋向于文学复古,但是集团内部又存在个体差
异,每个成员在人生的不同阶段又存在历时性变化。如何在研究中处
理好同异变化,其实并非易事。郑利华教授能以发展的眼光看待前后
七子的心态、思想和创作,对每一位作家都做了全面而深入的辨析,
并从前后七子的交游与时代思潮的变动中寻找变化的原因与轨迹,从
而克服以往研究经常对前后七子进行盖棺定论式论断的简单化处理弊
病。其二,在前七子与后七子文学运动之间还存在一定间隔,郑利华
教授对此也做了细致考察,尤其注重其中的文学复古之路。其三,郑
著的另一鲜明特点,就是注重对前后七子的个性与心态的考察,对他
们在仕途和文学复古之路上的进退徘徊,以及表现出来的高昂自满的

---

① 郑利华:《前后七子研究》,上海古籍出版社 2015 年版,第 12 页。

使命感或低落消沮的悲怀皆有描述。作者的这种"知人论世"的研究方法和态度，使得对前后七子的研究更加真实、立体、可感。其四，郑著不仅对前后七子的文学思想有深入辨析（这也是以往学者着力较勤之处），对前后七子的文学创作也有细致解读，尤其注重探究其作品流露出的精神质性和审美倾向。郑著将分析和解读建立在充分研读前后七子别集、细致探析前后七子诗文基础之上，避免了简单因袭前人对前后七子"拟古主义"评判带来的重复论调。

明代文学复古运动不仅在当时掀起了巨大潮流，对后世也产生了深远影响。本书所选《前后七子研究》"余论"部分，其实是对明末清初至清代中期文人对前后七子批评的历程作了梳理。正如郑利华教授所言，"横亘弘、万之间文坛的这一复古举措，它所产生的实际影响，远未随着前后七子文学活动的先后落幕而休止，围绕于此，认肯与推扬、质疑与訾诋，成为交织在明清文人圈之中而显得十分复杂的一种文学认知。透过这些，同时可以看到前后七子复古之举引起的不同反响以及明清文坛的变化态势"①。郑利华教授以公安派、竟陵派、云间派、黄宗羲、钱谦益、朱彝尊、沈德潜、王士禛、叶燮等人为代表，勾画出一条明末清初前后七子批评史。他在文章结尾总结说："从总体上来看，随着时代环境的变迁，特别是经历了明末清初政治格局的更易，士人的文化心态和审美趣味难免发生不同程度的变化，明清易代之际激发出来的特定的时代关怀意识，乃至受这种意识的驱使，在检视前后七子及其诗文复古活动过程中所作出的多少带有审美偏向性和极端性的评判，逐渐为归向相对平和、理性的一系列认知所代替。"②当简单的价值判断逐渐为理性、客观的研究所取代，人们对前后七子复古运动的看法，也就更能揭示这一文学思潮的真实面貌。

《前后七子研究》出版之前，学界对前后七子的研究已经相当丰富。《前后七子研究》洋洋 70 余万字，对前后七子进行了非常全面而深入的研究，不仅充分吸收前人研究成果，还能融会贯通，独抒己见，可谓后出转精，堪称前后七子研究的集大成之作。

---

① 郑利华：《前后七子研究》，上海古籍出版社 2015 年版，第 665 页。
② 郑利华：《前后七子研究》，上海古籍出版社 2015 年版，第 685 页。

　　郑利华教授明代诗文研究的相关专著还有《王世贞年谱》(复旦大学出版社 1993 年版)、《明代中期文学演进与城市形态》(复旦大学出版社 1995 年版)、《王世贞研究》(学林出版社 2002 年版)等，参与主编的论文集有《嘉定文派与明代诗文研究论集》(上海古籍出版社 2015年版)、《2013 明代文学国际学术研讨会论文集》(凤凰出版社 2015 年版)等，相关论文主要有《论王世贞的文学批评》(《复旦学报》1989 年第 1 期)、《明代中叶吴中文人集团及其文化特征》(《上海大学学报》1997 年第 2 期)、《前后七子诗论异同——兼论明代中期复古派诗学思想趋势之演变》(《中国文哲研究通讯》2003 年第 3 期)、《"嘉靖八才子"与明代正、嘉之际文坛的复古取向》(《深圳大学学报(人文社会科学版)》2007 年第 2 期)、《后七子诗法理论探析——以王世贞、谢榛相关论说考察为中心》(《中国韵文学刊》2009 年第 3 期)、《屠隆与明代复古派后期诗学观念》(《文学评论》2010 年第 1 期)、《积学、精思、悟入：后七子诗学理论中的创作径路与境界说阐析》(《求是学刊》2010 年第 4 期)、《苏轼诗文与晚明士人的精神归向及文学旨趣》(《文学遗产》2014 年第 4 期)、《明代前期台阁诗学与唐诗宗尚》(《复旦学报》2016 年第 4 期)、《王世贞于明代七子派诗学的调协与变向》(《文学遗产》2016 年第 6 期)等。

何景明批评论述评(存目)

朱东润

【作者简介】朱东润(1896—1988),原名朱世溱,江苏泰兴县人。当代著名传记文学家、文艺批评家、文学史家、教育家、书法家,历任武汉大学、重庆中央大学、齐鲁大学、沪江大学、复旦大学教授。代表作有《中国文学批评史大纲》、《陈子龙及其时代》、《张居正大传》等。

【评 介】

朱东润在 20 世纪 30 年代曾发表过 3 篇明清文学批评研究的论文:《何景明批评论述评》(《国立武汉大学文哲季刊》1930 年第 3 期)、《述钱牧斋之文学批评》(《国立武汉大学文哲季刊》1932 年第 2 期)、《王士禛诗论述略》(《 国立武汉大学文哲季刊》1934 年第 3 期)。同一时期,还写有《司空图诗论综述》、《沧浪诗话参证》、《述方回诗评》、《李渔戏曲论综述》、《古文四象论述评》等 6 篇论文,均发表于《国立武汉大学文哲季刊》。后来这 9 篇文章结集为《中国文学批评论集》,于 1941 年由上海开明书店出版。

朱东润《何景明批评论述评》一文首先点出了文学创作和文学批评二者之分途:“文学与文学批评,截然两事,其成就之先后,各有历史。在文学批评,当然不当脱离文学而独立,然两者之盛衰,初无连带之关系。”①明代诗文,除周作人、林语堂等人提倡晚明公安派和

---

① 朱东润:《何景明批评论述评》,载《国立武汉大学文哲季刊》1930 年第 3 期,第 599 页。

小品文，其他的作家作品在当时几遭无视。朱东润标举明代的文学批评成就，是希望将文学创作与文学批评二者分开看待，由此肯定明代诗文理论之水平。其立论的参照点，事实上都是对比唐宋时期的诗文创作和批评来说的。然而从明代诗文本身的演进来看，文学与文学批评之间显然有着难以割舍的联系。① 考察明代文学批评的成绩，并不能完全与文学创作割裂开来。

在《何景明批评论述评》一文中，朱东润认为，复古并不是守旧，明代文学复古的本质是文学变革，只不过是打着复古旗号的变革，即所谓"欲求革新，神感不外于故籍，同调必求之先贤"②。复古文人"不安于传统之束缚，出其死力，不顾一世之唾骂，打破当前之障碍，其狂者进取之精神，实足以唤起无限之同情。其人若生于欧西，当然成为文学革命家，若在中国，则往往成为复古之文人"③。在20世纪30年代，对明代文学复古运动持积极态度的论述并不多见，朱东润的这一看法，在某种程度上是为明代复古运动的立意寻求正面的解读。

朱东润对明代文学批评成就有很高的评价，在他看来，"大胆的批评精神，直至明代始见卓越，在号称为复古的四子中尤甚。常人持论，对于明代每加菲薄，倘就文学批评之观点论之，不能不为之惊异也"④。明代复古派在诗文创作上提倡向古之作者（汉魏、盛唐）学习，就对现实的改变来说确实包含了变革的含义，针对的主要是台阁体和性理诗等时代风气。在明代文学批评史上，复古派确实具有较高的理论水准，无论是李梦阳、何景明还是徐祯卿，都能卓然名家。

---

① 如今人陈书录就主张明代诗文创作与理论批评是交叉演进的。可参见其《明代诗文的演变》，江苏教育出版社1996年版。

② 朱东润：《何景明批评论述评》，载《国立武汉大学文哲季刊》1930年第3期，第600页。

③ 朱东润：《何景明批评论述评》，载《国立武汉大学文哲季刊》1930年第3期，第600页。

④ 朱东润：《何景明批评论述评》，载《国立武汉大学文哲季刊》1930年第3期，第599页。

李、何之间关于诗歌体、法、韵、律等问题的论争，在中国诗学史上具有很强的理论色彩。

朱东润在文中先介绍李梦阳的批评论，并指出其不足，然后再论何景明。其论何、李的批评论，主要涉及诗歌的本体论、学诗之法、对前人诗歌的评价等问题。他在文中将李梦阳的诗歌本体论总结为3个方面：一、诗为天地自然之音；二、风为真诗，而真诗乃在民间；三、文人学士之诗，虽强名为韵言，其实不能为诗。他认为李梦阳得诗之核心，而对何景明甚为推崇，此二人在"诗必本诸性情而后为风"方面如出一辙。至于在学诗之法和对前人诗歌的评价方面，何、李二人则存在分歧。何景明对杜甫歌行的批评集中在两点：一、调失流转；二、风人之义或缺。何景明对杜甫的批评遭到明清学者的强烈谴责，然而朱东润却从中看到何景明进行文学变革的精神。何景明又有"诗溺于陶"，"古诗之法亡于谢"语，以谢"性情渐隐，声色大开"，朱东润考述认为，沈德潜、刘克庄、陆时雍等人先后与之同调。由此，在他看来，何景明此说言之有物、非常精到，认为唯有何景明能言，而李梦阳不能言，亦不敢言。循此，朱东润在文中对何景明更加赞赏，认为"何李二人同以趋古得名，何则进而求能变古，李则退而但知摹古，中道歧途，区以别矣"，褒何而贬李。

朱东润之说其实本于《明史·何景明传》"梦阳主摹仿，景明主创作"的论述。但是他的论证有理有据，具有说服力，一定程度上超脱了清人谈论明诗的窠臼，处处可见他的独到见解。

朱东润的其他相关著作还有《中国文学批评史大纲》。该书本为教学讲义，早在20世纪30年代就已成稿，后多次修订，于1944年由上海开明书店出版。朱东润的《中国文学批评史大纲》与罗根泽的《中国文学批评史》、郭绍虞的《中国文学批评史》被公认为中国文学批评史学科的奠基之作。其中论及明代文学批评的为第四十二节至第五十八节(上海古籍出版社1957年版)，主要论述高棅、李东阳、前后七子、杨慎、归有光、袁宏道、陈子龙、钱谦益、吴伟业、王夫之、顾炎武、黄宗羲等人的文学批评论。此外，朱东润还写有传记《张居正大传》(湖北人民出版社1957年版)，叙述明代首辅张居正的政治生涯，表现其作为一个天才政治家的雄才大略，揭示其矛盾复杂的人格和丰富的内心世界。《陈子龙及其时代》(上海古籍出版社 1984 年版)则在明朝灭亡大背景下展示了明末著名作家及爱国志士陈子龙的生平及其思想变化过程。二书皆不乏真知灼见，充分显示了他的史传才能，时至今日，仍具有重要参考价值。

袁中郎的诗文观(存目)

刘大杰

【作者简介】刘大杰(1904—1977),湖南岳阳人,笔名大杰、雪容女士、绿蕉、夏绿蕉等,室名春波楼,著名文史学家、作家、翻译家。曾任上海大东书局编辑、安徽大学教授、四川大学中文系主任、上海临时大学文法科主任、暨南大学文学院院长。中华人民共和国成立后,长期担任复旦大学教授。代表作有《中国文学发展史》、《魏晋思想论》、《袁中郎全集》(点校)等。

【评 介】

《袁中郎的诗文观》一文原为刘大杰所点校《袁中郎全集》的序文。林语堂非常推崇公安派的小品文,在他的建议下,刘大杰点校了《袁中郎全集》,于 1932 年由时代图书公司出版。刘大杰所作序,于1934 年发表在《人间世》杂志第 13 期。集前另有郁达夫、周作人、阿英等人所作序。①

20 世纪二三十年代,前后七子及其反对者公安派、竟陵派,伴随新文学运动的进程逐渐进入学术视野,前者成为时贤批判的对象,后者成为新文学运动重要的精神源泉。在五四时期胡适等人的论述中,已将明前后七子"妖魔化",认为以明前后七子、桐城派等为代表的复古文学家阻遏了中国文学的发展,使之"委琐陈腐,远不能与

---

① 除集前序外,又有郁达夫:《重印〈袁中郎全集〉序》,载《人间世》1934年第 7 期;林语堂:《有不为斋丛书序》,载《人间世》1934 年第 11 期;周作人:《重印〈袁中郎全集〉序》,载《大公报》1934 年 11 月 17 日。

欧洲比肩"，对七子之诗也诋之为"刻意模古，直谓之抄袭可也"①，认为"明诗正传，不在七子，亦不在复社诸人，乃在唐伯虎、王阳明一派……'公安派'袁宏道之流亦承其绪"②。1932 年周作人在辅仁大学演讲《中国新文学源流》时也明确推举公安派文学，将明末公安派、竟陵派的反复古文学潮流和民国新文学运动相提并论，认为"两次的主张和趋势，几乎都很相同"③。以当时的观点来看，似乎新文化运动推倒旧文化，正如公安派推倒前后七子，二者在文学变革上具有相同的精神追求。前后七子复古的倾向，而不是其创作成就和具体的理论主张成了"五四"新文化人抨击他们的原因。而这样的态度，显然包含了太多非学术的成分。在此背景下，很难对复古运动作出客观、深入的评价。

因为对公安派、竟陵派文学革新精神的赞赏，公安派和竟陵派钟惺、谭元春的文集被整理出版。刘大杰除点校《袁中郎全集》外，还编有《明人小品集》（北新书局 1934 年版）；阿英编有《晚明小品文库》（上海大江书店 1936 年版）；施蛰存编有《晚明二十家小品》（光明书局 1935 年版），点校出版《钟伯敬合集》（上海杂志公司 1935 年版）、《谭有夏合集》（上海杂志公司 1935 年版）等。除此之外，林语堂、胡适、施蛰存、废名等人更在自己的文学创作中自觉或不自觉地借鉴公安派、竟陵派的文学风格。其时对公安派、竟陵派的诗文展开研究的也不乏其人，除了周作人、林语堂等人首倡公安派、竟陵派的性灵文学外，还有任访秋、郭绍虞等人继之对公安派、竟陵派投之以学术兴趣，并发表了一系列研究文章，日本学者入矢义高、青木正儿、武田泰淳等人，也对公安派、竟陵派有或多或少的关注。这一系列的文学与文化活动，一时将公安派、竟陵派引为热潮，至今仍方兴未艾。究其特点，至少有 3 个方面：第一，与新文化运动紧密相连，

① 胡适：《胡适古典文学研究论集》，上海古籍出版社 1988 年版，第 34 页。

② 胡适：《胡适古典文学研究论集》，上海古籍出版社 1988 年版，第 434 页。

③ 周作人：《中国新文学的源流》第二讲"中国文学的变迁"，华东师范大学出版社 1995 年版，第 36 页。

具有鲜明的革命性;第二,主要关注的是公安派的小品文,而非诗歌;第三,对公安派、竟陵派的研究大多限于通识介绍、文集整理,并未进行深入的学术研究,未能独立于社会运动之外,且对公安派和竟陵派的区别认识不清。

刘大杰《袁中郎的诗文观》一文先简要介绍了公安派以前的文学思潮,主要是前后七子的文学复古运动。他对复古派的态度十分明确:"他们这种革命的思潮是可贵的,但是他们的主义是错误的,他们的主义,是模拟主义,他们的口号,是'文必秦汉,诗必盛唐'。"由其说我们可以看到,刘大杰对明前后七子的看法与胡适、周作人存在细微差别,即不再认为明前后七子的文学复古运动是反动的,而是认同其"革命"精神,但是对他们最终走向模拟主义提出批评。相比之下,朱东润的态度更为积极,他眼中的明代文学复古运动是以复古为外衣的创新,与刘大杰等人的看法仍有所不同。

在刘大杰看来,虽然前后七子的文学运动具有某些革命的性质,但是他们的文学主张和文学实践都是错误的:"产生的作品,都是一些艰深的点不断句的古文,一些雕琢的堆积的似某非某的诗。""作者的个性思想和情感,一点也不能表现出来,文章的内容与情韵,一点也不能顾到。于是文坛更销沉,更堕落,更没有生气。"也就是说,无论是理论还是实践,前后七子的文学复古运动都是失败的,而这种思潮却笼罩了几乎整个明代文坛。由此出发,他认为真正冲击和改变这种模拟复古局面的是晚明的公安派:"一方面努力新文学的创作,同时又鼓吹新文学的理论,正式提出文学革命的口号,向模拟的古典主义,加以激烈的攻击,创造新的浪漫文学的人,是公安派领袖袁宏道。"①"五四"新文化人提倡公安派之理论与创作的深层原因,正在于其中所反映的所谓"文学革命"精神。

在此认识之下,刘大杰将袁中郎的文学主张总结为4点:一、反对模拟;二、不拘格套;三、重性灵;四、重内容。其中,"反对模拟"是将矛头直指复古派的模拟主义。而"所谓格套,便是那种古诗文中的繁细的规律和格调",所以"要信口信手地写文章,要独抒己

---

① 刘大杰:《袁中郎的诗文观》,载《人间世》1934年第13期。

见地作诗"。"重性灵"是袁宏道文学的精髓，其曾有言："夫性灵穷于心，寓于境，境所偶触，心能摄之，心所欲吐，腕能运之。心能摄境，以腕运心，则性灵无不毕达，是之谓真诗。"刘大杰把"性灵"理解为"今人所说的情感和情趣"。"重内容"则是要反对"模拟剽窃"，注重文学的"质"。这 4 个方面的总结，既是针对前后七子而发，同时又与林语堂、周作人等人提倡的小品文创作暗自相合。

刘大杰不仅认为袁中郎的诗文观具有革命意义，对袁中郎的作品也颇为赞赏。他反对清人抨击袁中郎诗文的观点，认为"俚俗诙谐，便是中郎文学的特色，他的诗文平浅易解，并不能说他的学力浅。如果多用些典故，多用艰难的字句，便能表示一个人的学力深厚，那么，表现性灵的文学作品，变成了咬文嚼字的毫无意义的东西了"①。因此他在具体分析袁中郎作品时，也就自然以此作为评价标准。如举袁中郎的游记一篇："百花洲在胥盘二门之间，余一夕从盘门出，道逢江进之。问：'百花洲花盛开否？盍往观之。'余曰：'无他物，惟有二三粪艘，鳞次绮错，氤氲数里而已矣。'进之大笑而别。"认为其"清新秀丽，情趣极高"。虽不免溢美，却也正可反映彼时一部分"五四"新文化人的审美趣向。

也许是自认为在此篇序文中已将明代复古与反复古的问题都讲清楚了，在《中国文学发展史》(中华书局 1941 年版)一书中，刘大杰只用了非常少的笔墨谈及明代的文学复古运动和公安派的反复古主张。其第二十五章论述前后七子的拟古主义和晚明公安派、竟陵派等的反拟古运动，与此文基本一致。

---

① 刘大杰：《袁中郎的诗文观》，载《人间世》1934 年第 13 期。

明代文学批评的特征(存目)

郭绍虞

【作者简介】郭绍虞(1893—1984),原名希汾,字绍虞,江苏苏州人。语言学家、文学家、文学批评史家。曾任复旦大学中文系主任、上海文联副主席、上海作家协会副主席、同济大学文学院院长等。主要致力于中国古典文学、中国文学批评史、中国语言学、音韵学、训诂学、书法理论等方面的研究。代表作有《中国文学批评史》、《沧浪诗话校释》、《宋诗话考》、《宋诗话辑佚》、《中国历代文论选》、《照隅室古典文学论集》、《照隅室语言文字论集》、《照隅室杂著》等。

【评 介】

郭绍虞以治中国文学批评史名世,所著《中国文学批评史》①甚为学界所重。该书体系完整、资料翔实、论述严密,为中国文学批评史学科的创建和发展作出了重要的贡献。其中关于明代文学批评的部分有 10 余章,包括"宋濂的文论"、"明初之诗论"、"茶陵诗派"、"李梦阳"、"何景明"、"唐宋派的文论"、"后七子派的诗论"、"后七子派的文论"、"公安派的前驱与羽翼"、"公安派"、"竟陵派"等,较为全面地反映了他关于明代文学批评的研究成果。他关于明代文学的主要看法集中体现在早年的几篇论文中:《神韵与格调》(《燕京学报》1937 年第 22 期)、《性灵说》(《燕京学报》1938 年第 23 期)、《竟陵派诗论》(《学林》1941 年 3 月第 5 辑)、《明代文学批评的特征》

---

① 1934 年由上海商务印书馆出版上卷(先秦至北宋),1947 年出版下卷(南宋至清)。

(《新语》1945年第5期)、《明代文人结社年表》(《东南日报·文史》1947年第55、56期)、《明代的文人集团》(《文艺复兴·中国文学研究号》(上卷)1948年9月)等。后来上述文章除《竟陵派诗论》外均收入《照隅室古典文学论集》(上海古籍出版社1983年版)。

郭绍虞对明代文学研究的著述并不算多，但是其影响却不小。选入本书的这篇《明代文学批评的特征》发表于1945年《新语》杂志。当时正值第二次世界大战行将结束，因此可以看到文章带有鲜明的时代色彩。郭绍虞在文中将明代文坛风气形容为"法西斯式"的作风，其表现为"偏胜，走极端，自以为是，不容异己"①。用"法西斯式"这个词语概括明代的文坛风气可能略显"生硬"，但是在当时的时代环境下却可以理解。在立场上，他对明代文坛的认识基本沿袭了钱谦益等人的说法。不过，在这篇文章中，他还提出了一些有益的观点，如他从明代受宋元学风之影响的角度分析明代文坛风气形成的原因，一针见血地指出明代复古派"不要复古学而只要复古文。不复古学而只复古文，所以不能得古人之菁英，而仅袭古人之皮毛"②。由于文章篇幅短小，很多问题没有具体展开，有时难免让人感觉意犹未尽。

此外的《明代文人结社年表》、《明代的文人集团》两篇文章，或许更能体现他对明代文坛风气的认识。《明代文人结社年表》为郭绍虞撰写《明代的文人集团》期间所写，先于后者发表。《明代文人结社年表》一文将据年月可考者作明代文人结社年表，起于洪武元年，止于福王弘光元年，略纪社名、社事和主要成员，以窥当时文人活动之迹。《明代的文人集团》一文从繁复的史料中考证出明代文人集团176个，考证集团成员、社事始末，或详或略。在他看来，明代文学标榜之风气与文学集团之发达有着密切的关系。以此为基础，郭绍虞概括认为，明代文人集团发达的原因有3点：一、基于明代文人的生活态度；二、明代文人的治学态度与学术风气；三、结社的实用性与政治

---

① 郭绍虞：《明代文学批评的特征》，见《照隅室古典文学论集》，上海古籍出版社1983年版，第513页。
② 郭绍虞：《明代文学批评的特征》，见《照隅室古典文学论集》，上海古籍出版社1983年版，第516页。

性。将《明代文人结社年表》和《明代的文人集团》两篇文章连在一起看，可以对明代文人结社概貌有比较全面而细致的了解。在郭绍虞之前，朱倓曾发表《明季杭州读书社考》、《明季南应社考》①两文，对明末杭州读书社和南应社做过一定程度的考索。而对明代文人集团进行全面梳理则要推郭绍虞，他的这两篇文章为明代文人结社研究奠定了基础。后来，李圣华在《郭绍虞〈明代的文人集团〉拾遗》(《文教资料》2001 年第 1 期)一文中又对其进行了补充。

明人结社与讲学之风超绝前代，具有鲜明的时代特征，与明代诗文发展有着千丝万缕的联系。但是自郭绍虞以后很长一段时间，学界对该领域不甚著意。20 世纪 70 年代，台湾政治大学黄志民有硕士论文《明代诗社研究》(1972)，对这一课题作过初步系统的探究，日本学者横田辉俊也发表过《明代文人结社研究》(《广岛大学文学部纪要》1975 年第 2 期)，1982 年谢国桢的《明清之际党社运动考》是明末清初文人结社研究的巨著，然而其内容主要是对历史的考察。21 世纪以来，出现了一些以明代文社为研究对象的专著，如何宗美的《公安派结社考论》(重庆出版社 2005 年版)、《文人结社与明代文学的演进》(人民出版社 2011 年版)、《明代文人结社与文学流派研究》(人民出版社 2015 年版)、《明末清初文人结社研究》(上海三联书店 2016 年版)，丁国祥的《复社研究》(凤凰出版社 2011 年版)，李玉栓的《明代文人结社考》(中华书局 2013 年版)等，明代文人结社研究成为明代文学与历史研究的一个重要领域。

郭绍虞的《神韵与格调》一文，将中国诗说划为"格调"和"神韵"两大系统，并用"格调"说来总称明前后七子的主张。后来他又发表《性灵说》一文。神韵、格调和性灵诗说也成为他描述明清诗学的三大体系。事实上，他关于格调、神韵和性灵的说法主要是承继日本学者铃木虎雄《论格调、神韵、性灵三诗说》②之说。铃木虎雄主要着

---

① 分别发表于《国立北京大学国学季刊》1929 年第 2 卷第 2 号、第 3 号。

② 铃木虎雄该文发表在日本《艺文》(1911，1912)杂志上，后收入《"支那"诗论史》一书中，1925 年出版。中国学者孙俍工将其翻译成中文，题为《中国古代文艺论史》，上、下册分别于 1928 年和 1929 年出版。

眼于三者的理论意义，而郭绍虞对这三种诗说的历史演绎有更加清晰而具体的辨说。郭绍虞关于格调和神韵的论述对后来学者认识明清诗学影响很大，其中具有代表性的如袁震宇、刘明今的《明代文学批评史》就将明代诗学批评的发展脉络概括为从"格调"说向"神韵"说的转变①，与郭绍虞的说法一脉相承。

此外，他发表于 1941 年的《竟陵派诗论》一文，对竟陵派之论诗宗旨作了集中而深入的阐发，同时也指出时人在认识公安派、竟陵派时的误区所在："近人每以公安与竟陵派并称，而属之于小品文一类，实则公安与竟陵相同者，仅在反抗七子的一点。除此点外，公安、竟陵的作风正不相同。不仅作风不同，即其理论亦颇不一致。"②他以纯学术的眼光，首次从文学理论与批评出发，对竟陵派作出深入和客观的探究和评判。在具体论述当中，能够将开创风气与存在的流弊分开来看，肯定钟惺、谭元春理论主张上对于七子派、公安派的发展，又指出他们在批评与创作中的矛盾。③ 这种两分的认识，也成了后世评价竟陵派的基本看法。

---

① 参见袁震宇、刘明今：《明代文学批评史》，上海古籍出版社 1991 年版，第 18 页。

② 郭绍虞：《竟陵派诗论》，载《学林》1941 年 3 月第 5 辑。

③ 可参考陈广宏：《有关竟陵派研究的历史与现状》，见《竟陵派研究》，复旦大学出版社 2006 年版，第 1~2 页。

《明代文学批评研究》结论

简锦松

【作者简介】简锦松(1954——),台北人。先后就读于台湾师范大学、台湾大学。现为台湾"中山大学"特聘教授、韩国研究中心主任。主要研究领域为诗经、唐宋诗词、明代文学、韩国汉文学等。著有《唐诗现地研究》、《明代文学批评研究》等。

明代文学之研究,至今仍为亟待开发之新园地,理由无他,现存明人别集数千种,绝大多数未经有效利用于现阶段之研究;未来学者必须注意此一现象,重新检讨适合明代研究环境之研究方法,尽速运用此大量未经近人讨论之新资料,方能开发明代文学界之真相。本论文即为此目标下之新尝试,文中凡问题之提出,皆设身假拟明人之遭遇然后订立;凡一问题之解决,必踪寻同时人士之说法,务期以明人证明之,而不杂后世知见也。全文共得六章,第一章绪说,第六章为结论,中间有主论四章,分述台阁体、苏州文苑、复古派之文学批评及理学影响于复古派文学批评之问题。自成化至嘉靖中期一切文坛上主要活动及文学批评上之大小变化,皆尽量作成详密之研究。

成化元年至嘉靖中期(一四六五——一五四四)八十年间之政治,可以正德初年为界,划为二分:前半为明朝渐趋极盛期,后半则为由盛而转弱期。文学界亦呈现两种趋势:正德初年以前之风气,人才富开创力,如李东阳重振台阁之文权,吴宽、沈周建立苏州文苑之楷模,李梦阳、何景明提倡复古文学,崔铣主张治经讲学,王守仁、湛若水则变化程朱理学而讲心学,凡此种种,皆为盛世之学也;正德以后,士人急于振衰起弊,故内省虽富而开创之功常少,一时后进之士,仅能依违于前辈所建设之规模中,较少宏规远识。

明代中期文学批评之构成，与当时文坛形势之关系颇深，此期文坛有三大势力，由于不同出身而产生之"团体认同"乃形成此形势之主因。何谓"团体认同"？如翰林出身者，认同相当于其地位之博学、典雅之人文素养，进而有共同之文风，是为台阁体；又如苏州一府，其科举成绩与读书人质量均优于其他府县，因而促成本籍出身之文人，认同于一种博览精校之读书法，而视读书与诗文为生活之趣味，是为苏州文苑；另有起于关陇河洛，派中人士皆认同其北学之特色者，乃复古派也。此三种文学群体，皆各自形成独特之价值观，据以判断何者为人才，何者为优等之文学，故文学主张亦呈现明显之差异。三者之中，又以复古派因跨越数省，地域色彩不似苏州偏狭，其人出身主要皆为进士，而又无馆阁之优越，故影响面较广，近代每指复古派之讲派阀以劫持一世，其实台阁、苏州与复古派皆以团体认同而自我凝聚，故彼此皆有显著之排他性也。

此时期之文学批评，基本上亦为文人考虑自身成就之问题，又分为三阶段。成化初年至弘治前期为文人于举业与古文词间取舍之问题；弘治后期起，为古文词内容之论争；嘉靖初年起，为风俗、道德与古文词间相互调适之问题。三阶段之着眼点，均在何者方为真正人才。明代仕宦与学文，二者几难划界，故文人之思想，每以人才观念为先。何谓人才？由举业成进士，乃仕宦之正途，斯可谓人才矣，但举业只须勤读应试文字之书籍，本质上即欠缺学术之博厚感，故随地域不同，感受亦不同，如杨一清提学陕西时，创正学书院，集全省优秀生员，加强其应试能力，故连续多科乡试解元、廷试状元皆由正学书院出，陕籍人士，因而津津乐道之。此事若发生在苏州府或南直隶提学御史之所为，必无人以此为然。盖陕西科举较弱，以多取进士为荣，苏州科举极盛，较能以平常心待进士也。是故，苏州人士不以能科举为人才，而以博学能古文词为人才，此乃苏州之所以率先与台阁提倡古文词之学也。及复古派崛起，复古派主要成员均为进士，且此时台阁、苏州所倡"古文词"盛行已多年，无需再辩论举业与古文词之问题，乃专致其力于"古文词"内部之变革。至嘉靖时风气乃又一变，当时众人所注目者为正风俗，奖德行之问题，专力"古文词"反为人所劝阻，此第三变化也。故由科举以荣身，进而以"古文词"华其人，进而以复古为美，进而以为必先道德以植其本，然后才有真诗真文；以上三阶段，乃人才观念之转变而呈现于文学批评也。

今人于台阁、苏州与复古派文学批评诸问题研究颇多，然如举台阁，则曰靡弱，其实台阁之文未尝不佳，所以有靡弱之讥者，因台阁体不似复古派严求体调，其文若诗虽师法欧苏及唐人，然不必刻意学之也，且纵使刻意学之，宋于明为近代，唐则不远于宋，与复古派之矫矫力进元古不同，故受讥文弱，非其罪也。派系不同之评论，似难遽信之而论断也。至于苏州文苑，今人每言沈、文、祝、唐诸氏为市民(庶民)诗人或名士，其实祝、唐为举人出身，祝曾任县令，唐寅下第乃因会试弊案；文徵明之父为进士，官至太仆寺少卿，文徵明亦膺岁贡而受翰林待诏之官；沈周未闻应科举，然政府曾有荐举，其子任职为县训术，诸婿与孙辈多为生员应科举，故与元末明初之市民诗人已不相同，所谓名士，尤难定义。故吾人当注意此诸子者，在其致力于构造吴地"博学能古文词"之地位与意义，不必强调其酒色游艺与失利于进士科之一面也。至于复古派方面，研究者众，一般多以"格调"二字拟其派系，其实，复古派言格言调，确多于其他文人，然格调之追求，仅为复古手段之一，并非作诗即以格调夸人也。格调者，格乃调之界，格为虚，调为实也。明人持虞书、乐记之说，以成章之音为诗之必要条件，故歌吟之风，颇受重视而流行，其时论诗，每即由调上求之，故复古派能谈格调，乃因当时之常谈而取其便宜之用耳！至于真诗，则不在于是。

最后，略述此时期文学理论反映于作品之情形，以为结束。吾国向有贵古贱今之观念，其后遂发展成体裁有高下之论；故不论台阁、苏州与复古派皆不能外于此也，然台阁与苏州以博学为基础，博学故不必有特定宗王，凡古人之长皆为我用，故其体裁高下论未支持其作品；二派中苏州此种倾向尤重，苏人读书即不择异书，作诗亦惟趣是向，宗主更无从而有。复古派强调者乃学古之深度，尤以李梦阳刻苦锻炼，最为有名；体裁高下之论，历代有之而不用，朱文公述之，真西山编《文章正宗》，其书有体裁高下论矣！然于自作诗则否，而李梦阳乃俱一一执实而求。如众人皆美三百篇而无效之者，彼则为之；众人皆美汉魏五古，而所自作，未必汉魏五古，彼亦效之；众人又美古乐府，而所作未必古乐府，然彼又效之。于杜甫，于盛唐诗皆如此，是故李梦阳实为深刻之学古者，故吾人比较台阁、苏州与复古派之作品，不待读其字句，但由诗集结构之现象，已可判其宗门矣！

——据台湾学生书局1989年版《明代文学批评研究——成化、嘉靖中期篇》

【评　介】

　　1980年，简锦松以《李何诗论研究》一文获得台湾大学文学硕士学位，该文发表于《古典文学》第1集（台湾学生书局1979年版）。1987年，他又以《明代中期文坛研究》一文获得台湾大学文学博士学位。《明代文学批评研究——成化、嘉靖中期篇》一书即由他的博士论文修订而成，于1989年由台湾学生书局出版。

　　全书共分6章：第一章为"序说"，第二章为"台阁体"，第三章为"苏州文苑"，第四章为"复古派"，第五章为"正、嘉理学与复古派文学批评之转变"，第六章为"结论"。本书所选为"结论"部分。

　　在该书序说中，简氏认为，成化至嘉靖中期的文学活动，均由台阁、苏州、复古派三大文人集团所主导。这一看法，为全书立论的基础。对此三派的研究，也构成了该书的主体内容。

　　通过对台阁体的辨析，简氏提出了不少有价值的观点。首先是台阁体的概念，他认为"台阁体乃馆阁之诗文体，因馆阁之教养、地位而形成具有一贯传统之坛坫"，并非泛指一般官员之文学，并指出学界常出现的两个误区："三杨于台阁文习之形成有创建之功，而非三杨即台阁体；李东阳继起而为台阁体之领袖，不可言矫台阁体之失也。"①此一见解，与通常的文学史认识有很大不同。其次是关于台阁体文学的人员构成、文学风格与文学宗尚。简氏认为，台阁体其成员

_____

　　①　简锦松：《明代文学批评研究——成化、嘉靖中期篇》，台湾学生书局1989年版，第2页。

主要是选为庶吉士的新科进士，相对于没有及第的考生，他们有更多精力来学习古文辞："台阁体之诗文，以博学好古为基础，其文以典则正大为风格，以欧阳修为师范，其诗主清婉，多兴寄闲远之思，兼得唐人之风流，乃其常也。"①再次是深入探究台阁文权下移郎署的问题。至弘治李、何复古派兴起，对台阁文学造成冲击，又兼台阁寝声，乃造成台阁文权旁落。② 最后是对台阁体文学的评价，他认为："其实台阁之文未尝不佳，所以有靡弱之讥者，因台阁体不似复古派严求体调。"③台阁体被复古派讥为"靡弱"，实因派系与文学主张不同，不可遽信。

在简锦松之前，关注明代"苏州文苑"的学术著作很少④，且不成系统。《明代文学批评研究——成化、嘉靖中期篇》一书首次对明中期苏州文人集团的组成、特点及其与台阁体和复古派的联系与区别做了较为全面而深入的梳理。其在"苏州文苑"概念的界定和"苏州文苑"性格的解释上，与前人多有不同。在简锦松看来，明代中期苏州文苑乃指籍贯隶于苏州之文人(诗人)集团，以吴宽、王鏊、沈周、祝允明、文徵明、唐寅等人为代表。苏州文苑好为古文辞，以救时文之弊，在个性上博学尚趣。在苏州文苑与台阁体和复古派之关系上，他认为苏州文人经由科举入翰林者众多，故与台阁和台阁体关系密切，然而博学尚趣的特征又自与台阁相异。其时，苏州文苑虽不免受到复古派北学的影响，然而吴中博学的传统大体未变。

---

① 简锦松：《明代文学批评研究——成化、嘉靖中期篇》，台湾学生书局1989 年版，第 48~49 页。

② 后来黄卓越在《明永乐至嘉靖初诗文观研究》(2001)中对简锦松的研究提出了异议：(一)以正德之后馆阁材料来论证明前期主流台阁体，以致成为虚证；(二)将复古派文学革新的原因归结为不得成为庶吉士与进翰林而产生的私人恩怨，有臆测成分，没有看到时代对台阁文权下移的作用；(三)对文学创作较弱的康海、王九思估计过高，故意将其从复古运动边缘置于中心。参见《明永乐至嘉靖初诗文观研究》，北京师范大学出版社 2001 年版，第 12 页。

③ 简锦松：《明代文学批评研究——成化、嘉靖中期篇》，台湾学生书局1989 年版，第 363 页。

④ 日本学者青木正儿有《明代的苏州文苑》一文，较早提出"苏州文苑"这一学术概念，而为简锦松所接受。

20 世纪 80 年代以前，学界关于明代台阁体与苏州文苑的研究并不充分，简著予以专论，详细阐发。同时对前人研究相对较多的复古派，他也能提出独到见解，如他主张复古派研究不应该仅限于"前七子"等人，其范围当非常广泛，因此在讨论复古派的时候，他对复古派集团的其他成员也多予关注。又注重将他们与台阁体作家和苏州文苑进行比较，通过分析对比三者别集的诗体数量结构，发掘复古派的诗学宗尚与其他二者的差异。在论述复古派文人的诗体宗尚时，多结合诸人集中所作，而不只是就评论谈看法，避免了空疏之弊。他关于复古派格调论的论述，是他总结复古派诗学的核心，也是谈论复古派诗学的精华所在。在他看来，言格调不可不谈"歌吟"，格调实际上出于歌咏，格调有音声和内容情趣两个方面的涵义，而这两个方面都来自歌吟。他对复古派的学古主张、读书方法与"锻炼""悟入"诗说，亦有比较深入的阐释，又专辟一章，对正德、嘉靖年间复古派文人的理学倾向进行考证，认为复古派文人壮年以后多趋于道，其中除复古派领袖李梦阳晚年转向外，崔铣等人既提倡古文辞，又兼治经学而重践履。正德中，徐祯卿、郑善夫从王阳明学，受其影响，弃去诗文前习。复古派文人参用理学以后，逐渐脱出文学复古运动本旨。同时他还指出，唐宋派之兴起与后七子重倡文学复古均与此种转变有关。

在论述过程中，简锦松将台阁体、苏州文苑和复古派略按流派发展之逻辑进程一一论述，各章之中又有比较，表其异同，阐述相互间的渊源与联系。在材料使用方面，除了像前人一样参考钱谦益《列朝诗集》、朱彝尊《明诗综》及《明史》、《四库全书总目》等传统文献外，他还大量依据明人别集中的材料，以期对明代中期文坛作客观描述，矫正明代诗文研究长期存在的偏差。

除著作之外，简氏还发表了不少相关论文，如《胡应麟的〈诗薮〉辨体论》(《古典文学》第 1 集，台湾学生书局 1979 年版)、《论明代文学思潮中的学古与求真》(《古典文学》第 8 集，台湾学生书局 1986 年版)、《论明代嘉靖以前之台阁体与台阁文权之下移》(《古典文学》第 9 集，台湾学生书局 1987 年版)、《李梦阳格调说新论》(《明代文学学术研讨会论文》1999 年 6 月)、《从李梦阳诗集检验其复古思想之真实义》(王瑷玲主编:《明清文学与思想中之主体意识与社会——文学篇》,台湾"中央研究院"中国文哲研究所 2004 年版)、《论钱谦益〈列朝诗集小传〉之批评立场》(《文学新钥》2004 年第 2 期)等。后来,其兴趣转移到唐诗现地研究等方面,较少有明代文学之学术论文发表。

《唐诗的传承：明代复古诗论研究》
序论(存目)

陈国球

【作者简介】 陈国球(1956—)，香港著名作家、学者。曾任香港浸会大学中文系主任、香港科技大学人文学部中国文学教授，现任香港教育学院人文学院院长兼中国文学讲座教授、香港人文学院创院院士及理事。研究领域包括文学史学、中国文学批评、中国诗歌与诗学、香港文学等。学术代表作有《胡应麟诗论研究》、《镜花水月——文学理论批评论文集》、《唐诗研究》(主编)、《中国文学史的省思》(主编)等。

【评　介】
　　1990 年，台湾学生书局出版了陈国球的《唐诗的传承：明代复古诗论研究》一书。2007 年，该书修订本由北京大学出版社出版，书名改为《明代复古派唐诗论研究》。修订本与初版内容大体一致，只是在章节排列上略有变动，同时增加了一些附录内容，序论删去了开头理论架构的内容，改为导论"明代复古派诗论的意义"。
　　陈国球曾在多伦多大学获比较文学硕士，具有良好的西方文学理论素养，这也使得他在论述明代复古派诗论的时候具有严格的文学批评框架，其中对刘若愚、韦勒克等人文学批评理论的借用即是证明。
　　陈国球教授在该书的"序论"中对全书的内容曾做过简单介绍，移录于此。该书第一章先申述写作的意向和目标，再简述复古诗论在明代的兴起和发展、其中的代表人物及著作。第二章从"宋人主理"这一个命题出发，检讨宋诗不被复古派欢迎的原因，并探索明代主理诗风与各期复古诗论的关系，从而了解前中期复古运动的背景，以及复古派尊尚唐诗的基础。第三、四两章主要探讨唐诗在复古诗论中的传承。在古典诗的各种体裁中，全书选取七言律诗及五言古诗作为详细析论的两个样本，因为这两种诗体各有其值得特别注意的地方。七言律诗面世最晚，到唐代才算完全成熟，然而在后世的应用却日益增加；明代文坛中的应酬唱和，亦多选用七律体，因此引来最多的关注和讨论，甚至被视为最难的律体。五言古诗的情况刚刚相反，这种体裁在唐代以前已有长时间的发展，复古派甚至认为古诗在两汉已造极峰。故此唐代五言古诗与汉魏古诗之间的关系对照，就成为了解复古派承纳诗歌传统的复杂心态的最佳视角。第三、四两章分别采用不同的处理手法，探视复古派对这两种诗体唐诗的看法。第三章纵论复古诗论家心中七律的"正典"范式或范围。第四章主要讨论他们如何从唐代五言古诗与汉魏古诗的对照中为"唐诗古诗"定位。第五章以影响复古诗论的几个唐诗选本为探讨对象，尝试剖析这些选本与复古诗论发展的相应关系，尤其对复古派的文学史意识凸显的助力。最后一章先检讨复古派尊唐诗与他们创作的关系，以说明复古诗论成就不必在预设的目标——攀及诗歌的盛世，而在因为"学古"而"识古"的过程——对诗史传统作出梳理综合；然后，再补充解释复古诗论的文学史意识的发展；最后，再就全书作出总结。① 该书 2007 年版还附录有《明清格调诗说的现代研究》、《明清格调诗说研究知见目录》等研究文献综述和资料索引，以及张晖撰写的《明代复古派诗论中的"诗史"论争》。

　　该书是陈国球多年研究明代复古诗论的代表作。全书以唐诗在明代的传承为主题，从明人崇唐抑宋的文化心理出发，对明代复古派的唐诗论、复古派唐诗选本以及复古派学唐诗的创作实践等作了较为全面和深入的探究，着重考察复古派对唐代七言律诗和五言古诗的接受过程，辨识其追寻"七律正典"和体认唐体古诗的演变脉络，还对明代主要的唐诗选本进行集中考察，通过对不同选本遴选特点、接受情况的分析比较。同时梳理唐诗选本与复古派诗学之间的复杂关系，视

---

① 陈国球：《唐诗的传承：明代复古诗论研究》，台湾学生书局 1989 年版，第 5、6 页。

野所及，不仅限于明代的复古派，还注重与复古派相对立或相关联的性理派、唐宋派、公安派和竟陵派进行比较研究，论述所及，几乎囊括了明代诗坛的主潮。同时，在明代复古派唐诗论的梳理和总结中，作者对明代复古派诗论在文学研究上的贡献，尤其是文学史意识的产生给予积极评价，将研究明代复古派诗论的视野从"模拟剽窃的拟古主义者"中跳出来，打开了一个评价明代复古派的新维度。

陈国球明代诗文研究的相关著作还有《胡应麟诗论研究》（香港华风书局 1986 年版）、《情迷家园》（上海书店 2007 年版）、《镜花水月——文学理论批评论集》（台北东大图书公司 1987 年版）等，主编有论文集《香港地区中国文学批评研究》（台湾学生书局 1991 年版）等，相关论文主要有《胡应麟的诗体论》（《东方学研究》1983 年第 21 卷第 2 期）、《〈诗薮〉与胡应麟诗论》（《中外文学》1984 年第 12 卷第 8 期）、《胡应麟的辨体批评》（《古代文学理论研究丛刊》1986 年第 11 辑）、《试论唐七律于明代复古诗论中的"正典化过程"》（《中外文学》1987 年第 16 卷第 6 期）、《唐诗选本与明代复古诗论》（《东方文化》1988 年第 26 卷第 1 期）、《明代复古诗论的文学史意义》（《文艺理论研究》1989 年第 2 期）、《"宋人主理"——明代复古派反宋诗的原因》（《香港地区中国文学批评研究》，台湾学生书局 1991 年版）、《试论〈唐诗归〉的编集、版行及其诗学意义》（胡晓真主编：《世变与维新——晚明与晚清的文学艺术》，台湾"中央研究院"中国文哲研究所筹备处 2001 年版）等。其研究兴趣十分广泛，近年已较少关注明代的诗学理论。

《明代文学批评史》绪论(存目)

袁震宇　刘明今

【作者简介】袁震宇(1928—　)，江苏启东人。1959 毕业于山东大学中文系。曾任复旦大学教授。主要研究中国文学批评史和中国戏曲小说理论批评。著有《中国文学批评通史·明代卷》(合作)、《文学的基本原理》(合作)、《中国文学批评史》(合作)等。

刘明今(1944—　)，四川大邑人，生于重庆。复旦大学中文系教授，主要研究中国文学批评史、宋元明诗文和戏曲。著有《明代文学批评史》、《宋金元文学批评史》、《中国修辞学通史·明代卷》、《中国文学批评方法论》、《辽金元文学史案》等，曾任上海昆剧团编剧，编有《沧江曲》、《牡丹亭》、《白蛇后传》、《洛神赋》等昆剧剧本。

【评　介】

《明代文学批评史》为王运熙和顾易生主编的《中国文学批评通史》第五分卷，1991 年由上海古籍出版社出版，《中国文学批评通史》共有 7 个分卷，分别为先秦两汉卷、汉魏南北朝卷、唐代五代卷、宋金元卷、明代卷、清代卷、近代卷。这套书各卷曾先后单独出版，并获得第三届(1997)国家图书奖，2011 年总名为《中国文学批评通史》，由上海古籍出版社再版。

《明代文学批评史》一书共分 13 章，将明代文学分为前期、中期和晚期，分文体论述明代前期的诗文批评、戏曲小说批评，明代中期的诗文批评、戏曲批评、小说批评，晚明的诗文批评、小说批评，末一章论述明人关于词及民歌时调等的批评论。其中第二章、第四章、第五章、第九章共 4 章专门论述明代诗文批评，可以构成一部明代诗文批评史。第十三章有关于民歌批评的内容，也可以算是明代诗歌批评的一个组成部分。

《明代文学批评史》绪论主要概述明代诗歌艺术批评的发展，以及作者对明代诗歌批评史的基本观点。在文中，作者将明代诗歌艺术批评发展的主要表现概括为"格调说及后期为矫格调说之弊而向神韵说的转化"①，认为"格调说毕竟是当时诗论家批评的主流，也是明代诗学批评的主要特点"②，并且将这种理念贯穿全书对明代诗歌批评的论述。该书将明代"格调"说的发展分为 3 个阶段：（一）明辨体制，推崇盛唐的创始期，从高棅到李梦阳；（二）以高古为尚，追摹汉魏的兴盛期，约当弘治、正德两朝；（三）融合诸说、会通修正的综合期，自王世贞始。这三个阶段也是该书诗文批评论述的重点。

将"格调"说作为明代诗歌批评的主要脉络，在某种程度上来说是抓住了明代诗学发展的本质，相比于用"复古"、"师古"等笼统的词语来概括，似乎更符合明代诗学流变的内涵。当然，这一处理方式也有其不足之处，难以将明代诗歌批评史的现象尽皆囊括，也无法全面反映明代诗歌批评的全貌。或许正是认识到这一点，二位作者对明代前期台阁体诗论、性气诗派和晚期浪漫主义思潮等与"格调"说较远的诗论亦作了较为充分的论述。不过需要看到的是，明代诗歌批评只是明代文学批评研究的内容之一，作者虽然对明代诗学的发展有提纲挈领的把握，但是在反映明代诗学的完整性上不免有所欠缺。

该书对长期形成的关于复古派的认识进行了辨析，如认为"说李梦阳主张'诗必盛唐'，并不准确"③，认为民歌批评是七子派文学理论的有机组成部分，指出"复古与求真就构成了李梦阳文学思想的两个重要部分，而忽略了其中任何一个部分，便不能全面而正确地评价

---

① 袁震宇、刘明今：《明代文学批评史》，上海古籍出版社 1991 年版，第 18 页。

② 袁震宇、刘明今：《明代文学批评史》，上海古籍出版社 1991 年版，第 23 页。

③ 袁震宇、刘明今：《明代文学批评史》，上海古籍出版社 1991 年版，第 149 页。

李梦阳及其所倡导的文学复古运动"①等观点，已逐渐被学界接受，并有学者在相关问题上作了更深入、细致的探讨。

门户与流派之间的争鸣是明代文学批评的形态特征之一，准确把握争鸣双方的立论角度和争鸣本身的理论价值并非易事。作者在书中能够注意到双方共同讨论的概念范畴，做到综合考察，辩证剖析，抓住论争的焦点和问题的核心。如作者对何、李之争的分析，抓住了二人在根本目标上的相同点和方法论上的不同点，同时也指出复古派学古理论的局限性；又如对李梦阳和袁宏道的"真诗"的概念所作的辨析，使七子派与公安派诗论之间的微妙关系及二者背后深广的文化背景得以揭示。

《明代文学批评史》的出版，得到了学界同仁的较高评价。韩经太认为："《批评史》把传统的知人论世的研究方法同现代文化学的研究方法不露痕迹地融合在一起而加以运用，从而为我们揭示出一个本来隐藏在概念范畴背后的立体的人文背景。"②这样的做法，也在一定程度上反映了 20 世纪 80 年代末 90 年代初学术研究的特点。总体而言，该书视野开阔，观点鲜明。论述有理有据，语言流畅灵动。虽然为两位作者合作完成，但全书的观点和论述相对趋于完整统一，看不到文本的割裂。近 20 年来，在《明代文学批评史》基础上，越来越多关于明代文学批评研究的专著和论文开始涌现。从某种意义上来说，《明代文学批评史》之于明代文学批评研究，具有开创和启迪之功。

袁震宇其他相关专著有《中国文学批评史》(中、下册，合撰，上海古籍出版社，1981 年版，1985 年版)，主要论文有《李渔的戏曲理论》(《文史知识》1983 年第 7 期)、《"务头"考辨》(《古典文学丛考》第 1 辑，复旦大学出版社 1984 年版)、《李渔生平考略》(《古典文学丛考》第 2 辑，复旦大学出版社 1986 年版)等。

刘明今的相关论文有《论铁崖体》(《学术月刊》1985 年第 5 期)、

---

① 袁震宇、刘明今：《明代文学批评史》，上海古籍出版社 1991 年版，第 150 页。

② 韩经太：《真相的描述与价值的发现——〈明代文学批评史〉试评》，载《文学遗产》1993 年第 1 期。

《格调说浅谈》(《文史知识》1985 年第 6 期)、《从明人对杜甫的评价看明代的文学风尚》(《文学遗产》1987 年第 3 期)、《对明代中期前七子文学复古运动的再认识》(章培恒主编:《明代文学研究》第 1 辑,江西人民出版社 1990 年版)、《〈诗薮〉初探》(《古代文学理论研究》第十七辑,上海古籍出版社 1995 年版)、《谢榛的诗歌修辞学》(《中国诗学》第四辑,南京大学出版社 1995 年版)、《格调派的修辞观》(《中国修辞学通史·明清卷》,吉林教育出版社 1998 年版)等。

《明代诗学》绪论

陈文新

【作者简介】陈文新(1957——　)，湖北公安人，现为教育部长江学者、武汉大学文学院教授，主要研究领域为中国小说史、元明清文学、科举制度与文学等。著有《文言小说审美发展史》、《明代诗学》、《传统小说与小说传统》、《明代诗学的逻辑进程与主要理论问题》、《中国文学流派意识的发生与发展》、《明代科举与文学》等30余种专著，主编作品包括《中国文学编年史》、《中国学术档案大系》、《历代科举文献整理与研究丛刊》等。

"明代诗学"，这无疑是一个富于挑战性的课题。照雷纳·韦勒克的说法，一切文学研究，无论是理论还是批评，归根结底都是为了理解文学和评价文学。对古代诗学的研究不应当成为一项单纯的古籍清理的课题，而应当有助于阐明和解释我们的文学现状。这种学理意义上的"古为今用"的使命是难以圆满完成的。但由于这一使命并非为"明代诗学"所独有，其压力也就减轻了许多。

明代诗学"的特殊的挑战性在于：明人的理论建树与创作成就之间存在巨大的差距。物质生产与艺术生产之间往往出现不平衡关系，这一点不难解释，因为艺术生产具有相对的独立性。理论与创作的不平衡却会令许多人陷于困惑。并且，早就有学者反对将文学批评或诗学研究作为自给自足的学问来看待，而要求将它与文学研究有机地结合在一起。面对这种难于攻克的问题，我们将依据下述的假设展开讨论，即理论与实践的关系是间接的；直线的因果说明没有多少合理性。

我们的假设其实也是有所依傍的，并不是"自我作古"。关于明代诗学，朱东润先生在《何景明批评论述评》中已表示过这样的看法：
"文学与文学批评，截然两事，其成就之先后，各有历史。在文学批
评，当然不能脱离文学而独立，然两者之盛衰，初无连带之关系。中
国批评时期，在梁代极盛，其时文学上之兴趣虽浓，而文学上之成
绩，较之前代，未见超绝。初唐、盛唐在唐代文学史上放一特采，而
文学批评之成熟，反迟至中晚以后。两宋批评意趣更觉浓厚，除文学
批评外，更及其他艺术，如书法、画法等，在宋人题跋中，皆章章可
考。而大胆的批评精神，直至明代始见卓越，在号称复古之四子中为
尤甚。常人持论，对明代每加菲薄，倘就文学批评之观点论之，不能
不为之惊异也。"朱先生认为明代诗学在中国诗学中占有举足轻重的
地位，这一看法是中肯的。晚明许学夷《诗源辩体》卷三十五说："古
今诗赋文章代日益降，而识见议论则代日益精。诗赋文章代日益降，
人自易晓，识见议论代日益精，则人未易知也。试观六朝人论诗，多
浮泛迂远，精切肯綮者十得其一，而晚唐宋元则又穿凿浅稚矣。沧浪
号为卓识，而其说浑沦，至元美始为详悉。逮乎元瑞，则发窾中窍，
十得其七。继元瑞而起者，合古今而一贯之，当必有在也。盖风气日
衰，故代日益降，研究日深，故代日益精，亦理势之自然耳。"许学
夷的具体结论未必妥当，但指出创作与理论在成就的高低上并不一
致，却是至理名言。

确实，文学理论与文学实践的关系是复杂的、多重的。文学史上
经常存在理论与实践的巨大鸿沟。比如唐代相当长的一段时间内，人
们围绕着《风》、《雅》、比、兴的传统发表了许多看法，陈子昂、李
白、杜甫、元结、白居易，基本的意见大体统一，而实际的文学创作
却独立展开，各自走着自己的道路。甚至有像欧阳修那样的作家，他
的散文理论与散文创作存在明显的脱节之处。当然，也存在另外一些
对自我意识把握非常准确的作家，比如黄庭坚，他的创作理论与创作
实践紧密配合。这种复杂多重的情形，提醒我们，文学批评可以是一
项相对独立、自给自足的课题。它与创作实践的联系自然是割不断
的，但是我们不必夸大它对实际文学现状的影响，尤其不必将理论的
成就依附在创作的成就上。人们可以毫不牵强地证明理论对实践的作
用和实践对理论的反作用，但理论价值的评估与创作成就的衡量毕竟

是两个领域的事情。对明代诗学的关注不妨在这样的范围内提出问题：明代的种种诗论意味着什么？是否言之成理？在什么样的背景下产生、展开、演变？明代诗学的体系建构是否新颖、严密？展示了怎样的理论景观或理论前景？等等。原因和结果往往不在一条直线上，理论与实践的关系也是如此。

在作了以上的说明后，绪论拟阐释与明代诗学相关的几个外围问题。如明代诗学的古典主义思潮、明代诗学的古典诗歌创作背景、明代诗人的大家情结等，以便展开进一步的分析。

一、汉族文化的复兴与明代诗学的古典主义思潮

就主流而言，明代诗学以古典主义思潮的汹涌澎湃为基本特征。它的一系列前后贯串的流派，如闽中诗派、茶陵派、前七子、后七子、广五子、几社，绵延相续，与整个明代相始终。而众多的另立旗号的反对派，如吴中四才子、公安派、竟陵派，也是以古典主义思潮为其存在前提的。毫不夸张地说，要把握明代诗学，首先必须对其古典主义思潮的勃兴加以透视。

古典主义精神在明代的发扬是汉族传统文化复苏和兴盛的产物。元初，蒙古统治者对汉族传统文化极端蔑视，他们继马上得天下之后，执行了一套马上治天下的政策，废科举，抑儒生，读书人沦落到"老九"的地位。元仁宗皇庆年间，随着科举制度的恢复，汉族传统文化虽有所抬头，但未能形成大的气候。只有到了1368年朱元璋建立了明帝国之后，汉族传统文化才以浩大的声势重新兴盛起来。洪武元年《实录》说："初元世祖自朔漠起，尽以胡俗变易中国之制，士庶咸辫发椎髻，深襜胡帽，无复中国衣冠之旧。甚至易其姓名为胡名，习胡语。俗化既久，恬不知怪。上久厌之，至是悉令复旧。衣冠一如唐制，士民皆以发束顶。其辫发椎髻，胡服胡言胡姓，一切禁止。于是百有余年之胡俗，尽复中国之旧。"李昌祺《剪灯余话》卷四《泰山御史传》不无深意地说："天厌夷德久矣！"

汉族文化的复兴，明代士大夫那种振兴汉文化的历史使命感，与"文必西汉，诗必盛唐"的古典主义诗学主张有着某种必然联系。因

为，西汉和盛唐正是汉民族引为自豪的盛世。日本学者和田清在述及明初军事时指出："明朝兴起取代元朝，这不只是汉族以反抗北方民族压迫的势力恢复了南宋时代所丧失的中原地方，而是扭转唐末以来汉族的被动地位，完全夺回汉、唐最盛时代直到北疆的一次巨大运动。当时各将领都充分体会了这种意义，进行了奋斗。"①其实，再创汉、唐盛世，不仅是明初各位将领的愿望，也是明代许多士大夫的愿望。甚至，一直到明代中叶，王世懋仍在《窥天外乘》中津津乐道地谈论"三代而后，汉唐为盛"，并拿明与汉唐对比，断言明的国势优于汉唐。何以见得呢？"汉祚三百，移于新莽；光武中兴，事同别构，而百年后寻复乱矣。""唐之天下尤不足言"，周武革命，安史之乱，藩镇割据，吐蕃入境……种种乱象，不一而足。唯明朝建国，已历时两百余年，仍"四壁晏如"。明代之所以能够优于汉唐，原因是多方面的，但王世懋以为，最关键的是，明朝的崛起，象征着华夏文明的复兴，以夏变夷，以阳胜阴，其前景因而无限灿烂。王世懋是这样论述问题的："《易》道阴阳，唯是华夷界限，内阳外阴，乾坤所由不毁也……鞑靼实生漠北，东扫完颜，西并西域，遂长驱江南，混一区宇，犬羊之祸，于兹极焉。何者？夷狄乱华，自古未能一统。故石虎色忧于受命，苻坚寝废于饮江。而独元氏一统百年，幅员广于汉、唐，腥膻遍于寓内矣。又刘、石诸胡皆久住中国，窃效华风。魏文都洛，夷风丕变。即辽、金二氏崛起北庭，犹知杂用中华文物，以饰其蠢陋。而独胡元敢肆凭陵，以夷变夏。衣冠、言语、国书、官制多仍其俗。当斯时也，乾坤若为之倒置，人物或几乎销变，岂非佛氏所谓二劫之极，二《传》所谓'未极'之终耶？天若不失真主，生人祸乱安极？是用厚集于我太祖高皇帝，龙起濠上，鼎定金陵，铲漠剿吴，长驱关、洛；捣胡窟于幽、蓟，歼逋孽于应昌。衣冠文物，焕若神明。中原父老，宁当我汉官威仪问其涕泪哉！原夫自古开创之君，皆在中原。而我朝独自南混北，意若曰元起漠北，阴之极也。今自南之北，明以阳而胜阴也。盖自骊山烽举之后，迄于洪武建元，而天地始为之位置，日月始为之开朗，山川始为之洗涤。"王世懋所表达的明代士

---

① 和田清：《明代蒙古史论集》上册，商务印书馆 1984 年版，第 5 页。

大夫的这种感觉，或许会被今人笑话为虚妄，但就他们而言，却是极为普通、极为正常的，一个终于恢复了"汉官威仪"的民族，仅仅"汉官威仪"四字就足以令群情激昂。他们对明朝开国意义的估价是与汉族文明的复兴紧密联系在一起的。我们应该记得明初高启的《送沈左司入关》诗："重臣分陕出台端，宾从威仪尽汉宫。四塞河山归版籍，百年父老见衣冠。函关月落听鸡度，华岳云开立马看。知尔西行定回首，如今江左是长安。"所关注的不正是汉族衣冠和"江左是长安"的文化中心地位吗？

自明初发轫，几乎与明代相始终的古典主义诗学，何以对宋以后的诗不感兴趣呢？一个比较能为人接受的解释是：他们旨在与诗的理性化和俗化倾向对抗，以恢复古典的审美理想。廖可斌《明代文学复古运动研究》第一章指出："就诗歌家族内部而言，从中唐开始，实际上也分化出两种倾向。一是理性化、散文化，以诗言理叙事。以诗代论，特别是以诗为史成为最高目标。在语言方面，按照散文的思辨的方式改造诗句，多用抽象词、虚词，使之变得枯涩散缓。另一种倾向是感性化、俗化、技巧化。诗人或自适，或自伤，或颓然自放，倾诉个人的情绪，描写琐碎的日常小事，把曾经被古典审美理想视为粗俗而拒于门外的种种题材、物象、意念、词汇等都拉进诗歌中，使诗歌的格调变浅变俗。有的诗人说：'诗在灞桥风雪中，驴子上'，尚犹自可；有的则说：'寻常言语口头话，便是诗家绝妙词'；有的更说：'诗从乱道得'，'我平生作诗，得猫儿狗子力'。"古典主义诗派不满于中唐以降诗歌创作中的理性化和俗化倾向，确是事实。但他们之向往唐诗，应当还有与"内部"相对的"外部"缘由。

明代古典主义诗学所青睐的唐诗是有特定指向的，不是中、晚唐，而是盛唐。清王士禛《香祖笔记》称："宋元论唐诗，不甚分初、盛、中、晚，故《三体》、《鼓吹》等集，率详中、晚而略初、盛，览之愦愦。杨士弘《唐音》始稍区别，有正音，有余响，然犹未畅其说，间有舛误。迨高廷礼《品汇》出，而所谓正始、正宗、大家、名家、羽翼、接武、正变、余响，皆井然矣。"所谓"《品汇》"，即高棅编选的《唐诗品汇》，他在《凡例》中说："大略以初唐为正始，盛唐为正宗、大家、名家、羽翼，中唐为接武，晚唐为正变、余响，方外异人等诗为傍流。间有一二成家特立与时异者，则不以世次拘之。"由此可见高棅对盛唐诗的推崇之情。初、盛与中、晚的区别，主要在于气象不同。"盛唐前，语虽平易，而气象雍容；中唐后，语渐精工，而气象促迫，不可不知。"①"盛唐句，如'海日生残夜，江春入旧年'；中唐句，如'风兼残雪起，河带断冰流'；晚唐句，如'鸡声茅店月，人迹板桥霜'，皆形容景物，妙绝千古，而盛、中、晚界限斩然。故知文章关气远，非人力。"②"元和如刘禹锡，大中如杜牧之，才皆不下盛唐，而其诗迥别。故知气运使然，虽韩之雄奇，柳之古雅，不能挽也。"③"诗自《三百篇》后，莫备于唐。初唐风气虽开，六朝余习未尽。至盛唐洗濯扩充，无美不臻。统而论之：冲融温厚，诗之体也；昌明博大，诗之象也；含蓄隽永，诗之味也；雄浑沉郁，诗之力也；清新娟秀，诗之趣也；飞腾摇曳，诗之态也。上可以櫽括曩贤，下可以仪型百代。谓之曰'盛'，不亦宜乎？至中、晚而衰矣。"④明代古典主义诗学所衷心企慕的，乃是一种呈现于诗中的盛唐气象。所谓"盛唐气象"，它的一个基本内容是以雄放著称的边塞诗。"这派作家，岑、高以外，还有李颀、崔颢、王昌龄、王之涣、王翰诸人。他们的人生观都是现实的、积极的。他们意气风发，富于进取，没有一点隐士高人的气息。他们都有一股热情与力量，无论作事与作诗，都能表现出雄健浓烈的生气。他们的生命非常活跃，因此作品中的情感也比较强烈。他们长于用七言的长歌，去描写塞外的瑰奇风光，惊人的战争场面，以及复杂变幻的感情。"⑤盛唐气象在诗歌上的顶峰当首推李白。"他的成就是多方面的，诗歌的风格也是多样化的。他兼有王、孟、岑、高诸家之长，铸镕锻炼，百川入海似的，形成他诗歌中丰富的色彩和绚烂的光辉。""他自己承认他是狂人(《庐山谣》中云：'我本楚狂人')，这是非常恰当的。狂是他人生的象征，也就是他作

---

① 胡应麟：《诗薮》内编卷三。
② 胡应麟：《诗薮》内编卷四。
③ 胡应麟：《诗薮》内编卷五。
④ 李沂：《唐诗援序》。
⑤ 刘大杰：《中国文学发展史》，上海古籍出版社 1982 年版，第 452 页。

品的象征。'狂'字在这里绝无半点贬责的意味，在封建社会里，这正是一种勇于反抗、勇于追求自由解放的精神力量的表现。"①李白、岑参、高适等人的诗，是盛唐时期欣欣向荣的社会氛围的反映，只有在整个社会充盈着向上精神的历史时期才可能出现这种景象。

古典主义诗学的典型代表前后七子为何对唐宋八大家的散文不感兴趣呢？一个流行的解释是，他们借此表达出对理学的不满。这种解释自有其深刻性。如廖可斌《明代文学复古运动研究》第一章所说："主体精神向理性化方向发展所遵循的一系列理性原则，脱离活生生的感性世界，属于纯知解性的东西，因此本质上不是诗的材料，只适宜由散文表达。而思维与语言的理性化方向的发展，又为这种表达提供了条件。因此，几乎是与理学的萌芽同步，散文（古文）的创作在中唐兴盛起来。入宋以后，随着理学的发展，古文的创作更趋繁荣。自此理学便与古文结下了不解之缘。从唐宋八大家到元代的姚燧、虞集（他们两人被黄宗羲推为元代古文家之冠），再到元末明初的浙东派、明中叶的唐宋派，以至清代的桐城派、湘乡派等，著名古文家几乎都与理学有牵连，其中大多数人就是正牌的理学家。""几乎每个作者都摆出一副得道者的道貌岸然的姿态，每篇文章都在高谈神圣的道义和事理。"但七子派未必完全认同这一说法。因为，他们对西汉散文的钟情，一个重要的原因在于，西汉的国势与明代前期的国势有其相似之处，都处于充满活力的阶段。作为例证，可以提到这样一个事实，即阳明心学与前七子的复古并起于一时。钱锺书先生对此大惑不解，曾说："有明弘、正之世，于文学则有李、何之复古模拟，于理学则有阳明之师心直觉。二事根本抵牾，竟能齐驱不倍。"②其实，这没有什么不好理解的。王阳明与李梦阳表面异趋，追求的却同样是一种气度，一种力量。王阳明《传习录》下记载："众人只说格物要依晦翁，何曾把他的说去用？我着实曾用来。初年与钱友同论做圣贤要格天下之物。如今安得这等大的力量？因指亭前竹子，令去格看。钱子

---

① 刘大杰：《中国文学发展史》，复旦大学出版社2006年版，第460、461页。

② 钱锺书：《谈艺录》，中华书局1984年版，第303页。

早夜去穷格竹子的道理，竭其心思，至于三日，便致劳神成疾。当初说他这是精力不足。某因自去穷格。早夜不得其理。到七日，亦以劳思致疾。遂相与叹：圣贤是做不得的，无他大力量去格物了！及在夷中三年，颇见得此意思。乃知天下之物本无可格者。其格物之功只在身心上做。决然以圣人为人人可到，便自有担当了。"王阳明的哲学由主静到主动，即因他意识到，这才能臻于气势磅礴、有"大力量"的境界。七子派之推重西汉文章，亦缘于对宏大气魄的偏爱。譬如汉赋，它们所着力展示的，不正是"一个繁荣富强、充满活力、自信和对现实具有浓厚兴趣、关注和爱好的世界图景么"①？至于司马迁的《史记》，则是在一个广阔的范围内直接处理众多的社会生活场景，作为"无韵之《离骚》"，它的生气勃勃和恢宏壮美，它的深沉凝重而兼浪漫热烈，也和汉赋一样，堪称"巨丽"。王世贞《艺苑卮言》卷三说："西京之文实。东京之文弱，犹未离实也。六朝之文浮，离实矣。唐之文庸，犹未离浮也。宋之文陋，离浮矣，愈下矣。元无文。"所谓"实"，指汉赋和《史记》等所铺叙之事件，所展开之场景，都是社会和自然的巨大"存在"。这是古典主义文学流派所向往的境界。

在这里提及明初刘基的文学观点是必要的。他特别重视文学和时代的联系，倡言"文之盛衰实关时之泰否"②，"言生于心而发于气，气之盛衰系乎时"③。从这样的立场出发，他格外推崇汉、唐和北宋的文学："三代之文浑浑灏灏，当是时也，王泽一施于天下，仁厚之气钟于人而发为言，安得不硕大而宏博也哉？三代而降，君天下之文者莫如汉，汉之政令南通夜郎、邛筰，西被宛、夏，东尽玄菟、乐浪，北至阴山，涵泳四百余年，至今称文之雄者莫如汉，其气之盛使然哉！汉之后惟唐为仿佛，则亦以其正朝之所及者广也。宋之文盛于元丰、元祐，时天下犹未分也。"④"汉兴，一扫衰周之文敝，而返诸

---

① 李泽厚：《美的历程》，中国社会科学出版社 1989 年版，第 77 页。
② 刘基：《苏平仲文集序》。
③ 刘基：《王师鲁尚书文集序》。
④ 刘基：《王师鲁尚书文集序》。

朴。丰沛之歌，雄伟不饰，移风易尚之机，实肇于此。……周之下，享国延祚，汉为最久，盖可识矣。""继汉而有九有，享国祚最久者唐也。故其诗文有陈子昂，而继以李、杜；有韩退之，而和以柳。于是唐不让汉，则此数公之力也。继唐者宋，而有欧、苏、曾、王出焉。其文与诗，追汉、唐矣。而周、程、张氏之徒又大阐明道理。于是，高者上窥三代。而汉、唐若有歉焉。故以宋之威武较之汉唐，弗侔也。而七帝相承，治化不减汉唐者，抑亦天运之使然欤？是故气昌而国昌，由文以见之也。元承宋统，子孙相传，仅逾百载，而有刘、许、姚、吴、虞、黄、范、揭之俦，有诗有文，皆可垂后者，由其土宇最广也。"①刘基把文学的兴盛归因于时代的强盛，旨在强调，明代也应产生汉、唐盛世似的文学："今我国家之兴，土宇之大，上轶汉唐与宋，而尽有元之幅员，夫何高文宏辞，未之多见，良由混一之未远也。"他的这种思路，与后来七子派倡导秦汉之文、盛唐之诗是一致的，只是他对审美批评未尝用心，故对文学之为文学的若干因素如"格"、"调"、"兴象"等的认识不及七子派深刻，对"雄文"的选择也就不如七子派准确。

明初高棅的思路也与刘基有相近和重合之处。他编《唐诗品汇》，以初唐为"正始"，盛唐为"正宗"，中唐为"接武"，晚唐为"正变"和"余响"。"这是有唐一代之诗随着唐代社会从正始到全盛、到下降、到衰微的演变史。在这个演变史的陈述中，高棅最重视的是格力的强弱，其次是气象是否浑雅，华实是否兼得，体制是否完备。而盛唐之诗就以其格力雄壮、气象浑雅、华实兼得、体制完备而高踞于这个演变史的顶峰。格力雄壮，气象浑雅，华实兼得，体制完备：这就是盛唐诗的时代格调，也就是提倡以盛唐为师的基本内容。同样的意思虽然自严羽以来许多人都提到过，但还从未像高棅《唐诗品汇》表达得这样切实、详尽。明白了这个意思，对理解'格调'说以至整个封建社会后期的文学复古思想，都是有益的。"②

---

① 刘基：《苏平仲文集序》。
② 成复旺、蔡钟翔、黄保真：《中国文学理论史》（三），北京出版社 1987 年版，第 34 页。

文学随世运相盛衰的见解，也曾受到质疑或挑战。如李梦阳《章园饯会诗引》："说者谓文气与世运相盛衰，六朝偏安，故其文藻以弱。又谓六书之法至晋遂亡。而李、杜二子往往推重鲍、谢，用其全句甚多。梁武帝谓逸少书如龙跃虎卧，历代宝之，永以为训。此又何说也？""大抵六朝之调凄宛，故其弊靡；其字俊逸，故其弊媚。《诗》云：'乐彼之园，爰有树檀，其下惟萚。'""择而取之，存诸人者也。夫溯流而上不能不犯险者，势使然也。兹欲游艺于骚雅、籀颉之间，其不能越是以往，明矣。"对李梦阳的这些话，需要加上三条附注。一、李梦阳反对"文气与世运相盛衰"之论，是由于他已经发现，艺术生产与社会的繁荣与否并不必然同步，时代精神与文学的盛衰之间有更加微妙的联系，不可一概而论。二、他反对"文气与世运相盛衰"之论，但并不反对以西汉文、盛唐诗为典范的古典主义原则。《明史·文苑传序》云："弘正之间，李东阳出入宋元，溯流唐代，擅声馆阁。而李梦阳、何景明倡言复古，文自西京、诗自中唐而下一切吐弃。操觚谈艺之士翕然宗之。明之诗文于斯一变。"李开先《王渼陂传》云："是时西涯当国，倡为清新流丽之诗、软糜腐烂之文，士林罔不宗习其体。……及李空同、康对山相继上京，厌一时诗文之弊，相与讲订考正，文非秦汉不以入于目，诗非汉魏不以出诸口，而唐诗间以仿效之，唐之以下无取焉。"在李梦阳那里，六朝诗作为取资的对象，只有辅助的意义。三、从刘基到李梦阳，虽然都以秦汉文、盛唐诗为古典的榜样，但立论的依据并不相同。刘基着眼于时代的强盛，从外部寻找解释；李梦阳等着眼于格调的雄壮浑雅，从内部寻找解释。关注点从外部转向内部，这标志着格调理论的兴盛与成熟。①

又如茅坤《唐宋八大家文抄总序》："世之操觚者，往往谓文章与时相高下，而唐以后且薄不足为。噫！抑不知文特以道相盛衰，时非所论也。"其《文旨赠许海岳沈虹台》又说："得其道而折衷于六艺者，汉、唐、宋是也，虽其衰且弱也，不得而废也；不得其道而外六艺，以兴甲兵、割河山，项籍、王郎以下是也。"茅坤的立论要旨是：文

---

① 格调派轻视诗与外部世界的联系，这一点第一章之二及第五章将展开讨论。

章并非"与世运相盛衰"，而是"以道相盛衰"。他这样讲，目的是提高唐宋古文的地位，将文统与道统结合在一起。其内在的合理性在于，中国古代的"文"，职责即是论道，因此，说它与道相盛衰，并不令人感到突兀。这里，我们务必注意，茅坤仅仅不满于七子派"文必秦汉"的古文理论，而对"诗必盛唐"的诗论却大体上是认可的。其《与慎山泉侍御论文书》云：

> 本朝诗声自弘治、正德以来，度越宋元，直逼唐风矣。文章一派犹未得其至者。仆尝作一《文旨》，……大略以为文必溯六艺之深而折衷于道，斯则天下者之正统也。

《复溯水宋大尹书》又云：

> 我国家弘治、正德以来，诗歌之什已彬彬戛金石、奏宫商，或可与唐大历、贞元相倡和矣。独其文章则仆窃谓当如孔子所云"其辞文，其旨远"，必得六籍之深而可与之升其堂而入其室也。否则，恐不免如苏长公所诮扬子云第以艰深之辞文浅近之说。世之所竞慕以摹《左传》、摹《史记》、摹《汉书》，纵极其工，当亦优人者之貌孙叔敖焉耳，而况其所摹者特句字之诘屈、声音之聱牙而已。

茅坤将诗与文分开讨论，分别对待，这是很有眼光的。因为，"文各有体"，古文与诗的文体职能不同，和道的关系也就不同。古文"与道相盛衰"，诗则不一定"与道相盛衰"。如此看来，茅坤等唐宋派作家与七子派的分歧仅在论文方面，至于论诗，并无不可调和的冲突。甚至，在某些情况下，二者的论诗主张相当一致。

比如，嘉靖初年，薛蕙、陈束等人因不满于李、何的师杜之风，转而效法初唐之体。对此，王慎中在《寄道原弟书十五》中批评道："每见世所称才士所作不但去古人远，虽李、何二公尚隔多少层数。……初唐之诗千篇一律，数家之集皆若一人，而一人之作亦若一首。其声调虽俊美，体格虽涵厚，而变化终不足。盛唐之诗则人人有眼目，篇篇有风骨。"扬盛唐而抑初唐，即扬李、何而抑薛蕙、陈束，他论诗的基本立场与李梦阳并无大异。中年作《吊李空同先生》，犹云："空同先生之风，予慕之久矣。"又如，他论文以道为核心，其《与林观颐》云："所谓古文辞者，非取其文词不类于时，其道乃古之道也。"但论诗则以发感慨、泄愤懑、表达身世之感为宗旨，他说："余少而喜为诗，以为文之穷情极变，引物连类，指近而寓远，陈显而寄微，足以感人动物，咏其所志者莫善于诗。"①"意必有奇节怪行，慷慨磊砢之士，不涉声华，隐于酒弈，混于屠钓，忿悐傲睨，相与作为语言，嘲侮风月，雕绘草木，以泄其气而乐其心，则不泯之道将于斯人乎寄以存。"②这样论诗，与李梦阳又有什么区别呢？因此，如果说七子派与唐宋派确有分歧的话，那也集中在论文方面，将二者的对立说成整体性的，不符合历史事实。不无喜剧意味的是，唐宋派之所以不满于七子派论文宗尚秦汉，原因之一竟是，这样做未能将李梦阳重法的主张贯彻到底，只有宗尚唐宋才可圆满地掌握为文之法。唐顺之《董中峰侍郎文集序》云："汉以前之文，未尝无法，而未尝有法，法寓于无法之中，故其为法也，密而不可窥。唐与近代之文，不能无法，而能毫厘不失乎法，以有法为法，故其为法也严而不可犯。密则疑于无所谓法，严则疑于有法而可窥，然而文之必有法，出乎自然而不可异者，则不容异也。且夫不能有法，而何以议于无法？有人焉见夫汉以前之文，疑于无法，而以为果无法也，于是率然而出之，决裂以为体，饾饤以为词，尽去自古以来开阖首尾经纬错综之法，而别为一种臃肿伊涩浮荡之文。其气离而不属，其声离而不节，其意卑，其语涩，以为秦与汉之文如是也，岂不犹腐木湿鼓之音，而且诧曰：吾之乐合乎神。呜呼！今之言秦与汉者纷纷是矣，知其果秦乎汉乎否也？"唐顺之以为，秦汉之文，"法寓于无法之中，故其为法也密而不可窥"；唐宋之文，"以有法为法，故其为法也严而不可犯"。因此，学文当由唐宋入手，以有法为法，进而上窥秦汉，臻于"法寓于无法之中"的境界。唐顺之的结论，仍以秦汉古文为"第一义"，仍是

---

① 王慎中：《陈少华诗集序》。
② 王慎中：《五子诗集序》。

正宗的古典主义文论。

二、明代诗学的古典诗歌创作背景

明代诗学的特征，可以从不同的角度加以描述。就其尊崇古代的典范而言，它是古典主义的；就其与认识论、反映论诗学的截然不同而言，它又是审美的，注重修辞的。作为注重审美的诗学，它的产生、兴盛与古典诗歌创作背景息息相关。

考察明代诗学的古典诗歌创作背景，唐宋诗的差异以及诸多明代诗人对宋诗的不满是其焦点。

中国诗的源头是《诗经》。《诗经》中本有两种类型的诗，一种是《风》诗，一种是《雅》、《颂》。《风》诗以抒发感情为主，率真自然，功利观念淡薄，可以说是纯粹的抒情诗。《雅》、《颂》则兼有叙与议的功能，多"言王政之废兴"，纯粹的抒情诗很少。汉代的乐府诗，以叙事为主而兼有浓郁的抒情意味，发展到汉末，便萌生出抒情的五言诗。但纯粹的抒情五言诗，大约要到魏晋之际的阮籍手中，才告完成。陆机《文赋》说"诗缘情而绮靡"，就是在纯粹抒情诗已经完成的情形下提出的。不过，与抒情诗不断纯粹的进程相伴随，也还有东晋玄言诗的抬头，表明《雅》、《颂》的传统依然顽强地延续着。

唐代依然是《风》诗传统和《雅》、《颂》传统并存。杜甫和韩愈的相当一部分作品，便与《雅》、《颂》有较多相似之处。何景明《明月篇序》说：

> 仆始读杜子七言歌行，爱其陈事切实，布辞沉著，鄙心窃效之，以为长篇圣于子美矣。既而读汉魏以来歌诗，及唐初四杰者之所为，而反复之，则知汉魏固承三百篇之后，流风犹可徵焉，而四子者虽工富丽，去古远甚，至其音节往往可歌，乃知子美辞固沉著而调失流转，虽成一家语，实则诗歌之变体也。夫诗本性情之发者也，其切而易见者，莫如夫妇之间，是以《三百篇》首乎雎鸠，六义首乎《风》，而汉魏作者义关君臣朋友，辞必托诸夫妇，以宣郁而达情焉，其旨远矣。由是观之，子美之诗，博涉

世故，出于夫妇者常少，致兼《雅》、《颂》，而风人之义或缺，此其调反在四子下与。

何景明对杜甫诗的批评，一是"调失流转"，二是"风人之义或缺"；"风人之义或缺"是因，"调失流转"是果。可见，杜甫诗之不能见赏于何景明，在于背离了《风》诗轨则，与整体上的唐诗形成风貌上的差异甚至对立。① 至于韩愈，亦如刘克庄《后村诗话》所云："自唐以来，李、杜之后，便到韩、柳。韩诗沉着痛快，可以配杜，但以气为之，直截者多，隽永者少。"

对杜甫和韩愈的诗，唐人并无"以文为诗"的评价。原来，唐人意识中尚无所谓诗、文之别，当时强调的是"诗"、"笔"的异同。"诗笔之别"是从"文笔之别"推衍而来的，即将"有韵者文，无韵音笔"变成了"有韵者诗，无韵者笔"。杜甫《寄岳州贾司马六丈巴州严八使君》说："贾笔论孤愤，严诗赋几篇"；杜牧《读杜韩诗集》说："杜诗韩笔愁来读。"以"诗"、"笔"对举，足见唐人关注的焦点。杜牧称韩愈的散体文为"笔"，还未将它纳入"文"的范畴。

但唐代发生了一桩影响深远的事，即韩愈将他的散体文自称为"古文"。这样一来，"笔"就升格到"文"里去了。不过韩愈所谓"文"，是包括诗、赋、骈体、散体在内的，"诗"与"文"乃属同一类型，相互之间不存在对立的关系，因而也很少有人去深究诗、文的区别。胡应麟《诗薮》杂编卷五说："唐中叶后，诗文异驱。"作为一个文学创作的事实，这一概括或许是对的；但从理论上，宋人才强烈地意识到诗文的"异驱"。

宋代的散体古文兴盛一时，成为文坛大宗，"文笔"、"诗笔"的分别遂失去意义，于是诗文的分别成为关注焦点。"以文为诗"的说法便是在这种背景下产生的。释惠洪《冷斋夜话》卷二云：

---

① 朱东润《何景明批评论述评》云："从文学史上论之，少陵之诗自成一宗，不特与初唐四子风气各异，即对于整个的唐诗，亦备具独有之风调。叶适《徐斯远文集序》论宋诗宗派云：'嘉祐以来，天下以杜甫为师，始黜唐人之学，而江西宗派章焉。'此处以唐人之学与杜甫对举，其分野已显然。"《何景明批评论述评》收入《中国文学论集》一书，中华书局1983年版。

　　　沈存中、吕惠卿吉甫、王存正仲、李常公泽，治平中在馆中夜谈诗。存中曰："退之诗，押韵之文耳，虽健美富赡，然终不是诗。"吉甫曰："诗正当如是，吾谓诗人亦未有如退之者。"

陈师道《后山诗话》云：

　　　退之以文为诗，子瞻以诗为词，如教坊雷大使之舞，虽极天下之工，要非本色。

或说"押韵之文"，或说"以文为诗"，含义相近。由此就提出了一个问题：诗文的分别到底是什么？刘克庄以为：

　　　后人尽诵读古人书，而下语终不能仿佛风人之万一，余窃惑焉。或古诗出于情性，发必善；今诗出于记问博而已，自杜子美未免此病。①
　　　唐文人皆能诗，柳尤高，韩尚非本色。迨本朝则文人多，诗人少。三百年间，虽人各有集，集各有诗，诗各自为体，或尚理致，或负材力，或呈辩博，少者千篇，多至万首，要皆经义策论之有韵者尔，非诗也。②
　　　以情性礼义为本，以鸟兽草木为料，风人之诗也；以书为本，以事为料，文人之诗也。③

方岳《深雪偶谈》举刘禹锡《题蜀王庙》、杜牧《赤壁》二诗推论道：

　　　本朝诸公喜为议论。往往不深喻唐人主于性情，使隽永有味，然后为胜。

---

① 刘克庄：《韩隐君诗序》。
② 刘克庄：《竹溪诗序》。
③ 刘克庄：《题何谦诗》。

从这几段话大体可以看出，在沈存中、陈师道、刘克庄、方岳等人看来，标准的诗应该是像《诗经》中的《风》诗那样，"出乎情性"，"一唱三叹"；倘若自负材力，以文字为诗，以才学为诗，那就只算得"押韵之文"。依据他们的这一准则，只有《风》诗才是诗的正宗，《雅》、《颂》的传统应该被彻底地清理出去。

《风》与《雅》、《颂》的区别是一个客观存在的事实，《风》诗传统在后世被发扬光大而《雅》、《颂》传统少人问津也自有其理由。李梦阳《空同集》卷六附《郭公谣》一诗，跋曰："世尝谓删后无诗，无者谓《雅》耳，风自谣口出，孰得而无之。今录其民谣一首，使人知真诗果在民间。"胡应麟《诗薮》内编卷一说得尤为具体："《国风》、《雅》、《颂》，并列圣经。第风人所赋，多本室家、行旅、悲欢、聚散、感叹、忆赠之词，故其遗响，后世独传。楚一变而为骚。汉再变而为选，唐三变而为律，体格日卑，其用于室家、行旅、悲欢、聚散、感叹、忆赠，则一也。《雅》、《颂》宏奥淳深，庄严典则，施诸明堂清庙，用既不伦；作自圣佐贤臣，体又迥别。三代而下，寥寥寡和，宜矣。"《风》诗旨在抒情，《雅》、《颂》却主要是一种朝政上的实用文体，"独传"，"寡和"，原因在此。

在宋代，还有一个备受关注的现象。一方面，诗文的区别是由宋人提出来的，另一方面，"以文为诗"也以宋人的创作表现得格外突出。造成这种现象的原因也许在于，唐人写诗，较少现实的功利追求。自然与《风》诗的传统一脉相承；宋人（如苏轼、黄庭坚）面对唐诗的卓越成就，总希望能够别开生面，于是，如同以诗为词旨在开拓词的境界一样，宋人也刻意"以文为诗"，藉以与唐人立异，显示自身的个性和创造力。这样一来，"以文为诗"便成了宋诗异于唐诗的基本特征。从与传统的关系看，所谓"以文为诗"，不过是《雅》、《颂》诗风在一个特殊时代异乎寻常地被发扬光大而已。

集中将唐宋诗作为两种不同类型加以评议的是宋末的严羽。他在《沧浪诗话·诗辨》中说："国初之诗，尚沿袭唐人：王黄州学白乐天，杨文公、刘中山学李商隐，盛文肃学韦苏州，欧阳公学韩退之古诗，梅圣俞学唐人平澹处。至东坡、山谷始自出己意以为诗，唐人之风变矣。山谷用工尤深刻，其后法席盛行，海内称为江西宗派，近世赵紫芝、翁灵舒辈，独喜贾岛、姚合之语，稍稍复就清苦之风；江湖诗人多效其体，一时自谓之唐宗；不知止入声闻、辟支之果，岂盛唐诸公大乘正法眼者哉!"严羽评议宋诗，其参照系是"盛唐"标格。以盛唐为"第一义"，他对"自出己意以为诗"的苏、黄极为不满。《诗辨》中的一段锋芒毕露的阐述即针对苏、黄等人而发："夫诗有别材，非关书也；诗有别趣，非关理也。而古人未尝不读书，不穷理。所谓不涉理路、不落言筌者，上也。诗者，吟咏情性也。盛唐诗人惟在兴趣，羚羊挂角，无迹可求。故其妙处莹彻玲珑，不可凑泊，如空中之音，相中之色，水中之月，镜中之象，言有尽而意无穷。近代诸公作奇特解会，遂以文字为诗，以议论为诗，以才学为诗。以是为诗，夫岂不工，终非古人之诗也。"严羽敏锐地注意到了唐宋诗一重呈现、一重说明的特征，为了纠正宋诗的偏颇，遂揭出"不涉理路，不落言筌"的主张，强调逻辑的干预并非诗之正法眼，强调"文字"、"议论"、"才学"并非诗的美感魅力的源泉。

明人对唐诗的推崇源远流长。① 由唐到宋是我国古代诗歌转变的关键时期。宋诗较多解说性、演绎性的表达方式，唐诗则将认识与感悟化合为一，严羽扬唐抑宋，"截然谓当以盛唐为法"②。元人已转向唐音，至明朝初期，力宗盛唐成为一时风气。③ 高棅《唐诗品汇》应运而生，既呼应了严羽的《沧浪诗话》，又为明代的格调说开了先

---

① 何景明《海叟诗序》说："景明学诗，自为举子历宦，于今十年，日觉前所学者非是。盖诗虽盛称于唐，其好古者自陈子昂后，莫如李、杜二家，然二家歌行近体，诚有可法，而古作尚有离去者，犹未尽可法之也。故景明学歌行近体有取于二家，旁及唐初、盛唐诸人，而古作必从汉魏求之。"这提醒我们，前后七子于古诗以汉魏为榜样，于律诗以初、盛唐为榜样，"诗必盛唐"四字不足以概括其诗学主张。不过，这两个榜样有一个共同点，即继承《风》诗传统，以"不涉理路，不落言筌"为贵，所以，我们不妨用"唐诗"来代表汉魏古诗和初、盛唐律诗，以便行文。钱锺书《谈艺录》一《诗分唐宋》："唐诗、宋诗，亦非仅朝代之别，乃体格性分之殊，天下有两种人，斯分两种诗。唐诗多以丰神情韵擅长，宋诗多以筋骨思理见胜。"亦着眼于"体格性分"。

② 严羽：《沧浪诗话·诗辨》。

③ 胡应麟《诗薮》外篇卷五云："近体至宋，性情泯矣。元之才不若宋之高，而稍复缘情，故元季诸子，即为昭代先鞭。"

河，遂成为一部影响深远的唐诗选集。《四库全书总目提要》云："宋之末年，江西一派与四灵一派，并合而为江湖派，猥杂细碎，如出一辙，诗以大弊。元人欲以新艳奇丽矫之，迨其末流，飞卿、长吉一派与卢仝、马异、刘叉一派，并合而为纤体，妖冶俶诡，如出一辙，诗又大弊。百余年中，能自拔于风气外者，落落数十人耳。明初闽人林鸿，始以规仿盛唐立论，而棅实左右之，是集其职志也。……《明史·文苑传》谓终明之世，馆阁以此书为宗。厥后李梦阳、何景明等，摹拟盛唐，名为崛起，其胚胎实兆于此。平心而论，唐音之流为肤廓者，此书实启其弊，唐音之不绝于后世者，亦此书实衍其传。功过并存，不能互掩。后来过毁过誉，皆门户之见，非公论也。"高棅的论诗宗旨是"观诗以求其人，因人以知其时，因时以辨文章之高下，词气之盛衰"，由此出发，将唐诗划分为初、盛、中、晚四个发展阶段，提出以盛唐为主，并对各个时期的风格和各个诗人的艺术特点，作了细致辨析和简要概括。他高扬唐诗，不言而喻是以宋诗为贬抑对象的。

高棅之后，茶陵派、前后七子及其追随者，无不奉唐诗为圭臬，视宋诗为糠秕。他们对宋诗的批评，集矢于其解说性、演绎性的特征。李东阳《麓堂诗话》不仅批评宋诗大家苏轼的作品"伤于快直，少委曲沉著之意"，还从整体上对宋诗下了这样的结论："诗太拙则近于文，太巧则近于词。宋之拙者，皆文也；元之巧者，皆词也。"谢榛的议论常常针对具体作品，体贴入微，不乏真知灼见。如《四溟诗话》卷三：

> 陈一庵太守因徽藩诬奏，谪戍琼州，寓邱文庄别墅，日耽诗酒。每闻缙绅间盛称苏舜泽总制《雪》诗："初随鸣雨喧相续，转入飘风静不闻。"写景入微，非老手不能也。若杨诚斋"筛瓦巧从疏处透，跳阶误到暖边融"，便是宋人本色。

谢榛举了杨万里（诚斋）的两句诗作为"宋人本色"的例证，其立论的前提是什么？叶维廉《中国古典诗中的传释活动》一文曾说："在我们和外物接触之初，在接触之际，感知网绝对不是只有知性的活动，而应该同时包括了视觉的、听觉的、触觉的、味觉的、嗅觉的，和无以名之的所谓超觉(或第六感)的活动，感而后思。有人或者要说，视觉是画家的事，听觉是音乐家的事，触觉是雕刻家的事……而'思'是文学家的事。这种说法好像'思'(即如解释人与物、物与物的关系和继起的意义，如物如何影响人，或物态如何反映了人情)才是文学表现的主旨。事实上，'思'固可以成为作品其中一个终点，但绝不是全部。要呈现的应该是接触时的实况，事件发生的全面感受。"①

唐代诗人追求对"全面感受"的"呈现"，所以在艺术表达中回避"思"的痕迹，回避对时间、空间、因果关系的交代。如"鸡声茅店月，人迹板桥霜"就没有确定"茅店"与"月"的空间关系，"板桥霜"也不定就是"板桥"上的"霜"。诗中有"人"，却并不插在读者和景物之间作絮絮叨叨的指点、说明。与这种让"景物自现"的境界成为对照，杨万里的诗却加入了作者的判断、说明。以至于连"巧"、"误"这样的词汇也用上了。结果，景物的独立性和客观性失去了，读者总意识到有个解说者在发表他的看法。胡应麟《诗薮》内编卷二说："禅家戒事理二障，余戏谓宋人诗病政坐此。苏、黄好用事，而为事使，事障也；程、邵好谈理，而为理缚，理障也。"从普遍的情形看，宋诗的风貌与"思"的干预有着异常密切的联系。

著名的禅宗大师青原惟信曾说：

> 老僧三十年前未参禅时，见山是山，见水是水。及至后来，亲见知识，有个入处，见山不是山，见水不是水。而今得个休歇处，依前见山只是山，见水只是水。大众，这三般见解，是同是别？

青原惟信的这三种见解，表达了对世界的三种态度。第一种态度："见山是山，见水是水。"这是用逻辑思维法则来把握人生事实。见到了山，便贴上"山"的概念；见到了水，便贴上"水"的概念。自然山水不再是葱茏、碧绿的风景，而是一个概念，一个类别，一个抽

---

① 叶维廉：《中国诗学》，三联书店 1992 版，第 22 页。

象的逻辑学意义上的事物。第二种态度："见山不是山，见水不是水。"这是以非逻辑的第三只眼来看待人生事实。见到了山，却并不贴上"山"的概念，见到了水，也并不贴上"水"的概念。扫除名目的纠缠，丢掉逻辑的拐杖，以便接近它本来的面目。第三种态度："见山只是山，见水只是水。"这是以没有灰尘的明镜般的心来观照人生事实。见到了山，就根据山的本来面目去体验山；见到了水，就根据水的本来面目去体验水。山水是生气勃勃的，人也是生气勃勃的，物我两忘，物我一体。

比照青原惟信所说的三种情形，我们的结论是：唐诗近于第三种态度，景物不知不觉地呈现于笔下；宋诗近于第一种态度，经常解释和说明物我关系及其意义。作者的主观情感或人为的说明介入景物描写，"思"的痕迹阻碍了物象涌现的直接性和山水景物的新鲜感。用明人的术语来说，宋诗含有较多的"理"的成分。

三、明代诗人的大家情结

一个时代的诗学的形成，其原因是多种多样的。这里既有时代的因素，也有文学发展的内在逻辑，还与那个时代作家本身的气质相关。前两个原因，我们已大略地讨论过了。下面转入对作家本身气质的探讨。

明代诗人的突出个性是其化解不开的大家情结。面对辉煌的中国古典诗，明代诗人经常思索并为之焦虑不安的问题是：怎样才能成为大家？换句话说，如何才能超越宋、元，与汉、唐鼎立？明人的这种心态，从胡应麟《诗薮》的若干片断可以明显地感觉到。如外编卷四：

> 大家名家之目，前古无之。然谢灵运谓东阿才擅八斗，元微之谓少陵诗集大成，斯义已昉。故记室《诗评》，推陈王圣域；廷礼《品汇》，标老杜大家。夫书画末技，钟、王、顾、陆，咸负此称；诗文大业，顾无其人？使子建与应、刘并列，拾遗与王、孟齐肩，可乎？则二者之辨，实谈艺所当知也。

> 元和而后，诗道浸晚，而人材故自横绝一时。若昌黎之鸿

伟,柳州之精工,梦得之雄奇,乐天之浩博,皆大家材具也。今人概以中、晚唐之高阁。若根脚坚牢,眼目精利,泛取读之,亦足充扩襟灵,赞助笔力。

太白多率语,子美多放语,献吉多粗语,仲默多浅语,于鳞多生语,元美多巧语,皆大家常态,然后学不可为法。右丞、浩然、龙标、昌谷、子业、明卿即不尔,然终不以彼易此。

余尝谓大家如卓、郑之产,膏腴万顷,轮奂百区,而硗瘠瘅陋。时时有之,名家如李都尉五千兵,皆荆、楚锐士,奇才剑客,然止可当一队。

《世说新语·任诞》载:"有人讥周仆射与亲友言戏,秽杂无检节,周曰:'吾若万里长江,何能不千里一曲?'"胡应麟的措词与这位周仆射颇为相类。他一再指出"大家"的种种不足,落脚点却仍是推崇不已。千里一曲的万里长江是不屑于与笔直的小河较量高下的。

在明代,较早使用"大家"一词的是明初高棅。他编选《唐诗品汇》,于各体诗均列正宗、大家、名家、正变之目。在七类诗体中,李白均为正宗,而杜甫有五类是大家,二类是羽翼。其中正言律诗,孟浩然、王维、高适、岑参均为正宗,杜甫独为大家;七言律诗中李憕、祖咏、崔曙、万楚、张谓、王昌龄,仅各选一首,亦为正宗,而杜甫选了三十七首,仍为大家。有人认为:"这是一个颇难理解的品选,唯一的解释就是李憕等就诗人而言虽为小家,但所选的一首诗却可奉为楷模,而杜甫的诗选得虽多,却非正宗,不能代表盛唐之音。"①照我的看法,高棅的品选自有其理由。"大家"之称,主要着眼于作家的材具;"正宗"之称,则意在表示作家的创作合乎一定的格调。胡应麟认为,即使是开宋诗风气的韩愈、白居易也可称为"大家",因为他们材具宏伟。王世贞《艺苑卮言》卷一说:"才生思,思生调,调生格;思即才之用,调即思之境,格即调之界。"这一见解的内在统一性在于:一方面以材具大小作为衡量诗人地位的首要标

---

① 袁震宇、刘明今:《明代文学批评史》,上海古籍出版社 1991 年版,第 66~67 页。

准，另一方面又要求诗人的材具受格调的规范。这从理论上说是不偏不倚的，王世贞在其他场合的表述也注意与此呼应。比如，他在《方鸿胪息机堂集序》中说："……不孜孜求工于效矉抵掌之似，大较气完而辞畅，出之自才，止之自格，人不得以大历而后名之。"不求合于古人格调，而以自家才气为本，表明才气重于格调。其《沈嘉则诗选序》则说："夫格者才之御也，调者气之规也。子之向者遇境而必触，蓄意而必达，夫是以格不能御才，而气恒溢于调之外。……今子能抑才以就格，完气以成调，几於纯矣。"《真逸集序》也说："余尝谓诗之所谓格者，若器之有格也，又止也，言物至此而止也。"这两段话又注重格调对才气的规范制约作用。二者兼顾，谨守中庸之道。

但在实际的创作中，王世贞却不免放纵才气，忘了格调，成为事实上偏重才气的文坛领袖。他在《与屠长卿书》中承认："夫仆之病在好尽意而工引事，尽意而工引事则不能无出入于格。以故诗有堕元白或晚季近代者，文有堕六朝或唐宋者，仆亦自晓之，偶不能割爱，因而灾木，行当有所删削也。"他删削了没有呢？也许删削了一部分，但基本的立场没有变，在才气与格调之间，依然更重才气。后来，他的门人胡应麟在给杜甫定位时，也不动声色地采取了与他相近的立场。《诗薮》内编卷四说："盛唐一味秀丽雄浑。杜则精粗、巨细、巧拙、新陈、险易、浅深、浓淡、肥瘦，靡不毕具，参其格调，实与盛唐大别。其能荟萃前人在此，滥觞后世亦在此。且言理近经，叙事兼史，尤诗家绝睹。其集不可不读，亦殊不易读。"论格调，杜甫是不能算正宗的，但他才气浩瀚，足以荟萃前人，滥觞后世。对这样一位集大成者，简单套用格调的标准是错误的。

材具的重要性超过了格调，于是，追求材具的宏伟便成为诸多明代诗人的首要目标。在创作上，这体现为对"集大成"境界的向往。明代首倡"集大成"之说的也许是高启。他在《独庵集序》中说：

> 诗之要：有曰格，曰意，曰趣而已。格以辨其体，意以达其情，趣以臻其妙也。体不辨，则入于邪陋。而师古之义乖；情不达，则堕于浮虚，而感人之实浅；妙不臻，则流于凡近，而超俗之风微。三者既得而后典雅冲淡，豪俊秾缛，幽婉奇险之辞，变

化不一，随所宜而赋焉。如万物之生，洪纤各具乎天；四序之行、荣惨各适其职。又能声不违节、言必止义，如是而诗之道备矣。

夫自汉、魏、晋、唐而降，杜甫氏之外，诸作者各以所长名家，而不能相兼也。学者誉此诋彼，各师所嗜，譬犹行者埋轮一乡，而欲观九州之大，必无至矣。盖尝论之：渊明之善旷，而不可以颂朝廷之光；长吉之工奇，而不足以咏丘园之致，皆未得为全也。故必兼师众长，随事摹拟，待其时至心融，浑然自成，始可以名大方，而免夫偏执之弊矣。

高启视格、意、趣为诗歌创作的三大要素。"格"强调的是师往古之体，"意"强调的是情感的动人，"趣"强调的是超俗之妙。格高、情深、意趣不俗，如果能做到这三点，那么，典雅、冲淡等不同风格，均可随宜而施了。他发现，汉唐以来的诗人，多以一种风格名家，缺少丰富多彩的变化；只有杜甫，风格多样，超过了其他作者，高启看重风格的多样性，原因在于，诗的题材、内容是多样的，或旨在颂朝廷之光，或旨在咏丘园之致，倘若风格单一，就难以适应种种需要。他由此提出"兼师众长，随事摹拟，持其时至心融，浑然自成"的主张，目的是为了臻于"集大成"的境界。

从学理的层面考察李梦阳、徐祯卿之间的纠纷是很有意义的。早年的徐祯卿，与唐寅、祝允明、文徵明齐名，号"吴中四才子"。"其持论于唐名家独喜刘宾客、白太傅，沉酣六朝，散华流艳，'文章'、'烟月'之句，至今令人口吻犹香。"中进士之后，与李梦阳等人交游，"改而趋汉、魏、盛唐，吴中名士颇有'邯郸学步'之诮。然而标格清妍，摛词婉约，绝不染中原伧父槎牙臬兀之习，江左风流，故自在也。"①因徐祯卿的诗风始终与李梦阳有所不同，李梦阳颇为不满，讥之为"守而未化"。李梦阳与徐祯卿的分歧，焦点在于风格的差异。耐人寻味的是，当王世贞、胡应麟等人介入这一纠纷时，他们却从"谁更具有大家风范"的角度做出了盖棺论定的评价。王世贞《艺苑卮

① 钱谦益：《列朝诗集小传》丙集《徐博士祯卿》。

言》卷六：

> 昌谷(徐祯卿字昌谷)少即摛词，文匠齐梁，诗沿晚季，追举进士，见献吉(李梦阳字献吉)始大悔改。其乐府、《选》体、歌行、绝句，咀六朝之精旨，采唐初之妙则，天才高朗，英英独照。律体微乖整栗，亦是浩然、太白之遗也。《骚》诔颂劄，宛尔潘陆，惜微短耳。今中原豪杰，师尊献吉；后俊开敏，服膺何生；三吴轻隽，复为昌谷左袒。摘瑕攻颣，以模剽病李，不知李才大固苞何孕徐不掩瑜也，李所不足者，删之则精；二子所不足者，加我数年，亦未至矣。

胡应麟《诗薮》续编卷二：

> 弘、正间，诗流特众，然皆追逐李、何。士选、继之、升之、近夫，献吉派也；华玉、君采、望之、仲鹖，仲默派也。昌谷虽服膺献吉，然绝自名家，遂成鼎足。

> 以唐人与明并论，唐有王、杨、卢、骆，明则高、杨、张、徐；唐有工部、青莲，明则弇州、北郡；唐有摩诘、浩然、少伯、李颀、岑参，明则仲默、昌谷、于鳞、明卿、敬美，才力悉敌。唯宣、成际无陈、杜、沈、宋比，而弘、正、嘉、隆羽翼特广，亦盛唐所无也。

从所引《诗薮》的第一则看，胡应麟将诗坛三分，李梦阳、何景明(仲默)、徐祯卿各据其一，似乎不分轩轾。但第二则以李梦阳、王世贞比唐之李、杜，而以何景明、徐祯卿等比唐之王、孟等人，大家、名家之别，显而易见。三分天下，魏强而蜀、吴弱，并不在同一个级别上。

考察胡应麟对李梦阳、何景明、徐祯卿的估价，我们还发现一个有趣的事实，在若干无关大体的枝节上，胡应麟乐于承认何景明、徐祯卿优越于李梦阳之处，如："(李梦阳)品藻人伦，则尚有不惬人意者。如序《徐昌谷集》云：'大而未化，故蹊径存焉。'何元朗谓献吉诗比之昌谷，蹊径尤甚。王长公谓昌谷所未至者，大也，非化也。世以何、王为笃论，则献吉非至言。驳何仲默书云：'君诗如风螭巨鲸，步骤虽奇，不足为训。'然仲默诗温雅和平，动合规矩，与李评殊不类。又诮何'百年'、'万里'，层见叠出，今李集此类尚多于何。"①但在涉及材具大小与文坛地位时，胡应麟则毫不含糊地以李梦阳为第一，如云："李献吉诗文山斗一代，其手辟秦、汉、盛唐之派，可谓达磨西来，独阐禅教；又如曹溪卓锡，万众归依。"②不允许同时有第二人与之并列，足见胡应麟对材具的重视。

　　材具与格调并重，这是明代古典主义诗学的特征之一。敛才就范，则是格调说的注脚。③ 而我们关心的问题是：一个生活在明代的有着大家材具的诗人，怎样做才足以显出大家风度？明人比较一致的看法是：兼备众体，做创作上的全才。胡应麟在《诗薮》内编卷一中这样阐述他的理由：

　　　　曰风、曰雅、曰颂、三代之音也。曰歌、曰行、曰吟、曰操、曰辞、曰曲、曰谣、曰谚，两汉之音也。曰律、曰排律、曰绝句，唐人之音也。诗至于唐而格备，至于绝而体穷。故宋人不得不变而之词，元人不得不变而之曲。词胜而诗亡矣，曲胜而词亦亡矣。明不致工于作，而致工于述；不求多于专门，而求多于具体。所以度越元、宋，苞综汉、唐也。

《诗薮》续编卷一又说：

_____

① 胡应麟：《诗薮》续编卷一。
② 胡应麟：《诗薮》续编卷二。
③ 关于这一点，可参看胡应麟《诗薮》外编卷六对宋、元诗的比较："宋人调甚驳，而材具纵横，浩瀚过于元；元人调颇纯，而材具局促，卑陬劣于宋。然宋之远于诗者，材累之；元之近于诗者，亦材使之也。故蹈元之辙，不失为小乘；入宋之门，多流于外道也。"在胡应麟看来，宋人材具虽大，却因入门错误而致南辕北辙，离既定的目标越来越远；元人入门虽正，却因材力不足而未能到达目的地。

四言未兴，则《三百》启其源；五言首创，则《十九》诣其极。
歌行甫道，则李、杜为之冠；近体大畅，则开、宝擅其宗。使
枚、李生于六代，必不能舍两汉而别构五言；李、杜出于五季，
必不能舍开元而别为近体。盛唐而后，乐选律绝，种种具备，无
复堂奥可开，门户可立。是以献吉崛起成、弘，追师百代；仲默
勃兴河、洛，合轨一时。古惟独造，我则兼工，集其大成，何忝
名世。

胡应麟的意思是：《风》、《雅》、《颂》、古诗、乐府以及律、绝，种
种体格，至唐已臻于完备。唐以前，各个时代均用"自开堂奥"的余
地，所以能凭藉"独造"见长，如先秦的四言诗、骚体，汉魏的乐府、
五言。唐代的近体，都以偏工而各擅胜场。唐以后，已无别创一体的
可能，若要胜过古人，就只有向"兼工"、"集大成"寻出路。所以，
结论是，汉、唐大家不妨偏工，明朝的大家却必须"兼备众体"。胡
应麟举了这样一些例证："偏精独诣，名家也；具范兼镕，大家也。
然又当视其才具短长，格调高下，规模宏隘，阃域浅深。有众体皆
工，而不免为名家者，右丞、嘉州是也。有律绝微减，而不失为大家
者，少陵、太白是也。"①可见唐代的大家并不一定"兼备众体"。至
于明代大家，最典型的代表是王世贞。其特征首先就在于"兼备众
体"，"有于鳞，有献吉，又兼有往哲，而又自有元美；广大变化，
斯所以极玄也。"②《诗薮》续编卷二也说："《弇州四部稿》，古诗枚、
李、曹、刘、阮、谢、鲍、庾以及青莲、工部，靡所不有，亦鲜所不
合。歌行自青莲、工部以至高、岑、王、李、玉川、长吉，近献吉、
仲默，诸体毕备。每效一体，宛出其人，时或过之。乐府随代遣词，
随题命息，词与代变，意逐题新，从心不逾，当世独步。五言律宏丽
之内，错综变化，不可端倪。排律百韵以上，滔滔莽莽，杳无涯际。
五七言绝句，本青莲、右丞、少伯，而多自出结构，奇逸潇洒，种种
绝尘。七言律高华整栗，沉着雄深，伸缩排荡，如黄河溟渤，宇宙伟

---

① 胡应麟：《诗薮》外编卷四。
② 屠隆：《与王元美先生》。

观；又如龙宫海藏，万怪惶惑。王太常云：'诗家集大成，千古惟子美，今则吾兄。'汪司马云：'上下千载，纵横万里，其斯一人而已。'"①明代另一位典型的大家是李梦阳。王廷相序梦阳《空同子集》，甚至以为梦阳高出杜甫："杜子美虽云大家，要自成一格尔，元稹称其薄风雅，吞曹、刘，固知其溢言矣。其视空同规尚古始，无所不极，当何以云？"王世贞描述李梦阳的创作风貌说："献吉才气高雄，风骨遒利，天授既奇，师法复古，手辟草昧，为一代词人之冠。要其所诣，亦可略陈。骚赋上拟屈宋，下及六朝，根委有余，精思未极。拟乐府自魏而后有逼真者，然不如自运，滔滔莽莽。《选》体、建安以至李杜，无所不有，第于谢监未是初日芙蓉，仅作颜光禄耳。七言歌行纵横如意，开阖有法，最为合作。五言律及五七言绝时诣妙境，七言雄浑豪丽，深于少陵……"②由李梦阳、王世贞二例，我们得以基本了解明人界定本朝大家的标准。作为参照，还可看看王世贞非议徐祯卿的两句话："昌谷之所不足者大也，非化也。昌谷其夷惠乎？偏至而之化者也。"③"昌谷偏工虽在至境，要不得言具体，何能化乎？"④王世贞固执地认为，"偏至"之"化"算不得真正的"化"，真正的"化"只有在"兼备众体"的前提下才可能做到。

明人在诗的写作中追求"兼备众体"，这是否合理呢？晚明陶望龄的《马曹稿序》代我们回答了这一问题。陶望龄说："刘邵志人物，尝言：'具体而微，谓之大雅；一至而偏，谓之小雅，盖以诗喻人耳。尝复引其论，以观古今之所谓诗词，求其具体者不可多见。因妄谓自屈宋以降，至于唐宋，其间文人韵士，大抵皆小雅之流，而偏至之器。唯人就其偏，而后诗之大全出焉。夫人之性有所蔽，材有所短；短而蔽者，若穷于此，而后修而通者，始极于彼，此恒数也。古之人，缘性而抒文，因能而效法；文以达意，法以达材。务自致于所

---

① 屠隆《论诗文》批评王世贞"其病在于欲无所不有，急急以此道压一世也"，从反面说出了王世贞"集大成"的强烈愿望。

② 王世贞：《艺苑卮言》卷六。

③ 王世贞：《青萝馆诗集序》。

④ 王世贞：《与吴明卿书》。

通，而不求全于所短。如火炎则弥扬之，水下则弥潴之，醴盈其甘，醯究其酸，不独无以揉之也，而且为之极焉。故其势充，其量满，其神理所至，自足以轶往古、垂将来。吾观唐之诗，至开元盛矣，李、杜、高、岑、王、孟之徒，其飞沉舒促，浓淡悲愉，固已若苍素之殊色，而其流也，抑又甚焉。元、白之浅也，患其入也；而郊、岛则惟患其不入也。韦、柳之冲也，患其尽也；而籍、建则惟患其不尽也。温、许之冶也，患其椎也；而卢、刘则惟患其不椎也。韩退之氏，抗之以为诘屈；李长吉氏，探之以为幽险。予于是叹曰：诗之大至是乎！偏师必捷，偏嗜必奇。诸君子者，殆以偏而至，以至而传者欤！众偏之所凑，夫是之谓富有；独至之所造，夫是之谓日新。"陶望龄的分析是有道理的。历来文人，自屈宋至唐之诸大家，均为"偏至之器"，原因在于，每个作家都不可避免地"性有所蔽，才有所短"，亦即曹丕《典论·论文》所说的"文非一体，鲜能备善"。这一点，王世贞、胡应麟等人也未尝不知。王世贞《答胡元瑞书》说："足下谓诗文骚赋，虽用本相通，而体裁区别，独造有之，兼诣则鲜。又谓精思者狭而简于辞，博识者滥而滞于笔；笃古则废今，趣今则远古。斯语也，诚学土之鸿裁，而艺林之匠斧也。"胡应麟对作家才性的区别，在《诗薮》中多有论列。内编卷四比较李、杜说："李、杜才气格调，古体歌行，大概相埒。李偏工独至者绝句，杜穷变极化者律诗。言体格，则绝句不若律诗之大；论结撰，则律诗倍于绝句之难。然李近体自足名家，杜诸绝殊寡入彀。截长补短，盖亦相当。惟长篇叙事，古今子美。故元、白论咸主此，第非究竟公案。""太白笔力变化，极于歌行；少陵笔力变化，极于近体。李变化在调与词，杜变化在意与格。"对李白和杜甫两位诗人，胡应麟并不要求他们"兼备众长"；他甚至说过，王维、岑参虽众体皆工，仍不免为名家，李白、杜甫虽"律绝微减"，仍不失为大家。但是，一涉及到明代诗人，他却绝不通融地以"兼备众体"作为大家风范的必要条件。胡应麟何以会对唐、明诗人采用双重标准呢？原因是前面已经提到过的，他认为，唐人尚有创造（"作"）新体的余地，不难在"专门"方面显示优长；而明人却是在诗的各种体类均已成熟的背景下从事创作的，唯有"兼备众体"，方可与前人一较短长。"集大成"的创作观，其标准是与古人众家相合，结果必然是模仿前人；相形之下，提倡偏胜独造，却有可能发挥个人的创造性。明代的主流诗人由于追求"集大成"的境界，从而窒息了"自创一堂室"的希望。胡应麟说："自《三百篇》以迄于今，诗歌之道，无虑三变：一盛于汉，再盛于唐，又再盛于明。"①"一盛"的汉人创造了古诗、乐府，"再盛"的唐人创造了律诗，"又再盛"的明人却只是述而不作。

明代诗人的大家情结，还导致了他们那种膨胀的自尊心态。他们看不起宋人，更看不起元人。他们乐意做的事情是将本朝诗人与唐代诗人相提并论，在这种相提并论中给明代诗坛定位。如胡应麟《诗薮》续编卷二："唐歌行，如青莲、工部；五言律、排律，如子美、摩诘；七言律，如杜甫、王维、李颀；五言绝，如右丞、供奉；七古绝，如太白、龙标：皆千秋绝技。明则北郡、弇州之歌行，仲默、明卿之五言律，信阳、历下、吴郡、武昌之七言律，元美之五言排律、五言绝，于鳞之七言绝：可谓异代同工，至骚不如楚，赋不及汉，古诗不逮东、西二京，则唐与明一也。"这些话虽然出自胡应麟笔下，但表达的却是明代主流诗人至少是前后七子的共同观点。李梦阳、李攀龙、王世贞等都是自我期许甚高、抱负亦甚为宏伟的"天下士"，他们指点千古诗坛，时常显出那种自命不凡的派头。王世贞《艺苑卮言》卷七记有这样一件事：

> 于鳞一日酒间，顾余而笑曰："世固无无偶者，有仲尼，则必有左丘明。"余不答，第目摄之，遽曰：吾误矣，有仲尼，则必有老聃耳。"其自任诞如此。

中国文人本有"狂"的传统，"四海习凿齿，弥天释道安"，这是晋代名士与名僧心照不宣的相互捧场；"世无孔子，则己不当在弟子之列"，这是韩愈目空一切的高自期许。相形之下，李攀龙的言论风采，比习凿齿、韩愈还要放诞和脱略形迹。也许，"狂者进取"，不如此就不足以开创一个流派。中国传统的"狂"的精神，在明代的特

---

① 胡应麟：《诗薮》续编卷一。

定土壤里表现得尤为充分。

胡应麟对李攀龙的这种自尊心态具有"同情的了解"。他在《诗薮》续编卷二中说："李于鳞以诗自任，若'微吾竟长夜'等语，诚有过者，至今为轻俊指摘，然亦出于古人。如杜子美献书，自谓扬雄、枚皋，臣可企及。又'李邕求识面，王翰愿卜邻'，又'赋料扬雄敌，诗看子建亲'、'读书破万卷，下笔如有神'、'九龄书大字，七岁咏凤凰'之类，不可胜道。太白尤自高，如'大雅久不作，吾衰竟谁陈'、'自从建安来，绮靡不足珍'，'女娲弄黄土，抟作愚下人。散在六合间，茫茫若埃尘'，退之'齐梁及陈隋，众作等蝉噪'，亦是此意。至如杜'许身一何愚，自比稷与契'，李'希圣如有立，绝笔于获麟'，韩'世无孔子，则己不当在弟子之列'，其言尤大，意尤远。初学目不睹往籍，轻于持论，何损作者。"这是从心理结构的渊源上为李攀龙辩护。

前七子与茶陵派之间的紧张关系，亦可经由对李梦阳、何景明的大家情结的剖析得到合理解释。钱谦益《列朝诗集小传》丙集《李少师东阳》载："国家休明之运，萃于成、弘，公以金钟玉衡之质，振朱弦清庙之音，含咀宫商，吐纳和雅，汎汎乎，洋洋乎，长离之和鸣，共命之交响也。北地李梦阳，一旦崛起，侈谈复古，攻窜窃剽贼之学，诋谋先正，以劫持一世；关陇之士，坎壈失职者，群起附和，以击排长沙为能事。王、李代兴，祧少陵而祢北地，目论耳食，靡然从风。"读了这段文字，我们一定以为李梦阳与李东阳在诗学主张上水火不容，根本对立。其实不然。就总的趋向而言，他们都是汉魏古诗和盛唐律诗的推崇者、仿效者。王世贞对此有清醒认识，却又不愿平分秋色地评价李东阳和李梦阳。他在《艺苑卮言》卷六中说："长沙公少为诗有声，既得大位，愈自喜，携拔少年轻俊者，一时争慕归之。虽模楷不足，而鼓舞攸赖。长沙之于何、李也，其陈涉之启汉高乎？"陈胜和刘邦都以反秦号召天下，但最终成就帝业的却只有刘邦。言下之意，是说李东阳未成气候，李梦阳才算"一代词人之冠"。李梦阳与李东阳，真的像刘邦之于陈涉吗？王世贞如此类比，意在确立李梦阳的盟主地位。李梦阳"以击排长沙为能事"，目的是取而代之。

李梦阳与何景明之间的论争，亦因大家情结的作祟而锋芒毕露。

景明少梦阳九岁，交情极深，亦极推重梦阳。其《六子》诗中《李户部梦阳》一首云："李子振大雅，超驾百世前。著书薄子云，作赋追屈原，新章益伟丽，一一鸾凤骞。华星错秋空，爝火难为然，摛文固无匹，扬义罕比肩。"正德三年梦阳因言事下狱，景明上书吏部尚书杨一清救之，李与何书云："仆交游遍四海，赤心朋友，惟世恩、德涵与仲默耳。"二人交谊之笃，不难想见。李、何本为挚友，又同为前七子领袖，许多事情本来是可以平心静气加以讨论的，何以会弄到剑拔弩张的程度，以致因论文失和绝交呢？王世贞《艺苑卮言》卷六说："何仲默与李献吉交谊良厚，李为逆瑾所恶，仲默上书李长沙相救之，又画策令康修撰居间，乃免。以后论文相掊击，遂致小间。盖何晚出，名遽抗李，李渐不能平耳。"确实，李梦阳所以不能容忍何景明，就因何危及到他的文坛领袖的地位。

谢榛在后七子中的遭遇亦可作如是观。"嘉靖间，（谢榛）挟持卷游长安，脱黎阳卢柟于狱，诸公皆多其谊，争与交欢。而是时济南李于鳞、吴郡王元美，结社燕市，茂秦以布衣执牛耳，诸人作五子诗，咸首茂秦，而于鳞次之。已而于鳞名益盛，茂秦与论文，颇相镌责，于鳞遗书绝交，元美诸人咸右于鳞，交口排茂秦，削其名于七子、五子之列。……当七子结社之始，尚论有唐诸家，茫无适从，茂秦曰：'选李、杜十四家之最者，熟读之以夺神气，歌咏之以求声调，玩味之以裒精华。得此三要，则造乎浑沦，不必塑谪仙而画少陵也。'诸人心师其言，厥后虽争摈茂秦，其称诗之指要，实自茂秦发之。"①既然李攀龙、王世贞等人"心师其言"，并曾以他为首，何以又要群起而攻之，对他加以排斥呢？朱彝尊《静志居诗话》卷十三分析说："特明时重资格，于章服中，杂以韦布，终以为嫌耳。"谢榛乃一介布衣，李、王这些少年进士是不甘于奉之为盟主的。

由于大家情结作祟，明代诗社此起彼伏，论争异常激烈，种种主张锋芒毕露，显出一股"霸气"。前七子如此，后七子亦然。公安派是不满于七子派的，但也受了此种习尚的濡染，比如，其领袖袁宏道，就乐于故意讲过头话。他在《张幼于》中说："至于诗，则不肖聊

---

① 钱谦益：《列朝诗集小传》丁集上《谢山人榛》。

戏笔耳，信心而出，信口而谈。世人喜唐，仆则曰唐无诗；世人喜秦、汉，仆则曰秦、汉无文；世人卑宋黜元，仆则曰诗文在宋、元诸大家。昔老子欲死圣人，庄子讥毁孔子，然至今其书不废；荀卿言性恶，亦得与孟子同传。何者？见从己出，不曾依傍半个古人，所以他顶天立地。今人虽讥讪得，却是废他不得。不然，粪里嚼查，顺口接屁，倚势欺良，如今苏州投靠家人一般。记得几个烂熟故事，便曰博识，用得几个见成字眼，亦曰骚人。计骗杜工部，囤扎李空同，一个八寸三分帽子，人人戴得。以是言诗，安在而不诗哉？不肖恶之深，所以立言亦自有矫枉之过。"明明知道自己出语偏激，却并不稍加收敛，这就是袁宏道，这就是明代诗坛的风气。

清代纪晓岚的《阅微草堂笔记》卷十四中，记有周书昌讲的一个故事：

> 昔游鹊华，借宿民舍。窗外老树森翳，直接冈顶。主人言时闻鬼语，不辨所说何事也。是夜月黑，果隐隐闻之，不甚了了。恐惊之散去，乃启窗潜出，匍匐草际，渐近窃听。乃讲论韩、柳、欧、苏文，各标举其佳处。一人曰："如此乃是中声，何前后七子，必排斥不数，而务言秦汉，遂启门户之争？"一人曰："质文递变，原不一途。宋末文格猥琐，元末文格纤秾，故宋景濂诸公力追韩、欧，救以春容大雅。三杨以后，流为台阁之体，日就肤廓，故李崆峒诸公又力追秦汉，救以奇伟博丽。隆、万以后，流为伪体，故长沙一派，又反唇焉。大抵能挺然自为宗派者，其初必各有根柢，是以能传；其后亦必各有流弊，是以互诋。然董江都、司马文园文格不同，同时而不相攻也。李、杜、王、孟诗格不同，亦同时而不相攻也。彼所得者深焉耳。后之学者，论甘则忌辛，是丹则非素，所得者浅焉耳。"……

论质文代变，指出各种宗派均有其发生、发展的合理性，这是史家卓识；倡导文格不同、诗格不同者"同时不相攻"，仍旨在反对门户之见。各种流派之间，无须势不两立。其理由在于，文学上的诸多门户，其实并非尖锐利立，倒是互相补充的成分居多。正如同是一水，

"农家以为宜灌溉，舟子以为宜往来，形家以为宜沙穴，兵家以为宜扼拒，游览者以为宜眺赏，品泉者以为宜茶荈，漂洗绵絮者以为宜浣濯，各得所求，各适其用，而水则一"；又如一座都会，"可自南门入，可自北门入，可自东门入，可自西门入，各从其所近之途，各以为便，而都会则一。"只有摒弃门户之见，才能全面准确地把握对象。从这个角度看，我们可以理直气壮地指责明人如盲人摸象，将自己所得的片面收获视为全体所在。但是，明人也许不会心甘情愿地接受我们的指控，因为，他们未尝不知道他们说的是过头话、偏激话、头脑清醒却依然发热，明人自有他们的苦衷。

——据湖南人民出版社 2000 年版《明代诗学》

【评 介】

　　陈文新教授的研究领域涉及中国古代小说史、明代诗学、科举制度等多个方面，且都有著作面世。其中，《明代诗学》、《明代诗学的逻辑进程和主要理论问题》两书，是其从事明代诗学研究的重要成果。尤其是 2000 年由湖南人民出版社出版的《明代诗学》，从某种意义上来说标志着明代诗学研究走向成熟化和系统化。

　　《明代诗学》一书主体内容共分 5 章：第一章"诗'贵情思而轻事实'"，从"诗史说"辩证，诗、乐关系的梳理和"真诗在民间"的内在蕴含三个方面来论述明人诗"贵情思而轻事实"这一命题的内涵；第二章"诗体之辨：从体裁到风格"，从文体论的角度论述明人的诗学观；第三章"信心与信古"，论述了前后七子、公安派等的"师心"和"师古"两种不同诗学取向，及其后期的融合；第四章"'清物论'的生成及其在明代的展开"，从审美范畴和诗体特征的角度阐释明人关于"诗，清物也"的诗学主张；第五章"从格调到神韵"，论述了从高棅至李东阳再到前后七子等的"格调"说在明代的演变历程，以及胡应麟、陆时雍等人由"格调"说向"神韵"说的转变，并探讨了神韵和风致。

　　本书选录的是《明代诗学》的绪论。在绪论中，陈文新教授主要回答了"明代诗学何以形成"这一问题。在他看来，"一个时代的诗学的形成，其原因是多种多样的。这里既有时代的因素，也有文学发展的内在逻辑，还与那个时代作家本身的气质相关。"在此基础上，他总结明代诗学形成的三大主要因素为：明代诗学的古典主义思潮、明代诗学的古典诗歌创作背景、明代诗人的大家情结。这三个方面是明代诗学的外围问题，同时也是明代诗学形成的主要原因。由此出发，他考察了明代诗学的核心命题：诗贵情思而轻事实，信心与信古，清物论，格调论与神韵论。这些范畴其实是明代诗学和诗论的焦点所在，包含了明代诗学的主体内容，也抓住了明代诗学的主要脉络。陈书录为该书撰写书评，概括出 4 个方面的特色：一、在深入而又细密的辨析中，努力发掘明代诗学的美学价值，排沙拣金，探骊得珠，将明代诗学研究提升到一个新的高度；二、在深入辨析中比较流派和诗论家的异同；三、将诗歌创作与理论批评相互印证；四、在深入辨析中借鉴外国文学理论"力求中西贯通"相互引发。① 尤为可贵的是，该书对明代诗学命题的辨析，并非局限于一个封闭的思想环境，而是将明代诗学的命题放在更为广阔的历史背景中进行考察，尤其注重对某一诗学概念进行历时性梳理(如对"诗史""清"等概念的梳理等)。在对某一诗学命题进行辨析时，又隐含着对明代诗学的发展与流变进行观照的视野。从这个角度来说，《明代诗学》还具备"史"的意义。

《明代诗学》一书以"同情之了解"的态度研究明代的诗学批评，吸收学术界已有成果，融会贯通，梳理明代诗学的理论线索，由此建构明代诗学的理论体系。而与《明代诗学》并为姊妹篇的《明代诗学的逻辑进程与主要理论问题》一书，内容上与《明代诗学》虽有一定程度的重合，但又各有侧重，下面也略作介绍。

中国古典文学理论研究可归结为两种路数：一、以时间先后为序，以文学理论家为线索的批评史研究；二、打破时空界限，以具体问题为核心建构文学理论体系。前者如各类文学批评史著作，后者如叶维廉《中国诗学》、刘若愚《中国文学理论》等，而二者之间往往缺少必要的呼应。由此展现出两种情形：或者将中国古典文学理论演绎成历史时期不同理论家的"表演"，而文学理论的演进轨迹和相互间

---

① 参见陈书录：《在深入辨析中发掘美学价值——评陈文新〈明代诗学〉》，载《武汉大学学报》2002 年第 3 期。

的承袭与错位掩映不明；或者无视同一概念演变的不同历史情境，以概念、术语的变迁替代历史叙述。就中国古典文学理论历史状貌的重绘而言，历史线索的梳理和理论体系的建构二者并非对立而是互补的。《明代诗学的逻辑进程与主要理论问题》以此为基础对两种研究路数进行有益综合，把握明代诗学的历史进程，概括明代诗学的理论体系，以"史"为纲，"论"从"史"出，"从历时与共时两个维度建构系统的明代诗学"，达成明代诗学建构历史与逻辑的统一。其具体做法，体现在以下两个方面：

其一，以时代精神为核心，勾绘明代诗学的逻辑进程。从何种角度切入，将文学理论的演进与时代社会政治文化相联系，是文学理论史研究的重要论题。普遍做法是通过勾勒不同时代文学理论家所处的社会场景，将其作为文学理论生成、演进的历史线索，而对于联系各不同阶段文学理论的思想文化的纽结，缺乏连贯一致的描叙。《明代诗学的逻辑进程与主要理论问题》以时代精神的变迁为切入点，立足明代士人思想状态和精神结构的分析，发掘明代哲学流变与诗学演进之间的逻辑统一性，侧重在哲学与诗美学之间建立有机联系。由此出发，作者结合明代诗学与哲学演进的历史实态，将明代诗学的历史进程划分为 3 个阶段：明代前期的哲学流变与诗学建构，同质异构的阳明心学与七子古学，启蒙学术思潮中的诗学变异。

《明代诗学的逻辑进程与主要理论问题》从时代精神的角度沟通明代哲学与诗学演进的历史进程，使读者能够清晰地把握时代变迁中明代诗学的逻辑进程，以及这一进程与明代历史文化之间的内在统一性。如对明代前期台阁体与乡愿哲学内在精神和理论形态相似性的阐释，对山林诗与心学同生共长的时代特性的开掘，对明中期阳明心学与七子古学不同理论形态背后精神实质一致性的发明，对明后期李贽"童心"说与公安派"性灵"说二者之间血缘亲情的厘析，注重发掘明代思想文化流变与诗学理论演进之间的内在联系，既体现了作者对明代思想文化历史状貌的深切把握，同时也显示了作者洞察不同思想文化现象间内在联系的历史见识。其中关于阳明心学与七子古学同质异构现象的辨析，论辩详确，发人所未发，尤显作者对于明代思想文化、文学理论的精深理解。

其二，以主要理论问题为重点，建构明代诗学的理论体系。文学理论史研究，一方面要求研究者对理论演变的历史进程有明确的认识；另一方面，要求研究者能在纷纭的理论学说当中发掘彼此之间的关联，并以此为基础建构理论体系。就研究路向和叙述框架而言，前者以文学理论家为纲，侧重描叙不同时间序列中文学理论迁衍的历史实态；后者以理论问题为纲，关注同一学说在不同理论结构中的动态演绎。以明代诗学的主要理论问题为重点，是《明代诗学的逻辑进程与主要理论问题》建构明代诗学理论体系的基本框架。在此框架下，作者将明代诗学的主要理论问题概括为 5 个方面：诗"贵情思而轻事实"，诗体之辨，信心与信古，"清物论"的生成及其在明代的展开，从格调到神韵，这涵括了明代诗学的主要内容。

"一代有一代之文学"，一代亦有一代之文学理论。不同时代的文学理论家关注的理论问题也互有差异。六朝注重"文笔之辨"，唐人注重格式、理法；宋人论说广泛，但始终不离意趣、理性；元人兼及唐宋，诗法、诗式之作不绝，理性之说屡见不鲜。《明代诗学的逻辑进程与主要理论问题》选择从 5 个方面展开明代诗学的理论问题，准确把握了明代诗学的时代性格，由大势而窥全貌，达成对明代诗学理论体系的全面把握。作者对于明代诗学内部诗、情关系演变的厘析，对诗体之辨包含的体裁、风格差异性和统一性问题的阐发，对贯穿明代诗学始终的复古与信心问题的考辨，对"清物论"演进轨迹的梳理，对明代诗学从主格调到主神韵的演变及二者间相互联系的考析，都是在整体把握明代诗学理论体系基础上所作的精确概括。

《明代诗学的逻辑进程与主要理论问题》以时代精神为核心勾绘明代诗学逻辑进程和以主要理论问题为重点建构明代诗学理论体系的努力与实践，对中国古典文学理论研究的进一步深入和拓展具有典范意义。

陈文新教授在明代诗学研究方面有许多成果问世，其他相关著作还有《中国文学编年史·明中期卷》(湖南人民出版社 2006 年版)、《集部视野下的辞章谱系与诗学形态》(商务印书馆 2015 年版)、《明代文学与科举文化生态》(高等教育出版社 2016 年版)、《明代科举与文学编年》(主编，全三册，武汉大学出版社 2016 年版)等，相关论文有《明代前后七子与公安派的对立互补关系及其融合》(《荆州师专学报》1987 年第 2 期)、《论诗文体性之异——明代诗学的一项重要建树》(《武汉大学学报》2000 年第 3 期)、《明代诗学对"诗史"概念的辨证》(《社会科学辑刊》2000 年第 6 期)、《明代格调派的演变历程及其对意图说的否定》(《武汉大学学报》2001 年第 2 期)、《明代诗学论诗乐关系》(《南昌大学学报》2001 年第 4 期)、《"真诗在民间"——明代诗学对同一命题的多重阐释》(《杭州师范学院学报(人文社会科学版)》2001 年第 5 期)、《从格调到神韵》(《文艺研究》2001 年第 6 期)、《明代诗学论"清"》(《三峡大学学报》2002 年第 3 期)、《明代诗学的逻辑进程与主要理论问题》(《文学评论》2002 年第 3 期)、《诗"贵情思"——明代主流诗学论诗的音乐性》(《社会科学战线》2002 年第 5 期)、《从台阁体到茶陵派——论山林诗的特征及其在明诗发展史上的意义》(《文学遗产》2008 年第 3 期)等。

《明永乐至嘉靖初诗文观研究》自序

黄卓越

【作者简介】黄卓越(1957—　　)，浙江临安人。北京语言大学人文学院教授，北京师范大学文艺学研究中心兼职教授。主要研究领域为文艺学、文化学、中国文学批评史。著有《艺术心理范式》、《过渡时期的文化选择》、《佛教与晚明文学思潮》、《明永乐至嘉靖初诗文观研究》、《明中后期文学思想研究》、《明代文论》等。

　　本书之设计与撰述始于 1998 年 7 月底，其中部分课题于 1999 年 4 月获国家社会科学基金资助，2000 年元月后的几个月进入写作高峰期，以致除夜仍耽滞于电脑屏幕前，直至 4 月底截稿。依照最初的构想，具有框架性的题目已基本做出，其中如吴中派研究、西北派研究、明中期民间化运动研究等数篇则因受约期的限制，只能留待以后去寻时完成。

　　选择这一课题，与我过去的研究有一定关系。20 世纪 90 年代中期，在完成对晚明文学思潮的考察与其相关内容的写作之后，不适意感始终裹绕着我。主要是缺乏详彻的明中期以前文化、文学与思想史等的参照系，有些分析很难再深入，或作更舒展一些的周旋，同时，也会出现评价上的误差。而当时，据以参考的研究性文本又相当之少，长期以来，由于导向上的严重偏颇，除了个别人物(如朱元璋、郑和、方孝孺等)以外，明中期前漫长时期的各科历史状况，一直被隔离在学术视野之外，这方面的研究成为一时旷典，大量的史料自产生之日起即被尘封于历史的迷蒙深处，未曾有人问津。也正是由这些困惑、机遇，包括因学术难度激发起来的强烈兴趣等，使我再一次从已卷入的思想史、学术史课题中折回，转向对明永乐以来批评思潮的检审。同时，我也希望借此对过去沿袭下来的研究模式有所调整。比如做晚明文论时，相对更重视于概念处理，对学术周密性与合理性的考虑主要集中在概念间的关联上，而对史实间（制约这些概念者）的关联，包括对处理其关联方式的思索则或有略，这也与受过去治理思想史方式的影响有关。在我做晚明思潮及后来从事正式的思想史研究时，即多少已发现旧有模式的诸多局限，虽然已有变换的意识，但由于精力仍置于解决课题中出现的具体问题，未来得及将方法论反省作较全面的重点思考，因此也留下了一段未曾了愿的心理。

当然，在这一时期里，文论界也出现了"转换"的话题，这本身是一个容量较大，不一定作严格意义限定的提法，故可以在其中装入多种不同观念的货物。然从已发表的各种意见看，大多数集中在资源作为价值的改造与利用上，与我一直关注的问题有些差异，即我更关心的是资源作为事实的合理、有效识解，进而如资源的秩序法则与"问题"方式等。两者从表面上看也可平行、独立地进行，但于实际操作中，并以一般研究者的操作水平而言，往往有其难以兼容之处，这主要是指价值转换目标与学术方式改进之间存有的龃龉，因而，有时看似在某些方面有推进意义的论题，则可能对学科发展在另外层面上形成的一些重要思路有干扰或牵后作用，当然也可在学术方式改进的意义上理解"转换"，但已离一般对此的解释较远。就我所寓意的那种改进而言，实际上更接近于 20 世纪 90 年代中期后出现的学术史关怀的理路，即从学术史推进的角度来观照批评史治理上的问题，而不是从批评史到批评史。以我所见，学术史方法理所当然地应该是一切学术研究包括批评史研究的基础，比如，我们说一时期有一时期的学术范式，自然是就总体上来理解这一"范式"意义的。也正因此，在这一层面上的推进，其造至的效果就可能是较为全面的，不是局限于对一些文论史观点的修正，及满足于史料上的零打碎敲般的修补等，而是将一种整体上有较大改进的模式推向该学科的研究。当然，于批评史的层面上来接应更宽泛学界的这一意识，也说明了迄今为止的批评史研究本身是不能令人满意的，以致于它同样面临着模式上更新的需要，就此而论，也同样会有一可称为"转换"的问题。

在这里，不可能较为全面讨论批评史改进的议题。只是由于自己也是带着一种期待思路进入新课题研究的，因而会产生一些比一般时刻更多一些的、有所成形的体会，并与以上提及的学术改进理路能相关联，及事实上也对本书各章的选题、书写等产生了一定的影响。有些体会与在京的二三同行好友有过小范围内的深入交流，并得到了会意的共鸣，同时，我也聆听了这些朋友在相同理解层次上有所差异的一些创见，这对深化、拓展我的思索自然多有助促。当然事后再回想起来（尤其是有过一段学术经历以后），有些虽意识到是尚佳的途径，但要将之援入操作，则依然存在多种困难，或越有吸引力的途径，便越可能为大量的困难所阻隔，比如资料的探寻与网罗，学术的警觉、组合、提升等能力，个体意志力等，其中有一件未曾跟上，便会使一种操作至关键时刻大打折扣，所以，即便是一切都想得很好，平庸之徒仍只能选择为自己便于征服的简易课题及便捷途径，以敷职责，因此所谓有体会者未必就一定等于已写出来的，这也是这几年深入于专业化过程中感喟良多的一点。但毕竟交流仍是重要的，虽然限于篇幅，仍希望选择这一段写作与思考过程中涌现的若干要点做些简要交待。

首先是重新清理"评论性资料"话语系统的问题。此处所指的"评论性资料"是相对于"史实性资料"而言的。但尽管这样，它在古代文论研究中所占的比重也相当之大，原因即在古代文论研究主要面对的是观念化形态的评述、意见等。由此，评论性资料其本身又带有双重属性，既属评论（指向他者），也在过后的研究者那里转化为"准史实性资料"（我者状态），属古代文论的最基础性研究元素，其重要性也为此可想而知。

从这十几年的研究看，除个别情况以外（如《文心雕龙》研究等），古代文论界更多关注的是资料所含的"观点"、"思想性"等，由此编织成文，故常忽视对资料本身的学理性考察与检审，对资料的可使用原则、能力及水平等多不作事先考订，唐以后的研究在这方面尤为突出。这还不是指过去所称的那些研古的基本条件如版本、校勘等，而是指在此之后，仍有一面对已厘定的文本存在的评论性差谬的问题。事实上，当时的评论家在论述一种文艺现象时，多数是从自身尺度（价值的、感受的、精神的、知识的等）或当时情境（包括私人企图、个人意气等)出发，而非考虑到其后这些评论还可为客观化的学术目的服务(即便有些史类著述有此意识，也受限于当时的方法论水平与特征)，因此常常表现为或过高褒扬，或有意贬抑；或似是而非，或欲盖弥彰；抓住一点，不及其余；甚至为某种目的编制说法、捏造理由；有时则属信口开河，不曾有任何考信意识与习惯等，由此制造的言论与一些真实判断一起构成了一时代批评史、评论史的直感化外观。如本书已详尽考订的"诗必盛唐"的口号，虽习文学史者今日多知为前后七子的标识性概念，但审之于前七子核心成员的言论，别无任何一人曾经以如此措辞表示过，而且其中有几人的基本观点还与之有鲜明对立之处，甚至于被看作前七子中最青睐唐诗的李梦阳，其诗统观也无法受此囊括。同样，诸如前七子阶段或后来传布的诸如所谓"李(梦阳)主杜，何(景明)主李，徐(祯卿)主盛唐王岑诸公"，"苏门(高叔嗣)能入室，何李只升堂"等说法均或似是而非，或属一种随意作兴等。另又以钱谦益对明诗史的评论为例，虽一般研究者多取他《列朝诗集(小传)》中的观点看待明中后期文学，措其大者，如凡与前后七子意见歧出者、对抗者则一般可获正面评断的价值，反之则多带有负面印迹，但如将之做学理上的追问、探察，则知此并非属于事实形成的规则，而是评论者事后赋予的，与评论者于明后期诗学论争中所择取的宗派立场密切相关。从方法上分析，钱氏先是制造了一个摹仿与反摹仿的简单对局，然后将正面价值安置于反摹仿的一面(负面价值自然则落在摹仿的一面)，并以此来梳理与评判对象。然而，事实的情况却要复杂得多，甚至于摹仿本身也可能体现为一种合理化意义。这样，落实于具体史料的处理，我们可以看到，以上的观念处理方式又会在起用、调配事实时起着引导性作用，比如通过一则孤立的材料("讼言一时学杜之敝")即将属前七子成员的陈沂从该派中特意分离出来，以制造出复古派在当时即遭抵制、不合众意的历史现场；因为黄省曾与复古派之密切关系，特别是对李梦阳"北面称弟子"，"鼓枻往候"李于京口等，故于记黄氏之事迹时便有意揭其劣行，而这一记述原则只为该目的使用而已。如此等等，史实性史料在其时又是受评论态度支配的，成了评论性资料的一部分。在明诗史的撰述中，即便为有人称为更符实情的朱彝尊所撰《静志居诗话》，也依然存在着大量同类问题。评论性资料的较为突出的观念化特征，决定了其在表达形式上必然是真谬参半、丛杂芜秽。这也包括近代以来、自然更能见诸于当代的研究，在未清醒意识状态下，非规范的方式即主导了整个课题运作过程（如评论性特征显强），某种确定的概念（比如某种片面的、或命定的"进步"与"落后"概念）形成于对历史资料梳理之前，并进而成了资料梳理的基本原则，这样，有时就会变得研究成果越多，原有的事物秩序越是被这些成果所掩蔽，研究的初衷虽然均在揭示事物，但结果则是在反方向上的积聚，由此而造成古今双重遮蔽的格局。

当然，这不是指一切当前研究均是这样，但发生的情况也向我们启示了批评史研究（由于面对的是观念化形态）可能具有的特殊境域，而评论体验性、情感性的事物要比评论客体化的知识对象更有可能导致自我认定，这些资料在说明言者的态度时虽可直接使用，但在说明被言者的事态时则至少需经更进一层的勘实。而过去我们对此的认识是远不充分的，包括一直以来对该学科缺乏专门化、体系化的方法论意识，未曾在此方面形成特殊的技术化要求，及展开相关的学理性研讨，方法选择十分任意，多属抓来就用，这或许也说明该学科尚处于不够成熟的阶段。故此，基于对该学科发展的考虑，需要对习惯用熟的那些方法，尤其是作为一种批评史研究，应当首先对批评态度（双重的，即古代的、自己的）在进入学术通道后仍具有的合法性可能加以反省，这也是一重新寻找学术合理性的问题。具体地做起来，则必然又会落实到如对"评论性资料"话语系统的清理等细化工作上（当然"史实性资料"的清理也很重要），就每一类系列性课题而言，我们也均只有在盘清历史账目的基础上，才可能有所他图。但这样的说法，并不意味着基础性的工作是低层次的，在学术史这一确定的领域中，基础性的史料确认与秩序梳理等本身即是最尖端的，不一定阐述性的工作就高于实证性的，关键还在于要看注入其中的技术含量程度、对事相的揭露程度，及对学科知识增长所提供的数量值等。

其次，是对"概念史"写法的质疑及引入"观念史"的研究。这仍与古代文论的构成特点有关。在近代以前，尤其是清以前，一般状态下看待的所谓古代文论，几乎不存在一个像理学或经学等概念独立的演进系统，所见的评论，绝大多数是因事而发的，具有对事件的依附性特征，或有感于及为了阐述某些作品、诗文潮流（如本书描述的前七子运动的文艺思想），或出于其他观念体系的需要（如本书提到的唐宋派文艺思想对心学的依附），即便是已演述为有一定规模、专论式较强的诗话（如本书讨论到的李东阳《怀麓堂诗话》、徐祯卿的《谈艺录》等）也不是主要为衔接过去似有的理论统绪，而是为表述当时状况下的创作与阅读意识（虽然也引征过去的事例），由此又常例性地显示为细碎化、裂隙化的样状（除个别如《文心雕龙》等例外）。正因此，由系统的概念演进的视角看，它们则多有重复、倒退、纷杂及自语化等特征，即不合于前者运行的一般规则，从而也与近代以来形成的学科样式很不一样，故一直以"批评史"这样的提法称之，还是至为贴切的。将某些有关文学的论述从这些其所依附的事件中抽取出来，以研究者的意愿编织为一系统联贯的概念史，作跨度很大的抽象关联，这跟本世纪以来的思想史研究模式相似，然而却与古代文论的构成逻辑并不统一。由于这些进入解释的概念失去了与其所依附的事件、思潮等千丝万缕的联系，不受当时具体关系要素的制约而成了自由游荡的要素，因此便可任意利用、组合，无视意义的原始确定性。20世纪80年代后"内部研究"的引入，虽然有其巨大的学科推进意义，但对之的过度强调，如不加限定地以结构主义、叙事学等原理来描述、整合批评史元素，也容易助促抽象组合的做法。以概念史的意识来处理批评史课题，也包括对一些单一概念的分析，已使之愈益丧失时代的特征标记及现场感归属，一种抽取出来的概念似乎被放到任何时代都一样有效。有些则只是不经意地攫取若干似是而非，或至为空泛的时空场景作些点缀，然后即将其撇开而作超空演绎，概念与语境在意识中是断裂的异体，而不被看成互相成就、互相限定的关系。

　　就此而言，概念史的写法受到质疑与挑战是理所当然的。但批评史又不同于作品史的研究，它不是单独研究作品中的思想，而仍然应当是对文学理性及其方式演变过程的学术化处理。为此，我以为可引进一种可称为"观念史"的意识，将之视为更为可靠与合理的研究，以观念史研究替代于学理上已出现较大隐弊（在一般研究水平上又较难回避）的概念史研究。相对于概念史研究，文学的观念史研究将有更具统筹性的视野，借此可以看到，在一规定的时段里，在那些分散的、处于时空隔离状态的、针对不同事件而言的批评中，仍然存在着一种相对连续的观念潮流，或称为多层次间断性连续发作的观念流，从最形而上的玄言到不经意而发的一句评述，都与一定时期的观念模式（及其中诸要素的紧张）有关。这种"观念史"以一种混合流的方式包容了多种多样的文艺学问题、意见与概念等，同时，又与具体促使其发生的事件及政治观、文化观、理学观等有多样式的勾连，而不是一种抽象、单纯的时空框架。观念史概念的获得首先基于一种十分自觉的"未分析前"认识，即认为于分析理性将概念、个体等从"现场"状况中剥离出去之前，这些被研究要素于原初是以混成的方式存在于一种综合情状中的。这样的理解当然也不同于以某一外在的其他学科理论如社会学、政治学等理论模式来考察文艺，赋予一"粘贴式"的背景，而是更进一层强调自体混合、内部关联的特征。进入观念史也即重新进入了当下现场，并获得了一统合性的认识论基础，尽管每一次具体分析的工作仍是需要有所偏重。因而，借此理论，便可在一定程度上消解于文论史研究中出现的内与外、个体与群体、抽象与历史、理论与作品之间相互隔绝的情况，或相互间常发生的紧张关系。也正是在此认知平面上，我认为，文化诗学的概念是可成立的。文化与诗学的媾合不是任意的、拼贴的，而是包容在混合性，或说是综合性很强的观念史中。从这个角度看，文学观念史的提出也可看作是对"文化诗学"概念的一种侧面呼应，并借此而可跨越内部研究/外部研究这样概念界限清晰对立的认识时代。

而与观念史的命义紧密相关，则又可导出一种可称为"文化境域"的视角。从某种意义上看，文化境域的概念可以派生出观念史的概念。文化境域也同样突出事发的现场感及现场所具有的混成性、统筹性等特征，但相对而言，更偏重于解决概念、事件等于生长场域中的逻辑联系问题，即任何一个单元化的要素是受生存境域诸关系制约的，故对其意义的确认仍需首先复原境域、以明其与境域诸关系的关系。比如，"文以载道"这一概念，每个时期均有批评家提及，若离开境域文化学的知识，看起来便会是一个很简单的问题，但反之，若将其置入任何一时期的境域中，就会立刻变得复杂起来，与境域中的各种事实及其线索均发生了串联，境域为其提供了丰富的特殊性内涵，如所载之"道"在此时可能是国家主义的，在彼时就可能是批判主义、心性主义的等，越往具体化走，差异就越大，这些特殊性、差异性即规定了对这一概念的释义。同时，概念的重要性，也会随自己所属境域的确认变得更为重要，由"概念史"上来看，如载道论、情感论等均只是文论史上的老调重弹而已，不值一提，但如将其置于本书中已考察的明前中期文化境域及其泛"观念史"(比文学观念史更扩大一些)范围看，不仅与此前同类概念释义有异，而且也成了理解其所属时代特殊精神构成与变迁的关键性命题，就从文学方面看，也可能由此成为牵动、引发其他诸文论观念叠相出世的场域式动因，同时这也取决于境域中各要素冲击、组合的情况。因而，若由以往的概念史意识来估认我们举说的载道论、情感论等的价值，以为只是一种简单的概念复制而无须关注，那么恰恰就有可能遗弃了那些在一定境域中生存的最基础性或最重要的思想元素。由此看来，境域论命题也有矫救概念史治理模式之弊端的意义，并且，也只有在一规定性的文化境域中，概念的主次等层次(包括主干与分支等)及相互联动、引转、交错等关系才能得到较准确的梳理，后一方面的工作也是把握一时期中发生诸概念所必经的程序。

而由以上这些基本的描述也已可得知，文化境域论可更宽泛地用于解决文论史研究中出现的不少问题。进一步论之，比如解决一般所称的个案研究中的一些不足。在当前的各领域中，包括文论史、文学史领域在内，一直充斥着简单化的个案研究，并成为学术上有效的一种便捷式途径(比如甚至于只要阅读一人的著作即可)，包括文论通史著作的撰写也多只是将择取的单一个体分别描述，再排列成长列(能想象或推测出个体间的一些逻辑关系已属上乘之作)，而可以不顾其生长的具体境域状况及个体与境域不可分割的、多层次的关联(能对之做些朦胧猜测已属较为认真的态度)，由此，不仅必然丧失切入于历史深处的能力(或编造出深度)，实际上连表象上发生的行为之意义也难以确切把握。这是我在一段时期里回避以个案研究法来作文论史题目的主要理由。但这并不是说个案研究完全不足取，它当然是境域构成(及其研究)的基础，另一方面，如果其与境域的关系在之前已有十分明了的把握，就可能获得释义上的成功，这种成功的例证当然也是有一些的。由于写作体制的限制，往往在具体写作中不可能将境域的考订均付诸文字，因此，在一般史的研究与著述中，总会存在所谓"写出的"与"隐没的"的关系需要处理。在多数情况下，境域应当成为"隐没"的部分，但并不是说因其隐没便可以不作考订，隐没只是出于写作策略的需要而已。根据境域论的原理，只要存在着"隐没的"一层，"写出的"部分便会与之有千丝万缕的原始联系，受着隐没其下诸关系的严格制约。个案研究、概念研究等均会遇到这一类的问题，比如如果将观念史作为隐没的境域，将某一概念作为直接描述的对象，那么很显然，概念在现场情况下是存在于观念史之展开区域中的，故也应受观念史的多方面制约。就此而言，文化境域论的提出，实际上也大大增添了学科处理的难度，不是抓住一个人物（或附带搞点点缀性的其他史料）就可直接形成合理的论述，而是需要一充备的有关境域的知识论基础及对研究对象的规范化操作能力等。

境域视野之重要也在于它为其间发生事实的价值定性与评判提供了来自事理逻辑方面的依据，这也是我在本次研究中体会较深的一点。比如文论界长期囿于"摹仿"属负面性价值、"通变"属正面性价值的二元对立观念模式，对前后七子复古主义的评价一直很低。对七子派内部分歧的估价也一样，因李梦阳固守"法式"、"规矩"等，而何景明倾向于"拟议以成其变化"、"达岸舍筏"等通变原则，而以为何高于李。然而，这些均属以外在概念而非境域提供的信息来评价史实的做法。一旦将之置于当时前后境域中考察，这种绝对化的论断便实大有可疑与值得商议之处。以前七子复古论主张而言，其于弘、正间的强劲崛起并迅速成为新阶层者的佳音，显然会有一明确的排摈目标，这就是垄断政治、文化特权百余年来的台阁派及其所属之文艺观。其中，既有文艺观上反台阁末期"流易"、"肤熟"、"凡近"化等的立意，从而以具有陌生化效果（如古涩奥丽等）与形式多样的古诗文救之，又有反台阁派理学思想对文艺感受性特征的抑制、抹煞等的企愿，由此而从古诗文中发掘文艺的可听、可视、可感的属性，及试图以古代诗文如乐府诗的民间化、批判主义等取向对抗台阁体的贵族化、国家主义等表述。由于台阁机制作为统摄性的官方行为对社会文化长达近百年的垄断与锁闭，当前七子兴起之时首先便面临资源上极度匮乏的问题，因此，提倡复古也存在着一个策略上利用已有资源的可行性考虑。而就以上简短描述提供的这些内容看，若以复古即是摹仿，从而视若敝屣，显然是一种非境域化、不曾由境域的逻辑出发的简单思维。以李梦阳来看，其于后期不满于同盟中的何景明一派"述作靡式而进退失步"等，既有其不能适应时代变化的一面（后期的情境已有所变化），也与其对以上复古理念的坚定持守有关。因为就文艺上看，由"高古"变化为如"清俊"等即有重新向此前的宋元诗风及"凡近"、"浅俗"回归的迹象，从而等于自动放弃了七子派运动初期所订立的规格甚高的复古准则（后来的事实证明也是这样）。在更深层的一面，李、何的变与不变之争，则与嘉靖初整个社会发生的另一重嬗变有关，即从前期的对古代情感论的推崇及反意识形态，向更倾向于解决世俗问题等的适世论转换，及后者还有重塑或回归意识形态模式的较明确意图，由此而使得对二者是非的判断变得更为复杂。仅以他们后期的主张分析，从顺时而行一面看，何景明之通变论似取以某种"积极"的姿态，但以对抗变化的世故化一面看，则何氏之通变反居保守的位置，李梦阳之"法式"倒显得甚为激进。因而，均需要将这些置于具体境域中来细加解析，方有可能获得一些确切评断的头绪。摹仿也好，通变也好，又如文/质之争、道/器之争等这些文论史上的概念，均需诉诸其所依附的、常常由后来看起来是潜存、潜行的统筹性统序的考察，才能示以合乎其理势与事缘的价值论判断。毫无疑问，以上所述实例已足以构成对文化境域说的有力支撑，而我自己在本书中所作的这方面的一些尝试，如试图重新估认台阁体与前七子的历史地位，包括对与之相关的评论性资料所含差谬的澄清等，也是倚于这一理解方式所作的些微努力。

但以此叙述，并不意味着将观念史、文化境域等作为文论史研究的唯一模式（虽也可直接作类似展示），我仍主张样式的可能多样性及作各种新的探索。提出如上概念，主要还是有感于当前文论史研究中积存的诸多问题，而思索与期待有更佳的趋从途径。另一方面，观念史与文化境域等视角又有其不可回避之处，否则将很难保证研究的合理深入，不管创意有多么的离奇，在学术的范围内，最终是应该有严格的检验标尺的。就跨度而言，观念史与文化境域视角均属一种"中观"性质的研究，不仅有自身的价值，而且其使用也对一直存在于宏观研究、跨越性研究与个案研究等中的弊漏有明显的端救作用，既是微观研究不可遗缺的认知背景，又是逐步通向未来宏观研究的必由津梁——而不是如已有的研究那样，直接将未经背景、关系等具体考订的个别概念与事实衔接在一起即可形成一种宏观研究的面貌。

由于篇幅的局促，不可能在此对写作过程中的诸多感想均作详细交待。最末，值得一提的是对切入视角或课题的选择问题，这与是否能更有效地提升自己的研究品格有很大关系。各种文论通史的写作有其初阶与教学等作用，故须以最一般的现象为描述对象，自不待言。但现也有多种以研究名义出现的文论史、文学史著作，仍偏向于常沿用的框架式传述法，将生平、思想、艺术观点、艺术特征、流派特征等一一分述，或虽有所区别，以上印迹不是特别明显，却依然是同一思维套路的变相，对概念的处理也主要采取引用/说明式结构，实际上只是提供表面的架构，而深层揭示往往甚少，仍属介绍式而非研究式的。这种模式长期以来几已成为国内人文著述的普遍定式，对于介绍性目的来说，自然有其条理清晰等难以替代的优势，但作为研究，则往往一开始便限制了思想的深入，抑制了对复杂线索与问题的处理意识等。故此，本书虽为对一长段批评史过程的研究，但除了在课题布局上适当照顾整体框架与系统连接以外，尽可能避免对一目了然或平铺直叙史料的复述，将重点置于对学术难题的发掘与学术空白的填补，不是面面俱到的写作方式，而是有意于对一些深度存在的纽结性问题的解决，及通过论证澄清长期以来被扭曲、遮蔽、模糊的事实真相。当然，其所达到的实际效果如何，及期望与操作之间究竟还有多大的距离，还得有待学界内行，尤其是其中那些智力敏明者们的鉴认。

我总的感觉是，文论史研究缓进于今，应当是到了有一较大改进的时机，尤其是研究范式的转换，由此而可望将这一学科推进于一新的阶段。这种转换当然也不是弃去几十年点滴累聚的优良传统，比如一些实证的经验、对范畴的细致分析等，不是简单化地以西学或汉学模式，包括所谓的主观化创新来切割、整合文论史材料，而是在坚实基础上的范式递进。但另一方面，即便是实证的方法也有简陋与精良之分，僭冒与真确之别，需要通过不断的学理性析辨与实践尝试使之更趋合理，以之为范式演进的重要驱力。故也期望有更多的仁友能参与这方面的思考，及能见到更多的得力之作不断问世。

　　——据北京师范大学出版社 2001 年版《明永乐至嘉靖初诗文观研究》

【评　介】

　　黄卓越教授的《明永乐至嘉靖初诗文观研究》，于 2001 年由北京师范大学出版社出版，全书共分 6 章，依次为"明代的台阁体及其早期思想基础的形成"、"台阁模式的衰降与七子派的兴起"、"明弘治间审美主义倾向之流布"、"前七子复古主义观考辨"、"正嘉间山人文学及社会旨趣的变迁"、"前七子后期思想转换与理学思潮"。本书选录的是《明永乐至嘉靖初诗文观研究》的《自序》。在《自序》中，黄教授表达了自己对当时学界文论史书写模式弊端的思考，力图建构属于自己的明代文论研究的方法论，通过引入文化境域的视野来重新审视明代文学批评的种种现象。这种鲜明的方法论意图，始终贯穿《明永乐至嘉靖初诗文观研究》的写作当中。后出的《明中后期文学思想研究》（2005）从观念史与问题史相结合的视角出发，对明代中后期的文学思想做了深入探索，则是这种方法论理念下的延伸。

　　晚明文学思潮研究是整个 20 世纪明代诗文研究的重心所在，而对明前中期的关注则相对较少。台湾学者简锦松的《明代文学批评研究——成化、嘉靖中期篇》（1989）对明代前中期诗文批评作过探讨，不过在时间上仅限于成化、嘉靖中期，研究对象也只是涉及台阁体、复古派与苏州文苑等。《明永乐至嘉靖初诗文观研究》则将时限前推至永乐，其出发点主要是基于他对台阁体形成与发展历程的考量。书中虽然没有谈论吴中文学，但是却将山人文学纳入研究视野，并将其作为台阁模式的相对面加以论述，有其文化逻辑上的合理之处。

实际上，离开永乐至嘉靖初的这一演化进程，晚明文学思潮的根源及变化同样难以理解。换言之，晚明文学思潮在明代中期就已萌芽。在对这一段时期文论现象的认识与处理上，黄卓越别开生面地提出了以"观念史"替代因循已久的"概念史"的主张。他认为概念史写作从一种混成的、受多重制约的文学现象中，将个别理论概念抽取出来作超时空演绎，并在摆脱时空限制后串联成一定的体系，在学理上存在难以通达之处。在他看来，"去蔽还原"的理路，几乎每一位学者都在提，然而一旦进入明代诗文研究的场域，很难保证不受既有概念左右。黄卓越将"观念史"的理念与方法贯穿这部书的写作，发现了很多明代诗文研究史上被曲解、遮蔽的问题，并一一通过自己的方法予以解决。无论其结果如何，试图建构新的理论体系的努力仍值得肯定。

《明永乐至嘉靖初诗文观研究》对台阁体的研究颇为深入，对台阁体形成的政治基础和文化模式进行了透彻分析，认为台阁写作是明代前期政治文化实践的一种文体化显示，并将台阁文学的属性归纳为国家主义、整体主义和尚质主义。他没有从台阁体文风的角度来谈论台阁体的衰落和复古派的代起，而将台阁体研究引向明代前中期政治、文化背景的纵深处。在他看来，"台阁文权的下坠是与总体上的政治、思想、文化等权力的下坠紧密相连的，即台阁政治弱化的结果"。① 在对台阁体从兴起到衰落的内在逻辑历程进行描述后，他进一步分析了台阁模式的衰降、前七子的兴起与颂世模式遭受质疑、国家意识形态的分化、文章特权的外移以及政治权利的降解等因素之间的关系。

对前七子文学复古所反对的文坛文风以及他们的文学宗尚，黄卓越教授也不笼统论之，而是认为："在七子复古论出台之前，明诗的宗尚经历了一个三段论式的过程，并非宋元诗风统治终始，而是先沿宋元余习，再是以尊唐为深长的主流，然后又试图重新引入宋元等诗路以勘正尊唐之陋，至七子兴起的弘治时期恰是唐宋杂兴，并仍以尊

---

① 黄卓越：《明永乐至嘉靖初诗文观研究》，北京师范大学出版社 1991 年版，第 117 页。

唐为主，尊宋辅之。"①并从诗体、诗艺和年代学等多个方面对七子派的复古统绪进行全面辨析，认为前七子师法的对象包括一切古代优秀的诗歌传统，而非清人总结的两句口号。书中着重探究了前七子诗歌复古的审美本性与风教意图，认为："如果七子复兴古诗的审美本性，更多偏于对正常的生命化感受的要求，那么，复兴古诗的风教传统，则多偏于对社会性价值的探求。其中最突出的即批判精神的重申与民间视野的展示。"②他不仅停留于文学复古本身的探寻，还进一步追究了"复古"命题在整个时代转换过程中的人文学意义，认为前七子的文学复古包含了脱离"载道之器"的诉求，复归人性途辙的古代生活的幻想，同时也蕴藏着晚明文学思潮的萌芽。此外，全书对前七子弃文从道现象也有翔实的考察。

在该书中，黄卓越还专辟一章谈论正德、嘉靖年间的山人文学。其关注重心不是山人文学的文本状态，而是其历史构成方式，即分析明代正嘉间社会结构转换中出现的政治下移与知识下移同山人文学的关系，对山人文学思想的阐释则侧重这一群体对道家的兴趣以及生命意识的萌发。山人文学研究相对于前七子文学复古运动和台阁体研究，是明代前中期诗文研究中较为薄弱的一环。黄卓越教授将山人文学纳入讨论范围，在社会结构转变的文化背景下审视山人文学的旨趣，对明代前中期山人文学研究是有益补充。

透过《明永乐至嘉靖初诗文观研究》一书，可以看出黄卓越教授的"文化境域"理路确实给明代诗文研究带来了一定启示。从 20 世纪 90 年代开始，黄卓越教授就强调打破学科界限，以观念史统贯知识分区，在此基础上推出了一系列研究成果，对中国古代文学研究有一定借鉴意义。

黄卓越教授的相关专著还有《佛教与晚明文学思潮》(东方出版社 1997 年版)、《明中后期文学思想研究》(北京大学出版社 2005 年

① 黄卓越：《明永乐至嘉靖初诗文观研究》，北京师范大学出版社 1991 年版，第 173 页。
② 黄卓越：《明永乐至嘉靖初诗文观研究》，北京师范大学出版社 1991 年版，第 207 页。

版）。这两部著作与《明永乐至嘉靖初诗文观研究》是他长期治明代文学思想史的结晶。在这几部书中，他通过将思想史、文学批评史、文学史研究贯通起来，开拓出以观念史统合文学演变的研究理路，并通过翔实的资料考订和语境分析，解决明代诗文研究中积留的学术悬题与难题，为明代文学批评史研究建立了重要范本。

此外，他还主编有《明代文论》（北京大学出版社 2011 年版），著有论文集《黄卓越思想史与批评学论文集》（北京语言大学出版社 2012 年版）等，发表的相关论文有《晚明性灵说之佛学渊源》（《文学评论》1995 年第 5 期）、《晚明情感论与佛学关系之研究》（《文艺研究》1997 年第 5 期）、《前七子复古主义观考辨》（《文学理论学刊》2000 年第 1 辑）、《论明中期文权的外移》（《中国文化研究》2000 年夏之卷）、《明弘正间审美主义倾向之流布》（《中国文化研究》2002 年春之卷）、《前七子乐府诗制作与明中期的民间化运动》（《中国文化研究》2003 年第 3 期）、《前后七子文学运动与明中晚期社会转型》（《光明日报》2003 年 3 月 26 日）、《前七子之前与同时的文章复古意识》（《清华大学学报》2004 年第 5 期）、《明中期吴中派的诗文体统观》（《文学评论》2006 年第 3 期）等。

《中国诗学史·明代卷》概说(存目)

朱易安

【作者简介】朱易安(1955—　　), 上海人。现为上海师范大学人文学院教授, 曾任上海师范大学人文学院副院长、女子文化学院院长、女性研究中心主任等职。主要研究领域为中国诗学史、古典文献学、女性主义等。著有《唐诗书录》、《李白的价值重估》、《唐诗学史论稿》、《中国诗学史·明代卷》、《女性与社会性别》、《全宋笔记》(主编)等。

【评　介】

　　朱易安教授所著《中国诗学史·明代卷》于 2002 年由厦门鹭江出版社出版, 为陈伯海、蒋哲伦主编的《中国诗学史》之一。《中国诗学史》共分 7 卷, 前六卷按历史朝代分编, 依次为先秦两汉卷、魏晋南北朝卷、隋唐五代卷、宋金元卷、明代卷和清代卷, 每卷详述一个时期的诗学状况, 以诗歌理论的演进为经, 以诗歌的各类活动为纬, 将诗学观念与接受主体、对象之间的互动关系及其在阅读、批评、写作诸环节的展现相结合, 建立起一种以诗歌接受史为视角, 用接受范式来整合多元材料的论述模式, 进而架构起历史与逻辑相互结合的理论体系。另设词学一卷, 综述词学的发展历程。《中国诗学史·明代卷》共 9 章, 依次为"概说"、"元、明之交的诗学"、"正统、成化时期的诗学"、"弘治、正德时期的诗学"、"格调论以外的诗学"、"嘉靖、隆庆时期的诗学"、"万历时期的诗学"、"明末的诗学"、"明代的诗学文献"。

　　按照《中国诗学史》主编陈伯海的界定, "诗学"与"诗学史"存在差异, 诗学史"并非以诗歌作为自己的直接对象, 倒是以研究诗歌的诗学为考察目标，力图通过对历代诗学成果的清理与总结，勾画出一条诗学历史演进的运行轨迹来"①。朱易安教授所作《中国诗学史·明代卷》在充分接受前人观点的基础上，博采众家之长，对明代诗学的历史演进有清晰的描述，算是第一部系统完整的明代诗学史。

从内容上来说，"师古与师心"以及"由格调到神韵"是《中国诗学史·明代卷》的两条主要逻辑线索，这两个命题都不是朱易安自己的创见。② 然而她把二者融入明代诗学史的写作，用师古与师心两大诗学势力的斗争与融合，"格调"论的深入与向"神韵"说的转化支撑起整部诗史的结构与逻辑。她把明人标举的"格调"称之为中国诗学中的"有意味的形式"，认为诗学的镜象批评转向了体式批评，提出"格调—兴象风神—性情"的公式，在一定程度上抓住了明代"格调"说的主脉。

在全书末尾，作者单列一章"明代的诗学文献"，对明代的诗学文献状况进行梳理，罗列明代诗学文献130余种，对作者、版本、著录情况予以简要介绍，对明代诗学文献的形态与意义加以探索。但明代诗话总量远远超过了130种，后来连文萍的《明代诗话考述》（2015）一书考证出明代诗话达317部之多，其中尚不包括其他形态的诗学文献。而《中国诗学史·明代卷》中援引的明代诗学文献非常有限，只有较为常见的几十种，虽然对比同时期明代诗学研究著作，该书介绍的诗论家已算较多，然而相对于明代诗论和诗学文献的实际情况，仍显不够。从历史建构的角度来说，明代诗学史的整体把握应该基于对明代诗学文献的充分挖掘和利用之上，这远非一时一人之力可以胜任，需要一代代学人的共同努力。更有甚者，明代诗学的内容不仅反映在诗话著作当中，也散见于各不同时期文人的文集当中。这部分内容所反映的诗学观念，要比诗话著作更为丰富，更显复杂。要

---

① 陈伯海：《〈中国诗学史〉导言》，载《中国韵文学刊》2002年第1期。
② 陈文新的《明代诗学》已对"师古"与"师心"两大命题有过系统而深入的探究；郭绍虞的《神韵与格调》（1937）一文以"格调"论指称前后七子的诗学，袁震宇、刘明今的《明代文学批评史》（1991）继承了郭绍虞的观点，认为明代诗学的主脉即从"格调"说向"神韵"说发展。

对其进行系统梳理，必须建立在全面的文献勾稽、整理基础之上。

朱易安教授长期以来主要从事唐诗研究，因而在撰写明代诗学史时不免略显拘谨，在总结明代诗学的观点时，得之前人者为多，出于己意者为少。同时，虽然也在第一章对明代诗学的背景、特征和嬗变作了宏观的概括，但是在论述某一时期的诗学时，存在一些罗列诗家诗论的情况，没有对当时明代诗学的文化背景和逻辑进程展开深入分析。书中亦存在一些细小的文字错误，虽不影响全书的学术水平，却不免会对其学术含量造成一定的伤害。

朱易安教授在相关领域还有论文《试论〈诗源辩体〉的价值及其与〈沧浪诗话〉的关系》(《文学遗产》1983 年第 4 期)、《明人选唐三部曲：从〈唐诗品汇〉、〈唐诗选〉、〈唐诗归〉看明人的崇唐文化心态》(《上海师范大学学报》1990 年第 2 期)、《格调派唐诗观的形成与发展——明代唐诗批评史研究之一》(《上海师范大学学报》1991 年第 1 期)、《后七子和明末文人的唐诗观——明代唐诗批评史研究之二》(《上海师范大学学报》1991 年第 3 期)、《走向艺术本身——唐诗学发展史上格调派的贡献及影响》(《中国首届唐宋诗词国际学术讨论会论文集》，江苏教育出版社 1994 年版)、《明代的诗学文献》(《南京师范大学文学院学报》2003 年第 1 期)等。

明代诗话的诗说体系与价值

连文萍

【作者简介】连文萍,台湾新竹人,台湾东吴大学教授。主要研究领域为明代诗学和科举、教育等。著有《诗学正蒙:明代诗歌启蒙教习研究》、《明代茶陵派诗论研究》、《明代诗话考述》等。

第一节　明代诗话的诗说体系

前一章是以时间为探看角度,论述明代初、中、晚期的诗话特色,属于"纵"的剖析。但在总结明代诗话的价值时,有必要另以"横"的联结,剖析明代诗话在诗学论述上的努力与建树。因此,本节将提纲挈领地勾勒明代诗话在内容上所呈现的主要诗说体系,并见其对清代诗话撰作的启迪作用,以及对诗学的贡献。

须说明的是,明代诗话并不是每一部都具有独特或完整的理论建树(当然其他时代的诗话著作也存在相同的情形),改编或因袭前人旧说者所在多有。何况诗话原本是个极自由的书写方式,内容各有偏重,并不一定必须承载诗学理论的内容。所以,本节选择理论较为鲜明的明代诗话进行析论,至于明代诗话在数量上的超越前代、在诗话体例上的开创,以及对清代与现今诗话论述的引领作用等,则在下一节"明代诗话的价值"再予综合探讨。

明代诗话的诗说体系,主要以复古诗说①、性灵诗说为两大主要系统,这两大系统又引逗出对诗歌"神韵"的推求,进而为清人加以

---

① 此处使用"复古诗说"的词汇,而不使用"格调"二字,基本上是认定"复古"兼有理论与行动的意涵,又能兼该"格调"的意义,且较之明白易懂。

截取、推演或发扬，成为清代具代表性的诗说。

一、复古诗说的理论体系

复古诗说可谓明代诗话理论体系的主轴，故此类诗话数量最夥，内容变化最多端，且论述较为精彩。推究其原因，应与复古诗说讲求诗法、考究格调，必须借助诗话，建立复古的宗主、学古的门径以及学诗的方法，以供创作者依循有关。

复古诗说中最为基础，可能也是层次较低的诗话，就是明初以来纂刊不绝如缕的诗法汇编。如朱权《西江诗法》、周叙《诗学梯航》、怀悦《诗法源流》、黄溥《诗学权舆》、杨成《诗法》、王用章《诗法源流》、黄省曾《名家诗法》、梁桥《冰川诗式》、王楫《诗法指南》、朱绂《名家诗法汇编》、茅一相《欣赏诗法》、李贽《骚坛千金诀》、谢天瑞《诗法大成》、汪彪《全相万家诗法》，等等。各书撰辑手法或有异同、内容或有分合，但大多承继着前代钻研诗法的风气，吸纳整编唐、宋、元人所著诗法、诗式、诗格的精华，建立以唐诗为主体（特别是兼纳众体、技巧高超的杜诗）的诗学典范，与近体诗书写的格套，提供模拟写作的范本。这些诗法汇编以"复古"的实际行动，肩负着诗学启蒙的任务，也使得"诗话"摆脱随笔闲谈的性质，向诗法更加探求。

复古诗说向更高层次进展，是对"格调"进行较系统性的推阐。李东阳的《怀麓堂诗话》具有前导地位，他兼融严羽《沧浪诗话》与高棅《唐诗品汇》等前人诗说的精要，以及自己的创作经验，首先要求严格区分古诗与律诗的不同体制，并探讨分辨历代诗歌风格及作家个人风格的方法，提倡"具眼"、"具耳"，亦即从体制、声调双管齐下的省视与鉴别。然而，李东阳的复古其实是温和的、广泛地学习前代，包括宋、元的诗家都得到他的称扬与仿效，因而未能明确指出复古标的、树立鲜明旗帜。要到李梦阳、何景明等"前七子"，王世贞、李攀龙等"后七子"，以向汉魏盛唐、向杜甫学习等严格的口号与身体力行，才以十足的霸气，开创复古诗说的两次高峰。

复古诗说的理论体系中，着重宣示尊法汉魏的路数者，以徐祯卿的《谈艺录》最具代表性，主张"魏诗，门户也；汉诗，堂奥也，入户升堂，固其机也"，以对汉魏古诗的分析与赞颂，指出复古取法的标的。但他兼纳吴中论诗纯任性情、讲究兴致趣味的特色，强调情为诗之源，"因情立格"，亦即情的作用在先，格调的形成在后，以情的抒发为内在基础，与诗歌规矩法度互为协调，这种带有弹性的复古主张，可谓深具特色。

闵文振《兰庄诗话》主张向《三百篇》及汉魏古诗学习，但其清楚认知到"世风日下，好尚随之，诗之不能复古，宜哉"，可谓为师法汉魏的复古诗说加上较圆融的"但书"。陈德文《石阳山人蠡海》在极力推尊性情之正的同时，对于时人学习汉魏诗一以萧统《昭明文选》为依归，号称"选体"，提出不同的思考。他以为萧统"以六朝委靡之声，绮丽之习，尚论于汉魏，选抡其篇诗，混紫为珠，列郑于雅"，而世乃翕然宗之，真不知是何缘故？他感叹"两汉三国之诗，恐不止此数篇，盖经统删后，贵耳贱目者，因举而弃置之，希响寂寥，遗慨千古"。陈德文指出当世所谓师法汉魏，实际是片面的师法萧统《昭明文选》所选的汉魏诗，而非真正涵泳、取法于汉魏诗的广大天地。他的诗说虽属小家，却对诗法汉魏的复古诗说提出珍贵的反省。

近体诗尊唐的线路，则是明代复古诗说的最主要内容，环绕在尊唐议题的相关讨论，包括由尊唐思考诗歌的本质、由尊唐考究诗歌的美感呈现、由尊唐衍出创作的法则、由尊唐提出作家的品评，等等，从而交织建构出明代诗话层次最多也最辉煌的业绩。其中如何景明等力主尊盛唐，而诋诃"宋无诗"，引爆唐、宋诗的论争，而安磐《颐山诗话》即以"汉无骚，唐无选，宋无律"为命题，有谓："所谓'无'者，非真无也，或有矣而不纯，或纯矣而不多，虽谓之'无'亦可也"，正好补益了何景明的说法。

尊唐的路线中，又有更加严格宗法盛唐的主张。如王世贞在《全唐诗说》极力推崇初、盛唐诗，并仔细标举各种诗体的学习标的，如云："五言律、七言歌行，子美神矣，七言律圣矣；五、七言绝，太白神矣，七言歌行圣矣，五言次之。太白之七言律、子美之七言绝句皆变体，闲为之可也，不足多法也"，就李、杜诗为喻，由正、反面指出各种诗体的典范，以利于学习取法。谢榛《四溟诗话》则以初、盛唐十四诗家的学习与仿效加以说明，指出十四家咸足为法，但复古并非蹈袭古人，而是要"化陈腐为新奇"，要于"十四家又添一家"，于是他也衍出"学酿蜜法"，以"蜂采百花为蜜，其味自别，使人莫之辨也"，作为复古的最终境界，其说与何景明的"舍筏达岸"之说可谓前后呼应。其后胡应麟《诗薮》也推衍之，指出明代的诗歌就在绍承与兼融前代诗歌体制与风格，集其大成，进而超越宋、元，与汉、唐鼎足为诗歌的三大盛世。所以，复古诗家们由尊唐出发，前仆后继地以复古为号召，意欲建构一个诗歌的辉煌时代。

除了推尊盛唐，又有不少诗话针对个别诗家申说推阐，像应该学习杜甫还是李白，就各执一词。由于杜诗诗体变化多端、法度谨严，有利于学习，因此学杜构成尊唐诗说体系的主要基调。如前引李东阳《怀麓堂诗话》、王世贞《艺苑卮言》、谢榛《四溟诗话》、胡应麟《诗薮》等大家诗话，都经由杜诗的分析，带出学杜的讨论。而如王文禄《诗的》、唐元竑《杜诗捃》、卢世㴐《读杜私言》等小家诗话，也都有鲜明的拥杜立场。至如杨良弼的《作诗体要》，罗列八十二种诗歌体制，杜甫以"诗备众体"，成为各种体制的不二典范，杨良弼主张"老杜诗无一首不可法"，甚至杜诗中"重字"、对仗的瑕疵，均以"在老杜可，在他人则不可"一语释之，其原因居然是"老杜诗无人敢议"，可谓推尊得最过。

相对的，陈沂的《拘虚诗谈》为了与北地的崇杜、学杜风气相抗衡，提出杜诗"如沧海无涯涘可寻，其间蛟龙以至虾蚌、明珠珊瑚之与砂石，无一不据，要识其所当取"，他话锋一转，又谓："后学茫昧，特拾其粗耳"，直指当世不善学杜的弊病。他指出正确的复古应是"近体比宗开元以前，七言长歌必宗李白，七言律必宗少陵，绝句必以李白为师，纵力不能及，咏味久则入，步正不蹈旁蹊矣"。在陈沂的复古体系中，杜甫并非不能学习，但却被"稀释"，只剩下"七言律必宗少陵"，李白则独得"七言长歌"、"绝句"两项"桂冠"，且其后"纵力不能及，咏味久则入"云云，也系针对李白不易学而发，其说相当独特。

对于个别诗家的学习，黄甲《独鉴录》提出宗唐诗、抑宋诗的主张，却又左打李白、右攻杜甫，并以"予于二公，颇知弹射，使二公若在，当必以我为知言者"，极为自得自喜，其言论可谓尊唐复古诗家中的狂妄典型。至如万历年间蒋一葵写作《诗评》，由针砭当世诗坛摹仿李攀龙及"争事剽窃，纷纷刻鹜，至使人厌"的现象，提出自己的复古进程："余谓学于鳞不如学老杜，学老杜尚不如学盛唐"，将对个别诗家的学习，又放大回归到对盛世唐诗的广泛取法。

随着复古势力的衰微，复古诗说也不断地进行修正与总结，除了蒋一葵的省察，也有采取更宽容的态度来看待复古。如王世懋《艺圃撷余》主张作诗当本才学性情，且莫理论格调，也以"逗"、"变"说解唐律的变化，认为唐律由初、而盛、而中、而晚，原是一种渐进的过程，并非绝然的对立，因此圆融地解决宗主盛唐却不必为盛唐所局限的问题。

又如具有总结格调诗说意义的胡应麟《诗薮》，提出"体格声调"与"兴象风神"为作诗之大要。"体格声调"犹如水与镜，是可以依循的作诗法则，讲究体正格高，要由取法盛唐入手。"兴象风神"却如花与月，无迹可求，须深入领悟。胡应麟以为"必水澄镜明，然后花月宛然"，也就是在推求格调、娴熟诗法技巧的基础之下，须更向诗歌的内在锤炼，使之兼具气象、风神、神韵。换言之，以盛唐诗歌为法，就不能只求外表的形似，而必须深入体悟盛唐的浑成气象与轩举神韵。

也有以更严格地追复唐调，来挽救复古派的颓势。如殷云霄处身公安诗说的强烈挑战，及胡应麟兼融体格声调与兴象风神的修正路数当中，犹自坚持尊盛唐的复古诗说。其《冷邸小言》强调"如欲创奥堂，可不用前人木石，不可不用前人规矩绳墨；耻拾人余唾矣，能不取音于舌根，转声于齿鳞，以足语，以手呼，得乎？"他也以花、月为喻，说明花、月人所共赏，今岁之花非昔时之花，但花样不殊；今夕之月，即前夕之月，而月境不同，屡赏不厌。他以为复古是以前人规矩绳墨，写自然之情、之法、之韵，虽用古而实自用。所谓前人规矩绳墨系指初、盛唐而言，他以吹箫加以说明：

> 初、盛唐诗，楼上之箫也，听之随风飘扬，逸韵哀音，沁人肺腑，而殊无指爪唇舌之迹。中晚近耳之箫也，但闻点指摭摘，嚅唇舐嗒，何韵之有？即韵亦滞响耳。宋则吹火筒，全然无响，

付之祖龙可也。

其将宋诗"付之祖龙",付诸火炬焚之的看法,虽不免过激,却见其严明唐、宋诗之别的复古立场。殷云霄的《冷邸小言》虽没有极广的流传,然其极力推服沧浪的"悟"与李梦阳的"法",又兼融王世贞的"才思格调"与胡应麟的"兴象风神",提出"情、景、气、格、风、调"六端,作为诗歌创作的六个面相,凡不符合则"非诗"也,代表着复古尊唐系中保守与严格的坚持。明代尊唐的复古诗说最后是在许学夷《诗源辩体》、胡震亨《唐音癸签》两本诗话中,以不同的思考与撰著方式完成了总结。

除了尊唐诗说中存在着丰富的意涵与变化,明代的复古诗说也不乏以六朝或宋诗为学习对象的角度。前者以杨慎为代表,他不但在《千里面谭》中与张含谈到七言排律起源于六朝的看法,也强调李白、杜甫的创作都是学《选》诗而来,所以他特别选编《选诗外编》,以见李、杜的本源,并藉此将律诗的学习标的上推到六朝。杨慎的做法,虽引起宗唐的王世贞、胡应麟等复古诗家的批评,却不乏追随仰慕者,如朱日藩、何良俊等。其中朱日藩的诗歌创作即取材《文选》、乐府,出入六朝、初唐,所著诗话《七言律细》,今虽存佚不详,但与杨慎的诗说应有一定关联。

宗宋的诗说体系,在明代诗话中较无坚实有力的理论呈现。如都穆《南濠诗话》有谓:"予观欧、梅、苏、黄、二陈至石湖、放翁,其诗视唐未可便谓之过,然真无愧色者也",并引方孝孺"天历诸公制作新,力排旧习祖唐人。粗豪未解风沙气,难诋熙丰作后尘"诗,表达反对崇唐抑宋的立场。但《南濠诗话》的理论性不强,未具与尊唐诗说抗衡的火力,充其量寄寓了对宋诗的同情而已,另外明初瞿佑《归田诗话》也是类似的同情态度。

相形之下,杨慎《升庵诗话》的"莲花诗"条质疑于何景明"宋无诗"的言论,并以宋诗试之,让何景明出了糗,反而令人印象深刻。此外,游潜的《梦蕉诗话》有谓:"近又见胡缵宗氏作《重刻杜诗后序》,乃直谓'唐有诗,宋元无诗','无'一字,是何视苏黄公之小也",显示"宋元无诗"的诋诃,确为宗唐、宗宋诗说叫阵的中心议题。游潜以为宋诗有理趣、元诗有情趣，与当代的诗歌皆各有成就，并直言"非予所可知也"。虽不强作解人，然由对宋、元诗简单的分析，却逗引出对宋、元诗的观察心得，可见其诗观的包融。

明代复古诗说的理论体系，实以尊唐为主轴，兼有尊汉魏、尊六朝、尊宋元等不同的复古主张。虽论说各有偏重，内容详略有别，但讨论的面向相当宽广，扩大了诗话承载的范围与深度。综观明人藉由诗话进行复古的申说与推衍，主要有正反两面的意义。一方面因为抱持"体以代变、格以代降"的诗学观念，导致文学的退化。因为标举复古，偏执立论，导致模拟剽窃的流弊，从而使明代的诗歌创作失去新创的动力与艺术的生命。但另一方面又深入而广泛地致力于诗史的发掘与建立，探讨诗歌发展的规律与流派诗家的兴衰、成就，思考诗歌的创作法则，思索诗歌艺术的本质与美感，并尝试建立创作与鉴赏的体系。所以，明代诗话中复古诗说的利弊得失，可以给予不同的探看与评价。

二、性灵诗说的理论体系

明代诗话中关于性灵诗说的讨论，并不是起始于公安、竟陵派的兴起，甚至"童心说"的代表人物——李贽，他的诗话著作《骚坛千金诀》，根本是讲论诗法的汇编，内容是要帮助学诗者熟悉诗歌格律、写作技巧，引领初学者入门，并未针对诗歌表情达意、写作境界等作更高层次的讨论，由此可见出复古诗说的影响力，以及当世对之的接受与需求。

话虽是如此，但必须肯定的是，公安袁宏道标榜"独抒性灵，不拘格套，非从自己胸臆中流出，不肯下笔"的真诗，方才真正树立性灵诗说鲜明的标竿，成为足以与复古诗说相抗衡的诗说体系与势力。

在袁宏道标矩"性灵"之前，"性灵"是一个援引自南北朝的文学概念，意指性情怀抱，是个人心灵的情趣抒发，这本是创作诗歌的基础，因此许多明人的诗话著作，尤其是复古诗说后期的诗话作者，多已提及类似的概念，并加重"性情"的论说分量，甚至强调临文时心中的意念与情感，要比诗歌体制格调的讲求更为重要。如邵经邦《艺苑玄机》论诗有谓：

　　临文须将古人蹊径放在一边，不问先秦两汉、初盛中晚，且只畅发我胸中一段议论，却将他言语比并看是如何，如此启愤，煞有增益。

此与袁宏道"诗何必唐，又何必初与盛？要以出自性灵者为真诗尔"（江盈科《敝箧集序》引）是相似的意见。

　　又如冯时可《艺海泂酌·唐乘》卷一云："诗不必于备体，谈诗而求备体，文士之斗靡也。古《三百篇》赋比兴皆触意而出，矢口而成，安知备体？若求体备，便远于性情"，强调诗歌抒发性情，不必刻意讲求于体制的完备，不要被体制所束缚。由于冯时可的立论极为鲜明，该书在知识分子间颇为流传，复古派诗家许学夷即在所著《诗源辩体》中评论："意在师心，耻于宗古，故盛推韩、苏而无所避，此中郎之先倡也"，视之为公安的先声。至如复古诗说的"修正派"——王世懋，则在文集中称诗为"性灵之所托"，其《艺圃撷余》主张"诗不惟体，顾取诸性情如何耳"、"本性求情，且莫理论格调"，所以袁震宇《明代文学批评史》以其为"性灵说的萌芽"。

　　袁宏道标举性灵诗说，但本身并无诗话专著，所以就明代诗话而言，能够代表性灵诗说的诗话，主要是江盈科的《雪涛诗评》。该诗话论诗并未直揭"性灵"二字，但以"求真"为理念中心，其"贵真"条有谓："夫为诗者，若系真诗，虽不尽佳，亦必有趣；若出于假，非必不佳，即佳亦自无趣"，这里的"趣"并非传统深远、超俗、难以言喻的"趣"，而是一种浅近、活泼、本色的美感，在江盈科看来，这种美感是令人耳目一新而且更加贴近人心、耐人寻味的，是真诗最可人的地方，此与袁宏道重视"宁今宁俗"、纯任本色自然的趣味是一致的。江盈科在"诗品"条又强调："若系真诗，则一读其诗，而其人性情，入眼即见。大都其诗潇洒者，其人必岂快；其诗庄重者，其人必敦厚；其诗飘逸者，其人必风流；……譬如桃梅李杏，望其华便知其树，惟剿袭掇拾者，麋蒙虎皮，莫可方物"，强烈申言诗须表现性情的主张。

　　江盈科推阐性灵诗说的另一个体现是在《闺秀诗评》，据书前的自序云："余生平喜读闺秀诗，然苦易忘，近摘取佳者数首，各为品题，以见女子自摅胸臆，尚能为不朽之论，况丈夫乎?"标榜选采与品评取向是由"直摅胸臆"出发，正是以"真"为品评与接受的基准，揭示女性诗作以口头语书写心中事的可贵。所以书中评陈玉兰《寄夫戍边》诗云"凄恻之情，盘于胸臆，二十八字曲尽其苦"；评籛桃谏寇莱公奢侈之《东绫诗》，为"一句一字皆真切，与蹈袭者迥别"，均着重于真情实境的流露。即使如叶正甫妻刘氏《制衣寄外》、豫章妇《绝客诗》因为以口语入诗，导致"诗体稍俗"，江盈科也品出"真切不浮"或"结语新丽可喜"的趣味与美感。《闺秀诗评》因为体现性灵诗说，首开全书品论女性诗作的诗话体例，引领清代诗话中女性诗话的撰作风气，本身已深具意义，而江盈科努力让女性诗作成为"真诗"的典范，让女性的诗作值得品论、阅读，也让女性有机会成为诗史中的"不朽"，这样的做法除了作为当日诗坛的针砭，也使性灵诗说增添了鼓励女性从事创作的意义。①

辅翼性灵诗说的诗话，另有陈懋仁《藕居士诗话》。其推许袁宏道"力纠明诗，艺林咸允，十集出，几于纸贵。务去陈言，力驱剽窃，殊有功诗道"，又尝编选《中郎诗选》并撰作序文，为袁宏道的诗学看法提出说解，有谓"袁石公艺谈天出，若以为明无诗者，以其觑缘多而生真少也"、"所谓明无诗，非无诗也，无其不己出，而搬排人有者也"、"大要公不顾遗讥，歼剿砺钝，在各出己见，不从人脚跟，一语援濡溺耳"。不但提出"今人不自深得，至秪人唾而盗人涓，不知肖则人优，弗肖则我面并失"的意见，也指出袁宏道虽自谓"不袭前人一字一意"，其诗仍颇出于杜甫、李贺。故陈懋仁强调：中郎之诗"盖泛览六朝，微窥少陵，乃心长吉，而自为石公者也"，说明袁宏道诗并非全无依傍与渊源，可贵在于能自成一格、新秀独至。

这些观点呈现出性灵诗说与复古诗论并非绝然对立，可以巧妙涵融与交集的事实，此即前述王世懋虽主复古，仍以"本性求情，且莫

---

① 关于《闺秀诗评》，笔者另撰论文《诗史可有女性的位置?——以两部明代诗话为论述中心》(《汉学研究》1999年第17卷第1期，第177~200页)，可参考。

理论格调"为说，甚至被后世许为"性灵说的萌芽"的原因。陈懋仁所编的《中郎诗选》并未刊行，此段序文保留于《藕居士诗话》，成为书中醒目的内容，具有辅翼袁宏道诗说的作用。

竟陵派的钟惺、谭元春，亦为性灵诗说的拥护者，然其所推阐的真诗，系别出幽深孤峭之蹊径，强调"真诗者，精神所为也"，所以不刻意标榜学古，而主张引古人之精神与今人相接。其诗说主要在《诗归》中以批语品评的形式出现，旨在寻找隐藏于诗句背后的深刻意旨，实无诗话著作。虽有题为钟惺纂辑的《词府灵蛇》，却系伪托其名的诗话汇编，至现代又出现题为钟、谭所著的《诗府灵蛇》，亦系纂辑自《诗归》的言论而已。是故，相较于复古诗论的丰富内容，明代诗话在性灵诗说体系的建立与推阐上，不论就数量或成就而言都不突出。

三、神韵诗说的发展

明代诗话中对诗歌神韵的推求，基本上也是由对复古诗说的推求与演绎的过程中，陆续生发、渐进而来。特别是复古诗家从李东阳以来，不断对严羽《沧浪诗话》的进行接受，像严羽诗说中的"别材"、"别趣"之说，强调：

> 盛唐诸人惟在兴趣，羚羊挂角，无迹可求，故其妙处，透彻玲珑，不可凑泊，如空中之音、相中之色、水中之月、镜中之象，言有尽而意无穷。

此种形而上的、讲究悟入的诗学观念，为明人多方援引、说解与增添，所以明人一方面讲"法"，另一方面讲"悟"，二者并行不悖。尤其是复古诗说因为过于重"法"，而逐渐走向僵化、徒求外在体制的形似、忽略诗歌抒情的本质与新创的可贵之时，部分复古诗家就着重探讨诗歌所涵蕴的妙境与美感，亦即加重"悟"的推阐，以作为修正、救弊的良方，终而渐次演为神韵诗说，并在清代发扬光大。

明代诗话中，李东阳《怀麓堂诗话》曾对"意"加以推求，此说可视为严羽"言有尽而意无穷"的引申："诗贵意，意贵远不贵近，贵淡不贵浓。浓而近者易识，淡而远者难知"，并举杜甫"勾帘宿鹭起，丸药流莺转"、李白"桃花流水杳然去，别有天地非人间"、王维"返景入深林，复照莓苔上"等诗为例，作为意贵淡、远的说明。李东阳着重标举的"意"，实有"意象"的意涵，是诗人的情与外在景物的触发，"淡而远"的意象，正为情与景的融合后，出以淡雅深长的抒写，因而产生的距离美感。

又如谢榛《四溟诗话》，强调"诗乃模写情景之具，情融于内而深且长，景耀于外而远且大。当知神龙变化之妙，小则入乎微罅，大则腾乎天宇"，正可补益李东阳论"意"的部分说解。谢榛复演为"作诗不宜逼真"的创作法则：

> 凡作诗不宜逼真，如朝行远望，青山佳色，隐然可爱，其烟霞变幻，难于名状。及登临，非复奇观，惟片石数树而已。远近所见不同，妙在含糊，方见作手。

他将情与景的触发，与书写的适切距离，以"妙在含糊，方见作手"加以定位，并进一步引申应用于诗歌的鉴赏与说解，提出："诗有可解、不可解、不必解，若水月镜花，勿泥其迹可也"，这个说法明显承自《沧浪诗话》，也加入自我对"意"的体会。由于谢榛强调诗的立意可能是游移、飘忽，是随字或韵而生的，诗可能成就于有意、无意之间，诗又有"不立意造句，以兴为主"者，所以在鉴赏及说解诗人命意时，就不能不考虑这些因素，特别是诗作因为成于有意、无意间，所展现的悠远朦胧的妙境及"若水月镜花"的美感，惟有"勿泥其迹"，不强自说尽，承认诗歌有可解、不可解及不必解的可能，才能够领略诗歌的审美情趣。

是故，《四溟诗话》虽有宗唐的复古取向，也多方演绎诗歌创作的方法，却也援引、发扬宋代沧浪诗说的"悟"，宣说诗歌所展现的悠远朦胧的妙境及"若水月镜花"的美感，并将"悟"具体落实于"诗有可解、不可解、不必解"的看法，可谓巧妙地将复古诗说向"神韵"更加推阐。

具有总结及修正复古诗说意义的胡应麟《诗薮》，也由沧浪诗说提出"体格声调"与"兴象风神"为作诗之大要,以补益复古诗说理论上的缺憾。他以为"体格声调"犹如水与镜,是可以依循的"法";"兴象风神"却如花与月,无迹可求,须着重悟入。胡应麟主张"必水澄镜明,然后花月宛然",也就是推求格调、娴熟诗法技巧的同时,须更向诗歌的形而上层面锤炼,使之兼具兴象风神。而其所谓"兴象",应指在意象上对于情景交融的追求,这是诗歌美学的深奥展现,在创作手法上则凸显"兴"的手法,强调"兴"对于意象表达的功能,所以又称"兴象"。谢榛《四溟诗话》有谓:"凡作诗,悲欢皆由乎兴,非兴则造语弗工",又谓:"熟读李、杜全集,方知无处无时而非兴也",就是明白地指出"兴"的妙境,只是谢榛并未像胡应麟一般,形成"格言"、"定义"式的理论。

至于所谓"风神",是一种诗歌的情境或最高境界。《诗薮》多见以"风神"盛赞盛唐诗歌的成就,如谓"初唐七言以才藻胜,盛唐以风神胜"等。也多以"神韵"来形容盛唐,如谓:"盛唐气象浑成,神韵轩举"等。所以"风神"与"神韵"应有近似的内涵,可能"风神"的指涉意涵略广,而"神韵"对于韵味的部分较为强调。

明代最鲜明的神韵诗说,出现在陆时雍的《诗镜总论》。由于这部诗话成书于明末,涵融荟萃复古诗说、性灵诗说的理论,进而向神韵诗说过渡。是书以"情真"、"韵长"为立论中心,强调:

> 诗之可以兴人者,以其情也,以其言之韵也。夫献笑而悦,献涕而悲者,情也;闻金鼓而壮,闻丝竹而幽者,声之韵也。是故情欲其真,而韵欲其长也,二言足以尽诗道矣。

陆时雍对"韵"有多面向的剖析,除"韵长"外,并有"生韵"、"神韵"的不同词汇变化,且"韵"的生成与情景的合融密切相关,如谓:

> 善言情者,吞吐深浅,欲露还藏,便觉此衷无限。善道景者,绝去形容,略加点缀,即真相显然,生韵亦流动矣。此事经不得著做,做则外相胜而天真隐矣,直是不落思议法门。

生韵要流动，要掌握"在意似之间"的分际，陆时雍说："此事经不得'著'做"，这其实就是前引谢榛所说"妙在含糊，方见作手"，谢榛虽没有直接提到"生韵"或"神韵"，但所举的例证可以作为陆时雍"意似"的说解，也见明代神韵诗说的发展有其辗转承递的关系。① 是故，明、清诗歌理论中最重要的复古、性灵、神韵诗说，都在明代诗话中得到开展，这是明代诗话极重要的价值。②

第二节　明代诗话的价值

诗话，是中国诗学理论最主要的载体。明代诗话不惟在数量上远超过前代，且卷帙日趋庞大，论述愈趋体系化，甚至有文人穷尽一生精力来从事写作，视诗话的撰著为一生的志业所寄。因此，明代诗话已非传统闲谈、随笔的性质，而是荟萃多样的诗学见解，包括探讨诗歌发展的规律、流派诗家的兴衰与成就、诗歌的创作法则等，也思索诗歌艺术的本质与美感，试着建立创作与鉴赏的体系。

整体而言，明代诗话的撰作与编刊，不论就中国文学史或批评史，抑或是就诗话发展的过程看来，都是一个重要的"增添"。何况，明代诗话还有其承袭与变化，足以反映时代，也对于诗歌艺术有深入的发掘与探求，可以提供后世思考。以下分重点统整，说明时代诗话的价值：

其一，明代诗话在数量上大大超越前代，且开创诗话创作与编刊的新体例。如成化年间杨成纂辑、弘治三年冯忠重刊的《诗话》，就开创"诗话丛书"的新型编刊方式，之后胡文焕编有《诗法统宗》、稽留山樵有《古今诗话》，清代则有何文焕所编《历代诗话》、顾起龙《诗学指南》、朱琰《诗触》、王启原《谈艺珠丛》等，甚至日人近藤元粹也

① 关于陆时雍《诗镜总论》对"神韵"的说解，详见本论文"诗镜总论"条。另可参见黄如焄：《晚明陆时雍诗学研究》，中正大学中国文学研究所，1994 年。

② 此节论述已改写成《绍承与开创——试论明代诗话的诗说体系》，发表于淡江大学中文系编：《昌彼得教授八秩晋五寿庆论文集》，台湾学生书局 2005年版，第 427~448 页。

于明治二十五年至三十年(1892—1897)间纂编排印《萤雪轩丛书》。诗话丛书的编纂一直持续到民国,如丁福保纂编《历代诗话续编》及《清诗话》、郭绍虞纂编《清诗话续编》,以及今日台湾广文书局持续影印发行的《古今诗话续编》,可谓源远流长,对于诗话的保存与流通,具有重大的影响。

其二,明人在诗话体例的开创上,又有集一人之诗以为诗话,如蒋冕《琼台先生诗话》全书论述邱濬的诗。也有记录一地的诗以为诗话,如郭子章《豫章诗话》专门纂辑记录江西一地诗人诗作与诗事,俨然将方志艺文志与诗话的体例结合。更值得注意的是,专门评论女性诗作的诗话,也在明代晚期产生,江盈科《闺秀诗评》是第一部由男性撰写的专门评论女性诗作的诗话,其所具有的意义,一方面是公安派追求真诗的实际行动,一方面也显示公安派诗说具有鼓励女性从事创作的积极面。方维仪所撰作的《宫闺诗评》,则是第一部由女性撰写的专门品评女性诗作的诗话,这部书今虽不传,然而其开创女性撰作诗话的风气,对于清代以后女性从事诗话创作与诗学活动,具有深远的意义。①

其三,明人对于历代诗话的整编卓有成绩,特别是为数极多的诗法与诗话的汇编,自明代初期怀悦《诗法源流》、朱权《西江诗法》、黄溥《诗学权舆》、王用章《诗法源流》、杨成《诗法》等,到明代中期宋孟清《诗学体要类编》、黄省曾《名家诗法》、梁桥《冰川诗式》等,到明代晚期的朱绂《名家诗法汇编》、茅一相《欣赏诗法》、李贽《骚坛千金诀》、王昌会《诗话类编》等,各种诗法汇编接力较劲,呈现热闹缤纷的光景。

这样的编纂现象,一方面反映明代诗学的需求,以及诗学的兴盛,另方面反映了明代的空疏浮阔的风气,因为编辑前人之诗说为己说,确实是上自精英知识分子,下至三家村学究,人人可为之事,所以品质自不免有良莠。再者,明人汇编前人诗说,常常不著出处,剽夺前人言论,随意裁约、掺入己说,如梁桥在所辑《冰川诗式·综

---

① 关于二书,笔者另撰论文《诗史可有女性的位置?——以两部明代诗话为论述中心》(《汉学研究》1999 年第 17 卷第 1 期,第 177~200 页),可参考。

赜》的前言即谓其书杂取往先哲名家之言，"又以僭肆约取，时或附以己意，故不一一题曰谁氏之言，得罪古人，深知莫逃，博雅君子，当自得之。桥，山野鄙人，非敢妄剿为己说也，知我罪我，其惟诗乎"，为自己的妄剿剽窃振振有辞地辩护。① 所以，这样的诗法、诗话汇编，就难于检索，也不利于资料文献的存真。

不过，明人对于汇编的纂辑也有新做法，如茅一相的《欣赏诗法》，标榜"欣赏"为纂编的角度，所标举的诗法就不仅具有创作取法的意义，更作为赏鉴的准绳。茅一相也藉由纂辑诗法汇编提出"必须明彻古人意格声律，而神境事物，邂逅郁折，无不了了于胸中，随意唱出，自然超绝"的诗学主张，巧妙涵融格调与性灵，追求自然超绝的诗歌理想。此外，明人诗法诗话汇编的分类，标志着编者对于前人诗说的接受与阅读，是个值得探看的焦点。

其四，明人标榜辨体的诗话数量亦多，如李东阳《怀麓堂诗话》即着重讲论诗歌格调、分析音律节奏，而明代中、晚期则出现更专门的标榜辨体的诗话，如杨良弼《作诗体要》、徐师曾《诗体明辨》、孙鑛《排律辨体》、胡应麟《诗薮》、许学夷《诗源辩体》、陈懋仁《诗体缘起》等。明代诗话在诗歌体式声调上的用力，对于探索前代诗歌在形式及音乐等方面的成绩，推求诗歌的美感，发掘诗歌体式衍变发展的轨迹，深具贡献。

然而，其辨体的目的，多在于提供创作上的复古路径，在于向前代寻求诗歌的基准与典范，以便当代诗歌创作能够超越宋、元，与汉、唐鼎足，但却导致轻忽了文学进化的必然性，所以辨体在诗歌法度、审美、评论上虽不乏成就，而实际运用于创作，则可能是种局限与倒退。正因为提供创作上复古的需要，所以明代诗话的整体业绩，以复古派人士的撰作居多，公安、竟陵则多以个人文集或评选诗集，来宣示诗学理念。

其五，明人不断利用诗话来回顾、省视前代以及当代作品，以及

___

① 关于《冰川诗式》，笔者另撰论文《以诗学著述建构自我价值——论梁桥〈冰川诗式〉与明代诗学面相》(《汉学研究》2004 年第 22 卷第 2 期，第 95~119 页)，可参考。

不少诗话的严谨创作态度，均使得明代诗话更加理论化、系统化，足以提供今人在从事批评研究上的借镜。而明人诗话中对于格调、性灵、神韵等诗论的阐释，不但为清人所继承发扬，其中部分诗说且为今人所称说，如徐祯卿《谈艺录》，即为钱锺书援为所著诗话之书名。高棅提倡的初、盛、中、晚的四唐分期之说，经过明人诗话的不断演绎和称说，仍为今日讲论唐诗常引用的说法。

其六，诗话是一种社群的产物，特别是明代诗话与诗社的关系极为密切，由明代诗话发展的轨迹，不但可以与清代的诗话、民国的诗话互为映证，也能提供现代诗歌研究发展的思考。如台湾的现代诗创作与流传，从日据时代以来，即与诗社关系密切，而现代诗理论的著作风气却较少开展，现有的现代诗品评也大多诉诸阅读的印象与直觉，评论者多由诗人兼任。对照于明代诗话发展的历程，现代诗到目前为止仍可能是一个向上前进的文学，尚待更多有心人的投入创作与评论，我们当然也可以期待用"一生目力"完成的现代诗话。

以上所论明代诗话的价值，并无意夸大明代诗话的成就与影响，因为以明代诗话为研究命题，明代诗话自然是主角，就整个诗话发展的过程而言，明代诗话也居于一个重要的承先启后的位置，但若置入中国文学史或批评史，明代诗话就是一个"背景"了。

最后要特别说明的，因为学历与眼界毕竟有限，本论文对于明代诗话的发掘与考述，以台湾所能见及者为主，并尽力搜集包括中国大陆、日本、韩国等海外资料。同时，研究工作是一个持续累积的过程，所以，本论文应视为明代诗话研究过程中的一个阶段，而非终结。

——据台湾花木兰文化出版社 2015 年版《明代诗话考述》

【评　介】

《明代诗话考述》为连文萍教授在东吴大学中国文学研究所攻读博士学位时的毕业论文，完成于 1998 年，后经修改增订，于 2015 年选入潘美月、杜洁祥主编的《古典文献研究辑刊》第二十编，由台湾花木兰文化出版社出版。近几年，连文萍教授的研究领域逐渐从明代诗学扩大到诗歌启蒙教育、女性诗学、皇族诗歌、诗学与经学、翰林馆课等明代文学的多个领域，并取得了不少成果。

《明代诗话考述》共分上、中、下三册，主要内容分为 5 编：第一编为绪论，第二编为现存之明代诗话考述，第三编为后人撰辑之明代诗话考述，第四编为已佚之明代诗话考述，第五编为结论。第二、三、四编为全书的主体部分，发掘整理明代诗话 317 部，分就作者生平、撰著背景、版本流传、内容特色等进行考述与评价，并描述明人对"诗话"形式演绎与增添的过程，探讨其整体的成绩，进而探寻诗话演变的规律。所论包括明代诗话与明代诗学的关系、明人对"诗话"的看法、明代诗话发展的背景与时间分期、明代诗话的作者与读者、明代诗话的诗说体系与价值等。附录编有《明代诗话总目及版本总览》、《明代诗话撰辑及刊刻相关年表》、《明代诗话作者索引》等，颇便读者检索，亦可见作者在文献方面所下功夫之多。

以上选录的是《明代诗话考述》第五编"结论"的第二章"明代诗话的诗说体系与价值"。据作者介绍，这一章的内容部分改写成论文《绍承与开创——试论明代诗话的诗说体系》，发表于《昌彼得教授八秩晋五寿庆论文集》（台湾学生书局 2005 年版）。她把明代诗话的诗说理论分为两大体系，即复古诗说和性灵诗说，而这两大体系又衍生出神韵诗说，成为清代具有代表性的诗学理论。同时，她将明代诗话的价值总结为 6 点：一、明代诗话在数量上大大超越前代，且开创诗话创作与编刊的新体例；二、明代诗话在集一人或一地或女性之诗以为诗话，在体例上具有开创意义；三、明人对历代诗话的整编卓有成绩；四、明代诗话在诗歌辨体上深具贡献；五、明代诗话的理论化与系统化对文学批评研究的贡献；六、明代诗话发展的轨迹不但可以与清代诗话、民国诗话互为映证，也能提供现代诗歌研究发展的思考。在研究中，连文萍教授把每一部诗话的考述都当作一篇独立的研究论文来撰写。这种严谨的态度和扎实的功底，为这部著作注入了很高的学术含量。

目前已有两种全明诗话流行，分别为吴文治主编的十册本《明诗话全编》（江苏古籍出版社 1997 年版）和周维德集校的六册本《全明诗话》（齐鲁书社 2005 年版），这两种诗话全编都存在一定的缺陷和不足。连文萍的研究为明诗话的整理提供了重要的支撑。目前由复旦大学陈广宏教授主持的《全明诗话新编》正在进行当中，已取得可观成果。

连文萍教授另有专著《诗学正蒙——明代诗歌启蒙教习研究》（台北里仁书局 2015 年版）等。相关论文还有《明代茶陵诗派诗论研究》（东吴大学，1989 年）、《试论明代茶陵派之形成》（《古典文学》第 12 集，台湾学生书局 1992 年版）、《明代格调派诗论中的"杜诗集大成"说——以李东阳的〈怀麓堂诗话〉为论述中心》（《国立编译馆刊》1994 年 6 月第 1 期）、《诗史可有女性的位置——以两部明代诗话为论述中心》（《汉学研究》1999 年 6 月第 1 期）、《以诗学著述建构自我价值——论梁桥〈冰川诗式〉与明代诗学面相》（《汉学研究》2004 年 12 月第 2 期）、《明代翰林院的诗歌馆课研究》（《政大中文学报》2009 年 12 月第 12 期）、《明代诗歌启蒙教习研究——由王世贞的学诗经验谈起》（《汉学研究》2010 年 3 月第 1 期）、《明神宗与〈诗经〉讲习》（《国文学报》2011 年 6 月第 49 期）、《追寻胜国贵胄——朱彝尊对明代皇族诗歌的编纂与评述》（《兴大人文学报》2011 年 9 月第 47 期）、《明代皇族的诗歌教习及其意义》（《高雄师大国文学报》2015 年 7 月第 22 期）、《明代皇帝的诗歌创作与传播——以明太祖、仁宗、宣宗、世宗为论述中心》（台湾《"清华学报"》2015 年 7 月）等。

明诗研究重要论著提要

明诗研究重要论著提要

1912—1948 年

中国诗史

李维著，石棱精舍 1928 年出版。李维的《中国诗史》是现代学术意义上的第一部中国诗歌通史。本书将唐代诗歌看作中国诗歌史的鼎盛时期，至北宋则诗势已尽，至南宋、金、元则再降，明再降，清极衰。全书分上、中、下三卷，上卷论唐前，中卷论唐、五代，下卷论宋、元、明、清。其中下卷第十章至第十三章共 4 章论述明代诗歌，皆题名曰：明诗再降与复古声中各派之起伏，分上、中、下论述之。李维的基本立场是：明代的诗运是下降的，明诗的基调是复古的。

插图本中国文学史（四）

郑振铎著，朴社 1932 年出版。《插图本中国文学史》分为上、中、下三卷，将中国文学史分为古代文学、中世文学和近代文学三个阶段。郑振铎以明代文学拟古运动为界，将明代的文学分开先后，明代文学拟古运动及之前划为中世文学，之后划为近代文学。第五十四章"批评文学的进展"论及元末明初的文学批评，重点介绍了李东阳、李梦阳、徐祯卿等人的文学主张。第五十五章"拟古运动的发生"，论述前七子之诗及其发动的拟古运动，以及不与同流的吴中诗人如唐寅、文徵明等的诗文。第六十一章"拟古运动第二期"论述后七子之文学拟古运动，以及不受影响之杨慎、薛蕙等人。第六十二章论公安派与竟陵派。

中国新文学的源流

周作人著，上海书店 1932 年出版。《中国新文学的源流》一书原为周作人 1932 年应沈兼士之邀，在辅仁大学演讲的讲稿，讲题为"中国的新文学运动"，同年，讲稿由上海书店出版。全书共 5 讲，分别为：关于文学之诸问题、中国文学的变迁、清代文学的反动（上）——八股文、清代文学的反动（下）——桐城派古文、文学革命运动。在第二讲"中国文学的变迁"中，周作人认为中国文学之变迁乃是由载道派和言志派两种文学潮流相互作用的结果，两种潮流的起伏造成了中国的文学史，并着重讨论了明末言志派占主潮的公安派、竟陵派发起的新文学运动，而且把民国的新文学运动看作言志派文学潮流的一个阶段，而此新文学运动与明末之新文学运动尤为相近似。

明代文学

钱基博著，商务印书馆 1934 年出版。本书为第一部系统论述明代文学的专书。钱基博写作此书，意在纠正学术界卑视贬损明代诗文的偏见，给明代文学以正确的历史定位。全书以文体之别共分 4 章，第一章"文"，第二章"诗（附词）"，第三章"曲"，第四章"八股文"，不及明代小说。每章开头为总论，概述其流变、大略，次以文学家为纲，论述明代主要文学家的生平事略、艺术特点、文体得失，进而勾勒出明代文学发展之脉络。

明文学史

宋佩韦著，商务印书馆 1934 年出版。全书共分 6 章，分别为：第一章"明初文学"，第二章"永乐以后的文学"，第三章"弘治、正德间的文学"，第四章"嘉靖万历间的文学"，第五章"明末文学"，第六章"明代的八股文"。宋佩韦的《明文学史》和钱基博的《明代文学》出版时间接近，而写法殊不同。钱基博分文体论述，而宋佩韦则按时期论述。宋佩韦的著作亦不论及小说与传奇，据其自述，是因为郑振铎已有专门论述，为避免重复而只论诗文。

胡应麟年谱

吴晗著，原载《清华学报》1934 年第 9 卷第 1 期，后收入《吴晗史学论著选集》。吴晗另有《王凤洲先生年谱》。

中国文学发展史·下卷

刘大杰著，中华书局 1941 年出版。刘大杰的《中国文学发展史》屡经修改，部分内容前后变化较大，此处以其早年版本为准。该书第二十五章至第二十九章论及明代文学。第二十五章论述明代的政治经济和文化概况，前后七子的拟古主义和晚明公安派、竟陵派等的反拟古运动；第二十六、二十七章论述明代的戏曲和小说；第二十八章论述明代的散曲与民歌；第二十九章谈及晚明文学思想的余波。

1949—1979 年

中国文学史稿（元明部分）

吉林大学中文系中国文学史教材编写小组编著，吉林人民出版社 1959 年出版。《中国文学史稿》共 4 册，包括先秦至隋部分、唐宋部分、元明部分和清至"五四"部分。本册为元明部分，为最先出版。元明部分全书分两编，即元代文学和明代文学，明代文学部分着眼处多在小说，第二章论述明代民歌与文人歌曲，第八章论述公安派的文学改良运动，兼及前后七子的复古主义。

中国文学史·下册

复旦大学中文系古典文学组学生集体编著，中华书局 1959 年出版。全书分为上、下两册，下册分第六编"明清文学"和第七编"近代文学"。第六编共 21 章，第十三章为"明代的诗文"，第十四章为"明代民族英雄的诗篇"，此为仅有的讨论明代诗歌的两章，内容涉及明初的诗文、前后七子、唐宋派、竟陵派等诗文流派，文学复古运动和反复古之斗争，以及明末爱国诗人于谦、戚继光。其余 19 章多论述明清的小说、戏曲。

1980—1989 年

柳如是别传

陈寅恪著，上海古籍出版社 1980 年出版。全书分上、中、下三册，共 5 章。第一章"缘起"，第二章"河东君最初姓氏名字之推测及其附带问题"，第三章"河东君与'吴江故相'及'云间孝廉'之关系附河东君嘉定之游"，第四章"河东君过访半野堂及其前后之关系"，第五章"复明运动附钱氏家难"。

袁中郎文学研究

田素兰著，文史哲出版社 1982 年出版。本书是研究袁宏道文学的专著。全书共分 7 章。第一章概述袁中郎生平，对其故乡公安、家世、思想与生活、兄弟友朋皆有介绍；第二章论述袁中郎文学理论的形成；第三、四章论述袁中郎的文学观，主要论及袁中郎的文学原理论、风格论、创作论和鉴赏论等；第五章讨论袁中郎诗的转变过程及其特色，作者认为其诗具有"独抒性灵，重趣重韵"、"忌堆故实，不拘格套"、"化俗为雅，屡多佳致"的特色；第六章则论述袁中郎散文的艺术风格，作者将其概括为"善用修辞技巧"、"体裁具有多样性"、"篇幅简洁精短"、"抒情出自胸臆"、"不避雅谑俚语"；第七章从文学理论和文学作品两个方面探讨袁中郎文学对后世的影响。

于谦诗选

林寒选注，浙江人民出版社 1982 年出版。本书为明人于谦诗选，共编选于谦杂体诗，五、七言律诗，五、七言绝句 100 余首。每首诗后均有注释和简短说明，包括诗的题材、内容和情感。附录有《于谦年谱简编》。本书据 1958 年版重版修订，重版时选入的诗比 1958 年版多几十首，注释更详，说明更细，并附有年谱。

杨维桢诗学研究

刘美华著，文史哲出版社 1983 年出版。本书为杨维桢研究专著。

杨维桢为元代文人，在明代生活甚短。作者研究其诗学理论，论述所及亦有入明诗研究畛域的内容。全书共分5章，作者自序所述内容说："先由维桢其人与其诗学渊源入手；次观其诗学理论；其次分析其创作内容，以印证其诗论；再次言其作品之赏析，以观其风格及表现手法；最后论其影响，由当代及明代两方面立说。"作者认为，杨维桢诗学开启了明代诗坛序幕，视之为前后七子"复古"说之先导、公安派"性灵"说之先声，认为其诗学是"以情性为主体，格调其次"，能"由性灵以进于格调"。

明清诗文研究资料集（第二辑）

钱仲联主编，上海古籍出版社1986年出版。本书为明清诗文研究论文小集。共收录学者文章9篇，其中包括叶君远的《吴伟业生平考辨》、朱则杰的《朱彝尊生平事迹编年丛考》等。

清诗纪事·明遗民卷

钱仲联主编，江苏古籍出版社1987年出版。《清诗纪事》共21册，其中第一、二册为《明遗民卷》。《清诗纪事》共收入诗家5000余人，其中《遗民卷》收录明遗民360家，无名氏19家。《清诗纪事》以宋、辽、金、元诗纪事为基本体式，兼取《明诗纪事》之优点。明遗民略依其生年先后排列，生年不详而有科名可查者次之，都无可考者又次之。诗人后有小传，记叙名号、籍贯、科名、官职、著述等。选列原诗，诗后有纪事。

李攀龙文学研究

许建崑著，文史哲出版社1987年出版。本书为研究明代"前七子"主要成员李攀龙的专著。全书共分7章。第一章为绪论，介绍作者的研究旨趣、经过和方法；第二章为李攀龙年谱，对李攀龙家系、本谱和身后详加考证；第三章则考证了李攀龙的交谊；第四章对李攀龙的《沧溟集》、《古今诗删》和《唐诗选》及其流传作了一番考察；第五章论述了李攀龙的文学思想和主张；第六章对李攀龙的诗文作品进行评述；第七章为结论，对李攀龙的人格和文学史地位作出评价。

竟陵派与晚明文学革新思潮

张国光主编，武汉大学出版社 1987 年出版。本书为竟陵派文学研究会首届学术讨论会论文合集，共收录学者论文 30 余篇，内容主要是对钟惺、谭元春生活的时代背景的考察，对钟、谭诗歌创作风格的赏析，对钟、谭改革、创新思想的肯定，对钟、谭在创作与理论上的弱点的批评。主要论文有焦知云《应公正地评价竟陵派对文学史的贡献》、张国光《独树一帜、影响深远——论竟陵派诗歌理论的进步意义兼评钱谦益的误说》、魏际昌《晚明双慧、辉映荆南——也谈袁中郎与钟伯敬》、尹恭弘《论竟陵派在明代诗文演变中的历史地位》、邬国平《钟惺、谭元春与晚明党争的关系》等。

中国文学理论史（三）

成复旺、蔡钟翔、黄保真著，北京出版社 1987 年出版。本书为五卷本《中国文学理论史》之明代卷。《中国文学理论史》初版于 1987年，曾长期作为不少高校中文系的中国文学批评史课程教材，是当时同类著作中规模最大、内容最翔实的一部，也是一部奠基式的经典著作。本卷为明代部分，按历史顺序分为明初的文学理论、明中叶的文学复古思潮、明后期的文学解放思潮、明末的文学理论四章。从内容来看，该书对前后七子的文学理论进行了实事求是的评价，对徐渭、李贽、汤显祖、袁宏道的反传统文学思想给予充分肯定，对戏曲、小说理论的发展作了清晰描述，对格调、性灵、本色、自然等重要概念也有较为深入的剖析。

明初越派文学批评研究

龚显宗著，文史哲出版社 1988 年出版。本书所指"明初"是从洪武元年至建文四年（1368—1402）。全书共分 10 章：第一章为绪论，介绍研究动机、资料来源和全书结构等；第二章阐述明初越派文学批评形成的过程；第三章至第八章分论宋濂、苏伯衡、方孝孺、刘基、朱右、谢肃、贝琼、胡翰、王祎、钱宰等十数位浙派文人的文学批评和文学思想；第九章论述明初越派文人的影响，同时给出自己的评价；第十章为结论。附录有《明初越派文学批评家诗文集版本述》等。在作者看来，"越派的师古说，扫除了元末纤弱浮靡的习气，而呈现一种雍容典雅，昌明博大的风格"，由此得出结论："明初越派的文学批评，不仅左右了当时的文坛，且几乎影响整个明代。"

杨慎学谱

王文才著，上海古籍出版社 1988 年出版。《杨慎学谱》一书分"学谱"和"别录"两部分。学谱部分包括《升庵纪年录》、《升庵著述录》和《升庵评论录》。《升庵纪年录》参考三种年谱，汇为纪年长编，补录政事、行踪、交游、遗迹，载杨氏世系。《升庵著述录》以表格的形式汇录明清以来升庵著述约 269 种，又按表格次序著录，各为解题提要。《升庵评论录》则略采前人总论升庵学术、诗文之说。别录部分包括《升庵遗事》、《升庵遗墨》、《升庵遗像》和《交游诗钞》。

明代文学批评研究——成化、嘉靖中期篇

简锦松著，台湾学生书局 1989 年出版。全书共 6 章：第一章为"序说"，第二章为"台阁体"，第三章为"苏州文苑"，第四章为"复古派"，第五章为"正、嘉理学与复古派文学批评之转变"，第六章为"结论"。在该书序言中，作者认为，成化至嘉靖中期文学活动皆由台阁、苏州、复古派三大文人集团所主导，此亦为全书立论的基础。

1990—1999 年

竟陵派文学研究论集

张国光等编，中国社会科学出版社 1990 年出版。本书为 1987 年召开的竟陵派文学研究会第二届学术讨论会论文集，共收录张国光、魏际昌、艾斐、陈瑞荣、易锦海、郭红跃、羊春秋、邬国平、陈庆元、李先耕等 40 余位学者的论文，内容涉及竟陵派的文学理论、文学批评和文学创作，以及钟、谭年表和著述考等。

明代文学批评史

袁震宇、刘明今著，上海古籍出版社 1991 年出版。本书为王运熙、顾易生主编的《中国文学批评通史》第五分卷。全书共分 13 章，将明代文学分为前期、中期和晚期，分别论述了明代前期的诗文批评、戏曲小说批评，明代中期的诗文批评、戏曲批评、小说批评，明代晚期的诗文批评、小说批评，末一章论述明人关于词及民歌时调等的批评论。另有上海古籍出版社 1996 年出版，书名改为《中国文学批评通史·明代卷》。

吴伟业诗选译

黄永年、马雪芹译注，巴蜀书社 1991 年出版。本书为明末清初诗人吴伟业诗选的注译本，共译注吴伟业代表诗作约 40 首。每首前有题解，文中有注释，文末为作品翻译。诗的翻译采用新诗体。附录有《吴伟业生平简表》。

杨慎研究资料汇编(上、下)

林庆彰、贾顺光编，台湾"中央研究院"中国文哲研究所中国文哲专刊 1992 年出版。本书为杨慎研究论文资料汇编，全书分为上、下两编，上编收录较通俗的资料，分生平事迹、文学成就、作品赏析、其他等四类，下编收录较具学术价值的资料，分生平与著作、学术思想、文学成就等三类。各类资料按发表时间先后排列。附录有《杨慎研究论著目录》。

明末清初诗论研究

孙立著，广东高等教育出版社 1993 年出版。全书共分 5 章，分别对明末五个重要诗人或流派的诗论进行研究。序说部分介绍作者研究明末清初诗论的初衷与意义及研究范围、材料和方法；第一章论述竟陵派诗说的新变及对古学的兼综；第二章论述文社诸子(陈子龙、艾南英等)的兴复古学；第三章以方以智、傅山为对象，论述方外遗民对古典诗说的尊崇与游离，并辨析方、傅二人之异同；第四章论述王船山的古典主义诗学；第五章以钱谦益为对象论述明代复古主义的总结和清诗的开端。每章后面都附有后人对其的"集评"。孙立先生此书于 2003 年再版、2011 年三版，2003 年修订版增加了关于复社张溥的诗文理论研究、许学夷《诗源辩体》研究和屈大均逃禅研究等内容。

《袁宏道集笺校》志疑　《袁中郎行状》笺证　炳烛集

李健章著，湖北人民出版社 1994 年出版。另有武汉大学出版社 2012 年再版本。此三篇是李健章先生研究晚明文学公安派的代表作。《〈袁宏道集笺校〉志疑》所记乃作者研读钱伯诚《袁宏道集笺校》（上海古籍出版社 1981 年版）遇有错误，考辨以正的部分条目，其研究方法主要为艺术分析与考证史料相结合。《袁中郎行状》是《吏部验封司郎中中郎先生行状》的简称，作者将全文分为 18 个单元，每个单元又分为若干小节，以每一小节的内容为准，选择相关资料依文附录，对其要义、事实加以证明、诠释、补充，然后束以"按语"。《炳烛集》收录作者的《读〈袁中郎集〉，得三十绝句》，用绝句记述读袁中郎的心得体悟，品评袁中郎生平得失。集中另收录论文 7 篇，包括《30年代关于公安派问题的宣传与论争》、《袁宏道的审美观及其游记艺术美》等。

复古派与明代文学思潮

廖可斌著，文津出版社 1994 年出版。本书原为作者 1989 年的博士论文，导师为徐朔方教授。作者"站在宏观的角度，将明代复古运动放到明代文学思潮以及整个中国古代文学思潮发展史的广阔背景中进行考察"。全书分为上、下两册，共 16 章。全书先对中国古代审美发展史做一简略回顾，从元末明初的文化背景入手，史、论结合，先论述了明代前期的文学思潮，然后重点论述明代的复古派和文学思潮，主要介绍了茶陵派、前后七子、唐宋派等流派的文学理论，详尽阐述明代三次复古运动高潮和文学创作。

徐渭诗文选译

傅杰译注，巴蜀书社 1994 年出版。本书为徐渭诗文作品选，共译注徐渭诗文代表作数十篇。每篇前有题解，文中有注释，文末为作品翻译。诗的翻译采用新诗体，文的翻译采用散文体。

三袁诗文选译

任巧珍译注，巴蜀书社 1994 年出版。本书为公安三袁诗文作品选，共译注袁宗道、袁宏道、袁中道诗文代表作数十篇。每篇前有题解，文中有注释，文末为作品翻译。诗的翻译采用新诗体，文的翻译采用散文体。

明代文学复古运动研究

廖可斌著，上海古籍出版社 1994 年出版。另有商务印书馆 2008 年再版本。本书为一部明代文学复古运动专题研究著作，是作者在博士论文的基础上修订而成。该书把明代文学复古运动分为三次高潮来叙述，即前七子、后七子和明末陈子龙的三次复古运动，将其放到明代文学思潮以至整个中国文学发展史的广阔背景中进行考察，探究明代文学复古运动的来龙去脉、思想内涵、群体关系、文学成就及其功过影响等。

明清诗歌史论

周伟明著，吉林教育出版社 1995 年出版。全书分为上、下两编：上编论明代诗坛，下编论清代诗坛。上编共 6 章：第一章"吴越文化的讴歌"，主要论述明初以王冕、杨维桢、刘基、高启等为代表的吴越诗人；第二章"盛明诗坛的回响"，主要论及台阁体和台阁体之外解缙、丘濬、于谦等的诗歌；第三章"中明复古与反复古的对立与互补"，主要论述茶陵派文学、前后七子的文学复古运动和唐宋派、江南四才子等独立的文学；第四章"晚明诗歌的漫唱与革新"，主要论述汤显祖与公安派、竟陵派的文学革新运动；第五章"末代悲歌"，论述张岱、陈子龙、夏完淳、归庄等的诗歌；第六章专论明代民歌与散曲。

明清文学研究论集

龚显宗著，台湾华正书局 1996 年出版。本书为作者研究明清文学的论文集，以明代文学为主，共收录论文 12 篇，包括《贝琼的文学观》、《宋濂与道教》、《宋濂诗论述评》、《高棅诗论》、《苏伯衡的文学理论》、《明代台阁体的诗文理论》、《李东阳的文学观》、《宣卷——金瓶梅词话中的演说佛法》、《明代童谣的理论与创作》、《贺贻孙的生平及其诗文》、《论台湾外记中的作者诗赞》、《乙未割台与旧诗变貌》等。

王船山先生南岳诗文事略

康和生著，中华全国图书馆文献微缩中心 1996 年出版。中华全国图书馆文献微缩中心版为影印版，未见，今据湖南人民出版社 2009 年版。两种版本皆据《王船山先生南岳诗文事略》1942 年手稿本出版。全书共 3 卷，《编首体例》一篇，概述船山生平事迹，及船山在南岳的行迹和史事。康和生搜访了王船山崇祯壬午至康熙辛未年间关于南岳诗文与词数百首，先提时事出处大纲及著作要目，而于各诗、文、词之后，复抉隐钩微，引申考证，篇附案语，以示系统，而期事实一贯。

燎之方扬——中国文学通览·明代卷

谢思炜著，中华书局 1997 年出版。本书将明代文学史的内容用较为通俗易懂、故事性较强的笔法描述出来。全书有 30 余篇独立的小文章，对明代文学史上的人物或主题进行简要论述。附录有《明代文学年表》。

中华文学通史·明代文学

张炯、邓绍基、樊骏主编，王学泰分卷主编，华艺出版社 1997 年出版。《中华文学通史》共 10 卷，起于先秦，止于当代。它是在中国社科院文学研究所编写的三卷本《中国文学史》(1984) 基础上重新编写而成的。2011 年，以《中华文学通史》为基础修订而成的《中国文学通史》，由江苏文艺出版社出版。这套文学史的鲜明特点在于，将少数民族文学也纳进来。其中第三卷为明代文学部分，共 32 章：前二十四章介绍明代汉族文学，包括诗文、戏曲、小说、民歌；第二十五章至第二十九章分别介绍蒙古族英雄史诗《江格尔》、藏族史传文学与诗歌、维吾尔察合台文学、柯尔克孜族英雄史诗《玛纳斯》、哈萨克斯族史诗与民间叙事诗等；第三十章至第三十二章分别论述南方少数民族民间文学、经籍文学和文人文学。

中国诗史

汪涌豪、骆玉明主编，东方出版社 1999 年出版。第一卷历述中国诗学的发展脉络。其中第 341～377 页分三章论述明代诗学，主要论及明前期高启与明初诗人、台阁体和茶陵派，明中期前后七子与吴中四才子，晚明浪漫主义公安、竟陵派与陈子龙。第二卷历述中国诗史名家和重要流派，亦涉及明代诗人和明代诗歌流派。

春墨写性灵——明清性灵派

李煜昆著，东方出版社 1999 年出版。本书为明清性灵派文学专题研究著作。全书共 8 章，主要论述明代以"三袁"为代表的性灵派，以及为性灵派先导的唐寅、李贽，和清代性灵派后继袁枚、赵翼等。

中国文学史(第四卷)

袁行霈主编，黄霖、袁世硕、孙静分卷主编，高等教育出版社 1999 年出版。袁行霈先生主编的《中国文学史》长期作为中国高校中文系通用教材。本册分 3 编：明代文学、清代文学、近代文学。其中明代部分共 12 章，论小说、戏曲部分为多，论诗文相对较少，其中第三、四章论述明代前期的诗文和中期的文学复古，第十一章论述晚明诗文，第十二章论述明代的散曲与民歌。

明代诗文综论

王承丹著，中国文联出版社 1999 年出版。全书分为 3 个部分。第一部分"诗文复古论"，用《明代诗文复古运动的兴起》、《前七子的论战》、《前七子衰微的内部原因》、《后七子的内部纷争及其影响》、

《王世贞诗文理论的矛盾性》五篇文章集中探讨明代前后七子的诗文复古运动。第二部分"诗文革新论",用《徐渭的人格精神与文学理论》、《葆"童心"创"至文"——李贽的文艺观》、《汤显祖与公安派作家》、《袁宏道前期的诗文理论》、《晚明作家对张岱的影响》等八篇文章对晚明文学革新思潮进行阐释。前两部分为全书主体。第三部分为"附录",主要有文章《孔子·是非·假道学》、《钱谦益与公安派》。

2000—2009 年

儒释道与晚明文学思潮

周群著,上海书店出版社 2000 年出版。本书侧重于从同时代的宗教、哲学对晚明文学的影响这一横向研究,并注意文学与哲学、理论批评与创作、文人性格与审美情趣之间的结合。全书共分 12 章:第一章为概论,总括晚明儒释道特色与晚明文学思潮,论述三教对晚明文学思潮的影响;第二章从理学到心学的嬗变来探究晚明文学思潮的酝酿及其学术根源;第三章至第十二章分别论述徐渭的本色论、李贽的童心说、焦竑的亦灵亦实论、汤显祖的尚情论、袁宗道的重学论、袁宏道的性灵说、陶望龄的偏至说与内外论、袁中道的矫正的文论、竟陵派文论和冯梦龙的情教说等文学思潮和文学理论,并探究各自与儒释道三教之关系。

明代诗学

陈文新著,湖南人民出版社 2000 年出版。作者在绪论中先阐释了与明代诗学相关的三个主要问题:明代诗学的古典主义思潮、明代诗学的古典诗歌创作背景、明代诗人的大家情结等。全书主要内容共分 5 章:第一章"诗'贵情思而轻事实'",从"诗史说"辩证,诗、乐关系的梳理和"真诗在民间"的内在蕴含三个方面来论述明人诗"贵情思而轻事实"这一命题的内涵;第二章"诗体之辨:从体裁到风格",从文体论的角度论述明人的诗学观;第三章"信心与信古",论述了前后七子、公安派等的"师心"和"师古"两种不同诗学取向;第四章"'清物论'的生成及其在明代的展开",从审美范畴和诗体特征的角度阐释明人关于"诗，清物也"的诗学主张；第五章"从格调到神韵"，论述了从高棅至李东阳再到前后七子等的"格调"说在明代的演变历程，并探讨了"格调"说下的神韵和风致问题。

明代诗文研究史 1368—1911

陈正宏著，上海文化出版社 2000 年出版。本书原为作者博士学位论文。全书分上、下两篇：上篇"明代的本朝诗文研究"共 5 章，依次为"明初本朝诗文评选中的崇道意识及其余绪"、"弘正时代及嘉靖前期本朝诗文研究的新趋向"、"隆庆前后重视艺术风格探讨的本朝诗文研究"、"万历中后期以降本朝诗文研究的变异与拓展"、"崇祯时期本朝诗文研究的分化与异彩"，展示了明代学者对本朝诗文创作进行即时批评、追踪研究与文献整理的历史场景；下篇"清朝的明代诗文研究"共 4 章，依次为"清初明代诗文研究的重情特征及其内在矛盾"、"逐渐为正统意识牢笼的康雍时期的明代诗文研究"、"乾嘉时期明集的厄运与明代诗文研究的不同侧面"、"道光迄清末明代诗文研究的缓慢复苏"，叙述清代学者对已成为历史的明代诗文进行整体观照、微观考索及文献综合的曲折历程。该书将明代文学批评史与学术发展史相结合，总结了 500 年间明代诗文研究的曲折历程。

明永乐至嘉靖初诗文观研究

黄卓越著，北京师范大学出版社 2001 年出版。全书共 6 章，分别为：第一章"明代的台阁体及其早期思想基础的形成"，第二章"台阁模式的衰降与七子派的兴起"，第三章"明弘治间审美主义倾向之流布"，第四章"前七子复古主义观考辨"，第五章"正嘉间山人文学及社会旨趣的变迁"，第六章"前七子后期思想转换与理学思潮"。作者主张用"观念史"代替学界因循已久的"概念史"理路，通过引入文化境域的视野来重新审视明代文论的现象，以解决明代文学批评研究界长期被遮蔽、曲解的一系列问题。

船山诗学研究

陶水平著，中国社会科学出版社 2001 年出版。本书是研究王夫之诗学的专著。童庆炳序中说该书着意要把王船山的诗学同王氏的哲学思想紧密联系起来研究。全书共分6章：绪论对王船山的生平事略和学术大要进行了介绍；前五章分别论述船山诗学的5个方面。第一章论述"诗道性情"论，第二章论述"情景相生"论，第三章论述"诗乐一理"论，第四章论述"诗艺表现"论，第五章论述"晋宋风流"论。第六章总结船山诗学的性质与特点，并分析船山诗学形成的个人语境（性格、修养、家庭环境等）和历史文化语境（阶级矛盾、政治斗争与学术史等）。

世变与维新——晚明与晚清的文学艺术

胡晓真主编，台湾"中央研究院"中国文哲研究所筹备处 2001 年出版。本书为 1999 年 7 月台湾"中央研究院"文哲研究所与哥伦比亚大学东亚系在台湾合办的"世变与维新——晚明与晚清的文学艺术"国际学术研讨会论文集。全书收录一篇专题演讲及 15 篇论文，与明代相关的主要有陈国球的《试论〈唐诗归〉的编集、版行及其诗学意义》、金文京的《汤宾尹与晚明商业出版》等。

明代文学研究

邓绍基、史铁良主编，北京出版社 2001 年出版。全书共 11 章，依次为绪论、明代诗文研究、《三国演义》研究、《水浒传》研究、《西游记》研究、《金瓶梅》研究、明代短篇小说研究、明代戏曲研究、汤显祖研究、明代散曲与民歌研究、明代文学理论研究等。"绪论"介绍了 20 世纪明代文学研究史，"明代诗文研究"部分将明代文学分为前、中、后三期进行探究，"明代文学理论研究"部分论及李东阳、前后七子、公安派和竟陵派等的诗文理论。

中国诗学史·明代卷

朱易安著，鹭江出版社 2002 年出版。本书为陈伯海、蒋哲伦主编《中国诗学史》的明代卷。《中国诗学史》共分 7 卷，前六卷依次为先秦两汉卷、魏晋南北朝卷、隋唐五代卷、宋金元卷、明代卷、清代卷和词学卷。《中国诗学史·明代卷》共 9 章，依次为"概说"、"元、明之交的诗学"、"正统、成化时期的诗学"、"弘治、正德时期的诗学"、"格调论以外的诗学"、"嘉靖、隆庆时期的诗学"、"万历时期的诗学"、"明末的诗学"、"明代的诗学文献"。作者以明代诗歌理论的演进为经,以明代诗歌的各类活动为纬,将诗学观念与接受主体、对象之间的互动关系及其在阅读、批评、写作诸环节的展现相结合,建立起一种以诗歌接受史为视角,用接受范式来整合多元材料的论述模式,进而架构起历史与逻辑相互结合的明代诗学体系。

王世贞研究

郑利华著,学林出版社 2002 年出版。全书共 5 章:第一章考述其家世渊源;第二章叙述其人生经历;第三章在历史背景下阐述其文学活动;第四章从"复古"与"求真"两个角度对王世贞的文学思想进行深入探究,认为他提倡的复古,并不是单纯意义上的向古人看齐,而是在某种意义上始终贯穿着一种求真的精神,并从"主情说"、"格、调、法"等角度进行诠释;第五章总结王世贞的追求和谐博大的美学意趣。附录有《王世贞传记资料》和《王世贞生平活动简表》。

晚明诗歌研究

李圣华著,人民文学出版社 2002 年出版。本书是作者在博士论文基础上修订而成。全书共分 10 章:第一章概述晚明诗坛现象,包括区域人文、士人心态、文人结社、晚明山人等现象;第二章至第十章分别论述晚明各大诗歌流派和诗坛,包括后七子派及其后期诗歌运动,以徐渭、汤显祖、李贽等为代表的阳明学人的诗和文学思想,以及公安派、竟陵派、晚明闽派、山左诗坛、江浙诗坛、东林、复社、幾社、晚明女性诗坛等。附录有《晚明文人结社简表》、《晚明女诗人生平、著述简表》等。

明代心学与诗学

左东岭著,学苑出版社 2002 年出版。本书是作者关于明代心学与文学思想研究的论文集,主要围绕心学与文学思想的关系而撰写。此处的诗学是指广义的文学理论。其研究方法是将文学思想的研究与明代历史、哲学贯穿在一起，而以文人心态为连接点。全书收录了作者 21 篇文章，主要有《论王阳明的审美情趣与文学思想》、《狂侠精神与泰州传统》、《论唐顺之的学术思想》、《人格心态与文学思想》、《从本色论到童心说》、《论李贽的文学思想》、《从良知到性灵》、《从愤世到自适》、《阳明心学与汤显祖的言情说》、《明代心学与文学》等。

公安派的文化阐释

易闻晓著，齐鲁书社 2003 年出版。本书试图对公安派作文化还原阐释，以揭示公安派作为一个特殊文学流派的真实面目。全书共分 6 章：第一章"末世的风情：历史文化的深层逆转"，从士人精神、儒学禅化、宗门禅学和文学复古四个层面来阐述明末文化思潮和背景；第二章"袁宗道：公安派的全面定性"，论述袁宗道在人格心态、心性学问和文学理论上对公安派的定性和开创；第三章"袁宏道：自适的存在与存在的学问"和第四章"袁宏道：性灵的张扬与文学的自适"，论述袁宏道张扬自适的士大夫禅学和文学理论，选取其自然性灵论、人文性灵论、时变新奇论等文学理论进行论说，并比较其前后期的分别；第五章"袁中道：公安派的整体反拨"，论述袁中道对公安派心性论、文论和创作等方面的整体反拨；第六章"公安派群体：骤起骤落的文化狂潮"，论述公安派思潮的消退及其原因和对后世的影响。

丁鹤年诗歌研究

导夫著，宁夏人民出版社 2003 年出版。本书为元末明初诗人丁鹤年诗歌研究专著。全书共分 7 章：第一章介绍丁鹤年的生平事略及其生活的时代；第二、三章论述丁鹤年诗歌的主体思想倾向；第四章论述丁鹤年诗歌的情感结构；第五章论述丁鹤年诗歌美学；第六章论述丁鹤年诗歌的辩证艺术；第七章为"丁鹤年诗集主要版本叙录"。

纵放悲歌

骆玉明著，中华书局 2004 年出版。全书由 45 篇短文组成，集中谈论以祝允明、文徵明、唐伯虎、徐渭为代表的明代江南才士的文学艺术与人生境界。全书的主题是"纵放与悲哀之歌","'纵放'是诗人自傲自负的性格和自由精神的显现,'悲哀'则是在社会的压抑和自我的矛盾中怅惘失路的产物。"本书是一部带有文化普及性质的文学读物,文笔流畅,轻松易读。

明遗民的"怨"、"群"诗学精神——从觉浪道盛到方以智、钱澄之

谢明阳著,台湾大安出版社 2004 年出版。本书以江南遗民界的精神领袖道盛禅师、道盛禅师的托孤传人方以智,以及曾受道盛思想所沾溉的钱澄之三人为对象,探讨诸遗民如何在特殊的生命情境中,建构以"怨"、"群"为核心观念的诗论体系,借以呈现遗民群体随着时间流逝,由"怨怒不平"过渡到"和而不流"的精神演变轨迹。

明清诗文批评新视野

罗时进著,台湾文史哲出版社 2004 年出版。本书为作者对明清文学研究的论文集,共收录论文 14 篇,内容涉及明清八股文研究、钱谦益研究、虞山诗派研究等,而以清代文学研究为主。主要论文包括《八股文异名述论》、《钱谦益文学观转变及其批评的意义》、《清代虞山诗派的创作气局》等。

日本现藏稀见元明文集考证与提要

黄仁生著,岳麓书社 2004 年出版。本书著录了中国大陆已经亡佚,而日本有藏的 200 余位元明文人的 340 余种文集。主要内容一是记述各文集的版本性质、时代、书款版式、刊记、编校与刻者姓名等版本概貌;二是记录现藏处所、历代收藏者印鉴与题记及相关问题,三是概述序、跋、目录、正文和附录等基本内容;四是考证与版本版别相关的诸多问题。附录有《著者姓名索引》和《著录书名索引》。

竟陵派与明代文学批评

邬国平著,上海古籍出版社 2004 年出版。本书为作者 20 年来致力于竟陵派研究与明代中晚期文学批评研究的代表性论文合集,全书

分为两部分，第一部分为竟陵派研究，第二部分为明代文学批评论略。全书共收录文章约 16 篇，在竟陵派文学之特点与地位的考量上多有发明。

李攀龙与"后七子"

石麟著，山东文艺出版社 2004 年出版。全书共分 6 章：第一章"凤头·猪肚·豹尾——明代诗坛与后七子"，将明代诗坛分为凤头、猪肚、豹尾三个时间段，并简要论述前后七子的概貌；第二章"文必秦汉，诗必盛唐——后七子的理论与创作"，论述后七子的诗文理论和其创作；第三章"卓有成就的布衣诗人——谢榛与《诗家直说》"，论述谢榛生平事略及其诗学著作《诗家直说》；第四章"前有袁白燕，后有谢茂秦——谢榛的诗歌创作"，主要论述谢榛的五、七言律诗和绝句；第五章"明代七律之冠冕——李攀龙的诗歌创作"，主要探究李攀龙七律的艺术成就；第六章"功中有过，过中有功——后七子的历史地位和影响"，认为前后七子对明代永乐以降的诗坛风气具有反拨作用，同时也产生了不良影响。

高启诗选

李圣华选注，中华书局 2005 年出版。本书为高启诗选集，以金檀辑注本《高青丘集》为底本，选诗 372 篇，每篇加以题解和注释。选诗分为两大部分，以《拟古十二首》为界，前一部分按创作时间先后编排，后一部分选入未能确定编年的作品，力求思想性、艺术性兼备，编排时稍作分类汇辑。

钱谦益诗选

裴世俊选注，中华书局 2005 年出版。本书选钱谦益诗 196 首：《初学集》82 首，《有学集》96 首。均选自上海古籍出版社本；《苦学集》4 首，《后秋兴》12 首，选自江苏古籍出版社《清诗纪事》本；《投笔集》2 首，选自宣统二年风雨楼铅印本。每首诗前有题解，诗中有注释。

公安派结社考论

何宗美著，重庆出版社 2005 年出版。本书就公安派结社作一专门的考察和研究。按照作者意图，该著一方面以此个案显示文人结社与明代文学特别是文学流派的密切关系，另一方面为公安派研究寻找一个新的切入点。全书分为上、中、下三编。上编"公安派结社综论"，概述公安派结社发展演变、成员结构、地域分布、主要活动及影响；中编"公安派结社考证"，分 21 节，考证了公安派结社 21 种；下编"公安派结社资料汇编"，辑录了中编公安派结社 21 种之相关资料。

中国古代文学通论·明代卷

郭英德主编，辽宁人民出版社 2005 年出版。本书为傅璇琮、蒋寅主编《中国古代文学通论》的明代卷。《中国古代文学通论》分为先秦两汉、魏晋南北朝、隋唐五代、宋代、辽金元、明代、清代七卷。明代卷分为上、中、下三编：上编为"明代文学的基本内容"，按照文类概述明代诗歌、词曲、文章、八股文、戏曲、通俗小说、文言小说、文学批评；中编为"明代文学与社会文化"，论述明代文学与政治、社会生活、心学和宗教之相互关系；下编为"明代文学的基本文献"，著录了大量明代诗文别集、总集、词曲、戏曲、小说、文学批评以及文学与历史文献，介绍文献种类、数量和整理状况等，颇具实用价值。附录有《研究书目举要》。

明代民歌研究

周玉波著，凤凰出版社 2005 年出版。本书为明代民歌专题研究著作。作者在文学、文化演进的总体格局中，对明代民歌发生、发展、壮大的轨迹及其与晚明文学革新思潮的相互关系作了系统研究，内容主要包括明代民歌的发生论、本体论、影响论和背景论等。附录有《明代民歌辑目》等。

杨维桢与元末明初文学思潮

黄仁生著，东方出版社 2005 年出版。本书联系元代前期以降社会意识和文学风尚的变迁，主要以杨维桢的活动与影响为中心线索，深入阐释元末明初文学思潮的进程和原因。全书共分 6 章：第一章从政治态度、思想倾向和文学主张来论述杨维桢的思想心态；第二、三、四章分别论述杨维桢在推动辞赋复古思潮、声援元曲与小说、倡导古乐府运动的作用和贡献；第五章综论以杨维桢为核心的铁崖诗派的诗歌；第六章论述杨维桢在文学史上的影响，以及明清两代对杨维桢的接受与批评。附录有《铁崖赋篇目及其版本源流考》、《新发现杨维桢散曲二十八首》、《铁崖诗派成员考》等。

明中后期文学思想研究

黄卓越著，北京大学出版社 2005 年出版。全书共分 6 章：第一章"明中期文章复古运动与'文必秦汉'说"，论述前七子的文章复古意识和文必秦汉说的相关问题；第二章论述"前七子乐府诗制作与明中期的民间化运动"；第三章论述"明中期的吴中派文学"，并将吴中派文学与前七子复古主义进行比较；第四章论述明中期吴中派的诗文体统观；第五章论述唐宋派与前七子之争，考辨唐宋派理论主旨，阐明唐宋派文论与前七子的关联；第六章论述以李攀龙、汤显祖、公安派为代表的情感论、性灵说的晚明文学思潮。附录有《冯梦桢与晚明东南佛教》、《李贽之死：重评思想史上的一段公案》、《公安派与阳明心学》三篇文章。

明清文学史讲演录

郭英德著，广西师范大学出版社 2005 年出版。本书为作者在北京师范大学文学院开设的"明清文学史研究"课程的讲义。全书分为 4 个部分，共 15 讲：第一部分为"明清文学史研究概说"，主要介绍明清文学史的构成特点、研究成果、难点和意义；第二部分为"明清文学的历史分期"，分复归正统的文学、多音齐鸣的文学、集大成的文学、古典文学的尾声四个阶段来讲授；第三部分为"明清文学的文化背景"，分别从明清文化与世界文化、明清专制政治与文学、明清经济变化与文学、明清理学思想与文学四个方面来研究明清文学；第四部分为"明清文学史研究实例"，分别从作家、文本、历史等角度对明清文学进行个案研究。

王夫之诗学范畴论

崔海峰著，中国社会科学出版社 2006 年出版。本书侧重从范畴论角度研究王夫之的诗学思想。全书共分 8 章，分别总结和论述王夫之诗学思想中的 "'内极才情，外周物理'论"、"文质论"、"宾主说"、"意境论"、"感兴论"、"兴会说"、"天才论" 和 "文体论" 八个诗论范畴。附录有 20 世纪 80 年代以前和以来的王夫之诗学研究综述。作者认为其不足之处在于 "对王夫之诗学基本范畴之间的关系缺乏深入分析，对王夫之诗学范畴与其哲学思想的关系阐述得不够"，"对王夫之诗学中的重要部分如情景论、现量说、势论、含蓄论、平淡论、自然论和神韵论等都未涉及或语焉不详" 等。

胡应麟诗学研究

王明辉著，学苑出版社 2006 年出版。本书力图通过对胡应麟诗学的全面梳理，勾勒出较完整的胡应麟诗学理论体系，探究胡应麟对明代诗学的贡献。全书共分 6 章：第一章考述胡应麟与王世贞兄弟的交游和《诗薮》的文献流传；第二章探究胡应麟的 "本色" 辨体诗文理论与实践；第三章探究胡应麟 "法、悟、化" 的学诗理论及其对何李之争的调和；第四章论述胡应麟对格调、神韵、性情的综合与超越；第五章论述尚古雅文学观在诗史问题上的体现；第六章阐述胡应麟及其《诗薮》在文学批评史上的地位。附录有《胡应麟著述版本略考》。

明代徽州文学研究

韩结根著，复旦大学出版社 2006 年出版。本书为明代地域文学研究著作。全书共 7 章，将明代徽州文学与中国传统文化、社会经济发展的关系，徽州文学本身的演变轨迹，作了较为全面系统的描述和研究。作者不完全局限于对本地区作家作品的单一性考察，而是将其置于一个大的时空背景之下进行纵横比较。附录有作者相关研究论文 4 篇。

钱谦益文学思想研究

丁功宜著，上海古籍出版社 2006 年出版。全书共 3 章：第一章论述钱谦益早年文学思想，钱谦益面对晚明思潮的态度及其早年的心学思想，钱谦益早年的文学思想和诗歌创作；第二章论述天启、崇祯朝钱谦益的文学思想，先介绍天启、崇祯年间的社会思潮和钱谦益所受的影响，再论述钱谦益对前后七子、竟陵派、茶陵派等的扬弃；第三章论述明清易代之际钱谦益文学思想的演变，主要论及钱谦益降清后的创作心态转变和晚年文学思想的复杂内涵。

明代诗文论争研究

冯小禄著，云南人民出版社 2006 年出版。全书分为引论、概说和上、中、下三编。作者将明代的诗文论争以文学为中心分为话题之争、判断之争、方法或理念之争；以人为中心分为个人与个人之争、个人与群体之争、群体与群体之争、个人与自我之争。并将这些论争置于作者划分的三个论争时期进行阐释：文学政治时代的诗文论争（洪武元年至正德元年）、文学复古时代的诗文论争（正德元年至万历十八年）、文学师心时代的诗文论争（万历十八年至崇祯末年）。文末附有《明代诗文论争简表》，可以按时间顺序一览明代诗文论争的概况。

竟陵派研究

陈广宏著，复旦大学出版社 2006 年第 2 版。本书是第一部以竟陵派为专题展开全面系统探讨的论著，作者以曾在晚明至清初文坛产生重大影响的竟陵派为研究对象，在发掘清理大量第一手材料的基础上，对其生长环境与形成、发展及实际发生影响的过程进行梳理，并就其文学观念与主张、批评与创作实践等方面进行整合、贯通研究。全书共 8 章：第一章介绍万历中期的政治和学术；第二章阐述嘉、隆以来文学风气之嬗变；第三章至第六章分发轫期、成立期、发展前期、发展后期四个阶段介绍竟陵派的发展历程；第七章介绍竟陵派的文学思想；第八章介绍竟陵派的文学创作。附录有《钟惺、谭元春文学活动系年》、《竟陵派研究有关著述目录汇编》。

中国文学编年史·明前期卷

何坤翁主编，湖南人民出版社 2006 年出版。《中国文学编年史》由武汉大学陈文新任总主编，时间跨度由周、秦至当代，以编年形式演述中国文学发展历程。其中明代部分有《明前期卷》、《明中期卷》和《明末清初卷》三卷。主要内容包括 7 个方面：重要文化政策；对文学发展有显著影响的文化生活（如结社、讲学等）；作家交往（唱和、社团活动等）；作家生平事迹；重要作品的创作、出版和评论；争鸣（团体之间、个人之间）；其他。

《明前期卷》起于洪武元年（1368），止于正德十五年（1520），历时 153 年。

中国文学编年史·明中期卷

陈文新主编，湖南人民出版社 2006 年出版。本卷起于正德十六年（1521），止于万历二十八年（1600），历时 80 年。

中国文学编年史·明末清初卷

赵伯陶主编，湖南人民出版社 2006 年出版。本卷起于明万历二十九年（1601），止于清康熙三十九年（1700），历时 100 年。

明遗民董说研究

赵红娟著，上海古籍出版社 2006 年出版。本书为作者的博士学位论文。全书除"绪论"和"结论"外，共有 6 章，依次为"董说家世考"、"董说生平与交游考述"、"董说精神世界解析"、"董说的著述及其学术成就"、"董说的诗文创作及其诗文理论"、"董说《西游补》新说"。附录有《新发现的董说著作及其诗文》、《董说传记评论资料辑录》、《董说简谱》等。

明代唐诗学

孙春青著，上海古籍出版社 2006 年出版。唐诗学是一门有关唐诗研究的学问，本书为明代唐诗传播与接受研究专著。全书共分 5

章：第一章"明初的诗坛风尚与唐诗学的建构"，论述明代诗坛"审音律之正变"，"鸣国家气运之盛"背景下被视为唐诗学之奠基；第二章"明永乐至正德年间的唐诗学"，论述此期注重诗格、诗法、格调的唐诗学；第三章"明嘉靖至万历年间中期的唐诗学"，论述此期"唐诗选本热"，以及以韵调、气格、兴象风神等为核心的唐诗学，性灵说对盛唐诗风的冲击；第四、五章"明末唐诗的整理与唐诗学（上、下）"，论述明末唐诗学整理概况，探究《唐诗归》、《唐诗镜》、《诗源正变》、《唐音癸签》等的诗学思想和诗学史意义。附录有《明代唐诗学年表》。

许学夷诗学思想研究

方锡球著，黄山书社 2006 年出版。本书为中晚明文人许学夷诗学思想研究专著。全书共分 13 章：第一章论述晚明儒家诗学的文化特质及其"雍容典雅"的诗学追求；第二章论述许学夷生平、交游、思想等；第三章从本体论、发展论和批评论三方面总论许学夷的诗学思想；第四章至第十二章，具体论述许学夷诗学思想的多个方面，包括许学夷诗体论的文化整合特点，"破三关"的诗学价值论、情兴论、唐诗论、诗史论、宋诗论等。

明代复古派唐诗论研究

陈国球著，北京大学出版社 2007 年出版。全书共分 7 章：第一章先考察宋诗不被复古派欢迎的原因，并探明明代主理诗风与各期复古诗论的关系，从而了解前中期复古运动的背景，以及复古派尊尚唐诗的基础；第二、三章主要探讨唐诗在复古诗论中的传承，复古派对七言律诗、五言古诗等两体唐诗的看法；第四章以影响复古诗论的几个唐诗选本为探讨对象，剖析其与复古诗论发展的相应关系；第五章以钟惺、谭元春诗论为考察对象，从与复古派对立的角度剖析复古派的影响力；第六章检讨复古派尊唐诗与创作的关系；第七章论述复古诗论文学史意识的发展。附录有《明清格调诗说的现代研究》、《"明清格调诗说"研究知见目录》以及张晖撰《明代复古派诗论中的"诗史"论争》等。

明代前中期诗学辨体理论研究

邓新跃著，上海古籍出版社 2007 年出版。全书从文体学视角研究明代前中期诗学辨体理论。绪论部分论述明代诗学辨体理论研究的基本内涵、研究现状以及批评史意义等。第一章梳理从先秦两汉到宋代诗学辨体理论，探讨明代诗学辨体理论的学术源流，认为明代是我国古代诗学辨体理论发展的集大成时期。接下来四章主要论述明代前中期的高棅与李东阳、李梦阳与何景明、杨慎以及后七子的诗学辨体理论。作者自称是在吉光片羽、散落如珠的明代诗文文献的基础上，以辨体批评为纲，进行比较系统的整理与归纳。

中国诗学批评史

陈良运著，江西人民出版社 2007 年出版。全书分 5 篇，共 26 章，前 4 篇 24 章论诗学批评史，末篇两章论词学与曲学批评。其中第四篇"明清近代流派理论的拓展与诗学本体的深化"中，有三章论明代诗学批评，分别为：第十八章"以'格调'为核心的明代'复古'诗论"；第十九章"以'性灵'为核心的文学解放思潮"；第二十章"晚明三家诗论"。

方文年谱

李圣华著，人民文学出版社 2007 年出版。本书为明遗民方文年谱。本谱卷首为《家传》，著录谱主世系及直系亲属生平；正文分卷按年编写，据谱主生平游踪，厘为七卷；谱主身后之事都为一卷。内容以考证谱主生平事迹、文学活动、交游倡和为主。卷前有《世系表》，附录有《方文著作考》、《方文著述辑佚》、《友朋书问、题识及酬赠诗词》、《人名索引》。

金元明文学之整合研究——《近世文学国际学术研讨会论文集》之二

张高评主编，台湾新文丰出版公司 2007 年出版。本书为 2005 年 10 月在台湾成功大学文学院举办的"近世文学国际学术研讨会"论文集，共收录文章 12 篇。目次如下：张高评《文学的源流正变和因革损益》（代序），曾永义《宋元勾舍瓦栏及其乐户书会》，衣若芬《宫素然"明妃出塞图"及其题诗——视觉文化角度的推想》，陈怡良《元好问〈论诗三十首〉创作因缘探讨及其评"陶谢"再评》，胡传志《宋辽金文学关系论》，张兵《从〈西游录〉看辽金元时代的一次佛门斗争》，简锦松《元代曲江诗所反映的模仿盛唐问题》，黄霖《徐奋鹏"超世"文论与现代的"纯文学"论》，黄文吉《明代运河纪行——瞿佑〈乐全诗集〉析论》，陈广宏《竟陵派文学的发端及其早期文学思想趋向》，谈蓓芳《关于〈水浒传〉的郭武定本和李卓吾评本》，廖肇亨《严羽与明清诗学论争》。

2006 明代文学论集

廖可斌主编，浙江大学出版社 2007 年出版。本书为 2006 年 8 月在浙江大学举行的"明代文学与文化国际学术研讨会"论文集。全书共收录论文 68 篇，内容主要涉及明代诗、词、文、戏曲和小说的研究，论文按照研究对象的年代先后排序。

钱谦益诗学研究

杨连民著，社会科学文献出版社 2007 年出版。全书共分 4 章：绪论简述钱谦益生平和著作，并对钱谦益研究现状予以介绍；第一章"钱谦益诗学背景研究"，探究前后七子、汤显祖、归有光等人对钱谦益诗学理论形成的影响；第二章"钱谦益诗学理论的批判性"，论述钱谦益对俗学、伪学等以及前后七子和竟陵派的批判；第三章"钱谦益诗学理论的'继承性'"，探究钱谦益对李东阳、汤显祖、李贽以及公安三袁等人的继承；第四章"钱谦益的诗学理论核心"，从"诗有本源论"、"诗有实物论"和"诗有真情论"三个方面总结钱谦益诗学理论核心观念。

明代唐诗选本研究

金生奎著，合肥工业大学出版社 2007 年出版。全书共分 4 章：绪论概说明代唐诗选本和明前唐诗选本的历史进程；第一章分前、中、后三期来论述明代唐诗选本叙录；第二章考论高棅《唐诗品汇》、李攀龙《唐诗选》和钟惺、谭元春《唐诗归》的编刊与传播；第三章从明代士风、学风、商业和社会文化背景等角度考察唐诗选本的编刻；第四章由明代唐诗选本论述明代的宏观诗学流变和明代诗学辨体意识。

士风与诗风的演进 明代成化至正德前期士人与诗派研究

刘化兵著，社会科学文献出版社 2007 年出版。全书共分 7 章：第一章探讨成化前后的士人心态；第二章至第六章分别阐述茶陵派、七子派、陈庄体和吴中派等的诗和诗学；第七章论述成化至正德前期的诗派关系。作者运用个案分析与综合比较相结合的方法，对明代成化至正德前期的士人心态和诗派关系进行解析与梳理。作者认为在经历了成化至正德前期的文学复古运动高潮后，明代的文学复古运动渐渐平息下来，而以王阳明为代表的心学则继之而起。

明代诗学的逻辑进程与主要理论问题

陈文新著，武汉大学出版社 2007 年出版。全书分为上、下两编：上编阐释明代诗学的逻辑进程，以时代精神的变迁作为切入点相对整齐地划分出三个阶段，即明代前期的哲学流变与诗学建构、同质异构的阳明心学与七子古学、启蒙学术思潮中的诗学变异；下编阐释明代诗学的主要理论问题，以"同情之了解"作为研究的出发点，论述诗贵情思而轻事实、诗体之辨、信心与信古、清物论四大理论问题。本书在其 2000 年出版的《明代诗学》基础上有所推进，增加了"明代诗学的逻辑进程"部分。

李东阳研究——以政治心态、文学思想为核心

薛泉著，湖南人民出版社 2007 年出版。本书选取政治心态、文学思想、文人交游和诗文传播与接受等维度，对李东阳进行深入、细致研究。全书共分 5 章：第一章为"李东阳的政治心态与文化品格"；第二章为"李东阳文学思想探微"；第三章为"李东阳与茶陵派成员交游"，第四章为"李东阳与前七子关系"；第五章为"李东阳诗文作品

的传播与接受"。附录有《李东阳研究资料选编》。

文臣之首——宋濂传

徐永明著，浙江人民出版社 2007 年出版。本书为明代宋濂传记。全书共 9 章，前七章记述宋濂生平事迹，第八章论述宋濂的哲学思想、文学思想和文学创作，第九章对宋濂的历史地位进行总结。附录有《宋濂大事年表》。

明七子派诗评及其论评之研究

龚显宗著，台湾花木兰文化出版社 2007 年出版。全书共分 12 章。据作者介绍，"本书之撰，先言七子派成员，继以年表；次为前七子及其附庸、后七子、前五子、后五子、广五子、续五子、末五子立传，并选录其诗文。其次探究七子派诗文论产生背景，溯其源流，以见其来有自，其生有因。再次阐述其诗说文论，较其同异；复列述受其余泽沾溉者，末评其诗文与理论之优劣而作结焉"。大体可见其内容之一斑。

明代性灵说研究(上、下册)

王颂梅著，台湾花木兰文化出版社 2007 年出版。按作者的构想，本书旨在以文学专题史的概念，对明代性灵说的背景、成因、沿革、消长及得失展开整体的叙述。全书共上、下两册，分"背景篇"和"理论篇"两部分。背景篇四章：第一章叙述明太祖模拟秦汉的恐怖统治以及百年黑暗期的影响；第二章分析格调派与时代各方面的关系；第三章探讨低阶士人所形成的俗学、伪学及其干扰作用；第四章则从王学、苏学说明性灵理论的由来。理论篇分甲、乙、丙、丁四节：甲为明代格调诗论概说；乙、丙依序讨论王守仁、王畿、唐顺之、归有光、徐渭、李贽、焦竑、汤显祖、袁宗道、袁中道、袁宏道、钟惺、谭元春、钱谦益等性灵派人物；丁为结论，总结"性灵"的名称、活动、表现和理想，及与"格调"的差异，阐发性灵派的特征与精神。

晚明画论诗化之研究

林素玟著，台湾花木兰文化出版社 2007 年出版。本书针对晚明绘画理论所采取的方法，以美学研究为主要进路，研究中国诗与画的关系，主要重点有四：第一部分处理晚明"画谱类"书目出现的意义、诗化的过程、媒材工具的本质超越、诗化后的绘画美学观(第二章)；第二部分经由江南艺术风尚的分析、文字崇拜的现象、文人生活态度及禅悦之风的了解，来说明画论诗化的社会基础(第三章)；第三部分考察宋元以来诗画同源的意识，以及画论上南北分宗说来追溯晚明画论诗化的理论基础(第四章)；第四部分则从分宗说的背后立场、绘画本身演变的规律，以及言、意、象之辨的讨论，来反思画论诗化的历史困境。

冷斋诗话

李圣华著，上海古籍出版社 2007 年出版。本书为作者论明清诗之诗话。作者在前言中自叙其内容说："余取古之法，参乎近之变，自结一集，厘为八卷：前二卷辨风格、存流派；后二卷知人说诗；接二卷辨句法、析篇章，皆明清各为一卷，大抵按时间先后之序胪列之；卷七录异事，备古今；卷八评闺阁诗。"

明中叶苏州诗画关系研究

汪涤著，上海文化出版社 2007 年出版。全书共分 5 章：第一章"诗画一律——理论与现实的差异"，概述宋代至明代的诗画关系史；第二章"明中叶的苏州社会与诗画文化"，探究明中叶苏州社会的士风和苏州文人创作的诗画合璧现象；第三章"明中叶早期的苏州诗画关系"，论述明中叶早期苏州的诗画趣味和沈周等人的诗画合璧；第四章"'吴中四才子'的诗画关系"，论述唐寅、文徵明等的诗画合璧；第五章"文徵明传派及晚明苏州的诗画关系"，论述文派的诗画合璧和基本取向，以及晚明苏州的诗画关系。附录有《明中叶苏州文人诗书画活动大事年表》、《明中叶苏州重要诗画合璧作品表》等。

排律文献学研究·明代篇

沈文凡著,吉林人民出版社 2007 年出版。本书为明代排律文献学研究专著。全书共分 8 章:导言介绍研究动机、范围、方法等;第一章为"明代诗文集唐诗学文献缉考",论述明代的唐诗观;第二章为"诗社与明代近体律诗创作的繁荣",考察了明代诗社现象与近体律诗创作之关系;第三章考证明代近体律诗的"平水韵"问题;第四章考证"排律"诗体名称的确立;第五章考述由唐自清的百韵排律创作;第六章分短韵、中韵、长韵统计明代排律创作情况;第七章为"明代唐诗选本排律诗目选粹",第八章为"明代诗文别集中排律诗目总汇"。霍松林评价此书,认为该书"建立了一种符合排律研究实际的结构体制,对今后开展排律研究提供了很好的基础平台和参照系"。

归有光与嘉定四先生研究

黄霖主编,上海古籍出版社 2007 年出版。本书为归有光与晚明嘉定四先生研究论文合集,包括 2004 年"归有光与嘉定四先生"学术论文集 18 篇,以及其他相关论文 11 篇,包括陶继明《归有光在安亭》、邵毅平《〈震川先生集〉编刊始末》、邬国平《随其自为说与合"本"》、夏咸淳《嘉定派的酝酿过程》、孙小力《论明末嘉定文人黄淳耀》等。

谢铎及茶陵诗派

林家骊著,中华书局 2008 年出版。全书共 10 章:前三章考述谢铎籍贯、家世、生平事略、交游与著述;第四章至第六章论述谢铎的理学思想、史学思想与教育思想;第七章论述谢铎的文学成就;第八章为"谢铎事迹诗文系年";第九章论述李东阳及茶陵诗派其他成员的文学主张及创作;第十章论述谢铎及茶陵诗派在文学史上的地位。附录有谢铎相关传记、行状和墓志铭等史料。

李东阳与茶陵派

周寅宾著,湖南师范大学出版社 2008 年出版。本书是一部专门研究李东阳和茶陵派的著作。全书共分 4 章：第一章介绍李东阳的家世与生平；第二章论述李东阳的诗歌，具体阐述了李东阳的诗歌理论及其诗集《南行稿》、《拟古乐府》、《前诗稿》和《后诗稿》等，并对李东阳在明代诗歌史上的地位进行评价；第三章论述李东阳的散文与明代前期的文化思潮之间的关系，并将李东阳的文章分为议论文和记叙文分别阐述，然后对李东阳在明代散文史上的地位作出评价；第四章论述李东阳领导的茶陵派，分早期、中后期分别介绍茶陵派的主要成员及其创作。

明代唐宋派研究

黄毅著，上海古籍出版社 2008 年出版。全书分为上、下两编。上编 4 章，为"唐宋派总论"：第一章概说唐宋派名称之由来、形成与发展、成员情况；第二章论述唐宋派与明代中叶的阳明心学、台阁体文学、前七子复古运动、嘉靖初风尚之间的关系；第三章探究唐宋派正统论、本色论和法度论的文学思想；第四章论述唐宋派的地位及其对后七子、公安派等的影响。下编 4 章，为"唐宋派代表作家个案研究"，分别论述了王慎中、唐顺之、茅坤和归有光的生平事略、学术思想和文学创作。附录有《唐宋派四家合谱》。

明洪武、建文时期地域诗学研究

丁威仁著，台湾花木兰文化出版社 2008 年出版。全书共分 8 章：第一章为绪论，介绍研究目的和研究现状等；第二章至第五章分别论述浙东派、江西派、苏州派和闽中派的诗学理论，主要从诗歌的基础与根源、诗歌本质功能论、诗歌创作方法论和诗歌批评论与诗史观等几个方面来阐释四大流派的诗学理论；第六章"其他地域诗学理论"，论及河南宋讷，安徽唐桂芳、朱同，广东孙蕡，湖南刘如孙等人的诗论；第七章"四大地域诗学理论之交叉分析"，比较浙东派、江西派、苏州派和闽中派诗学理论的异同；第八章为结论，综述明初地域诗学的形成及其影响。至于全书的研究宗旨，正如作者所说："整体但分向地讨论明初诗歌思维的多元趋势，替明中、晚期诗文理论的繁复景象，找出在明初地域诗学理论里呈现的思维根源，正是本文命题研究之意义所在。"

明三家画题画诗研究（上、中、下）

钱天善著，台湾花木兰文化出版社 2008 年出版。本书主要探讨明代沈周、唐寅、文徵明三位文人画家现存画迹上的题诗。全书分为上、中、下三册，上册 6 章：第一章为绪论，概述题画诗之义界，研究方法和明代以前题画之发展进程；第二章"明代苏州地理环境、士民关系与文人绘画创作的态度"，主要探讨地理环境、士民关系和文人绘画创作态度等因素对题画诗发展的影响；第三章"明三家的文学与绘画"，分别论述沈周、唐寅和文徵明的生平事略、文学风格和绘画艺术；第四章"明三家画与绘画之关系"，分别论述自画题画诗、题他人画诗和他人题三家画诗之缘起、性质和特点等，并探究诗与画内容之关联；第五章"明三家画题画诗之文学艺术内涵"，分析题画诗之创作态度、内容特色、书写方式和整体艺术等；第六章为结论，综述全书要义。中册附录《明四家现存画目》，标明沈周、唐寅、文徵明、仇英四家画迹的藏地、时间、样式等具体信息，共计 1089 件。附录《明三家画题画诗辑》辑录了沈周、唐寅和文徵明三人的题画诗。下册为图版，刊印相关文人画作 173 幅，为黑白图。

图文本中国文学史话·明代文学

魏崇新主编，吉林文史出版社 2008 年出版。郭杰、秋芙总主编的《图文本中国文学史话》共 10 卷，上至先秦、下讫现当代。本书为第七卷"明代文学卷"，共 17 位学者撰稿 150 篇，内容大抵按年代先后排列，大量配图，文章散文化，较为通俗易懂。

屠隆研究

吴新苗著，文化艺术出版社 2008 年出版。本书是作者博士学位论文的修订稿。全书共 4 章，依次为"屠隆思想与心态研究"、"屠隆与隆万之际文人心态"、"性灵文学的先驱：屠隆的诗文创作"、"屠隆的戏曲文学创作"。附录有《屠隆家世生平考略》、《屠隆交游考》。

明清巴蜀诗学研究(上、下)

郑家治、李咏梅著，巴蜀书社 2008 年出版。本书为明清时期巴蜀地区诗学研究专著。全书分为上、下两册，共分 6 编：引论部分简要论述了汉代至宋元巴蜀地区的诗学情况；第一编介绍明代前中期文人的诗学研究；第二编至第六编从诗歌本质论、美学论、发展论、创作论等方面入手，分别探究杨慎、费经虞、彭端淑、李调元、张问陶等人的诗学思想；余论部分探究古代巴蜀诗学的成就与特点，及其产生的原因。

历代诗经著述考·明代

刘毓庆、贾培俊著，中华书局 2008 年出版。作者用 10 余年之力，查阅数十种书目及上千种方志，并赴国内外图书馆搜集资料，共考得明代《诗》学著作 740 余种，其中尚存世的有 220 余种，随文注明出处及存佚情况。作者在《弁言》中强调："实则明人于《诗》学贡献甚巨，其最大成就是一弃前人以经读《诗》之传统，而以诗读《诗》，将《诗》作为诗之性灵及生命活力，一发无余。"

唐伯虎集

王早娟解评，三晋出版社 2008 年出版。本书为唐伯虎选集，共编选了唐寅诗近百首，文数篇，作品前有简要题解。诗词无注释，文有注释。每篇作品后有作者"新解"或"新评"。附录有《唐伯虎年谱简编》、《唐伯虎著作主要版本》等。

复古与求真：李攀龙研究

蒋鹏举著，中国社会科学出版社 2008 年出版。本书在作者博士论文基础上修订而成。全书共 5 章：第一章考述李攀龙的生平经历；第二章对李攀龙著作的刻本、流传进行考辨；第三章研究李攀龙的文学思想，包括其文学思想的成因，文学思想的内容，文学创作的原则，《古今诗删》所反映的文学观念等；第四章对李攀龙诗歌创作的特色、得失和意象等进行探究；第五章对李攀龙文章复古理念、文章创作及其思想内容、审美情志与艺术特色进行阐述。附录有《李梦阳家族简表》。

明清之交文人游幕与文学生态——以徐渭、方文、朱彝尊为个案

朱丽霞著，上海古籍出版社 2008 年出版。本书旨在通过对明末清初游幕文人的研究，就促成此际文学繁荣的诸多因素作历史分析，展开经济与文学的跨学科研究。全书共分 3 章：绪论廓清书中谋道、入幕等重要概念，总论明末清初文人游幕的文化现象；第一章"徐渭游幕与文学创作"，阐述徐渭的游幕生涯及相关文学创作与影响；第二章"方文谋生与文学创作"，阐述方文的军幕生涯与交游及其文学创作；第三章"朱彝尊游幕及其学术影响"，论述朱彝尊参加博学鸿辞科前的游幕和游幕后的经济状况，以及朱彝尊的文学影响与浙西词派的形成。附录有《陈维崧游幕与其生活理想》，主要论述陈维崧游幕与诗文创作，及其同性恋文学与其游幕之关系。

张岱集

张岱著，姜光斗解评，三晋出版社 2008 年出版。本书为张岱诗、词、文选集，共编选了张岱诗 31 首，词 17 首，文 130 篇，作品前有简要题解。诗词无注释，文有注释。每篇作品后有作者"新解"或"新评"。

三袁集

吴言生、郑继猛解评，三晋出版社 2008 年出版。本书为公安三袁诗文选集，编选袁宗道、袁宏道、袁中道诗文作品各数十篇。作品前有简要题解。诗词无注释，文有注释。每篇作品后有作者"新解"或"新评"。附录有《公安三袁年表》。

王阳明诗歌研究

华建新著，安徽人民出版社 2008 年出版。本书为研究王阳明诗歌作品的学术著作。全书共分 6 章：前四章论述王阳明在不同历史时期所作诗歌的思想内容和艺术特色，以及与此相关的历史文化背景；第五章论述王阳明散佚诗的基本分类和特征；第六章论述王阳明诗歌

的心学美学精神，从心学美学的角度考察王阳明"咏良知"诗的思想价值和审美价值；余论部分论述王阳明诗歌创作与绘画、书法、音乐、戏曲和佛道艺术之间的内在联系，揭示王阳明诗歌具有开放性的特质。附录有《王阳明诗歌目次》。作者紧扣王阳明作为心学家诗人的特色，从不同层面阐述王阳明的人生追求、"致良知"思想与诗歌创作成就之间的互动关系。

王阳明诗歌选译

张清河著，西南交通大学出版社 2008 年出版。本书是一部王阳明诗歌选集，共编选王阳明诗作约 119 首。每首下面皆有"注释"、"翻译"和"解说"。本书是阅读和了解王阳明诗歌的普及读物。

袁宏道集

赵伯陶编选，凤凰出版社 2009 年出版。本书为袁宏道诗文作品选集，编选袁宏道诗 48 首、文 20 篇、尺牍 13 篇，每篇后有作者注释和品评。

李东阳研究文选

姜衡湘主编，湖南人民出版社 2009 年出版。本书为李东阳研究文选，第一章"传记、记事"，主要辑录明清文人撰写的李东阳传记文章数篇；第二章至第五章则选录今人关于李东阳研究的论文，被编者分为"人格人品"、"文学思想"、"诗文艺术"、"茶陵诗派"四类，共计约 40 篇。

明代中古诗歌接受与批评研究

陈斌著，上海三联书店 2009 年出版。全书共分为 4 章：第一章"明七子与'古体宗汉魏'"，论述明七子与汉魏诗歌传统之间的关系；第二章"嘉靖六朝派及其诗学承担"，考察嘉靖六朝的形成、理论贡献及与正、嘉诗风易型之关系；第三章"辨体与中古诗史批评及建构"，梳理明代中古诗史批评的主要理论贡献，认为"辨体"是其最大特色与创获；第四章"晚明古诗选本及其批评倾向"，主要以《古诗归》、《古诗镜》这两部明代古诗评选本为研究对象，认为这两部选本在中古诗歌创作、鉴赏的探讨上开拓了新天地。附录有《明代中古诗歌文献整理》。内容上，作者的关注点主要在明人对中古诗歌的接受与批评方面；体例上，全书采取专论形式，而非"史"的体例。

晚明《诗经》评点之学研究

侯美珍著，台湾花木兰文化出版社 2009 年出版。全书共 8 章：第一章为导论，主要介绍该领域研究概况；第二章"评点概说"，介绍评点的起源、发展、特色及与科举的关系等；第三章"经书评点风气兴起的背景"，考察晚明学术风气与解经态度；第四章至第六章，分别析论孙鑛、钟惺和戴君恩三部《诗经》评点，对其版本、评《诗》动机、态度、内容及其影响等进行探究；第七章"晚明《诗经》评点的性质辨证"，对明清文人钱谦益、顾炎武等对《诗》评的评判进行辨证，并探究他们抨击《诗》评的深层心理；第八章为余论，由阐释学到接受美学的转变，来对照、解释晚明将孟子"以意逆志"转为"以臆逆志"的阅读现象，同时指出，在尊经思维下，评经者常将论文的本质以求经义、明道的外衣进行包装。书末另附录有 3 篇相关论文。

屈大均诗学研究

董就雄著，学苑出版社 2009 年出版。本书为明末清初诗人屈大均诗学研究专著。全书共分 8 章：第一章为绪论，介绍研究动机和研究方法；第二章从屈大均的生平交游及诗学渊源入手，厘清屈大均在诗歌创作方面所受前人的影响，以及其忠义心态的形成因由；第三章至第六章为全书核心部分，分别以屈大均的诗学本体观、发展观、创作观、鉴赏观为题，寻绎其诗学思想；第七章对上述本体、发展、创作、鉴赏四章加以贯通和对应，将屈大均诗论放在明清诗坛的大背景下进行定位；第八章总结屈大均诗论的纲领和价值。

明代诗歌总集与选集研究

马汉钦著，哈尔滨工程大学出版社 2009 年出版。关于全书的研究内容，作者在自序中说："本书在对明、清人所编的明代诗歌总集、选集全面调查的基础上，对《雅颂正音》、《沧海遗珠》、《国雅》、《盛明百家诗》、《石仓历代诗选(明代部分)》、《皇明诗选》、《列朝诗集》、《明诗钞》、《(明)遗民诗》、《闲情集》、《明诗综》、《明诗评选》、《明诗别裁集》、《御选宋金元明四朝诗(明代部分)》、《明人诗钞》、《明诗百一钞》、《明诗纪事》等18部明、清人编纂的明诗总集、选集进行了详细的考察、研究。其中，绪言部分主要介绍明代诗歌总集、选集概况及国内外研究现状，提出本文的研究设想。正文部分分别介绍18部诗集的编选者及编选内容、体例、版本等情况，对各诗集的编选以及诗学思想进行评述，并以数量统计的方式对诗集入选者的活动时间、籍贯、身份和诗歌总量进行统计。"其研究内容和思路于此可见一斑。

嘉靖前期诗坛研究(1522—1550)

余来明著，武汉大学出版社2009年出版。本书以嘉靖前期20余年的诗坛作为研究对象，全书共7章：第一、二、三章从不同的侧面分析"前七子"复古思潮在嘉靖前期的运行态势；第四、五两章对嘉靖诗坛格局加以描述；第六、七两章对嘉靖前期的诗学理论、诗学思潮及理学对诗学的渗透作具体分析。附录有《嘉靖前期文学家年表(1522—1550)》和《20世纪明诗研究概述》。《嘉靖前期文学家年表(1522—1550)》以编年方式展示嘉靖前期文学家的活动。全书立意，正如陈文新序中所说："全书看似仅对嘉靖前期诗坛展开研究，视野所及，事实上包含了对整个明代诗史演进历程和诗坛风尚变迁的思考。"

吴应箕研究

章建文著，安徽大学出版社2009年出版。该书为首部研究吴应箕的专著。全书分为上、下两篇：上篇"吴应箕的文学思想"共6章，依次为"吴应箕的人生观"、"吴应箕的文学经世论"、"吴应箕的文学史观"、"吴应箕的'理体'说"、"吴应箕的性情观"、"吴应箕文学思想的影响"；下篇"版本、辑佚、年谱"，有论文3篇，分别为《〈楼山堂集〉的刻印及其影响》、《吴应箕佚诗佚文辑录及考释》和《吴应箕年谱》。附录有《吴应箕文论辑录》20 篇。

晚明心学思潮与士风变异研究

李兴源著，台湾花木兰文化出版社 2009 年出版。本书探讨晚明心学思潮与士风变异的交互关系，一方面阐述二者各自的衍化，另一方面剖析其交互作用，最后阐明其对整个时代风气之影响。全书共 6 章：第一章为"绪论"，第二章为"晚明心学思潮转型之时代背景"，第三章为"晚明心学思潮之衍化"，第四章为"晚明士风之曲变"，第五章为"晚明心学与士风变异之反思"，第六章为"晚明心学之影响与时代意义"。

李梦阳的诗学与和同文化思想

侯雅文著，台湾大安出版社 2009 年出版。本书论述重点在于指出李梦阳的诗学与先秦到汉代和同思想的关系。全书共分 6 章：第一章绪论，介绍既有学术成果和本研究论题的观点及方法；第二章"李梦阳诗学的文化思想基础"，论述先秦到汉代"和"、"同"观点的知识体系及李梦阳的接受情况；第三章"李梦阳'诗学体系'之一：诗之本质与功能、效用"，认为诗是和同观念所规制的"情"与"志"，"心"与"物"的二元对立；第四章"李梦阳'诗学体系'之二：诗歌创作论"，主要论述李梦阳和同观念为基础的"典范、典律模习"、"法式"观念等创作论；第五章"李梦阳'诗学体系'之三：诗集参评、评点"，以《孟浩然诗集》为中心，论述李梦阳的鉴赏论；第六章为结论，总论各章要义。

中国文学通史（四）

陈玉刚著，西苑出版社 2009 年出版。陈玉刚所著《中国文学通史》共 5 册，上至先秦，下至现代。本册主要为元代文学和明代文学，兼及部分清代文学。明代文学部分先概述有明一代之文学状况，再论述明代文学思想和文学流派，然后按散文、诗词、小说、戏剧等体裁分别进行讨论，最后一节将明代文学与同时期外国文学进行比较。

明清文学与思想中之情、理、欲·文学篇

王瑷玲主编，台湾"中央研究院"中国文哲研究所 2009 年出版。本书为 2007 年 11 月台湾"中央研究院"中国文哲所举办的"明清文学与思想中之情、理、欲国际学术研讨会"论文集，共收集 10 位学者的 10 篇论文。明清诗歌方面的研究论文有郑利华的《前七子诗论中情理说特征及其文学指向》，蔡宗齐的《郝敬"温柔敦厚"说：一个被遗忘的文学批评理论体系》，王鸿泰的《明清间文人的女色品赏与美人意象的塑造》，严志雄的《情欲的诗学——窥探钱谦益柳如是〈东山酬和集〉》，杨晋龙的《钱谦益诗词中的身体写作及其自我观述探》。另有李丰楙、张琏、廖美玉、王瑷玲和冈崎由美等人关于明清文学的研究论文。

晚明公安派性灵文学思想研究

范嘉晨、段慧冬著，中国社会科学出版社 2009 年出版。全书共分 10 章：第一章界定性灵文学的概念，考察公安派的基本成员；第二章从"自适人生"和"心学与狂禅"两个方面探讨性灵文学的思想基础；第三章论述公安派对前后七子的批评与接受；第四章论述性灵文学思想的基本内涵；第五章论述性灵说包含的"真""露""俗""趣"等审美旨趣；第六章论述公安派的文学进化论；第七章论述公安派对苏、白的接受与推崇；第八章论述公安派后期性灵文学思想的转变；第九章阐述公安派的诗文创作情况；第十章论述公安派性灵文学思想的影响和意义。

明清咏史诗集知见录·明代

詹骁勇著，香港大学饶宗颐学术馆 2009 年出版。该书是作者在各种书目文献及前人研究基础上，对明清咏史诗集进行全面搜集、整理的成果。根据作者介绍，该系列著作共收录明清（附民国）咏史诗

集 400 余种。诸目均详列版本，而对前人未及者，则间予考证。

2010—2016 年

明末清初诗解研究

郑子运著，凤凰出版社 2010 年出版。本书为诗歌接受史研究著作。全书共分 6 章。绪论部分对诗解这一范畴作出界定，并阐明诗解盛于明末清初的原因。本书对明末清初诗解著作的形成过程展开深入研究，并对诗解代表作如《唐诗解》、《李义山诗解》等进行个案研究，从诗歌接受史的角度判断其学术价值，分析明末清初八股文对诗解的渗透和诗坛各派的诗解行为。最后探究诗解对现代古典诗歌赏析、对诗话及常州词派等的影响。

明清安徽妇女文学著述辑考

傅瑛主编，黄山书社 2010 年出版。本书按地域方位共分皖北、皖东、江淮等 9 卷，收录明清安徽妇女文学作者 617 人，附民国时期 37 人，总计 654 人。该书考中有述，寓史识于选编之中。

明成化至正德间苏州诗人研究

徐楠著，社会科学文献出版社 2010 年出版。全书共 5 章：第一章探究该时期苏州诗界高潮出现的深层原因；第二章介绍苏州诗人的基本情况及其交游；第三章阐述苏州诗人的个性意识及心态；第四章阐释苏州诗人的漫兴精神；第五章具体探究沈周、祝允明等苏州诗人的诗歌创作。作者通过对几个专门问题的集中考察，揭示明代成化至正德间苏州文学群体在文化渊源、心态、创作观念与实践等方面的独特价值。

明清及近代诗学演进史稿

王顺贵著，江西人民出版社 2010 年出版。本书为作者研究生期间关于明清及近代诗学研究的论文合集。全书分为上、中、下三编：上编明代卷，研究谢榛诗歌美学体系论、明代格调派诗学等专题；中编清代卷，研究钱谦益、朱彝尊、王士禛、沈德潜等人诗学理论；下编近代卷，研究龚自珍、王闿运等的唐诗观，以及曾国藩、王国维等人的诗论。

明诗三百首

金性尧著，陕西师范大学出版社 2010 年出版。此为再版本。本书共收录明代诗人 107 家，诗作 300 余首。前言总括明代诗歌之进程、得失。每位诗人之下介绍其生平事略、诗歌风貌，每首诗末皆有注释、说明，分析大义、艺术特色等。

晚明文人以文治生研究

周榆华著，广东高等教育出版社 2010 年出版。本书原为作者 2007 年的博士学位论文，后经修改出版。全书采用群体研究与个案研究相结合的方法，对晚明布衣文人的生存状况、诗文创作特点及其文学史意义进行探讨。全书共 10 章，依次为"文人辨析及明以前文人治生概括"、"明代中后期的社会状况"、"社会上的诗文消费需求"、"以文治生者的生成原因与群体特征"、"以文治生的途径"、"治生心态与谋身诗文评析"、"'不幸若马耕'的徐渭"、"'山人竞述眉公'"、"以文治生现象在文学史上的地位与意义"、"余论"。附录有《文人传记及以文治生资料摘抄》。

元末明初浙东三作家研究

魏青著，齐鲁书社 2010 年出版。全书分上、下两编：上编"刘基和宋濂研究"共 9 章，主要考证刘基和宋濂的交游，并对元明之际的政治风云与东南文坛进行论述，对刘基、宋濂的理学、宗教、文学思想和诗文风格及其时代意义进行阐释；下编"戴良研究"共 7 章，主要考论戴良的生平与交游，考辨戴良别集版本源流，论述戴良的思想、诗歌和散文，并编有《戴良年谱》。

明代文学与文化

吴志达著，武汉大学出版社 2010 年出版。全书共分 17 章，主要研究内容为明代小说、戏曲，兼及诗、散曲、民歌。绪论总括文学潮流、学术思想、社会文化的特点；第六章为"明前期诗文的变迁与文化专制"；第十五、十六章"明中后叶后诗文革新与启蒙文化（上、下）"，分别论述明前后期的诗坛和代表诗人；第十七章"明代民歌和散曲"，专章论述明代民歌。本书对明代 300 年间文学与文化的特质及其升降盛衰的状况与原因作了深入论述，提出了一些独到的见解。

江苏明代作家诗论研究

芦宇苗著，南京大学出版社 2010 年出版。本书从地域角度研究明代诗学发展，将明代江苏地区诗歌理论发展分为 5 个阶段：元明之交；弘治、正德时期；嘉靖、隆庆时期；万历时期；明清之交，并分 5 个章节逐一进行论述。先后论及吴中地区杨维桢、高启、沈周、徐祯卿、文徵明、顾璘、唐顺之、黄省曾父子、皇甫四兄弟、王世贞、许学夷、冯复京、张溥、吴伟业、钱谦益等人的诗论及其影响。附录有《江苏明代主要诗人、诗论家小传》，计数百人。根据作者自述，其写作本书的主要目的，是"充分展现江苏地区在明代诗论发展方面的卓越成就"。

明代文学与科举文化国际学术研讨会论文集

陈文新、余来明主编，武汉大学出版社 2010 年出版。本书为 2008 年 11 月 11 日在武汉大学举办的"明代文学与科举文化国际学术研讨会"论文集，收录参会学者的论文共计 74 篇。全书分为 5 个部分：第一部分为"明代文学文化总论"，第二部分为"明代诗文及其他"，第三部分为"明代小说"，第四部分为"明代戏曲"，第五部分为"科举文化"。

徐祯卿诗学思想研究

崔秀霞著，中国社会科学出版社 2010 年出版。全书共分 6 章：第一章考证徐祯卿的生平事略、交游情况，并交代其撰述的版本情况；第二章研究徐祯卿的思想历程；第三章以《谈艺录》为中心，论述徐祯卿"主情"、"复古"的诗学观；第四章探究徐祯卿在吴中时期的诗歌创作及其受吴中地域因素之影响；第五章考析徐祯卿、李梦阳诗学中"复古"、"主情"的差异；第六章探究徐祯卿的后期转变及其在七子派中的地位。附录有《徐祯卿研究现状综述》、《论〈与同年诸翰林论文书〉非徐祯卿之文》。

茶陵派与明中期文坛研究

司马周著，湖南人民出版社 2010 年出版。本书在梳理大量文献基础上，从流派个体的微观研究与文学通史演变的宏观视角，对茶陵派对明中后期文坛的影响展开深入分析和研究，探讨茶陵派与明中期文坛其他派别的相互映射，揭示茶陵派在明中期文坛所产生的重要作用。全书共分 7 章，主要论述茶陵派的形成及其成员构成、茶陵派宗主李东阳的创作论和诗论代表作《麓堂诗话》，以及茶陵派与台阁体、前七子和吴中文学的关系等问题，并对茶陵派进行历史定位。

中晚明文艺场域"狂士"身分之研究

林宜蓉著，台湾花木兰文化出版社 2010 年出版。全书分为 4 编：第一编"组织与拆解的共舞"，分两章论述狂士谱系和狂士意蕴，并对唐寅、祝允明、王廷陈、杨慎等进行个案研究；第二编"表演与观看的对话"，分两章展现"文化表演"与"观看"的"概观"；第三编"耽溺与超拔的辩证"，亦有两章，重在探究"纵放寄物"论和寄而不往的生活美学；第四编"流离与返归的跨越"，包括第一章"流离失所的镜视"和第二章"返归自我的重生"，将狂士认同纳入整体文化困境的生存焦虑进行考察，分析其内在自我的追寻历程。附录有《〈四库全书总目〉之狂士论述》、《中晚明狂士小传资料汇集表》。

袁中郎性命思想与文学论述

林美秀著，台湾花木兰文化出版社 2010 年出版。全书共分 6 章：第一章"袁中郎其人其学诠解的思考"，确立本文性命思想与文学论述双项并写的型态；第二章"晚明社会与少年中郎思想的形成"，从社会风气和家庭环境考察袁中郎性格思想的影响；第三章"生命惑醒后的性命思想与文学观"，观察万历十七年至二十五年中郎思想上但取禅宗、解缚去粘的特征；第四章"二度出仕后性命思想与文学观念的再变"，考察万历二十六年至二十八年间中郎思想转向内敛，开始信仰净土，文学观念从对文坛的颠覆转向自我颠覆；第五章"流浪归隐后至三度出仕的思想发展与文学论述"，讨论晚年思想的发展，由苦寂进而摄儒归佛，文学观念亦日趋缜密；第六章"即返本即开新的生命实践"，综合以上讨论，就性命思想与文学论述分别提摄，勾勒其递变轨迹，从而提出自己的见解。

王阳明诗与其思想

廖凤琳著，台湾花木兰文化出版社 2010 年出版。该书为林庆彰主编的《中国学术思想研究辑刊》十编第 21 册，该册有郑富春《王阳明良知学诠释》、廖凤琳《王阳明诗与其思想》两种论著。廖著以阳明诗为线索，探其学说思想本旨，分 6 章加以析论：第一章略述其生平传略及其"以达意明志"为要的诗学观念；第二章以诗文对照，表现王阳明对个人遭遇与时政的观感，揭示其意欲探寻思想出路的内在想法；第三章阐述王阳明居危处困之际，如何淬砺奋发，体现其忠贞自持的精神人格；第四章由王阳明诗歌衍述其剥落万虑、思想境界臻于成熟的内涵；第五章针对后人评述，以王阳明诗与其实际修为，印证他作为"学有宗统"的醇儒品格；第六章阐述作者个人究心之所得，并对阳明学说的意义与价值稍作阐发。

杨慎研究——以文学为中心

杨钊著，巴蜀书社 2010 年出版。全书共 4 章：第一章"杨慎文学创作的文化渊源"，探讨杨慎对宋明学风、蜀文化的批评与接受，以及杨慎的家学渊源；第二章论述杨慎的文学思想；第三章探究杨慎的文学风格，主要涉及诗、词、曲；第四章总结明清文人和《四库总目》对杨慎的批评。附论有《杨慎〈明故待封君南溪张公墓志铭〉考》等 3 篇文章。

钱谦益与明末清初文学（增订本）

孙之梅著，山东大学出版社 2010 年增订版。该书初版由齐鲁书社于 1996 年出版。全书共 4 章：第一章从钱谦益的家世、教育、早期的人格特点分析他的文学准备；第二章论述钱谦益与嘉定学派、程嘉燧、归有光、汤显祖和公安派的交往与所受之影响，以及钱谦益文学观念转变形成的过程；第三章论述钱谦益文学观念的确立，分别阐述他的政治思想、佛学思想和文学思想；第四章论述清初的学术活动和钱谦益对清初诗坛的影响，并介绍钱谦益的《投笔集》和《病榻消寒杂咏》46 首。附录有《钱谦益小传》、《钱谦益评传》、《绝代佳人旷世才——钱柳姻缘述评》、《钱谦益年谱简编》等 10 篇。

杨慎文学思想研究

高小慧著，中国社会科学出版社 2010 年出版。本书由作者的博士论文扩充而来，主要研究对象为杨慎的文学思想。全书共 7 章：前一、二章考述杨慎的家世、生平与著述及其交游；第三章论述杨慎"融通三教，从容自适"的思想；第四章论述杨慎诗学的明代诗经学与考据学学术环境；第五章、第六章为全书中心，分别论述杨慎的诗学思想和文学史论；第七章分体论述杨慎的绝句、律诗、乐府和古体诗。

明嘉靖时期诗文思想研究

杨遇青著，三秦出版社 2011 年出版。作者在书中主要说明以下 4 个问题：一、复古思想和儒家文艺思潮的复调构成了嘉靖时期诗文思想的主题；二、儒学新变对这一时期文学思想的发展有深刻影响；三、唐宋派的诗文思想是对复古主义旗帜的鲜明反动；四、文学领袖在这一时期执文坛牛耳并引导着文学思想的发展。全书共分 4 章：第一章"嘉靖时期诗文思想的历史文化语境"，第二章"文学复古运动之开拓与新变"，第三章"儒家心学思潮影响下的诗文思想"，第四章"复古思潮的重振与嘉靖中后期诗文思想"。附录有《陈束年谱》、《唐顺之文献系年》。

屈翁山忠爱诗研究

张静尹著，台湾花木兰文化出版社 2011 年出版。本书为明末清初遗民诗人屈大均诗歌研究专著。全书共分 7 章：第一章绪论，说明研究动机与方法；第二章"屈翁山之生平与诗歌创作"，分生平经历、师友概况、学诗渊源三方面展开论述；第三章"屈翁山忠爱诗之题材类型"，将屈翁山的忠爱诗题材类型分为歌咏节烈情操、讽刺政治黑暗、哀怜民生疾苦三个类别加以探析；第四章"屈翁山忠爱诗之旨趣分析"，借由对忠爱诗篇的旨趣分析，深入挖掘诗人蕴含的忠贞之情；第五章"屈翁山忠爱诗之表现艺术"，分析作品的表现技巧，以见屈翁山运用多种艺术手法来表达"忠爱之情"的严肃主题；第六章"屈翁山忠爱诗之风格变化"，引证探讨屈翁山忠爱诗篇兼具多种风格的情形，并分析其背景、成因；第七章为结论，综合各章大义，对屈翁山忠爱诗篇的艺术成就作整体综述。

明清文学论薮

邬国平著，凤凰出版社 2011 年出版。本书为作者关于明清文学研究的论文集，全书共收录论文 30 篇，内容涉及归有光研究、钱谦益研究、王夫之研究、吴伟业研究以及明清戏曲小说研究等多个领域。明清诗歌研究论文主要有《以杜诗学为诗学——钱谦益的杜诗批评》、《王夫之评杜甫论》、《吴伟业〈梅村诗话〉考辨》等。

明清宁波文学家评传

张如安、张萍著，海洋出版社 2011 年出版。本书选取明清各个时期的 12 位宁波籍文学家(郑真、方孝孺、张楷、陈束、张时彻、屠本畯、叶宪祖、吕天成、李邺嗣、周斯盛、裘琏、全祖望)，对其生平事略和文学成就等予以评述。

明清文学批评(增订本)

张健著，台湾"国家出版社"2011 年第 2 版。本书是一部明清文学批评史著作。其内容以文学理论为主，作品批评为辅，对明清主要文学家及其文学批评作通盘介绍。全书共三编：上编"由复古到浪漫"，论述时段为明代；中编"性灵、神韵与格调"，论述时段为清代前期；下编"由肌理说到境界说"，论述时段为清代后期。全书共计

44篇，其中明代占15篇，清代占29篇（前期16篇，后期13篇），包罗了60多位批评家——其中李梦阳、何景明合为一篇，公安派前期至少含四五人，浙西词派、桐城派三篇亦各含多人。

明末清初虞山诗学研究

赵炜著，百花洲文艺出版社2011年出版。全书共分5章：绪论介绍全书研究对象、范围和思路，并综述前人研究成果；第一章"虞山文化与虞山诗学"，论述虞山地区的文化学术风气；第二章"钱谦益和虞山诗学的兴起"，论述钱谦益影响下虞山诗学的兴起；第三章"海虞二冯和虞山派的建立"，论述冯舒、冯班的诗学观念及其渊源和差异，阐述虞山派的形成；第四章"虞山诗学的流变与衰败"，论述虞山诗学的传播、转变和衰弱；第五章"明清诗学视野下的虞山诗学"，将虞山诗学纳入明清文学批评史的体系予以观照，概括其基本特征、内在规律及在明清诗学史中的地位。

公安派文学思想研究

贾宗普著，中国社会科学出版社2011年出版。全书共分8章：第一章论述公安派文人所处的政治环境；第二章至第三章论述公安派前期文人的人生态度、哲学思想和政治思想；第四、五章论述公安派后期文人的人生态度、哲学思想和政治思想；第六章论述公安派形成期的文学思想；第七章论述公安派兴盛期的文学思想，兼及公安派文人的文学渊源；第八章论述万历文坛的新变、公安派文人地位的变化和公安派文人文学思想的变化。

宋濂的道学与文论

谢玉玲著，台湾花木兰文化出版社2011年出版。全书共分6章。绪论介绍本书研究旨趣、前人对宋濂的评论以及当代学者的研究成果，兼及全书的研究范围与方法。再从厘清宋濂的生平事迹、元末明初之际师友互动情况，以及时代环境对其造成的影响出发，探究宋濂的道学思想特质与浙东学术发展的关系脉络，作为探究其文学理路发展的根据。其次，透过宋濂个人对诗文作品鉴赏的态度与法则，检视宋濂的道学如何影响其文论内涵与架构的建立。在此基础上，通过分析宋濂的诗文作品，对其文学理论进行验证。附录有《宋濂作品系年简表》。

20 世纪以来李梦阳研究

郝润华、师海军主编，人民出版社 2011 年出版。本书为李梦阳研究论文选集，共选录 20 世纪以来相关论文 30 余篇，分为"生平、交游研究"、"文学理论研究"、"诗文创作研究"、"文献考证及其他研究"四个板块。

茅坤研究

张梦新著，中华书局 2001 年出版。本书为作者成于 1995 年的博士学位论文。全书共 8 章：第一章考证茅坤的家世与进学；第二章考证茅坤的仕宦历程；第三章考述茅坤与六子、唐顺之、胡宪宗等人的交游，及在岘山诗社、西湖诗社中的相关活动；第四章考述茅坤的著述；第五章、第六章对茅坤的文论和散文创作进行探究；第七章论述茅坤的诗歌创作；第八章为茅坤年谱，在本书中所占篇幅最大。附录有《茅坤诗文辑佚》、《明清时人对茅坤诗文的评论辑要》等。

明中后期文学流派与文风演化

薛泉著，中国社会科学出版社 2011 年出版。全书共分 6 章：绪论论述"明人文学流派情结与晚明文风的演化"，并介绍本书研究范围和主要内容；第一章至第六章分别论述茶陵派、七子派、唐宋派、公安派、竟陵派、云间派等文学流派的复古思潮与反复古思潮。作者认为："明中后期文学流派的兴废更替，具有内在的逻辑性，而文学流派影响下的文风演化，亦具有内在逻辑性。"尚永亮在书序中指出："本书主要以明代中后期茶陵派、前七子、唐宋派、后七子、公安派、云间派等几大重要文学流派为参照重心，在明代文化复古的大背景下，梳理、探析明代中后期主流文风的演变规律及其意蕴。"

明代中央文官制度与文学

叶晔著，浙江大学出版社 2011 年出版。本书的写作宗旨，是从文学与政治制度关系角度，探讨明代位居政治中心的士大夫群体如何参与构建国家意识形态下主流文学话语。全书共分 4 章：绪论说明书中主要概念、研究方法和学术意义；第一章"明代翰林院职掌与中央文学权力的掌控"，论述明代翰林院的文化办公职能、文学侍从职能与文学体制化、应制化及其对文风的导向功能；第二章"明代庶吉士培养与官方文学标准的建构"，探究明代庶吉士与馆阁文学之关系；第三章"明代京城诗文风会及其制度背景"，考察明代翰林雅集、郎署诗文集会、同年会、同乡会及其制度背景；第四章"馆阁背景下的文学文体功用化"，探究馆阁赋、四六文、箴体、乐章体词曲在馆阁背景下的功用化历程和文学影响。

明代文学与科举文化

陈文新、余来明主编，中国社会科学出版社 2011 年出版。本书为 2008 年 11 月 11 日在武汉大学举办的"明代文学与科举文化国际学术研讨会"论文集萃。全书论文分为 5 个部分：第一部分为"明代文学文化总论"，第二部分为"明代诗文及其他"，第三部分为"明代小说"，第四部分为"明代戏曲"，第五部分为"科举文化"。诗文论文有贝京《唐宋派称名论要》、郭伟廷《论明代黄文焕〈陶诗析义〉在陶学史上创新地位》、翁燕珍《〈戎旅赋〉到〈无闷篇〉》等。

王夫之诗学理论重构——思文/幽明/天人之际的儒门诗教观

曾守仁著，台湾台大出版中心 2011 年出版。本书旨在通过重构王夫之的诗学理论，揭示船山"忧患诗学"底蕴，并对"兴观群怨"、"情景交融"论、"诗乐之理一"、意与势等议题进行重新探讨，凸显其诗论之重心——情。全书共分 5 章：导论概述船山诗学，建构起抒情系谱；第一章"船山诗论显影：以诗史为核心的考察"，讨论船山对诗史的持论立场，凸显其对"抒情传统"的重视；第二章至第五章，分别探究和重构了王夫之诗学的"兴观群怨"说、"情景"理论、"诗乐之理一"说、"意与势"等诗论范畴。结论"船山诗学的抒情荣光——

情的辩证、收摄与超越"，将船山诗学内核总结为"情"。

元明清诗三百首鉴赏辞典

上海辞书出版社文学鉴赏辞典编纂中心编，上海辞书出版社2012 年出版。该书选明代诗人数十人，精选明代诗作约百首。对每首诗作细致解读与赏析，对明人的文学思想亦时有论及。

复社研究

丁国祥著，凤凰出版社 2011 年出版。该书是一部综合研究明末复社的专著。全书共分 10 章：绪论介绍文人结社的历史渊源和文化背景；第一章论述张溥的社会活动及复社的创建、复社的领导集团等；第二章介绍复社的主要集会活动，如虎丘大会等；第三章论述复社的政治理想、士林精神和学术思想；第四章论述复社的社会性质；第五章论述复社后期的内部分歧和演化分流；第六章论述复社的消亡和领袖的悲剧结局；第七、八章评述复社在明亡时的抗战与殉难；第九章论述复社领袖张溥、陈子龙、夏完淳等人的文学创作和成就；第十章考察复社遗民文人的生平与创作。附录有《近十年有关复社研究的主要论文》、《复社人名录》。

王世贞文学研究

郦波著，中华书局 2011 年出版。本书为作者 2003 年所撰博士论文，后修订出版。全书共 4 章：第一章为"诗歌创作论"，主要探究王世贞的乐府诗、五言律诗、七言律诗等的创作理论与实践；第二章为"散文创作论"，主要探究王世贞的纪传文、游记文、应用文、小品文等的风格与实践；第三章为"文学思想论"，集中论述王世贞的复古论与性情说，及以《曲藻》为代表的雅俗交融的戏曲理论；第四章为"政治与文学"，探讨王世贞文学观、政治观的形成，及其政治活动与文学之关联。附录有《王世贞简谱》、《王世贞作品年表》。

吴中派与中晚明文学

李双华著，中国社会科学出版社 2012 年出版。全书共分 9 章：

绪论介绍研究缘起，厘析"吴中派"概念，并对"吴中派"文学研究予以略述；第一章至第三章分别从弘正文风、吴中士风、吴中学风三个方面考察"吴中派"与吴中文风的关系；第四章至第八章选取"吴中派"代表人物沈周、祝允明、唐寅、文徵明、徐祯卿为研究对象，论述各自的生平事迹、人生态度、思想性格和文学创作；第九章综述各章要义，总结"吴中派"的变迁及其在中晚明文学史上的地位。

王夫之《诗广传》诗学思想研究

袁愈宗著，中央编译出版社 2012 年出版。本书为研究王夫之诗学著作《诗广传》的专著。全书共分 7 章：导论部分介绍王夫之诗学思想研究现状；第一章论述王夫之生平、著述情况和历史地位；第二章考察《诗广传》的成书、内容和特色；第三、四章分别论述王夫之《诗广传》中的诗言志论和诗情论；第五章论述王夫之的诗学理想即诚与内圣境界；第六章论述王夫之的"神"的概念；第七章阐释王夫之的作品构成论，包括言意论和文质论等。

钱谦益《病榻消寒杂咏》论释

严志雄著，台湾"中央研究院"、联经出版公司 2012 年出版。本书为钱谦益晚年《病榻消寒杂咏》之研究专著。全书分为上、下两编：上编为研究编，是"论"，下编为笺释编，是"释"。上编 4 章，第一章"诗书可卜中兴事，天地还留不死人——牧斋的诗学工夫论与'自我技艺'观"，透过牧斋诗论中的"灵心"、"性情"、"学问"、"世运"等概念，探讨钱牧斋晚年创作的意义；第二章"陶家形神影——牧斋自画像、'自传性时刻'与自我声音"，主要释读《病榻消寒杂咏》前序，并剖析其中的"自我声音"与寄意；第三章"蒲团历历前尘事——牧斋〈病榻消寒〉诗中之佛教意象"，论述《病榻消寒杂咏》中部分与佛教有关的诗歌，对其进行意象分析，并由此窥视牧斋临终的心境；第四章"声气无如文字亲——牧斋'乱余斑白尚沉沦'之人/文世界"，旨在彰显牧斋与五位友人对"人文"、文学、学问的共同关怀、交会与相互激荡。下编逐一笺释《病榻消寒杂咏》46 首，疏通全诗意义脉络，以述句、联、章为经，以释典故、字义为纬，颇为详尽。

明代诗文发展史

尹恭弘著，社会科学文献出版社 2012 年出版。本书为明代诗文断代史。作者将明代诗文发展史分为三期：第一期元末明初至天顺年间，第二期成化年间至隆庆年间，第三期万历年间至明末，并分上、中、下三编分别予以叙述。作者在叙述传统研究关注的复古主义思潮和性灵文学思潮等的前提下，还注重对江南诗文作家、晚明时期妇女诗文作家、晚期散文创作、"山人"诗文作家的梳理和论述。

中国诗歌通史·明代卷

左东岭等著，人民文学出版社 2012 年出版。本书为第一部完整的明代诗歌断代史。全书共 14 章，由左东岭、孙学堂、雍繁星三人分担完成。本书以复古诗歌理想与性灵诗歌思想作为明代诗歌发展的两大基本线索，以诗派、地域、诗体作为基本单元，以代表性作家作为叙述重点，既叙述明代诗歌创作，也探讨明代诗学理论，并将明代的词、散曲和民歌也纳入明代诗歌史体系进行论述。

初明诗歌研究

李圣华著，中华书局 2012 年出版。全书分为 13 章：第一章为"初明诗歌概说"，作者提出了明诗分期的四分法，即初明、盛明、中明和晚明；第二章至第十章分论初明各大诗派、诗群，如越中派、吴中派、江右派、闽中派、岭南派、元遗民诗、杭州诗群、松江诗群、台阁体派等；第十一章至第十三章写明初诗人谱，分别研究了洪武诗人、永宣诗人和宗藩、僧家诗人。全书系统地对明初诗歌流派、群体构成、诗歌创作成就和诗歌发展状况进行了探讨。郭英德在为该书作序时指出："《初明诗歌研究》不仅对诗歌演进历史的梳理更为清晰、更为流畅，对诗人个性心理的发微、文化心态的抉隐和艺术传承的揭橥，也更为细密、更为深入。"

明末清初党争视域下的钱谦益文学研究

张永刚著，凤凰出版社 2012 年出版。作者将钱谦益的文学创作分为"溺于王李悟于孟阳的初创期"、"推尊唐宋，取法公安的转折期"、"萌折灵心，蛰启世运，苗长学问的确立期"、"折唐入宋，开清诗风的成熟期"、"通经汲古，全面发展的主盟期"等 5 个阶段，分作五章予以论述。附录有《东林党政治活动辑录》。

明代诗学与唐诗

孙学堂著，齐鲁书社 2012 年出版。全书分为上、下两编：上编论"明代诗学思想与唐诗接受"，共 4 章；下编论"明代唐诗学"，共 3 章。作者在引言中对全书内容进行了简要介绍：前四章以明代诗学思潮的历时性发展为纲目，侧重较为感性的创作与评论的考察，突出这一朝代唐诗接受的时代特色，更近于"接受史"的表述方式；第五章、第六章以问题为纲目，论述明代人评论唐诗的主导倾向，即重格调、重风韵者与唐诗有关的理论批评；第七章论述明代杜诗学的特色与建树，更近于"唐诗学"的表述方式。

晚明风骨袁宏道

曾纪鑫著，陕西人民出版社 2012 年出版。本书为明代文人袁宏道的传记，全书共 18 章，200 余页，内容较为充实。附录有《袁宏道大事记》等。

明代宦官文学与宫廷文艺

高志忠著，商务印书馆 2012 年出版。本书为明代宦官文学与宫廷文艺专题研究著作。全书共分 6 章：绪论引入研究对象，兼及该领域研究现状和本书特色；第一章探究明代宦官的文化教育，总论明代宦官诗文创作；第二、三章探究明代宦官创作和出演宫廷戏剧之现象及其内部关系；第四章阐述明代宦官的其他文史艺术杂作；第五章探究明代宦官与明代文人之间的关系；第六章论述明代宦官与明代文学的关系。附录有《明代宦官文人传记资料辑录》。

李维桢文学思想研究

谢旻琪著，台湾花木兰文化出版社 2012 年出版。本书将晚明

"末五子"之一的李维桢的文学思想分为三个部分来探讨。第一部分是李维桢的文学历史意识。复古派文人非常重视对传统的审察，李维桢认为文学创作具有历史责任，他延续复古派"格以代降"的说法而有所修正，提出"一代之才即有一代之诗"，并从文学发展的规律，标举明代在文学史上的极盛地位。第二部分是李维桢的创作论，他提出的情感与性灵论述，以及才、学、识三个创作条件，调和了"师古"与"师心"两个路向。第三部分是李维桢的批评论，他论析复古派所要求的"兼长"理想，同时也承认人有才性的局限，"兼长"未必能达成，故提出"适"的观念，转而欣赏"偏至"。书中还对李维桢分析各文体的艺术样貌、时代风格以便掌握创作之法等问题进行了探讨。

胡应麟文学思想研究

李思涯著，中国社会科学出版社 2012 年出版。全书共分 9 章：第一章绪论；第二章"明代士人的分化与博学的思想史意义"；第三章"胡应麟关于'文章'与'学问'的论述"；第四章至第七章分别阐述胡应麟的诗学思想、文章思想、小说思想和戏曲思想；第八章"胡应麟文学思想在明清的意义"，胡应麟把达到复古汉、唐诗典范的途径归结到模拟汉、唐诗文作品的"格调声调"与"风神"；第九章为结论，综述各章要义。蒋寅为该书作序时指出："书中提出的明代中叶学术与文学的分途，我认为是文化史上一个重要问题，对我们把握和理解明代思想、文学的发展，有着不可忽视的意义。"

陈子龙诗文创作与文学理论研究

李新著，南开大学出版社 2012 年出版。本书为明末文人陈子龙诗文创作和文论研究专著。全书共分 5 章：第一、二两章探究陈子龙的乐府诗，五、七言古诗，五、七言律诗创作，以及陈子龙的风雅比兴的传统诗学观和诗史观；第三、四章探究陈子龙的古文创作和载道复古的文论；第五章总结陈子龙的文学思想，阐明其对明末清初文坛的影响。附录有《陈子龙作品编订考证》。

袁宏道与晚明性灵文学思潮研究

戴红贤著，武汉大学出版社 2012 年出版。全书分为上、下两编：上编"袁宏道的性灵说"，论述袁宏道"性灵"说兴起的时代背景和学术渊源，并从灵真性的人学思想和"独舒性灵，不拘格套"的文学思想两个层面论说袁宏道的性灵思想，同时结合其诗文创作实际来研究；下编"性灵说与晚明性灵文学思潮"，分别论述袁宗道、陶望龄、江盈科、袁中道、竟陵派等的"性灵"说及其对"性灵"说的改造，最后论述"性灵"说在晚明文学中的具体表现。附录有《三袁与李贽会晤时间及地点考辨》、《近百年公安派研究论著目录选编》。

明清济南诗派

陈明超著，济南出版社 2012 年出版。本书是介绍明清济南诗派的历史文化读本。全书共分为 18 章：前两章论述山东济南地区的诗歌传统和明清济南诗派的源流嬗变；第三章至第十七章分别介绍边贡、刘天民家族、李开先、李攀龙、王象春、叶承宗、王士禛、明湖七子，以及朱氏、余氏家族等明清济南诗派的代表人物；第十八章介绍明清济南诗派的竹枝词创作。

情与忠：陈子龙、柳如是诗词因缘

[美]孙康宜著，李奭学译，北京大学出版社 2012 年出版。全书分为 3 编：第一编"忠君意识与艳情观念"；第二编"绮罗红袖情"；第三编"精忠报国心"。作者紧紧围绕着"忠君意识"和"艳情观念"两大文学传统展开对陈子龙、柳如是诗词的研究。作者独具慧眼、文采斐然，是研究陈子龙、柳如是诗词的重要著作。

王夫之诗学思想论稿

崔海峰著，中国社会科学出版社 2012 年出版。全书共分 12 章，分别论述王夫之诗学的 12 个范畴和方面：第一章论述"内极才情，外周物理"论；第二章论述"文质"论；第三章论述"宾主"说；第四章论述"意境"说；第五章论述"双行"说；第六章论述"兴会"说；第七章论述"天才"论；第八章论述"文体"论；第九章论述"艳诗"论；第十章论述"兴观群怨"说；第十一章论述温柔敦厚的诗教观；第十二章论述"以诗解诗"论；余论综合各章要义，对船山诗学进行总结。附录有《20 世纪 80 年代以前的王夫之诗学研究》和《20 世纪 80 年代以来的王夫之诗学研究》。

南明文学研究

潘承玉著，中华书局 2012 年出版。全书共分 6 章：第一章从考察"文学"概念的历史演变入手，着重阐发"南明"概念的多重意涵，并在学术思想和研究现实的统一中划定"南明文学"的研究范围；第二章梳理近 400 年来南明文学文献的传播史，并将其划分为 4 个时期；第三章对由清代至当下的南明文学研究史和研究成果进行全面清理和总结；第四章对既往研究较多的南明遗民诗做新的探讨；第五章对南明遗民文人的散文开展深入研究；第六章对南明政权存在时间最长的区域鲁监国和明郑前期控制下的台湾海峡的诗群活动展开全新研究。

《拙政园图咏》注释

文徵明著，卜复鸣注释，中国建筑工业出版社 2012 年出版。本书为明代文人文徵明书画作品《拙政园图咏》注译本。《拙政园图咏》通称《拙政园诗画册》、《拙政园图》或《拙政园三十一景图》，共 31 景图，旁有题咏。本书对 31 幅题咏分别予以注释和翻译。附录有《原书附录及题跋选》等。

明清文学与文献

杜桂萍主编，黑龙江大学出版社 2012—2014 年出版。《明清文学与文献》为黑龙江大学明清文学与文化研究中心主办辑刊。内容上分戏曲研究、小说研究、诗文研究和学术史研究等部分。现已出版多辑。第一辑 2012 年 12 月版，第二辑 2013 年 12 月版，第三辑 2014 年 12 月版。有多篇文章论及明代诗歌。

明代文学思想史

罗宗强著，中华书局 2013 年出版。本书为明代文学思想史研究专著。全书分上、下两册，共 12 章，分别论述洪武、建文朝的文学思想走向；永乐至正统朝的台阁文学思想；景泰至成化末、弘治初的文学思想；弘治、正德间的文学思想，包括文学复古思潮的兴起、文学思想多元并存局面之出现、历史小说中的文学思想倾向等；嘉靖末至万历前期文学思想的变化，如反复古、重情、性灵等文学思想的出现；明末的重实用的文学观等。

明代中古诗歌批评析论

郑婷尹著，台湾文史哲出版社 2013 年出版。本书为研究明代中古诗评著作。全书共分 5 章：第一章绪说，介绍研究动机、研究对象和研究方法等；第二章"诗教传统的延续与转换"，论述明代诗评的新思维，如"温柔敦厚"的艺术化、"诗教精神与缘情绮靡的互涉"等；第三章"抒情的重视及其倾向的转变"，论述明人对缘情的批评与欣赏，对俗艳、婉约之情的认同和青睐，以及对景外情韵的阐发；第四章"审美重心的转变"，论述明人"风骨论"和"清丽论"的转变；第五章余论，对明代中古诗评的文学史意义作出评价。至于全书要旨，正如作者在自序中所宣称的："本书选择以诗教、抒情、审美三大主题加以析论，实欲突破以诗派、诗社为主的论述疆界，从而拓展出不同的观看眼光，期能对中古诗评有较系统性的探究。"

明代"真诗"观念研究

黄伟哲著，台湾花木兰文化出版社 2013 年出版。本书讨论的内容是明代中晚期提出的各种"真诗"观念，即"真诗在民间"，以"性灵"、"真我"创作"真诗"，以及"向古人求真诗"等，通过对各时期的"真诗"观念进行深入解析，试图从中发掘"真诗"在明代文学史、思想史上的重要意义。全书共分 5 章：第一章绪论，对明代语境中的"真诗"进行定义，同时指出各不同阶段所面对的文学环境，同时介绍前人研究成果、研究方法及研究范围；第二章"'真诗在民间'观念的涵义"，通过厘清"民间"的内涵，探究此观念产生的原因以及如何创作"真诗";第三章"何以有'真我'、'性灵'之诗亦可称为'真诗'",经由分析"性情"、"真我"、"性灵"的含义,讨论各观念与"真诗"的关系,分析个中原因,并对如何写出"真诗"进行解读;第四章"向古人求真诗",在探究何谓"古人真诗"的基础上,深入解析古人所指的对象,并考察其所言"精神"的真实内涵,以及与"真诗"的关系;第五章综合各章论述要义,阐发"真诗"在明代的重要性。

杨慎生平及其文学

杨日出著,台湾花木兰文化出版社 2013 年出版。本书旨在表彰杨慎的忧患意识与诗文成就,增订其年谱,并发明人格、文学与作家生平之间的关系。全书共分 5 章:第一章绪论,说明研究的主要目的、方法与论述原则;第二章"杨慎生平考述(上)",主要考述其邑里胜状、世系承启,并对升庵年谱进行考订,对诗文作品进行系年;第三章"杨慎生平考述(下)",分别就师承、父执、谪戍前后宦途与诗文、门生等作考察;第四章"杨慎文学析论",辨明其文学理论,由"史诗"讨论见其批评"三昧",并论析其诗文词曲创作与艺术成就;第五章为结论,作者将杨慎学行对后世的影响概括为 4 个方面——梅花精神之高度象征、道统与史统之促成合一、杨朱思想获致真诠以及清人性灵一说自此启迪。

阅读明清——明清文学的文化探索

余崇生主编,台湾万卷楼图书股份有限公司 2013 年出版。本书为明清文学论文集,共收录文章 20 余篇。文章作者包括余崇生、李姿莹、李丽美、许建崑、陈碧月、陈佳君、黄惠菁、钱奕华、简贵雀及颜智英等 10 余人,内容涉及明清小品、旅游、饮食及世情四个主题,分别由不同视角切入进行专题探讨。

归有光与嘉定文坛关系研究

刘蕾著,上海大学出版社 2013 年出版。本书是作者在博士论文基础上修订而成。全书除"绪论"和"结语"外另分 5 章,依次为"嘉定世家望族及古学传统"、"归有光在嘉定的活动"、"归有光在嘉定文坛地位的确立"、"嘉定文坛对归有光经世致用思想的继承和发展"、"明末归有光思想的变异"。附录有《嘉定文坛活动年表》。

谢榛的诗学及其时代

赵旭著,中国社会科学出版社 2013 年出版。本书主要对明代后七子代表人物谢榛的诗学理论进行系统探讨。作者将视野放在弘治到万历初年这一广阔的时代背景之下,以翔实的史料和平允的论证,展示谢榛诗学的理论价值及其个性形成的原因。同时结合其诗歌创作实践,从诗歌本体、师法、赏鉴和创作四个方面研究谢榛的诗学体系。书中对谢榛的生卒年、交游和价值取向等问题也作了新的考证和观照。附录有《谢榛年谱简编》、《谢榛交往对象述略》。

王慎中评传

张帆著,厦门大学出版社 2013 年出版。本书为黄良主编《晋江文化丛书》之一种。全书共 9 章,前五章评述王慎中生平,后四章论述王慎中的散文、诗歌的理论与创作。

文本、史案与实证：明代文学文献考论

陈广宏著,台湾学生书局 2013 年出版。本书为一部明代文学文献研究的论文集,共辑入 7 篇论文和一种年谱。全书共分上、中、下三编。上编 3 篇论文,其一《关于明诗话整理的若干问题》,"讨论的是专类文学文献在当代整理、编纂的得失,事关一代基本文献的文本面貌,所涉面相对较广";其二《早稻田大学图书馆藏朝鲜版装〈空际格致〉版本及其价值探考》,运用传统的目录、版本、校勘学方法,由《空际格致》"在传播过程中先后流入朝鲜与日本的特殊经历,观照晚明已出现的汉译西教、西学著作在东亚各国曲折的受容历程,揭示其体现前近代东西方交流历史命运的文化价值";其三《〈列朝诗集〉闰集"香奁"撰集考》,"旨在通过对一部诗歌总集编纂过程及相关环节的考原,探寻该文本在女性文学批评方面呈现的'作者意图'"。中编 4 篇论文,分别为《元明之际宗唐诗风传播的一个侧面：以"二蓝"师法渊源为中心》、《明初闽诗派与台阁文学》、《王慎中与闽学传

统》、《竟陵派文学的发端及其早期文学思想趋向》，为文学史案研究，分别涉及元明之际东南地域的闽北山林诗人群体、明代前期的台阁体、明代中后期的唐宋派、竟陵派等重要流派。下编为《谭元春年谱简编》，为编年体传记形式的文学史个案研究。

陈子龙研究(上、下)

张亭立著，台湾花木兰文化出版社 2013 年出版。全书分为上、下两册，共 6 章，上册 5 章，下册 1 章：第一章以陈子龙的家庭环境和所生长的云间地域文化为载体，挖掘陈子龙的早期人格塑造成因；第二章以陈子龙的文学活动为对象，厘清陈子龙与复社、幾社的渊源，并考察陈子龙在社中的地位与意义；第三章概括阐述陈子龙前期和后期的政治活动，揭示其人生观与价值观；第四章以《皇明经世文编》和《陈卧子兵垣奏议》为对象，重点探悉陈子龙的军事思想，同时兼顾其诗歌的古典艺术审美性，及其以诗记史、以诗发论的社会功用性；第五章研究陈子龙"情真文古"的诗歌创作，兼顾诗歌审美性和社会功用性，对复古派、公安派、竟陵派的思想都有所吸收和扬弃；第六章探讨陈子龙词的艺术特色及成因，在考察云间词派风格流变的同时，以词的文人化进程为载体构建词体发展的大框架，并以此观照清代各词学流派的意义和价值。附录有《陈子龙交游考》和《陈子龙诗词补遗》。王水照评价该书"文献基础扎实，语言流畅，内涵丰富，洵为陈子龙研究的一部新的力作"。

明末清初杜诗学研究

刘重喜著，中华书局 2013 年出版。全书分为上、中、下三编，共 10 章：导论介绍本书研究的范围和现状、研究的思路、问题和方法；上编"《钱注杜诗》研究"，考察钱谦益校勘杜诗的实践、钱谦益编写《少陵先生年谱》、钱注杜诗之特色等；中编"杜诗章法论"，考察明末清初杜诗技法论，包括杜诗题论、杜诗分章论、分解论、连章论以及仇兆鳌的八股文注杜法等；下编"杜诗诠释论"，主要论述明末清初杜诗意法论、明遗民对杜诗的接受与批评等。附录有《李因笃的杜诗评语》、《陈訏批〈杜诗详注〉》等。

明代宋诗总集研究

刘波著，台湾花木兰文化出版社 2013 年出版。本书将宋诗总集的编纂活动置于明代诗学发展历程中予以观照，通过考证编者的生平交游与论诗倾向，解读其编选宋诗的原因和目的。同时通过对选录诗人与入选诗作的量化分析，以及与不同诗选间的比较研究，揭示文本细节中蕴含的诗学特质。在此基础上，呈现宋诗总集的编选与诗歌创作实践和诗学理论的交互影响，藉以探究明末清初宋诗观念的嬗变。全书共 6 章，主要以李蓘《宋艺圃集》、潘是仁《宋元名家诗集》和曹学佺《石仓宋诗选》为研究对象。

尤侗年谱长编

徐坤著，台湾花木兰文化出版社 2013 年出版。本年谱以《悔庵年谱》为底本，以尤侗自著为凭据，旁征尤侗众亲友、交游之别集、年谱等文献，同时佐之以史书、方志、家谱等。在内容上，着重考述尤侗的家世、生平、著述与交游，并对明清易代之时事政治状况、士子群体面貌以及复杂的社会关系等予以观照。年谱起于明万历四十六年戊午年(1618)，止于清康熙四十三年甲申年(1704)。

李梦阳与明代诗坛

刘坡著，南京大学出版社 2013 年出版。全书共分 6 章：第一章从哲学思想层面探究李梦阳的诗论渊薮；第二章论述李梦阳对李东阳诗学的承续；第三、四章论述李梦阳与明代复古诗风的消长以及李梦阳领导的前七子派复古思想的融合与分化；第五、六章则分别阐述"李梦阳与明中期诗坛的横向互动"和"李梦阳等前七子派复古思想在明代诗坛的纵向发展"等问题。附录有《李梦阳著述考述》、《目验李梦阳著述叙录》和《历代李梦阳传记、墓铭》，对李东阳著述版本、馆藏情况考察颇为详备。究其宗旨，目的是将李梦阳研究"纳入更为宏观的整个明代诗坛系统去进行比较、分析"，以"反映李梦阳对明代诗坛发展的影响"。

元明之际江南诗人研究

贾继用著，齐鲁书社 2013 年出版。本书是作者在博士学位论文基础上修改而成。杨镰序称："本书旨在考察至正、洪武之际（1341—1398）江南诗人的遭际、出处情况，理清了这一时期江南诗坛的面貌，为元末明初诗歌史的研究做了坚实的基础工作。"全书除绪论和结语外，另设 4 章，依次讨论"至正后期江南诗人的出处"、"洪武初年江南诗人的动向"、"由元入明江南诗人的命运和遭际"、"元明之际失踪诗人考"等问题。附录有《洪武年间被贬谪流放的诗人简表》、《洪武年间死难的诗人简表》、《至正、洪武之际江南诗人表》等 6 篇资料。

晚明江南诗学研究

张清河著，武汉大学出版社 2013 年出版。全书共分 8 章：绪论介绍研究缘起，界定研究对象，梳理研究现状；第一章概说江南的文学与文化；第二章从政治、经济、科举、书院、文学世家等方面论述晚明江南诗学的生成背景；第三章阐述晚明江南诗学的主体和特征；第四章论述晚明诗学与品评风气；第五、六、七章以地域为纲分别论述"金陵诗学群"、"杭嘉湖诗学群"和"苏松诗学群"；第八章为结论，作者指出，晚明诗学存在三种矛盾与调和，即"复古与创新"的矛盾与调和，"格调与神韵"的矛盾与调和，"宗唐与宗宋"的矛盾与调和。附录有《晚明大江以南诗学世家点将录（配论诗绝句）》。

明代文学思想研究

左东岭著，商务印书馆 2013 年出版。本书为作者在明代文学思想研究等领域的论文合集，收录文章 25 篇，主要集中在元明之际文学思想研究和性灵文学思想研究方面，包括《朝代转折之际文学思想研究的价值与意义》、《玉山雅会与元明之际文人生命方式及其诗学意义》、《元明之际的种族观念与文人心态及其相关的文学问题》、《元明之际的气论与方孝孺的文学思想》、《良知说与王阳明的诗学观念》、《论李贽的文学思想》、《心学与明代文学》等，后四篇《中国文学思想史的学术理念与研究方法——罗宗强先生学术思想论述》、

《中国古代文学研究的中心与边界》等为方法论研究。

明清雅俗文学创作与理论批评

陈书录著，人民出版社 2013 年出版。本书研究特点在于坚持两个"交叉"：一是明清文学创作与理论批评交叉研究，二是明清雅文学(诗、文等)与俗文学(戏曲、小说等)交叉研究。全书共分 19 章，每章各论述明清文学中的一个问题，涉及明清文学的多个方面，而尤以明代文学为重心。第一章"明代诗文中雅俗两大思潮的互动与消长"，提出明代的雅俗文学两大思潮并进行论述，有总领全书之意，亦为贯穿全书之主旨。作者在研究中强调，要将创作研究和理论批评进行交叉研究，要贯彻文本和批评"两条腿走路"。

明代诗文创作与理论批评的演变

陈书录著，凤凰出版社 2013 年出版。本书为《明代诗文的演变》(江苏教育出版社 1996 年版)的修订版。全书以轨迹篇、特征篇、动因篇为三大主干结构，多角度对明代诗文创作与理论进行交叉研究，突破的关键在于开拓诗文创作与理论批评交叉思考的新路，探究的核心在于把握文化心态与审美心态演变的内在规律。全书共分 16 章：前八章为轨迹篇，旨在勾勒出明代诗文创作与理论发展之轨迹；第九章至第十二章为特征篇，总结明代诗文创作和理论的根本特征；第十三章至第十六章为动因篇，从民族文化心态、哲学实践意识、朝廷的政策导向、文人的价值取向以及区域文化和诗文主流的嬗变等方面，探讨明代诗文创作与理论的深层动因。

中国文学史·明清卷

吴兆路、罗书华主编，长春出版社 2013 年出版。方铭任总主编的《中国文学史》教材共 4 卷，分先秦秦汉卷、魏晋南北朝隋唐五代卷、辽宋夏金元卷和明清卷。本书为明清卷，分明代编和清代编，明代编共 11 章，主要介绍明代文人构成及文学形态，明代的诗、散文和戏曲、小说，明代的文学理论等。

明代文学还原研究——以《四库总目》明人别集提要为中心

何宗美、刘敬著，人民出版社 2014 年出版。全书共 5 章。作者以《四库总目》明人别集提要为中心，结构上以时代为经、以流派为纬，以清人的明代文学批评和接受为对象，对明代文学展开还原研究。内容上，主要对《四库总目》中宋濂、高启、茶陵派、复古派、公安派、竟陵派等的提要进行辩证和还原，同时以《四库总目》为基础对明代文学流派加以梳理。本书研究特点为微观与宏观、考证与辨析、个案与专题、文献与观念清理研究相结合。

"梅村体"与明清之际的"诗史"观

张金环著，台湾花木兰文化出版社 2014 年出版。全书共分 6 章：第一、二章从吴中文人文学传统、明清之际实学思潮演进和吴伟业的人格心态等方面探究"梅村体"的成因；第三、四章阐述"梅村体"的核心思想和创作实践；第五章论述"梅村体"所涉及的文学思想内涵；第六章论述"梅村体"与明清之际的"诗史"观及其发展。按照作者的论述，全书的立意是"将文学思想内部要素与外部历史文化诸要素相结合、创作实践与理论批评相结合，逐步分析'梅村体'的成因与动态发展全过程，进而剖析其在明清之际文学思潮中的地位以及对中国古代'诗史'观的贡献。"

唐寅研究

买艳霞著，台湾花木兰文化出版社 2014 年出版。全书采取知人论世的方法对目前学界唐寅研究中的薄弱环节进行探讨。在唐寅生平考述中，主要对唐寅的思想、唐寅豫章之行的史实作专题研究。在唐寅的交游考述中，主要从地域特色、身份特点、交游关系等方面探讨唐寅交游圈的情况。在唐寅的文集版本考述中，重点梳理明版唐寅集之间的关系，并探讨各个版本的优缺点，对署名唐寅的《六如居士尺牍》等几个尺牍作品的真伪进行甄别。在唐寅的诗文研究中，主要探讨唐寅对待诗歌的创作态度，以及《诗经》对唐寅诗歌创作的影响。

陈继儒研究：历史与文献

高明著，台湾花木兰文化出版社 2014 年出版。作者在重新编写《陈继儒年谱》基础上，对陈继儒的生平、学术、交游、著述等方面进行全面考察，并尝试分析陈继儒在晚明江南社会的历史定位。全书共分 4 章：第一章在晚明江南出版业的背景下考察陈继儒文集；第二章讨论陈继儒的生活实践与交游；第三章阐述陈继儒对晚明江南地区社会风气的影响；第四章讨论陈继儒的政治热情，及其在当时社会的作用与地位。附录为作者重编的《陈继儒年谱》，占全书大部分篇幅。

帝国的流亡：南明诗歌与战乱

张晖著，中国社会科学出版社 2014 年出版。本书为作者未完成的遗著。作者自序云："《帝国的流亡》是要写知识人如何坚守自己的信仰，并在行动中践行自己的信仰，直到生命结束。生命未主动结束的，则转为遗民、逃禅，以另一种方式进行抵抗。"全书分为上、下两编：上编"诗歌中的流亡"，论述明朝灭亡后，文人奔赴弘光、隆武和永历朝，以及这一过程中的诗歌创作；下编"流亡中的诗歌"，论述士大夫的绝命诗、殉国诗及其"悲伤的诗学"等。附录有《南明诗人存诗考》等。

跨越闺门：明清女性作家论

[加]方秀洁、[美]魏爱莲编，北京大学出版社 2014 年出版。本书为明清女性作家研究文集，由 12 位学者的 14 篇论文组成。全书共分 4 个部分，11 章，主要通过明清中国女性作家的书写，探究闺阁之内女性的丰富经验，以及闺门之外女性对国家与社会之挑战的应对。

曹学佺与晚明文学史

许建崑著，台湾万卷楼图书股份有限公司 2014 年出版。本书共收录作者研究曹学佺和明代文学史的论文 12 篇，前六篇考察曹学佺在南京以及福州诗社等的活动，探究曹学佺对晚明诗坛的影响，考述曹学佺赴广西桂林任职途中留下的诗文记录，见证晚明闽桂交通的现况。同时还考察了曹学佺《石仓十二代诗选》构建"诗史"之意图，以及晚明福建诗人对竟陵派思想的接受与影响。第七篇至第十篇主要考述洪朝选、焦竑、归有光、王世贞、谢榛等人的交谊与著述。末两篇通过作家诗文集、史地等文献的爬梳，勾勒晚明文人生活与文化活动，从文本、文献到文化等层面提供晚明文学史新的观察面向。收录论文主要有《晚明闽中诗学文献的勘误、搜佚与重建——以曹学佺生平、著作考述为例》、《晚明福建诗人对竟陵诗派的研究与影响》、《唐诗格律的失落——晚明诗风流变的历史因素》、《文学大众化与大众文学化——重构明代文学史论述的主轴》等。

徽商与明清文学

朱万曙著，人民文学出版社 2014 年出版。全书分为上、下两编：上编"徽商与明清文学生态"，侧重探讨徽商与文人的交往、徽商与文学传播、徽商家族和文学传统、徽商与明清戏曲、明清文学中的徽商题材的创作；下编"明清徽商的文学创作"，在梳理明清两代徽商文学创作现象及其特点基础上，选取程诰、方承训、方于鲁、汪然明、"扬州二马"等个案展开深入研究，既能由此见出各人创作的不同面貌，亦可由此发掘徽商与明清文学生态之间的一般关系。

明清之际吴江叶氏家族的生活意态与文体书写

孟羽中著，台湾花木兰文化出版社 2014 年出版。全书致力对明清之际吴江叶氏家族进行研究。研究中，作者采取文体学方法，通过对叶氏运用文体类别丰富性的认识，观察中国韵文史与散文史的进程在文人生活中的运化渗透。全书共分 5 章：第一章探讨叶氏家族的燕居生活与文体选择兴趣的关联；第二章探讨叶氏家族的生计与谋生在文体书写上的反映；第三章探讨叶氏家族的病亡经验与文体表达的关系；第四章探讨叶氏家族的宗教信仰与文体创作；第五章探讨叶氏家族的山中岁月与文体创作。

茶陵派学术档案

司马周主编，武汉大学出版社 2014 年出版。本书为陈文新教授主编《中国学术档案大系》之一。全书主要分为4个部分，包括"茶陵派百年研究回顾"、"百年来茶陵派研究经典论著评介"、"百年来茶陵派研究论著提要"、"百年来茶陵派研究大事记"。其中"茶陵派百年研究回顾"介绍近百年茶陵派研究之状况，诸如茶陵派成员生平及著作整理，茶陵派的文学创作研究，茶陵派文学理论研究，茶陵派的书法研究等。"百年来茶陵派研究经典论著评介"选录数十位学者的研究论文或著作，每篇后皆作"评介"。"百年来茶陵派研究论著提要"著录百年来研究茶陵派之论著(论文)数百种。《百年来茶陵派研究大事记》记录关于茶陵派的重要事件，如重要著作发表、重要会议召开等。

明清常州恽氏文学世家研究

许菁频著，社会科学文献出版社2014年出版。全书共分8章：第一章为"常州恽氏世家考略"，对恽氏始祖、世系和科贡等情况进行考证；第二章论述明朝恽氏文学世家的崛起；第三章论述清朝初期"毗邻六逸"之首恽格的生平事略、思想和文学成就；第四章论述清朝中期恽氏文学的鼎盛，以恽敬为中心进行个案分析；第五章论述清朝末期恽氏文学的延续；第六章论述恽氏女性文学全体，并对恽珠、戴青作个案研究；第七章考论恽氏世家与吴中、两浙和京城等文化圈之交游；第八章从文学、艺术、学术和医学四个方面论述恽氏世家文化的成就。附录有《恽氏北分分支世系简表》、《恽氏南分分支世系简表》和《常州恽氏家族大事年表》。

明洪武至正德中朝诗歌交流系年

赵季、王宝明、谷小溪、屠敏著，人民文学出版社2014年出版。本书为研究明代中朝诗歌交流史事编年，始于洪武二十五年/朝鲜王朝元年(1392)，终于正德十六年/朝鲜中宗十六年(1521)。全书采用"以诗系日，以日系月，以月系年"的方式组织材料，从宏观上反映明代前期中期中朝诗歌交流的全面性，微观上反映明代前期中期中朝诗歌交流的系统性。本书是明代中朝诗歌交流系年之第一部(洪武至正德)，另有两部为"嘉靖至隆庆"、"万历至崇祯"两个时期的史事系年。

浦江清讲明清文学

浦江清讲述，蒲汉明、彭书麟整理，北京出版社 2014 年出版。本书为浦江清先生的《中国文学史讲义》之明清部分。全书共分 7 章，内容以明清小说、戏曲为重点，兼及明代拟古运动、明清诗文等。

易代之悲：钱澄之及其诗

张晖著，人民文学出版社 2014 年出版。本书为作者未完成遗著。本书研究的是明末清初著名诗人学者钱澄之的思想和情感，以钱澄之所赋的诗歌为中心，进入其生命过程，探讨其情感和思想。全书共分 7 章：第一章导论，为全书提纲；第二章探究钱澄之《所知录》书写样态及其意涵；第三章探究钱澄之 1651 年返乡诗；第四章探究清初遗民诗中关于"灯"的描写，并挖掘钱澄之诗中"塔光"所蕴藏的抵抗黑暗的精神；第五章论述钱澄之重返福建的感伤旅程；第六章论述钱澄之晚年著述文体与"遗民"身份的自我建构；第七章以"真"与"悲"为中心，探究钱澄之的诗学。附录有《明遗民钱澄之集外诗文函札辑考》、《钱澄之年谱初稿》、《钱澄之研究文献目录》等。

甲申诗史：吴梅村书写的一六四四

陈岸峰著，中华书局（香港）2014 年出版。全书共分 8 章：第一章"甲申之变"与"传心之史"，总论吴梅村"诗史"之形成；第二章论述"吴梅村的政治参预与崇祯政权的存亡态势"；第三章论述"'绥寇纪略'及其成败"；第四章论述"晚明边患与'甲申之变'"；第五章论述"南明政权的覆灭"；第六章论述"'甲申之变'期间的社会状况"；第七章论述吴梅村的"恋情的忏悔及自我批判"；第八章总结吴梅村"诗史"之意义。本书的特点是史论结合，由吴梅村之诗史，以窥"甲申之变"之历史与社会及诗人心态。行文上兼顾学术性与文学性。另有河北人民出版社 2016 年版。

明代文学研究的新进展：2011 年明代文学与文化国际学术研讨会论文集

左东岭主编，生活·读书·新知三联书店 2014 年出版。本书为 2011 年 8 月中国明代文学学会、首都师范大学文学院和《文学遗产》编辑部联合举办的"2011 年明代文学与文化国际学术研讨会"论文集。论文集分为两大部分，即"诗文研究"和"戏曲小说研究"，共收录论文 56 篇，其中"诗文研究"部分 38 篇，"戏曲小说研究"部分 18 篇，涉及明代文学的多个方面和最新进展。

江苏明代作家文集述考

刘廷乾著，南京大学出版社 2014 年出版。全书对江苏明代 250 余位作家的 400 余种别集作了系统统述。作为文集文献研究成果，该书对每一位作家的存世别集，从版本刊存信息、文集内容纪要、文献价值评价，到对作者的综述综评、一生著述、生平资料等各个方面，都作了细致的考证和梳理。该著为明代作家和明代文学研究提供了最基本而翔实的资料，是明代江苏文学研究的必备参考书。

明清昭阳李氏家族文化文学研究

王向东著，上海三联书店 2014 年出版。全书共分 8 章：第一章介绍明清昭阳李氏家族概貌；第二章重点论述明清昭阳李氏家族新局面的开创者李春芬，包括其生平事略、历史功绩等；第三章论述明清昭阳李氏在科举与仕宦方面的成就及其原因；第四章论述易代之际明清昭阳李氏家族的抉择与身份；第五章探究明清昭阳李氏家族的文学著述和创作；第六章论述李清的著述与文学成就，考论《梼杌闲评》非李清所作；第七章考述明清昭阳李氏家族的女性文学；第八章论述明清李氏家族的书画成就。

明代前七子诗曲大家王九思研究

段景礼著，三秦出版社 2014 年出版。全书共 4 章，依次为"前七子诗文复古概述"、"王九思生平事略"、"王九思著作探析"、"杂录"。该书对前七子的诗文复古运动有简要论述，研究重心在考证王九思生平事迹，并对王九思的诗学、曲学进行探究，对其著作进行考辨。杂录部分收录王九思的部分作品。另有《王九思亲属网络表》、《王九思年谱》。

情与贞的交织：对王船山诗学的一种解读

石朝辉著，湖南人民出版社 2015 年出版。本书为王夫之诗学研究专著。作者以"情"与"贞"为中心探讨船山诗学的思想内涵和意义。全书共分 5 章：导言介绍船山诗学的研究现状和本书的研究方法；第一、二章分别辨析中国诗学或思想中的"情"与"贞"以及船山诗学中的"情"与"贞"；第三章论述船山诗学中情与贞的辩证关系；第四章论述船山诗学的情贞一体特征及其与兴观群怨等诗学范畴之关系；第五章总结船山诗学中"情"、"贞"地位的形成与意义。

王阳明贬谪诗文漫话

张清河著，西南交通大学出版社 2015 年出版。本书收录作者关于王阳明贬谪贵州的文章 30 余篇，以王阳明贬谪贵州之经历为主线，其间贯穿王阳明诗文评析。

集部视野下的辞章谱系与诗学形态

陈文新著，商务印书馆 2015 年出版。本书为作者 20 多年来的论文选集，共收录论文 29 篇，其中大部分与明代文学尤其是明代诗学有关。关于全书主旨，作者在后记中说："从谱系学角度切入辞章研究，旨在强调中国传统辞章的固有特征，并致力于梳理其源流正变，致力于揭示其发生、发展与社会生活的内在联系，回答谱系生成的动力和演化机制等问题。""本书对'诗学形态'的观照围绕诗乐关系、诗史关系、诗文关系、诗画关系、时代风格、体裁风格、题材风格等诸多层面展开，即旨在显示传统诗学理论形态的丰富色彩。"

明前期台阁体研究

何坤翁著，台湾花木兰文化出版社 2015 年出版。本书在考察明代前期政治文化生态的基础上，切入明代前期文学发展的具体情境，对明代前期台阁体予以重新认识。全书共分 5 章：第一章"洪武政治文化生态与台阁体的初生"，论述洪武时期的文化环境和台阁体产生的背景；第二章"方孝孺之死与台阁体的形成"，论述方孝孺死后文坛风向的转变以及台阁体的形成；第三、四章分别论述台阁体文论和诗论；第五章为"三杨考论"，考察杨荣、杨士奇、杨溥的文学创作，认为杨溥并非台阁体代表作家。

李梦阳研究

郭平安著，台湾花木兰文化出版社 2015 年出版。全书共分 8 章：第一、二章对李梦阳的家世、生平、个性、志向以及仕途经历等进行梳理，着重考察其弘治时期与在京前七子其他成员的交游；第三章至第七章探讨李梦阳的学术思想、美学思想、文艺思想以及在明代前七子复古运动中的影响，分析李梦阳的创作实践及文学成就；第八章对历史上的"李何之争"进行分析和评判，探究其历史意义。结论综合各章要义，认为李梦阳文学复古及美学思想的重要意义，在于改变了中国古代文学批评以言情、载道为中心的传统文学本体论的批评模式，使明清文人的注意力投向了审美方面，并由此认为，自前后七子文学复古运动以后，中国文学批评进入了新时期。

南都·南国·南疆——南明（1644—1662）遗民诗中的"南方书写"（上、下）

吴翊良著，台湾花木兰文化出版社 2015 年出版。全书分为上、下两册，共 6 章，上、下册各 3 章：第一章"序论：南明文学研究之开展"，概述"南明"的历史背景、研究现状与文献回顾，阐明南明、遗民诗、南方书写等名词义界，兼及全书的问题意识与研究向度；第二章"南明遗民诗中的南方视域及其诗学意义"，考察抗清、流亡者之遗民意识，以及在南逃过程中产生的"南方意识"和"南方隐喻"；第三章"南明遗民诗中的南都图象与回忆文学"，重点讨论"南都图象"和"回忆文学"，前朝/新朝、记忆/当下的书写，因个人情境与际遇而有不同展现与诠释等问题；第四章"南明遗民诗中的疆域概念与地理诗学"，论述南明遗民诗中"南国疆域"之认同，由此建构遗民诗中空间与图/人文地理/遗民情怀所交织出的"地理诗学";第五章"南明遗民诗中的南国想象与家/国论述",探究南明遗民由"平行的想象"与"垂直的想象"建立"南国想象",并阐释遗民诗人的家国、民族愿景;第六章为结论,阐释南明遗民文学的二元结构特征,并归纳本文之研究成果。

晚明民歌批评研究

柳倩月著,中国社会科学出版社 2015 年出版。全书共 4 章:绪论引出研究对象明代民歌,介绍晚明民歌批评的研究趋势;第一章"晚明民歌批评的语境",分析晚明民歌批评的社会语境和文化语境;第二章"晚明民歌批评的表述者",从不同立场重点论述吕得胜、吕坤、张岱、冯梦龙等人的民歌批评;第三章"晚明民歌批评的本体建构",阐释民歌的本质、体制、功能和地位;第四章"晚明民歌批评的多重文化视野",论述晚明民歌的地域、民族和民俗视野;余论从雅俗文化的角度思考民歌批评的文化意义。附录有《明人搜集整理的民歌辑本一览表》、《明代南方多民族地区各民族民歌习俗一览表》等。

家园歌者李元阳

茶志高著,云南人民出版社 2015 年出版。本书为明代白族诗人李元阳的传记,全书分 8 个主题展开,依次为"力学奋发禀异才"、"边氓赤子悯苍生"、"持正不阿显风骨"、"山海风云发奇思"、"三教圆融获灵知"、"广传文献功无量"、"清泉白石归默游"和"文章德行中外崇"。

袁中道传

王书文著,厦门大学出版社 2015 年出版。本书为公安派代表作家袁中道的传记。全书共 57 章,较注重故事性。附录有《袁中道年谱》等。

明代山东文学史

周潇著，中国社会科学出版社 2015 年出版。本书为明代区域文学史研究专著。全书共 15 章，分别介绍明代大家，如边贡、李开先、谢榛、李攀龙等，以及其他诗文词曲作家凡上百人，同时还涉及文学团体海岱诗社、临朐四冯、历下诗派等。附录有《明代山东作家一览表(537 人)》、《明代山东诗文作家时间地域分布表》等。

前后七子研究

郑利华著，上海古籍出版社 2015 年出版。全书共 10 章，前五章研究前七子，后五章研究后七子。作者先对前后七子所处时代的学术和文学风尚及其变异进行介绍，然后论述前后七子文学集团的组成及其活动，再分别对前后七子的个性与心态、文学思想和文学创作作了详细、深入的研究。附录有《前后七子文学年表》。该书对前后七子进行了一次全面而深入的研究，是研究前后七子集大成的著作。

王鏊诗文选

杨维忠编，苏州大学出版社 2015 年出版。本书为明代政治家、文学家王鏊诗文作品选，共选王鏊诗作 200 余首，赋 5 首，文数十篇。诗选部分又按内容和主题分为"君情辑"、"师情辑"、"亲情辑"、"乡情辑"、"民情辑"、"友情辑"、"风情辑"等部分。作品后皆有作者浅析，介绍作品年份、主要内容和旨趣等。

祝允明文学思想研究

徐慧著，河南大学出版社 2015 年出版。全书共 4 章：第一章分前后期论述祝允明的生平与思想；第二章论述祝允明的文章观及其与前七子复古运动的关系；第三章论述祝允明的诗歌观；第四章论述祝允明的杂学观。附录有《祝允明著述考辨》。

明代李东阳诗歌理论研究

柯惠馨著，台湾花木兰文化出版社 2015 年出版。全书共分 7 章：第一章为绪论，介绍研究动机、范畴与方法及研究现状等；第二章

"明中叶之环境与李东阳生平"，主要论述明代的政治风气、李东阳的生平和茶陵派；第三章"李东阳诗歌根源论"，主要从《诗经》、《论语》、《沧浪诗话》三个文本论述李东阳诗歌创作的渊源；第四章"李东阳诗歌本质论"，探究李东阳的"格调"论和"本于情、不失正"论；第五章"李东阳诗歌创作论"，主要论述"师古"、"求真"、"声律"功夫论；第六章"李东阳诗歌批评与诗史观论"，论述李东阳崇"盛唐"法"杜甫"的诗学观点和"中和美"的批评论；第七章为结论，总括各章要义。根据作者介绍，该书旨在透过李东阳诗歌本身之起源、本质、创作、批评、诗史观等概念，逐一对其进行分析，以期对李东阳诗歌理论有更全面的厘清。

明末清初女性乱离诗研究

林佳怡著，台湾花木兰文化出版社 2015 年出版。该书与陈冬的《论屈大均词对楚骚传统的继承及风格衍变》、陈清云的《郑谷的人生观、诗学观及其诗歌意象》合编。《明末清初女性乱离诗研究》共分 6章：第一章为绪论，介绍研究动机、范围、概况等；第二章"叙述：乱离书写的历史叙述"，从流离、回忆、归乡、归隐四个主题论述女性乱离诗之内容；第三章"叙述：乱离书写的国族叙述"，揭示女诗人在乱离造成的时空变异中感怀历史家国的表现；第四章"对话：女性与历史的对话"，阐明女诗人经历离乱的时空转变所表现出的对政治家国的关怀与批判；第五章"见证：乱离书写的历史见证"，透过蔡琰、王昭君等历史人物形象的转变，探究女诗人的女性视野和主体性；第六章为结论，综述各章要义。

钱谦益心态与文学思想研究

邬烈波著，台湾花木兰文化出版社 2015 年出版。全书共分 6 章：第一章至第四章主要论述钱谦益的生平和心态，探究万历朝与钱谦益人格的形成之关系，钱谦益在明末社会以及弘光朝之活动及其降清等问题，并对其入清后的故国情怀与暮年心境加以阐发；第五、六章主要论述钱谦益的文学思想，先论述其"经史为纲"说、"灵心与世运"说的文论主张及对文坛弊端的抨击，对明代文学史的全面总结，最后探究《列朝诗集》和《钱注杜诗》两部著作的批评观念。

明代诗话考述

连文萍著，台湾花木兰文化出版社 2015 年出版。全书分上、中、下三册，主要内容分为 5 编：第一编为绪论，第二编为现存之明代诗话考述，第三编为后人撰辑之明代诗话考述，第四编为已佚之明代诗话考述，第五编为结论。本书发掘整理明代诗话317 部，分别就作者生平、撰著背景、版本流传、内容特色等进行考述与评价，并描述明人对"诗话"形式演绎与增添的过程，探寻诗话演变的规律。所论包括明代诗话与明代诗学的关系、明人对"诗话"的看法、明代诗话发展的背景与时间分期、明代诗话的作者与读者、明代诗话的诗说体系与价值等问题。附录有《明代诗话总目及版本总览》、《明代诗话撰辑及刊刻相关年表》、《明代诗话作者索引》，颇利考索。

区大相诗三百首赏析

刘正刚、乔玉红著，齐鲁书社 2015 年出版。区大相为明代广东肇庆府高明县人，活动于嘉靖、万历间。本书以崇祯十六年刻本《区太史诗集》为底本，查考其他版本，选录区大相诗作数百首，按题材和内容分为天伦、乡情、游历、仿古、四时、节令等 15 辑。每首诗后均作注释和赏析。

嘉定文派与明代诗文研究论集

黄霖、郑利华主编，上海古籍出版社 2015 年出版。本书为 2014年在上海召开的"嘉定文派与明代诗文"国际学术研讨会论文集，共收录论文 20 余篇，内容分为以下几类：一是对于嘉定文派的源流及其文学史意义的考察；二是围绕归有光、徐学谟、黄淳耀，以及唐时升、娄坚、程嘉燧、李流芳等"嘉定四先生"展开的专题研究；三是有关明代嘉定文人著述及上海地区文学文献的梳理及考述；四是相关文人作家与嘉定地区的文学关系研究；五是地域文学研究的理念与方法探析。

2013 明代文学国际学术研讨会论文集

黄霖、陈广宏、郑利华主编，凤凰出版社 2015 年出版。本书为 2013 年在复旦大学召开的"明代文学国际学术研讨会"论文集，共收录中、日、韩等国学者论文约百篇，内容涉及诗文、戏曲、小说、文学思想、文学流派、哲学思潮、社会文化等各个方面。

元明科举与文学考论

余来明著，武汉大学出版社 2015 年出版。本书为"中国科举文化通志"丛书之一，全书分为上、下两编：上编主要考证元明科举人物生平家世、人物谱系、录取名单等；下编论述元明科举与文学的具体问题，涉及科举制度、科举文化、科举对文学的影响以及明代八股文等。

明朝文学

周群、郑舟著，南京出版社 2015 年出版。全书共分 5 章，前三章论述明朝诗文，后两章分别论述明朝小说和明代戏曲。其中第一章为"前期诗文：复古文学思潮之蓄势"，论述复古运动前明代的诗文风尚和思想；第二章为"中期诗文：复古文学思潮之兴盛"，论述相继而起的明代中期前后七子和唐宋派的文学复古思潮；第三章为"晚明诗文：革新文学思潮与复古余波"，先后论述李贽、徐渭、汤显祖、公安派和竟陵派等主情的革新文学思想，最后述及明末以张溥、陈子龙等人为代表的复古文学思想。

明代福建文学结聚与文化研究

郑礼炬著，人民文学出版社 2015 年出版。本书为明代福建区域文化和文学研究专著。作者把明代福建的理学、科举、学术著述和文学创作视为不可分割的整体，系统地对明代福建的文学结聚和文化进行梳理，探究明代福建作家文学创作的时代性、地域性、家族性、艺术性等特征。全书分上、下两册，又分上、中、下三编，共 20 章：上编六章为"明代福建科举与文学家族"，中编三章为"正德至万历间福建心学传播研究"，下编十一章为"明代福建文学与文献研究"。附录有《明代福建举人和进士科第》、《明代闽人著述目录》。

中国礼文学史·元明清卷

陈戍国、陈冠梅著，湖南大学出版社 2015 年出版。《中国礼文学史》共 4 卷，分先秦秦汉卷、魏晋南北朝卷、隋唐五代宋辽金卷和元明清卷。作者认为，中国文学有"情"与"礼"两大脉络，故自有"礼文学"一说，此即中国礼文学史所由出。本书为元明清卷，共 3 章，第一章、第三章叙述元朝、清代礼文学发展的大致面貌，第二章叙述明代礼文学的演变情形。

朝鲜诗家论明清诗歌

曹春茹、王国彪著，中央编译出版社 2016 年出版。本书为明清诗歌在朝鲜的传播与接受研究专著。全书共分 8 章，探究朝鲜诗家论明前、中、后期诗歌，论《皇华集》，论明遗民诗，以及论清代前期、中后期诗歌等内容，并在此基础上总结朝鲜诗家对明清诗歌批评的特点和价值。作者在研究中认为，明清诗歌在成就地位方面虽无法与唐宋相比，但在朝鲜依然受到普遍而持续的关注。作者通过研究指出，朝鲜诗家把握住了明清诗歌发展的脉络和主潮，对明清诗歌的评价具有鲜明的儒学化特色。

明清福建家族文学研究——以侯官许氏为中心

郑姗姗著，社会科学文献出版社 2016 年出版。本书为明清地域家族文学研究专著。全书以福建侯光许氏家族为中心，考辨明清许氏家族源流、谱系，围绕许氏 6 代 13 人的文学展开研究，分析侯官许氏的影响及其文学史地位。全书分上、下两编，共 9 章：上编三章为家族研究，下编六章为家族文学研究。

明代文学思潮史

廖可斌著，人民文学出版社 2016 年出版。本书的前身是《复古派与明代文学思潮》(台湾文津出版社 1994 年版),后经作者修订而成。与《复古派与明代文学思潮》相比,增加了讨论明代文学思潮史上复古派以外的其他环节和文学流派。全书共 14 章,除探讨前后七子、复社、幾社的三次复古运动之外,还论述了元末明初文学思潮的变迁、江西派与台阁体、茶陵派、唐宋派、浪漫文学思潮的兴起等问题。余论部分简要阐述了明代文学与清代文学的关系。

晚明江南名士风貌管窥:以松江何良俊为例

翟勇著,广西师范大学出版社 2016 年出版。本书原为作者 2011 年撰写的博士学位论文。全书共 4 章:第一章"生命形态探析",对何良俊的"雅致、闲散的日常生活"、"仕隐之心"和"妓鞋行酒"心理进行探究;第二章"著述与藏品",主要对何良俊著述及其版本进行考证,探析其收藏之印的来源、特点和流传等情况;第三章"诗文研究",对何良俊接受六朝、白居易诗风及其诗文的功利化倾向和诗文价值进行考评;第四章"思想研究",主要探讨其实学思想、文艺思想。附录有《何良俊年谱》。

明代文学与科举文化生态

陈文新主撰,陈文新、郭皓政、周勇等人合撰,高等教育出版社 2016 年出版。本书旨在探讨明代文学与明代科举生态之间广泛而深刻的联系,共 5 章,分别为:明代馆阁文人的生存样态与文学事业、明代文人的科举背景与流派意识、明代状元与明代文学、明代的科举文体与明代社会、政治与文学视野下的明代科场案。五个部分均突出明代科举制度与集部文学的关系。

明清淮安诗歌与地方文化关系之研究

周薇著,上海三联书店 2016 年出版。本书主要对明清淮安诗人、诗集和诗人团体进行了梳理和研究。同时分析了漕运兴盛对明清淮安文学与文化发展的影响。

项脊之光——归震川传

陈益著，上海人民出版社 2016 年出版。本书为归有光传记，共 14 章，主要叙述归有光生平，对归有光的文学创作也有所探讨。同时也在研究中展示了晚明的社会生活及文坛风貌。附录有《归有光评论资料选辑》、《归有光年表》。

明
诗
研
究
论
著
要
目
索
引

明诗研究论著要目索引

一、研究专著索引

1912—1948 年

李维:《中国诗史》,石棱精舍 1928 年版。

郑振铎:《插图本中国文学史》(下卷),朴社 1932 年版。

周作人:《中国新文学的源流·中国文学的变迁》,上海书店 1932 年版。

钱基博:《明代文学》,商务印书馆 1934 年版。

宋佩韦:《明文学史》,商务印书馆 1934 年版。

龙榆生:《中国韵文史》,国学音乐专科学校丛书 1934 年版。

袁照编:《袁中郎遗事》,上海今知出版社 1935 年版。

[日]青木正儿:《中国文学思想史纲》,商务印书馆 1936 年版。

刘大杰:《中国文学发展史》(下卷),中华书局 1941 年版。

1949—1979 年

茅盾:《夜读偶记》,百花洲文艺出版社 1958 年版。

吉林大学中文系中国文学史教材编写小组编著:《中国文学史稿》,吉林人民出版社 1959 年版。

复旦大学中文系古典文学组学生集体编著:《中国文学史》(下册),中华书局 1959 年版。

徐崙：《徐文长》，上海人民出版社 1962 年版。

［日］伏见冲敬：《明末三家集——倪元璐·黄道周·傅山》，日本二玄社 1963 年版。

姜公韬：《王弇州的生平与著述》，台湾大学文史丛刊 1974 年版。

1980—1999 年

陈寅恪：《柳如是别传》，上海古籍出版社 1980 年版。

杨静鑫：《明唐伯虎先生寅年谱》，台湾"商务印书馆" 1980 年版。

张传元、余梅先：《明震川先生有光年谱》，台湾"商务印书馆" 1980 年版。

田素兰：《袁中郎文学研究》，台湾文史哲出版社 1982 年版。

刘美华：《杨维桢诗学研究》，台湾文史哲出版社 1983 年版。

任访秋：《袁中郎研究》，上海古籍出版社 1983 年版。

朱东润：《陈子龙及其时代》，上海古籍出版社 1984 年版。

邵红：《明前七子文学理论研究》，台湾学海出版社 1984 年版。

常振国、降云编：《历代诗话论作家》，湖南人民出版社 1984 年版。

竟陵派文学研究会编：《竟陵派文学论丛》，湖北京山县印刷厂 1985 年印刷版。

龚显宗：《明初诗文论研究》，台湾华正书局 1985 年版。

龚显宗：《明洪、建二朝文学理论之研究》，台湾华正书局 1986 年版。

余英时：《方以智晚节考》，台湾允晨文化实业股份有限公司 1986 年版。

陈国球：《胡应麟诗论研究》，香港华风书局 1986 年版。

卜键：《唐荆川先生研究》，台湾文津出版社 1986 年版。

周质平：《公安派的文学批评及其发展》，台湾"商务印书馆" 1986 年版。

张慧剑编著:《明清江苏文人年表》,上海古籍出版社 1986 年版。

杨松年:《王夫之诗论研究》,台湾文史哲出版社 1986 年版。

许建崑:《李攀龙文学研究》,台湾文史哲出版社 1987 年版。

骆玉明、贺圣遂:《徐文长评传》,浙江古籍出版社 1987 年版。

钱仲联主编:《清诗纪事·明遗民卷》(一、二),江苏古籍出版社 1987 年版。

张国光主编:《竟陵派与晚明文学革新思潮》,武汉大学出版社 1987 年版。

成复旺、蔡钟翔、黄保真:《中国文学理论史》(三),北京出版社 1987 年版。

张国光、黄清泉:《晚明文学革新派公安三袁研究》,华中师范大学出版社 1987 年版。

滕云编:《元明清诗选讲》,中国少年儿童出版社 1987 年版。

竟陵派文学研究会编:《竟陵派与晚明文学革新思潮》,武汉大学出版社 1987 年版。

王文才:《杨慎学谱》,上海古籍出版社 1988 年版。

林其贤:《李卓吾事迹系年》,台湾文津出版社 1988 年版。

杨松年:《中国文学评论史编写问题论析:晚明至盛清诗论之考察》,台湾文史哲出版社 1988 年版。

龚显宗:《明初越派文学批评研究》,台湾文史哲出版社 1988 年版。

简锦松:《明代文学批评研究——成化、嘉靖中期篇》,台湾学生书局 1989 年版。

陈国球:《唐诗的传承:明代复古诗论研究》,台湾学生书局 1989 年版。

裴世俊:《钱谦益诗歌研究》,宁夏人民出版社 1990 年版。

蔡镇楚:《诗话学》,上海古籍出版社 1990 年版。

章培恒主编:《明代文学研究》第 1 辑,江西人民出版社 1990 年版。

袁震宇、刘明今:《明代文学批评史》,上海古籍出版社 1991

年版。

吴调公：《神韵论》，人民文学出版社 1991 年版。

曾远闻：《李开先年谱》，齐鲁书社 1991 年版。

马学良：《袁中郎年谱》，天津古籍出版社 1991 年版。

简恩定：《中国文学复古风气探究》，台湾文史哲出版社 1992 年版。

林庆彰、贾顺光编：《杨慎研究资料汇编》，台湾"中央研究院"中国文哲研究所中国文哲专刊 1992 年版。

郭英德：《明清文学随想录》，商务印书馆 1992 年版。

陈建华：《中国江浙地区十四至十七世纪社会意识与文学》，学林出版社 1992 年版。

邱敏捷：《参禅与念佛——晚明袁宏道的佛教思想》，台湾商鼎文化出版社 1993 年版。

李庆立：《谢榛研究》，齐鲁书社 1993 年版。

郑利华：《王世贞年谱》，复旦大学出版社 1993 年版。

陈广宏：《钟惺年谱》，复旦大学出版社 1993 年版。

陈正宏：《沈周年谱》，复旦大学出版社 1993 年版。

韩结根：《康海年谱》，复旦大学出版社 1993 年版。

陈书录：《明代前后七子研究》，江西人民出版社 1994 年版。

夏咸淳：《晚明士风与文学》，中国社会科学出版社 1994 年版。

廖可斌：《复古派与明代文学思潮》，台湾文津出版社 1994 年版。

李健章：《〈袁宏道集笺校〉志疑　〈袁中郎行状〉笺证　炳烛集》，湖北人民出版社 1994 年版。

傅杰译注：《徐渭诗文选译》，巴蜀书社 1994 年版。

任巧珍译注：《三袁诗文选译》，巴蜀书社 1994 年版。

廖可斌：《明代文学复古运动研究》，上海古籍出版社 1994 年版。

周伟民：《明清诗歌史论》，吉林教育出版社 1995 年版。

饶龙隼：《明代隆庆、万历文学思想转变研究》，西南师范大学出版社 1995 年版。

吴兆路：《中国性灵文学思想研究》，台湾文津出版社 1995 年版。

郑利华：《明代中期文学演进与城市形态》，复旦大学出版社 1995 年版。

钱振民：《李东阳年谱》，复旦大学出版社 1995 年版。

周群：《刘基评传》，南京大学出版社 1995 年版。

张少康、刘三富：《中国文学理论批评发展史》，北京大学出版社 1995 年版。

丁放、朱欣欣：《元明清诗歌批评史》，安徽大学出版社 1995 年版。

龚显宗：《明清文学研究论集》，台湾华正书局 1996 年版。

陈书录：《明代诗文的演变》，江苏教育出版社 1996 年版。

陈麦青：《祝允明年谱》，复旦大学出版社 1996 年版。

[加]白润德：《何景明丛考》，台湾学生书局 1996 年版。

李德仁：《徐渭》，吉林美术出版社 1996 年版。

王芸孙：《诗艺丛谈》，新华出版社 1996 年版。

王恺：《公安与竟陵——晚明两个"新潮"文学流派》，江苏古籍出版社 1996 年版。

康和声编纂：《王船山先生南岳诗文事略》，中华全国图书馆文献缩微复制中心 1996 年版。

谢思炜：《燎之方扬——中国文学通览·明代卷》，中华书局 1997 年版。

袁震宇、刘明今：《明代文学批评史》，上海古籍出版社 1997 年版。

韩经太：《理学文化与文学思潮》，中华书局 1997 年版。

黄卓越：《佛教与晚明文学思潮》，东方出版社 1997 年版。

周明初：《晚明士人心态及文学个案》，东方出版社 1997 年版。

左东岭：《李贽与晚明文学思潮》，天津人民出版社 1997 年版。

周道振、张月尊：《文徵明年谱》，百家出版社 1998 年版。

黄明同：《王守仁评传》，南京大学出版社 1998 年版。

王春南：《宋濂评传》，南京大学出版社 1998 年版。

丰家骅：《杨慎评传》，南京大学出版社 1998 年版。

罗炽：《方以智评传》，南京大学出版社 1998 年版。

王英志：《性灵派研究》，辽宁大学出版社 1998 年版。

廖可斌：《诗稗鳞爪》，浙江大学出版社 1999 年版。

沈维藩：《袁宏道年谱》，《中国文学研究》第一辑，江苏教育出版社 1999 年版。

范增如：《明清安顺风物诗文注评》，贵州民族出版社 1999 年版。

周群：《袁宏道评传》，南京大学出版社 1999 年版。

薛正昌：《李梦阳全传》，长春出版社 1999 年版。

章继光：《陈白沙诗学论稿》，岳麓书社 1999 年版。

赵园：《明清之际士大夫研究》，北京大学出版社 1999 年版。

袁行霈主编：《中国文学史》第四卷，黄霖、袁世硕、孙静分卷主编，高等教育出版社 1999 年版。

王承丹：《明代诗文综论》，中国文联出版社 1999 年版。

2000—2016 年

周群：《儒释道与晚明文学思潮》，上海书店出版社 2000 年版。

陈文新：《明代诗学》，湖南人民出版社 2000 年版。

陈正宏：《明代诗文研究史 1368—1911》，上海文化出版社 2000 年版。

孟祥荣：《真趣与性灵——三袁与公安派研究》，中国文联出版社 2000 年版。

丁放：《金元明清诗词理论史》，安徽大学出版社 2000 年版。

吕立汉：《刘基考论》，中州古籍出版社 2000 年版。

王健生：《增订本吴梅村研究》，台湾文津出版社 2000 年版。

［意］P. 史华罗：《明清文学作品中的情感、心境词语研究》，庄国土、丁隽译，中国大百科全书出版社 2000 年版。

邓绍基、史铁良：《20 世纪中国文学研究·明代文学研究》，北京出版社 2001 年版。

钟林斌：《公安派研究》，辽宁大学出版社 2001 年版。

陶水平：《船山诗学研究》，中国社会科学出版社 2001 年版。

夏咸淳：《情与理的碰撞——明代士林心史》，河北大学出版社 2001 年版。

刘毓庆：《从经学到文学——明代〈诗经〉学史论》，商务印书馆 2001 年版。

张梦新：《茅坤研究》，中华书局 2001 年版。

黄卓越：《明永乐至嘉靖诗文观研究》，北京师范大学出版社 2001 年版。

史小军：《复古与新变——明代文人心态史》，河北教育出版社 2001 年版。

刘绍瑾：《复古与复元古：中国古代复古文学理论的美学探源》，中国社会科学出版社 2001 年版。

吴兆路：《性灵派研究》，甘肃教育出版社 2001 年版。

胡晓真主编：《世变与维新——晚明与晚清的文学艺术》，台湾"中央研究院"中国文哲研究所筹备处 2001 年版。

叶庆炳、邵红：《明代文学批评资料汇编》，台湾成文出版社 2001 年版。

邓绍基、史铁良编：《明代文学研究》，北京出版社 2001 年版。

朱易安：《中国诗学史·明代卷》，鹭江出版社 2002 年版。

左东岭：《明代心学与诗学》，学苑出版社 2002 年版。

宋克夫、韩晓：《心学与文学论稿》，中国社会科学出版社 2002 年版。

叶君远：《清代诗坛第一家——吴梅村研究》，中华书局 2002 年版。

王艳萍：《李元阳年谱》，云南大学出版社 2002 年版。

王艳萍：《李元阳交游考》，民族出版社 2002 年版。

吴承学、李光摩编：《晚明文学思潮研究》，湖北教育出版社 2002 年版。

费振钟：《堕落时代：明代文人的集体堕落》，台湾立绪文化事业公司 2002 年版。

李圣华：《晚明诗歌研究》，人民文学出版社 2002 年版。

郑利华：《王世贞研究》，学林出版社 2002 年版。

孙立：《明末清初诗论研究》，广东高等教育出版社 2003 年版。

易闻晓：《公安派的文化阐释》，齐鲁书社 2003 年版。

［日］小林彻行：《明代女性的殉死与文学：薄少君哭夫诗百首》，汲古书院 2003 年版。

导夫：《丁鹤年诗歌研究》，宁夏人民出版社 2003 年版。

骆玉明：《纵放悲歌》，中华书局 2004 年版。

孙学堂：《崇古理念的淡退——王世贞与十六世纪文学思想》，天津古籍出版社 2004 年版。

谢明阳：《明遗民的"怨""群"诗学精神——从觉浪道盛到方以智、钱澄之》，大安出版社 2004 年版。

何永康、陈书录：《首届明代文学国际研讨会论文集》，南京师范大学出版社 2004 年版。

邬国平：《竟陵派与明代文学批评》，上海古籍出版社 2004 年版。

石麟：《李攀龙与"后七子"》，山东文艺出版社 2004 年版。

姚蓉：《明末云间三子研究》，广西高等教育出版社 2004 年版。

金宁芬：《康海研究》，崇文书局 2004 年版。

裴世俊选注：《钱谦益诗选》，中华书局 2005 年版。

吴志达：《中华大典·文学典·明清文学分典》，凤凰出版社 2005 年版。

李卓然：《邱濬评传》，南京大学出版社 2005 年版。

黄仁生：《杨维桢与元末明初文学思潮》，东方出版社 2005 年版。

黄卓越：《明中后期文学思想研究》，北京大学出版社 2005 年版。

何宗美：《公安派结社考论》，重庆出版社 2005 年版。

傅璇琮、蒋寅主编：《中国古代文学通论·明代卷》，郭英德分卷主编，辽宁人民出版社 2005 年版。

左东岭：《2005 明代文学国际学术研讨会论文集》，学苑出版社

2005 年版。

朱万曙、徐道彬主编：《明代文学与地域文化研究》，黄山书社2005 年版。

张建德：《明代山人文学研究》，湖南人民出版社 2005 年版。

周玉波：《明代民歌研究》，凤凰出版社 2005 年版。

郭英德：《明清文学史讲演录》，广西师范大学出版社 2005年版。

徐永明：《元代至明初婺州作家群研究》，中国社会科学出版社2005 年版。

雷磊：《杨慎诗学研究》，中国社会科学出版社 2006 年版。

何宗美：《明末清初文人结社研究续编》，中华书局 2006 年版。

丁功宜：《钱谦益文学思想研究》，上海古籍出版社 2006 年版。

韩结根：《明代徽州文学研究》，复旦大学出版社 2006 年版。

冯小禄：《明代诗文论争研究》，云南人民出版社 2006 年版。

陈广宏：《竟陵派研究》，复旦大学出版社 2006 年版。

何坤翁主编：《中国文学编年史·明前期卷》，湖南人民出版社2006 年版。

陈文新主编：《中国文学编年史·明中期卷》，湖南人民出版社2006 年版。

赵伯陶主编：《中国文学编年史·明末清初卷》，湖南人民出版社 2006 年版。

汪明辉：《胡应麟诗学研究》，学苑出版社 2006 年版。

李瑞卿：《朱彝尊文学思想研究》，京华出版社 2006 年版。

周松芳：《自负一代文宗——刘基研究》，广东人民出版社 2006年版。

罗宗强、陈洪主编：《明代文学研究国际学术研讨会论文集》，南开大学出版社 2006 年版。

罗宗强：《明代后期士人心态研究》，南开大学出版社 2006年版。

时志明：《山魂水魂——明末清初节烈诗人山水诗论》，凤凰出版社 2006 年版。

徐朔方、孙秋克：《明代文学史》，浙江大学出版社 2006 年版。

查清华：《明代唐诗接受史》，上海古籍出版社 2006 年版。

方锡球：《许学夷诗学思想研究》，黄山书社 2006 年版。

陈国球：《明代复古派唐诗论研究》，北京大学出版社 2007 年版。

张高评主编：《金元明文学之整合研究——〈近世文学国际学术研讨会论文集〉之二》，台湾新文丰出版公司 2007 年版。

陈美朱：《明末清初诗词正变观研究——以二陈、王、朱为对象之考察》，台湾花木兰文化出版社 2007 年版。

陈良运：《中国诗学批评史》(明代部分)，江西人民出版社 2007 年版。

李圣华：《方文年谱》，人民文学出版社 2007 年版。

金生奎：《明代唐诗选本研究》，合肥工业大学出版社 2007 年版。

廖可斌主编：《2006 明代文学论集》，浙江大学出版社 2007 年版。

徐永明：《文臣之首——宋濂传》，浙江人民出版社 2007 年版。

薛泉：《李东阳研究——以政治心态、文学思想为核心》，湖南人民出版社 2007 年版。

李圣华：《冷斋诗话》，上海古籍出版社 2007 年版。

陈文新：《明代诗学的逻辑进程与主要理论问题》，武汉大学出版社 2007 年版。

陈文新：《中国文学流派意识的发生和发展》，武汉大学出版社 2007 年版。

邓新跃：《明代前中期诗学辩体理论研究》，上海古籍出版社 2007 年版。

傅承洲：《明代文人与文学》，中华书局 2007 年版。

林素玟：《晚明画论诗画之研究》，台湾花木兰文化出版社 2007 年版。

龚显宗：《明七子诗派文及其论评之研究》，台湾花木兰文化出版社 2007 年版。

王颂梅：《明代性灵说研究》，台湾花木兰文化出版社 2007 年版。

汪涤：《明中叶苏州诗画关系研究》，上海文化出版社 2007 年版。

陈国球：《情迷家园》，上海书店 2007 年版。

杨连明：《钱谦益诗学研究》，社会科学文献出版社 2007 年版。

刘化兵：《士风与诗风的演进——明成化至正德前期士人与诗派研究》，社会科学文献出版社 2007 年版。

何宗美：《袁宏道诗文系年考订》，上海古籍出版社 2007 年版。

沈文凡：《排律文献学研究》（明代篇），吉林人民出版社 2007 年版。

黄霖主编：《归有光与嘉定四先生研究》，上海古籍出版社 2007 年版。

Daniel Bryant：*The Great Recreation Ho Chingming*（1483 – 1521）*and His World*, Brill Academic Publishers, 2008.

龚鹏程：《晚明思潮》(增订版)，商务印书馆 2008 年版。

黄毅：《明代唐宋派研究》，上海古籍出版社 2008 年版。

林家骊：《谢铎及茶陵诗派》，中华书局 2008 年版。

刘勇刚：《云间派文学研究》，中华书局 2008 年版。

尹弘恭：《公安派的文化精神》，同心出版社 2008 年版。

丁威仁：《明洪武、建文时期地域诗学研究》，台湾花木兰文化出版社 2008 年版。

钱天善：《明三家画题画诗研究》，台湾花木兰文化出版社 2008 年版。

魏崇新主编：《图文本中国文学史话·明代文学》，吉林文史出版社 2008 年版。

吴新苗：《屠隆研究》，文化艺术出版社 2008 年版。

龚敏：《陆西星研究两题》，香港大学饶宗颐学术馆 2008 年版。

刘毓庆、贾培俊：《历代诗经著述考（明代）》，中华书局 2008 年版。

白一瑾：《明清鼎革中的心灵史——吴梅村叙事诗人物形象研

究》，天津人民出版社 2008 年版。

王早娟解评：《唐伯虎集》，三晋出版社 2008 年版。

姜光斗解评：《张岱集》，三晋出版社 2008 年版。

吴言生、郑继猛解评：《三袁集》，三晋出版社 2008 年版。

蒋鹏举：《复古与求真：李攀龙研究》，中国社会科学出版社 2008 年版。

廖可斌：《明代文学复古运动研究》，商务印书馆 2008 年版。

周寅宾：《李东阳与茶陵派》，湖南师范大学出版社 2008 年版。

［日］松下忠：《江户时代的诗风诗论：兼论明清三大诗论及其影响》，学苑出版社 2008 年版。

朱丽霞：《明清之交文人游幕与文学生态——以徐渭、方文、朱彝尊为个案》，上海古籍出版社 2008 年版。

华建新：《王阳明诗歌研究》，安徽人民出版社 2008 年版。

郑家治、李咏梅：《明清巴蜀诗学研究》，巴蜀书社 2008 年版。

赵伯陶编选：《袁宏道集》，凤凰出版社 2009 年版。

姜衡湘：《李东阳研究文选》，湖南人民出版社 2009 年版。

史景迁：《前朝梦忆：张岱的浮华与苍凉》，台北时报文化出版企业公司 2009 年版。

陈斌：《明代中古诗歌接受与批评研究》，上海三联书店 2009 年版。

侯美珍：《晚明〈诗经〉评点之学研究》，台湾花木兰文化出版社 2009 年版。

余来明：《嘉靖前期诗坛研究（1522—1550）》，武汉大学出版社 2009 年版。

马汉钦：《明代诗歌总集与选集研究》，哈尔滨工程大学出版社 2009 年版。

章建文：《吴应箕研究》，安徽大学出版社 2009 年版。

张则桐：《张岱探稿》，凤凰出版社 2009 年版。

董就雄：《屈大均诗学研究》，学苑出版社 2009 年版。

浦江清：《浦江清中国文学史讲义（明清部分）》，天津古籍出版社 2009 年版。

周玉波:《月上荼蘼架——明代民歌札记》,南京师范大学出版社 2009 年版。

侯雅文:《李梦阳的诗学与和同文化思想》,台湾大安出版社 2009 年版。

李兴源:《晚明心学思潮与士风变异研究》,台湾花木兰文化出版社 2009 年版。

陈玉刚:《中国文学通史》(四),西苑出版社 2009 年版。

王瑷玲主编:《明清文学与思想中之情、理、欲·文学篇》,台湾"中央研究院"中国文哲研究所 2009 年版。

张永刚:《东林党议与晚明文学活动》,中国社会科学出版社 2009 年版。

范嘉晨、段慧冬:《晚明公安派性灵文学思想研究》,中国社会科学出版社 2009 年版。

詹骁勇:《明清咏史诗集知见录·明代卷》,香港大学饶宗颐学术馆 2009 年版。

郑子运:《明末清初诗解研究》,凤凰出版社 2010 年版。

芦宇苗:《江苏明代作家诗论研究》,南京大学出版社 2010 年版。

王顺贵:《明清及近代诗学演进史稿》,江西人民出版社 2010 年版。

孙秋克:《明代云南文学研究》,云南人民出版社 2010 年版。

徐楠:《明成化至正德间苏州诗人研究》,社会科学文献出版社 2010 年版。

周榆华:《晚明文人以文治生研究》,广东高等教育出版社 2010 年版。

李树军:《明代诗歌文体批评研究》,辽海出版社 2010 年版。

魏青:《元末明初浙东三作家研究》,齐鲁书社 2010 年版。

吴志达:《明代文学与文化》,武汉大学出版社 2010 年版。

陈文新、余来明:《明代文学与科举文化国际学术研讨会论文集》,武汉大学出版社 2010 年版。

崔秀霞:《徐祯卿诗学思想研究》,中国社会科学出版社 2010

年版。

司马周：《茶陵派与明中期文坛研究》，湖南人民出版社 2010
年版。

杨钊：《杨慎研究——以文学为中心》，巴蜀书社 2010 年版。

林宜蓉：《中晚明文艺场域"狂士"身分之研究》，台湾花木兰文
化出版社 2010 年版。

林美秀：《袁中郎性命思想与文学论述》，台湾花木兰文化出版
社 2010 年版。

廖凤琳：《王阳明诗与其思想》，台湾花木兰文化出版社 2010
年版。

杜慧月：《明代文臣出使朝鲜与皇华集》，人民出版社 2010
年版。

高小慧：《杨慎文学思想研究》，中国社会科学出版社 2010
年版。

郑子运：《明末清初诗解研究》，凤凰出版社 2010 年版。

孙之梅：《钱谦益与明末清初文学》（增订本），山东大学出版社
2010 年版。

张静尹：《屈翁山忠爱诗研究》，台湾花木兰文化出版社 2011
年版。

张健：《明清文学批评》（增订本），国家出版社 2011 年版。

张如安、张萍：《明清宁波文学家评传》，海洋出版社 2011
年版。

赵炜：《明末清初虞山诗学研究》，百花洲文艺出版社 2011
年版。

贾宗普：《公安派文学思想研究》，中国社会科学出版社 2011
年版。

邬国平：《明清文学论薮》，凤凰出版社 2011 年版。

杨遇青：《明嘉靖时期诗文思想研究》，三秦出版社 2011 年版。

郑礼炬：《明代洪武至正德年间的翰林院与文学》，中国社会科
学出版社 2011 年版。

郝润华、师海军主编：《20 世纪以来李梦阳研究》，人民出版社

2011 年版。

余欣娟：《明代"诗以声为用"观念研究》，台湾花木兰文化出版社 2011 年版。

谢玉玲：《宋濂的道学与文论》，台湾花木兰文化出版社 2011 年版。

暗香：《桃花得气美人中》，中国友谊出版公司 2011 年版。

安毓森：《明诗：朱洪武到万历帝的明朝诗文》，台湾大康出版社 2011 年版。

林美秀：《江进之诗学理论与实践》，台湾花木兰文化出版社 2011 年版。

叶晔：《明代中央文官制度与文学》，浙江大学出版社 2011 年版。

曾守仁：《王夫之诗学理论重构——思文/幽明/天人之际的儒门诗教观》，台湾台大出版中心 2011 年版。

张炯、邓绍基、樊骏主编：《中国文学通史·明代文学》，王学泰分卷主编，江苏文艺出版社 2011 年版。

郦波：《王世贞文学研究》，中华书局 2011 年版。

丁国祥：《复社研究》，凤凰出版社 2011 年版。

李双华：《吴中派与中晚明文学》，中国社会科学出版社 2012 年版。

陈颖聪：《从复古到性灵——高棅的诗歌理论及其影响与流变》，广东人民出版社 2012 年版。

戴红贤：《袁宏道与晚明性灵文学思潮研究》，武汉大学出版社 2012 年版。

张永刚：《明末清初党争视域下的钱谦益文学研究》，凤凰出版社 2012 年版。

李新：《陈子龙诗文创作与文学理论研究》，南开大学出版社 2012 年版。

李思涯：《胡应麟文学思想研究》，中国社会科学出版社 2012 年版。

崔海峰：《王夫之诗学思想论稿》，中国社会科学出版社 2012

年版。

孙学堂:《明代诗学与唐诗》,齐鲁书社 2012 年版。

[日]吉川幸次郎:《元明诗概说》,郑清茂译,台湾联经出版事业公司 2012 年版。

严志雄:《钱谦益〈病榻消寒杂咏〉论释》,台湾"中央研究院"、联经出版事业公司 2012 年版。

尹恭弘:《明代诗文发展史》,社会科学文献出版社 2012 年版。

李圣华:《初明诗歌研究》,中华书局 2012 年版。

左东岭等:《中国诗歌通史·明代卷》,人民文学出版社 2012 年版。

张海新:《水萍山鸟——张岱及其诗文研究》,中西书局 2012 年版。

高志忠:《明代宦官文学与宫廷文艺》,商务印书馆 2012 年版。

李沉舟:《开在乱世的芬芳——柳如是》,重庆大学出版社 2012 年版。

曾纪鑫:《晚明风骨袁宏道》,陕西人民出版社 2012 年版。

陈明超:《明清济南诗派》,济南出版社 2012 年版。

宋豪飞:《明清桐城桂林方氏家族及其诗歌研究》,黄山书社 2012 年版。

薛泉:《明中后期文学流派与文风演化》,中国社会科学出版社 2012 年版。

赵晓红:《朱有燉研究》,齐鲁书社 2012 年版。

谢旻琪:《李维桢文学思想研究》,台湾花木兰文化出版社 2012 年版。

[美]孙康宜:《情与忠:陈子龙、柳如是诗词因缘》,李奭学译,北京大学出版社 2012 年版。

罗宗强:《明代文学思想史》,中华书局 2013 年版。

郑婷尹:《明代中古诗歌批评析论》,台湾文史哲出版社 2013 年版。

杨日出:《杨慎生平及其文学》,台湾花木兰文化出版社 2013 年版。

崔志伟：《元末明初松江文人群体研究》，上海大学出版社 2013 年版。

刘蕾：《归有光与嘉定文坛关系研究》，上海大学出版社 2013 年版。

宋克夫：《宋明理学与明代文学》，中国社会科学出版社 2013 年版。

赵旭：《谢榛的诗学及其时代》，中国社会科学出版社 2013 年版。

[美]孙康宜主编：《剑桥中国文学史》下卷，三联书店 2013 年版。

薛泉：《李东阳与茶陵派研究》，人民出版社 2013 年版。

邓骏捷：《明清文学与文献考论》，上海古籍出版社 2013 年版。

陈书录：《明代诗文创作与理论批评的演变》，凤凰出版社 2013 年版。

张帆：《王慎中评传》，厦门大学出版社 2013 年版。

陈广宏：《文本、史案与实证——明代文学文献考论》，台湾学生书局 2013 年版。

黄休哲：《明代"真诗"观念研究》，台湾花木兰文化出版社 2013 年版。

张波：《明代宋诗总集研究》，台湾花木兰出版社 2013 年版。

张亭立：《陈子龙研究》，台湾花木兰文化出版社 2013 年版。

刘芳亮：《日本江户汉诗对明代诗歌的接受研究》，山东大学出版社 2013 年版。

左东岭：《明代文学思想研究》，商务印书馆 2013 年版。

张清河：《晚明江南诗学研究》，武汉大学出版社 2013 年版。

刘坡：《李梦阳与明代诗坛》，南京大学出版社 2013 年版。

贾继用：《元明之际江南诗人研究》，齐鲁书社 2013 年版。

王恩俊：《复社与明末清初政治学术流变》，辽宁人民出版社 2013 年版。

陈书录：《明清雅俗文学创作与理论批评》，人民出版社 2013 年版。

吴兆路、罗书华主编：《中国文学史·明清卷》，长春出版社2013年版。

何宗美、刘敬：《明代文学还原研究——以〈四库总目〉明人别集提要为中心》，人民出版社2014年版。

[加]方秀洁著，[美]魏爱莲编：《跨越闺门：明清女性作家论》，北京大学出版社2014年版。

朱万曙：《徽商与明清文学》，人民文学出版社2014年版。

张晖：《帝国的流亡：南明诗歌与战乱》，中国社会科学出版社2014年版。

贾艳霞：《唐寅研究》，台湾花木兰文化出版社2014年版。

孟羽中：《明清之际吴江叶氏家族的生活意态与文体书写》，台湾花木兰文化出版社2014年版。

张金环：《"梅村体"与明清之际的"诗史观"》，台湾花木兰文化出版社2014年版。

高明：《陈继儒研究：历史与文献》，台湾花木兰文化出版社2014年版。

许建崑：《曹学佺与晚明文学史》，台湾万卷楼图书股份有限公司2014年版。

侯美珍：《明代乡会试〈诗经〉义出题研究》，台湾学生书局2014年版。

李天道、李玉芝：《明代文艺美学思想及其审美诉求》，中国社会科学出版社2014年版。

许菁频：《明清常州恽氏文学世家研究》，中国社会科学出版社2014年版。

赵季、王宝明等：《明洪武至正德中朝诗歌交流系年》，人民文学出版社2014年版。

浦江清：《浦江清讲明清文学》，蒲汉明、彭书麟整理，北京出版社2014年版。

张晖：《易代之悲：钱澄之及其诗》，人民文学出版社2014年版。

陈岸峰：《甲申诗史：吴梅村书写的一六四四》，中华书局（香港)2014 年版。

左东岭：《明代文学研究的新进展：2011 年明代文学与文化国际学术研讨会论文集》，生活·读书·新知三联书店 2014 年版。

刘廷乾：《江苏明代作家文集述考》，南京大学出版社 2014 年版。

王向东：《明清昭阳李氏家族文化文学研究》，上海三联书店 2014 年版。

段景礼：《明代前七子诗曲大家王九思研究》，三秦出版社 2014 年版。

柳倩月：《晚明民歌批评研究》，中国社会科学出版社 2015 年版。

石朝辉：《情与贞的交织：对王船山诗学的一种解读》，湖南人民出版社 2015 年版。

张清河：《王阳明贬谪诗文漫话》，西南交通大学出版社 2015 年版。

冯小禄、张欢：《流派论争：明代文学的生存根基与演化场域》，中国社会科学出版社 2015 年版。

司马周：《茶陵派学术档案》，武汉大学出版社 2015 年版。

陈文新：《集部视野下的辞章谱系与诗学形态》，商务印书馆 2015 年版。

吴翊良：《南都·南疆·南国——南明（1644—1662）遗民诗中的"南方书写"》，台湾花木兰文化出版社 2015 年版。

郭平安：《李梦阳研究》，台湾花木兰文化出版社 2015 年版。

何坤翁：《明前期台阁体研究》，台湾花木兰文化出版社 2015 年版。

茶志高：《家园歌者李元阳》，云南人民出版社 2015 年版。

王书文：《袁中郎传》，厦门大学出版社 2015 年版。

连文萍：《诗学正蒙：明代诗歌启蒙教习研究》，台湾里仁书局 2015 年版。

周潇：《明代山东文学史》，中国社会科学出版社 2015 年版。

郑利华：《前后七子研究》，上海古籍出版社 2015 年版。

杨维忠编：《王鏊诗文选》，苏州大学出版社 2015 年版。

林佳怡：《明末清初女性乱离诗研究》，台湾花木兰文化出版社 2015 年版。

柯惠馨：《明代李东阳诗歌理论研究》，台湾花木兰文化出版社 2015 年版。

邬烈波：《钱谦益心态与文学思想研究》，台湾花木兰文化出版社 2015 年版。

连文萍：《明代诗话考述》，台湾花木兰文化出版社 2015 年版。

刘正刚、乔玉红：《区大相诗三百首赏析》，齐鲁书社 2015 年版。

郭万金：《明代科举与文学》，商务印书馆 2015 年版。

周群、郑舟：《明朝文学》，南京出版社 2015 年版。

郑礼炬：《明代福建文学结聚与文化研究》，人民文学出版社 2015 年版。

陈戍国、陈冠梅：《中国礼文学史（元明清卷）》，湖南大学出版社 2015 年版。

黄霖、郑利华主编：《嘉定文派与明代诗文研究论集》，上海古籍出版社 2015 年版。

黄霖、陈广宏、郑利华主编：《2013 明代文学国际学术研讨会论文集》，凤凰出版社 2015 年版。

陈文新等：《明代科举与文学编年》（全三册），武汉大学出版社 2016 年版。

曹春茹、王国彪：《朝鲜诗家论明清诗歌》，中央编译出版社 2016 年版。

何宗美：《明代文人结社与文学流派研究》，人民出版社 2016 年版。

郑姗姗：《明清福建家族文学研究——以侯光许氏为中心》，社会科学文献出版社 2016 年版。

杜桂萍编：《明清文学与文献》（第四辑），社会科学文献出版社 2016 年版。

吕贤平：《明清时期全椒吴敬梓家族及其文学风貌》，中国社会科学出版社 2016 年版。

廖可斌：《明代文学思潮史》，人民文学出版社 2016 年版。

翟勇：《晚明江南名士风貌管窥：以松江何良俊为例》，广西师范大学出版社 2016 年版。

李小贝：《明代"性灵"诗情观研究》，中国社会科学出版社 2016 年版。

庄琇婷：《晚明遗民担当禅师诗画研究》，台湾花木兰文化出版社 2016 年版。

周薇：《明清淮安诗歌与地方文化关系之研究》，上海三联书店 2016 年版。

蔡宗齐主编：《明清文学研究》（《岭南学报》复刊第 6 辑），上海古籍出版社 2016 年版。

陈文新：《明代文学与科举文化生态》，高等教育出版社 2016 年版。

陈益：《项脊之光——归震川传》，上海人民出版社 2016 年版。

韩梅：《明清山左即墨地区望族文化与诗歌研究》，中国社会科学出版社 2016 年版。

周海涛：《元明之际吴中文人文学思想研究》，社会科学文献出版社 2016 年版。

二、期刊论文索引

1912—1948 年

夏崇璞：《明代复古派与唐宋文派之潮流》，载《学衡》1922 年第 9 期。

金聿修：《王阳明事略》，载《约翰声》1922 年第 33 卷第 2 期。

[日]铃木虎雄：《论格调、神韵、性灵三诗说》，见《中国古代文艺论史》，上海北新书局 1928 年版（原名《"支那"诗论史》，东京弘文堂 1925 年版）。

朱偰：《明季杭州读书社考》，载《国立北京大学国学季刊》1929年第2卷第2号。

朱偰：《明季南应社考》，载《国立北京大学国学季刊》1929年第2卷第3号。

朱东润：《何景明批评论述评》，载《国立武汉大学文哲季刊》1930年第3期。

牟宗三：《说诗一家言——格调篇》，载《再生旬刊》1930年第30期。

吴晗：《跋明嘉靖本〈甘泉先生文集〉》，载《燕京大学图书馆报》1931年第1期。

吴晗：《明嘉靖本〈甘泉先生文集〉考证》，载《清华周刊》1931年第36卷第7期。

任维焜（访秋）：《中郎师友考》，载《师大国学丛刊》1931年第1卷第2期。

任维焜（访秋）：《明代名士之重趣》，载《师大国学丛刊》1931年第1卷第2期。

瞿永坤：《明何大复诗说》，载《北大学生周刊》1931年第5期。

朱东润：《述钱牧斋之文学批评》，载《国立武汉大学文哲季刊》1932年第2期。

吴晗：《两浙藏书家史略》，载《清华周刊》1932年第37卷第9、10期。

吴晗：《江苏藏书家史略》，载《图书馆学季刊》1933年第8卷第1期。

罗保册：《明代之初期文学》，载《师大月刊》1933年第2期。

［日］桥本循：《王世贞底文章观及其文章》，汪馥泉译，载《青年界》1933年第4卷第4期。

任维焜（访秋）：《袁中郎评传》，载《师大国学学刊》1933年第1卷第3期。

吴晗：《胡应麟年谱》，载《清华大学学报（自然科学版）》1934年第1期。

郭源新：《元明之际的文坛状况》，载《文学》（上海）1934年2卷

6 期。

　　教书匠：《公安竟陵是文妖》，载《晨报》1934 年 4 月 30 日。

　　惠之：《明代底撒帐歌》，载《文学月刊》1934 年创刊号 。

　　方孝岳：《李东阳所谈的"格调"和前后七子所醉心的"才"》，见《中国文学批评》，上海世界书局 1934 年版。

　　郁达夫：《重印〈袁中郎全集〉序》，载《人间世》1934 年第 7 期。

　　林语堂：《有不为斋丛书序》，载《人间世》1934 年第 11 期。

　　刘大杰：《袁中郎的诗文观》，载《人间世》1934 年第 13 期。

　　怀琛：《公安竟陵的疙瘩》，载《读书顾问》1934 年第 1 卷第 2 期。

　　魏紫铭：《明代公安文坛主将袁中郎先生诗文论辑》，载《北强月刊》1934 年第 1 卷第 6 期。

　　周作人：《重印〈袁中郎全集〉序》，载《大公报》1934 年 11 月 17 日。

　　[日]岗崎文夫：《袁中郎研究的流行》，载《中国文学月报》1935 年第 1 卷第 1 号。

　　江苏省政府编纂：《陈子龙事略》，载《江苏学生》1935 年第 6 卷第 1、2 期。

　　洪文年：《明遗民汪梅湖及其诗》，载《学风》(安庆)1935 年第 5 卷第 10 期。

　　陈子展：《什么叫"公安派"和"竟陵派"，他们的作风和影响怎样》，见郑振铎、傅东华编：《文学百题》，上海生活书店 1935 年版。

　　曹聚仁：《明代前后七子的复古运动有着怎样的社会背景》，见郑振铎、傅东华编：《文学百题》，上海生活书店 1935 年版。

　　府丙麟：《公安竟陵派之文学》，载《约翰声》1935 年第 46 卷。

　　朱维之：《李卓吾与新文学》，载《福建文化》1935 年第 3 卷第 18 期。

　　[日]青木正儿：《拟古派底兴盛》，汪馥泉译，见《中国文学思想史纲》，商务印书馆 1936 年版。

　　[日]青木正儿：《格调说与性灵说底复燃》，汪馥泉译，见《中国文学思想史纲》，商务印书馆 1936 年版。

　　周作人：《陶筠庵论竟陵派》，载《宇宙风》1936 年第 46 期。

彭天龙：《明代之闽派诗》，载《国专学刊》1936 年 3 卷 5 期。

陆树枬：《明代江浙文学论》，载《江苏研究》1936 年第 9、10 期。

周木斋：《袁伯修和公安文学》，载《申报》1936 年 7 月 16 日。

郭绍虞：《神韵与格调》，载《燕京学报》1937 年第 22 期。

[日]武田泰淳：《袁中郎论》，载《中国文学月报》1937 年第 3 卷第 28 号。

张锡祜：《明代福建文学概论和作家评传》，载《福建文化》1937 年第 25、26 期。

郭绍虞：《性灵说》，载《燕京学报》1938 年第 23 期。

笙雯：《王元美的论诗——〈艺苑卮言〉立论之一斑》，载《庸报》1938 年 8 月 14 日。

刚宓：《明人文学批评家王元美的论诗》，载《庸报》1938 年 9 月 18 日。

黄如文：《弇州先生文学年表》，载《文学年报》1938 年第 4 卷第 4 期。

汪辟疆：《三百年前一位青年抗战的民族文艺家：夏完淳》，载《民族诗坛》1938 年第 2 卷第 1、2 期。

游淑有：《清诗神韵、格调、性灵之总检讨》，载《协大艺文》1938 年第 9 期。

邹啸：《青年诗人夏完淳》，载《中学生活》1939 年第 1 卷第 1 期。

山蒂：《青年民族英雄夏完淳》，载《血路》1939 年第 61 期。

徐绪典：《钱谦益著述被禁考》，载《史学年报》1940 年第 3 卷第 2 期。

[日]入矢义高：《公安三袁著作表》，载《"支那"学》1940 年第 3 卷第 28 号。

南史：《夏完淳年表》，载《中美周刊》1940 年第 1 期。

谭丕模：《明代的民族文学》，载《中苏文化杂志》1940 年第 7 卷第 1 期。

南史：《江左少年夏完淳传》，载《宇宙风：乙刊》1941 年第 37、38、39 期。

汪辟疆：《夏完淳家庭中的几位女诗人》，载《星期评论》（重庆）

1941 年第 25、26 期。

郭绍虞：《竟陵派诗论》，载《学林》1941 年第 5 辑。

杨即墨：《明代之文艺思潮》，载《东方文化》1942 年第 6 期。

郭沫若：《夏完淳之家庭师友及其殉国前后的状况》，载《中原》1943 年第 1 卷第 2 期。

任中敏：《夏完淳第十三传》，载《文学创作》1943 年第 2 卷第 2 期。

彭国栋：《记李西涯》，载《中国文化》1943 年 7 月第 1 卷第 4 期。

柳亚子：《江左少年夏完淳传》，载《当代文艺》1944 年第 1 卷第 1 期。

风遗：《明之诗狱》，载《中和月刊》1944 年第 10 期。

郭绍虞：《明代文学批评的特征》，载《新语》1945 年第 5 期。

钟芳铭：《明季忠烈诗钞序》，载《志学》1945 年第 17、18 期。

郭绍虞：《明代文人结社年表》，载《东南日报·文史》1947 年第 55、56 期

郭绍虞：《明代的文人集团》，载《文艺复兴：中国文学研究号（上）》1948 年。

［日］入矢义高：《〈诗归〉考》，载《东方学报》（日本）1948 年第 16 册。

1949—1979 年

吴重翰：《明代文学复古之论战》，载《广大学报》1949 年复刊第 1 期。

［日］入矢义高：《从公安到竟陵——以袁小修为中心》，载《东方学报》（日本）1954 年第 25 册。

洪滔：《记诗人夏完淳墓》，载《新华日报》1956 年 8 月 8 日。

徐扶明：《贾应宠及其〈鼓词〉》，载《文史哲》1956 年第 9 期。

解方：《卓越的爱国诗人贾凫西》，载《前哨》1957 年第 4 期。

冬尼：《文学家杨升庵》，载《草地》1957 年第 7 期。

天鹰：《明清时代的民歌》，见《中国古代歌谣散论》，古典文学

出版社 1957 年版。

白坚：《夏完淳的诗》，载《文史哲》1957 年第 11 期。

王贵苓：《明代前后七子的复古》，载《文学杂志》（台湾）1958 年第 5、6 期。

陈定山：《李梦阳》，载《畅流》1958 年第 12 期。

王寿康：《王世贞》，见张其昀等：《中国文学史论集》，台湾中华文化出版事业委员会 1958 年版。

杜新吾：《袁宏道》，见张其昀等：《中国文学史论集》，台湾中华文化出版事业委员会 1958 年版。

徐铭延：《论公安派的思想和文学主张》，载《江海学刊》1958 年第 6 期。

［日］松下忠：《袁中郎的性灵说》，载《中国文学报》1958 年第 3 卷。

［日］松下忠：《袁中郎的性灵说的萌芽》，载《东方学》1959 年第 19 辑。

高厚永：《明代流行的吴地山歌》，载《音乐研究》1959 年第 4 期。

邓尔敬：《对〈明代流行的吴地山歌〉的一点意见》，载《音乐研究》1959 年第 6 期。

袁世硕：《读贾凫西〈澹园诗草〉》，载《光明日报》1959 年 10 月 4 日，《文学遗产》1959 年第 281 期。

安民：《明清作家论民歌》，载《光明日报》1960 年 4 月 10 日，《文学遗产》1960 年第 308 期。

杨益：《王世贞》，载《江苏戏曲》1960 年 12 月号。

于风：《博学多能的徐文长》，载《羊城晚报》1961 年 4 月 22 日。

袁世硕：《明代中叶文学的浪漫主义运动》，载《文汇报》1961 年 6 月 29 日。

刘知渐：《杨升庵的二三事》，载《重庆日报》1961 年 7 月 12 日。

缪钺：《读谈迁的诗》，载《光明日报》1961 年 7 月 16 日，《文学遗产》1961 年第 372 期。

川博：《明代大文学家杨升庵》，载《四川日报》1961 年 9 月

13 日。

白坚：《笔椽膽斗说完淳》，载《新华日报》1961 年 10 月 19 日。

白坚：《夏完淳》，载《雨花》1961 年第 11 期。

林青：《读〈明遗民诗〉偶记》，载《新华日报》1961 年 11 月 29 日。

夏静岩：《关于沈周的诗》，载《人民日报》1962 年 1 月 17 日。

陈人之：《才思雄鸷的李梦阳》，载《甘肃日报》1962 年 1 月 24 日。

陈山：《再谈〈击壤歌〉兼论沈德潜的编选观点》，载《光明日报》1962 年 1 月 8 日。

马茂元：《略谈明七子的文学思想与李、何的论争》，载《江海学刊》1962 年第 1 期。

马茂元：《王世贞的〈艺苑卮言〉》，载《学术月刊》1962 年第 3 期。

[日]横田辉俊：《公安派的文学论》，载《广岛大学文学部纪要》1962 年第 26 号。

洛汀：《贾凫西及其〈鼓词〉》，载《光明日报》1962 年 4 月 19 日。

碎石：《杨升庵与民歌一则》，载《人民日报》1962 年 5 月 3 日。

晦之：《三袁和公安派》，载《湖北日报》1962 年 6 月 6 日。

顾峰：《杨升庵诗里的云南风光》，载《云南日报》1962 年 11 月 15 日。

徐崙：《明代抗倭战争的诗人徐文长》，载《学术月刊》1962 年第 8 期。

羊春秋：《〈姜斋诗话〉初探》，载《湖南文学》1962 年第 12 期。

吴有恒：《张煌言的绝命词》，载《羊城晚报》1963 年 4 月 16 日。

艾惕：《袁宏道——公安派的主将》，载《武汉晚报》1963 年 11 月 16 日。

郭荷：《从徐渭的"人民立场"谈起》，载《文艺报》1963 年第 12 期。

[日]前野直彬：《明代古文辞的文学论》，载《日本中国学会报》1964 年第 16 期。

永品：《何谓"发潜德之幽光"》，载《光明日报》1965 年 1 月 3 日，《文学遗产》第 492 期。

黄海章：《评李贽〈童心说〉》，载《中山大学学报（哲学社会科学版）》1965 年第 3 期。

荣天圻：《李攀龙与唐诗选》，载《"中央"日报》（台湾）1965 年 6 月 29 日。

杨天石：《晚明文学理论中的"情真"说》，载《光明日报》1965 年 9 月 5 日，《文学遗产》第 523 期。

［日］横田辉俊：《何景明的文学》，载《广岛大学文学部纪要》1965 年第 25 卷第 1 期。

王承丹：《后七子内部纷争及其影响》，载《南都学坛》1966 年第 16 卷第 2 期。

饶宗颐：《陈白沙在明代诗史的地位》，载《东方杂志》复刊 1967 年 9 月第 1 卷第 2 期。

蔡丽英：《袁宏道评传》，载《文学集刊》1968 年。

［韩］车相辕：《明人诸派文学理论批评（其二）》，见《汉城大学论文集》1969 年版。

梁容若：《王世贞评传》，载《国语日报·书和人》（台湾）1970 年 1 月 24 日第 128 期。

费海玑：《从袁中郎谈到英国诗人哈代》，载《国语日报·书和人》（台湾）1973 年第 214 期。

［日］阿部兼也：《〈唐诗归〉诗评用语试探——"说不出"与"深"》，载《集刊东洋学》1973 年 6 月第 29 号。

龚济民：《略论李贽的文艺思想》，载《辽宁大学学报》1974 年第 6 期。

邵红：《公安竟陵文学理论的探究》，载《思与言》（台湾）1974 年卷 12 第 2 期。

邵红：《竟陵派文学理论的研究》，载《文史哲学报》（台湾）1975 年第 24 期。

［日］横田辉俊：《明代文学结社研究》，载《广岛大学文学部纪要》1975 年。

[日]横田辉俊:《明代文学论的展开》,载《广岛大学文学部纪要》1975 年第 28 期。

李世宁:《李贽对文学复古派的批判》,载《郑州大学学报》1975 年第 1 期。

华思理:《李贽反对封建道学的文艺批评》,载《解放军文艺》1975 年第 2 期。

戎为今:《论李贽的文艺观——兼论明朝晚期的文艺斗争》,载《福建师范大学学报》1975 年第 1 期。

汪毅夫:《从王守仁的〈喜雨诗〉谈起》,载《厦门文艺》1975 年第 15 期。

殷光熹:《从晚明文艺领域的一场大辩论看李贽的文艺观》,载《思想战线》1976 年第 2 期。

培文:《反儒的闯将与尊孔的奴才——评李贽和王世贞的两首诗》,载《思想战线》1976 年第 3 期。

周质平:《一脉相承三百——袁中郎与胡适之文学观的比较》,载《“中央”日报》(台湾)1976 年 3 月 1 日。

周质平:《袁中郎的诗》,载《“中央”日报》(台湾)1977 年 4 月 8 日。

王文才:《重论李贽》,载《四川师范学院学报》1977 年第 4 期。

许建崑:《李攀龙与钟惺选唐诗格的异同——两本明人选唐诗的比较》,载《幼狮月刊》(台湾)1977 年第 4 期。

陈万益:《竟陵派的文学思想》,载《大地文学》(台湾)1978 年第 1 集。

王文才:《读杨慎诗札记》,载《四川师院学报》1978 年第 3 期。

冉欲达:《爱国诗人张苍水》,载《辽宁大学学报》1978 年第 5 期。

游国恩:《铁氏二女诗(居学偶记)》,见《文史》(第五辑),中华书局 1978 年版。

李茂肃:《李贽的文艺思想》,载《山东师院学报》1979 年第 1 期。

赵德芳:《唐伯虎及其作品简介》,载《绿野》1979 年第 1 期。

黄裳：《高峣十二景诗(云烟过眼录)》，见《中华文史论丛》(第1辑)，上海古籍出版社1979年版。

周本淳：《胡震亨和他的〈唐音癸签〉——〈唐音癸签〉校点后记》，载《淮阴师专学报》1979年第1期。

周本淳：《胡震亨的家世生平及其著述考略》，载《杭州大学学报》1979年第4期。

于光：《杨升庵和民间文学》，载《滇池》1979年第2期。

周本淳：《校点归震川全集前言》，载《淮阴师专学报》1979年第2期。

南石：《战斗的文学思想家李贽》，载《文学评论》1979年第3期。

陈永标：《屠隆的艺术风格论》，载《华南师范学院学报》1979年第3期。

张朝清：《唐伯虎其人》，载《吉林日报》1979年3月11日。

聂索：《杨慎和他的〈升庵诗话〉》，载《昆明师院学报》1979年第4期。

江边：《公安三袁》，载《中学语文》1979年第4期。

黄苗子：《担当的诗书画》，载《文物》1979年第4期。

王季欣：《〈四溟诗话〉校补》，见《文学评论丛刊》(第3辑)，中国社会科学出版社1979年版。

敏泽：《明代前后七子的诗文理论》，见《文学评论丛刊》(第3辑)，中国社会科学出版社1979年版。

震宇：《试论袁宏道文学思想的阶级实质》，见《文艺学研究论丛》，吉林人民出版社1979年版。

刘饶民：《山左诗人钩沉(明·赵士喆，清·宋玫、宋琬)》，载《山东文学》1979年第11期。

许建崑：《后七子交谊考》，载《东海中文学报》(台湾)1979年11月。

敏泽：《李贽的"童心说"与"顺其性"论》，载《文艺论丛》1979年第9辑。

1980—1989 年

许建崑：《宗臣评传》，载《国语日报·书和人》（台湾）1980 年第 383 期。

任访秋：《关于袁中郎和他所倡导的文学革新运动》，载《文学遗产》1980 年第 2 期。

唐景绅：《关于李梦阳的生卒年代》，载《社会科学》1980 年第 3 期。

陈志明：《李梦阳的为人及其文学事业述评》，载《兰州大学学报》1980 年第 4 期。

叶祖灏：《明代何景明与李梦阳对诗文的贡献》，载《中原文献》1980 年第 10 期。

王文生：《明代的文学理论》，载《武汉大学学报》1981 年第 1 期。

李健章：《三袁诗歌初探》，载《武汉大学学报》1981 年第 1 期。

徐重庆：《鲁迅论袁中郎》，载《文科教学》1981 年第 1 期。

杨松年：《李攀龙及其〈古今诗删〉研究》，载《中外文学》1981 年第 9 期。

张锡厚：《杨慎诗论著述考》，载《四川师院学报》1981 年第 2、3 期。

姜肖军：《丹青垂古——谈谈夏完淳的诗》，载《河北大学学报》1981 年第 4 期。

［日］村山吉广：《钟伯敬〈诗经钟评〉之背景》，载《诗经研究》（日本）1981 年第 6 号。

［日］加藤实：《钟惺"诗论"译解》，载《诗经研究》1981 年第 6 号。

张健：《谢榛的文学观》，载《"中央"日报》（台湾）1981 年 9 月 13、14 日。

颜婉云：《王世贞悔作〈卮言〉说辨》，载《中国文学报》（京都大学）1981 年第 33 册。

[韩]元钟礼：《李东阳诗论试谈》，载《中国文学》1981 年第 9 期。

马成生：《当看他趋向之大体——关于鲁迅对袁中郎的论述》，载《杭州师范学院学报》1982 年第 1 期。

[日]吉川幸次郎：《李梦阳的一个侧面——古文辞的平民性》，章培恒译，载《文艺理论研究》1982 年第 2 期。

[日]松下忠：《袁宏道"性灵说"溯源》，李汉超译，载《古代文学理论研究丛刊》1982 年第 6 期。

罗宝珊：《明代之初期文学》，见《明史研究论丛》（台湾），台北大立出版社 1982 年版。

张健：《李东阳的文学批评》，载《国语日报·书和人》（台湾）1982 年第 446 期。

周本淳：《有关胡震亨材料补正》，载《杭州大学学报》1982 年第 3 期。

忻路：《"性灵说"之功过》，载《中国古代、近代文学研究》1982 年第 12 期。

朱则杰：《明诗的光辉终结——略论陈子龙的诗》，载《苏州大学学报》1983 年第 2 期。

吴调公：《为竟陵派一辩》，载《文学评论》1983 年第 3 期。

萧驰：《从前后七子到王夫之：论古代两大诗学思潮的汇流》，载《学术月刊》1983 年第 1 期。

朱金城、朱易安：《试论〈诗源辩体〉的价值及其与〈沧浪诗话〉的关系》，载《文学遗产》1983 年第 4 期。

尹恭弘：《略谈谭元春的诗歌创作》，载《光明日报》1983 年 5 月 3 日。

[日]西村秀人：《袁中郎的性灵说与李卓吾的思想》，载《日本中国学会报》1983 年第 35 集。

葛荣晋：《王廷相著作考》，载《吉林大学社会科学学报》1983 年第 4 期。

范建明：《谢榛及其诗论》，载《苏州大学学报》1983 年第 1 期。

刘继才：《〈四溟诗话〉初探》，载《辽宁教育学院学报》1983 年第

1 期。

　　傅开沛：《何景明简论》，载《中州学刊》1983 年第 6 期。

　　郑毓瑜：《李东阳的诗论》，载《中外文学》1983 年第 3 期。

　　王英志：《徐祯卿的〈谈艺录〉》，载《江汉论坛》1983 年第 10 期。

　　陈国球：《胡应麟的诗体论》，载《东方学研究》1983 年第 2 期。

　　陈国球：《〈诗薮〉与胡应麟诗论》，载《中外文学》1984 年第 8 期。

　　穆甲地：《康海文学思想初探》，载《西北大学学报》1984 年第 1 期。

　　皮朝纲：《袁宏道美学思想片论》，载《四川师院学报》1984 年第 1 期。

　　刘秉铮：《翩翩文采，铮铮铁骨——夏完淳诗文创作浅论》，载《安徽大学学报》1984 年第 1 期。

　　李叔毅：《何景明问题初探》，载《信阳师范学院学报》1984 年第 1 期。

　　梁家林、余永发：《明末爱国诗人吴应箕》，载《艺谭》1984 年第 2 期。

　　邓绍基：《略谈明代文学》，载《文史知识》1984 年第 3 期。

　　陈永标：《明前七子文学主张及李、何之争》，载《信阳师范学院学报》1984 年第 3 期。

　　刘明浩：《试论明代文学家李东阳》，载《社会科学战线》1984 年第 4 期。

　　邵红：《明代前七子的时代背景及文学理论(上、下)》，载《幼狮学志》(台湾)1984 年 5 月第 1 期、10 月第 2 期。

　　赵永纪：《明七子派的崛起》，见《古代文学理论研究》(丛刊·第九辑)，上海古籍出版社 1984 年版。

　　赵永纪：《王世贞的文学批评》，载《苏州大学学报》1984 年第 4 期。

　　徐寿凯：《前后七子的文学复古主张》，见《古代文艺思想漫话》，浙江文艺出版社 1984 年版。

　　李庆立：《谢榛的诗歌批评论》，载《东岳论丛》1985 年第 1 期。

冯天瑜、周积明：《明代文学复古主义的历史评价》，载《文艺论丛》1985 年第 21 期。

任访秋：《李贽与晚明思想解放及文学革新运动》，载《河南大学学报》1985 年第 2 期。

温至孝：《袁宏道思想论述》，载《西北民族学院学报》1985 年第 2 期。

梅季坤：《明代茶陵派领袖李东阳》，载《湖南日报》1985 年 2 月 27 日。

羊春秋：《论船山绝句》，载《船山学报》1985 年第 1 期。

周寅宾：《论李东阳的〈南行稿〉》，载《求索》1985 年第 1 期。

周寅宾：《明代的茶陵诗派》，见《学林漫录》（十集），中华书局 1985 年版。

廖仲安：《读何景明〈明月篇〉》，载《信阳师范学院学报》1985 年第 4 期。

焦知云：《钟惺在文学史上的影响》，载《荆州师专学报》1985 年第 4 期。

潘运告：《竟陵派诗论的美学思想》，载《河北大学学报》1983 年第 4 期。

张国光：《独树一帜、影响深远——论竟陵派诗歌理论的进步意义》，载《荆州师专学报》1985 年第 4 期。

马美信：《论公安派与竟陵派的分歧》，载《复旦学报》1985 年第 5 期。

[日]山口久和：《明代复古派诗说的思想的意义》，载《人文研究》（日本）1985 年 12 月第 3 期。

刘明今：《格调说浅谈》，载《文史知识》1985 年第 6 期。

侯毓信：《略论李梦阳的"情真"说》，见《古代文学理论研究》（丛刊·第十辑），上海古籍出版社 1985 年版。

罗炳绵：《明太祖的文字统治术》，见《明史研究论丛》（第二辑），大立出版社 1985 年版。

赵建新：《李梦阳诗论述评》，载《兰州大学学报》1985 年第 3 期。

王英志：《李东阳诗论得失评》，载《北京师范大学学报》1985 年第 6 期。

王英志：《我国古代文论中的性灵说》，载《文史知识》1985 年第 6 期。

张良志：《袁宏道文学思想中的辩证因素》，载《武汉大学学报》1986 年第 1 期。

吴调公：《论公安派三袁美学观之异同》，载《文学评论》1986 年第 1 期。

吴调公：《论公安派三袁文艺思想之异同》，载《社会科学战线》1986 年第 1 期。

王山：《明代文学史上的李东阳和茶陵派》，载《古典文学知识》1986 年第 2 期。

李庆立：《谢榛及其〈诗家直说〉》，载《聊城师范学院学报》1986 年第 1 期。

马积高：《明代中期学术思想的变化与诗文复古运动》，载《中国文学研究》1986 年第 2 期。

王恺：《论竟陵派的地位与影响》，载《江海学刊》1986 年第 1 期。

任访秋：《何景明简论》，载《信阳师范学院学报》1986 年第 1 期。

刘国盈：《论何景明的文艺思想》，载《信阳师范学院学报》1986 年第 2 期。

张业茂：《钟惺生卒年考辨》，载《中南民族学院学报》1986 年第 3 期。

张业茂：《钟惺生卒年及谭元春生卒年考辨》，载《湖北大学学报》1986 年第 5 期。

许建崑：《李攀龙〈古今诗删〉与相关唐诗选各版本的比较》，载《东海中文学学报》(台湾)1986 年第 6 期。

祝诚：《钟惺生卒年考辨》，载《镇江师专学报》1986 年第 3 期。

刘诚：《何景明与李梦阳》，载《信阳师范学院学报》1986 年第 3 期。

王立言：《信阳俊逸人，中带含风流——论何景明的诗歌理论和创作》，载《信阳师范学院学报》1986 年第 3 期。

章培恒：《李梦阳与晚明文学新思潮》，载《安徽师范大学学报》1986 年第 3 期。

[日]吉川幸次郎：《关于高启》，见《中国诗史》，[日]高桥和巳编，章培恒等译，安徽文艺出版社 1986 年版。

简锦松：《论明代文学思潮中的学古与求真》，见中国古典文学研究会编：《古典文学》（第 8 集），学生书局 1986 年版。

陈建华：《晚明文学的先驱——李梦阳》，载《学术月刊》1986 年第 8 期。

陈国球：《胡应麟的辨体批评》，载《古代文学理论研究》（丛刊·第十一辑），上海古籍出版社 1986 年版。

张业茂：《"流派芳千古，性灵照古今"：谈竟陵派在文学史上的贡献》，载《湖北大学学报》1987 年第 1 期。

孙建模：《略论竟陵派"幽深孤峭"的创作宗旨》，载《湖北大学学报》1987 年第 1 期。

王恺：《钟、谭〈诗归〉的风格理论浅述》，载《南京师大学报》1987 年第 2 期。

梁鉴江：《浅谈邝露的生平思想和诗歌创作》，载《岭南文史》1987 年第 2 期。

吴宏一：《晚明诗坛风气》，载《国文天地》1987 年第 8 期。

羊春秋：《论〈诗归〉的美学价值》，载《中国韵文学刊》1987 年创刊号。

羊春秋：《论公安、竟陵绝句八首并序》，载《船山学刊》1987 年第 2 期。

陈文新：《明代前后七子与公安派的对立互补关系及其融合》，载《荆州师专学报》1987 年第 2 期。

祝峰：《"格调"源流辨略》，载《广西师范学院学报》1987 年第 2 期。

张守龙：《诗论李东阳》，载《松辽学刊》1987 年第 3 期。

白坚：《简论夏完淳的生平及其作品》，载《社会科学战线》1987

年第 4 期。

刘建国：《简论〈诗归〉选诗与评价诗人的标准》，载《中国文学研究》1987 年第 4 期。

陈建华：《高启诗文系年补正》，见《中国古典文学丛考》（第 2 辑），复旦大学出版社 1987 年版。

简锦松：《论明代嘉靖以前之台阁体与台阁文权之下移》，见《古典文学》（第九集），台湾学生书局 1987 年版。

简锦松：《明代诗文的庸俗化与反庸俗化》，见《中国文学讲话（九）：明代文学》，台湾巨流图书公司 1987 年版。

裴世俊：《公安派骤衰原因初探》，载《江汉论坛》1987 年第 11 期。

周学禹：《略论公安派的文学革新主张》，载《信阳师范学院学报》1987 年第 4 期。

李先耕：《钟惺卒年辨证》，载《文学遗产》1987 年第 6 期。

许建崑：《李攀龙的文学主张》，载《东海中文学报》（台湾）1987 年第 7 期。

陈志明：《谢榛生平及其〈四溟诗话〉述评》，见《中国古典文学论丛》（第 5 辑），人民文学出版社 1987 年版。

黄锦珠：《李梦阳何景明文学论战》，载《国语日报·书和人》（台湾）1987 年 11 月 7 日第 581 期。

陈国球：《试论唐七律于明代复古诗论中的“正典化过程”》，载《中外文学》（台湾）1987 年第 16 卷第 6 期。

陈国球：《〈怀麓堂诗话〉论杜甫》，见《镜花水月——文学理论批评论文集》，台湾东大图书公司 1987 年版。

陈国球：《唐诗选本与明代复古诗论》，载《东方文化》1988 年第 26 卷第 1 期。

蔡诗意：《〈四溟诗话〉论意境和意境的创造》，载《民族艺术研究》1988 年第 1 期。

周寅宾：《论李东阳的〈拟古乐府〉》，载《船山学报》1988 年第 1 期。

郑宪春：《论诗自有独得处——〈怀麓堂诗话〉管窥》，载《船山学报》1988 年第 1 期。

黄锦珠：《一场各说各话的论战：李何诗文论争底蕴的探究》，载《中国文学研究》1988 年第 2 期。

范志新：《何景明的诗歌理论——兼论何、李之争》，载《信阳师范学院学报》1988 年第 3 期。

周学禹：《论晚明竟陵派的“幽深孤峭”说》，载《信阳师范学院学报》1988 年第 4 期。

王尚寿：《谈“不可解”：读〈诗家直说〉一得》，载《西北师范学院学报》1988 年第 4 期。

李日新：《竟陵派主“真”求“厚”的诗论浅议》，载《湘潭大学学报》1988 年增刊。

陈书录：《明代前后七子的审美情感论——从“因情立格”到“发抒性灵”的流动性结构》，载《学术月刊》1988 年第 3 期。

许总：《明清杜诗学概观》，载《文学遗产》1988 年第 6 期。

李庆立：《论谢榛“以盛唐为法”》，见《文学评论丛刊》（第 30 辑），中国社会科学出版社 1988 年版。

石麟：《谢榛七绝初探》，载《湖北师范学院学报》1989 年第 1 期。

石麟：《宦海浮沉，刚直名世——士林领袖李梦阳的仕宦生涯》，载《文史知识》1989 年第 11 期。

章培恒：《明代的文学与哲学》，载《复旦学报》1989 年第 1 期。

郑利华：《论王世贞的文学批评》，载《复旦学报》1989 年第 1 期。

谈蓓芳：《明代后期文学思想演变的一个侧面——从屠隆到竟陵派》，载《复旦学报》1989 年第 1 期。

熊志庭：《李东阳论诗小识》，载《湘潭师范学院学报》1989 年第 2 期。

薛屹峰：《论钟惺文学思想与创作特点的成因》，载《江苏教育学院学报》1989 年第 2 期。

薛屹峰：《钟惺文学思想浅论》，载《徐州师范学院学报》1989 年第 4 期。

邓绍基：《"五四"文学革命与文学传统》，载《文学遗产》1989 年第 2 期。

袁行云：《明诗论略》，载《社会科学战线》1989 年 4 期。

刘明浩：《试论明代文学家李梦阳》，载《社会科学战线》1989 年 4 期。

刘建芬：《公安派"独抒性灵"的审美内涵》，载《西南师范大学学报》1989 年第 4 期。

吴金夫：《关于明代后七子诗派成员及其诗歌主张》，载《汕头大学学报》1989 年第 4 期。

许建崑：《李攀龙评传》，载《国语日报·书和人》（台湾）1989 年 5 月 20 日第 621 期。

罗仲鼎：《从〈艺苑卮言〉看王世贞的诗论》，载《文史哲》1989 年第 2 期。

王学泰：《以地域分野的明初诗歌派别论》，载《文学遗产》1989 年第 5 期。

赵永纪：《清初诗坛与明七子》，载《江淮论坛》1989 年第 6 期。

1990—1999 年

徐朔方：《论前七子》，载《杭州大学学报》1990 年第 1 期。

张文旭：《胡应麟神韵说述评》，载《社会科学战线》1990 年第 1 期。

朱易安：《明人选唐三部曲：从〈唐诗品汇〉、〈唐诗选〉、〈唐诗归〉看明人的崇唐文化心态》，载《上海师范大学学报》1990 年第 2 期。

陈书录：《明代前后七子的审美解悟说》，载《南京师大学报》1990 年第 3 期。

廖可斌：《论台阁体》，见《中华文史论丛》（第四十六辑），上海古籍出版社 1990 年版。

刘明今：《对明代中期前七子文学复古运动的再认识》，见《明代文学研究》（第 1 辑），江西人民出版社 1990 年版。

邵毅平：《从〈列朝诗集小传〉看晚明精神的若干表现》，见《明代文学研究》(第 1 辑)，江西人民出版社 1990 年版。

邵毅平：《评〈四库全书总目〉的晚明文风观》，载《复旦学报》1990 年第 3 期。

龚一鹏：《闽中诗派的诗歌创作与明初社会、文化背景》，载《福建论坛》1990 年第 3 期。

赵永纪：《略论明代陆时雍的〈诗镜〉》，载《南开学报》1990 年第 3 期。

王恺：《论袁宏道、钟惺创作个性的异同》，载《南京师大学报》1990 年第 4 期。

衷尔钜：《公安派文学在日本的传播和影响》，载《文史哲》1990 年第 6 期。

章培恒：《〈全明诗〉前言》，载《复旦学报》1990 年第 5 期。

邬国平：《钱谦益文学思想初探》，载《阴山学刊》1990 年第 4 期。

陈红：《徐祯卿诗歌风格探源》，载《青海师范大学学报》1990 年第 4 期。

陈红：《徐祯卿的撰述及其版本谈》，载《四川师范大学学报》1991 年第 1 期。

张浩逊：《唐伯虎诗歌臆说》，载《吴中学刊》1991 年第 1 期。

龚一鹏：《论闽中诗派》，载《文史哲》1991 年第 2 期。

徐永瑞：《论青丘子其人其诗》，载《苏州大学学报》1991 年第 3 期。

黄果泉：《论李梦阳诗学思想的理学倾向》，载《河南师范大学学报》1991 年第 3 期。

石麟：《明代诗坛的复古倾向与复古派中坚李梦阳》，载《湖北师范学院学报》1991 年第 2 期。

穆甲地：《李梦阳〈石将军战场歌〉探讨》，载《唐都学刊》1991 年第 4 期。

吴调公：《晚明文人的"自娱"心态与其时代折光》，载《社会科学战线》1991 年第 2 期。

吴调公：《晚明文艺启蒙曙色中的双子星座：公安与竟陵个体意识比较》，载《文学遗产》1991 年第 3 期。

陈广宏：《"道南理窟"重围中的一次文化更新——试论郑善夫在明代中期福建文学中的地位和影响》，载《福建论坛》1991 年第 5 期。

朱易安：《格调派唐诗观的形成与发展——明代唐诗批评史研究之一》，载《上海师范大学学报》1991 年第 1 期。

朱易安：《后七子与明末文人的唐诗观——明代唐诗批评史研究之二》，载《上海师范大学学报》1991 年第 3 期。

何大猷：《袁中郎与晚明人文精神》，载《华中师大学报》1991 年第 3 期。

周毅：《生死谬悠——试论晚明思潮的萎缩》，载《上海文论》1991 年第 4 期。

廖可斌：《茶陵派与复古派》，载《求索》1991 年第 2 期。

廖可斌：《关于李梦阳"晚年自悔"问题》，载《文艺理论研究》1991 年第 2 期。

廖可斌：《论元末明初的吴中派》，载《苏州大学学报》1991 年第 4 期。

廖可斌：《李何之争：学古主张的二律背反》，载《中国文学研究》1992 年第 1 期。

高小康：《明清之际文艺思潮的转折》，载《文艺评论》1991 年第 1 期。

李庆立：《"七子派中的第四次论争——李攀龙与吴国伦之争"考辨——与陈书录同志商榷》，载《聊城师范学院学报》1992 年第 1 期。

崔元和：《王士禛诗学情感论的实质》，载《晋阳学刊》1992 年第 2 期。

孙琴安：《瑕瑜互见，毁誉参半——介绍钟惺、谭元春的〈唐诗归〉》，载《古典文学知识》1992 年第 3 期。

郭英德：《明代文人结社说略》，载《北京师范大学学报》1992 年第 4 期。

沈金浩：《论袁宏道——晚明诗文与文化研究》，载《中国文学研究》1992 年第 4 期。

陈红:《徐祯卿的吴中交游及诗歌创作》,载《四川师范大学学报》1992年第5期。

连文萍:《试论明代茶陵派之形成》,见《古典文学》(第十二集),台湾学生书局1992年版。

邬国平:《竟陵派的文学理论》,见《中国古代文论精粹谈》,齐鲁书社1992年版。

谢桂荣、吴玲:《侯方域年谱简编》(上、下),载《许昌师专学报》1992年第1期、1993年第1期。

刘鸿达、李清平:《明代文学的复古与反复古管窥》,载《哈尔滨师专学报》1993年第1期。

范嘉晨:《论"前后七子"对"公安派"的启迪》,载《陕西师范大学学报》1993年第1期。

孙昌武:《从"童心"到"性灵":兼论晚明文坛"狂禅"之风的蜕变》,载《中国文学研究》1993年第1期。

吴兆路:《试谈公安派的性灵说》,载《兰州大学学报》1993年第1期。

史小军:《明代七子派复古运动新探》,载《陕西师范大学学报》1993年第4期。

徐同林:《徐祯卿〈谈艺录〉作年新探》,载《苏州大学学报》1993年第4期。

许金榜:《边贡的文学成就》,载《济南大学学报》1993年第3期。

陈永正:《韩愈诗对岭南诗派的影响》,载《中山大学学报》1993年第2期。

鄢传恕:《清代诗论家论明代前后七子》,载《华中师范大学学报》1993年第3期。

陈书录:《"因情立格"——徐祯卿在诗歌创作与理论批评上的追求》,载《南京大学学报》1993年第3期。

阮国华:《李东阳融合台阁与山林的文学思想》,载《文学遗产》1993年第4期。

孙蓉蓉:《论晚明时期文学批评的主体认识》,载《学术月刊》

1993 年第 9 期。

余曲诗：《钱谦益诗歌略论》，载《齐鲁学刊》1993 年第 5 期。

马美信：《阳明心学与文学复古运动》，载《复旦学报》1993 年第 6 期。

夏咸淳：《明代后期文士与商人的关系》，载《社会科学》1993 年第 7 期。

吴兆路：《性灵文学思想探源》，载《学术月刊》1993 年第 12 期。

游适宏：《就"诗"论〈诗〉：晚明〈诗经〉评点的兴起及其性质》，载《道南文学》(台湾)1993 年 12 月第 12 辑。

[日]村山吉广：《竟陵派的〈诗经〉学——以钟惺的评价为中心》，载《东洋思想与宗教》(日本)1993 年 6 月第 12 号，中译文林庆彰译，载《中国文哲研究通讯》1995 年 3 月第 1 期。

连文萍：《明代格调派诗论中的"杜诗集大成"说——以李东阳的〈怀麓堂诗话〉为论述中心》，载《国立编译馆刊》(台湾)1994 年 6 月第 1 期。

孙康宜：《明清女诗人选集及其采辑策略》，马耀明译，载《中外文学》1994 年 7 月第 2 期。

羊春秋：《重估明代诗歌的价值》，载《中国韵文学刊》1994 年第 2 期。

牛建强：《明代山人群的生成所透射出的社会意义》，载《史学月刊》1994 年第 2 期。

沈金浩：《论明代文学的演进轨迹、内容结构及其成因》，载《广州师范学院学报》1994 年第 2 期。

余嘉华：《杨一清在明代诗坛的地位》，载《云南师范大学学报》，1994 年第 2 期。

陈红：《徐祯卿〈谈艺录〉论诗蠡测》，载《青海民族学院学报》1994 年第 2 期。

乔力：《明诗正变论：有关衍展进程的描述及文化特质之剖析》，载《天府新论》1994 年第 3 期。

朱易安：《走向艺术本身——唐诗学发展史上格调派的贡献及影响》，载《中国首届唐宋诗词国际学术讨论会论文集》，江苏教育出版社 1994 年版。

陈书录：《明代诗文创作与理论批评的交叉演进》，载《文学遗产》1994 年第 3 期。

蔡镇楚：《论明代诗话》，载《社会科学战线》1994 年第 5 期。

陈书录：《明代前七子"崇汉宗唐"心态膨胀的诱因》，载《南京师大学报》1994 年第 4 期。

杨玉华：《明代楚雄地区的文人文学》，载《楚雄师专学报》1994 年第 4 期。

同林、利民：《明代吴中诗人徐祯卿》，载《吴中学刊》1994 年第 4 期。

张兵：《王夫之兴、观、群、怨说再评价》，载《西北师大学报》1994 年第 5 期。

史小军：《明代七子派与中国文艺复兴》，载《人文杂志》1994 年第 6 期。

周明初：《明代文学思潮研究的力作——评廖可斌〈复古派与明代文学思潮〉》，载《浙江社会科学》1994 年第 6 期。

沈检江：《明诗拟古主潮：格调禁锢下才情的毁灭》，载《学习与探索》1995 年第 1 期。

邬国平：《〈诗归〉成书考》，载《中西学术》第 1 期，学林出版社 1995 年版。

邵毅平：《晚明传记文学的个性化倾向——以钱谦益的〈初学集〉和〈列朝诗集小传〉为中心》，载《人文论丛》（韩国蔚山大学）1995 年 2 月第 7 辑。

陈广宏：《钟惺万历己未在吴越交游考述》，载《复旦学报》1995 年第 1 期。

金荣权：《何景明年谱新编》，载《信阳师范学院学报》1995 年第 1 期。

吴兆路：《性灵文人的心态择向》，载《复旦学报》1995 年第 1 期。

吴兆路：《公安派与阳明后学》，载《浙江学刊》1995 年第 2 期。

吴兆路：《性灵学说与地域文化》，载《文学评论》1995 年第

4 期。

苏兴：《〈千家诗〉载明世宗〈送毛伯温〉与〈全明诗〉收朱元璋〈赐都督金事杨文广征南〉的问题》，载《东北师大学报》1995 年第 2 期。

孙大知：《从青楼文学看明代社会世俗化的倾向》，载《玉溪师专学报》1995 年第 2 期。

陈庆元：《杨荣与闽籍台阁体诗人》，载《南平师专学报》1995 年第 3 期。

余嘉华：《沐昂对明代文学的贡献》，载《云南师范大学哲学社会科学学报》1995 年第 3 期。

董国炎：《明代理学与文学思想》，载《山西大学学报》1995 年第 3 期。

陈书录：《杨维桢——明代诗文逻辑发展的起点》，载《南京师大学报》1995 年第 3 期。

黄卓越：《晚明性灵说之佛学渊源》，载《文学评论》1995 年第 5 期。

李世英：《论杜睿的诗学思想》，载《社科纵横》1995 年第 4 期。

宋强刚：《朱元璋对文字、文体的改革与明代之文风》，载《学术界》1995 年第 4 期。

李先耕：《简论钟惺——兼论竟陵派在文学史上的地位》，载《文学评论》1995 年第 6 期。

陈正宏、朱邦薇：《明诗总集编刊史略——明代篇（上、下）》，见《中西学术》（第 1 辑）、（第 2 辑），复旦大学出版社 1995、1996 年版。

钱振民：《李东阳著述考》，载《中国文学研究》1995 年第 4 期。

钱振民：《〈怀麓堂〉探考》，载《复旦学报》1996 年第 1 期。

［日］村山吉广：《竟陵派的诗经学》，傅丽英译、王欣校，载《河北学刊》1996 年第 1 期。

［日］村山吉广：《戴君恩〈读风臆评〉与陈继儒撰〈读风臆补〉比较研究》，见林庆彰、蒋秋华主编：《明代经学国际研讨会论文集》，台湾"中央研究院"中国文哲研究所 1996 年版。

［日］村山吉广：《戴君恩〈读风臆评〉初探》，见《第二届诗经国

际学术研讨会论文集》，语文出版社 1996 年版。

史小军：《试论明代七子派的诗歌意象理论》，载《陕西师范大学学报》1996 年第 3 期。

李庆立：《明"后七子"结社始末考》，载《山东师大学报》1996 年第 3 期。

华德柱：《形式的贫困——明代前期文坛沉寂内因初探》，载《长沙水电师院社会科学学报》1996 年第 3 期。

蔡钟翔：《明代哲学情性论的嬗变与主情论文学思潮》，载《中国哲学史》1996 年第 3 期。

章培恒、谈蓓芳：《论"五四"新文学与古代文学的关系》，载《复旦学报》1996 年第 4 期。

房锐：《高启生平思想研究》，载《四川师范大学学报》1996 年第 4 期。

杨桂芳：《论明代民歌中的补语》，载《长沙水电师院社会科学学报》1996 年第 4 期。

饶龙隼：《明代隆庆、万历间文风的转变》，载《文学评论》1996 年第 1 期。

杨晓景：《略论明前后七子文学思想的内在矛盾》，载《郑州大学学报》1996 年第 2 期。

王承丹：《前七子衰微的内部原因探析》，载《南都学坛》1996 年第 2 期。

王承丹：《浅论后七子的内部纷争及其影响》，载《临沂师专学报》1996 年第 1 期。

陈书录：《尊崇气节，致力于儒雅文学的复壮——由茶陵派向前七子过渡的杨一清》，载《南京师大学报》1996 年第 4 期。

郭英德：《论明代的文学流派研究》，载《求是学刊》1996 年第 4 期。

廖可斌：《唐宋派与阳明心学》，载《文学遗产》1996 年第 3 期。

张寅彭：《略论明清乡邦诗学中的"泛江西诗派"》，载《文学遗产》1996 年第 4 期。

李庆立：《明"后七子"结社始末考》，载《山东师大学报》1996 年第 3 期。

李庆立：《再论谢榛"以盛唐为法"》，载《中国文学研究》1996 年第 9 期。

李庆立：《谢榛〈四溟山人全集〉诗作补遗》，载《古籍整理研究学刊》1996 年第 3 期。

李庆立：《谢榛生卒年代考辨》，载《文学遗产》1996 年第 6 期。

崔晓西：《明代民歌批评的历史成就及其局限》，载《厦门大学学报》1996 年第 3 期。

朴英顺：《〈沧浪诗话〉与明代诗论》，载《上海大学学报》1997 年第 1 期。

陈正宏：《明诗总集述要》，载《古典文学知识》1997 年第 1 期。

孙书磊：《从矫枉过正到自我修正——明代文论中的一个特异现象》，载《江西师范大学学报》1997 年第 1 期。

崔晓西：《明代民歌述评》，载《民俗研究》1997 年 5 月第 2 期。

李先耕：《钟惺〈诗〉学著书考》，载《诗经研究》1997 年 2 月第 21 号。

沈骅：《浅论明代苏州在野文人风气的演变》，载《铁道师院学报》1997 年第 2 期。

郑利华：《明代中叶吴中文人集团及其文化特征》，载《上海大学学报》1997 年第 2 期。

刘守安、张玉璞：《论钱谦益对明代文学的评价和总结》，载《学习与探索》1997 年第 3 期。

贺亚龙：《王廷陈对明代文风的影响》，载《黄冈师专学报》1997 年第 3 期。

王英志：《元明诗概说》，载《苏州大学学报》1997 年第 4 期。

王公望：《李梦阳与康海》，载《甘肃社会科学》1997 年第 4 期。

陈广宏：《竟陵派领袖钟惺》，载《古典文学知识》1997 年第 4 期。

邬国平：《竟陵、公安两派关系述略》，载《中国语文论丛》(韩国高丽大学)1997 年 12 月第 13 辑。

陆湘怀：《从宋诗出版看明代和清初诗风》，载《古籍整理研究学刊》1997 年第 5 期。

张启成:《明代诗经学的新气象》,载《贵州社会科学》1997 年第 5 期。

吴承学、李光摩:《晚明心态与晚明习气》,载《文学遗产》1997 年第 6 期。

黄卓越:《晚明情感论与佛学关系之研究》,载《文艺研究》1997 年第 5 期。

[韩]金庭希:《袁宏道性灵说研究——兼与李贽比较》,载《人民大学学报》1997 年第 5 期。

章培恒:《〈江盈科集〉序》,载《书屋》1997 年第 4 期。

王承丹:《试论袁宏道前期的诗文论》,载《齐鲁学刊》1997 年第 6 期。

黄仁生:《江盈科生平、著述考》,载《中国文学研究》1997 年第 2 期。

黄仁生:《论公安派副将江盈科的文学思想》,载《湖南师范大学学报》1997 年第 3 期。

黄仁生:《江盈科论》,载《文学评论》1998 年第 2 期。

黄仁生:《铁崖诗派成员考》,载《中国文学研究》1998 年第 2 期。

黄仁生:《论江盈科参与创立公安派的过程及其地位》,载《复旦学报》1998 年第 5 期。

周群:《佛学与袁宏道的诗歌创作》,载《南京大学学报》1998 年第 1 期。

陶应昌:《杨慎与明代中期的云南文学》,载《云南民族学院学报》1998 年第 1 期。

马启俊:《民歌对明代散文创作的影响》,载《六安师专学报》1998 年第 1 期。

曾中辉:《浅论明代文学尊情观的发展脉络》,载《江西师范大学学报》1998 年第 1 期。

左东岭:《从愤世到自适——李贽与公安派人生观、文学观的比较研究》,载《首都师范大学学报》1998 年第 2 期。

王承丹：《钱谦益与公安派关系浅论》，载《苏州大学学报》1998年第 2 期。

张连第：《钱谦益的诗学理论》，载《聊城师范学院学报》1998 年第 2 期。

徐柏青、王诗桥：《夏完淳诗文中的爱国主义思想及其悲剧审美特征》，载《湖北师范学院学报》1998 年第 2 期。

金荣权：《何景明的复古理论与文学思想》，载《信阳师范学院学报》1998 年第 2 期。

周群：《佛禅旨趣与竟陵派诗论》，载《江海学刊》1998 年第 2 期。

高翔：《明代文艺生态学思想史论》，载《社会科学辑刊》1998 年第 3 期。

陈永正：《岭南诗派略论》，载《岭南文史》1999 年第 3 期。

乔力：《明诗正变论：有关衍展进程的描述及文化特质之剖析》，载《东岳论丛》1998 年第 3 期。

李芳元：《诗坛巨擘，词林宿望——明代蒙阴诗人公鼐》，载《东岳论丛》1998 年第 3 期。

张兵：《遗民与遗民诗之流变》，载《西北师大学报》1998 年第 4 期。

何懿：《严羽与明代诗论尊唐黜宋倾向》，载《安徽教育学院学报》1998 年第 4 期。

陈杏珍：《谭元春及其著作》，载《文献》1998 年第 4 期。

祝诚：《谭元春年表》，载《镇江师专学报》1998 年第 4 期。

李剑波：《性灵说成因初探》，载《湘潭大学学报》1998 年第 5 期。

张如元：《明代乐清诗人章玄梅与李经敕》，载《温州师范学院学报》1998 年第 5 期。

杨德贵：《关于李梦阳与何景明的文学论争》，载《中州学刊》1998 年第 6 期。

傅璇琮：《说说〈明诗话全编〉》，载《书与人》1998 年第 6 期。

周群：《儒释兼综与小修诗论》，载《南京社会科学》1998 年第

8 期。

[韩]祁庆富、权纯姬:《关于明代吴明济〈朝鲜诗选〉的新发现》,载《当代韩国》1998 年秋季号。

沈维藩:《袁宏道年谱》,见《中国文学研究》(第 1 辑),江西教育出版社 1999 年版。

钟尚钧:《明代诗文概说》,载《阿坝师范高等专科学校学报》1999 年第 1 期。

祝注先:《明代土家族诗人田宗文和他的〈楚骚馆诗〉集》,载《中南民族学院学报》1999 年第 2 期。

王琳:《明代山水诗概论》,载《阴山学刊》1999 年第 1 期。

李日星:《陈白沙诗学研究新成果——章继光〈陈白沙诗学论稿〉评介》,载《中国韵文学刊》1999 年第 2 期。

廖可斌:《晚明浪漫文学思潮美学理想的三个层次》,载《浙江社会科学》1999 年第 2 期。

史小军:《试论明代七子派的诗歌格调理论》,载《陕西师范大学学报》1999 年第 2 期。

王琦珍:《也谈陆王心学对明代中后期文学的影响》,载《抚州师专学报》1999 年第 2 期。

刘再华:《明人伪造唐集与明代诗风》,载《中国韵文学刊》1999 年第 2 期。

魏崇新:《台阁体作家的创作风格及其成因》,载《复旦学报》1999 年第 2 期。

邓绍秋:《明代李东阳茶陵派研究百年回顾》,载《株洲师范高等专科学校学报》1999 年第 3 期。

何懿:《试论李东阳的"格调说"》,载《安徽教育学院学报》1999 年第 2 期。

陈广宏:《论"钟伯敬体"的形成》,载《中国文学研究》1999 年第 4 期。

吕士朋:《晚明公安派兴起的时代背景及其精神》,载《史学集刊》1999 年第 4 期。

刘耘:《闽诗一代开先,明初两颗璀璨》,载《南昌教育学院学报》1999 年第 3 期。

刘耘：《明初闽诗人张以宁、林鸿论略》，载《福州师专学报》1999 年第 5 期。

汪渊之：《高启诗与"吴中四才子"诗之比较——兼论明初至明中叶吴中诗风的演变》，载《苏州大学学报》1999 年第 3 期。

张晶：《明中期诗人的复古追求》，见汪涌豪、骆玉明编：《中国诗学》，东方出版中心 1999 年版。

吴微：《李攀龙诗歌艺术散论》，载《安徽师范大学学报》1999 年第 3 期。

金荣权：《建国以来何景明研究述评》，载《殷都学刊》1999 年第 4 期。

吕立汉：《刘基简论》，载《文学评论》1999 年第 5 期。

王毅：《从〈明诗话全编〉说起》，载《湖北大学学报》1999 年 7 月第 4 期。

刘毓庆：《论诗文评点及诗话发展对明代〈诗〉学转向的影响》，见《经学研究论丛》（第七辑）（台湾），台湾学生书局 1999 年版。

王学泰：《明代诗学伪作与〈鲁诗世学〉》，载《文学遗产》1999 年第 4 期。

吴承学、曹虹、蒋寅：《一个期待关注的学术领域——明清诗文研究三人谈》，载《文学遗产》1999 年第 4 期。

左东岭：《从良知到性灵——明代性灵文学思想的演变》，载《南开学报》1999 年第 6 期。

陈广宏：《二十世纪竟陵派研究的回顾》，载《中国人文科学》（韩国中国人文学会）1999 年 12 月第 19 辑。

2000—2009 年

贾三强：《略论明代文学思潮》，载《西北大学学报》2000 年第 1 期。

许总：《王学分化与明代文学思潮》，载《云南社会科学》2000 年第 1 期。

李孝弟、张磊：《"汉族中心"神话与明代复古诗学思想》，载《临沂师范学院学报》2000年第1期。

黄河：《明清易代之际的诗学思想》，载《华侨大学学报》2000年第1期。

张春萍：《论唐寅诗歌中的"畸人"特质》，载《学术交流》2000年第1期。

张春萍：《佛教与唐寅诗歌诗学内涵》，载《河南师范大学学报》2000年第2期。

谭雯：《明代复古与反复古文学思潮对日本诗话的影响》，载《中国韵文学刊》2000年第2期。

邱美琼、胡建次：《明代诗学批评中的唐宋之论》，载《江西教育学院学报》2000年第2期。

张福勋：《一个思想方法上的怪圈——明人何以贬宋诗》，载《阴山学刊》2000年第2期。

陈广宏：《竟陵派形成、发展的四个阶段》，载《中国文学研究》（复旦大学中国古代文学研究中心）2000年第2辑。

陈文新：《论诗文体性之异——明代诗学的一项重要建树》，载《武汉大学学报》2000年第3期。

陈卫华：《李东阳"以声论诗"说价值新探》，载《株洲师范高等专科学校学报》2000年第2期。

孙学堂：《论谢榛诗学》，载《华侨大学学报》2000年第3期。

刘毓庆：《明代〈诗经〉"汉学"研究论略》，载《荆州师范学院学报》2000年第3期。

李圣华：《论明万历时期山左诗人公鼐的诗歌——兼论晚明万历山左诗风》，载《泰安师专学报》2000年第4期。

叶辉：《试论〈草堂诗余〉在明代的盛行及其原因》，载《唐都学刊》2000年第4期。

刘毓庆：《阳明"心学"与明代〈诗经〉研究》，载《齐鲁学刊》2000年第5期。

黄卓越：《前七子复古主义观考辨》，载《文学理论学刊》2000年第1辑。

黄卓越：《论明中期文权的外移》，载《中国文化研究》2000 年夏之卷。

周群：《屠隆的文学思想及其"性灵"论的学术渊源》，载《南京师大学报》2000 年第 6 期。

周群：《论徐渭的文学思想与王学的关系》，载《南京社会科学》2000 年第 12 期。

周远斌：《论明代诗学的诗性化》，载《齐鲁学刊》2000 年第 6 期。

左东岭：《从本色论到童心说——明代性灵文学思想的流变》，载《社会科学战线》2000 年第 6 期。

王晓顺：《竟陵派诗论及其源头初探》，载《内蒙古社会科学（汉文版）》2000 年第 6 期。

姚正武：《试论明代复古与反复古运动的一体化倾向》，载《学术研究》2000 年第 7 期。

查清华：《明代七子派对才情与格调关系的思考》，载《学术月刊》2000 年第 9 期。

杜贵晨：《明诗论略》，见《中国文学研究》（第三辑），江西教育出版社 2000 年版。

周啸天：《略论明代的边防诗》，载《西南民族学院学报》2001 年第 1 期。

[日]西村秀人：《李梦阳复古理论的根据》，见《笠征教授华甲纪念论文集》，台湾学生书局 2001 年版。

王均江：《袁宏道美学思想的转变与儒释道精神的循环》，载《武汉大学学报》2001 年第 1 期。

邓绍基、史铁良：《二十世纪明代文学研究之走向》，载《中国文学研究》2001 年第 1 期。

李圣华：《郭绍虞〈明代的文人集团〉拾遗》，载《文教资料》2001 年第 1 期。

李圣华：《京都攻禅事件与公安派的衰变》，载《西北师范大学》2001 年第 1 期。

段学红：《质劲其文，率真其人——明代作家郑善夫研究》，载

《石家庄职业技术学院学报》2001 年第 1 期。

刘化兵：《〈徐祯卿年谱〉匡补及质疑》，载《山东社会科学》2001 年第 1 期。

黄仁生：《二十世纪明代文学研究》，载《复旦学报》2001 年第 2 期。

刘毓庆：《论徐光启〈诗〉学及其贡献》，载《北方论丛》2001 年第 2 期。

史小军：《"偏狭"：明代七子派文学复古运动的致命伤》，载《陕西师范大学继续教育学报》2001 年第 2 期。

史小军：《明代七子派文学复古运动与儒学复兴》，载《人文杂志》2001 年第 3 期。

刘海燕：《试论明初诗坛的崇唐抑宋倾向》，载《文学遗产》2001 年第 2 期。

何宗美、李冰：《明代的台阁雅集与怡老诗社》，载《唐山师范学院学报》2001 年第 3 期。

吴省道：《卢柟生卒年考》，载《殷都学刊》2001 年第 3 期。

郭春萍：《从题咏赤壁图诗解读明代前期知识分子的心灵痛苦》，载《中国矿业大学学报》2001 年第 4 期。

胡建次、邱美琼：《明代诗学批评视野中的李贺论》，载《江西社会科学》2001 年第 4 期。

李剑波：《试论李东阳的格调思想》，载《华中科技大学学报》2001 年第 4 期。

陈传席：《台阁体与明代文人的奴性品格》，载《社会科学论坛》2001 年第 4 期。

孙学堂：《明弘治、正德时期吴中文学思想的新变》，载《华侨大学学报》2001 年第 4 期。

陈书录：《"德、才、色"主体意识的复苏与女性群体文学的兴盛——明代吴江叶氏家族女性文学研究》，载《南京师大学报》2001 年第 5 期。

刘毓庆：《钟惺〈诗〉学略论》，载《山西大学学报》2001 年第 5 期。

王公望：《李梦阳与何景明》，载《社科纵横》2001 年第 5 期。

查清华：《明代格调论诗学的范型文本》，载《江海学刊》2001 年第 5 期。

纪锐利：《边贡的诗学理论与创作》，载《东岳论丛》2001 年第 5 期。

王忠阁：《关于明初闽中诗派的几个问题》，载《河南社会科学》2001 年第 4 期。

王忠阁：《闽中诗派与明前期诗风的演变》，载《河南大学学报》2001 年第 5 期。

王忠阁：《陈庄体及其在明代诗坛上的历史地位》，载《河南师范大学学报》2001 年第 5 期。

李圣华：《袁宏道与吴地文人》，载《苏州大学学报》2001 年第 6 期。

邓仕梁：《胡应麟论齐梁陈隋诗与唐律之关系辨》，载《人文中国学报》2001 年第 8 期。

[韩]元钟礼：《在胡应麟"诗薮"美学体系中的兴象、风神与格调之关系(上、下)》，载《人文中国学报》2001 年第 8 期、2002 年第 9 期。

朴钟学：《袁宏道"从胸臆流出"美学观小考》，载《中国文学研究》2001 年第 8 期。

吴功正：《从吴中四士看吴地美学及其史的特征》，载《中国文化研究》2001 年冬之卷。

白汉坤：《诗论钟惺的诗歌理论与创作》，载《广州大学学报》2001 年第 12 期。

陈文新：《明代诗学对"诗史"概念的辨证》，载《社会科学辑刊》2000 年第 6 期。

陈文新：《明代格调派的演变历程及其对意图说的否定》，载《武汉大学学报》2001 年第 2 期。

陈文新：《近二十年来明代诗学研究综述》，载《青海社会科学》2001 年第 4 期。

陈文新：《明代诗学论诗乐关系》，载《南昌大学学报》2001 年第

4 期。

陈文新：《从格调到神韵》，载《文艺研究》2001 年第 6 期。

陈文新、王同舟：《明代诗学论时代风格与作家风格》，载《孝感学院学报》2001 年 8 月第 4 期。

陈文新：《"真诗在民间"——明代诗学对同一命题的多重阐释》，载《杭州师范学院学报》2001 年 9 月第 5 期。

陈文新：《信心论与信古论在晚明融合的学理依据及其历程》，载《山东社会科学》2002 年第 2 期。

陈文新：《明代诗学论"清"》，载《三峡大学学报》2002 年第 3 期。

陈文新：《明代诗学的逻辑进程与主要理论问题》，载《文学评论》2002 年第 3 期。

陈文新：《诗"贵情思"——明代主流诗学论诗的音乐性》，载《社会科学战线》2002 年第 5 期。

陈文新：《明代前期的哲学流变与诗学流派》，见《人文论丛》(2001 年卷)，武汉大学出版社 2002 年版。

方锡球：《"述情切事"与"悉合诗体"——论述许学夷的"诗史"之辨》，载《文学评论丛刊》2002 年第 1 期。

王顺贵：《明代后七子诗学理论探析》，载《西藏大学学报(汉文版)》2002 年第 2 期。

周庆贺：《明代诗人李蓘及其诗歌创作简论》，载《南阳师范学院学报》2002 年第 1 期。

李剑波：《〈沧浪诗话〉与明代格调论》，载《南都学坛》2002 年第 1 期。

左东岭：《论台阁体与仁、宣士风之关系》，载《湖南社会科学》2002 年第 2 期。

雍繁星：《晚明性灵文学的世俗化倾向——以袁宏道为中心》，载《天津师范大学学报》2002 年第 2 期。

李奕：《明代"七子派"拟古原因探析》，载《湖南税务高等专科学校学报》2002 年第 3 期。

夏咸淳：《〈唐宋八大家文钞〉与明代唐宋派》，载《天府新论》

2002 年第 3 期。

周心慧：《明代徽州出版家——汪廷讷》，载《图书馆工作与研究》2002 年增刊。

吴承学、李光摩：《"五四"与晚明——20 世纪关于"五四"新文学与晚明文学关系的研究》，载《文学遗产》2002 年第 2 期。

马宇辉：《袁小修与"公安派"之思想变化》，载《南开学报》2002 年第 4 期。

李圣华：《略论后七子派后期诗歌运动》，载《郑州大学学报》2002 年第 2 期。

陈书录：《在深入辨析中发掘美学价值——评陈文新〈明代诗学〉》，载《武汉大学学报》2002 年第 3 期。

史小军：《复古思潮与文体意识——唐代古文运动与明代七子派文学复古运动的文体学省察》，载《人文杂志》2002 年第 3 期。

刘民红：《高启游仙诗初探》，载《盐城师范学院学报》2002 年第 3 期。

查清华：《明七子派"格调高古"的美学特征》，载《上海师范大学学报》2002 年第 4 期。

黄仁生：《明刊袁宏道文集二种真伪考》，载《常德师范学院学报》2002 年第 4 期。

黄卓越：《明弘正间审美主义倾向之流布》，载《中国文化研究》2002 年春之卷。

陈广宏：《万历文坛"楚风"之崛起及其背景》，载《中国文学研究》2002 年第 3 期。

陈广宏：《竟陵派诗歌评点之学中的传释论》，见《中国学研究》（第五辑），济南出版社 2002 年版。

何宗美：《明代怡老诗社综论》，载《南开学报》2002 年第 3 期。

侯美珍：《钟惺〈诗经〉评点性质析论》，载《中国古典文学研究》2002 年 6 月第 7 期。

侯美珍：《钟惺〈诗经〉评点成书时间考——辨证〈钟惺年谱〉一误》，见《经学研究论丛》（第十辑），台湾学生书局 2002 年版。

侯美珍：《钟惺〈诗经〉评点的版本问题》，见《经学研究论丛》

（第十一辑），台湾学生书局 2002 年版。

刘毓庆：《从经学到文学——论明代"〈诗经〉学"的历史贡献》，载《文学遗产》2002 年第 5 期。

鲁洪生：《重现明代〈诗经〉学的辉煌——刘毓庆〈从经学到文学——明代诗经学史论〉评介》，载《江西师范大学学报》2002 年第 2 期。

魏崇新：《明初才子解缙的诗文创作》，载《淮阴师范学院学报》2002 年第 3 期。

李庆立：《〈谢榛全集〉辨误（续二）》，载《古籍整理学刊》2002 年第 3 期。

罗宗强：《弘治、嘉靖年间吴中士风的一个侧面》，载《中国文化研究》2002 年第 4 期。

陈少松：《钟谭论"灵"与"厚"的美学意蕴》，载《东南大学学报》2002 年第 4 期。

林红：《元遗民诗人文化特征论》，载《长春大学学报》2002 年第 6 期。

汪泓：《明代诗学状况与〈诗源辩体〉的写作缘起》，载《江西社会科学》2002 年第 7 期。

王菊艳：《20 世纪元明清诗歌研究新思维概述》，载《哈尔滨学院学报》2002 年第 9 期。

谢谦：《游于艺：徐渭的艺术精神》，载《四川大学学报》2002 年第 4 期。

谢谦：《复古与创新：寻找失落的"真诗"——论明诗的道路及其历史启示》，载《西南师范大学学报》2002 年第 6 期。

李圣华：《论晚明结社与时代学术及文学之关系》，见《中国古典文学与文献学研究》（第一辑），学苑出版社 2002 年版。

李圣华：《明清诗文新批评刍议》，载《保定师范专科学校学报》2003 年第 1 期。

朱易安：《明代的诗学文献》，载《南京师范大学文学院学报》2003 年第 1 期。

孙学堂：《论明七子的文化人格》，载《兰州大学学报》2003 年第

1 期。

周明初：《二十五年来明代文学研究的一个样本分析》，载《南京师范大学文学院学报》2003 年第 1 期。

先一、舒乐：《2002 年明代文学国际学术研讨会综述》，载《南京师范大学文学院学报》2003 年第 1 期。

陈广宏：《谭元春启、祯间交游考述——兼论竟陵派发展后期影响的进一步拓展》，载《南京师大文学院学报》2003 年第 1 期。

郑利华：《前后七子诗论异同——兼论明代中期复古派诗学思想趋势之演变》，载《中国文哲研究通讯》2003 年第 3 期。

左东岭：《二十世纪以来心学与明代文学思想关系研究述评》，载《文学评论》2003 年第 3 期。

司马周：《20 世纪茶陵派研究回顾》，载《南阳师范学院学报》2003 年第 1 期。

司马周、陈书禄：《抗争与重构：文风转型期茶陵派艺术精神》，载《南京师范大学文学院学报》2003 年第 2 期。

刘毓庆：《季本、丰坊与明代〈诗〉学》，载《中国文学研究》2003 年第 3 期。

白汉坤：《试论严羽对竟陵派的影响》，载《乐山师院学报》2003 年第 2 期。

李双华：《徐祯卿〈谈艺录〉写作时间考》，载《苏州大学学报》2003 年第 3 期。

金霞、吴春兰：《论徐渭诗文创作中的个性精神》，载《华侨大学学报》2003 年第 3 期。

陈洁：《〈沧浪诗话〉与明代复古、拟古诗潮》，载《钦州师范高等专科学校学报》2003 年第 2 期。

王齐洲：《近百年明代文学与政治研究述评》，载《荆州师范学院学报》2003 年第 3 期。

党万生：《从"筏喻之争"看明代"前七子"复古运动的失败》，载《河西学院学报》2003 年第 3 期。

林启柱：《再论明代复古文学的几个问题》，载《重庆工商大学学报》2003 年第 2 期。

史小军：《试论明代中期士人的标榜习气及其影响——对儒林与文苑的双向考察》，载《学术研究》2003 年第 4 期。

邓程：《明代复古与创新的理论根源》，载《辽宁师范大学学报》2003 年第 4 期。

郭瑞芳：《试论明代前后七子的理论贡献》，载《中国文学研究》2003 年第 4 期。

黄明光：《论明代科举制度对文学的影响》，载《零陵学院学报》2003 年第 4 期。

邱晓平、胡璟明：《中叶吴中文人集团研究回顾》，载《北京科技大学学报》2003 年第 4 期。

王建：《试论以选文为中心的明代科举与文学的关系》，载《中国文学研究》2003 年第 4 期。

刘心：《唐宋派诗文首领王慎中之文学理论》，载《河北理工学院学报》2003 年第 4 期。

夏咸淳：《明代文人心态之律动》，载《东南大学学报》2003 年第 4 期。

殷宴梅：《徐祯卿的山水情结》，载《厦门教育学院学报》2003 年第 4 期。

纪映云：《论高启梅花诗的精神意蕴》，载《内蒙古社会科学（汉文版）》2003 年第 4 期。

孙之梅：《明代复古派的文学本体论》，载《求是学刊》2003 年第 4 期。

周玉波：《明代民歌的地域特征和演进轨迹》，载《盐城师范学院学报》2003 年第 3 期。

周玉波：《我明一绝是民歌》，载《古典文学知识》2003 年第 5 期。

林家骊：《谢铎与"茶陵诗派"》，载《文学评论》2003 年第 5 期。

谢之：《竟陵派钟谭韵文用韵所反映的明代天门方音特点》，载《中央民族大学学报》2003 年第 5 期。

张健：《论明代徽州文献学家程敏政》，载《安徽师范大学学报》2003 年第 5 期。

陈庆元：《晚明诗家谢肇淛——兼论〈小草斋集〉的藏传》，载《福州大学学报》2003 年第 3 期。

冯小禄：《明代文学论争的发生及其研究价值》，载《社会科学辑刊》2003 年第 6 期。

陈书录：《俚俗与性灵：王世贞的文学创作在士商契合中的转向》，载《江海学刊》2003 年第 6 期。

周维德：《论明代诗话的发展与专门化》，载《浙江大学学报》2003 年 9 月第 5 期。

邵毅平：《〈震川先生集〉编刊始末》，见《中国学研究》第 6 辑，济南出版社 2003 年版。

刘靖渊：《评〈晚明诗歌研究〉》，载《苏州大学学报》2003 年第 4 期。

熊礼汇：《略说竟陵派对公安派性灵说的修正》，载《荆州师院学报》2003 年第 6 期。

黄卓越：《前七子乐府诗制作与明中期的民间化运动》，载《中国文化研究》2003 年第 3 期。

黄卓越：《前后七子文学运动与明中晚期社会转型》，载《光明日报》2003 年 3 月 26 日。

黄卓越：《明正嘉年间山人文学及社会旨趣的变迁》，载《文学评论》2003 年第 5 期。

张德健：《明代山人群体的生成演变及其文化意义》，载《中国文化研究》2003 年夏之卷。

钱明：《王阳明与明代文人的交谊》，载《中华文化论坛》2004 年第 1 期。

李圣华：《试论明末女性诗歌创作的群落分布与时代特征》，见《中国古典文学与文献学研究》（第二辑），学苑出版社 2003 年版。

李圣华：《钟惺与李维桢诗歌之比较研究》，载《郑州大学学报》2004 年第 1 期。

李庆立：《谢榛研究三议》，载《文艺研究》2004 年第 1 期。

蒋寅：《科举阴影中的明清文学生态》，载《文学遗产》2004 年第 1 期。

商传：《竟陵派与晚明时代》，载《历史研究》2004 年第 1 期。

高小慧：《杨慎的"诗史"论》，载《北京大学学报》2004 年第 1 期。

郭英德、王丽娟：《20 世纪明代文学研究方法述评》，载《人文杂志》2004 年第 1 期。

欧阳光、史洪权：《北郭十友考论》，载《文学遗产》2004 年第 1 期。

张明海、刘再华：《王船山论明诗评议》，载《长沙电力学院学报》2004 年第 1 期。

王子今：《论郑善夫〈竹枝词二首〉兼及明代浙闽交通》，载《浙江社会科学》2004 年第 2 期。

司马周：《若无新变，不能代雄——论李东阳〈拟古乐府〉诗的艺术创新》，载《苏州大学学报》2004 年第 2 期。

邵毅平：《陈济生与〈天启崇祯两朝遗诗〉》，见《历史文献》第 6 辑，上海古籍出版社 2004 年版。

汪泓：《许学夷明诗辨体批评述考》，载《南京大学学报》2004 年第 2 期。

李清宇：《明代中期文坛的"四变而六朝"——以黄省曾与李梦阳文学观念之异同为中心》，载《北方论丛》2004 年第 2 期。

陈敏：《"灵"与"厚"的创作要求——从〈诗归〉看竟陵派之诗论》，载《济南大学学报》2004 年第 3 期。

莫立民：《明朝闽中诗群名家点将录兼说明朝闽地诗歌文化世家》，载《漳州师范学院学报》2004 年第 3 期。

乔光辉：《徘徊在"台阁"与"山林"之间的孤独者——〈运甓漫稿〉的文化心理释读》，载《中国韵文学刊》2004 年第 3 期。

王立、王惠丹：《待拓展领域里的厚重一笔——评李庆立教授〈谢榛全集校笺〉》，载《东南大学学报》2004 年第 4 期。

刘毓庆：《"前后七子"的诗文复古与明代文化复古思潮》，载《山西大学学报》2004 年第 5 期。

徐楠：《新思潮萌生期的进取与彷徨——祝允明思想述评》，载《北方论丛》2004 年第 6 期。

傅强：《高启"兼师众长"说论析》，载《苏州大学学报》2004 年 9 月第 5 期。

潘承玉：《"真诗"的探寻：清初明遗民诗论》，载《中山大学学报》2004 年第 5 期。

简锦松：《论钱谦益〈列朝诗集小传〉之批评立场》，载《文学新钥》2004 年第 2 期。

章培恒：《试论吴伟业的创作——以其与晚明文学思潮的关系为中心》，载《高等学校文科学术文摘》2004 年第 5 期。

孙文飙：《试析地域师友因素对昌谷诗的影响》，载《枣庄师范专科学校学报》2004 年第 6 期。

戴红贤：《三袁与李贽会晤时间及地点考辨》，载《长江学术》2004 年第 6 辑。

邱晓平：《祝允明诗文集版本考辨》，载《古籍整理研究学刊》2004 年第 6 期。

邓新跃：《〈沧浪诗话〉与明代诗学辨体理论》，载《湖南城市学院学报》2004 年第 6 期。

郭瑞林：《应给"茶陵派"重新命名》，载《学术研究》2004 年第 10 期。

陈广宏：《二十世纪竟陵派研究的回顾》，见《中国古代文学研究高层论坛论文集》，中华书局 2004 年版。

黄卓越：《前七子之前与同时的文章复古意识》，载《清华大学学报》2004 年第 5 期。

熊志庭：《李东阳诗论评述》，载《求索》2004 年第 12 期。

周寅宾：《李东阳诗话对严羽诗话的继承发扬》，载《衡阳师范学院学报》2005 年第 1 期。

冯仲平：《简论胡应麟〈诗薮〉的诗歌理论》，见《袁世硕教授执教五十年纪念文集》，齐鲁书社 2005 年版。

孟祥荣：《公安派的重要创建者——江盈科论》，见《袁世硕教授执教五十年纪念文集》，齐鲁书社 2005 年版。

孙之梅：《灵心、世运、学问——钱谦益的诗学纲领》，见《袁世硕教授执教五十年纪念文集》，齐鲁书社 2005 年版。

陈庆元：《谢肇淛著述考》，载《广西师范大学学报》2005 年第 1 期。

郭瑞林：《台阁与山林的交融——李东阳诗歌的审美趣尚》，载《中国韵文学刊》2005 年第 1 期。

邓新跃：《高棅〈唐诗品汇〉与明代格调派诗学辨体理论》，载《湖南科技大学学报》2005 年第 2 期。

邓新跃：《明代诗学辨体理论的尊体意识与典范意识》，载《南都学坛》2005 年第 2 期。

殷晏梅：《吴中"情"结——试论徐祯卿的诗歌创作及其诗歌理论》，载《安徽理工大学学报》2005 年第 2 期。

孙春青：《明初诗学与李东阳的"格调"论》，载《唐山师范学院学报》2005 年第 3 期。

孙文飙：《从高启到唐寅：试论吴中诗风演变的意义》，载《厦门教育学院学报》2005 年第 3 期。

薛泉：《论李东阳的仕宦意识》，载《中南大学学报》2005 年第 4 期。

薛泉：《试论李东阳的文体辨析说》，载《殷都学刊》2005 年第 4 期。

薛泉：《论李东阳的"吏隐"》，载《湖南大学学报》2005 年第 6 期。

邱美琼、张福荣：《明代诗学视野中的诗趣论》，载《贵州社会科学》2005 年第 2 期。

刘德重、李敏：《屠隆对七子派格调理论的发展和突破》，载《上海大学学报》2005 年第 5 期。

潘冬梅：《文本·作者·性别——浅议〈列朝诗集·闰集〉香奁部分的编选与时代》，载《中国文学研究》2005 年第 2 期。

阮国华：《文学的社会参与不能违背自身规律——对李梦阳文学的反思》，载《文艺理论研究》2005 年第 5 期。

郭万金：《关于明诗》，载《文学评论》2005 年第 4 期。

罗宗强：《隆庆、万历初当政者的文学观念》，载《文学遗产》2005 年第 4 期。

汪超宏：《王九思三首佚诗考》，载《文学遗产》2005年第4期。

陈广宏：《谭元春年谱》，载《中国文学研究》（辑刊），2005年第1期。

李桂芹：《厚：竟陵派的诗学审美理想》，载《华南农业大学学报》2005年第3期。

丁功谊：《竟陵派崛起成因及文学思想探析》，载《内蒙古师范大学学报》2005年第4期。

涂波：《论王夫之选本批评》，载《江西师范大学学报（哲学社会科学版）》2005年第4期。

王小舒：《明清主流诗学的转换——论王士禛对明代七子派的继承》，见《人文论丛》2004年卷，武汉大学出版社2005年版。

李圣华：《论竟陵体》，载《山东师范大学学报（人文社会科学版）》2005年第5期。

李圣华：《重估明代学术价值 建构"明学"研究新体系——从竟陵派"学殖浅陋"谈起》，载《郑州大学学报》2005年第5期。

裴世俊：《关于钱谦益论诗绝句"辑注"的几个问题——与吴世常先生商榷》，载《厦门教育学院学报》2005年第3期。

周玉波：《明代民歌的诗学解读》，载《淮阴师范学院学报》2005年第5期。

马云骏：《李东阳〈麓堂诗话〉考论》，载《北京大学学报》2005年第6期。

许建崑：《〈明史·文苑传〉归有光、王世贞之争重探》，载《东海学报》（台湾）2005年第46卷。

沈金浩：《唐寅、文徵明文化性格比较论》，载《深圳大学学报》2005年第6期。

沈金浩：《论竟陵派出现的契机及钟谭的诗歌创作》，载《广州大学学报》2005年第6期。

冯小禄：《"功臣"论：明代诗学论争的重要认识》，见《古代文学理论研究》（第二十三辑），华东师范大学出版社2005年版。

史小军：《论明代前七子的关学品性》，载《文艺研究》2005年第6期。

史小军：《论明代前七子之儒士化》，载《文学评论》2006 年第 3 期。

史小军、张小花：《20 世纪以来明代台阁体研究述评》，载《南阳师范学院学报》2006 年第 2 期。

冯小禄：《文社·宗派·性格——艾南英陈子龙之战再检讨》，载《云南师范大学学报》2006 年第 1 期。

冯小禄：《明代台阁体文学三题》，载《天中学刊》2006 年第 1 期。

郭瑞林：《不拘格套，另创新格——论李东阳的乐府诗》，载《中国韵文学刊》2006 年第 1 期。

周潇、裴世俊：《晚明山东文坛宗尚》，载《山东师范大学学报》2006 年第 1 期。

李真瑜：《明清文学世家的基本特征》，载《中州学刊》2006 年第 1 期。

蒋寅：《清初诗坛对明代诗学的反思》，载《文学遗产》2006 年第 2 期。

宋克夫：《徐渭与唐宋派》，载《文学遗产》2006 年第 2 期。

常贵梅：《南园前五先生近体诗用韵研究》，载《五邑大学学报》2006 年 8 卷第 2 期。

张文恒：《论陈子龙诗学体系中的"真"与"雅"》，载《沈阳师范大学学报》2006 年第 3 期。

裴世俊：《"失语"和"缺位"——陈子龙与钱谦益的关系探论》，载《枣庄学院学报》2006 年第 3 期。

孙秋克：《李东阳——明王朝造就的第一个诗人》，载《昆明师范高等专科学校学报》2006 年第 1 期。

雷磊：《杨慎与李东阳：观察明代诗学流变多样态的视角》，载《社会科学辑刊》2006 年第 3 期。

薛泉：《李东阳复古文学思想探析》，载《武汉大学学报》2006 年第 3 期。

左东岭：《高启之死与元明之际文学思潮的转折》，载《文学评论》2006 年第 3 期。

黄卓越：《明中期吴中派的诗文体统观》，载《文学评论》2006 年第 3 期。

傅承洲：《明代文人对民歌的认识——以冯梦龙为中心》，载《苏州大学学报》2006 年第 4 期。

周潇：《谢榛与李攀龙"绝交"始末辨析》，载《青岛大学师范学院学报》2006 年第 4 期。

何宗美：《公安派结社的兴衰演变及其影响》，载《西南大学学报》2006 年第 4 期。

肖绵：《论华兹华斯与袁宏道诗歌创作及理论的异同》，载《重庆三峡学院学报》2006 年第 4 期。

冯小禄：《明代的唐宋元三朝诗合论》，载《云南民族大学学报》2006 年第 4 期。

冯小禄：《唐宋派与七子派关系原论》，载《上海交通大学学报》2006 年第 5 期。

查清华：《袁中道和竟陵派：性灵论与格调论唐诗观的调和》，载《湖北师范学院学报》2006 年第 5 期。

陈书录：《"随其所宜而适"——徐渭雅俗文学理论的哲学基础》，载《文艺研究》2006 年 5 期。

邓新跃：《论李东阳以声辨体的诗学思想》，载《中南大学学报》2006 年第 4 期。

周驰靖、邓新跃：《20 世纪 80 年代以来李东阳诗歌及理论研究综述》，载《湖南城市学院学报》2006 年第 5 期。

周驰靖、邓新跃：《李东阳诗学思想浅论》，载《现代语文》2006 年第 7 期。

李修生：《14 世纪的中国文学》，载《江苏大学学报》2006 年第 6 期。

陈庆元：《晚明诗人徐𤊹论——兼论荆山徐氏儒业与文学之兴衰》，载《中国文化研究》2006 年秋之卷。

陈丽媛：《胡应麟研究综述》，载《福建师范大学学报》2006 年第 6 期。

王明辉：《胡应麟诗论中的"格"范畴》，载《兰州学刊》2006 年第

10 期。

汪沛：《徐渭与袁宏道"竹枝词"创作比较》，载《宁夏大学学报》2007 年第 1 期。

陈广宏：《中晚明女性诗歌总集编刊宗旨及选录标准的文化解读》，载《中国典籍与文化》2007 年第 1 期。

李祥耀：《祝允明诗文观简论》，载《江南大学学报》2007 年第 1 期。

周兴陆：《关于高棅诗学的两个问题》，载《学术界》2007 年第 1 期。

刘化兵：《论茶陵派与"陈庄体"山林派之关系》，载《五邑大学学报》2007 年第 1 期。

杨海波：《李梦阳复古主义观考论》，载《信阳师范学院学报》2007 年第 1 期。

司马周：《〈麓堂诗话〉：茶陵派的诗论纲领》，载《求索》2007 年第 2 期。

郑利华：《"嘉靖八才子"与明代正、嘉之际文坛的复古取向》，载《深圳大学学报》2007 年第 2 期。

徐楠：《试论祝允明的诗歌辨体意识与创作观》，载《齐鲁学刊》2007 年第 2 期。

谢莺兴：《胡应麟〈诗薮〉板本述略》，载《东海大学图书馆馆讯》2007 年第 66 期。

刘鹏：《文徵明致仕考略》，载《艺术百家》2007 年第 4 期。

饶龙隼：《李何论衡》，载《文学评论》2007 年第 3 期。

蔡一鹏：《弘、正士人与道教——以诗人郑善夫为例》，载《浙江社会科学》2007 年第 5 期。

雷磊、陈光明：《论杨慎诗歌创作的师法历程与风格趣向》，载《文学遗产》2007 年第 4 期。

陈书录：《士商契合与古代文学思潮的演变》，载《文学评论》2007 年第 4 期。

陈广宏：《明初闽诗派与台阁文学》，载《文学遗产》2007 年第 5 期。

张稔穰：《袁凯〈白燕〉诗及其白燕意象的创造》，载《文学遗产》2007 年第 6 期。

王英志：《陈子龙著作与作品考述》，载《文学遗产》2007 年第 6 期。

罗宗强：《朱元璋的文学观与洪武朝的文学思想导向》，载《人文中国学报》2007 年第 13 辑。

华建新：《王阳明心学美学对中晚明文学人物形象塑造的影响》，载《宁波广播电视大学学报》2007 年第 3 期。

汪沛：《俗与趣：徐渭诗歌的新视域》，载《殷都学刊》2007 年 7 月。

李圣华：《论韩国诗人对明诗的接受与批评——以韩国诗话为中心》，载《中州学刊》2007 年第 4 期。

汪泓：《明代诗学"体制为先"观念之内涵及其流变》，载《江西社会科学》2007 年第 3 期。

申屠青松：《明代宋诗选本略论》，载《北京科技大学学报》2007 年第 3 期。

郭万金：《"天下读书种子绝矣"——方孝孺之死的文化阐释》，载《浙江学刊》2007 年第 6 期。

邓新跃、黄细梅：《王夫之对明代复古派诗学思想的批判》，载《湖南科技大学学报》2007 年第 6 期。

冯小禄：《从唐宋元三朝诗合论看明诗学的展开》，载《云南师范大学学报》2007 年第 6 期。

黄细梅：《试论王夫之对明代竟陵派的诗学思想批评》，载《南华大学学报》2007 年第 6 期。

李振松：《明代"台阁体"刍议》，载《理论界》2007 年第 11 期。

郑礼炬：《闽中诗派对明代翰林诗歌创作的影响——以王褒为例分析其馆阁风格》，载《闽江学院学报》2007 年第 6 期。

陈永正：《南园诗歌的传承》，载《学术研究》2007 年第 12 期。

高小慧：《杨慎诗歌创作论初探》，见《中国古典文学与文献学研究》（第四辑），学苑出版社 2008 年版。

马宇辉：《唐寅与弘治己未春闱案的文学史影响》，载《南开学报》2008 年第 1 期。

魏宏远:《论王世贞明诗文流变观》,载《兰州学刊》2008 年第1 期。

位云霞:《钱谦益"诗史"观念论》,载《重庆科技学院学报》2008年第 1 期。

蒋鹏举:《评杜、选杜与学杜——明代李攀龙对杜诗的传承》,载《青海社会科学》2008 年第 1 期。

郭万金:《明代经济生活与诗歌传统》,载《文学评论》2008 年第1 期。

周兴陆:《钱谦益与吴中诗学传统》,载《文学评论》2008 年第2 期。

曹自斌:《近十年明诗研究综述》,载《语文知识》2008 年第2 期。

许建中、李玉亭:《宋濂与台阁体》,载《浙江社会科学》2008 年第 2 期。

李莎莉:《明代江西诗人用韵入声合韵研究》,载《九江学院学报》2008 年第 2 期。

吕斌:《明代博学思潮发生论》,载《中国文化研究》2008 年第2 期。

于海鹰:《试论徐祯卿诗歌创作的艺术风格》,载《东南大学学报》2008 年第 2 期。

戴红贤:《从重道德重实用到重性灵重自我表现——袁宏道文学思想论》,载《武汉大学学报》2008 年第 2 期。

赵俊玲:《郭正域〈文选〉评点浅论》,载《重庆邮电大学学报》2008 年第 3 期。

陈文新:《从台阁体到茶陵派——论山林诗的特征及其在明诗发展史上的意义》,载《文学遗产》2008 年第 3 期。

李圣华:《文学复古与中原文化传统——从韩愈到李梦阳》,载《文艺争鸣》2008 年第 3 期。

李旭:《论明代复古主义的诗歌文体学》,载《学术界》2008 年第3 期。

魏强：《李、何之争时间考》，载《苏州大学学报》2008 年第 3 期。

苏羽：《对茶陵派与复古派关系的三点认识》，载《延安大学学报》2008 年第 3 期。

周效柱：《明代后七子复古诗学探究》，载《兰州学刊》2008 年第 4 期。

周建渝：《〈列朝诗集小传〉的明诗批评及其用意》，载《复旦学报》2008 年第 6 期。

陈广宏：《晋安诗派：万历间福州文人群体对本地域文学的自觉建构》，见《中国文学研究》（第二十五辑），复旦大学出版社 2008 年版。

郑礼炬：《李东阳诗歌创作的宗宋转向》，载《盐城师范学院学报》2008 年第 4 期。

郑礼炬：《李东阳诗歌宗宋研究——在台阁体与前七子之间的转变》，载《中国韵文学刊》2008 年第 4 期。

翁筱曼：《古代诗学视境下的"地域意识"——以岭南地域诗学为个案》，载《汕头大学学报》2008 年第 6 期。

李精耕：《明代"台阁体"的相关问题浅探》，载《甘肃社会科学》2008 年第 6 期。

李精耕、黄佩君：《明代台阁体盟主杨士奇诗文取向初探》，载《江西社会科学》2008 年第 11 期。

赵娜、王英志：《明末清初云间派的复古宗唐诗论》，载《求是学刊》2008 年第 4 期。

郭平安：《李梦阳文学复古思想的时代意义》，载《西南交通大学学报》2008 年第 5 期。

王承丹、裴世俊：《公安派衰微原因再探》，载《苏州大学学报（哲学社会科学版）》2008 年第 4 期。

杨海波：《李梦阳文学思想本体论》，载《甘肃社会科学》2008 年第 6 期。

罗宗强：《论明代景泰以后文学思想的转变》，载《学术研究》2008 年第 10 期。

郭万金：《台阁体新论》，载《文学遗产》2008 年第 5 期。

郭万金：《明代古学思维与诗学逻辑》，载《中国文化研究》2008 年冬之卷。

郭万金：《明诗文学生态述议》，载《山西大学学报》2009 年第 2 期。

何宗美：《袁宏道诗文系年刍议》，载《文学遗产》2008 年第 6 期。

孙学堂：《李攀龙与初盛唐诗》，载《中国诗歌研究》2008 年 12 月。

陈广宏：《许筠与朝、明文学交流之再检讨》，见《韩国研究论丛》（第十九辑），世界知识出版社 2008 年版。

左东岭：《明代诗歌的总体格局与审美风格的演变》，见《中国诗歌研究》（第四辑），中华书局 2008 年版。

贾继用：《张羽"怀友诗"考论》，载《中国社会科学院研究生院学报》2008 年第 6 期。

宁夏江、魏中林：《竟陵诗派与清代诗坛》，载《湖北民族学院学报》2009 年第 1 期。

李树军：《略论文体与李东阳的"格调说"》，载《华中学术》2009 年第 1 期。

陈庆元：《谢肇淛年表》，载《闽江学院学报》2009 年第 1 期。

戴红贤：《袁中道与钟惺断交时间和原因考论》，载《长江学术》2009 年第 1 期。

陈昌云：《论明人的诗文之辨》，载《中国韵文学刊》2009 年第 1 期。

徐慧：《从祝允明诗歌创作看其仕隐观的转变》，载《中国韵文学刊》2009 年第 2 期。

刘靖渊：《沈德潜与"格调"说辨析》，载《山东师范大学学报》2009 年第 2 期。

郑利华：《后七子诗法理论探析——以王世贞、谢榛相关论说考察为中心》，载《中国韵文学刊》2009 年第 3 期。

李庆立：《李东阳诗学体系论》，载《聊城大学学报》2009 年第

3 期。

郭瑞林、郭修敏:《宗唐而不拟唐——论李东阳的诗学思想》,载《中国韵文学刊》2009 年第 3 期。

蒋寅:《王渔洋"神韵"概念溯源》,载《北京大学学报》2009 年第 3 期。

罗宗强:《从杨慎的文学观看文学思想发展过程中的交错现象》,载《首都师范大学学报》2009 年第 4 期。

左东岭:《闽中诗坛与主流诗坛关系研究》,载《北方论丛》2009 年第 3 期。

左东岭:《论宋濂的诗学思想》,载《首都师范大学学报》2009 年第 4 期。

盛敏:《李梦阳"真诗"理论探源——"真诗乃在民间"命题的提出及由来》,载《河南工业大学学报》2009 年第 4 期。

郝润华、邱旭:《试论李梦阳对杜甫七律的追摹及创获》,载《甘肃社会科学》2009 年第 4 期。

郝润华、李如冰:《李梦阳诗文集流传与版本考辨》,载《古典文献研究》(第十二辑),凤凰出版社 2009 年版。

郭万金:《明代文学生态与帝王的诗歌态度》,载《求是学刊》2009 年第 4 期。

陈书录:《王廷相诗歌意象论与嘉靖前期诗学演变》,载《文学遗产》2009 年 5 期。

陈书录:《王廷相诗歌意象理论与气学思想的交融及其意义》,载《文艺研究》2009 年 9 期。

曹春茹:《李梦阳诗文东传朝鲜半岛及对古代朝鲜文学的影响考论》,载《甘肃社会科学》2009 年第 4 期。

曹春茹:《朝鲜文人论袁宏道》,载《南京理工大学学报》2009 年第 4 期。

曹春茹:《朝鲜文人对李攀龙诗文的接受与批评》,载《昆明学院学报》2009 年第 5 期。

刘慧萍:《由〈挂枝儿〉、〈山歌〉看明代民歌中的饮食与色情》,载《大众文艺(理论)》2009 年第 14 期。

刘飞：《试论〈四库全书总目〉对明诗的批评与朱彝尊诗学的关系》，载《安徽文学》2009 年第 5 期。

徐晓鸿：《传教士与明代诗歌》，载《天风》2009 年第 9、10 期。

许建崑：《闽中诗学曹学佺资料的勘误、搜佚与重建》，载《文学新钥》(台湾)2009 年第 10 期。

颜庆余：《明代古乐府诗的音乐性问题》，见《乐府学》第 5 辑，学苑出版社 2009 年版。

2010—2016 年

付琼：《顺应与反动：明清宗派语境中诗歌选本的衍生机制》，载《社会科学家》2010 年第 1 期。

武道房：《道学与王阳明诗歌的心路历程》，载《安徽师范大学学报》2010 年第 1 期。

孙文秀：《谢肇淛诗论与地域关系浅析》，载《闽江学院学报》2010 年第 1 期。

郑利华：《屠隆与明代复古派后期诗学观念》，载《文学评论》2010 年第 1 期。

郭皓政：《从明中期状元诗文看台阁体向茶陵派的过渡》，载《武汉大学学报》2010 年第 1 期。

李剑锋：《明遗民对陶渊明的接受》，载《山东大学学报》2010 年第 1 期。

李光摩：《钱谦益"弇州晚年定论"考论》，载《文学遗产》2010 年第 2 期。

龚贤：《文献梳理与思理拓新相结合的文学史新著——评《嘉靖前期诗坛研究(1522—1550)》，载《武汉大学学报》2010 年第 2 期。

杨帆：《从李何文学论争看何景明的文艺思想》，载《岱宗学刊》2010 年第 2 期。

薛泉：《论茶陵派之成立》，载《湖南大学学报》2010 年第 3 期。

周潇：《边贡文学地位辨析及其诗歌特征简论》，载《青岛大学师范学院学报》2010 年第 3 期。

熊召政：《醉时翻作醉时看——论孤臣李东阳》，载《紫禁城》2010 年第 3 期。

林冬梅：《论李东阳弘治时期的文学思想》，载《北方论丛》2010 年第 3 期。

闫霞：《明代诗学转向的文化成因》，载《北方论丛》2010 年第 5 期。

陈昌云：《宋濂与"台阁体"关系新探》，载《内蒙古大学学报》2010 年第 4 期。

司马周：《李东阳〈联句录〉版本考辨》，载《南京师范大学文学院学报》2010 年第 4 期。

徐伯鸿：《"台阁体"不能等同"馆阁体"辨析》，载《海南师范大学学报》2010 年第 5 期。

戴红贤：《袁中道早期诗集〈南游稿〉、〈小修诗〉考论》，载《武汉大学学报》2010 年第 5 期。

左东岭：《良知说与王阳明的诗学观念》，载《文学遗产》2010 年第 4 期。

陈文新、郭皓政：《从状元文风看明代台阁体的兴衰演变》，载《文学遗产》2010 年第 6 期。

周玉波：《明代民歌研究五题》，载《淮阴师范学院学报(哲学社会科学版)》2010 年第 6 期。

赫广霖：《论明代早期浙江诗坛的宗唐黜宋现象》，载《杭州电子科技大学学报》2010 年第 2 期。

刘永刚：《论李雯的悲情人生与诗歌创作》，载《西安电子科技大学学报》2010 年第 3 期。

李圣华：《半是苏州半郢州——杨基的诗歌人生与诗歌艺术》，载《苏州大学学报》2010 年第 4 期。

王昊：《试论"台阁体"诗人杨士奇的诗歌》，载《厦门教育学院学报》2010 年第 3 期。

邹自振：《汤显祖的诗歌理论与创作简论》，载《厦门教育学院学报》2010 年第 3 期。

高小慧：《杨慎〈升庵诗话〉对明诗的批评》，载《中州学刊》2010

年第 3 期。

陈广宏：《元明之际唐诗系谱建构的观念及背景》，载《中华文史论丛》2010 年第 4 期。

陈广宏：《明代文学东传与江户汉诗的唐宋之争》，载《上海师范大学学报》2010 年第 6 期。

李灵芝：《茶陵派流派考辨》，载《山东文学》2010 年第 8 期。

赵长海：《明代著名大将王越的文学成就》，见《中国古典文学与文献学研究》（第 5 辑），学苑出版社 2010 年版。

李瑄：《清初遗民诗的群体特征》，见《中国诗歌研究》（第七辑），中华书局 2010 年版。

岳进：《竟陵论唐人七律——以〈唐诗归〉为中心》，见《中国诗歌研究》（第七辑），中华书局 2010 年版。

誉高槐、廖宏昌：《从〈唐诗归〉看晚明诗学论争中的李白诗》，载《兰州学刊》2011 年第 1 期。

尹玲玲：《钱谦益〈列朝诗集小传〉对七子的抨击及其动因》，载《苏州大学学报》2011 年第 1 期。

吕立汉：《论刘基诗歌的历史地位及其影响——兼论刘基、高启诗歌成就之高低》，载《丽水学院学报》2011 年第 1 期。

赵伯陶：《〈新译明诗三百首〉题记》，载《深圳大学学报》2011 年第 1 期。

赵伯陶：《李东阳〈怀麓堂诗话〉的融通意识》，载《社会科学辑刊》2011 年第 4 期。

张劲松：《杨慎反宋人"诗史"说的阐释探幽——明人对宋代诗学话语的突破口》，载《贵州大学学报》2011 年第 2 期。

薛泉：《七子派考略》，载《武汉大学学报》2011 年第 3 期。

闫霞：《李东阳的"格调说"及其影响》，载《文艺评论》2011 年第 2 期。

左东岭：《明代诗歌研究的几个问题》，载《文学遗产》2011 年第 3 期。

罗时进：《地域社群：明清诗文研究的一个重要维度》，载《文学遗产》2011 年第 3 期。

李圣华、范媛媛：《越中诗派与明诗复古初兴述略》，载《郑州大学学报》2011 年第 3 期。

郝润华、杨旭东：《模拟与被模拟：李白七言歌行及其对李梦阳的影响》，载《西北师大学报》2011 年第 3 期。

司马周：《明中期文坛茶陵派与吴中派关系研究》，载《江西社会科学》2011 年第 7 期。

赵玲玲：《略论冯梦龙的民歌观》，载《文化研究》2011 年第 4 期。

陈书录：《唐顺之与明代"毗陵诗派"考论》，载《文学遗产》2011 年第 4 期。

刘勇刚：《论陈子龙诗歌》，载《中国韵文学刊》2011 年第 4 期。

余来明：《史家眼光与流派意识——明代诗史视野中的〈迪功集〉批评》，载《文艺研究》2011 年第 4 期。

余来明：《明中期六朝初唐诗风兴起的历史考察》，载《文学评论丛刊》2011 年第 1 期，见《文学评论丛刊》（第 13 卷第 1 期），南京大学出版社 2011 年出版。

钟振振：《〈明诗三百首〉解缙〈交阯即事〉等四首注释辨正》，载《文史哲》2011 年第 6 期。

邓国军、王发国：《〈明诗话全编〉标点错误举隅》，载《内江师范学院学报》2011 年第 9 期。

陈文新、李华：《论嘉靖七子的科举背景与流派意识》，载《文艺研究》2011 年第 7 期。

何坤翁：《台阁体"三杨"二题》，载《文艺评论》2011 年第 12 期。

李瑄：《无孔锤——袁宏道的应世策略》，载《中国诗歌研究》2011 年第 0 期，见《中国诗歌研究》（第八辑），中华书局 2011 年版。

曹胜高：《文化家国与元明诗文之走向》，载《古代文明》2012 年第 1 期。

李花蕾：《明代孤本〈朝阳岩集〉初探》，载《湖南科技大学学报》2012 年第 1 期。

孙之梅：《明代歌诗考——兼论明代诗学的歌诗品质》，载《文学评论》2012 年第 1 期。

邬国平：《复古与抒情双重协奏——论徐祯卿〈谈艺录〉》，载《文艺研究》2012 年第 2 期。

张海：《论李东阳对李白的接受》，载《重庆师范大学学报》2012 年第 2 期。

薛泉：《前七子与李东阳交恶论》，载《武汉大学学报》2012 年第 2 期。

李玉栓：《明后七子结社考辨》，载《中国文学研究》（辑刊），2012 年第 2 期。

郑礼炬：《〈列朝诗集小传·郭完传〉疏证》，载《中国典籍与文化》2012 年第 2 期。

廖虹虹：《谢肇淛诗文集版本考》，载《郑州师范教育》2012 年第 3 期。

杨遇青：《从"白云楼社"到"后七子"派——以嘉靖二三十年间京城文学话语之转移为中心》，载《文学遗产》2012 年第 3 期。

雷磊：《杨慎与何景明：六朝派与前七子的交接》，载《中国韵文学刊》2012 年第 3 期。

金生奎：《李攀龙唐诗选本考论》，载《文献》2012 年第 3 期。

肖鹰：《由法而情的美学转进——明代自然情论诗学观的萌发》，载《文艺研究》2012 年第 2 期。

肖鹰：《性情的本体化——明代中期诗学的精神转向》，载《中国人民大学学报》2012 年第 4 期。

吴根友：《简论晚明以降诸"性灵"说》，载《船山学刊》2012 年第 3 期。

薛泉：《论李东阳的忧患意识》，载《湖南大学学报》2012 年第 5 期。

尹玲玲：《〈明诗百卅名家集钞〉与〈列朝诗集〉关系考论》，载《阜阳师范学院学报》2012 年第 3 期。

张立敏：《论儒家诗教论在明代诗学中的影响——兼论明人观念中的形式理论与诗教论关系》，载《兰州学刊》2012 年第 3 期。

黄坤尧：《"岭南诗派"相对论》，载《学术研究》2012 年第 3 期。

杨权、陈丕武：《诗派标准与"岭南诗派"》，载《学术研究》2012

年第 3 期。

王明建：《明代复古派诗论的言情观》，载《文学评论》，2012 年第 5 期。

张晶：《谢榛诗论的美学诠解》，载《北京大学学报》2012 年第 5 期。

侯美珍：《明代会试〈诗经〉义出题研究》，载《台大中文学报》（台湾）2012 年第 38 期。

郑礼炬：《论明中期闽中诗文的转变——从茶陵派到前七子》，载《中国韵文学刊》2012 年第 4 期。

宋伟涛：《李梦阳怀古诗探析》，载《重庆广播电视大学学报》2012 年第 5 期。

余来明：《明诗"盛于国初"辨》，载《文艺研究》2012 年第 9 期。

司马周、陈书禄：《茶陵派与"前七子"关系考论》，载《文艺研究》2012 年第 9 期。

何宗美：《茶陵派非"派"试论——"茶陵派"命名由来及相关问题的考辨》，载《文学遗产》2012 年第 6 期。

陈广宏、侯荣川：《关于明诗话整理的若干问题》，载《复旦学报》2013 年第 1 期。

徐美洁：《晚明江南文人隐逸风习的文化共性——以陈继儒与屠隆为例》，载《学术界》2013 年第 1 期。

殷祝胜：《旧题李攀龙〈唐诗选〉真伪问题再考辨》，载《河南师范大学学报》2013 年第 1 期。

戴红贤：《从"独抒性灵"到"真诗精神"——袁宏道、钟惺"性灵说"离合关系探析》，载《贵州社会科学》2013 年第 2 期。

左东岭：《20 世纪明代诗歌研究综论》，载《华中师范大学学报》2013 年第 1 期。

左东岭：《龙场悟道与王阳明诗歌体貌的转变》，载《文学评论》2013 年第 2 期。

［日］西村秀人：《李梦阳文学复古主张的理论依据》，陈磊译，载《文化与诗学》2013 年第 2 期。

孙学堂：《唐寅诗歌与唐宋诗传统》，载《西北大学学报》2013 年

3 月第 2 期。

蒋旅佳：《"从盛唐回到六朝"：杨慎律诗学策略》，载《云南民族大学学报》2013 年第 2 期。

邓富华：《〈四库全书总目〉明诗批评述论》，载《哈尔滨师范大学学报》2013 年第 2 期。

蒋旅佳：《"从盛唐回到六朝"：杨慎律诗学策略》，载《云南民族大学学报》2013 年第 2 期。

郑礼炬：《论叶向高的文学活动在晚明文坛的意义》，载《漳州师范学院学报》2013 年第 2 期。

何宗美：《"台阁体"命名的还原研究》，载《西南大学学报》2013 年第 3 期。

郑小雅：《论〈小草斋诗话〉的诗学观》，载《华侨大学学报》2013 年第 3 期。

刘芳亮：《江户前期明七子派文学在日本的传播与接受》，载《许昌学院学报》2013 年第 4 期。

邵毅平：《文学畸人唐寅传》，见《中国古典文学论集》，上海古籍出版社 2013 年版。

李美芳：《明清时期贵州诗歌总集材料来源考略》，载《西南交通大学学报》2013 年第 6 期。

李玉栓：《文人结社与明代岭南诗派的发展》，载《安徽师范大学学报》2013 年第 6 期。

赵旭：《谢榛与李攀龙之争新论》，载《社会科学辑刊》2013 年第 2 期。

许建崑：《万历年间曹学佺在金陵诗社的活动与意义》，载《东海中文学报》（台湾）2013 年第 25 期。

孙小力：《宋濂〈越歌〉考论》，见《中国诗歌研究》（第九辑），中华书局 2013 年版。

严明、孙燕娜：《明初台阁体的前世今生——兼论中国诗歌史中治世之音的评价问题》，见《中国诗歌研究》（第九辑），中华书局 2013 年版。

陈博涵：《元末明初诗书画"三绝"艺术与同题集咏的生命寄托》，

见《中国诗歌研究》(第九辑)，中华书局 2013 年版。

王馨鑫：《论晚明布衣诗人程嘉燧的人格心态与诗学思想》，见《中国诗歌研究》(第九辑)，中华书局 2013 年版。

徐文翔：《关于明代民歌研究的一些思考》，载《文学与文化》2014 年第 1 期。

廖可斌：《关于中国古代文学中的非古典传统——读〈中国诗歌通史·明代卷〉》，载《首都师范大学学报》2014 年第 1 期。

方锡球：《明代"诗变"论的第一次转折》，载《古籍研究》2014 年第 1 期。

闫霞：《喧哗与骚动：明代诗学论争概论》，载《湖北第二师范学院学报》2014 年第 3 期。

周翔飞：《明初文学的历史分期与时代价值——与余来明、雷磊先生商榷》，载《学术界》2014 年第 3 期。

李圣华：《方孝孺的论诗绝句及其尚宋之调》，载《古典文学知识》2014 年第 4 期。

左东岭：《20 世纪高启与吴中诗派研究》，载《苏州大学学报》2014 年第 3 期。

尹玲玲：《明诗总集遗民选家考》，载《宜宾学院学报》2014 年第 9 期。

刘坡：《李梦阳与明代中州诗坛》，载《江西社会科学》2014 年第 9 期。

谢群：《明代浙江地区的诗话创作》，载《浙江传媒学院学报》2014 年第 5 期。

王逊：《末五子与晚明诗学》，载《文艺评论》2014 年第 10 期。

邵军：《从竟陵派与画家的交游看晚明文人的"诗画兼善"》，载《文艺研究》2014 年第 11 期。

李时人：《明代"文人结社"刍议》，载《上海师范大学学报》2015 年第 1 期。

鲁茜：《"风尘"与"白雪"：李攀龙诗歌的心态特征》，载《湖南第一师范学院学报》2015 年第 1 期。

熊畅、蔡龙文：《试论王阳明的诗歌创作》，载《广东技术师范学院学报》2015 年第 3 期。

　　车瑞：《谢榛诗学的理论价值》，载《福建论坛》2015 年第 3 期。

　　徐丹丹：《王士禛评选徐祯卿诗考论》，载《文学遗产》2015 年第 4 期。

　　方恩铎：《谈南阳两首咏菩提寺明诗的流传——明代南阳的兰亭盛会之发现和对明末以来文坛历史失误之纠正》，载《南阳师范学院学报》2015 年第 4 期。

　　叶官谋：《明诗总集编纂思想的演进》，载《太原师范学院学报》2015 年第 3 期。

　　张兵、马小明：《论公安"三袁"及其诗歌创作心态》，载《甘肃理论学刊》2015 年第 3 期。

　　[加]白润德：《"前七子"探实》，孙学堂译，见《中国诗歌研究》（第十一辑），中华书局 2015 年版。

　　王小舒、杨子铭：《山左诗坛的一桩公案——试论〈列朝诗集〉对王象春的定位》，见《中国诗歌研究》（第十一辑），中华书局 2015 年版。

　　雍繁星：《一个诗人的"位置"——陈献章研究的回顾与反思》，见《中国诗歌研究》（第十一辑），中华书局 2015 年版。

　　陈世英：《明代文学家赵贞吉的诗文题材》，载《语文建设》2015 年第 8 期。

　　张子璇：《陈子龙与晚明诗学复古思潮的转向》，载《文化学刊》2015 年第 10 期。

　　李成晴：《哈佛燕京图书馆藏孤本明刻〈明千家诗〉初探》，载《中国韵文学刊》2015 年第 4 期。

　　程广昌：《〈新安二布衣诗〉初探》，载《戏剧之家》2015 年第 11 期。

　　袁宪泼：《公安派诗学新变中的书画因素》，载《文学遗产》2015 年第 6 期。

　　潘林：《重情求真——从李贽诗文评看晚明诗学发展》，载《皖西学院学报》2015 年第 6 期。

　　纳秀艳：《王夫之〈诗经〉学"诗以道情"观的诗学贡献》，载《衡水学院学报》2015 年第 6 期。

　　高小慧：《王廷相文学交游考》，载《兰台世界》2015 年第 33 期。

　　连文萍：《妇学与诗才：明代女教书中的诗歌著录及评述》，载《中正汉学研究》（台湾）2015 年第 2 期。

　　张胜利：《明代辨体理论的文学史价值》，载《烟台大学学报》2016 年第 1 期。

　　王逊：《折中与融合：重审明末诗学论争与学风特色》，载《北方论丛》2016 年第 1 期。

　　曾硕先：《论"寺庙"与王阳明的诗歌创作》，载《浙江海洋学院学报》2016 年第 3 期。

　　蓝青：《屠隆集外诗文辑考》，载《图书馆杂志》2016 年第 3 期。

　　王永波：《明人对杜甫律诗的选编与批评》，载《北京大学学报》2016 年第 3 期。

　　赵贤慧：《郭正域诗歌批评研究——以〈杜律选〉为例》，载《浙江海洋学院学报》2016 年第 3 期。

　　赵贤慧：《郭正域〈评点杜工部七言律〉研究》，载《齐齐哈尔大学学报》2016 年第 6 期。

　　王永波：《杜诗在明代的评点与集解》，载《山西大学学报》2016 年第 4 期。

　　姚金笛：《论边贡对"济南诗派"的意义》，载《长春大学学报》2016 年第 9 期。

三、博硕士学位论文索引
博　士

　　陈万益：《晚明性灵文学思想研究》，台湾大学中国文学研究所，1976 年。

　　黄志民：《王世贞研究》，台湾政治大学，1976 年。

　　龚显宗：《明代七子派诗文及其论评研究》，台湾文化大学，1979 年。

　　颜婉云：《明前后七子诗论析评》，香港大学，1981 年。

简锦松:《明代中期文坛研究》,台湾大学,1987年。

廖可斌:《复古派与明代文学思潮》,浙江大学,1989年。

章伟:《明七子文学思想论稿》,复旦大学,1990年。

[韩]李基勉:《袁宏道性灵说研究》,高丽大学,1993年。

左东岭:《李贽与晚明文学思想》,南开大学,1995年。

[韩]Nancy norton tomasko : *Chung Hsing*(1574-1625), *A Literary Name in The WanLi Era*(1574-1625), Pricinton University, 1995.

[韩]高仁德:《竟陵派的文学理论》,日本庆应义塾大学,1995年。

[韩]南德弦:《公安派直文学理论研究——以袁氏三兄弟为代表》,韩国外国语大学,1995年。

史小军:《明代七子派及其文学复古运动研究》,陕西师范大学,1996年。

何永清:《四溟诗话研究》,台湾师范大学,1997年。

杨晋龙:《明代诗经学研究》,台湾大学,1997年。

朴成圭:《性灵诗论研究》,台湾师范大学,1998年。

李圣华:《晚明诗歌研究》,苏州大学,2001年。

易闻晓:《公安派的文化阐释》,浙江大学,2001年。

徐永明:《元代至明初婺州作家群研究》,浙江大学,2002年。

徐林:《明代中晚期江南士人社会交往研究》,东北师范大学,2002年。

刘勇刚:《云间派研究》,南京师范大学,2002年。

司马周:《茶陵派研究》,南京师范大学,2003年。

郦波:《王世贞文学研究》,南京师范大学,2003年。

李钟武:《王夫之诗学范畴研究》,复旦大学,2004年。

邸晓平:《明中叶吴中文人集团研究》,首都师范大学,2004年。

宋俊玲:《公安派研究》,首都师范大学,2004年。

周玉波:《明代民歌研究》,南京师范大学,2004年。

李双华:《明中叶吴中派研究》,南京师范大学,2004年。

关春燕:《明代吴江女性文学研究》,南京师范大学,2004年。

邓新跃:《明代前中期诗学辨体理论研究》,中山大学,2004年。

董刚：《元末明初浙东士大夫群体研究》，浙江大学，2004 年。

焦中栋：《论钱谦益的明代文学批评》，浙江大学，2005 年。

丁功宜：《钱谦益文学思想研究》，首都师范大学，2005 年。

王文泰：《明代人编选明代诗歌总集研究》，复旦大学，2005 年。

郑艳玲：《钟惺评点研究》，复旦大学，2005 年。

杨焄：《明人编选汉魏六朝诗歌总集研究》，复旦大学，2005 年。

曾肖：《复社与文学新探》，南京大学，2005 年。

焦中栋：《论钱谦益的明代文学批评》，浙江大学，2005 年。

刘化兵：《明代成化至正德前期士人与诗派研究》，山东大学，2005 年。

孙春青：《明代唐诗学》，南开大学，2005 年。

汪涤：《吴门画派的诗化结合研究》，华东师范大学，2005 年。

蒋鹏举：《李攀龙研究》，陕西师范大学，2005 年。

王磊：《陈霆研究》，复旦大学，2005 年。

吴思增：《陈子龙新诗风研究》，华东师范大学，2006 年。

张金环：《论吴伟业的"诗史"观——兼论与"梅村体"之关系》，首都师范大学，2006 年。

郑礼炬：《明代洪武至正德年间的翰林院与文学》，南京师范大学，2006 年。

高建旺：《明代广东作家和明代广东文学研究》，上海师范大学，2006 年。

张永刚：《东林党议与晚明文学活动》，华中师范大学，2006 年。

余来明：《嘉靖前期诗坛研究：1522—1550》，武汉大学，2006 年。

金生奎：《明代唐诗选本研究》，南京大学，2007 年。

陈丽媛：《胡应麟文艺思想研究》，福建师范大学，2007 年。

陈斌：《明代中古诗歌批评研究》，福建师范大学，2007 年。

陈超：《曹学佺研究》，福建师范大学，2007 年。

汪沛：《徐渭文化心态研究》，陕西师范大学，2007 年。

张亭立：《陈子龙研究》，华东师范大学，2007 年。

解国旺：《明代古诗选本研究》，河南大学，2007 年。

王恩俊：《复社研究》，东北师范大学，2007 年。

吴秋兰：《晚明嘉定四先生研究》，台湾东海大学，2007 年。

莫真宝：《张溥文学思想研究》，首都师范大学，2008 年。

陆岩军：《张溥研究》，复旦大学，2008 年。

张淼：《徐渭诗歌研究》，复旦大学，2008 年。

刘廷乾：《江苏明代作家研究》，上海师范大学，2008 年。

李树军：《明代诗歌文体批评研究》，辽宁大学，2008 年。

崔秀霞：《徐祯卿诗学思想研究》，北京语言大学，2008 年。

李灿朝：《明末清初越中文人及文学研究》，浙江大学，2008 年。

范知欧：《于慎行研究》，四川大学，2008 年。

魏强：《李梦阳何景明诗学研究》，苏州大学，2009 年。

孟斌斌：《屠隆诗文观研究》，北京语言大学，2009 年。

叶晔：《明代中央文官制度与文学》，复旦大学，2009 年。

梁静：《袁宏道诗歌语言结构研究》，复旦大学，2009 年。

刘芳亮：《日本江户汉诗对明代诗歌的接受研究》，山东大学，2009 年。

郭平安：《李梦阳研究》，陕西师范大学，2009 年。

林虹：《王慎中研究》，福建师范大学，2009 年。

赵旭：《谢榛的时代及其诗学》，辽宁大学，2009 年。

魏春春：《船山诗学研究》，陕西师范大学，2010 年。

师海军：《明中期关陇作家群研究》，西北大学，2010 年。

杨年丰：《钱澄之文学研究》，苏州大学，2010 年。

卜庆安：《屈大均研究》，扬州大学，2010 年。

黄金元：《明清之际济南府望族与诗歌研究》，山东师范大学，2010 年。

买艳霞：《唐寅研究》，中央民族大学，2010 年。

李燕青：《〈艺苑卮言〉研究》，上海大学，2010 年。

高志忠：《明代宦官文学与宫廷文艺研究》，中山大学，2010 年。

杨钊：《杨慎研究——以文学为中心》，四川师范大学，2010 年。

李玉宝：《谢肇淛与晚明福建文学》，上海师范大学，2010 年。

何坤翁：《明前期台阁体研究》，武汉大学，2010 年。

王苗：《试论明代中后期女性创作的兴起》，南京大学，2011 年。

刘俊伟：《王鏊研究》，浙江大学，2011 年。

徐美洁：《屠隆诗编年笺注》，华东师范大学，2011 年。

顾国华：《宗臣研究》，扬州大学，2011 年。

张海新：《张岱及其诗文研究》，复旦大学，2011 年。

刘铭：《李开先文学研究》，复旦大学，2011 年。

孙文秀：《曹学佺文学活动与文艺思想研究》，北京大学，2011 年。

周勇：《明代会元别集考论》，武汉大学，2011 年。

戴红贤：《袁宏道与晚明性灵文学思潮》，武汉大学，2011 年。

张清河：《晚明江南诗学研究》，武汉大学，2012 年。

李华：《永乐年间庶吉士诗文与明前期社会》，武汉大学，2012 年。

吴琼：《明末清初的文学嬗变》，上海师范大学，2012 年。

郝倖仔：《明代〈文选〉学研究》，北京大学，2012 年。

刘坡：《李梦阳与明代诗坛研究》，上海师范大学，2012 年。

裴宏江：《明清之际江南城镇的特殊文化功能——以虞山诗派、娄东诗派和梅里词派为中心》，上海师范大学，2012 年。

郑婷：《宋诗与明代诗坛》，复旦大学，2012 年。

孟宪尧：《〈皇华集〉与明代中朝友好交流研究》，延边大学，2012 年。

王露：《明代弘嘉之际吴中文学思想研究》，复旦大学，2013 年。

洪彦龙：《公安三袁交游与文学研究》，复旦大学，2013 年。

周挺启：《钱澄之〈田间诗学〉研究》，华东师范大学，2013 年。

胡世强：《明代十五世纪文学研究》，西北大学，2013 年。

谢旭：《王学与中晚明文学理论的关系研究——以七子派和公安派为个案》，陕西师范大学，2013 年。

马晓红：《阳明心学与明中后期文学批评》，东北师范大学，2013 年。

周成强：《明清桐城望族诗歌研究》，山东师范大学，2013 年。

丁雪艳：《高棅研究》，河南大学，2013 年。

陈芳：《明代中古诗歌批评研究》，复旦大学，2013 年。

李军：《明代文官制度与明代文学》，南开大学，2013 年。

丁雪艳：《高棅研究》，河南大学，2013 年。

李程：《朱彝尊〈明诗综〉研究》，华中师范大学，2014 年。

王向东：《明清昭阳李氏家族文化文学研究》，扬州大学，2014 年。

徐文翔：《明代文人与民歌》，南开大学，2014 年。

魏红艳：《冯梦祯研究》，浙江大学，2014 年。

李茜茜：《元末明初吴中文人群体研究》，复旦大学，2014 年。

李国新：《明代诗声理论研究》，云南大学，2015 年。

侯丹阳：《明诗歌与佛禅》，福建师范大学，2015 年。

硕　士

朴钟学：《公安派文学思想及其背景研究》，台湾辅仁大学，1970 年。

黄志民：《明代诗社研究》，台湾政治大学，1972 年。

龚显宗：《谢茂秦之生平及其文学观》，台湾政治大学，1973 年。

颜婉云：《王世贞〈艺苑卮言〉诗论析论》，香港大学，1975 年。

许建崑：《王世贞评传》，台湾东海大学，1976 年。

郑亚薇：《胡应麟诗薮之研究》，台湾政治大学，1977 年。

周志文：《泰州学派对晚明文学风气的影响》，台湾大学，1977 年。

元钟礼：《明清格调诗说之研究》，台湾大学，1979 年。

简锦松：《李何诗论研究》，台湾大学，1980 年。

林美秀：《江进之诗学理论与实践》，台湾高雄师范大学，1980 年。

吴武雄：《公安派及其著作考》，台湾东海大学，1981 年。

张瑞华：《钟惺及其文学批评研究》，台湾东吴大学，1983 年。

蔡瑜：《高棅诗学研究》，台湾大学，1984 年。

王恺：《从〈诗归〉看钟、谭诗歌鉴赏论》，南京师范大学，1984 年。

邬国平：《钟惺、谭元春及其文学思想研究》，复旦大学，1985 年。

易新宙：《神韵派诗论之研究》，台湾政治大学，1985 年。

金钟吾：《胡应麟的诗史观与诗论研究》，台湾师范大学，1985 年。

陈广宏：《钟惺年谱》，复旦大学，1987 年。

林贤得：《明代中叶吴中名士诗歌研究》，台湾师范大学，1987 年。

吴瑞泉：《明清格调诗说之研究》，台湾东吴大学，1987 年。

黄雅娟：《明代诗情观研究——论"七子"与"公安"诗论之异同》，台湾东海大学，1987 年。

黄明理：《晚明文人型态之研究》，台湾师范大学，1988 年。

连文萍：《明代茶陵派诗论研究》，台湾东吴大学，1989 年。

朴均雨：《王世贞诗文论研究》，台湾政治大学，1990 年。

戴文和：《"唐诗"、"宋诗"之争研究》，台湾"中央"大学，1990 年。

邵曼珣：《论真——以明代诗论为考察中心》，台湾东吴大学，1990 年。

陈锦盛：《徐祯卿之诗论研究》，台湾政治大学，1991 年。

陈成文：《明代复古派与公安诗史观之比较》，台湾政治大学，1993 年。

黄如焄：《晚明陆时雍诗学研究》，台湾中正大学，1994 年。

杨英姿：《明代复古诗论"缘情比兴"说》，台湾中山大学，1996 年。

卓福安：《熟读涵泳以合神境——论〈艺苑卮言〉的复古主张》，台湾淡江大学，1998 年。

陈岸峰：《沈德潜诗学理论与明代复古诗说之关系探析》，香港科技大学，1999 年。

陈敏：《〈诗归〉与竟陵诗派的诗论纲领》，山东师范大学，2000 年。

崔浩：《谭元春考论》，北京大学，2001 年。

张青：《论汤显祖诗歌的主情特色》，山东师范大学，2001 年。

段宗社：《明代"七子派"诗学思想研究》，陕西师范大学，2001 年。

李轴宇：《高启诗歌研究》，暨南大学，2001 年。

刘洁：《神理与诗情——论船山诗学的超越本质》，辽宁师范大学，2001 年。

徐茂雯：《陈子龙诗学思想研究》，苏州大学，2001 年。

邵传永：《谢榛论》，苏州大学，2001 年。

王凤翔：《论王夫之的诗学价值取向》，湖南师范大学，2001 年。

庞飞：《王夫之"兴"的美学意义》，陕西师范大学，2002 年。

郑艳玲：《公安三袁与袁枚性灵说的比较研究》，新疆大学，2002 年。

刘志：《论王阳明美学思想》，山东师范大学，2002 年。

陈志国：《徐渭人格论》，山东师范大学，2002 年。

侯小强：《王夫之非议"诗史说"原因初探——兼论王夫之对明代诗学思想的整合》，首都师范大学，2002 年。

付明明：《明初侍御文学研究》，江西师范大学，2002 年。

卢永和：《"自然人性论"基础上的文学观——李贽文学思想新探》，湖南师范大学，2002 年。

邵吉志：《钟惺诗学体系研究》，山东大学，2003 年。

刘尊举：《袁中道晚年文学思想转变及成因探微》，首都师范大学，2003 年。

张慧群：《徐渭本色论内涵及其在晚明文学思想演变中的地位》，首都师范大学，2003 年。

李桂芹：《竟陵派的诗学观》，华南师范大学，2003 年。

李晓峰：《王夫之诗学与叶燮诗学比较研究》，新疆大学，2003 年。

刘民红：《明代天才诗人——高启散论》，苏州大学，2003 年。

朱荣所：《谢榛行实交游考论》，广西师范大学，2003 年。

肖燕芳：《〈山歌〉中私情歌谣的女性意识研究》，湘潭大学，2003 年。

何玉军：《明代科举与诗歌》，苏州大学，2004 年。

张平：《连世文章今犹在，一腔畸愤几人知——徐渭诗歌论》，苏州大学，2004 年。

汪浩：《冲突与融合——明清之际诗学研究》，苏州大学，2004 年。

张铭：《钱澄之诗歌研究》，安徽大学，2004 年。

章玳：《屈大均人格及其诗歌创作》，南京师范大学，2004 年。

谢荣娥：《明清竟陵代表诗文用韵与现代天门方音》，华中师范大学，2004 年。

李伟：《曹学佺及其著述论考》，福建师范大学，2004 年。

裴鼎鼎：《王夫之意象理论探微》，河北师范大学，2004 年。

谢旭：《七子派文学理论与阳明心学关系研究》，陕西师范大学，2004 年。

李胜利：《汤显祖诗论及其诗歌创作初探》，江西师范大学，2005 年。

刘雁灵：《徐祯卿诗学思想与吴中文化》，首都师范大学，2005 年。

古尊师：《钱谦益诗歌三变》，北京大学，2005 年。

匡代军：《船山情感论审美研究》，湖南师范大学，2005 年。

顾瑞雪：《刘基诗歌研究》，湖南师范大学，2005 年。

吕则丽：《〈沧浪诗话〉与明代复古派诗论》，山东师范大学，2005 年。

郭皓政：《论徐渭对杜诗的接受》，山东师范大学，2005 年。

万德敬：《袁凯年谱》，河北大学，2005 年。

党波涛：《解读夏完淳》，华中师范大学，2005 年。

魏宏远：《竟陵体研究》，上海大学，2005 年。

朱伟东：《石仓十二代诗选研究》，复旦大学，2005 年。

张红花：《杨士奇诗文研究——兼及对明代台阁体的再认识》，暨南大学，2005 年。

汪孔丰：《云间诗派研究》，苏州大学，2005 年。

童皓：《徜徉于出处之间——明代中叶吴中文人心态研究》，苏州大学，2005 年。

李梅：《曹学佺文学理论研究》，浙江大学，2006 年。

赵春燕：《钱澄之〈田间诗集〉研究》，安徽师范大学，2006 年。

李莎莉：《明代江西诗人用韵研究》，广西师范大学，2006 年。

陆元兵：《明代福建诗人诗歌用韵研究》，广西师范大学，2006 年。

漆凡：《明代浙江诗人用韵研究》，广西师范大学，2006 年。

贾继用：《高启年谱》，广西师范大学，2006 年。

王文荣：《王慎中年谱》，广西师范大学，2006 年。

闫春：《朱有燉诗歌研究》，广西师范大学，2006 年。

王海燕：《从冯梦龙编纂民歌时调看明代"民间真诗"理论》，暨南大学，2006 年。

陈晓艳：《袁宗道文学研究》，暨南大学，2006 年。

李振松：《祝允明诗文研究》，暨南大学，2006 年。

郑雅宁：《王九思文学研究》，西北师范大学，2006 年。

张汉平：《袁中道研究》，扬州大学，2006 年。

陈昌云：《明成化至隆庆末诗文辨体理论研究》，广西师范大学，2006 年。

魏春春：《诗与思——船山诗学思想发微》，西北大学，2006 年。

陈君丽：《公安派及其"性灵说"流变研究》，陕西师范大学，2006 年。

周君燕：《高启诗歌研究》，山东师范大学，2006 年。

张小李：《论徐渭的自我观及对其文学思想的影响》，首都师范大学，2006 年。

吕楚风：《康海论》，首都师范大学，2006 年。

郭桂滨：《高启明初文学思想研究》，首都师范大学，2006 年。

盛敏：《李梦阳诗歌研究》，郑州大学，2006 年。

李波：《王世懋的诗歌理论》，新疆师范大学，2006 年。

岳永：《钱谦益宗唐祢宋的诗学思想》，新疆师范大学，2006 年。

王艳红：《明代女性作品总集研究》，上海师范大学，2006 年。

籍芳丽：《明代文坛"三杨"研究》，上海师范大学，2006 年。

秦凤：《明代松江府作家研究》，上海师范大学，2006 年。

李菁：《晚明文人陈继儒研究》，上海师范大学，2006 年。

陈雅男：《林古度诗研究》，福建师范大学，2006 年。

林冬梅：《明代格调派诗学理论辨析》，山东大学，2006 年。

杨灿：《胡应麟诗歌理论探微》，山东大学，2006 年。

周驰靖：《李东阳诗歌及诗学理论研究》，湖南科技大学，2007 年。

颜玉屏：《梁辰鱼诗歌与戏剧研究》，暨南大学，2007 年。

张敏：《南园后五先生诗歌研究》，暨南大学，2007 年。

李海燕：《明代嘉靖、万历年间山人研究——以与王世贞和袁宏道交游的为主》，暨南大学，2007 年。

姚丽丽：《江盈科研究》，苏州大学，2007 年。

杨继辉：《唐寅年谱新编》，苏州大学，2007 年。

徐小川：《〈明人诗钞〉研究》，苏州大学，2007 年。

白海雄：《清初遗民诗僧研究》，苏州大学，2007 年。

汪如润：《明代河南作家研究》，上海师范大学，2007 年。

刘方：《明代湖广作家研究》，上海师范大学，2007 年。

程莉萍：《明代京畿作家研究》，上海师范大学，2007 年。

乐万里：《明代四川作家研究》，上海师范大学，2007 年。

杨挺：《明代陕西作家研究》，上海师范大学，2007 年。

彭静：《论嘉靖后期到万历前期的文学理论》，四川大学，2007 年。

李文海：《文徵明诗文研究》，西北师范大学，2007 年。

王秋朋：《李攀龙年谱稿》，兰州大学，2007 年。

冯雁雯：《张佳胤年谱》，兰州大学，2007 年。

曾义：《杨基研究》，兰州大学，2007 年。

王玉媛：《高启诗歌风格及其成因探析》，厦门大学，2007 年。

孙青玥：《谢榛诗学理论批评研究》，南昌大学，2007 年。

张玉玲：《论明代宋懋澄的文学创作》，山东大学，2007 年。

张晓媛：《济南诗派研究》，山东大学，2007 年。

袁文雅：《从钱柳交往看柳如是的精神追求》，吉林大学，

2007 年。

王建新：《明代吉安文士古体诗用韵研究》，吉林大学，2007 年。

汤华：《论王夫之的诗歌美学思想》，曲阜师范大学，2007 年。

朱传季：《元末明初杭郡文人集群研究》，浙江大学，2007 年。

罗娟娟：《袁中道文学研究》，华中师范大学，2007 年。

胡剑兵：《高启与元末明初吴中诗风的转变》，武汉大学，2007 年。

付华：《杜濬诗歌研究》，郑州大学，2007 年。

佟昊：《徐渭诗歌思想内容研究》，内蒙古大学，2007 年。

王鸿军：《明代汉籍流入朝鲜李朝及其影响》，内蒙古大学，2007 年。

李琳：《李梦阳文学思想的发展与演变》，首都师范大学，2007 年。

张玉欣：《明代诗歌句法理论初探》，浙江工业大学，2007 年。

吴永忠：《〈皇明诗选〉研究》，江西师范大学，2007 年。

金光胡：《胡应麟诗学研究》，江西师范大学，2007 年。

霍明丽：《明代民歌〈挂枝儿〉的抒情主人公研究》，广西民族大学，2007 年。

王兰兰：《严嵩其人其诗》，湖南大学，2007 年。

董照川：《李贽"童心说"及其文学实践》，湖南大学，2007 年。

刘芹：《袁宏道的诗论与诗歌创作》，北京语言大学，2007 年。

张冰：《〈盛明百家诗〉研究》，北京语言大学，2007 年。

曹碧清：《明代格调理论研究》，四川师范大学，2008 年。

刘凤：《〈江西诗征〉明代部分数据库及其诗歌概说》，南昌大学，2008 年。

卢保侠：《严嵩诗歌研究》，南昌大学，2008 年。

谢丹：《唐寅文学研究》，苏州大学，2008 年。

陈海霞：《〈明诗别裁集〉研究》，江西师范大学，2008 年。

盛林忠：《杨一清研究》，浙江大学，2008 年。

李月杰：《王阳明诗歌研究》，厦门大学，2008 年。

杨毅鸿：《杨一清〈石淙诗稿〉研究》，暨南大学，2008 年。

董晓霞：《娄坚诗文研究》，暨南大学，2008 年。

王世昌：《曹学佺诗文研究》，暨南大学，2008 年。

陆岩军：《张溥研究》，复旦大学，2008 年。

高宏洲：《以李梦阳、何景明为典型的前七子复古诗学的文化阐
释》，陕西师范大学，2008 年。

孙彦忠：《刘基诗研究》，河北大学，2008 年。

张若雅：《胡应麟〈诗薮〉论杜诗》，山东大学，2008 年。

刘秀红：《明宣宗与宣德宫廷诗坛研究》，中南大学，2008 年。

沈云迪：《明代福建作家研究》，上海师范大学，2008 年。

刘慧：《明代山西作家研究》，上海师范大学，2008 年。

郭婷婷：《陆时雍〈诗镜总论〉研究》，山西大学，2009 年。

万彩玲：《钱谦益明代诗学批评研究》，华中师范大学，2009 年。

蔡伟春：《高棅诗学研究四题》，湘潭大学，2009 年。

郁步生：《明代扬州府作家研究》，上海师范大学，2009 年。

王春晓：《边贡及其诗歌探析》，山东师范大学，2009 年。

吴波：《唐寅思想及诗歌研究》，陕西师范大学，2009 年。

蔡丹：《徐文长诗歌创作研究》，陕西师范大学，2009 年。

庄丹：《郑善夫诗歌研究》，漳州师范学院，2009 年。

杨欢欣：《谢肇淛的〈小草斋诗话〉研究》，厦门大学，2009 年。

马亚芳：《李东阳文学理论研究》，厦门大学，2009 年。

李霞：《王世贞文学复古思想研究》，新疆大学，2009 年。

贺雯婧：《易代文人高启诗歌创作心态研究》，青海师范大学，
2009 年。

季惟尊：《论高启的七言律诗》，上海社会科学院，2009 年。

戴文晔：《社会与个性的冲突——祝允明诗歌研究》，湘潭大学，
2009 年。

马丽：《李东阳拟古乐府研究》，陕西师范大学，2009 年。

梁琳：《王守仁诗文研究》，西北师范大学，2009 年。

闫成全：《顾璘文学研究》，西南大学，2009 年。

郭建军：《高启诗歌风格形成探因》，山东师范大学，2009 年。

王志军：《〈四溟诗话〉：倾注"诗心"的诗学论著》，陕西师范大

学，2009 年。

王真：《试论何景明的诗赋创作》，华东师范大学，2010 年。

黄佩君：《杨士奇台阁体诗歌研究》，南昌大学，2010 年。

张蔓莉：《郑善夫研究》，福建师范大学，2010 年。

武光杰：《嘉靖"云间四贤"唐诗接受研究》，山东大学，2010 年。

刘文英：《文徵明诗歌研究》，湘潭大学，2010 年。

胡爽：《朝鲜诗家对明诗的批评》，延边大学，2010 年。

朱海峰：《王阳明诗歌研究》，湖南大学，2010 年。

李悠：《汤显祖诗文理论研究》，湖南科技大学，2010 年。

熊小月：《李东阳诗歌研究》，西北师范大学，2010 年。

王莹：《谢榛诗歌研究》，西北师范大学，2010 年。

王伟：《山人王稚登及其诗歌研究》，江西师范大学，2010 年。

周云汇：《徐媛诗歌研究》，复旦大学，2010 年。

包筱璐：《顾璘与明中叶文学思潮》，复旦大学，2010 年。

王晴璐：《徐学谟的生平交游、文学思想与诗文创作初探》，复旦大学，2010 年。

蔡灼暖：《陈白沙诗歌研究》，暨南大学，2010 年。

王媛：《顾璘诗文研究》，暨南大学，2010 年。

刘淑艳：《林鸿与高棅研究》，暨南大学，2010 年。

赵歌君：《顾璘研究》，苏州大学，2010 年。

武剑：《王阳明诗歌论》，苏州大学，2010 年。

卢获：《明诗在朝鲜的传播》，延边大学，2010 年。

满涛：《〈列朝诗集〉选评"李何"、"李王"研究》，华中师范大学，2010 年。

张兴娟：《明代诗人张含的诗歌观及创作实践初探》，云南大学，2010 年。

肖珂：《明诗话宋诗破体论争研究》，青岛大学，2010 年。

彭善麟：《高叔嗣研究》，西南大学，2010 年。

武光杰：《嘉靖"云间四贤"唐诗接受研究》，山东大学，

2010 年。

郭黛暎：《竟陵别派：蔡复一诗研究》，台湾"清华大学"，2010 年。

刘坤：《明代陆机批评研究》，河北大学，2011 年。

吴文娟：《明诗话中的汉魏晋诗歌批评》，郑州大学，2011 年。

黄丽娜：《屠隆及其诗歌和文学思想》，湖南大学，2011 年。

沈阿玲：《卢柟及其〈蠛蠓集〉研究》，湖南大学，2011 年。

茶志高：《李元阳山水诗文研究》，云南民族大学，2011 年。

文仪：《陈献章诗歌研究》，西北师范大学，2011 年。

刘艳：《杨慎诗学与明代中期文学复古思潮》，华中师范大学，2011 年。

李程：《明代宋诗接受研究》，华中师范大学，2011 年。

孙洪江：《明代中后期青州刘氏诗歌研究》，山东大学，2011 年。

单明川：《明代济南府作家研究》，上海师范大学，2011 年。

裴瑞芳：《〈沧浪诗话〉与明代诗学建构》，山东大学，2011 年。

李耀宗：《陈子龙诗歌研究》，山东师范大学，2011 年。

刘波：《论胡应麟的王维诗歌批评》，陕西师范大学，2011 年。

李程：《明代宋诗接受研究》，华中师范大学，2011 年。

张娴：《明代诗社与文人心态研究》，西南大学，2012 年。

陈正林：《〈诗薮〉研究》，湘潭大学，2012 年。

李晓蓉：《明代陶诗批评研究——以〈诗薮〉、〈诗源辩体〉、〈古诗归〉、〈古诗镜〉为中心》，福建师范大学，2012 年。

陈沫：《明代中期诗话与朝鲜朝前期诗话关联研究》，延边大学，2012 年。

侯雪岩：《严羽对前后七子诗学观的影响》，辽宁大学，2012 年。

刘宇：《晚明竟陵派诗歌理论研究》，齐齐哈尔大学，2012 年。

王都：《明中叶四明诗人张琦生平与诗文创作研究》，浙江大学，2012 年。

龚兰兰：《明清李攀龙批评研究》，复旦大学，2012 年。

石珺：《〈列朝诗集小传〉研究》，西北大学，2012 年。

徐熙芸：《明代岑参接受研究》，山东大学，2012 年。

张英：《李东阳诗学思想研究》，山东大学，2012 年。

戴园园：《王廷相及其诗歌研究》，湖南大学，2012 年。

刘巧娜：《谢肇淛的诗歌理论研究》，湖南大学，2012 年。

李花波：《明代诗人陈献章诗歌用韵研究》，湖南师范大学，2012 年。

任龙：《论王世贞对李白的接受》，四川师范大学，2012 年。

朱以竹：《明诗话"趣味"研究》，西南大学，2012 年。

张娴：《明代诗社与文人心态研究》，西南大学，2012 年。

曹富美：《李元阳"心性说"及其诗歌创作》，云南大学，2012 年。

郜卫博：《竟陵派诗学观探幽——以〈古诗归〉为探讨中心》，陕西师范大学，2012 年。

李甜：《孙蕡研究》，上海师范大学，2012 年。

王洪：《华察研究》，上海师范大学，2012 年。

徐卫：《徐泰〈皇明风雅〉及其诗学理论研究》，上海师范大学，2012 年。

刘绍颖：《明代中期"金陵四大家"研究》，西北大学，2012 年。

罗时贵：《论胡应麟对唐诗格调的批评》，宁夏大学，2013 年。

郭艳红：《杨慎〈升庵集〉笺校与研究》，郑州大学，2013 年。

李启迪：《许学夷〈诗源辩体〉的盛唐诗观》，西南大学，2013 年。

杨旭红：《苏州文人的"诗化生活"与诗歌新变——以明中后期唐寅、王稺登、冯梦龙为中心》，上海师范大学，2013 年。

徐莹：《明代诗学中的汉乐府批评》，海南师范大学，2013 年。

史瑞瑞：《吴国伦诗歌研究》，南京师范大学，2013 年。

李叶萍：《梁有誉诗学研究》，湘潭大学，2013 年。

孙笑仙：《明代朝鲜朝使臣送别诗歌研究》，鲁东大学，2013 年。

杨倩：《明代朝鲜朝使臣咏物诗歌研究》，鲁东大学，2013 年。

王玲玲：《明代朝鲜朝使臣登州诗歌研究》，鲁东大学，2013 年。

黄馨慧：《吴廷翰诗歌研究》，广西大学，2013年。

郭沫含：《明代唐诗文献学研究》，河南大学，2013年。

王勤：《解缙文学研究》，武汉大学，2013年。

鲁清清：《论陈庄体》，武汉大学，2013年。

纪诗红：《明末清初厦门诗人池显方研究》，武汉大学，2013年。

朱小聪：《"诗必盛唐"说中的复古观》，南昌大学，2014年。

彭金安：《〈列朝诗集小传〉研究》，复旦大学，2014年。

高欣：《许学夷〈诗源辩体〉诗学三论》，首都师范大学，2014年。

彭婷婷：《中晚明布衣诗人研究》，厦门大学，2014年。

王兴华：《明人选元诗研究》，南京师范大学，2014年。

严艳：《吴国伦诗文研究》，暨南大学，2014年。

王小溪：《许学夷〈诗源辩体〉的诗歌发展观研究》，山东师范大学，2014年。

董晓雁：《高攀龙诗歌研究》，江南大学，2014年。

包兆先：《明代诗人包节及其诗文文献研究》，青海师范大学，2014年。

李海梅：《广西明代石刻诗歌研究》，广西师范大学，2015年。

周雪瓴：《高适诗歌在明代的接受研究》，广西师范大学，2015年。

马思思：《李东阳论杜研究》，西南大学，2015年。

张广莉：《杨慎诗学思想研究》，安徽师范大学，2015年。

李然然：《明代诗学中的"自然"》，山东大学，2015年。

葛丽艳：《〈燕行录〉中明代朝鲜使臣诗歌用汉典研究》，鲁东大学，2015年。

张建军：《〈怀麓堂诗话〉研究》，集美大学，2015年。

郑慧：《论胡应麟对李白的接受》，四川师范大学，2015年。

蔡丹霞：《明代王翰诗歌研究》，山西师范大学，2016年。

白芳：《明代京师顺天府、河间府作家丛考》，天津师范大学，2016年。

四、古籍整理文献索引

（一）文人诗文集类

袁宏道：《袁中郎全集》（全六册），刘大杰编校，时代图书公司1933年版。

张居正：《张文忠公全集》，商务印书馆1935年版。

钟惺：《钟伯敬合集》，施蛰存校点，上海杂志公司1935年版。

谭元春：《谭友夏合集》，施蛰存校点，上海杂志公司1935年版。

袁中道：《珂雪斋近集》，中央书店1936年版。

闵正中、曾汝鲁：《美人诗》，中央书店1936年版。

杨慎：《升庵全集》，商务印书馆1937年版。

于谦：《于谦诗选》，林寒、王季选注，浙江人民出版社1958年版。

吴承恩：《吴承恩诗文集》，刘修业辑校，古典文学出版社1958年版。

张煌言：《张苍水集》，中华书局1959年版。

夏完淳：《夏完淳集》，中华书局1959年版。

李开先：《李开先集》，路工辑校，中华书局1959年版。

祁彪佳：《祁彪佳集》，中华书局1960年版。

汤显祖：《汤显祖集》，徐朔方笺校，中华书局1962年版。

王夫之：《王船山诗文集》，中华书局1962年版。

海瑞：《海瑞集》，陈义忠编校，中华书局1962年版。

艾南英：《天傭子集》，台北艺文印书馆1980年版。

袁宏道：《袁宏道集笺校》，上海古籍出版社1981年。

王文才选注：《杨慎诗选》，四川人民出版社1981年版。

瞿士耜：《瞿士耜集》，上海古籍出版社1981年版。

归有光：《震川先生集》，上海古籍出版社1981年版。

汤显祖：《汤显祖诗文集》，徐朔方笺校，上海古籍出版社1982

年版。

　　林寒选注：《于谦诗选》，浙江人民出版社 1982 年版。

　　李东阳：《李东阳集》，岳麓书社 1983 年版。

　　徐渭：《徐渭集》，中华书局 1983 年版。

　　陈子龙：《陈子龙诗集》，上海古籍出版社 1983 年版。

　　顾炎武：《顾亭林诗集汇注》，王蘧常辑注，吴丕绩标校，上海古籍出版社 1983 年版。

　　吴廷翰：《吴廷翰集》，容肇祖点校，中华书局 1984 年版。

　　宋懋澄：《九籥集》，王利器校录，中国社会科学出版社 1984 年版。

　　史可法：《史可法集》，（清）张纯修编辑，罗振常校补，上海古籍出版社 1984 年版。

　　魏耕：《雪翁诗集》，浙江古籍出版社 1985 年版。

　　唐寅：《唐伯虎集》，中国书店 1985 年版。

　　宋濂：《宋学士全集》，中华书局 1985 年版。

　　王世贞：《弇山堂别集》，魏连科点校，中华书局 1985 年版。

　　冯梦龙：《冯梦龙诗文》，橘君辑注，福州海峡文艺出版社 1985 年版。

　　李东阳：《李东阳集》，周寅宾点校，岳麓书社 1985 年版。

　　高启：《高青丘集》，金檀辑注，徐澄宇、沈北宗校点，上海古籍出版社 1985 年版。

　　王桐乡：《王桐乡诗二百首》，韩林元编注，广西人民出版社 1986 年版。

　　黄宗羲：《黄宗羲全集》，沈善洪点校，浙江古籍出版社 1986 年版。

　　陈献章：《陈献章集》，孙海通点校，中华书局 1987 年版。

　　邝露：《邝露诗选》，梁鉴江选注，广东人民出版社 1987 年版。

　　张居正：《张居正集》，吴量恺等校注，荆楚书社 1987 年版。

　　文徵明：《文徵明集》，周道振辑校，上海古籍出版社 1987 年版。

　　方以智：《方以智全书》，上海古籍出版社 1998 年版。

何景明：《何大复集》，李淑毅等点校，中州古籍出版社 1989年版。

袁中道：《珂雪斋集》，上海古籍出版社 1989 年版。

袁宏道：《袁宏道集笺校》，上海古籍出版社 1989 年。

袁宗道：《白苏斋类集》，上海古籍出版社 1989 年。

王廷相：《王廷相集》，王孝渔校点，中华书局 1989 年版。

吴伟业：《吴梅村全集》，上海古籍出版社 1990 年版。

陈子龙：《皇明诗选》（影印本），华东师范大学出版社 1991年版。

张岱：《张岱诗文集》，夏咸淳校点，上海古籍出版社 1991年版。

夏完淳：《夏完淳集笺校》，白坚笺校，上海古籍出版社 1991年版。

李东阳：《怀麓堂集》，上海古籍出版社 1991 年版。

李梦阳：《空同集》，上海古籍出版社 1991 年版。

康海：《对山集》，上海古籍出版社 1991 年版。

李攀龙：《沧溟先生集》，包敬第标校，上海古籍出版社 1992年版。

朱升：《朱枫林集》，刘尚恒校注，黄山书社 1992 年版。

张家玉：《张家玉集》，杨宝霖点校，广东高等教育出版社 1992年版。

钟惺：《隐秀轩集》，上海古籍出版社 1992 年版。

王阳明：《王阳明全集》，吴光等编校，上海古籍出版社 1992年版。

王世贞：《弇州四部稿》，上海古籍出版社 1993 年版。

李攀龙：《李攀龙集》，李伯奇校点，齐鲁书社 1993 年版。

何景明：《大复集》，上海古籍出版社 1993 年版。

茅坤：《茅坤集》，浙江古籍出版社 1993 年版。

何塘：《何塘诗注》，董万禄、冯清乾注，中州古籍出版社 1993年版。

王象春：《齐音》，张昆河、张健之注，济南出版社 1993 年版。

钟惺:《钟惺集》，陈广宏整理，章培恒校阅，海南国际新闻出版中心 1995 年版。

谭元春:《谭元春集》，陈广宏整理，章培恒校阅，海南国际新闻出版中心 1995 年版。

黄宗羲:《黄梨洲诗文补遗》，吴光辑校，台湾联经出版公司 1995 年版。

林大钦:《林大钦集》，黄挺校注，广东人民出版社 1995 年版。

文徵明:《甫田集》，上海古籍出版社 1996 年版。

徐祯卿:《迪功集》，上海古籍出版社 1996 年版。

颜钧:《颜钧集》，黄宣民点校，中国社会科学出版社 1996 年版。

袁中道:《游居柿录》，上海远东出版社 1996 年。

谷辉之辑:《柳如是诗文集》，中华全国图书馆文献缩微复制中心 1996 年版。

金圣叹:《金圣叹文集》，冉苒校点，巴蜀书社 1997 年版。

叶绍袁:《午梦堂集》，冀勤辑校，中华书局 1998 年版。

谭元春:《谭元春集》，陈杏珍点校，上海古籍出版社 1998 年版。

杨士奇:《东里文集》，中华书局 1998 年版。

宋濂:《宋濂全集》，罗月霞主编，浙江古籍出版社 1999 年版。

刘基:《刘基集》，林家骊点校，浙江古籍出版社 1999 年版。

焦竑:《澹园集》，上海古籍出版社 1999 年版。

柳如是:《柳如是诗文集》，谷辉之辑，上海古籍出版社 2000 年版。

李贽:《李贽文集》，中国社会科学出版社 2000 年版。

谢榛:《谢榛全集》，朱其铠等校点，齐鲁书社 2000 年版。

汤显祖:《汤显祖全集》，徐朔方校笺，北京古籍出版社 2001 年版。

胡应麟:《少室山房笔丛》，上海书店出版社 2001 年版。

戚继光:《止止堂集》，王熹校释，中华书局 2001 年版。

王艮:《王心斋全集》，陈祝生等校点，江苏教育出版社 2001

年版。

　　蒋冕：《湘皋集》，唐振真、蒋钦挥、唐志敬点校，广西人民出版社 2001 年版。

　　唐寅：《唐伯虎全集》，周道振、张月尊辑校，中国美术学院出版社 2002 年版。

　　卢若腾：《岛噫诗校释》，吴岛校释，台湾"古籍出版社" 2003 年版。

　　钱谦益：《钱牧斋全集》，钱曾笺注、钱仲联标校，上海古籍出版社 2003 年版。

　　曹学佺：《曹学佺集》，江苏古籍出版社 2003 年版。

　　张著：《永嘉集》，杨奔点校，上海古籍出版社 2004 年版。

　　李开先：《李开先全集》，卜键笺校，文化艺术出版社 2004 年版。

　　汪道昆：《太函集》，黄山书社 2004 年版。

　　李圣华选注：《高启诗选》，中华书局 2005 年版。

　　杨基：《眉庵集》，杨世明、杨隽校点，巴蜀书社 2005 年版。

　　孟称舜：《孟称舜集》，朱颖辉辑校，中华书局 2005 年版。

　　阮大铖：《咏怀堂诗集》，胡金望、汪长林校点，黄山书社 2006 年版。

　　邹守益：《邹守益集》，董平编校，凤凰出版社 2007 年版。

　　罗汝芳：《罗汝芳集》，方祖猷等编校，凤凰出版社 2007 年版。

　　聂豹：《聂豹集》，吴可为编校，凤凰出版社 2007 年版。

　　徐爱、钱德洪、董沄：《徐爱、钱德洪、董沄集》，钱明编校，凤凰出版社 2007 年版。

　　欧阳德：《欧阳德集》，陈永革编校，凤凰出版社 2007 年版。

　　傅山：《陈批霜红龛集》(影印版)，陈监先批校，山西古籍出版社 2007 年版。

　　冯惟敏：《冯惟敏全集》，谢伯阳编纂，齐鲁书社 2007 年版。

　　袁宗道：《白苏斋类集》，上海古籍出版社 2007 年版。

　　费宏：《费宏集》，吴长庚、费正忠校点，上海古籍出版社 2007 年版。

江盈科:《江盈科集》,岳麓书社 2008 年版。

陆西星:《觳音漫录》,龚敏、任德魁点校,香港大学饶宗颐学术馆 2008 年版。

陶汝鼐:《陶汝鼐集》,梁颂成点校,岳麓书社 2008 年版。

李元阳:《李元阳集》,云南大学出版社 2008 年版。

赵伯陶编选:《袁宏道集》,凤凰出版社 2009 年版。

李伯奇、李斌选注:《李攀龙诗选》,人民文学出版社 2009 年版。

徐祯卿:《徐祯卿全集编年校注》,范志新编年校注,人民文学出版社 2009 年版。

饶龙隼选注:《何景明诗选》,人民文学出版社 2009 年版。

李庆立选注:《谢榛诗选》,人民文学出版社 2009 年版。

孙之梅选注:《钱谦益诗选》,人民文学出版社 2009 年版。

方逢时:《大隐楼集》,李勤璞校注,辽宁人民出版社 2009 年版。

徐枋:《居易堂集》,皇曙辉、印晓峰点校,华东师范大学 2009 年版。

王叔果:《王叔果集》,蔡克骄点校,黄山书社 2009 年版。

刘大夏、张龙湖:《刘大夏集·张龙湖集》,刘传贵、陶新华点校,岳麓书社 2009 年版。

黄宗会:《缩斋诗文集》,印晓峰点校,华东师范大学出版社 2009 年版。

章纶:《章纶集》,沈不沉编注,线装书局 2009 年版。

赵廷松:《赵廷松集》,陈彩云校注,线装书局 2009 年版。

谢肇淛:《小草斋集》,江中柱点校,福建人民出版社 2009 年版。

满朝荐:《满朝荐遗稿笺注》,吴波、曾绍皇、谭善祥笺注,岳麓书社 2009 年版。

王季重:《王季重十种》,任远点校,浙江古籍出版社 2010 年版。

郭金台、郭都贤:《石村诗文集·些庵诗钞》,陶新华点校,岳麓书社 2010 年版。

李日华:《六研斋笔记·紫桃轩杂缀》,郁震宏、薛维源等校点,凤凰出版社 2010 年版。

瞿佑:《瞿佑全集校注》,乔光辉校注,浙江古籍出版社 2010 年版。

梁辰鱼:《梁辰鱼集》,吴书荫编集校点,上海古籍出版社 2010 年版。

徐柯:《一老庵诗文集》,印晓峰、徐笑吟点校,华东师范大学出版社 2010 年版。

杨焀:《怀古堂诗选》,黄曙辉点校,华东师范大学出版社 2010 年版。

王世贞:《抚郧诗文集》,王学范主编,长江出版社 2010 年版。

凌濛初:《凌濛初全集》,凤凰出版社 2010 年版。

徐光启:《徐光启全集》,朱维铮、李天纲主编,上海古籍出版社 2010 年版。

戴钦:《戴钦诗文集校注》,滕福海、石勇校注,巴蜀书社 2010 年版。

顾炎武:《顾炎武全集》,华东师范大学古籍研究生整理,上海古籍出版社 2011 年版。

贺钦:《医闾先生集》,武玉梅校注,辽宁人民出版社 2011 年版。

姜垛:《敬亭集》,印晓峰点校,华东师范大学 2011 年版。

陈子龙:《陈子龙全集》,王英志编纂校点,人民文学出版社 2011 年版。

罗亨信:《罗亨信集》,香权根整理,上海古籍出版社 2011 年版。

刘基:《刘伯温集》,林家骊点校,浙江古籍出版社 2011 年版。

章玄应:《章玄应集》,阮伯林校注,线装书局 2011 年版。

侯一元:《侯一元集》,陈瑞赞编校,黄山书社 2011 年版。

龙膺:《龙膺集》,梁颂成、刘梦初校点,岳麓书社 2011 年版。

茅坤:《茅坤集》,张梦新、张大芝点校,浙江古籍出版社 2012

年版。

顾炎武：《吴宓评注顾亭林诗集》，吴宓评注，人民文学出版社2012年版。

周旋：《畏庵集》，周干、陈仲光点校，黄山书社2012年版。

周天锡：《花萼楼集》，周干、陈仲光点校，黄山书社2012年版。

蔡献臣：《清白堂稿》，厦门大学出版社2012年版。

臧懋循：《臧懋循集》，赵红娟点校，浙江古籍出版社2012年版。

徐中行：《徐中行集》，王群栗点校，浙江古籍出版社2012年版。

祝允明：《怀星堂集》，孙宝点校，西泠印社出版社2012年版。

文徵明：《莆田集》，陆晓东点校，西泠印社出版社2012年版。

唐寅：《六如居士集》，应守岩点校，西泠印社出版社2012年版。

董其昌：《容台集》，邵海清点校，西泠印社出版社2012年版。

蒋冕：《蒋冕集》(影印本)，广西师范大学出版社2012年版。

李流芳：《李流芳集》，李柯纂辑点校，浙江人民美术出版社2012年版。

顾炎武：《亭林诗文集·声律蒙告》，刘永翔校点，上海古籍出版社2012年版。

徐𤊹：《鳌峰集》，陈庆元、陈维编著，广陵书社2012年版。

屠隆：《屠隆集》，浙江古籍出版社2012年版。

胡奎：《胡奎诗集》，徐永明点校，浙江古籍出版社2012年版。

范钦：《范钦集》，袁慧点校，浙江古籍出版社2012年版。

陈洪绶：《陈洪绶集》，吴敢点校，浙江古籍出版社2012年版。

钱谦益：《牧斋初学集诗注汇校》，钱曾笺注，卿朝晖辑校，上海古籍出版社2012年版。

李日华：《恬致堂集》，赵杏根整理，上海古籍出版社2012年版。

程正谊：《程正谊集》，程朱昌、程育全编，上海古籍出版社

2012 年版。

程文德：《程文德集》，程朱昌、程育全编，上海古籍出版社
2012 年版。

文徵明：《〈拙政园图咏〉注释》，卜复鸣注释，中国建筑工业出
版社 2012 年版。

王士性：《王士性集》，朱汝略点校，浙江古籍出版社 2013
年版。

沈周：《沈周集》，张修龄、韩星婴点校，上海古籍出版社 2013
年版。

沈周：《沈周集》，汤志波点校，浙江人民美术出版社 2013
年版。

唐寅：《唐寅集》，周道振、张月尊辑校，上海古籍出版社 2013
年版。

王鏊：《王鏊集》，吴建华点校，上海古籍出版社 2013 年版。

李流芳：《檀园集》，上海文化出版社 2013 年版。

方孝孺：《方孝孺集》（全三册），徐光大点校，浙江古籍出版社
2013 年版。

李流芳：《嘉定李流芳全集》，陶继明、王光乾校注，上海古籍
出版社 2013 年版。

胡居仁：《胡居仁文集》，冯会明点校，江西人民出版社 2013
年版。

唐伯元：《醉经楼集》，朱鸿林点校，中华书局 2014 年版。

李攀龙：《沧溟先生集》，包敬第标校，上海古籍出版社 2014 年
第 2 版。

李开先：《李开先全集（修订本）》，上海古籍出版社 2014 年版。

钱肃乐：《钱肃乐集》，卿朝晖点校，浙江古籍出版社 2014
年版。

王贵德：《青箱集剩校注》，谢明仁、江宏校注，巴蜀书社 2014
年版。

宋濂：《宋濂全集》，黄灵庚编辑校点，人民文学出版社 2014
年版。

孙承宗：《孙承宗集》，李红权辑录点校，学苑出版社 2014年版。

陈第：《陈第全集》，郭庭平点校，中国文艺出版社 2014 年版。

刘存德：《结鹜堂遗稿》，陈峰校注，厦门大学出版社 2014年版。

周德富辑注：《雷思霈诗辑注》，湖北人民出版社 2014 年版。

唐顺之：《唐顺之集》，马美信、黄毅点校，浙江古籍出版社 2014 年版。

孙承宗：《孙承宗集》，李红权辑录点校，学苑出版社 2014年版。

袁中道：《小修诗注》，王能议注，崇文书局 2014 年版。

湛若水：《白沙子古诗教解》，广西师范大学出版社 2014 年版。

湛若水：《甘泉先生两都风咏》，广西师范大学出版社 2014年版。

文徵明：《文徵明集》(增订本)，周道振辑校，上海古籍出版社 2014 年版。

黄绾：《黄绾集》，张宏敏编校，上海古籍出版社 2014 年版。

马理：《马理集》，许宁、朱晓红点校，西北大学出版社 2015年版。

南大吉：《南大吉集》，李似珍点校，西北大学出版社 2015年版。

杨爵：《杨爵集》，陈战峰点校，西北大学出版社 2015 年版。

韩邦奇：《韩邦奇集》，魏冬点校，西北大学出版社 2015 年版。

高濂：《高濂集》，王大淳整理，浙江古籍出版社 2015 年版。

袁凯：《袁凯集编年校注》，万德敬校注，上海古籍出版社 2015年版。

朱国桢：《朱国桢诗文集》，何立民点校，浙江古籍出版社 2015年版。

何乔远：《镜山全集》，陈节、张家壮点校，福建人民出版社 2015 年版。

朱豹、石英中、朱察卿：《朱豹集·石英中集·朱察卿集》，李天纲主编，复旦大学出版社 2015 年版。

万廷言：《万廷言集》，张昭炜点校，中华书局 2015 年版。

胡直：《胡直集》，张昭炜编校，上海古籍出版社 2015 年版。

毛晋辑：《明僧弘秀全集》，李玉栓校点，安徽师范大学出版社 2015 年版。

耿定向：《耿定向集》，华东师范大学出版社 2015 年版。

张燮：《张燮集》，陈正统主编，中华书局 2015 年版。

薛瑄：《薛瑄全集》（共三册），孙玄常等点校，三晋出版社 2015 年版。

张诩：《张诩集》，黄娇凤、黎丛明编校，上海古籍出版社 2015 年版。

马愉：《澹轩文集校注》，马庆洲校注，山东人民出版社 2015 年版。

沈德符：《沈德符集》，李祥耀点校，浙江古籍出版社 2015 年版。

游朴：《游朴诗文集》，魏高鹏、魏定榔、游再生点校，福建人民出版社 2015 年版。

吴文华：《济美堂集》，郭庭平点校，中国文艺出版社 2016 年版。

张岱：《沈复燦钞本〈琅嬛文集〉》，路伟、马涛点校，浙江古籍出版社 2016 年版。

姚广孝：《姚广孝全集》，栾贵明编，商务印书馆 2016 年版。

（二）合集、选集类

路工编：《明代歌曲选》，古典文学出版社 1952 年版。

蒲泉、群明编：《明清民歌选甲集》，上海出版公司 1956 年版。

蒲泉、群明编：《明清民歌选乙集》，古典文学出版社 1956 年版。

卓尔堪：《明遗民诗》（全二册），中华书局 1961 年版。

朱彝尊：《明诗综》，世界书局（台湾）1970 年版。

沈德潜、周準编：《明诗别裁集》（影印本），中华书局 1975

年版。

沈德潜、周準编:《明诗别裁集》,中华书局(香港)1977 年版。

沈德潜、周準编:《明诗别裁集》,上海古籍出版社 1979 年版。

刘斯奋等选注:《岭南三家诗选注》,广东人民出版社 1980 年版。

陈子龙等:《皇明诗选》,华东师范大学出版社 1991 年版。

朱彝尊:《明诗综》,上海古籍出版社 1993 年版。

全明诗编纂委员会编:《全明诗》(一)(二)(三),上海古籍出版社 1990—1994 年版。

陈子龙等:《云间三子新诗合稿·幽兰草·倡和诗余》,辽宁教育出版社 2000 年版。

杜贵晨选注:《明诗选》,人民文学出版社 2003 年版。

丁成泉辑注:《中国山水田园诗集成》第四卷,湖北教育出版社 2003 年版。

王鸿鹏选注:《中国历代榜眼诗(明朝卷)》,昆仑出版社 2006 年版。

王鸿鹏选注:《中国历代状元诗(明朝卷)》,昆仑出版社 2006 年版。

钱谦益撰集:《列朝诗集》,许逸民、林淑敏点校,中华书局 2007 年版。

朱彝尊编选:《明诗综》,中华书局 2007 年版。

胡晓明、彭国忠主编:《江南女性别集》(初编),黄山书社 2008 年版。

王鸿鹏编著:《明朝状元诗榜眼诗探花诗》,昆仑出版社 2009 年版。

周玉波、陈书录编:《明代民歌集》,南京师范大学出版社 2009 年版。

胡晓明、彭国忠主编:《江南女性别集》(二编),黄山书社 2010 年版。

彭黎明、彭勃主编:《全乐府》,上海交通大学出版社 2011 年版。

潘忠荣主编：《桐城明清诗选》，安徽美术出版社 2011 年版。

吴骞编：《海昌丽则》，印晓峰点校，华东师范大学出版社 2012 年版。

胡晓明、彭国忠主编：《江南女性别集》（三编），黄山书社 2012 年版。

卓尔堪编：《遗民诗》，萧和陶点校，华东师范大学 2013 年版。

赵季辑校：《足本皇华集》，凤凰出版社 2013 年版。

徐达左辑录：《金兰集》，中华书局 2013 年版。

龚斌、范少琳编：《秦淮文学志》，黄山书社 2013 年版。

潘江辑：《龙眠风雅全编》，彭君华等校点，黄山书社 2013 年版。

胡晓明、彭国忠主编：《江南女性别集》（四编），黄山书社 2014 年版。

（三）诗学文献类

陈田：《明诗纪事》，商务印书馆 1936 年版。

胡震亨：《唐音癸签》，古典文学出版社 1957 年版。

胡应麟：《诗薮》，上海古籍出版社 1958 年版。

吴景旭：《历代诗话·癸集》，中华书局 1958 年版。

钱谦益：《列朝诗集小传》，上海古籍出版社 1959 年版。

谢榛：《四溟诗话》，人民文学出版社 1961 年版。

叶庆斌、邵红：《中古文学批评资料汇编——明代（上集、下集）》，台湾成文出版社 1979 年版。

高棅：《唐诗品汇》，上海古籍出版社 1981 年版。

丁福保辑：《历代诗话续编》，中华书局 1983 年版。

王嗣奭：《杜臆》，上海古籍出版社 1983 年版。

钱仲联主编：《清诗纪事·明遗民卷》（一）（二），江苏古籍出版社 1987 年版。

许学夷：《诗源辩体》，杜维沫校点，人民文学出版社 1987 年版。

谢榛：《诗家直说笺注》，李庆文、孙慎之笺注，齐鲁书社 1987

年版。

王世贞：《艺苑卮言校注》，罗仲鼎校注，齐鲁书社 1992 年版。

蔡景康编：《明代文论选》，人民文学出版社 1993 年版。

徐祯卿：《谈艺录笺注》，范志新笺注，贵州人民出版社 1993 年版。

陈田：《明诗纪事》，上海古籍出版社 1993 年版。

吴文治主编：《明诗话全编》，凤凰出版社 1997 年版。

王士禛：《池北偶谈》，赵伯陶选注，学苑出版社 1999 年版。

周维德集校：《全明诗话》，齐鲁书社 2005 年版。

张健辑校：《珍本明诗话五种》，北京大学出版社 2008 年版。

杨慎：《升庵诗话新笺证》，王大厚笺证，中华书局 2008 年版。

王夫之：《明诗评选》，周柳燕校点，上海古籍出版社 2011 年版。

王世贞：《弇州山人题跋》，汤志波辑校，浙江人民美术出版社 2012 年版。

陈广宏、侯荣川编校：《稀见明人诗话十六种》（上、下），上海古籍出版社 2014 年版。

中华书局编：《稀见明刻诗文评二种》，中华书局 2016 年版。

张燮：《七十二家集题辞笺注》，王京州笺注，上海古籍出版社 2016 年版。

张毅、陈翔编：《明代著名诗人书画评论汇编》（上、下），南开大学出版社 2016 年版。

（四）其他资料类

潘承弼、顾廷龙：《明代版本图录初编》，台湾文海出版社 1971 年版。

朱保炯、谢沛霖：《明清进士题名碑录索引》，台湾文史哲出版社 1982 年版。

杜信孚编辑：《明代版刻综录》，广陵古籍刻印社 1983 年版。

王民信主编：《中国历代诗文别集联合目录》（第 9、10 辑），台湾国学文献馆 1984 年版。

颜婉云：《明清两朝有关前七子生平文献目录》，载《书目季刊》1984 年第 3 期。

黄宗羲：《明儒学案》，沈芝盈点校，中华书局 1985 年版。

哈佛燕京学社引得编纂处编印：《八十九种明代传记综合引得》，上海古籍出版社 1986 年版。

谢正光编著：《明遗民传记资料索引》，王德毅校订，台湾新文丰出版公司 1990 年版。

周骏富编：《明代传记丛刊索引》，台湾明文书局 1991 年版。

谢正光、范金民编：《明遗民录汇辑》，南京大学出版社 1993 年版。

北京图书馆出版社编：《明人年谱十种》，北京图书馆出版社 1997 年版。

杨廷福、杨同甫编：《明人室名别称字号索引》，上海古籍出版社 2002 年版。

于浩辑：《明代名人年谱》，北京图书馆出版社 2006 年版。

崔建英辑订：《明别集版本志》，贾卫民、李晓亚参订，中华书局 2006 年版。

傅瑛主编：《明清安徽妇女文学著述辑考》，黄山书社 2010 年版。

张爱芳编：《明代名人年谱续编》，国家图书馆出版社 2012 年版。

吴正明、李烨辑：《钱柳说汇》，广陵书社 2013 年版。

过庭训纂辑：《明朝分省人物考》，广陵书社 2015 年版。

后　记

　　每当我们纵览诗史，沉醉于一首首感性、优美的唐诗，总会不禁发出这样的疑问：为什么唐代以后的那么多优秀文人，却难以写出如唐诗那样脍炙人口、传诵不息的诗作？宋代诗人别开风韵，以理性、智慧见长，尚能接武唐人，别开境界，自成一格。而到了后继的元、明、清等朝，尽管在诗歌的国度里也曾众声喧哗，更不乏在当时名噪一时的诗人；然而最终又都不免归于寂寞，在后人书写的中国诗歌历史当中，只有寥寥几人尚可跻身一流诗人行列。

　　或许正是出于这样的原因，才使得在现代学术史上，明诗研究长时间遭受冷遇。20 世纪早期，明代文学受研究者关注的对象，除了小说、戏曲之外，诗文领域主要是晚明文人以及明代的文学批评。至于明代其他时段的诗人，被提及的不过只有高启、刘基、杨慎、李东阳等区区几人。尽管从审美判断来说，这样的偏好不过只是研究者的个人趣味使然，然而就学术研究而言，讨论中国古代诗歌的历史而置明代诗歌于不顾，却不免于历史有亏，不足以呈现中国诗歌的整体面貌，对中国诗歌的历史变迁也缺乏总体认识。

　　这样的情形在 20 世纪 90 年代以后发生了很大改变。过去不被重视的明代诗文受到越来越多学者关注，具有开拓意义的成果接踵涌现，为新时期明诗研究的深入推进奠定了良好基础。经过近 30 年发展，明诗研究早已不再是当年那般"门前冷落鞍马稀"的情形，在明代文学研究领域也大有超越小说、戏曲研究之势。然而与唐诗研究、宋诗研究等成熟的学术领域相比，明诗研究还存在不小差距。这种差距不仅表现在集成性文献成果的编纂和文人别集、总集的整理、校注等方面，同时也体现在经典性学术著作的产出方面。明诗研究能达到怎样的高度，尚需要经过时间的沉淀和检验。作为研究者，我们始终抱有这样的信念：明诗在艺术成就上虽难与唐宋诗歌媲美，却并不妨碍我们写出具有较高水平的学术著作，一如明人自己在诗歌批评上所取得的成绩，在中国文学批评史上绽放出耀眼的光辉。一切都取决于研究者的努力程度和学术眼光。

编一份记录 20 世纪以来明代诗歌、诗学研究总体状况的档案，是我们一直以来的心愿。限于篇幅和体例，本书仅收录了少数学者的明诗研究成果，许多同样优秀的成果也只能做简单介绍。并且限于所见，恐怕也不免会挂一漏万。同时由于时间及出版等方面的原因，书前关于过去近一个世纪明诗研究的总结，主要是编者当年写作论文时的一篇旧文，近些年来的学术成果未能尽数包括在内。不过好在最近《文艺研究》将会登载叶晔、颜子楠、余来明等三人关于明诗研究的笔谈，有关于明诗的认识和看法，研究者可以参看。令人备受鼓舞的是，时至今日，从数量上来说，明诗研究已大有超过唐宋诗研究的趋势。长此以往，也定能出现如唐宋诗研究领域一样有影响的经典成果和学术大家。我们编纂的这本小书，如果有幸能成为这样的成果和大家诞生的见证，则同样也是与有荣焉。让学界同仁为了共同的学术兴趣而继续追求！

最后，十分感谢各位前辈先贤慨允将他(她)们的大作收录在这部小书当中。尤其是其中的多位，于我们只素仰其名，而从未谋面。孙康宜教授多次就她的文章版权问题多方联络，尤见她对后辈学者的关心和爱护。是他(她)们的好意与慷慨，使我们得以重温这些关于明诗研究的经典论述。作为本书合作者之一的陶明玉，参与编纂此书时还是武汉大学的一名硕士研究生，如今顺利考入复旦大学中文系，将继续他的学术旅程。他此前既已参与编纂了明诗的学术档案，又得以在明代诗文研究重镇的复旦大学深造，将来也必可继续在明诗研究这块土地上耕耘、收获。作此一段，以为吾辈学术前进道路上的纪念。

编　者
2017 年 5 月初稿，2019 年 8 月修订
于武昌珞珈山